Elfenreigen.

Deutsche und nordische Märchen

für die Jugend.

Dritte verbesserte Auflage.

Otto Spamer's

Illustrirte

Jugend- und Hausbibliothek.

Mit

vielen Tonbildern, zahlreichen in den Text gedruckten Abbildungen,
Buntbildern, Karten ꝛc.

Elfenreigen.

Deutsche und nordische Märchen für die Jugend

aus dem Reiche

der Riesen und Zwerge, der Elfen, Nixen und Kobolde

von

Villamaria.

Mit 50 in den Text gedruckten Illustrationen und einem Tonbilde.

Leipzig,
Verlag von Otto Spamer.
1877.

Der Graf im Kryſtallſchloß der Aixe.

Villamaria: Elfenreigen.   Leipzig: Verlag von Otto Spamer.

Der Graf im Krystallschloß der Nixe.

Villamaria: Elfenreigen.   Leipzig: Verlag von Otto Spamer.

Elfenreigen.

Deutsche und nordische Märchen

aus dem Reiche

der Riesen und Zwerge, der Elfen, Nixen und Kobolde.

Der Jugendwelt,

vornehmlich deutschen Töchtern, gewidmet

von

Villamaria.

Dritte verbesserte Auflage.

Mit 50 in den Text gedruckten Illustrationen und einem Tonbilde.

Leipzig,

Verlag von Otto Spamer.

1877.

Elfenreigen.

Deutsche und nordische Märchen

aus dem Reiche

der Riesen und Zwerge, der Alfen, Nixen und Kobolde.

Der Jugendwelt,

vornehmlich deutschen Töchtern, gewidmet

von

Villamaria.

Illustrirte Prachtausgabe.

Dritte verbesserte Auflage.

Mit 50 in den Text gedruckten Illustrationen und einem Tonbilde.

Leipzig,
Verlag von Otto Spamer.
1877.

Das Recht der Ueberſetzung dieſes Werkes in fremde Sprachen bleibt vorbehalten.

Druck von B. G. Teubner in Leipzig.

Vorwort zur ersten Auflage.

Unsere alte, deutsche Sagenpoesie bietet einen so reichen Schatz erhabener Schönheit und echt deutscher Gemüthstiefe, daß man herzlich wünschen muß, ihn auch unserer Jugend zugänglich zu machen.

Die Form aber, in der unsere Sagen sowol im Volksmunde wie in alten Chroniken leben, ist wol nicht immer für jugendliche Leser geeignet.

Solche schöne Sagen nach anerkannten pädagogischen Grundsätzen in Märchen umzugestalten, ohne den historischen Boden zu verlassen und die Ureigenthümlichkeit des Stoffes zu verwischen, muß eine um so dankenswerthere Aufgabe sein, als neuerdings von kompetenter Seite der Einfluß der Märchenliteratur auf die Bildung des Kindes, der längere Zeit unterschätzt und angezweifelt wurde, wieder anerkannt worden ist und als ein bedeutender Faktor bei der nationalen Erziehung hervorgehoben wird.

In nachstehenden Märchen habe ich den Versuch gemacht, eine Anzahl solcher deutschen und nordischen Volkssagen für die Jugend zu bearbeiten. Ich fühle wohl, daß ich das Ziel, welches ich anstrebte, nicht immer erreicht habe, aber ich hoffe um so mehr auf nachsichtige Beurtheilung, als ich in diesem Gebiete von Märchenerzählung wenige oder gar keine Vorgänger habe, nach denen ich mich richten konnte.

Der wehmuthsvolle Ton, der den „Elfenreigen" durchzieht, ist der echte, ursprüngliche Klang, den unsere Sagen haben, und der ja auch in unsern Volksliedern und Volksmelodien nachtönt und sie unterscheidet von den Poesien und Weisen anderer Nationen.

So übergebe ich denn diese Arbeit der Oeffentlichkeit in der Hoffnung, nach meinen Kräften einen Beitrag zur Lösung jener angedeuteten pädagogischen und nationalen Aufgabe geliefert zu haben.

Berlin, im Mai 1867.

Der Verfasser.

Vorwort zur zweiten und dritten Auflage.

~~~~~

In dieser um mehr als das Doppelte vermehrten Auflage des „Elfenreigens" bin ich denselben Grundsätzen gefolgt, die mich bei der Abfassung der zuerst erschienenen Märchen leiteten: Die Schönheit unserer alten deutschen Sagenpoesie, wie sie treu und schlicht im Volksmunde lebt oder wie sie alte Chroniken uns bewahrten, der Jugend zugänglich zu machen, der sie in jener Form nicht kund werden oder doch nicht behagen.

Nicht das erste Kindesalter habe ich mir als Leser des „Elfenreigens" gedacht, sondern jenes Jugendalter, das schon für Darstellung und Formenschönheit ein offenes Auge hat.

Wiederum zieht das in erster Auflage freundlich aufgenommene Büchlein, das unterdeß zu einem starken Bande angewachsen, unter dem bekannt gewordenen Namen „Elfenreigen" hinaus, zumal da außer drei Märchen (Das letzte Riesenheim, Rheingold und Barbarossa's Jugendtraum) alle übrigen Elfenmärchen sind.

Elfen, Zwerge, Nixen und Kobolde — sie alle gehören einer und derselben weitverzweigten Familie an — alle sind sie Elfen, die auf Schritt und Tritt, in Wald und Gebirge, auf dem Wasser und am eigenen Herd das Leben unserer Altvordern umgaben.

Da erschien das Christenthum mit seiner heilbringenden Lehre und seinen Verheißungen eines „ewigen und seligen Lebens" und nach langen Kämpfen nahm das Volk den neuen Glauben an. Doch jene lieblichen Elfengestalten, die seine Kindheit so verklärend umgaben, wollte es seiner Erinnerung erhalten, darum begabte es diese einstigen geliebten

Gefährten mit der Sehnsucht nach einer unsterblichen Seele, die sie nur erlangen konnten durch eheliche Verbindung mit einem reinen, keuschen Sterblichen.

Diese Sehnsucht nach einer unsterblichen Seele und die damit verbundene Werbung um die Liebe der Sterblichen zieht sich durch die Elfensagen aller germanischen Stämme und lebt im kalten Island ebensowol wie in den sonnenbeglänzten Thälern Tirols.

Leider gelangen die armen Elfen fast niemals zu dem ersehnten Ziele. Haben sie wirklich das seltene Glück gehabt, ein unentweihtes, reines Menschenherz zu finden und es in Liebe zu gewinnen, so wird dies Glück im Laufe der Zeit fast immer gestört, entweder durch Treulosigkeit — die dem Sterblichen stets den Tod bringt — oder durch unberufenes Eindringen der Menschenkinder in die Geheimnisse des Geisterreichs.

Bis jetzt habe ich nur eine Sage gefunden, in welcher das Bündniß zwischen Mensch und Elfe glücklich verlief und erst durch den Tod gelöst wurde, und diese Sage (von der Jaufensai in Alpenburg's Mythen und Sagen Tirols) trägt so stark das Gepräge dichterischer Zuthat, daß sie wol kaum noch für „reine Volkssage" gelten dürfte.

Jede Sage kann zum Märchen werden, wenn die Phantasie des Dichters sie ausbaut — dieses Rechtes habe ich mich bedient, indessen dabei streng die Gesetze der Sagenwelt geachtet.

Die lückenhaftesten Sagen waren mir die liebsten, weil sie mir das freieste Schaffen gestatteten. Nur wenigen Märchen liegt eine vollständige Sage zu Grunde, in den meisten sind zerstreute, fernab liegende Trümmer zu einem Bau vereint, in mehreren Märchen sogar nur die Sagengestalten den alten Ueberlieferungen entnommen — über dies Alles giebt der Anhang gewissenhaften Aufschluß.

Nur alte, echte, dem Herzen und Gemüthsleben des Volkes entstammte Gebilde, die sich frisch und lebendig erhalten haben unter dem Staube Jahrhunderte langer Vergessenheit, habe ich ausgewählt, zumeist solche, welche — soweit mir bekannt — noch keinen Bearbeiter gefunden.

Neue, nur dem Dichtermund entsprungene, habe ich — als den für mich maßgebenden Gesetzen entgegenstrebend — vermieden.

Märchen von der Lorelei, so reizend und populär diese Schöpfung Cl. Brentano's auch ist, zu bringen, mußte ich mir daher versagen,

denn keine Volkssage berichtet von dieser schönen Rheinnixe und ihrem
herzbethörenden Gesange.   Aber stumm am Loreleyfelsen vorüber zu
ziehen schien mir selbst unmöglich.   Eine alte Sage läßt den versenkten
Nibelungenhort in diesem Felsen ruhen, und so durfte Krimhild's schöne
Gestalt, Erlösung suchend, um sein Gestein schweben.

Simrock sagt: „Mit dem Hervorziehen unserer alten Poesie ist es
nicht gethan.   Aus dem Schutt der Jahrhunderte in den Staub der
Bibliotheken — das ist ein Schritt aus einer Vergessenheit in die
andere; dem Ziele führt er nicht merklich näher.   Dieses Ziel ist
das Herz der Nation."

Und ein anderes Wort lautet: Wer das Herz der Jugend
hat, der hat das Herz des Volkes.

Dem neuen Geschlechte, der heranblühenden deutschen Jugend, den
Stammhaltern unserer edeln, poesievollen Nation, sei darum der „Elfenreigen" geweiht. Vermag dies Buch nur die Hälfte der Freude bei
ihr zu wecken, die Verfasser beim Niederschreiben empfunden, so wird
sich dieser reichlich belohnt fühlen für die Jahre der Forschung und
Arbeit, welche er auf dieses Buch verwendet.

Berlin, im August 1876.

Villamaria.

Inhalt.

		Seite
1.	Schwesterliebe	1
2.	Die Rache des Bergmännleins	13
3.	Ein Königskind	31
4.	Die weiße Alpenrose	49
5.	Die Kette der Nixe	63
6.	Holda's Paradies	91
7.	Im Geisterheer	111
8.	Die Rose von Tirol	129
9.	Der treue Kobold	143
10.	Eine Nacht in der Elfenwohnung	173
11.	Die versunkene Glocke	195
12.	Die Blume von Island	218
13.	Die Freundschaft der Zwerge	233
	I. Die sterbende Zwergenkönigin.	233
	II. Die unterirdischen Freunde	239
14.	Rheingold	251
15.	Das letzte Riesenheim	261
16.	Die Meerfai	297
17.	Der Becher der Elfe	319
18.	Das Benedigermännlein	329
19.	König Laurin	359
20.	Barbarossa's Jugendtraum	373

Anhang:

Notizen zu den Märchen		391

Hierzu ein Titelbild:

Der Graf im Kryhstallschloß der Nixe		(zu Seite 78)

Elfenreigen.

Janet rettet ihren Bruder aus der Macht
der Elfenkönigin.

Schwesternliebe.

or langen, langen Jahren erhob sich
in einer waldreichen, einsamen Gegend Schottlands das stattliche Schloß
Tamlanshill.

Land und Leute waren damals
noch rauh und ungebildet, der Boden
war nur angebaut um die Burgen her.

Mühsam ebnete man von den Schlössern aus einen Weg zu den
Wohnungen der zur Burg gehörigen Leibeigenen und Frohnsassen, mühsam
bahnte man einen Fußsteig durch den nächsten Wald, oder über das Torf-
moor — und wer darüber hinaus wollte, mochte für sein Fortkommen
allein sorgen. Landstraßen und Postverbindungen kannte man noch nicht,

an Abenteuern fehlte es daher Dem, der die kleinste Reise unternahm, gewiß nicht, und ging es auch nur wenige Stunden weit, nur bis zur nächsten Burg.

Eine solche Reise hatte auch der ehrwürdige Bischof von Glasgow unternommen, der, obgleich schon bejahrt, sich nicht abhalten ließ, seinen weitläufigen Sprengel persönlich zu besichtigen, und die Herzen der Menschen zu trösten und aufzurichten. Mit warmem Herzen und beredtem Munde spendete er Rath und Trost und vollzog die kirchlichen Handlungen, zu welchen er, kraft seiner hohen Stellung, berufen war.

Heute wurde er nun in Tamlanshill erwartet, und die sonst so stille Burg hallte wider vom Laufen und Rennen der zahlreichen Dienerschaft und den lauten Befehlen des Grafen, der alle Anordnungen selbst leitete, die zum Empfange eines so seltenen und so verehrten Gastes durchaus nöthig waren.

So kam es, daß Harry und Janet, die beiden Kinder des Burgherrn, der Kinderstube entschlüpfen konnten, ohne daß man in dem Tumult ihr Fortgehen bemerkte, und daß sie in den Park gelangten, den sie sonst nur an der Hand ihrer Wärterin betraten.

Es war der erste Mai. Die Luft war rein und warm, obgleich die Sonne sich schon ihrem Untergange zuneigte.

Das frische Grün, die hier und da sprossenden ersten Frühlingsblumen entzückten die Kinder und lockten sie immer tiefer in den Park. Sie spielten „Haschens" auf dem weichen Rasen und versteckten sich hinter den großen, tiefastigen Bäumen, die hier in reicher Menge standen.

Da tönte aus der Ferne Trompeten= und Paukenschall zu ihnen her= über. Janet horchte auf.

„Der Bischof kommt, der Bischof kommt!" rief sie fröhlich, „geschwind, Harry, komm, daß wir ihn ankommen sehen!"

„Gleich, Janet!" entgegnete der Kleine, „aber sieh nur diesen herr= lichen Schmetterling! Er sitzt so still, daß ich ihn leicht fangen kann. Geh nur voraus, ich komme gleich nach."

Janet eilte fort und Harry schlich hinter dem Schmetterling her, statt des Köschers sein kleines Baret nach ihm werfend.

„Gefangen!" jubelte er, aber als er nun hinzueilte, seine Beute in Empfang zu nehmen, flatterte der Schmetterling weiter.

Harry eilte ihm nach und wiederholte seinen Versuch — wieder um= sonst! Dicht vor ihm schwebte der herrliche Falter, aber weder mit Hand noch Mütze, so leise er auch heranschlich, so geschickt er auch warf, konnte er ihn erreichen.

Immer tiefer hatte er den Knaben in den Park gelockt.

Jetzt stand er an dem hohen Gitter, welches ihn zum Schutz der darin Wandelnden, von dem dichten Walde trennte, in welchem das Wild= schwein, der Wolf und der wilde Stier, nur selten gestört von den jewei= ligen Jagdzügen, ihr Wesen trieben.

Der schöne Schmetterling schlüpfte durch das Gitter, und Harry blieb weinend vor Unmuth und getäuschter Erwartung daran stehen. Jenseits lag ein kleiner Rasenplatz, in dessen Mitte eine herrliche, hundertjährige Eiche ihre Zweige mit dem frischen, grünen Blätterschmuck weithin ausbreitete.

Nach dieser Eiche flog der Schmetterling, schlüpfte in ein kleines Ast= loch und entschwand dem Auge des sehnsüchtig Nachblickenden.

„Jetzt wärest Du mein, wenn ich drüben wäre!" seufzte der Kleine und rüttelte ohnmächtig an dem starken Gitter.

Er schaute zurück nach dem Schlosse.... Die Musik schwieg — der Bischof war also angekommen.

Alle Hände und Füße waren dort in Bewegung, Keiner dachte an den Knaben. Er schaute wieder hinüber nach dem Walde, der jenseit des Rasenplatzes begann.

Wie still, wie friedlich lag er da! Die Sonne zitterte mit ihrem letzten Strahl auf seinen Wipfeln, und der Gesang der Nachtigall drang süß und lockend herüber.

Noch einen Blick nach dem Schloß — und Harry saß auf dem Gitter.

Noch einen Blick nach dem Walde — und er kletterte an der Außen= seite hinab, und stürzte athemlos auf den Baum zu. Aber das Astloch war so klein, daß, so sehr er auch die Hand zusammenbog, er sie nicht hinein zu zwängen vermochte.

Er sann einen Augenblick nach, hing dann sein Baret vor das Astloch und warf sich mit pochendem Herzen und glühender Wange in den Rasen, hoffend, der schöne Flüchtling werde wieder herauskommen und sich dann in dem Baret fangen.

Die Sonne war jetzt untergegangen; leise Nebel stiegen aus der feuch= ten Erde auf und wallten, Schleiern gleich, aus dem Walde daher.

Harry, von dem anstrengenden Laufe und der Aufregung ermüdet, lag ausgestreckt im Grase, stützte die brennende Wange in die Hand, schaute träumerisch auf die heranwallenden Nebel und lauschte auf die melodischen Klänge des Waldes.

Allmählich, ihm selbst unbewußt, senkte sich seine Wimper und er schlummerte ein, während die Vöglein ihm das Wiegenlied sangen. Näher und näher heran an das schlummernde Kind zogen die Nebel, bildeten

1*

einen Wolkenkranz über seinem Haupte und senkten sich dann wieder herab zum Erdboden, während der Mond in mildem Glanze über dem Walde heraufstieg.

Da sank leise das Baret von der Eiche und der kleine Schmetterling schlüpfte heraus, aber wie verändert war seine Gestalt!

Die durchsichtigen Flügel mit ihrem goldenen Rande, die den kleinen Harry bezaubert und verlockt, waren verwandelt in einen glänzenden Schleier und umschwebten ein paar zarte Mädchenschultern; ein grünes Gewand, von goldenem Gürtel gehalten, floß hernieder an einer zierlichen Gestalt, nur wenige Spannen lang, aber vom herrlichsten Ebenmaß der Glieder, während ein holdes Antlitz aus goldenen Locken hervorblickte.

Sie beugte sich lächelnd über den kleinen Schläfer.

„Gefangen, mein kleiner Freund, gefangen!" sprach sie mit einer Stimme, so klar wie der Ton einer Silberglocke. „Ja, ja, wer Andern eine Grube gräbt, fällt selbst hinein, — so sprecht ihr klugen Menschen, vergeßt aber darnach zu handeln. Wie wird sich unsere erhabene Königin freuen, erschaut sie das Werk ihrer getreuesten Dienerin."

Sie blickte hinüber nach dem Walde, von welchem es jetzt in langen, geräuschlosen Zügen heranwallte.

Bei dem Klange kleiner silberner Hörner, unter Melodien, wie sie nur die Seligen in des Paradieses Räumen erfreuen, kamen sie daher, die kleinen, holden Elfen, in ihrer unverwelklichen, stets sich erneuenden Schöne, um beim Erwachen des Frühlings ihre irdischen Wohnsitze unter der Erde, in den Wurzeln der Bäume und Blumen wieder einzunehmen, bis der Herbstwind von Neuem über die Stoppeln weht und der herannahende Winter sie zurücktreibt in ihre ferne Heimat.

Sie schwebten heran, getragen von den glänzenden Mondstrahlen; voran das Musikchor, das ihren Einzug im Frühling und ihren Auszug im Herbst, wie ihre zierlichen Tänze in den Sommernächten begleitet. Dann folgten die Scharen der herrlichen Elfenjungfrauen in smaragd= grünen Gewändern; Alle umspannt von goldenem Gürtel, Alle geschmückt mit dem langen Lockenhaar und dem glänzenden Schleier — Alle in über= irdischer, wandelloser Schönheit.

Und nun nahte sie, die Fürstin und Gebieterin dieser lieblichen Wesen — die schöne Elfenkönigin.

In einer Perle aus dem Meeresgrund, groß und strahlend, wie sie die Schatzkammer keines irdischen Königs aufweisen kann, ruhte sie in einer Lieblichkeit und Schöne, wie sie das Menschenwort nicht schildern, das Menschenauge nicht ertragen kann.

Auszug der Elfenkönigin am 1. Mai.

Ein lichtes, sonnenklares Gewand, von demantenem Gürtel gehalten, umfloß die schönen Glieder; vom Haupt hernieder bis zu den Füßen umwallten sie die langen, blonden Locken wie ein goldener Mantel, und ein bläulich strahlender Stern bildete das Königsdiadem auf ihrem Haupte.

Langsam nahte sich der Zug der Eiche, einen Kreis um sie und den kleinen Schläfer unter ihr schließend.

Die kleine Elfe, welche als Schmetterling den sorglosen Knaben hierher gelockt, trat an den Wagen der Elfenkönigin, und sich tief vor der hohen Gebieterin neigend, sprach sie ehrfurchtsvoll:

„Frau Königin, Dein Befehl ist vollzogen, Dein Sommerpalast hergerichtet, die Kammern darin geschmückt; aber was mehr als dies sagen will — der Wunsch, der oft in traulichen Stunden den Weg über Deine Lippen fand und unvergeßlich im Herzen Deiner getreuesten Dienerin eingegraben steht, naht sich seiner Erfüllung. Siehe her!"

Und sich zu den andern Elfen wendend, winkte sie ihnen mit der Hand. Da regten sich hundert kleine Arme, und von ihnen erfaßt und aufgehoben, wurde das tief schlafende Kind zu dem Perlenwagen getragen.

Von der Elfenkönigin Lippen klang ein Ton höchsten Entzückens.

„Willkommen, mein Befreier, mein künftiger Fürst!" sprach sie, sich über das Kind beugend und seine rosigen Lippen küssend, „und nun laßt uns eilen, meine Getreuen, mit unserm Schatz die sichere Stätte zu erreichen."

Ein Wink mit der Hand — und die acht Schmetterlinge mit den tiefblauen, goldgeränderten Flügeln, welche den Wagen der Elfenkönigin zogen, schwebten weiter, und der ganze Zug bewegte sich nach dem Fuß des Eichbaums hin, und dort — leis und schweigend, wie ein Traumgebild, versanken sie mit dem Knaben im Schoß der Erde, während kein Auge als das des Mondes ihrem geheimnißvollen Treiben zuschaute.

Ein Jahrzehnt war entschwunden seit jenem Abend, wo man nach dem feierlichen Empfang des Kirchenfürsten den Knaben endlich vermißt, ihn gesucht, mit Angst und Sorgen nach ihm geforscht und nichts gefunden hatte, als das kleine Sammtbaret im Grase unter dem Eichbaum.

„Mein Harry, der Erbe meines glanzvollen Namens, ist dahin!" klagte der Graf.

„Mein Harry, der Sohn meines Herzens, ist mir genommen!" weinte die Mutter.

„Harry, mein lieber Harry soll todt sein, für immer von mir getrennt? Nein, nimmermehr!" flüsterte leise Janet.

Die Zeit legt ihren Balsam auf die tiefste Wunde, und wenn auch das

Kraut „Vergessenheit“ auf eines Kindes Grab am spätesten wächst, so wächst es auch dort endlich.

Der Graf suchte Zerstreuung in der Jagd, im Becher und im Würfel= spiel, und seine Freunde und Nachbarn unterstützten ihn dabei ritterlich.

Die Gräfin ward nach einigen Jahren noch einmal Mutter eines Knaben, und in der Freude über dieses Kind vernarbte allmählich die Wunde, welche ihr der Verlust Harry's geschlagen.

Nur in der Schwester Herzen erblich Harry's Bild nie.

In der Dämmerung, wenn ihre Wärterin schlummerte oder im Ge= spräch mit den andern Schloßmägden der Obhut sich entzog, entschlüpfte Janet der Kinderstube und schlich in den Ahnensaal.

Dort stand sie vor dem Bilde des Bruders, das ihn in all seiner kindlichen Unschuld und Lieblichkeit darstellte, den verhängnißvollen Schmetterling auf der Hand — dort stand sie, und Thräne auf Thräne stahl sich langsam über die rosige Wange.

Sie sprach zu dem Bilde, als wenn es sie verstehen könnte; sie redete zu ihm von ihren Leiden und Freuden, und als sie älter ward und das sinnige Kind für manche Empfindung ihrer Seele kein Verständniß bei ihrer Umgebung fand, ward es ihr eine tägliche, unentbehrliche Gewohnheit, was in ihrer Brust lebte, vor dem Bilde des geliebten Bruders auszusprechen.

Er lebte — er lebte, das wußte sie ganz gewiß!

Aber die Mutter wandte sich einst unwillig ab, als sie diesen Glauben vor ihr aussprach. Ihr schien die unerschütterliche Treue, mit der die Tochter das Andenken des Geschiedenen festhielt, ein Vorwurf für ihr Mutterherz, das in der Freude über den zweiten Sohn den Schmerz um den ersten begraben hatte — und von da an sprach Janet zu keinem sterb= lichen Ohr mehr von ihren Hoffnungen.

Es war der letzte Oktober.

Heut wurde wieder der Bischof erwartet, und wieder, wie an jenem Abend, setzten die Vorbereitungen zu dem feierlichen Empfange alle Hände der Burg in Thätigkeit.

Morgen, am Tage Aller=Heiligen, sollte die zur lieblichen Jungfrau erblühte Janet durch die Firmelung vom Bischof in den Kreis der mün= digen Christen aufgenommen werden.

Eine wehmüthige Erinnerung an jenen Frühlingsabend, der durch des Bischofs erste Ankunft und Harry's Verschwinden den Bewohnern der Burg unvergeßlich geworden war, zog durch des Mädchens Seele. Sie entfloh dem überall herrschenden Getöse und eilte in den Park. Der darangrenzende Wald war seit Harry's Verschwinden, welches man begreiflicher Weise den wilden Thieren desselben Schuld gab, das Ziel aller ritterlichen Jagdzüge geworden, und den fortgesetzten Anstrengungen des Grafen und der benachbarten Burgherren war es endlich gelungen, den Wald gänzlich zu säubern.

So brauchte Janet auch nicht für ihre Sicherheit zu fürchten, als sie das jetzt im Gitter befindliche Pförtchen öffnete und auf den Rasenplatz hinaustrat.

Unter der Eiche, auf der Stelle, wo man Harry's Baret gefunden, war auf Janet's Bitten eine kleine Rasenbank errichtet worden — dorthin setzte sie sich, während ihre Gedanken, wie immer hier, zu dem geliebten Bruder eilten.

Es war ein Herbstabend, so mild und freundlich, wie die Natur ihn zuweilen ihren dankbaren Kindern sendet, bevor sie sich zum langen Winterschlafe niederlegt. Ein sanfter Lufthauch zog durch die Kronen der Bäume, leise den Tribut des Herbstes fordernd, indem er die goldenen Blätter abstreifte, die an die Stelle des grünen Laubes getreten waren.

An dem tiefblauen Himmel tauchte allmählich ein Stern nach dem andern auf, und langsam und majestätisch stieg jetzt im Osten der Vollmond über dem Walde empor.

Es war ein Abend wie jener Frühlingsabend, als Harry verschwand; daran dachte Janet auch, und heiß fielen ihre Thränen auf die gefalteten Hände.

Da löste sich eine Sternschnuppe, und Janet, dem Volksglauben treu, sprach inbrünstig, indem ihr Auge der leuchtenden Bahn folgte: „O daß mir Kunde würde von meinem Bruder!"

So saß sie lange noch in Träumen verloren, bis diese allmählich tiefer wurden und ihre Augen sich schlossen, während der Nachtwind mit ihren Locken spielte.

Da schien es ihr, als wenn die Herbstzeitlosen zu ihren Füßen sanft zur Seite geschoben würden; an ihrer Stelle tauchte ein Lockenhaupt empor, höher und immer höher sich hebend, und endlich — durfte sie ihren entzückten Blicken trauen? — stand vor ihr der geliebte Bruder.

Ja, das waren die theuern Augen, mit denen er im Leben sie angeblickt, und das liebe, bekannte Lächeln vergangener Zeiten.

„Harry," klang es laut in ihrer Seele, obgleich die Lippen schlafbefangen sich nicht zu regen vermochten, „Harry, Du lebst, mein Bruder! O, ich wußte es wohl! Wirst Du jetzt bei Deiner treuen Janet bleiben?"

„Ich lebe zwar," klang es leise von des Bruders Lippen, „aber schwerlich kann ich wieder auf die Oberwelt zurückkehren. Wer fände sich, die Bedingungen zu erfüllen?

„O sprich, mein geliebter Harry!" flehte Janet's Seele, „nenne sie
mir! Verlangst Du mein Leben — ich gebe es willig hin!"

Harry schüttelte mit freundlichem Lächeln das schöne, bleiche Haupt.

„Ich lebe dort unten bei den Elfen. Ihre schöne Königin in ihrer
Sehnsucht nach einer unsterblichen Seele, die sie nur durch die Vermählung
mit einem unschuldigen Sterblichen erlangen kann, hat mich mit hinab=
genommen in ihr Reich, als ich an jenem Frühlingsabend, den Schmetter=
ling verfolgend, hier unter diesem Baume eingeschlummert war. Unberührt
vom Hauch des Bösen bin ich dort unten von jenen Wesen erzogen. Mor=
gen, am Aller=Heiligentage, verlassen wir bis zum Beginn des Frühlings
unsere Wohnsitze hier unten, um in herrlicheren Gefilden zu leben, und dann
soll ich der Elfenkönigin vermählt werden."

„O, Harry, das darf, das soll nicht sein! Du bist ein Mensch und
darfst Deiner Bestimmung nicht untreu werden. Es giebt Bedingungen,
sagst Du, deren Erfüllung Dir Deine Freiheit wiedergiebt. Nenne, o nenne
sie, wenn noch ein Funken Liebe zu mir, zu Deiner Heimat in Deiner
Seele lebt."

Harry lächelte, freundlicher noch als vorhin.

„Ja, Janet, mein Herz schlägt noch warm. Noch sehnt es sich nach
dem goldenen Sonnenschein, an dem ich mich nie mehr erfreuen durfte; noch
liebe ich Dich, meine Eltern, meine Heimat. Schmerzvoll zog sich meine
Brust zusammen, so oft ich Dich hier oben weinen und klagen hörte um
mich, aber nimmer bis zu dieser Stunde, wo Du Deinen Wunsch beim
Fallen der Sternschnuppe aussprachst, dem dann auch die Elfen gehorchen
müssen, durfte ich Dir nahen."

„Nenne, o nenne die Bedingungen!" drängte Janet angstvoll.

„So höre denn: Morgen, am Aller=Heiligentage, wenn das Auge
des Tages sich geschlossen und der Mond und die Sterne ihre Bahnen zu
ziehen beginnen, verlassen wir unsere Wohnungen. Mitten in der Schar
der Elfen schwebt der Perlenwagen der Königin; neben ihr auf milch=
weißem Rosse wirst Du mich erblicken. Wenn du mich vom Rosse ziehst,
schweigend in Deinen Armen hältst, alle Verwandlungen, die der Zorn der
Königin mit mir vornehmen wird, um Dich zu verscheuchen, erträgst, durch
keinen Schmerz einen Ton, eine Bewegung Dir entreißen lässest — so bin
ich Dir wiedergegeben. Mißlingt Dein Versuch, so werde ich der Elfen=
königin Gemahl und bin für immer Dir, der Heimat und mir selbst
verloren."

Leise, wie Harry gekommen, schwand er wieder — und Janet erwachte.

Um sie her war es tiefe, schweigende Nacht, aber in ihr flutete die

Hoffnung in sonnenhellen Wogen, und leuchtende Tropfen, selige Thränen der Freude, entströmten ihren Augen.

Und wieder breitete die Nacht ihren Sternenmantel über die schlummernde Erde, als Janet mit glühenden Wangen durch das Gitterpförtchen schlüpfte und in den Schatten der Eiche trat. Schweigend stand sie da, zwischen den betend verschlungenen Händen ein kleines goldenes Kreuz mit dem Bildniß des Erlösers haltend, ein Geschenk der innig geliebten Eltern, das der ehrwürdige Bischof geweiht und ihr heut am Altare um den Hals gehängt hatte.

Inniger waren nie ihre Gebete zur heiligen Jungfrau emporgestiegen als an diesem Tage, von dessen letzten Stunden die Entscheidung über das zeitliche und ewige Glück einer unsterblichen Seele abhing. Sie hatte sich aus der glänzenden Gesellschaft fortgeschlichen, die zur Feier des Tages geladen war, noch einmal in brünstigem Gebete vor der Himmelskönigin sich zu reinigen und zu stärken, und nun stand sie hier in jenem muthigen Glauben, der in sich die Kraft fühlt, das Unmögliche möglich zu machen.

Leise erzitterte jetzt der Boden unter ihr, süße, himmlische Töne drangen hervor, und dicht neben ihren Füßen stiegen sie empor, die kleinen Blumengeister.

Vorauf ein Zug Elfen mit ihren silbernen Hörnern; darauf die schönen Elfenjungfrauen in unzählbaren Scharen — und nun der Perlenwagen mit der erhabenen Gebieterin. Neben ihr auf milchweißem Rosse ritt in ernstem Schweigen Harry.

Jetzt war der Zug neben Janet.

„Hilf, Maria, du Gebenedeite!" flehte ihre Seele, und sie umschlang den Bruder mit ihren weißen Armen, zog ihn vom Pferde und hielt ihn fest an ihre Brust gepreßt.

Da klang ein Schrei maßlosen Schmerzes von den Lippen der Königin.

Dieser Schmerzenston fand ein lautes Echo in der Brust der Elfen, ein stummes in dem Herzen Janet's. Sie wußte, daß der Königin jetzt die Hoffnung auf Unsterblichkeit genommen war, aber keine Wimper zuckte.

Da richtete sich die Königin empor. Ihre zierliche Gestalt wuchs auf zu menschlicher Größe.

So stand sie vor Janet, umflossen von strahlendem Gewand, umleuchtet vom Glanze ihres Diadems, und vor Allem von ihrer überwältigenden Schönheit, während ihre zauberschönen Augen mit verzehrendem Feuer auf das bebende Mädchen niederschauten.

„Gieb mir zurück mein Eigenthum, Du hast kein Theil an ihm!" sprach sie mit zürnendem Tone.

Aber Janet schaute nicht auf sie, sondern richtete fromm ihr Auge auf das Bild des Erlösers an ihrer Brust.

Da winkte die Königin mit ihrem Scepter, und der regungslose Körper Harry's erhielt Bewegung. Kalt und glatt wand er sich in Janet's Armen, und statt des holden Antlitzes züngelte ihr ein Schlangenhaupt Funken sprühend entgegen.

„Maria, Himmelskönigin, verlaß mich nicht!" seufzte sie tief innen, während ihre Lippen sich fest auf einander preßten, und ihre weißen Arme den geliebten Bruder in der grauenvollen Verwandlung nicht losließen, ob auch die kalten, feuchten Glieder in tausend Windungen um ihren lebens=warmen Leib sich ringelten.

Und abermals winkte die Königin:

Da brachen Flammen aus dem Rachen der Schlange, Flammen aus jedem ihrer Glieder, und in eine einzige glühende Lohe verwandelte sich der giftige Wurm.

Und ob auch die Glut die zarte Haut zusammenschrumpfte, ob auch grausamer Schmerz in ihren Gliedern wühlte, wie sie ihn nie empfunden — kein Schmerzenslaut entrang sich ihrem Munde; fest umschlangen die zitternden Arme die feurige Lohe.

„Maria, die Du noch mehr gelitten, stehe Deinem Kinde bei in die=sem schweren Kampfe!" stöhnte ihre Seele.

Da erkannte die Königin, daß es noch eine höhere Macht gäbe, als die ihres Scepters — die Macht wahrer, Schmerzen und Drangsal, Tod und Grab überwindender Liebe.

Sie ließ ab von der treuen Schwester und sank mit einem Schmer=zensschrei zusammen.

Jammernd umfaßten die Elfen ihre Königin, trugen sie in ihren Wagen, und unter Klagetönen und Trauerklängen zogen die armen, kleinen Geister von dannen.

Aber in der entzückten Schwester Armen ruhte der befreite Harry; heiße Freudenthränen tropften auf die Brandwunden ihrer Glieder, die sich schmerzlos schlossen, und so führte Janet den durch ihre Liebe dem Leben Zurückgewonnenen in die Arme der staunenden und beglückten Eltern.

Abschied vom Wichtlein.

Die Rache des Berg-
männleins.

Einst, als Treue und Wahrheit unter dem Menschengeschlecht
noch heimisch waren und die Zwerge mit diesem noch traulich verkehrten,
lebte in einem Dörfchen Tirols eine arme Wittwe.

Außer einer baufälligen Hütte und einer mageren Kuh hatte sie keine
irdischen Güter und doch ward sie von den Reichsten beneidet, denn sie besaß ein Töchterlein, wie es an Lieblichkeit weit und breit kein solches mehr
gab. Ja wahrlich, schön war das Grethli, als käme es geraden Wegs
aus dem Himmel, aus unseres Gottes Hand:

Lange, blonde Flechten hingen herab auf die schneeweißen Schultern,
um die klare Kinderstirn ringelten sich unzählige Löckchen und die blauen

Augen blickten so mild und friedevoll, wie die Augen eines Engels; dabei war die Kleine sanft und fleißig, aber auch frisch und fröhlich, wie ein echtes Tirolerkind sein muß. Ihre höchste Lust, ihre heißeste Sehnsucht war die Alp, die hinter ihrem Dorfe emporstieg und deren grüne Matten alljährlich die Herden des Dörfchens aufnahmen; und ihr sehnlichster Wunsch war, einst als Sennerin mit hinauf ziehen zu können, um die Herrlichkeit der Berge dort oben in vollen Zügen zu genießen.

Aber bis dahin war's noch lange, und so sehr sich Grethli auch emporreckte, und so sehnsüchtig sie auch nach den Bergen schaute — die Zeit zog mit dem ewig gleichmäßigen Flügelschlag über den schneebedeckten Häuptern der Alp wie über Grethli's lockigem Scheitel dahin. —

Einst, in der Frühe eines wundervollen Sommermorgens, als die Thautropfen noch im Grase funkelten, trat die Wittwe aus ihrer Hütte.

„Halt' gut Haus, mein Grethli," sprach sie zu der Kleinen, die ihr vor die Thür gefolgt war; „ich soll Deine Frau Pathin, die Hofbäuerin, zur Stadt begleiten, um ihr die Einkäufe nachher heimzutragen. Es kann spät werden, bis ich heimkehre, aber wenn Du brav spinnst und der Rocken dann leer ist, sollst Du auch ein schönes neues Fürtuch haben — und nun behüte Dich Gott, mein Kind!"

Sie ging und die Kleine schaute ihr nach, bis sie zwischen den Häusern des Dorfes verschwunden war; dann wollte sie in die Hütte zurückkehren, aber noch einmal wandte sie sich um, nach den Bergen zu schauen.

Eben stieg die Sonne langsam und feierlich über der Alp empor; ihre Strahlen schimmerten wie eine demantene Krone um das Haupt des riesigen Ferners, und die Nebel über dem schäumenden Gießbach wallten in den Farben des Regenbogens. In süßen, lockenden Tönen zog das Horn des Senners durch die Berge und sein Echo schwebte auf den Strahlen des Morgenlichtes hinab zum Ohr und Herzen des kleinen Mädchens.

In heißer Sehnsucht streckte sie die Arme nach den Bergen aus.

„O, horch, horch!" flüsterte sie lauschend, „ruft es nicht: „Grethli komm, Grethli komm!" O, einmal, einmal nur will ich hinauf, wenn die Mutter auch schilt, daß der Rocken nicht abgesponnen ist."

Und wie ein flüchtiges Reh durcheilte sie die Wiesen bis zum Bach und betrat jenseit desselben den Weg, der zur Alp hinaufführte. Sie flog den schmalen Pfad hinan so schnell, als fürchte sie, es möchte sie Jemand bemerkt haben, ihr nachgeeilt sein und sie zurückholen wollen; aber ihre Sorge war umsonst — Niemand hatte sie gesehen, Niemand folgte ihr.

Bald ward der Weg steiler und sie mußte langsamer gehen; jetzt gelangte sie an eine Felsplatte, die weit über die Tiefe hinausragte.

Sie trat hinauf. Da lag tief unter ihr das Dörfchen, versteckt in der Blütenpracht seiner Obstbäume und im Grün der Wiesen, und in der Ferne, auf der Landstraße, bewegten sich zwei kleine, dunkle Punkte — Grethli's Mutter und die Hofbäuerin. Die Kleine sah ihnen nach, bis sie im fernen Nebel verschwanden, dann wandte sie sich und schaute um sich her.

Noch immer wogte das Sonnenlicht in goldigem Glanze um die tausendjährige Stirn des Gletschers, der die Alp krönte, und sein Wieder= schein floß in purpurner Wolke hernieder über die Trift, auf der die Senn= hütte stand und wo die Dorfherde weidete unter dem melodischen Klang ihrer Glocken. Grethli hatte in frommem Entzücken die Hände gefaltet, ihr kleines Herz klopfte, als wolle es zerspringen vor Wonne.

„Grethli, Grethli!" tönte es plötzlich an ihr Ohr, aber nicht in den weichen Klängen des Alphorns, sondern leise und fast tonlos.

Die Kleine blickte erschrocken um sich: da schaute aus einer Spalte des Felsens neben ihr das Haupt eines Bergmännleins oder Wichtleins, wie das Volk Tirols die Zwerge nennt.

Damals lebten sie noch in Freundschaft mit den Menschenkindern, und erst später scheuchten ihr Spott und ihre Neugier die armen, kleinen Geister zurück in ihre einsamen Berge. So war auch die Kleine nicht er= schrocken über die unerwartete Erscheinung, sondern trat zutraulich an die Felsenöffnung und schaute freundlich in das runzlige Gesicht des Zwerges.

„Grüß Dich Gott, Wichtle," sagte sie herzlich; „wie kommst Du hierher?"

„Hier ist meine Wohnung," entgegnete er, indem es beim Anblick des holden Kindes wie leiser Schimmer über das tausendjährige Antlitz flog, „aber sag', wie Du hergekommen bist, Grethli."

„Die Sonnenstrahlen und der Gletscher und das Alphorn haben mich verlockt," sagte die Kleine fröhlich, „und da bin ich hergelaufen, und nun ist es so wunderschön hier oben, wie ich es nie geglaubt. Ach, wer da hinüber könnte über den schäumenden Wasserfall und hinauf auf die Spitze des Ferners — da muß man ja geraden Wegs in den Himmel hineinschauen können und unsern lieben Herrgott und die schönen Englein erblicken."

Der Kleine war unterdeß aus seiner Höhle herausgetreten und stand nun neben dem Kinde, dem er kaum bis an die Schultern reichte. Der win= zige, unschöne Körper war nur mit dürftigem Gewande bedeckt, von dem fal= tigen, ernsten Angesicht hingen Haar und Bart in langen, grauen Locken nieder fast bis zum Gürtel; aber die Augen blickten so klar und ruhig, als hätten sie mit den Kämpfen des Erdenlebens nie Etwas zu schaffen gehabt.

„Ueber den Abgrund hinüber möchteſt Du und hinauf auf die Spitze
des Gletſchers?" fragte er; „ja, Grethli, das iſt für Menſchenfüße ein
wenig zu ſteil — aber wir Bergmännlein können es!"

„Kannſt Du 's, Wichtle, kannſt Du 's wirklich? O, da laß Dich ſchön
bitten und nimm mich mit hinauf!" ſagte das Kind, und dabei legte es
ſeine kleine, weiche Hand auf die welke Rechte des Zwerges.

„Ja, was giebſt Du mir dafür, Grethli?" fragte das Männlein.

„Alles, was ich habe," ſagte die Kleine eifrig, „ich bin nur leider gar
arm und habe herzlich wenig; was ſoll's denn ſein?"

„Nun höre," ſagte das Bergmännlein ernſt, „es iſt nicht ſo gar viel:
alle Tage in der Dämmerung, wenn Deine Mutter mit dem Spinnrad
zur Nachbarin geht, mit ihr zu plaudern, kommſt Du an dieſen Felſen und
ſchauſt ein wenig nach mir, dem armen, einſamen Wichtle, willſt Du?"

„Ach gern, herzlich gern!" rief fröhlich das Mägdlein, „in der Zeit
darf ich ja immer ein wenig umherlaufen und verſäume nichts."

„Nun ſo gieb mir Deine Hand und laß uns wandern!"

Grethli reichte dem Bergmännlein die Hand und dann ſtiegen ſie zuſammen empor; aber ſo ſteil der Weg auch wurde — Grethli fühlte an
der Hand ihres kleinen Führers nichts von Ermüdung. Der ſteinige Pfad
glitt wie eine ſammtene Woge unter ihren Füßen hin — ſie wußte kaum,
ob ſie dieſel..t bewege — während die Pracht des Sommermorgens und
die ganze ungeahnte Herrlichkeit der Alpenwelt um ihre Seele wogte.

Jetzt ſtanden ſie an einem Abgrund und jenſeit deſſelben über thurm-
hohe Felſen herab ſtürzte ſich der Gießbach in die purpurne Tiefe. Die
Sonnenſtrahlen ſenkten ſich in die ſchäumenden Waſſer und ſtäubten dann
wieder empor in Millionen funkelnder Tropfen.

Grethli beugte ſich vor, ſchauernd in Angſt und Entzücken, um mit
dem Auge den ſtrudelnden Waſſern zu folgen.

„Jetzt, Grethli, halt' Dich feſt!" mahnte das Bergmännlein, und
während die Kleine ängſtlich die Augen ſchloß, faßte er ſie in die Arme
und wie getragen von unſichtbarer Schwinge ſchwebte er mit ihr hinüber
über den Abgrund! Unter ihr ſchäumten und tobten die Waſſer, die
ſpringenden Tropfen netzten ihr Stirn und Wangen, aber unbeſchädigt und
trockenen Fußes erreichten ſie den jenſeitigen Boden.

„Ach, Wichtle," ſagte das Kind, als es drüben die Augen wieder
öffnete, „was für ein Sprung war das! Du haſt gewiß unſichtbare
Engelsflügel!"

Da trübten ſich die klaren Augen des Zwerges und durch die verwitterten Züge ging ein ſchmerzliches Zucken, aber er antwortete nichts.

Weiter ging es über grüne Triften und schneebedeckte Höhen — die Sonne hatte den Zenith schon überschritten — nun standen sie am Fuße des Gletschers, wo die Region des ewigen Schnees beginnt. Unter ihnen lagen die blühenden Matten, tief unter ihnen die Sennhütte und die statt-liche Herde und vor ihnen und über ihnen nichts als Eis und Schnee und der blaue wolkenlose Himmel. Der Zwerg glitt die spiegelglatte Höhe hinan, als wäre es ebener Boden, und Grethli schwebte neben ihm empor, leicht und unaufhaltsam wie eine Wolke. Immer höher hinauf ging es, weit hinter ihnen blieb alles Lebendige zurück — sie waren allein zwischen Himmel und Erde. Jetzt standen sie auf der höchsten Spitze des Ferners.

Die Kleine blickte in lautlosem Entzücken um sich: ihr Heimatdörfchen war ihr so fern gerückt, daß ihr Auge nicht mehr hinabreichte. Tief unter ihr kreisten die Adler, tief unter ihr zogen die Wolken, die Erde lag ihr so fern, so fern — nur der Himmel schien ihr nahe und erreichbar.

Sie faltete fromm die kleinen Hände.

„Ach, Wichtle," sagte sie innig, „wenn wir jetzt Flügel hätten, könnten wir geraden Wegs in den Himmel fliegen — es kann gar nicht mehr weit bis dahinauf sein; wie schön müßte es dort sein!"

„Ja, sehr schön!" sagte das Erdmännle seufzend.

„Du sprichst ja, als hättest Du ihn schon gesehen!" sagte die Kleine. „Warst Du denn schon einmal im Himmel?"

Der Zwerg nickte mit dem Kopfe.

„Du warst im Himmel, Wichtle?" rief Grethli entzückt; „o, erzähle, erzähle!"

„O, das ist eine traurige Geschichte," sagte das Männlein trübe; „laß mich lieber nicht daran denken!"

„Wie kann eine Geschichte vom Himmel traurig sein! O, erzähle, liebes Wichtle!" bat die Kleine schmeichelnd.

„Ich denke nicht gern daran," sagte der Zwerg, „aber Dir kann ich's nicht abschlagen — gleichst Du doch ganz jenem lieben, schönen Englein, mit dem ich einst vor vielen tausend Jahren im Himmelreich weilte, wo wir dann immer mitsammen gingen, wenn wir ausgesandt wurden, die Be-fehle des Allmächtigen zu vollziehen. Ja, wol war es herrlich und wunder-schön im Himmel, aber die Sünde schlich selbst bis zum Throne des Ewigen und nistete sich dort ein im Herzen Lucifer's, des höchsten Engels. Er — das Geschöpf des Herrn — überhob sich seiner Schönheit und Macht, wollte gleich sein seinem Schöpfer und empörte sich gegen ihn. Da ward er hinabgestoßen in den Pfuhl der Hölle mit Allen, die seine Empörung getheilt; und wir Andern, die wir uns zwar nicht aufgelehnt hatten in offenem

Ungehorsam, aber doch im Herzen gern gelauscht den verführenden Worten —
wir wurden hinabgeschleudert zur Erde und blieben an den Bergen und
Felsspitzen hängen. Hier harren wir nun angstvoll der Zukunft, die auch
über unser Los entscheiden wird."

Der arme, kleine Zwerg hatte die dürren, braunen Hände vor das
gefurchte Antlitz gedrückt, als könne er nicht in den Himmel hinaufschauen,
der ihn ausgestoßen. — Grethli war fast ebenso betrübt, als das Berg=
männlein neben ihr; sie dachte nicht an seinen Frevel, sie fühlte nur mit
ihm sein Unglück — leise zog sie ihm die Hände fort, strich mit weicher
Hand über sein uraltes Gesicht und sprach tröstend:

„Weine nicht, armes Wichtle; wenn ich jetzt in der Frühe und beim
Abendläuten zu Gott bete, werde ich jedesmal für Dich, armes Männle,
mitbeten, daß Du einst wieder in Deinen schönen Himmel kommen darfst,
aber nun weine auch nicht mehr!"

Das Bergmännlein schaute freundlich in das engelschöne Gesichtchen,
das sich über ihn neigte in herzlichem Mitleid: „Ich danke Dir, Grethli,"
sprach er, „vergiß es aber auch nicht! Nun aber sieh, wie tief die Sonne
schon steht — Deine Mutter wird bald heimkehren."

Grethli schaute überrascht empor — wo waren die Stunden geblieben?
Nicht Hunger, noch Durst, noch Ermüdung hatte sie empfunden — nichts
hatte sie gemahnt an das Schwinden der Zeit — so hatte der Zauber der
Berge ihre Seele umfangen.

Jetzt, als sie um sich blickte, sank die Sonne eben langsam hinter den
fernen Bergen hinab; ihre letzten Strahlen weilten noch einen Moment auf der
Spitze des Ferners und huschten in rosigen Lichtern hinab über seine krystalle=
nen Flächen, während aus den Thälern schon die Abendnebel emporstiegen.

Der Zwerg faßte wieder des Kindes Hand und in geisterhafter Eile
glitten sie hinab über die spiegelglatte Höhe, sonder Mühe und Anstrengung.
Jetzt tauchte schon die Sennhütte neben ihnen auf, das Herdfeuer leuchtete
durch das kleine Fenster und die Herde lag ruhend auf der Nachtweide,
in deren tiefästigen Bäumen der Abendwind leise rauschte.

Grethli glitt seitwärts an ihnen vorüber — das Abendlicht war nun
erloschen und der Mond stieg voll und silberglänzend über dem Thal em=
por — jetzt hörten sie schon von fern den Donner des Gießbachs und gleich
darauf standen sie wieder am Abgrund.

Im Strahl des Vollmonds stürzte der Bach vom Felsen hernieder,
wie ein Strom lebendig gewordenen Silbers, und tönte dann aus der
Tiefe herauf, wie der Donner einer fernen Schlacht.

Grethli schloß wieder die Augen. Einen Moment fühlte sie den Boden unter ihren Füßen schwinden, fühlte das sprühende Naß wieder auf Stirn und Wangen, dann war sie jenseits und der Weg glitt wieder thalwärts= führend unter ihren Füßen hin. — Jetzt standen sie an der Felsenspalte, dem Eingang zu des Bergmännleins Wohnung.

„Denkst Du auch an Dein Versprechen, Grethli, und willst Du auch zu keinem Menschenkinde von mir plaudern?" fragte der Kleine ernst.

„Gewiß nicht, Wichtle!" versicherte das Mägdlein, „selbst dem Seppi, meinem liebsten Spielgenoß, sag' ich kein Sterbenswörtchen und alle Tage will ich kommen, nach Dir zu sehen und will auch des andern Versprechens nicht vergessen; leb' nun wohl bis morgen!"

Damit eilte sie fort, während der Zwerg in der Felsenspalte stehen blieb, dem holden Kinde nachzublicken.

Eiligen Laufes flog sie dahin, zwar nicht mehr mit der geisterhaften Schnelle wie an der Hand des Bergmännleins, aber doch so mühelos, als hätten unsichtbare Hände den rauhen Weg für sie geebnet; das Mondlicht schwebte vor ihr her und erhellte den dunkeln Pfad. Jetzt überschritt sie den Bach, schlüpfte durch die Wiesen und stand vor der Thür ihrer Hütte. Noch waren die Fenster dunkel, die Mutter also noch nicht heimgekehrt — ein leiser Seufzer entschlüpfte Grethli, als sie jetzt des Rockens gedachte und der nicht gelösten Aufgabe. Eilig zündete sie das Lämpchen an, um das Versäumte so viel als möglich nachzuholen — da, als sie an das Spinnrad trat, war der Rocken leer, der Haspel gleichfalls und an der Wand hing ein Strang des schönsten, silberglänzenden Garns, so fein und gleichmäßig, wie es Grethli's Hand noch nie gesponnen.

„O Du gutes Wichtle!" rief das Mägdlein in dankbarer Freude — da knarrte auch schon die Hausthür und die Mutter trat ein.

Grethli's Herz klopfte. Was sollte sie sagen, wenn die Mutter nach dem heutigen Tage forschte? Das gute Bergmännlein verrathen durfte sie nicht und die Mutter belügen noch weniger — aber diese fragte nicht; sie freute sich des schönen Garns, erzählte von dem Treiben des Jahr= marktes in der Stadt, und nachdem sie das einfache Abendbrot genossen und das Nachtgebet gesprochen, gingen sie zur Ruhe und in Grethli's Träume glänzten Alp und Sonnenlicht hinein. —

Ach, wie schlichen die Stunden des nächsten Tages so träge dahin; Grethli hätte es kaum ertragen bis zur nächsten Feierstunde, wenn nicht der Segen des Bergmännleins auch heute über dem Rocken gewaltet, und der schöne, wunderfeine Faden, der ohne alle Mühe unter ihren Fingern hervorquoll, sie so sehr erfreut und belustigt hätte.

„Nein, wie schön Du schon spinnen kannst, Grethli," sagte die Mutter

2*

lobend, „was wird Deine Frau Pathin sagen, wenn sie den schönen, gleichen Faden sieht."

„Gelt, Mütterlein," sagte die Kleine, belustigt von ihrem kindlichen
Geheimniß, „jetzt kann ich's grad' so gut wie Du und nun ist der Rocken
leer und ich darf hinaus!" Die Mutter nickte; das Spinnrad ward beiseite gestellt und das Mägdlein eilte hinaus und den Bergpfad hinan zu
ihrem kleinen Freunde, der schon ihrer wartend in der Felsenspalte stand.

So kam sie nun Tag für Tag. — Was für herrliche Stunden waren
das, wenn das Bergmännlein erzählte von der schönen, verlornen Himmels-
heimat und Grethli nicht müde werden konnte zu hören und zu forschen,
oder wenn sie an seiner Hand beim Glanz der Abendsonne durch die Berge
eilte, gefahrlos über die Abgründe schwebte und über die Spitzen der Ferner
glitt, die nicht einmal der Fuß der Gemse betreten konnte.

Aber so weit auch die Wanderungen waren, so lange auch die Geschichten des Bergmännleins währten — immer doch war sie zu rechter
Zeit daheim in ihrem Stübchen und nie hatte die Mutter Grund zu fragen:
„Grethli, wo bleibst Du so lange?" — Nie brauchte sie daher ihr Wort
zu brechen und ihren kleinen Freund zu verrathen. Aber nun kam der
Herbst und Grethli dachte mit Schrecken daran, wie es werden würde,
wenn die Wege verschneit seien und sie nicht mehr hinauf könne zur Alp.

Es war wieder Abend. Grethli hatte den eben gehaspelten Garn-
strang an die Wand gehängt und trat nun hinaus vor die Hütte. Noch
schimmerte der letzte Sonnenstrahl auf den fernen Gletschern, da tönte die
Abendglocke. Grethli faltete die Hände und betete für sich und dann für
das arme Bergmännlein — noch keinen Tag hatte sie ihres Versprechens
vergessen —; als dann der letzte Ton verhallt und das „Amen" gesprochen
war, flog sie den Felsenpfad hinan zur Wohnung des Zwerges.

„Ach, Wichtle," sagte sie zu dem Kleinen, „ich kann Dir nicht sagen,
wie bang es mir zu Sinne ist, wenn ich an den langen Winter denke, der
nun bald kommt; die ganze lange Zeit nicht hinauf dürfen zu Dir und
meinen schönen, lieben Bergen — das kann ich nimmer ertragen! O, sieh
nur, wie die Gletscher glühen ringsum. Geschwind, geschwind, Wichtle, laß
uns hinauf, ehe sie ihren Purpurmantel abwerfen." — Sie faßte bittend
seine Rechte und in zauberischer Eile ging es fort: Wasserfall und Sennhütte
flogen an ihnen vorüber, hinauf glitten sie auf die schimmernden Gletscher,
über deren eisige Schultern jetzt das Abendlicht in violetten Wogen niederfloß.

„O, sieh, sieh!" rief das Kind entzückt, „jetzt taucht er seine Stirn in
ein Meer von Veilchen und nun rollen die farbigen Wellen hinab bis zur
Sennhütte, daß die Hirten glauben müssen, es käme ein Meer von Blumen

angeschwommen." — Sie schaute entzückt den Abendstrahlen nach, die in wunderbarer Farbenbrechung um den Gletscher spielten, einen Augenblick erhellend in seine Spalten schlüpften und dann hinab über die Matten rollten.

„Ach, bliebe es doch immer Sommer!" rief sie, sehnsüchtig den enteilenden Strahlen nachblickend; „aber, Wichtle, jetzt fährst Du mich noch einmal um die Gletscherspitzen, gelt, Du thust's?"

Der Zwerg nickte lächelnd. Da kauerte Grethli hinter ihm nieder, ergriff die Enden seiner lang herabwallenden Locken und nun eilte das Männlein mit ihr in Windeseile auf dem höchsten Rande des Gletschers entlang. Dicht neben ihnen gähnten die eisigen Klüfte, der Wind heulte in ihren Schluchten und in der Tiefe brauste ein Eisstrom in milchweißen Wogen, aber Grethli wußte sich sicher im Schutze ihres kleinen, mächtigen Freundes; — lächelnd schaute sie hinab in den Abgrund neben sich und lauschte dem Geheul des Windes und dem Tosen des Stromes tief unten. Jetzt flog sie weit über den Rand hinaus und schwebte sekundenlang über der schwindelnden Tiefe, aber sie fürchtete sich nicht, hielt sich fest an den Locken des Zwerges und jauchzte laut vor Lust und Vergnügen. So ging es in rasender Eile hin über die Zacken und Spitzen des Gletschers und dann hinab über seine spiegelglatten Seiten bis zur Trift, wo die Sennhütte stand. Als sie endlich an der Felsspalte dankend von ihrem kleinen Freunde schied, seufzte sie noch einmal: „Ach, wenn es doch immer Sommer bliebe!"

Aber es blieb nicht Sommer.

Als Grethli am andern Morgen vor die Thür hinaustrat, waren alle Wege dicht verschneit und der Himmel hing voll grauer Wolken; im Dorfe aber herrschte reges Leben, denn der Bergmeister hatte in den Häusern ansagen lassen, daß man Alles rüste für die heute noch heimkehrenden Herden. Da gab es denn alle Hände voll zu thun und der Spinnrocken mußte ruhen, da Grethli der Mutter half den Stall kehren und die Krippen voll duftigen Bergheues stecken. Heute durfte Grethli die Hütte nicht verlassen, da die Mutter mit dem Korbe auf dem Rücken hinaufging zur Sennhütte, gleich den Hausvätern des Dorfes ihren Antheil am „Alpnutzen" zu holen — die Ballen der goldgelben Butter und die großen fetten Käse, die den Sommer über von den Sennern auf der Alp bereitet waren. — Grethli stand indeß unter der Thür ihrer Hütte, schaute sehnsüchtig hinauf zu den Bergen und lauschte gespannt, ob sie noch immer nicht das Geläut der heimkehrenden Herde vernähme. — Jetzt erschallte es aus weiter Ferne, dann immer näher und näher, und nun erschienen die schönen, wohlgenährten Thiere oben auf den abwärts führenden Alppfaden.

„Sie kommen, sie kommen!" ging es frohlockend durch das Dorf.

Die daheim gebliebenen Frauen und Kinder eilten hinaus auf die Dorfwiese, der heranziehenden Herde entgegen. Mit fröhlichem Gejauchze wurden die schönen Thiere — des Tirolers größter Stolz und Reichthum — begrüßt, dann ergriffen die Knaben die Schellenrieme und willig folgten die Kühe in die alten, wohlbekannten Ställe.

Hinter der Herde und den Hirten kamen die Männer des Dorfes, in hohen Körben den reichen „Alpnutzen" tragend. Zwischen ihnen keuchte Grethli's Mutter mühsam einher unter der schweren Last, aber trotzdem leuchteten ihre Augen freudig, denn so reichlich wie in diesem Jahre war ihr Antheil noch nie gewesen; und ihre Schecke, sonst die magerste Kuh des Dorfes, war glatt und voll, weitaus die schönste in der ganzen Herde.

Reich bekränzt, mit kleinem zierlichem Melkgeschirr, wie es die Hirten beim Weiden schnitzen, um die Hörner der heimziehenden Kühe damit zu schmücken — schritt sie einher an der Spitze des Zuges.

Grethli kannte das gute Thier gar nicht wieder, bis ihr Pathe, der reiche Hofbauer, der dies Jahr Bergmeister war, lachend rief: „Ja, ja, Grethli, die da ist es! Gelt, jetzt schaut sie anders aus als im Frühjahr, da sie hinaufging?" — — Da ergriff das Mägdlein das Halsband der schönen Kuh und führte sie fröhlich in den Stall.

„Gutes Wichtle," sagte sie leise, als sie die Kette an der Krippe befestigte, „das ist wieder Dein Werk und nun kann ich nimmer hinauf in diesem Jahr, Dir zu danken, Du armes, gutes Männle!" —

Es war Abend; die Mutter ordnete noch die Butterhallen im Trag-korb und die schönen, fetten Käse, die morgen nach der Stadt gebracht werden sollten, während Grethli das Herdfeuer schürte und den Rocken da-vor rückte, um beim Leuchten der Flamme zu spinnen. Der Wind zog schneidend von den Bergen herab und trieb die Schneeflocken prickelnd gegen die kleinen bleigefaßten Fenster der Hütte. — Das Mägdlein drehte emsig das Rad, aber sie hörte kaum die fröhlichen Worte der Mutter, die laut berechnete, wieviel sie in diesem Jahre mehr lösen werde und was sie dafür an Hausbedarf anzuschaffen gedenke — sie dachte an das arme Bergmänn-lein, wie es umsonst heute auf sie gewartet und wie der Wind jetzt auch in seine kalte Felsenwohnung hineinblase und es nun frieren müsse in seinem dünnen abgetragenen Röckchen — das arme, gute Wichtle!

Da ward draußen der hölzerne Riegel fortgeschoben, die Thür knarrte, kleine, trippelnde Füße kamen über den Vorplatz und leise klopfte es nun an die Stubenthür.

Die Mutter rief verwundert: „Nur herein!" aber Grethli war aufgesprungen in freudiger Ahnung und öffnete selbst die Thür.

Wichtle's Abendbesuche in Grethli's Hütte.

Ja, wahrlich, da stand das Männlein, über und über mit Schnee bedeckt, und seine kleinen Glieder zitterten vor Kälte.

„O Du gutes Männle," rief das Kind voll Freude, „kommst Du durch Nacht und Kälte her, mich zu besuchen; komm geschwind an den Herd, Dich zu erwärmen!"

Damit führte sie ihn zum Feuer, stäubte ihm dienstfertig den Schnee aus Kleidern und Locken und rückte ihm dann geschäftig den alten Lehnsessel der Mutter zum Herd.

Mit stillem Lächeln nahm das Zwerglein all die kleinen Liebesdienste hin, kletterte dann hinauf in den Sessel und hielt die kleinen frostbebenden Hände gegen die Flamme; dabei schaute er schweigend, aber mit glänzendem Auge bald auf seine kleine Freundin, bald in das flackernde Herdfeuer.

Grethli setzte sich ihm nun gegenüber und ließ ihr Rädlein wieder emsig schnurren, ganz glücklich, daß ihr kleiner Freund, dem sie so viel köstliche Stunden dankte, bei ihr war und an ihrem Feuer sich wärmte — das einzige Gute, das sie ihm gewähren konnte, denn Käse und Brot, womit Grethli's Mutter den Gast sogleich hatte erquicken wollen, hatte er kopfschüttelnd zurückgewiesen.

Nachdem der Tragkorb gepackt war, hatte die Mutter sich auch mit dem Spinnrade zu den Beiden ans Feuer gesetzt; sie ersah aus Grethli's Benehmen, daß sie und das Bergmännlein gute Bekannte seien, aber sie hütete sich zu fragen, denn sie wußte, daß die Geister die Neugier hassen und ihre segenbringende Freundschaft sich dann leicht ins Gegentheil wandelt.

Auch Grethli schwieg; sie konnte sich wol denken, daß das Bergmännlein seine schönen Geschichten vor keinem fremden Ohre erzählen werde, aber das schadete nichts, war doch das gute Männlein bei ihr — ein Zeichen, daß es ihr nicht zürnte wegen ihres heutigen Ausbleibens, und darum lächelte sie fröhlich dem Kleinen zu, der behaglich im Sessel kauerte. Kein Wort ward gesprochen, nur das Knistern der Flamme und das Schnurren der Räder durchtönte den kleinen Raum.

So schwanden die Stunden dahin, flüchtig wie Minuten und verwundert schaute Grethli empor, als der Ruf des Wächters vom andern Ende des Dorfes her die zehnte Stunde verkündete. Die Mutter erhob sich und stellte ihr Spinnrad in die Ecke und Grethli folgte ihrem Beispiel; dann trat sie zu dem großen Himmelbett, das sie mit der Mutter theilte, nahm ein Pfühl heraus und trug es zum Lehnsessel.

„Da, Wichtle," sagte sie fürsorglich, „bedecke Dich damit, denn die Nacht wird kalt und Du möchtest frieren, da das Feuer erloschen ist."

Aber das Wichtle wies freundlich nickend die Decke zurück, stieg vom Lehnsessel und streckte sich behaglich in die noch warme Asche des Herdes.

Da war Grethli beruhigt, schlüpfte in ihr Bett und bald ruhten Mutter und Kind und selbst der kleine seltsame Gast in sanftem Schlummer.

Noch waltete tiefe Dämmerung draußen, da erwachte das Kind von einem leisen Geräusch; als sie schlaftrunken die Augen öffnete, sah sie ihren kleinen Freund eben seine Lagerstätte verlassen und sich der Thür zuwenden. Schnell richtete sie sich auf und leise, daß die Mutter nicht erwache, flüsterte sie: „Du kommst doch wieder, Wichtle, gelt, Du kommst?"

Freundlich nickte das Männlein dem Kinde zu, dann schlüpfte es hinaus und eilte im Morgengrauen hinauf in seine Berge.

Und jeden Abend von nun an, wenn die Arbeit in Küche und Stall gethan war, und die Mutter und Grethli mit ihren Spinnrädern bei der prasselnden Flamme saßen, knarrte zu bestimmter Stunde die Thür, das Bergmännlein erschien, setzte sich in den schon bereit gestellten Sessel und wärmte die kleinen, frosterstarrten Glieder.

Zwar flog kein lustiges Gespräch zwischen den Dreien hin und her, aber es war ein heiteres, behagliches Schweigen, und dabei schnurrten munter die Räder und traulich leuchtete das Herdfeuer.

Wenn dann die Räder fortgestellt und der Abendsegen gebetet war, gingen Mutter und Kind zur Ruhe, während der Zwerg sein selbstgewähltes, warmes Lager suchte. Wenn dann Morgens die Beiden erwachten, war er schon längst fort, hinauf in seine Felsenhöhle. — So schwand der Winter, schneller und traulicher, als Grethli geglaubt, und eines Morgens, ehe sie's gedacht, war der Frühling im Thal und lächelte sie an in den zarten grünen Hälmchen und im Zwitschern der heimgekehrten Schwalben.

„Der Sommer kommt nun bald, der schöne, schöne Sommer!" jubelte die Kleine und die Bilder des vergangenen Jahres standen dabei lebendig vor ihrer Seele. —

Als sie heute das Stübchen ordnete und die Asche des Herdes sorgsam zusammenkehrte, fand sie darin ein seltsam glänzendes Steinchen; erfreut eilte sie damit zur Mutter.

„Sieh, o sieh, lieb Mütterlein, was ich in der Asche fand!" Die Mutter betrachtete aufmerksam das glänzende Dinglein.

„Still, still, Grethli," sagte dann die kluge Frau, „das ist sicherlich eine Gabe des Bergmännleins und ein werthvoller Edelstein, wie ich manch einen in der Stadt, in der Hand des reichen Goldschmieds sah, bei dem ich in meiner Jugend als Magd gedient. Zu ihm wollen wir auch diesen tragen. Aber sprich zu keiner Seele davon, denn die Gaben der Geister verschwinden leicht, wenn man davon plaudert."

Die Mutter hatte Recht gehabt — es war ein kostbares Juwel, welches das Bergmännlein beim Abschied hinterlassen, zum Dank für das freundlich gewährte Obdach, und der redliche Goldschmied zahlte der Mutter den vollen Werth. — Wol kehrte das Bergmännlein für jetzt nicht wieder, doch blieb seine segnende Spur sichtbar in dem Wohlstand, der nun hier einzog.

Ein schöner Acker ward gekauft, an der Stelle des baufälligen Hüttleins erhob sich in Kurzem ein freundliches Häuschen, und als diesmal die Dorfherde hinaufzog zur Alp, führte Grethli dem Senner zwei stattliche Kühe zu. — Da war denn die Freude doppelt groß, als die Kleine zum ersten Mal wieder den Bergpfad hinaufeilte, ihren kleinen Freund zu besuchen und ihm von den Wandlungen zu berichten, die man seiner Güte dankte.

Sie waren nun wieder da, die heißersehnten Tage, und schön und

genußreich gleich den vergangenen. Sie zogen dahin und reihten sich all=
mählich zu Jahren und in ihrem Laufe erblühte das Mägblein zu der
schönsten und sittsamsten Jungfrau weit und breit — aber die Freund=
schaft mit dem Bergmännlein blieb so innig, wie in ihren Kinderjahren.

Alltäglich noch eilte sie in den sommerlichen Abendstunden hinauf zur
Felsenspalte, lauschte seinen geheimnißvollen Erzählungen und seinen weisen
Lehren oder schwebte mit dem Entzücken der alten Zeiten an seiner Hand
über die Spitzen der Ferner. Das Bergmännlein dagegen kam allabend=
lich zur Winterszeit herab aus seinen verschneiten Bergen, wärmte sich am
Feuer und schlummerte auf dem warmen Herbe.

Der Wohlstand der kleinen Familie hatte sich von Jahr zu Jahr ge=
mehrt. Ueber Aecker und Wiesen, Haus und Stall waltete die schützende Hand
des Zwerges und Mißwachs und Seuche blieben Feldern und Herbe fern.

Heute nun war ein Tag hohen Glückes über dem stillen, friedlichen
Wittwenhäuschen heraufgezogen: Sonnenlicht glänzte durch die hellen Fen=
sterscheiben, Sonnenlicht strahlte aus Grethli's wunderschönen Augen und
spiegelte sich in dem goldenen Ringlein, das sie wie in leisem Gebet an die
rosigen Lippen drückte.

Der Ruf von Grethli's Schönheit und Anmuth war weit hinausge=
drungen über die Grenzen ihrer Heimat und die reichsten und stattlichsten
Burschen der angrenzenden Thäler waren herbeigekommen, um das schöne
Grethli zu werben — aber umsonst! Ihr Herz gehörte schon seit ihren
Kinderjahren dem Seppi, dem einzigen Sohn des reichen Hofbauern, dem
schönsten und bravsten Burschen des ganzen Thals. Von Kind auf war er
ihr Spielgefährte gewesen, hatte sie vertheidigt gegen die Neckereien der
Dorfbuben, und kein Leckerbissen war in dem reichen Hause verzehrt worden,
von dem er nicht heimlich dem Grethli seinen Antheil gebracht. Dann, als
sie erwachsen war und — Dank der Freundschaft des guten Bergmänn=
leins — sich getrost unter die reichen Bauertöchter mischen durfte, war er,
der schönste und reichste Bursch des ganzen Dorfes, ihr Tänzer gewesen an
jeglichem Fest.

Als nun die Eltern ihm den schönen Hof übergeben hatten, mit der
Mahnung, nun auch bald eine junge, brave Frau heimzuführen, da hatte
er fröhlich geantwortet: „Die hab' ich schon gefunden, das schönste und
bravste Mägblein im ganzen, weiten Tirolerland: Euer Pathchen, das
Grethli, wenn es Euch recht ist!"

Wol war es ihnen recht, das schöne, sittsame Kind! Und so war nun
heute der alte Hofbauer mit seinem Sohne bei Grethli's Mutter gewesen,
hatten um das Mägblein geworben und ein freudiges Jawort erhalten.

Es sollte nun am Abend, im stattlichen Hause des Hofbauern, das Verlöb=
niß gefeiert werden.

Den ganzen Tag wandelte Grethli wie in seligem Traume einher.
Alles, was die Mutter ihr auftrug, thaten ihre sonst so geschickten Hände
verkehrt; sie konnte an gar nichts Anderes denken, als an das Glück, daß
sie Braut ihres Seppi sei, und dabei schaute sie gedankenvoll auf das Ring=
lein an ihrem Finger. — Endlich war die ersehnte Abendstunde gekommen.
Schön geschmückt harrte sie des Bräutigams, der sie holen sollte zur fest=
lichen Feier — aber schöner als die goldene Kette um ihren schneeweißen
Hals schimmerten die schweren, goldblonden Flechten, die sich in reichem
Kranze um ihr Haupt wanden, und die kleinen Löckchen über der keuschen,
weißen Stirn. Da läutete die Abendglocke und ihr frommes Herz vergaß
selbst in dieser Stunde nicht ihres Gelübdes. Inniger als je zuvor stieg ihr
Gebet zum Himmel auf für das arme Bergmännlein, dessen Schicksal ihr noch
nie so traurig erschienen war als heut, wo sie sich selbst so glücklich fühlte.

Da fiel ihr ein, daß er sie jetzt erwarte — nein, sie konnte den armen,
einsamen Geist nicht vergeblich harren lassen — im vollen bräutlichen
Schmuck eilte sie den Bergpfad hinan, um ihn auf morgen zu vertrösten
und ihm dabei ihr Glück zu verkünden; sie freute sich schon im Voraus
der verwunderten Augen des Männleins.

„Du bliebst heute lange aus, Grethli," sagte der Kleine, als sie
athemlos an der Felsenspalte anlangte; „sieh, die Sonne ist schon hinab=
gesunken, wir können nicht mehr hin zu den fernen Höhen."

„Nein, gutes Wichtle," sagte sie fröhlich, „dazu fehlt es mir auch heute
an Lust und Zeit, denn ich bin nur gekommen, um Dich nicht vergeblich
warten zu lassen, und muß gleich wieder heim."

„So!" fragte der Zwerg erstaunt, „warum denn?"

„Ja, Männle," scherzte Grethli fröhlich, „das wird eine Ueberraschung
für Dich sein und ich freue mich schon auf Dein Erstaunen. Schau' mich
nur einmal ernstlich an — merkst Du gar nichts?" Damit faßte sie freund=
lich seine Hände und zog ihn aus dem Schatten der überhängenden Felsen hin
zum Vorsprung, von dem aus man hinabschauen konnte auf das Dörfchen.

„Nun rede doch," rief sie vergnügt, „siehst Du meinen Augen nichts an?"

„Nein," sagte das Männlein, „sie sind schön wie immer und jetzt
spiegelt sich das Mondlicht darin."

„Nun, Wichtle, dann bist Du doch nicht so weise, wie ich bisher ge=
glaubt," lachte sie in fröhlichem Uebermuth, „die Braut vom Seppi bin
ich heute geworden, und dort unten, wo die Fenster so groß und hell durch
das Laub schimmern, wollen wir jetzt die Verlobung feiern!"

Wol leuchteten jetzt die Augen des Zwerges, aber nicht in freudigem Erstaunen, sondern glühend in Schmerz und Groll.

„Was redest Du da, Grethli?" sagte er und seine Stimme klang tiefer und ernster als je; „welche Thorheiten sprichst Du vom Seppi? Ich sage Dir und hätte es Dir längst sagen sollen: mein Weib sollst Du werden, mit mir wohnen in meinem Bergpalast und dort herrschen über ungezählte Schätze. Liebe ich Dich nicht von Kind auf und werbe um Dich länger als der Seppi?" — Grethli wollte ihren Ohren kaum trauen, aber das Männlein blickte so furchtbar ernst und seine Stimme klang so grollend, daß es kein Scherz sein konnte.

Wie sie nun aber auf den kleinen, seltsamen Freier niedersah und auf sein verrunzeltes Gesicht und die unschöne, winzige Gestalt blickte, die ihr kaum bis zum Knie reichte, und ihn dann im Geiste neben ihren schönen, stattlichen Seppi stellte, da schien ihr der Vergleich so wunderlich, daß sie in ein fröhliches Gelächter ausbrach, welches das Echo in silberhellem Klingen durch die Berge trug. — Aber der Zwerg theilte nicht wie sonst ihre Fröhlichkeit, sondern blickte mit finsterem Auge zu ihr empor.

„Spotte nicht, Grethli," sagte er zürnend; „Spott vertragen die Geister nicht! Höre mich an und dann entscheide: Jahrtausende habe ich hier in diesem Felsen gelebt, verstoßen von dem Himmel, einsam mit meinem Schmerz und meinem hoffnungslosen Erinnern. Da kamst Du zu mir, und als ich in Dein schönes Antlitz blickte, war es mir, als öffne sich der Himmel noch einmal. Verbannt vom Angesicht des Ewigen, sah ich in Dir sein Ebenbild wieder und habe Dich geliebt mit aller Kraft und Treue meines armen, einsamen Herzens. Ich habe Dich behütet und erfreut, über Dir und Deinem Hause gewacht — Du verdankst mir mehr als Du weißt — nichts forbre ich dafür, als daß Du mein Weib werdest. Kannst Du mir, dem schon der Himmel verschlossen ist, auch noch das Einzige versagen, wonach im Lauf der Jahrtausende mein Herz sich sehnte?"

Grethli's Lachen war verstummt. Voll tiefer Wehmuth blickte sie auf den armen Zwerg nieder — aber ihr Herz blieb fest.

„Männlein," sagte sie, ihre weiße Hand auf seine grauen Locken legend, „zürne mir nicht! Ich weiß, wie viel ich Dir danke — nimm all Deine Güter zurück, ich will nicht murren — aber das Einzige, was Du forderst, kann ich nicht geben. Meine Liebe und Treue gehört dem Seppi, gehört ihm im Leben, gehört ihm im Tode — und nun lebe wohl!"

Damit wandte sie sich zum Gehen. „Ist das Dein letztes Wort, Grethli?" fragte der Zwerg mit zitternder Stimme. — Der schmerzvolle Ton des Männleins drang ihr zu Herzen — noch einmal wandte sie sich und kehrte zurück.

„Nein," sagte sie, zu ihm tretend, „nicht das letzte; ich kann nicht im Groll von Dir, meinem Freund und Wohlthäter, scheiden!" Sie kniete nieder auf das Moos und strich schmeichelnd wie in alter Zeit über das uralte Gesicht des Männleins. Das Mondlicht glänzte in ihrem goldigen Haar und in den schönen, sanften Augen — sie war so wunderlieblich, daß dem armen Bergmännlein das Herz fast brach.

„Zürne mir nicht!" bat sie, „denk' an unsere lange Freundschaft und daß ich Dich nie hab' kränken wollen mit Vorbedacht — und nun leb' wohl!" Damit richtete sie sich auf und schritt langsam den Pfad hinab! Von Zeit zu Zeit wandte sie sich und schaute grüßend zurück nach dem Felsenvorsprung, auf dem noch immer das arme Bergmännlein stand und weinend der Geliebten nachblickte. Mit scharfem Geisterauge, dem Nacht und Ferne nichts verhüllen können, folgte er ihren Schritten.

Jetzt sah er sie am Fuß der Alp, nun schwebte sie, fast so leicht wie das Mondlicht, durch die Wiesen und dann verschwand sie in dem kleinen, ihm so wohlbekannten Häuschen. Wenige Minuten darauf trat sie wieder heraus am Arme des verhaßten Seppi. Nichts mehr von Wehmuth war in dem schönen Angesicht zu sehen — nur Glück und Freude strahlten diese Züge.

Das arme, kleine Männlein seufzte laut auf: „Undankbares, leicht=sinniges Geschlecht!" murmelte er, während die Thränen noch immer in seinen grauen Bart niederrannen.

Da ertönte rauschende, fröhliche Musik. Die Jugend des Dorfes em=pfing das Brautpaar unter der großen Linde, und umgeben von den Ge=nossen und unter den festlichen Klängen der Musik führte Seppi seine schöne Braut in ihre zukünftige Heimat. Alles auf Erden schien von Frie=den und Glück zu sprechen, oben in den Bergen und unten im Thale.

Der Mond zog in unwandelbarer Ruhe seine ewige, leuchtende Bahn und seine Strahlen gaukelten vereint mit den Sommerlüften hin über die schlummernde Alp. Kein Laut als die Glocken der Herde auf der Nacht=weide und das ferne Rauschen des Felsenbaches klang durch die feierliche Stille hier oben — und da unten im Thal strahlten die Lichter durch die hellen Fenster, daß die Blüten der Bäume davor wie Silber erglänzten. Nur das Herz des armen Bergmännleins stimmte nicht in den Feierklang rings umher; noch immer stand er auf dem Felsenvorsprung und starrte nieder auf das hell erleuchtete Haus.

Jetzt traten zwei Gestalten zum Fenster — des Bergmännleins schar=fes Auge erkannte sie wol — es war Grethli und ihr Bräutigam. Zu=traulich hatte sie die Linke auf seinen Arm gelegt, in eifrigem Gespräch be=wegten sich ihre Lippen und die Rechte deutete hinauf zu den Bergen.

Es war kein Zweifel — sie erzählte von dem Männlein, welches mit forschendem Auge auf sie niederblickte.

Plötzlich brach der Seppi in ein lustiges Gelächter aus — es wollte gar nicht enden — und dabei schaute er hinauf zur Alp, wohin Grethli's Finger deutete. Sicherlich lachte er über den kleinen, verschmähten Nebenbuhler!

Da ergrimmte das Bergmännlein und seine Liebe wandelte sich plötzlich in glühenden Haß. „Ha, tückisches, undankbares Menschengeschlecht!" rief er mit funkelnden Augen, „Hohn und Spott für meine Liebe? Aber Ihr sollt fühlen, was es heißt, einen Geist beleidigen!"

Wie ein Sturmwind eilte er hinauf auf die Spitze des Ferners, löste dort mit gewaltiger Hand eine Lawine von den himmelhohen, schneebedeckten Bergwänden und fuhr donnernd mit ihr zu Thale.

Hoch oben auf dem Riesenwerke seines Zornes thronte er selbst. Mit brausender, Alles vernichtender Eile rollte die Lawine dahin, aber lauter als das Sturmgeheul ihres Sturzes tönte der Racheschrei des beleidigten Geistes.

Jetzt wälzte sie sich hin über den letzten Bergesabhang — der mächtige Tannenwald darauf knickte zusammen wie Rohrhalme — in der nächsten Minute stürzte sie hinab auf das Dörfchen — und begraben war in Einem Augenblick Alles, was darin gelebt, gesorgt und gehofft.

Ein lautes, gellendes Hohngelächter erscholl. In stäubenden Nebeln wirbelte der Schnee noch einige Minuten in der Luft und dann senkten sich die Mondstrahlen wieder so klar hernieder auf die weite Grabstätte, wie vorher auf das glückliche Dörfchen.

Der Zwerg hatte seine Rache gekühlt; als er aber nun auf die Stätte eines unwiederbringlich zerstörten Glückes niederschaute, da zerrann Zorn und Haß und die alte Liebe kehrte wieder — tiefer, inniger als je, weil sie nichts mehr sühnen konnte. Verzweifelt blickte er nieder auf das unabsehbare Leichentuch, unter welchem er selbst die Geliebte begraben. Mit Geisterkraft und Geistereile warf er den Schnee zur Seite und grub mit zitternder Hand tief, tief hinab, bis er sie fand.

Da lag sie nun vor ihm, schön und lieblich wie im Leben, aber die wunderholden Augen waren zu ewigem Schlummer geschlossen und die Lippen, die noch vor wenig Stunden für sein Heil gebetet, waren jetzt stumm und bleich. — Und ob der Zwerg auch laut auf weinte in verzweifelndem Schmerz, Gesicht und Hände mit Thränen und Küssen bedeckte — Grethli blieb kalt und todt. — — Da nahm er endlich die theure Leiche in seine Arme, trug sie bis zum nächsten Kreuze am Wege und legte sie sanft am Fuß desselben nieder — dann ging er weinend hinauf in seine Berge und nie hat man ihn wieder gesehen.

Der Raub der Robbenhaut.

Ein Königskind.

Auf dem Gipfel eines steilen Felsens an der Küste einer der Shetlands-Inseln, an denen die azurblauen Wogen des Atlantischen Ozeans sich brechen, saß einst an einem schönen Sommerabend ein Jüngling. Auf seinen Knieen lag aufgeschlagen ein altes Buch; andächtig hatte er seine Hände über den vergilbten Blättern gefaltet, und seine Augen ruhten auf dem Meer zu seinen Füßen, das im Glanz der Abendsonne träumerisch dahinzog, um seine goldschimmernden Wellen weiter hinauf mit den grauen Wassern des Eismeeres zu mischen.

Vor dem Geiste des Jünglings hob sich der Vorhang der Vergangen=
heit. Er blickte rückwärts in verflossene Jahrtausende und vor seinem Auge
wanden sich die zu Staub zerfallenen Völker noch einmal in dem Schmerz
der Knechtschaft und unter der Geißel der Frohnvögte.

Dann schaute er den Messias des Alten Bundes, den Mann, dessen
mächtiges Wort hinreichte, den Lauf der Natur zu ändern; er sah ihn am
Ufer des Rothen Meeres stehen, den Arm über die Wellen ausgestreckt, daß
sie standen wie Mauern und das fliehende Volk Israels trockenen Fußes
hindurchzog, und hinter ihnen drein das Heer der Aegypter. An ihrer
Spitze der König, mit der goldenen Binde um das stolze Haupt, das sich
vor Kurzem noch trauernd geneigt um den getödteten Erstgebornen.

Und neben ihm auf dem Wagen mit Purpurdecken die schöne Tochter,
die nicht mehr von seiner Seite durfte, seit der Würgengel in den Königs=
palast getreten war.

Sie zogen dahin, stolz und drohend — noch stand das Meer zu bei=
den Seiten wie brausende Mauern; aber als der Fuß des letzten Israeliten
das jenseitige Ufer betreten, winkte der Abgesandte Gottes abermals, und
die Wassermauern stürzten zusammen und begruben unter ihrem Wogen=
schall die Feinde Jehova's und seines auserwählten Volkes, so daß kein
Einziger entrann. —

Das war es, was die vergilbten Blätter dem Jüngling auf dem
Felsen erzählt hatten, und er starrte auf das Meer zu seinen Füßen, als
schaue er unter den Wogen noch den Todeskampf, der schon vor Jahr=
tausenden beendet war — weit, weit von jener Stelle.

Aber war das auch wirklich das Ende gewesen? Nein, nein, er wußte
es besser! Seine Mutter hatte es ihm ja erzählt, und die hatte es wieder
von ihrer Mutter gehört, und so konnte man die geheimnißvolle Kunde,
die Jeder auf jenen Inseln wußte, aufwärts verfolgen Generationen
hindurch.

Nicht auf dem Grunde des Rothen Meeres hatte Pharao und sein
Heer Ruhe gefunden — nein, strenger, dauernder sollten sie ihren Frevel
büßen gegen den Gott Israels, dessen Macht sie doch erkannt hatten.
In Seehunde waren sie verwandelt worden und hinaufgewiesen, sie
— die Kinder eines wärmeren Himmels — in die kalten Gewässer des
Nordens.

Dort trieben sie ihr Wesen tief unten auf dem Grunde des Ozeans;
aber oft in mondhellen Nächten entstiegen sie dem Meere und warfen ihr
Seehundsgewand ab; auf dem Sande der Dünen schlangen sie dann die
zierlichen Reigen und fröhlichen Tänze, zu denen ihnen einst eine wärmere

Sonne geleuchtet und die Wogen des Nils gerauscht, und dann schlüpften sie wieder in ihre Thiergewänder, um in die Tiefe zurückzukehren.

Der Jüngling saß noch immer auf der Felsenhöhe und starrte traum= versunken hinab in die Flut. Er achtete es nicht, daß endlich die Sonne sank — später als in unserer Zone, daß das Gold der Wellen erlosch und nun ein zitternder, bleicher Strahl über die dunkler gefärbten Wogen= kämme glitt. Sanft erhob sich der Nachtwind, strich über seine gesenkte Stirn und flog über die Wellen des Ozeans, daß das Mondlicht in tausend und abertausend Funken aufsprühte.

Da rauschte es stärker als bisher am Fuße des Felsens und drang selbst empor an das Ohr des Träumers. Er neigte sich vor, nach der Ursache des Geräusches zu forschen:

Da — die Märchen seiner Kindheit wurden Leben und Wahrheit — da rauschte es am Ufersand, ein großer Seehund hob den Kopf aus der Flut, schaute mit den runden Augen zum Monde auf, schaute rings den Strand entlang und hob sich dann schwerfällig aus den Wellen. Im nächsten Augenblick flog das Seehundsgewand ab und nun zeigte sich den Augen des erstaunten Jünglings eine hohe, ehrfurchtgebietende Gestalt.

Das war Aegyptens König! Die Linien unbeugsamen Stolzes auf der dunkeln Stirn kündeten es deutlicher noch als das Gewand von Thyrischem Purpur, als die goldene Stirnbinde und der Ring der Pharaonen an seiner rechten Hand.

Er neigte sich hinab zur Flut und half einem andern, zierlich kleinen Seehund an das hohe Ufer.

Ein leises Schütteln des neuen Ankömmlings — das glänzende Fell fiel ab, und im Strahl des Vollmonds stand auf dem Sand der Düne das schönste Geschöpf, das je die Erde getragen.

Was der Jüngling von Schönheit geträumt und ersehnt — in den Zügen dieses Antlitzes fand er es und in dem Blick dieser dunkeln Augen.

Sie hob die weißen Arme hoch empor, als wolle sie sich überzeugen, daß die garstige Hülle wirklich abgestreift sei, und dann schlang sie dieselben zärtlich um des Königs Nacken — es war die Tochter Pharao's.

Noch standen sie in schweigender Umarmung, da rauschte und plätscherte es abermals, der Ufersand bedeckte sich mit Scharen von Seehunden, die glatten Felle fielen ab und nun standen sie da, die Gefährten der alten Zeit, die ihrem Herrscher gefolgt waren in Schuld und Tod und Strafe.

Weiße Gewänder flatterten, bronzefarbene Glieder glänzten und so nahten sie dem König und seiner fürstlichen Tochter, kreuzten die Arme

über der Brust und neigten grüßend die dunkle Stirn bis zum Sand der
Düne. — Dann traten sie zurück und nun begann einer jener seltsamen
Tänze, mit denen sie einst in der Heimat die Feste ihrer Götter gefeiert;
aber statt der Flamme der Opferfeuer leuchtete der Vollmond und statt der
Klänge des Cymbals rauschte das Meer gegen die Felsenriffe.

Der Jüngling auf der Felsenspitze hatte sich weit vorgeneigt und
schaute über den Rand erstaunt hinab auf das fremdartige Treiben zu
seinen Füßen, aber immer und immer wieder kehrte sein Auge zu der
schönen Königstochter zurück, die, zärtlich an die Kniee ihres Vaters geschmiegt, im Ufersand ruhte und auf den Reigentanz ihres Hof-
staats blickte.

Schlank und biegsam wie die Palmen ihres Heimatlandes war ihre
Gestalt, und der Glanz ihrer dunkeln Augen mahnte an die Sage von den
„schwarzen Diamanten."

Sie hatte die marmorweiße Stirn in die Hand gestützt und ihre langen
Locken glitten wie eine Woge von schwarzem Sammet über den spangengeschmückten Arm und das Gewand von leuchtendem Purpur.

Länger und immer länger weilten seine Augen auf diesem Meisterwerk
verschwundener Schönheit, und mit jedem Blicke auf sie sog er süßere Sehnsucht und tieferes Verlangen nach ihrem Besitz in seine Seele.

Der Tanz schien sich seinem Ende zu nähern — er mußte handeln,
wenn er sie erringen wollte. Lautlos glitt er vom Felsen hinab, ihren
Blicken verborgen, durch den tiefen Schatten der Vorsprünge, und nun
stand er auf dem Dünensand. Nur wenige Schritte von ihm saß das
königliche Paar, dicht vor ihm lagen die Seehundsfelle — das einzige
Mittel, in die unterseeische Welt zurückzukehren.

Schnell beugte er sich nieder, ergriff das kleine, zierliche Fell, das er
sich wohl gemerkt, und schwang sich mit ihm ungesehen wieder auf seinen
Felsensitz; dort verbarg er es sorgsam in einer der vielen Ritzen und nahm
dann schweigend seinen alten Platz wieder ein.

Noch leuchtete der Vollmond, noch wanden sich die fremden Gestalten
in seltsamen Verschlingungen, allmählich aber ward das Licht des Mondes
bleicher und im Osten erschien ein blasser Streifen; dann ward er heller,
das Licht der Sterne erlosch und über die dunkle Flut flog der Schimmer
des nahen Tages.

Da löste sich plötzlich der Kreis der Tanzenden; sie eilten zu ihren
Fellen, zogen sie über die hellen Gewänder und, sogleich in Seehunde verwandelt, stürzten sie sich in die See und tauchten hinab in die Tiefe
des Weltmeers.

Nun erhob sich auch der König. Mit einem tiefen Seufzer beugte er sich hinab zu der Thierhaut, die nun wieder auf Tage hinaus, statt des königlichen Purpurs, ihn umhüllen und des Rechtes, „Mensch zu sein" berauben sollte.

Er warf sie um seine Schultern und im nächsten Augenblick wälzte er sich — ein schwerfälliges Ungeheuer — dem Dünenrande zu. Aber ehe er sich in die Wogen stürzte, wandte er das Haupt nach der geliebten Tochter.

Doch nicht wie sonst folgte sie ihm, um in der Tiefe des Meeres wie auf dem Sand der Düne an seiner Seite zu bleiben — geängstigt eilte sie am Strande entlang und suchte das geraubte Gewand — aber sie fand es nirgends.

Nun flog sie zu ihrem Vater und in Tönen fremden Wohllauts klagte sie ihm ihr Leid.

Nie mochte der alte König härter seine Schuld und Strafe empfunden haben, als in diesem Augenblick, wo sein Geschick ihm verwehrte, die verhaßte Hülle abzustreifen und auf der Oberwelt zu bleiben zum Schutz der geliebten Tochter, die, ihres Gewandes beraubt, nicht mit ihm in die Tiefe zurückkehren konnte.

Ein heißer Schmerz, eine tiefe Verzweiflung war in seinen Augen zu lesen, als er auf sein Kind blickte und dann sein Haupt nach Osten wandte, wo der erste Sonnenstrahl schon hinter den Morgenwolken zuckte.

Er durfte nicht länger säumen! Noch ein Blick der Liebe und des Schmerzes auf das Antlitz seines einzigen Kindes — und im nächsten Augenblick rauschten die Wellen über ihn hin. Noch einmal erhob sich sein Haupt über der Flut, bewegte sich wie grüßend nach dem Strande und dann sank er hinab und zum ersten Mal seit Jahrtausenden kehrte er einsam zurück in sein Reich.

Die Königstochter blieb am Ufer stehen und schaute mit verschlungenen Händen auf die rinnenden Wirbel, die sich über dem geliebten Vater bildeten, da legte sich eine Hand auf ihre Schulter. Sie wandte sich erschrocken und fast unwillig, denn bisher hatte man nur mit gebeugter Stirn den Saum ihres Gewandes berührt — hinter ihr stand der Jüngling von der Felsenhöhe.

„Was thust Du hier, schöne Fremde, in dieser frühen Stunde an dem einsamen Strand?" fragte er so unbefangen, als es ihm möglich war, obgleich ihn sein unverdorbenes Herz in lauten Schlägen ob seiner Verstellung strafte.

Sie ahnte nicht, daß dieser Jüngling mit den treuen, blauen Augen

3*

der Urheber ihres Kummers sei, und in gebrochenen Lauten von wunder=
barem Wohlklang klagte sie ihm ihr Leid.

„Es wird sich wiederfinden, Dein Gewand," tröstete er sie; „wir
wollen später Beide darnach suchen. Aber komm jetzt mit mir nach meinem
Hause, es ist nicht fern von hier, und kann es Dir auch der Bequem=
lichkeiten nicht viel bieten, so schützt es Dich doch vor den Augen der
müßigen Gaffer, die gleich hierher an den Strand kommen werden zum
Fischfang."

Ach, er hatte Recht — sie erkannte es mit tiefem Seufzer. Schwei=
gend hüllte sie sich in das Purpurgewand und überließ dann ihre Hand
dem freundlichen Jüngling, der sie auf dem bequemsten Pfad, den er
für ihre zarten, sandalengeschmückten Füßchen finden konnte, in seine Hütte
geleitete. —

Ein Entzücken, wie er es nie empfunden, erfüllte sein Herz, als sie
ihren Fuß auf seine väterliche Schwelle setzte — nie, nie sollte sie dieselbe
wieder verlassen, müßte er auch sein Herzblut dran setzen, sie die verlorene
Herrlichkeit vergessen zu machen.

Sorgfältig leitete er sie durch den dunkeln Vorplatz in das einzige
freundliche Gemach der Hütte, und dann rückte er ihr das Prachtstück seines
Hausraths — den lederbezogenen Lehnstuhl, den der selige Vater von seiner
letzten Seefahrt mitgebracht — zum Fenster, das die Aussicht nach dem
Meere bot, und holte die weichsten Schaffelle herbei, um ihre nackten,
kleinen Füße warm und weich zu betten.

Sie nahm es hin, die schöne Königstochter, ohne darauf zu achten —
war sie doch Ehrfurcht und Huldigung gewohnt von Alters her, und
während der Jüngling dann fröhlich am Herde hantirte, um das Frühmahl
für sich und den schönen Gast zu rüsten, stützte sie die Stirn wieder in die
Hand und schaute in träumerischer Sehnsucht durch das geöffnete Fenster
hinaus auf den Ozean, der jetzt in den Strahlen der Morgensonne purpurn
und golden erglühte.

Die schönsten, seltensten Fische seines reichen Vorraths hatte er
ausgewählt und mit nie bewiesener Sorgfalt sie bereitet; nun dampften
sie auf der blanken Zinnschüssel, und er bot sie mit heimlichem Stolz
dem schönen Mädchen am Fenster; aber sie wies sie zurück, wies Alles
zurück, was seine erfinderische Liebe ihr bieten wollte und heftete die
schönen, dunkeln Augen nach wie vor in schmerzlicher Sehnsucht auf
das Meer.

Er setzte sich betrübt an den Herd — auch für ihn hatte das leckere
Mahl nun keinen Reiz mehr; düster starrte er in die Glut und dann

wieder verstohlen auf die holde Gestalt am Fenster. In seiner Seele erstand und sank Plan um Plan, wie er ihre Liebe erwerben und sie bewegen wolle, als seine Gattin bei ihm zu bleiben.

Die Stunden vergingen schweigend und eintönig; das Mägdlein dachte der verlorenen Heimat, der Jüngling seiner heißen und doch schier hoffnungslosen Liebe, und die stets so stille Hütte war heute, wo sie doch einen Gast hatte, stiller noch als sonst.

Endlich, endlich sank die Sonne, und als ihr letzter Strahl in den schäumenden Wellen erloschen war und sie nun wieder im bleichen Mondlicht dahinrollten, da regte sich die Königstochter, stand auf und schaute mit stummer Bitte hinüber zu ihrem stillen Gefährten.

Er nickte lächelnd. Konnte er doch nun wieder mit ihr reden und durfte wieder ihre weiße Hand fassen, wenn er ihr auch den einzigen Wunsch verweigern mußte, den sie an ihn richtete.

Sie schritten mitsammen hinaus in die Nacht, und als er sah, wie ihre zarten Füße zuckten bei den ungewohnten Steinen des Pfades, nahm er sie in seine Arme und trug sie, zärtlich wie eine Mutter ihr Kind, hinab zum Strande. Und dann half er ihr suchen in Licht und Schatten, in den Löchern des Uferrandes und in den Ritzen des Felsens — nur da suchte er nicht, wo es allein zu finden war; sorgfältig hütete er sie, daß sie nicht zur Spitze des Felsens hinanklomm.

Verzweifelnd faltete sie endlich die Hände in einander und setzte sich todmüde in den Ufersand. Das Mondlicht schimmerte in den Thränen, die langsam von der seidenen Wimper niedertropften und über ihre Wangen rannen.

Der Jüngling wandte sich ab; fast konnte er ihren Schmerz nicht länger mit ansehen und doch — ihr Verlust war noch schmerzlicher und so überwand er sein Mitgefühl.

„Komm wieder zurück in meine Hütte, schöne Fremde," bat er mit seiner sanftesten Stimme; „ruhe aus auf dem Lager von Heidekraut; ich will unterdeß am Strande bleiben und weiter forschen, während Du Deinen Schmerz auf einige Stunden in sanftem Schlummer vergissest."

Sie erhob ihre schönen Augen und schaute ihn dankbar an, dann stand sie auf und schritt schweigend an seiner Hand zurück in die stille Hütte, und als die Thür sich hinter ihr geschlossen hatte, kehrte er eilenden Fußes zurück zum Strande, aber nicht um das Zaubergewand zu holen, sondern um es tiefer noch in die Felsenritze hineinzudrücken; darauf holte er Seegras und Dünensand und füllte die Spalte aus, so daß kein Mondstrahl die Spur des verborgenen Schatzes zu finden vermochte.

Dann verließ er ruhigeren Herzens den Felsen und schlich zu seiner Hütte zurück. Ob sie wol schlafen mochte in ihrem Leid? — Er spähte vorsichtig durch das Fenster.

Der Mond warf seinen hellsten Strahl in das kleine Gemach und küßte zärtlich die Stirn der schönen Königstochter, die so oft durch die Wellen des Ozeans anbetend zu seinem klaren Lichte aufgeblickt.

Die schönen, sammetschwarzen Locken flossen an ihr hernieder, fast bis zum perlengestickten Saume ihres Gewandes, unter dem der kleine Fuß in goldener Sandale hervorschaute; die weißen Arme ruhten unter dem Haupte und über die halb geöffneten Lippen zitterte selbst im Traum ein Seufzer des Schmerzes und der Sehnsucht.

Der Jüngling starrte mit gefalteten Händen auf das zauberschöne Bild — nein, er konnte sie nicht lassen; er liebte sie mehr als sein Leben, sie mußte sein werden, sollte er auch mit den geheimnißvollen Mächten der Meerestiefen um sie ringen. — —

Wol manche Nacht noch wanderte er mit ihr hinab zum Strande und half ihr suchen, was er nimmer finden wollte; matter wurden ihre Hoffnungen, aber heiß wie am ersten Abend rannen noch immer ihre Thränen und dann schlich sie müde geweint zurück zur Hütte, um in kurzem, unruhigem Schlummer ihr Leid zu vergessen, während der Jüngling, der mit unveränderter Treue und Geduld des Tags sich um sie gemüht hatte, Nachts wie ein treuer Hund auf ihrer Schwelle lag und ihren Schlummer hütete.

Endlich hatte sie die Hoffnung aufgegeben und statt am nächsten Abend hinauszugehen an den Strand, blieb sie am Fenster sitzen und blickte bald auf die glitzernde Flut draußen, bald auf die fleißigen Hände ihres Gastfreundes, der am Webstuhl saß und das Schifflein unermüdlich hin- und herfliegen ließ.

„Sie hat sich drein ergeben, sie wird bei Dir bleiben!" flüsterte die Hoffnung in sein Herz und er ließ das Schifflein fallen, stand auf und setzte sich der Jungfrau gegenüber.

Freundlicher als bisher schaute sie auf ihn, und so faßte er Muth und sagte ihr, wie heiß er sie liebe und wie er sie nimmer, nimmer lassen könne, und dann bat er sie, bei ihm zu bleiben und seine Hütte und seine Insel zur Heimat zu wählen, da sie ja doch nimmer zurückkehren könne in die Tiefe ihres Zauberreichs.

Aber ach, es war eine Königstochter zu der er sprach, und die Gewohnheit von Jahrtausenden vergißt sich nicht in wenig Tagen.

Ihre Augen blickten plötzlich stolz und über die weiße Stirn flog eine zürnende Röthe.

„Hier soll ich bleiben," fragte sie endlich in den gebrochenen Lauten seiner Sprache, „hier in dieser Hütte mit der rauchgebräunten Decke, ich — das Königskind, aufgewachsen in den goldgeschmückten Palästen von Memphis; und die Tochter der Palmen willst du hinwelken lassen auf dieser öden Insel ohne Bäume und Blumen, ohne blauen Himmel?"

„Aber meine Liebe soll Dich umgeben immerdar — sind die Blumen des Herzens nicht unverwelklich?"

„Davon verstehe ich nichts!" sagte sie ruhig. „Ich liebe meinen Vater und sein Volk; ich liebe meine Heimat unter den Wellen und jenes ferne, wunderbare Land, das wir verloren vor Jahrtausenden — weiter werde ich nichts mehr lieben und nichts mehr verlangen!"

„Aber Du wirst es vergessen," entgegnete der Jüngling, dessen Hoffnung nicht sterben wollte, „Du wirst es vergessen und dann auf meine Liebe hören!"

„Niemals, niemals," sagte sie, die dunkeln Locken schüttelnd; „niemals kann ich Aegypten und das Land auf dem Meeresgrund vergessen! O, könnte ich zurückkehren in die Tiefe des Ozeans! Dort ragen Paläste stolzen Baues, wie die gesunkenen Hallen von Memphis; von Korallen und kostbaren Muscheln sind ihre Mauern und durch die hohen Bogenfenster von klarem Bernstein leuchtet die Flut in goldenem Widerschein. Und die Pyramiden Aegyptens, die Königsgräber in der Wüste — dort unten findest Du sie wieder, aber von kostbaren Perlen sind sie erbaut, und die blauen Wogen des Ozeans rauschen um ihre schimmernden Wände, — nein, nein, ich werde meine Heimat nie vergessen!" — —

Es war nun eine traurige Stille in der Hütte und eine Zeit lang ward nichts zwischen den Beiden geredet über Vergangenheit und Zukunft; aber in der Seele des Jünglings lebte die Hoffnung leise fort und in dem Herzen der Königstochter starb sie, und langsam starb auch ihr Stolz.

Ihr Vater, ihr Hofstaat, ihre Paläste sowie all ihre herrlichen Schätze waren unerreichbar fern und nichts blieb ihr, als die Hütte mit der rauchgeschwärzten Decke und der Jüngling mit dem Herzen voll treuer, inniger Liebe.

Sie saß wieder am offenen Fenster und schaute hinaus auf das Meer. Die Abendsonne leuchtete darauf und einer ihrer Strahlen flog durch das Hüttenfenster und spielte auf ihren dunkeln Locken.

Nichts mehr von dem Stolze jenes Abends war in ihren Augen zu lesen, sie sah so sanft und mild aus, daß der Jüngling noch einmal Muth faßte und noch einmal in Liebe und Demuth um sie warb.

Und sie sagte „Ja!"

Nicht mit dem brausenden Herzschlag des Glückes, nein, ruhig — müde fast; aber es war doch ein „Ja" und dem Jüngling tönte es himmlischer als der Lobgesang der Engelscharen in der geweihten Nacht.

Am andern Morgen schon rüstete er sein schnellstes Boot, seine Königsbraut hinüber zu fahren auf die nächste Insel, wo der greise Priester lebte, der ihren Bund segnen sollte.

Er führte das Ruder und sie saß ihm gegenüber in der äußersten Spitze des Kahns; die Morgensonne sprühte in Goldfunken auf den Wogenkämmen und küßte die goldenen Spangen an ihren weißen Armen.

Aber sie achtete nicht der Schönheit um sie her, nicht des Blickes voll Angst und Liebe, den ihr Bräutigam auf sie geheftet hielt — sie bog sich über den Rand des Nachens und forschte hinunter in die Tiefe.

Durchsichtig wie strömender Saphir wogte der Ozean unter ihr, aber bis auf den meilentiefen Grund, bis zu den Korallenpalästen und den Perlenpyramiden konnte ihr Blick nicht dringen — und das war ein Glück!

Hätte das trauernde Volk in der Meerestiefe die Nähe seiner Königstochter geahnt — es wäre hinaufgestiegen, sie zu grüßen und zu beklagen, und der Kampf in ihrem Herzen und die Todesangst in des Jünglings Brust hätten von Neuem begonnen.

War er doch jetzt schon in der quälendsten Sorge, daß sein Glück, so nahe der Erfüllung, ihm noch entrissen werden könne, und darum arbeitete er mit fast übermenschlichen Kräften, die Insel zu erreichen.

Der Morgenwind hatte Mitleid; er flog in das schneeweiße Segel, blähte es auf wie Schwanenflügel und pfeilgeschwind flog das kleine Boot über die glitzernden Wellchen. Nun tauchte der kleine Hafen vor ihm auf — noch einige kräftige Ruderschläge und das Boot lief auf den Ufersand.

Der Jüngling faßte die schöne, stille Braut in seine Arme und trug sie über feuchten Sand und scharfe Kiesel bis an die Pforte des kleinen Gotteshauses. —

Es war Abend. Der Mond lugte verstohlen durch das Fenster des Hüttleins und suchte sein Königskind. Er kannte sie länger schon als der Jüngling; er hatte seit Jahrtausenden auf sie geschaut, wenn sie Nachts, auf eine der Perlenpyramiden gelehnt, durch die blaue Flut hinaufgeblickt hatte zu seiner glänzenden Scheibe, oder wenn sie auf dem Dünensand, an der Seite ihres Vaters, die Luft der Oberwelt geathmet hatte — darum meinte er Rechte an sie zu haben und nannte sie heimlich „sein Königskind".

Aber er erkannte sie jetzt nicht wieder. Wol waren es noch dieselben Züge von herzbethörender Schönheit, dieselben seidenweichen Locken und die Augen gleich schwarzen Diamanten — aber die zarten Glieder waren verhüllt von Stoffen, wie man sie auf diesen Inseln trägt und fertigt, und der junge Gatte an ihrer Seite war stolz auf das Werk seiner Hände, mit dem er jetzt das schöne Weib — sein Weib — geschmückt sah.

Sie kniete vor einer buntbemalten Truhe und legte die leuchtenden Gewänder hinein zu den goldenen Spangen, den Zeichen ihrer einstigen Würde. Jetzt mochte sie jene nicht mehr tragen, war sie doch kein Königskind mehr, sondern das Weib eines einfachen Fischers der Shetlands-Inseln.

Ihr Gatte stand an ihrer Seite und folgte aufmerksam den Bewegungen ihrer weißen Hände und als sie nun Alles sorglich verwahrt und den Deckel geschlossen hatte, fragte er liebreich:

„Willst Du nun, gleich Deinem königlichen Schmucke, auch Deine Erinnerungen von Dir thun und mein sein ganz allein?"

Sie schaute zu ihm auf in leiser Trauer.

„Ich will Dein sein in Liebe und Treue," sagte sie; „aber könntest Du wol auf meine Treue bauen, wenn ich so schnell von meinen liebsten Erinnerungen lassen könnte? Ich will Dein sein in Liebe und Treue, aber meine Heimat in den Fluten, meinen Vater und mein Volk werde ich nimmer vergessen."

Und sie hielt Wort.

Still und fleißig nahm sie sich des Hauswesens an und sorgte für ihren Gatten in sanfter Freundlichkeit. Die Hände, die einst die Cymbel gerührt und mit Perlen und Diamanten gespielt, handhabten jetzt mit zierlichem Geschick Nadel und Weberschifflein.

Zwar erwiederte sie nie ihres Gatten Zärtlichkeit, doch wehrte sie ihr auch nicht und so glaubte er, was er so sehnlich wünschte, — an ihre Liebe, und hoffte, sie werde endlich der alten Heimat vergessen, von der sie nie mehr sprach.

In einer wunderschönen Sommernacht, als das Mondlicht Land und Meer fast tageshell beleuchtete, erwachte der Mann plötzlich.

Sein Auge suchte sein Weib, aber ihr Lager war leer; heftiger Schreck ergriff ihn; er warf eilig seine Kleider über und eilte hinaus. Die Hausthür war nur angelehnt. Seiner Ahnung folgend, flog er dem Strande zu.

Eilig erklomm er den Felsen, von dem er damals hinabgeschaut, und spähte vorsichtig hinunter: Fast dasselbe Bild, das ihn vor Wochen hier gefesselt, bot sich wiederum seinen Augen.

Am Fuß des Felsens saß der König, aber zu den Linien des Stolzes auf seiner dunkeln Stirn hatten sich jetzt die Falten tiefen Kummers gesellt. Und an die Schultern ihres Vaters geschmiegt, die Arme um seinen Hals geschlungen, saß sein Weib — das Weib, deren Herz er so gern allein, ganz allein besitzen wollte.

Sie trug nicht das Gewand, das seine Hände ihr bereitet, sondern der Purpur, den er für immer in der Truhe begraben glaubte, schmückte wieder ihren schönen Leib und die goldenen Spangen glänzten an ihren weißen Armen.

Kein Reigentanz, keine fröhliche Bewegung war sichtbar; in Trauer und Schmerz drängten sich Alle um das Königspaar und lautlos horchten sie ihren Klagen.

Der Mann auf dem Felsen verstand zwar nicht die Laute jener Sprache, aber er vernahm aus dem brechenden Ton ihrer Stimme und ihrem leisen Schluchzen, daß sie noch nichts vergessen habe, daß sie noch nicht sein eigen sei — vielleicht es nimmer werden könne.

Schmerzvoll starrte er hinunter auf die trauernden Gruppen, dann glitt er wieder lautlos vom Felsen herab und kehrte in seine einsame Hütte zurück.

Erst spät kehrte auch sein Weib heim und lange noch tönte ihr leises Schluchzen von ihrem Lager her an sein Ohr, aber er rührte sich nicht. Auch als sie am andern Tage schweigsamer als je umherwandelte und ihr schönes, bleiches Antlitz die Spur der nächtlichen Kämpfe zeigte, verrieth er mit keinem Wort, daß er Zeuge derselben gewesen, aber er schloß die Hüttenthür jetzt sorglich jeden Abend und barg den Schlüssel an seiner Brust. — —

Die Jahre kamen, die Jahre gingen und aus ihrem Füllhorn spendeten sie dem Ehepaar Gaben, wohlgeeignet, die Vergangenheit mit ihrem Zauber zu verlöschen.

Zwei wunderschöne Kinder spielten um die einstige Königstochter und wenn sie in die klaren, blauen Augen ihrer Kleinen blickte, dachte sie wol kaum mehr der einstigen Heimat.

Ihr Gatte glaubte es um so fester, als sie nie ein Wort über die verschlossene Hausthür gesprochen, und er trotz aller Wachsamkeit nie den Wunsch an ihr gewahrt hatte, Nachts wieder hinaus zu gelangen an den Strand.

Die Königstochter nimmt Abschied von ihrem Vater.

So hatte jenes Mal wol nur dem Abschied von den Ihren gegolten, und sein Schmerz war überflüssig gewesen — sie gehörte ihm jetzt ganz allein und für immer.

Wol konnte er ihr und den Kindern die Vorliebe für das Meer gönnen, an dem sie jede freie Stunde zubrachten; versäumte sie doch darum nicht ihre Pflichten, sondern wahrte nach wie vor treulich ihres Haushaltes und blieb eine sorgliche Gattin und eine zärtliche Mutter. — — —

— — — — — — — — — —

Einst an einem schönen Sommerabend, nachdem das Tagewerk voll= endet war, ging sie mit den Kindern wieder hinab an den Strand, die Rückkehr des Gatten zu erwarten, der den Ertrag seines wöchentlichen Fisch= fangs hinübergerudert hatte zur nächsten Insel, wohin die Händler kamen.

Sie setzte sich an den Fuß jenes Felsens, wo sie zum letzten Mal mit ihrem Vater geruht, und ihre Hände strickten fleißig an einem großen Netze, während die schönen, dunkeln Augen mitunter sehnsüchtig auf der wogenden Flut ruhten.

Die Kleinen spielten um sie her, lasen Muscheln und Steinchen am Strande und stiegen dann hinauf zur Felsenspitze, aus ihrem Funde einen Prachtbau zu errichten.

Die Sonne stand noch hoch am Himmel und ihre glitzernden Strahlen gaukelten auf der lasurblauen Flut. Jetzt funkelten sie auf den brausenden Wogenkämmen und rollten dann mit ihnen hinab in die nächsten Wellenthäler.

Die Frau ließ die Hände sinken und starrte hinaus auf den Ozean; die „schwarzen Demanten" schimmerten feucht und in ihrer Seele erwachte noch einmal der Traum der Jahrtausende.

„Nein, nein, es darf nicht sein, es ist vorüber!" flüsterte sie und trock= nete hastig die verrätherischen Thränen. „Ist mein Gatte doch treu und brav und meiner Liebe werth!"

Sie erhob sich, wandte dem geliebten Meer den Rücken und rief ihren Kindern zu herbeizukommen.

„O, Mütterlein," baten diese, „laß uns noch hier! Sieh nur, wir bauen ein Schloß für Dich von Muscheln, Steinen und Seegras!"

In der Mutter Augen zuckte es noch einmal, aber sie überwand es.

„So macht es fertig," sagte sie, „und dann kommt heim, ich rüste unterdeß das Abendbrot."

Sie kehrte in die Hütte zurück und hantirte eifrig am Herbe, dann deckte sie den Tisch, denn der Gatte mußte gleich zurückkehren, und sie sehnte sich heute nach ihm, um in einem traulichen Gespräch die Ruhe ihres Gemüthes wiederzufinden.

Da ertönten draußen die fröhlichen Stimmen ihrer Kinder — sicherlich war der Vater gelandet und sie kehrten nun zusammen heim.

Sie eilte an die Hüttenthür, sie den lieben Ankömmlingen zu öffnen.

Nein, ihr Gatte war es nicht, aber die Kleinen eilten jubelnd den Pfad vom Strand herauf, voran der Knabe, der mit freudestrahlendem Antlitz Etwas auf seinen Armen trug.

„Sieh nur, lieb Mütterlein," rief er schon von weitem, „was wir fanden, oben auf dem Felsen tief in einer Ritze verborgen! Sieh nur dies schöne, weiche, glänzende Fell."

Damit war er bei der Mutter angelangt und legte stolz seinen Fund in ihre Hände.

Sie starrte sprachlos nieder auf das wohlbekannte Gewand, das sie einst so sehnlich und doch so vergeblich gesucht.

„Ei, Mütterlein," rief der Kleine, „rede doch! Sieh doch, wie schön weich und glänzend es ist; das giebt eine prächtige Fußdecke für Dich zum Winter, wenn es kalt draußen ist; sag', freust Du Dich nicht?"

Ob sie sich wol freute?

Sie starrte noch immer sprachlos darauf nieder, aber in ihrer Seele erbrauste mächtiger das alte Lied.

Wie hülfeflehend wandte sie dann die Augen auf ihre Kinder, als sollte der Blick auf die geliebten Angesichter den Zauber lösen, der sich immer bestrickender um ihre Seele wand.

Ach, die Kleinen verstanden sie nicht und sie drückte die Augen schmerzvoll in das weiche Fell in ihren Händen.

Aber als nun das Zaubergewand ihr Antlitz berührte, erblaßte die Gegenwart mit ihren Rechten und das Zauberreich in den Fluten stand vor ihrer Seele in den leuchtenden Farben der alten Zeit.

Sie hörte wieder die Wogen rauschen um die Korallenpaläste und um die perlenstrahlenden Königsgräber auf dem Meeresgrund; sie sah den geliebten Vater einsam und trauernd auf seinem goldenen Thron sitzen, er streckte seine Arme zu ihr empor und rief sie mit den alten, trauten Namen.

„Ich komme, ich komme, mein Vater!" rief sie und hob ihr Angesicht empor.

Vor ihr standen ihre Kleinen, ängstlich auf das fremde Thun der Mutter blickend. Sie kniete nieder zu ihnen und drückte sie abwechselnd an ihr Herz unter Thränen und Küssen.

„Lebt wohl, lebt wohl, Ihr Geliebten; o könnte ich Euch mit mir nehmen!" schluchzte sie. „Lebt wohl, vergeßt Eure Mutter nicht und grüßt mir den Vater!"

Damit sprang sie auf, ergriff das Fell und flog dem Strande zu. Sie mußte eilen, denn ihr Gatte konnte jeden Augenblick zurückkehren und dann hätte er sie zurückgehalten.

Kaum war sie in der Biegung des Weges verschwunden, als der Vater von einer andern Seite her der Hütte nahte. Er hatte einen guten Handel gemacht und von den Händlern gegen seine Fische Allerlei einge= tauscht, womit er Weib und Kinder zu erfreuen gedachte.

Als die Kleinen den Schritt des Vaters hörten, eilten sie ihm ge= ängstigt und weinend entgegen, und ehe er noch nach der Mutter fragen konnte, klagten sie ihm, was sich zugetragen.

So unvollkommen ihr Bericht auch war, errieth er doch Alles und eilte pfeilschnell dem Strande zu.

Er näherte sich demselben gerade, als seine Gattin ihr Zaubergewand anlegen wollte, um in die Fluten zurückzukehren.

„O, bleibe, bleibe, Geliebte!" rief er aus der Ferne verzweiflungs= voll; „verlaß nicht Deinen Gatten, der Dich so sehr liebt, und Deine kleinen, hülflosen Kinder!"

Bei diesen Tönen voll Angst und Liebe hielt sie inne und wandte ihr Haupt dem Gatten zu. Der Ausbruck der Verzweiflung in seinen Zügen ergriff sie, noch einen Moment schien sie zu zögern, da rauschte eine mäch= tige weiße Woge bis hinan zu ihren Füßen — ihr war's, als sei es eine Botin ihres Vaters — und sie zögerte nicht mehr.

„Lebe wohl," sprach sie innig, „lebe wohl und alles Glück mit Dir! Ich bin Dein gewesen in Liebe und Treue, aber meinen Vater und meine Heimat habe ich noch mehr geliebt!"

Noch einen Augenblick schaute er ihr wunderschönes Antlitz, im näch= sten umhüllte sie ihr Zaubergewand und sie stürzte in die Fluten und kehrte in ihr Wogenreich zurück.

Nun war das Königskind, die Tochter der Palmen, wieder in der alten Heimat, in den Armen des geliebten Vaters. Statt der rauchgeschwärzten Decke wölbten sich jetzt über ihrem Haupte die Hallen ihres Königsschlosses.

Purpur und goldene Spangen umschlossen abermals ihren schönen Leib, statt der kalten Luft der öden Insel streiften ihre Wangen wieder die weichen Wellen des Ozeans.

Kein grauer Nebel verschleierte ihr die Sonne, leuchtend sank ihr Strahl durch die blauen Fluten und drang goldig durch die hohen Bogenfenster von durchsichtigem Bernstein.

Alles liebte sie, Alles huldigte ihr und doch, als sie das nächste Mal hinaufstieg an die Oberwelt — weit ab von dem Platze, wo sie damals ihr Zaubergewand eingebüßt — als Alle sich in freudigen Wirbeln schwangen, da schlich sie leise von der Seite ihres Vaters und eilte geflügelten Fußes landeinwärts.

Wol schmerzten sie die zarten Füße, aber sie achtete es nicht und eilte weiter. — Noch eine kurze Strecke — nun hatte sie den wohlbekannten Pfad erreicht und stand gleich darauf an der Thür der Hütte. Sie war jetzt unverschlossen und öffnete sich sogleich. Leise schritt die Königstochter über den dunkeln Vorplatz und trat unhörbar in das kleine Gemach.

Es war schlummerstill darin, nichts regte sich, nur ein Mondstrahl schlüpfte durch das Fenster und glitt neugierig an den Wänden hin, um zu schauen, was „sein Königskind“ beginnen würde.

Sie trat an das Lager der Kleinen, die mit verschlungenen Armen dalagen und süß und friedlich schlummerten — sie mußten noch nicht, was es heiße, ohne Mutterliebe durch das Leben gehen.

Einen kurzen Augenblick schaute sie auf die lieblichen Angesichter, dann beugte sie sich nieder und küßte zärtlich ihre rosigen Lippen.

Darauf wandte sie sich zum Lager ihres Gatten und neigte sich forschend über ihn.

Der Mondstrahl folgte ihr, als ahne er ihren Entschluß und wolle ihr zeigen, wie nöthig er sei. Sanft glitt er über das Angesicht des Schlummernden und die Königstochter sah nun, wie bleich es war und wie gramvoll sein Ausdruck.

Liebe und Reue überwältigten sie, sie kniete nieder am Lager des Gatten, schlang seine Arme um ihren Hals und flüsterte zärtlich:

„Erwache, erwache, Geliebter, ich bin wieder da und will bei Dir bleiben immerdar!“

Der Mann schlug die Augen auf und starrte noch traumbefangen in
das holde Antlitz über ihm, das mit einem Ausdruck von Zärtlichkeit, wie
er ihn nie darin gesehen, in seine Augen blickte.

„Träume ich," flüsterte er, „o dann laß mich ewig also träumen!"

„Nein, nein," sagte sie zärtlich, „Du träumst nicht, Geliebter; ich
bin wirklich wiedergekehrt — wiedergekehrt, um mich nie mehr von Dir
zu trennen. Sieh, als ich endlich wieder in der ersehnten Heimat war,
als ich meinen Vater umarmt, mein Volk gegrüßt und an der alten Herrlichkeit mich satt geschaut hatte, da regte sich die Sehnsucht nach Euch in
meinem Herzen; da fühlte ich, was ich vorher nie gefühlt — daß ich Euch
angehöre, mit Euch verwachsen bin. Und als ich nun in dieser Nacht
wieder emporstieg mit den Meinen, da wurde die Sehnsucht nach Euch so
stark, daß ich mich leise von meines Vaters Seite schlich und hierher eilte.
Nun will ich bei Dir und meinen Kindern bleiben, Dein sein in Liebe und
Treue immerdar und ganz allein, wie Du mich einst gebeten, und ist Deine
Insel auch öde und blumenleer, so blühen doch auf ihr die Blumen des
Herzens unverwelklich."

Die Taufe der Elfe.
(Vergl. S. 61.)

Die weisse Alpenrose.

m schönen Land Tirol, das reich an
stolzen Bergen und grünen Triften
ist, zieht sich am Fuße eines dieser
Berge das liebliche Zerzerthal hin, in
welchem vor vielen Jahren ein freund=
lich Dörflein stand, von wohlhaben=
den und biedern Menschen bewohnt.

Das stattlichste Haus dieses Dorfes gehörte dem reichen Bauer Werner;
ein zierlich geschnitzter Söller umgab es von allen Seiten, und man konnte
von ihm aus durch die hellen Scheiben in viele, mit gediegenem Hausrath
und reichlichen Vorräthen versehene Räume blicken.

Heute ging es hoch her im Hause, denn Werner's Jahre lang gehegter Wunsch war endlich in Erfüllung gegangen.

Ihm war vor wenig Wochen ein Sohn geboren worden, der heut die heilige Taufe empfing. Nun wußte er doch, für wen er arbeitete und sparte, und brauchte beim Wachsen seines Wohlstandes nicht mehr wie sonst zu fragen: „Wem werde ich es einst hinterlassen?"

Das ganze Dorf war eingeladen worden, um an seiner Freude theilzunehmen. Die alten, erfahrenen Frauen beglückwünschten die Mutter, daß ihr Söhnlein ein Sonntagskind sei, und als es nun während der heiligen Handlung so still lag, klaren Auges um sich blickte und den Geistlichen freundlich anlächelte, da meinten sie, es sei zu etwas Besonderem aufgespart.

Und ein besonderes Kind wurde er auch, der kleine Johannes. Statt mit den andern Kindern draußen herumzuspielen, konnte er Stunden lang im Zimmer vor dem alten bilderreichen Legendenbuch sitzen, oder auf dem Söller zu den Füßen der dort arbeitenden Mutter, und hinüberschauen nach den schneebedeckten Berggipfeln und den darüber hinziehenden Wolken.

„Was hast Du nur immer den Bergen und den Wolken abzugucken?" fragte die Mutter; „es sind dieselben, wie gestern und vorgestern auch."

„O, Mutter," sagte Johannes, „sie erzählen mir wunderbare Dinge, ich kann sie Dir nur nicht wiedererzählen; aber schaue sie Dir selbst nur recht genau an, ob Du es nicht auch erfahren wirst."

„Das will ich wol bleiben lassen," sprach die Mutter; „ein träumendes Kind mag der Hausordnung nicht viel schaden, sicherlich aber eine träumende Hausfrau." — Am Abend aber, als Johannes schon lange schlief, sprach sie zu ihrem Manne von dem Knaben und seinen sonderbaren Gewohnheiten und forderte den Vater auf, das Kind mit hinaus zu nehmen in Stall und Feld, damit er für ein thätiges Leben Sinn gewönne.

So ging denn der Kleine am andern Morgen mit hinaus in den Stall. Aber wunderbar! Als Johannes sich zum ersten Mal den Kühen näherte und ihnen eine Hand duftigen Heues hinhielt, brummten sie zutraulich und streckten die Köpfe aus, um sich von ihm streicheln zu lassen. Als er dann zu dem großen Stier ging, der selbst die Knechte, die ihm täglich sein Futter brachten, nicht herankommen ließ, ohne nach ihnen zu stoßen, da streckte dieser den Kopf vor und leckte die Hand des Kindes.

„Er ist eben ein Sonntagskind," sagte der Vater; „man muß ihn gewähren lassen." — Nun sollte er auch unter die Dorfkinder gehen. An ihren wilden Spielen fand er keinen Gefallen; aber wenn er ihnen dies mit seiner milden Stimme sagte und sie dabei so freundlich ansah, so hatte keines von ihnen das Herz, ihm ein unfreundliches Wort zu sagen oder ihn zu kränken.

„Setz' Dich hin, Johannes," sagte der größte, „dort auf den hohen Stein, und sieh zu, wie wir spielen; vielleicht gefällt Dir's später besser und Du spielst dann mit." Und er setzte sich auf den Stein unter die Buche, hörte schweigend auf das Rauschen ihrer Blätter und schaute wieder träumerisch hinüber zu den Bergen und den Wolken.

Aber lieb hatten sie ihn Alle! War er doch freundlich und gefällig, half ihnen, wo es in seinen schwachen Kräften stand, und war immer bereit, ein fürbittend Wort bei den Angehörigen einzulegen, wenn einer der Gespielen Strafe zu erwarten hatte.

Und Geschichten konnte er erzählen, wundersame Geschichten, von den Wolken und den Bergen, von Bäumen und Blumen. Sie hatten alle ein Herz und fühlten Freud und Leid, sie dachten und sprachen wie Menschen, aber er konnte nicht sagen, woher er die Geschichten habe, wie sehr die Kinder auch darnach forschten.

So war der Knabe allmählich herangewachsen.

Heute hatte er mit seinen Altersgenossen von dem hochwürdigen Bischof die Firmelung erhalten. Die Kinder hatten sich wohlbewandert gezeigt in den Lehren des Heils; aber aus Johannes' bewegter Stimme und seinem leuchtenden Auge hatte der Bischof ersehen, daß die heiligen Wahrheiten nicht nur in seinem Gedächtniß saßen, sondern auch in seiner Seele glühten. Besonders innig war daher auch der Segensspruch gewesen, den er dem Knaben auf seinen künftigen Lebensweg mitgab.

Während die andern Kinder am Nachmittag zur Linde eilten, zum ersten Mal theilzunehmen an den Tänzen der Erwachsenen, denen sie bisher nur zuschauen durften, stieg Johannes die Alp hinan, um dort in Einsamkeit und Stille seinen Festtag zu feiern.

Der Lenz war gekommen und seine segnende Fußspur war sichtbar in jeder Blüte, in jedem Grashalm. Ist er eingezogen, so treibt der Senner sein Vieh auf die Alp, daß es sich nähre von dem frischen, kräftigen Grase; dort bleibt er mit seinen Herden den ganzen Sommer, und erst wenn dieser dem unfreundlichen Herbste weicht, vertauscht auch der Senner mit seinen Herden die luftige Alp und die einsame Sennhütte mit den wärmeren Thälern und ihren schützenden Wohnungen.

So war der Knabe bis zur Sennhütte seines Vaters gelangt, die mit den herrlichen Matten ringsumher morgen die Herde aufnehmen sollte. Einige Fuß höher hinauf ragte ein einzelner Felsenvorsprung hin über die Tiefe. Von ihm aus mußte man einen herrlichen Blick über das gesegnete Thal und selbst tief hinein in die Bergschluchten genießen. — So dachte Johannes und erkletterte den Vorsprung.

4*

Da stand er nun allein in der schwindelnden Höhe. Unten in der Tiefe lag das Dörfchen, der Bach schimmerte im Sonnenlicht wie ein Silberband, und die reinlichen Häuser und die Linde mit den fröhlichen Gestalten nahmen sich von dieser Höhe aus wie zierliches Spielzeug unter dem Weihnachtsbaum der Kinder.

Es war wunderschön hier oben.

Er athmete mit vollen Zügen die frische, freie Bergesluft; um ihn her gaukelten Schmetterlinge, sangen Vöglein ihr dankbares Lied, und über ihm schwebte, den Wolken nahe, mit langsamem, majestätischem Flügelschlag der königliche Aar, der Herrscher der Lüfte. Am Boden aber, dicht neben seinem Fuße, erblickte er eine wunderbare weiße Blume.

Er erkannte sie: es war die weiße Alpenrose, von der ihm sein Vater so oft erzählt — die Blume, die nur dem Auge reiner Menschen sichtbar ist. Der Glückliche, der sie erblickt, darf nur seinen Hut darauf legen und an der Stelle nachgraben, so werden ihm unermeßliche Reichthümer zu Theil.

Er hatte oft dieser Erklärung seines Vaters gelauscht und nach ihrem Finden sich gesehnt, nicht um des damit verknüpften Schatzes willen, sondern als Zeugniß der Reinheit seiner Seele.

Jetzt blühte und duftete sie neben ihm, schöner und herrlicher als jede andre Blume. Er beugte sich nieder und betrachtete schweigend ihre glänzenden Blätter. Aber als er nun tief in ihren Kelch schaute, da leuchteten ihm aus demselben die lieblichen Züge eines wundervollen Mädchenantlitzes entgegen. Mit dem Auge des Sonntagskindes sah er, was andern Sterblichen verborgen bleibt. Wundersame blaue Augen, sehnsuchtsvoll auf ihn gerichtet, blickten aus dem Kelch der Rose ihm entgegen, während die glänzenden Blätter ihm wie blonder Lockenschmuck erschienen, der das liebliche Antlitz umgab.

Alles, was in des Knaben Seele als Ahnung künftiger Herrlichkeit und Schönheit schlummerte, däuchte ihn in den Zügen dieses Blumenantlitzes zu liegen.

„Möge der Schatz einem Andern zu Theil werden,“ sprach er leise, „ich will nur Dich!“

Vorsichtig brach er die Rose, und beseligter als ein Anderer durch den wirklichen Schatz, kehrte er, die Blume in der Hand, in das Thal zurück.

Die Eltern horchten hoch auf bei seiner Erzählung. „Aber Du einfältig Kind,“ sagte die Mutter etwas enttäuscht, „warum grubst Du nicht nach? Dein wäre dann der Schatz eines Königs gewesen.“

„Ich habe ja genug, liebe Mutter! Diese herrliche Blume wiegt mir reichlich alle Erdenschätze auf. Sieh nur!“

„Ich sehe gar nichts!" entgegnete die Mutter verdrießlich.

„Aber ich sehe sie," sagte der Vater, „und Johannes hat Recht: ein genügsames Herz verlangt nicht mehr, als Gott ihm beschieden hat."

Johannes hütete fortan seine Blume wie einen Schatz, diese wunder= bare Blume, die nicht welkte und weder Thau noch Sonnenschein zu ihrem Fortblühen bedurfte.

Die Reinheit der Seele begleitete ihn auch hinüber in seine Jüng= lingsjahre und es kam nie ein Augenblick, in welchem die Wunderblume ihm unsichtbar geworden wäre.

So war Johannes zwanzig Jahre alt geworden. Die Eltern wünsch= ten, daß er sich verheirathe, damit sie die Sorge und Last der weitläufigen Wirthschaft auf jüngere Schultern legen könnten; er aber hatte in frommem Genügen noch nie an eine Veränderung seiner Lage gedacht; doch gewohnt von Kind an, dem leisesten Wunsche der Eltern Folge zu leisten, war er auch diesmal bereit.

„Euer Wille geschehe!" sprach er sanft, „nur erfüllt mir vorher eine Bitte noch!"

„Seit jenem Tage, wo ich die weiße Alpenrose fand, habt Ihr in überängstlicher Sorgfalt mir nie mehr gestattet, die Alp zu besuchen. Ich hätte die uralten Gebräuche versäumt, sagtet Ihr, die jedes Kind, das zum ersten Mal die Alp besteigt, befolgen muß, um sich den Zorn der „wilden Fräulein", der Elfen des Berges, fern zu halten, und nur der eben erst ertheilte Segen des Bischofs habe mich geschützt.

„Ihr verbotet mir so strenge, fernerhin die Alp hinanzusteigen, daß ich meine heiße Sehnsucht nach den Bergen und ihrer wundervollen Luft tief ins Herz verschloß und hier bei Euch blieb.

„Nun aber bitte ich Euch aufs Innigste: laßt mich dies Eine Mal statt des Senners hinansteigen zur Alp, diesen Einen Sommer da oben bleiben mit den Herden, und dann will ich zum Herbst zurückkehren, aus Eurer Hand zu nehmen, was Ihr mir bestimmt."

Die Eltern erwogen lange den Herzenswunsch des Sohnes, aber die kindliche Bereitwilligkeit, mit der er ihren Wünschen nachzukommen ver= sprach, veranlaßte auch sie, ihre Bedenken und Sorgen zurückzudrängen und seiner Bitte zu willfahren. „Mit der Bedingung," fügte die sorgliche Mutter hinzu, „daß Du in unserer Gegenwart die altherkömmlichen Ge= bräuche nachholen willst, die Du das erste Mal versäumtest." —

An einem herrlichen Frühlingsmorgen kam Johannes auf die Alp. Ein Knecht hatte die Herde hinaufgeleitet, während er zwischen Vater und

Mutter hinterher ging, um in ihrem Beisein die unbewußte Schuld gegen die Elfen des Berges zu sühnen.

An der ersten Wendung des Fußsteigs lag ein großer Steinhaufen, den Eingang zur Elfenwohnung bergend. Johannes hob einen Stein im Wege auf, legte ihn ehrerbietig zu den andern und sprach andächtig die vorgeschriebene Formel: „Ich opfre, ich opfre den wilden Fräulein."

Der Stein in seiner Hand blitzte dabei, wie von Goldadern durch= zogen, und als er die andern berührte, klang es wie Harfenton aus dem Steinhaufen hervor. Weiter schreitend gelangten sie zu dem Donnerbaum. Johannes beugte sich nieder und löste mit den Zähnen zwei Splitter von seinem zertrümmerten Stumpf. Nun konnte ihn kein Blitzstrahl treffen, so verheerend das Wetter auch über der Alp hinziehen mochte. — Höher hin= auf trafen sie auf zwei Platten, deren einer ein Kreuz eingehauen war.

Johannes setzte den Fuß darauf, und nun war er gefeit gegen die Folgen eines unvorsichtigen Trittes oder eines unvorhergesehenen Falles.

Dann umarmte er Abschied nehmend seine Eltern, die zum Thal zu= rückkehrten, und sandte den Knecht gleichfalls heim, nachdem er ihm anbe= fohlen, nur im äußersten Nothfall seine Einsamkeit hier oben zu stören.

Nun war er endlich allein mit der Herde, die noch eben so zutraulich gegen den Jüngling war, wie einst gegen das Kind, ganz allein auf der stillen, grünen Alp. Die frische Bergesluft drang ihm wie an jenem Früh= lingstage in die Brust, und wie damals erfüllte Glück und Zuversicht seine Seele wieder.

Als die Sonne sich ihrem Untergang zuneigte, melkte Johannes seine Kühe und trieb sie dann in den schützenden Stall, und als das Tagewerk vollendet war, wandte er sich zu dem einsamen Felsenvorsprung, wo er vor Jahren seine Rose gefunden, um von hier aus dem Untergang der Sonne zuzuschauen und das Alpenglühen zu bewundern.

Er erstieg die Felsenspitze, und als er eben auf die Platte treten wollte, von welcher er damals auf sein Dörfchen geschaut, blieb er erstaunt stehen und wagte nicht näher zu treten, denn dort, wo er kein menschlich Wesen vermuthet, saß eine wunderholde Mädchengestalt.

Ueber ihre blendendweißen Schultern und Arme bis tief hinunter auf das glänzende Gewand wallten die herrlichsten blonden Locken.

Johannes' Lippen entglitt ein Ton des Erstaunens; da wandte sie sanft das Haupt, und er schaute in liebe, bekannte Züge — in das engel= schöne Antlitz seiner Alpenrose. Sie neigte freundlich grüßend das Haupt und sprach mit wunderbar klangvollem Tone: „Kommst Du endlich, endlich, Johannes?"

Johannes erblickt die Elfe.

Der Jüngling war immer noch sprachlos. Er sah auf das Antlitz, das er Jahre lang an seinem Herzen getragen, das er kannte und liebte, wie wenn es sein eigen sei, und lauschte der süßen Stimme.

„Setz' Dich zu mir, Johannes," sprach das liebliche Wesen; „Du bist zur rechten Stunde gekommen!

„Sieh, wie die Sonne den Rand der Wolken vergoldet, daß sie schimmern, wie ein Purpurmantel mit goldenem Saume.

„Und nun blicke hinüber nach jenen Gletschern! Siehst Du, wie rosig sie überhaucht werden? Jetzt schwimmen sie in einem Meer von Purpur, und nun senkt sich das Blau des Abendhimmels auf sie nieder, daß sie strahlen wie ein Wald von Vergißmeinnicht, oder wie die Augen Euerer unschuldigen Kinder.

„Nun schaue hin! Die Abendröthe und die Himmelsbläue vermählen sich, und die Berge hüllen sich in einen violetten Mantel, wie Euer Bischof, und wie dieser auf die um ihn knieenden Gläubigen, so blicken sie hernieder auf die schlummernden Thäler, und nun kommt die Nacht und breitet schweigend ihren Sternenschleier über allen Glanz und alle Herrlichkeit."

Johannes war mit verklärtem Auge all dem Schönen gefolgt, das ihr rosiger Finger ihm zeigte und das sie mit beredtem Munde ihm pries, und als nun die Nacht, wie sie gesagt, ihren Sternenschleier über den Glanz des Tages deckte, da wandte er sein Auge auf die holde Mädchengestalt neben sich, und fragte schüchtern: „Aber wer bist Du wohl, und woher kennst Du mich?"

„Woher ich Dich kenne?" entgegnete lächelnd die Jungfrau.

„Ich kannte Deinen Vater schon, wie er als kleiner Knabe die beiden Ziegen seiner Mutter, der ärmsten, aber bravsten Frau des Dorfes, hier auf der Alp hütete, und Deinen Großvater und dessen Vorfahren, — Alle, Alle habe ich sie gekannt und aufwachsen sehen, und nun bist auch Du groß geworden. So vergeht die Zeit!"

Damit erhob sich die Jungfrau, nickte dem erstaunten Johannes grüßend zu und verschwand um die Ecke des Felsenvorsprungs.

Lange noch warf sich Johannes schlaflos auf seinem Lager umher. Er überdachte die Vorgänge dieses wunderbaren Abends und quälte sich mit nutzlosen Fragen. — Wie langsam verstrich der folgende Tag, unbeachtet fast gingen seine Schönheiten an dem Halbträumenden vorüber, und er wurde erst wieder ganz munter, als die Sonne sich ihrem Untergang zuneigte und er nun die Lösung des Räthsels hoffen durfte.

Als er wieder zum Felsenvorsprung emporstieg, da saß die schöne Jungfrau schon dort und ihre Lippen begrüßten Johannes mit freudigem Rufe. Er setzte sich neben sie und forschte jetzt ernstlich nach ihrer Herkunft weiter.

Da zog über das Gesicht des holden Wesens ein tiefer Schmerz. „Forsche lieber nicht darnach, Johannes," sprach sie wehmüthig; „noch nie hat ein Sterblicher diese Frage an mich gerichtet, und ich weiß nicht, wie er die Antwort ertragen kann."

Aber Johannes ließ nicht ab zu bitten.

„Nun wohl," erwiederte sie endlich, „ich bin die Elfe dieser Alp, die Hüterin ihrer Gletscher und Quellen, die früher, ehe die neue Lehre ihr Licht verbreitete, den Bewohnern der waldreichen Thäler lieb und heilig war ... Als aber mit den heiligen Hainen auch der alte Glaube hinsank, da flüchteten wir hinauf in die Berge, wo man den alten Glauben am

längsten bewahrte. Und jetzt sind wir auch hier nur geduldet; nur noch in
wenig unschuldigen Kinderherzen haben wir eine kurze Heimatstätte.“

Sie schaute träumerisch nieder auf das Thal, aus welchem jetzt die
leisen Töne der Abendglocke heraufdrangen, auch die entfernten Senner an
das Abendgebet zu mahnen.

Johannes faltete andächtig seine Hände und sprach laut sein Vater-
unser. Und als es beendet war, schaute er in das holde Antlitz neben sich,
das seinem Thun theilnehmend gefolgt war, und sprach mit der innigen
Zuversicht seines reinen Herzens:

„Du irrst, freundliche Elfe; wenn wir auch den neuen Glauben, wie
Du ihn nennst, dankbar aufgenommen und seiner Segnungen uns erfreuen,
so hegen wir doch noch eine fromme Verehrung für die guten Elfen und
Feen, die die Herde unserer Voreltern geschützt, und was diesen heilig war,
ist auch uns lieb und werth geblieben. Gestern noch begleiteten mich meine
lieben Eltern auf die Alp, damit ich in ihrem Beisein den guten Elfen
meine Ehrfurcht beweisen möchte.“

„Ist es wahr?“ fragte die Elfe mit einem Strahl der Hoffnung in
ihren schönen Augen; „ist es wirklich wahr? Du siehst aus, als könntest
Du nicht lügen! So leb’ denn wohl und schlummre süß; ich will mich
wachend an Deinen Worten laben!“ — und sie entschwand den Augen
des Jünglings.

Jetzt war Johannes’ Wunsch erfüllt. Er wußte, wer die Züge seiner
Alpenrose trug, und eine stille, beseligende Heiterkeit trat an die Stelle
der gestrigen Unruhe.

Herrlich zogen nun die Tage hin. Kein Wölkchen trübte den Himmel,
würzig duftete die Luft, die Kühe gaben reichlicher Milch und gediehen
kräftig unter der pflegenden Hand ihres jungen Hirten.

Unter den einfachen, stets wiederkehrenden Arbeiten reichte eine Stunde
der andern unbemerkt die Hand, und schnell erschien die Zeit des Sonnen-
untergangs, die Johannes regelmäßig auf dem Felsenvorsprung an der
Seite der holden Elfe begrüßte, um mit ihr sich der herrlichen Wolken-
bilder und des wunderbaren Alpglühens zu erfreuen, oder schweigend niederzublicken zum Heimatsdörfchen, aus dessen Dächern der Rauch zu ihnen
emporstrebte und das Abendgeläut sanft heraufklang.

Er faltete dann immer seine Hände und sprach mit entblößtem Haupte
sein Gebet, und die arme Elfe faltete auch die zarten, weißen Hände; ihre
Lippe zitterte, sie hätte so gern mitgebetet, sie wußte nur nicht wie?

Als er sie so begierig fand, den neuen Glauben kennen zu lernen,
von dem sie doch meinte, er habe ihr das Heimatrecht in den Menschen-

herzen genommen, da theilte er ihr Alles mit, was von dem Unterricht des frommen Geistlichen her frisch in seinem Herzen lebte. So lernte sie den gütigen Gott und den liebreichen Heiland kennen, dessen Versöhnungstod unsern unsterblichen Seelen den Himmel geöffnet hat.

„Den unsterblichen Seelen?" fragte betrübt die schöne Elfe; „ach, dann bin ich ausgeschlossen."

„Warum denn?" forschte Johannes.

„Weil wir keine unsterblichen Seelen haben, wir armen Elfen; unsre Existenz ist an den Ort geknüpft, zu dessen Schutz und Hort wir berufen sind, und mit ihm fallen und vergehen wir.

„Ich habe Jahrtausende über diese Felsen ziehen sehen; ich kannte diese Gegend, als sie noch unbebaut und wüst war. Ich hörte die ersten Axtschläge in ihren Wäldern schallen und sah den ersten Menschenstamm aus dem fernen Osten heranziehen, den Menschenstamm mit den riesigen Körpern, den blonden Haaren und den blauen Augen. Schützend und liebend war ich ihnen nah, und dankbar verehrten sie mich und die mir verwandten Geister, und ließen uns thronen im Schatten ihrer Wälder.

„Dann sah ich eine andere Zeit:

„Unbesiegte Scharen drangen über die Berge, oft schlugen die Worte Roma und Augustus an mein Ohr. Ich sah die Wälder fallen und Tempel mit neuen Göttern an ihre Stelle treten.

„Darauf kam die dritte Zeit:

„Der neue Glaube, dem auch Du huldigst, Johannes, kam her. Auf den Tempeln befestigte man Kreuze und nannte sie Kirchen, und in ihnen verehrte man, statt der vielen Götter, nur einen einzigen, liebreichen Vater .... Ich hoffte immer noch auf eine vierte Zeit, in der wir wieder zur Geltung kommen sollten, aber vergeblich! Dieser Glaube muß der richtige sein, denn er hat Alles überwunden, ohne je besiegt zu werden, unter seinem Schutze ist Alles liebreich, gut und mild geworden.

„Und darum, weil ich diese Wahrheiten fühle, traure ich um so mehr, daß ich ihrer Segnungen nicht theilhaftig werden kann ....

„Wenn, wie Du sagst, das Ende der Tage herbeikommen wird und die Erde vergeht, werde auch ich vergehen, wie die Blume, deren Stätte man nicht mehr kennt, denn ich habe keine unsterbliche Seele!"

Die arme Elfe bedeckte ihr Gesicht mit ihren Händen, und ihre Thränen tropften langsam durch die weißen Finger.

Johannes saß schweigend neben ihr. Er konnte ihr Weh wohl begreifen, aber so sehr er auch in seiner Seele nach einem Trostspruch suchte, er fand keinen, der sie über den Verlust der Seligkeit hätte trösten können.

Am andern Morgen, als er während der Arbeit eifrig nachdachte, was wol zur Rettung der armen Elfe geschehen könne, kam der Knecht auf die Alp und meldete ihm, daß der alte Pfarrer gestorben sei und morgen von dem hochwürdigen Bischof begraben werde. Sicherlich würde er gern seinem verehrten Lehrer die letzte Ehre erweisen, und deswegen ließen ihn die Eltern dies wissen.

„Grüße die Meinen," erwiederte ihm Johannes, „und sage ihnen, daß ich morgen kommen würde."

Abends eilte er fröhlichen Herzens zur Felsenplatte, auf welcher die Elfe, wie immer, ihn schon erwartete.

Es war ihm ein guter Gedanke gekommen, und er hatte kaum die Abendstunde erwarten können, ihn der Elfe mitzutheilen.

„Morgen kommt unser Herr Bischof," begann er mit freudig glänzendem Auge, „ihm theile ich Deinen Kummer mit. Sicherlich weiß er Rath. Ich will das Schwerste willigen Herzens vollbringen, um Dir das Anrecht auf eine unsterbliche Seele zu erringen."

Die Elfe wandte ihr sanftes Angesicht zu ihm hin; um ihre Lippen bebte eine tiefe Rührung.

„Möchtest Du das wirklich, Johannes; möchtest Du mir wirklich hel-fen eine unsterbliche Seele zu gewinnen?" sagte sie, und ihre Stimme klang so süß, daß dem guten Johannes die Thränen in die Augen traten.

Er faltete die Hände und sprach mit innigem Ton: „Gewiß will ich, Nichts soll mir zu schwer werden!"

„Nun wohl, Johannes, so höre! Auf dieser Alp wachsen wunder-bare weiße Alpenrosen, nur reinen Seelen sichtbar. Sie sind die Hüterinnen eines Schatzes, und wer sie erblickt, vermag diesen zu heben."

Johannes nickte. Es war ja die alte, bekannte Geschichte seines Vaters, und er selbst hätte ja noch vielmehr sagen können, wenn er gewollt hätte. Seine theure Alpenrose hatte ihn ja hinauf auf die Berge begleitet, und so oft er sich auch selbst die Frage vorlegte, wie das schöne Elfen-antlitz dahinein gekommen sei, so hatte er doch nie gewagt, die Elfe darnach zu fragen, aus Furcht, sie möchte die Blume als ihr Eigenthum von ihm zurückfordern.

„Diese Rosen bergen aber noch Anderes," fuhr die Elfe fort, „bei ihrem Anblick dachte ich an die reinen Seelen, die sie finden würden, und die allein mir Erlösung zu bringen vermöchten, auf die ich, ach, nun schon so lange warte. Dann beugte ich mich nieder zur Blume, eine Thräne fiel in ihren Kelch und spiegelte mein Angesicht wieder . . . .

„Die reinen Seelen kamen, aber so rein, so himmlisch waren sie nie,

daß sie sich der Blume gefreut hätten, als eines Zeugnisses ihrer Seelen-
reinheit. Sie dachten zumeist des Schatzes unter ihr; kein Auge schaute
so tief in ihren Kelch, daß es mein flehendes Auge darin wahrgenommen
hätte — und so entging mein Bild und meine Thräne ihrem Blick . . . .

„Wenn Du, Johannes, je einen Jüngling triffst, der die weiße Rose
fand, das Bild darin entdeckte und liebgewann, die Blume nahm um ihrer
selbst willen und, sich begnügend mit ihr, freudigen Herzens dem Schatz
entsagte, der sein werden konnte, so hast Du den Einzigen getroffen, von
dem mir Hülfe werden kann."

Da ahnte Johannes, daß die Sehnsucht der Elfe sich erfüllen könne;
sein liebevolles Herz klopfte fast hörbar vor Freude bei dem Gedanken,
daß es ihm vielleicht vergönnt sei, dies edle Werk zu vollbringen, und mit
vor Bewegung zitternder Stimme fragte er:

„Und wenn ich solchen Jüngling treffe, was muß er dann thun?"

„Dann müßte er nicht gezwungen oder überredet, sondern mit freiem,
warmem Herzen mir seine Hand reichen zum ehelichen Bunde, und wenn
dann der Geistliche den Segen Gottes über uns spricht, so geht in demselben Augenblick der Hauch des Ewigen, den Ihr Seele nennt, auch in
mich über und ich erhalte eine unsterbliche Seele gleich Euch und mit ihr
ein Anrecht auf den Himmel."

Jetzt konnte sich Johannes nicht länger halten. „Was Du suchst, ist
gefunden!" rief er, „harre mein nur wenige Augenblicke noch!" — Er flog
zurück zur nahen Sennhütte, nahm die Blume und brachte sie der geliebten
Elfe, und aus dem Kranze schimmernder Blätter lächelte ihr ihr eigenes
wunderholdes Antlitz entgegen.

„Komm mit mir hinab zum Hause meiner Eltern!" bat er dann. „Wir
wollen ihnen und den hochwürdigen Bischof Alles sagen; wenn dieser Dich
der heiligen Taufe würdig hält und sie Dir ertheilt, werden Dich meine
Eltern sicherlich gern als ihre Tochter aufnehmen. Sie suchen ja nach einer
Gattin für mich, und wo könnten sie eine schönere und bessere finden!"

Schüchtern legte die Elfe ihre schöne, aber kalte Hand in Johannes'
Rechte, und so stiegen sie hoffenden Herzens den schmalen Fußpfad der Alp
hinunter, während die Glühwürmchen um sie her leuchteten und das Rauschen des Felsenbaches neben ihnen ihr Gespräch begleitete, wie Harfentöne
den Lobgesang der Engel.

So gelangten sie in das Dorf und zu dem Haus des alten Werner.

Johannes erkletterte den Söller und schaute durch das Fenster in das
Wohngemach der Eltern; er mochte die Elfe nicht zu ihnen führen, während Jemand aus dem Dorfe bei ihnen wäre.

Aber kaum hatte er einen Blick in das Gemach geworfen, als ein leiser Freudenruf über seine Lippen glitt.

Eilig verließ er den Söller, ergriff wieder die schöne, kalte Hand und trat nach leisem Klopfen über die Schwelle. Da, auf dem Ehrenplatz des Hauses, in dem großen, geschnitzten Lehnsessel, saß der hochwürdige Bischof, der heute Abend unerwarteter Weise schon eingetroffen war.

Leutselig hatte er sich des frommen Johannes von der Firmelung her erinnert und bei seinem Rundgang bei den Eltern vorgesprochen.

Johannes trat mit der holden Begleiterin, bei deren überraschend schöner Erscheinung selbst der Bischof sich erstaunt erhoben hatte, vor den frommen Greis. — Er beugte seine Knie vor ihm, und die schöne Elfe kniete demüthig neben ihm nieder.

Wie sie nun in ihrem strahlenden Gewande vor dem Greise kniete, die weißen Arme über die Brust gekreuzt und das edle Haupt so tief ge= neigt, daß die Locken bis auf den Boden wallten, da schien sie Allen eine der seltenen Engelgestalten, die mitunter noch die Erde besuchen, die Staub= gebornen zu trösten und zu erquicken. Der fromme Bischof legte seine Hand auf ihr schönes Haupt — „Friede sei mit Dir, meine Tochter," sprach er liebevoll; „was wünschest Du?"

Johannes ergriff die Hand seiner Eltern und zog sie sanft aus der Stube. Die Gegenwart Fremder sollte das arme Wesen nicht abhalten, alle ihre Schmerzen, ihre Hoffnungen und Wünsche in das väterliche Herz des greisen Seelenhirten auszugießen.

Als sie nach langem Harren durch die Stimme des Bischofs wieder hineinberufen wurden, fanden sie ihn in tiefer Bewegung; in seinen Augen glänzten Thränen. Er zog das Elternpaar beiseite und redete lange ein= bringlich zu ihm. Und als der Bischof am andern Tage den Segen über das Grab des alten Geistlichen gesprochen und die Gemeinde sich eben zum Heimgange anschickte, erhob er noch einmal seine Stimme und lud die Anwesenden ein, sich mit ihm in die kleine Kirche zurückzubegeben, um einer eben so seltenen als erhebenden Feier beizuwohnen.

Wie er nun vor dem Taufstein stand, öffnete sich die Thür der Kirche nochmals und an der Hand Johannes' nahte in zauberischer Schönheit und Lieblichkeit die Elfe des Berges. Sie trat vor den Taufstein, beugte demuthsvoll Haupt und Knie, und mit einem Ausdruck himmlischer Selig= keit in ihren schönen, blauen Augen empfing das arme Kind des grauen Heidenthums das heilige Sakrament der Taufe.

Und darauf führten Werner und seine Frau ihren Sohn herbei. Der Bischof legte Beider Hände in einander, und sprach mit bewegter Stimme

den Segen der Kirche über ihren Bund. Da ergoß sich der Hauch des
Ewigen in die Brust der Elfe, und sie erhielt eine unsterbliche Seele, wie
Alle um sie her.

Johannes fühlte ihre kalte Hand in der seinen erwarmen, und die
Flamme des Lebens, die bisher in ihr nur geglänzt, sie nicht erwärmt
hatte, durchglühte sie fortan, gleich allen von Gott geschaffenen Wesen.

Lange und glücklich lebten Johannes und sein geliebtes Weib. Unter
ihren Händen gedieh Alles, Wohlstand und Segen flossen ihnen zu, und
so oft das Auge der Eltern auf die in holder, unverwelklicher Anmuth
blühende Schwiegertochter fiel, gedachten sie dankbar des frommen Bischofs
und seines segensvollen Besuches.

Sanft schlummerten sie hinüber, betrauert von Johannes, seiner Gat=
tin und ihrer blühenden Kinderschar, die alle die Schönheit ihrer Mutter
und das fromme Herz ihres Vaters geerbt hatten.

Das Leben floß den beiden Gatten lieblich und ungetrübt dahin, und
als der Tod kam, war er für sie nur das „Amen" zu dem frommen Gebete
ihres ganzen Daseins. Lächelnd schloß Johannes die Augen — in dem=
selben Augenblick brach auch das Herz der Elfe und beide Seelen traten
Hand in Hand vor Gottes Thron.

Die junge Nixe mit dem Knaben
vor ihrer Mutter.

Die Kette der Nixe.

I m Land der „rothen Erde", wo jetzt
blühende Städte sich erheben und fröhliches Menschengewimmel herrscht,
stand vor fast einem Jahrtausend eine
stolze Burg, geschützt von ihren Thür-
men und Wällen und meilenweit um-
kränzt von dichtem Eichenwald, und
in diesem lag ein tiefer, klarer See.
Kein Auge als das des Himmels hatte je auf ihn geblickt, kein Laut
von menschlichen Lippen war je an seinen Ufern erklungen — nur die Thiere
des Waldes kamen Abends hierher, ihren Durst zu löschen, und die Böglein
sangen ungehört und ungestört dort ihr Morgenlied, wenn sie sich von
ihren Nestern erhoben, um in dem klaren Wasser zu baden.

Mitunter scholl es wie ferner Glockenton daher, wenn es in der Burgkapelle zur Frühmette läutete oder Abends zum Nachtgebet.

Dann rauschte es allemal in der Tiefe des Sees, die sonst so stille
Fläche wallte und schweigend hob sich ein wunderschönes Antlitz empor
aus den Wellen und wandte sich lauschend der Gegend zu, aus der die
Töne erklangen. — Die Wassertropfen rannen langsam aus dem langen,
blonden Haar und rollten wie Demanten über die weißen Schultern und
Arme, und die schönen blauen Augen blickten sinnend hinüber nach dem
Walde, über dessen Wipfeln der Glockenton daher geschwommen kam.

So war es seit undenklichen Zeiten gewesen und so wäre es vielleicht
geblieben, so lange der Wald gestanden und die Glocke geklungen hätte. —
Aber einmal, an einem wunderschönen Sommermorgen, als die süße Gestalt
eben wieder aus den Wogen aufgetaucht war, da rauschte es im stillen
Walde; das Gesträpp, das ungestört am Boden hinkroch, knisterte und
brach, als wenn ein menschlicher Fuß darüber hineilte, und gleich darauf
sprang ein wunderschöner Knabe, in dunklem Lockenschmuck, aus dem Walde
und folgte, mit leuchtenden Augen und von der Eile gerötheten Wangen,
einem großen, seltenen Schmetterling, der neckisch dicht vor ihm hergaukelte
und dann — als die kleine, zitternde Hand ihn beinah erhascht — davon-
flog, in das Schilfrohr hinein, das den See umsäumte und seine trügerische
Tiefe verbarg.

Der Knabe sah nichts als den schönen, entflohenen Sommervogel. —
vielleicht hatte er noch nicht einmal den See erblickt — mit einem mächtigen Satze sprang er mitten in das wogende Schilf hinein, griff nach
dem Rohre, auf dessen buschiger Spitze sich der Schmetterling wiegte —
und versank mit einem lauten Schrei in die verborgene Wassertiefe.

Ein zweiter, leiserer Angstruf folgte ihm. — Er kam von den Lippen
der schönen Nixe, die mit Erstaunen und Verwunderung zu der nie gesehenen
Erscheinung hinüber geblickt hatte und nun pfeilgeschwind zu der Stelle
eilte, wo der schöne Knabe versunken war.

Das Schilf hatte seine langen Locken erfaßt — noch war sein Körper
nicht zur Tiefe hinabgesunken, aber das Bewußtsein war ihm geschwunden,
und tobbringend rollten die kleinen Wellen über dem bleichen Antlitz dahin.
— Voll zärtlicher Theilnahme neigte sich die junge Nixe über die geschlossenen Augen und den schnell erblaßten Mund, dann schlang sie sanft
ihre Arme um die leblose Gestalt und trug sie vorsichtig hinab in die Tiefe
des Sees, wo sie in hohem, krystallenem Schloß lebte.

„Schau, meine Mutter," sagte sie hastig, als sie mit ihrer Bürde über
die leuchtende Schwelle schritt, „schau, was ich hier bringe! Sahst Du je

etwas Schöneres? Nun habe ich einen Genossen; wenn er erwacht sein wird, soll er mit mir spielen und mir erzählen von der Welt im Sonnenlicht — es wird mich dann nicht mehr so sehr verlangen nach ihren Strahlen, nach dem Rauschen des Waldes und dem fernen Klingen."

Die Mutter erhob sich von ihrem Korallensitz. Es war dieselbe schlanke Gestalt, dasselbe lang herabwallende Goldhaar, wie es die Tochter besaß — nur die schönen, blauen Augen blickten nicht so sanft, und als sie sich jetzt auf das bleiche Menschenkind senkten, zog es gleich einer finstern Wolke über ihre weiße Stirn.

„Wie kommt meine Tochter zu diesem Menschenkind?" fragte sie düster, und als die junge Nixe es ihr berichtet hatte, fuhr sie fort:

„So trage ihn wieder hinauf an den Waldrand; diese schwachen Geschöpfe vermögen nur in der dünnen Luft der oberen Welt zu athmen, aber wenn er auch hier unten leben könnte, würde ich es nimmer dulden! Habe ich nicht den fernen, unbekannten See zu unserem Aufenthalt gewählt, weil ich mich hier sicher wähnte vor dem verhaßten Geschlecht?"

Die junge Nixe blickte betrübt auf den schönen Knaben und dann wieder bittend in das strenge Antlitz ihrer Mutter; es war der erste Wunsch, der ihr verweigert wurde, und der liebste, den sie je gehegt, aber ehe sie die Lippen zu abermaliger Bitte öffnen konnte, fuhr die Mutter traurig fort:

„Geh, meine Tochter, und gehorche Deiner Mutter, die weiser ist als Du! Dies Geschlecht bringt Schmerz und Unglück, wohin es kommt — glücklich der, dessen Lebensweg es nimmer kreuzt! Trage den Knaben an den Waldrand, wo ihn seine Gefährten finden werden, und eile damit, denn in wenigen Minuten ist der letzte Funke des schwindenden Lebens erloschen, und dann kehre zurück zu Deiner Mutter, die Dir erzählen wird, warum sie dies Geschlecht haßt und meidet."

Die junge Nixe hörte von Allem nur das Eine, daß das Leben ihres Lieblings in Gefahr sei, und so flog sie pfeilgeschwind aus dem Seeschloß, stieg hinauf an die Oberfläche des Wassers und schwamm mit ihrer bleichen Last an das Ufer.

Zum ersten Mal, solange sie zurückdenken konnte, betrat sie den Rand des Waldes und spähte umher nach einer weichen Stelle, wohin sie ihren Schützling betten könne.

Der feuchte Moosgrund am Seeufer und das dornige Gesträpp am Waldrand boten kein Ruhekissen für das schöne Haupt an ihrer Brust, darum wandte sie sich waldeinwärts.

Leicht wie Geister schreiten, unter deren zauberhaftem Fuß sich kein Hälmchen beugt, wandelte sie über das dornige Gesträpp, dessen Stacheln

ihren weißen Fuß nicht zu rißen wagten, — und drang tiefer in das
Waldesgrün hinein; da ertönte wieder der Klang der Glocke, aber nicht
langsam und feierlich wie sonst, sondern in schnellen, ängstlichen Schlägen —
die metallene Zunge rief die umwohnenden Dienstmannen des Burgherrn
zur Hülfe auf.

„Das gilt Dir, schöner Knabe," flüsterte die kleine Wasserelfe; „jetzt
vermissen Dich die Deinen und bald werden sie kommen, Dich zu suchen."

Dabei spähte sie umher nach einem Plätzchen, wo er leichter gefunden
werden möchte. Unweit von ihr schimmerte es hell durch das Waldesdunkel, und als sie eilig auf diese Stelle zuschritt, gewahrte sie einen breiten
Weg, der durch den Wald gebahnt war und weiterhin sich im Schatten der
tiefastigen Bäume verlor.

Dorthin trug sie den Knaben, legte ihn sorgsam am Fuße einer uralten Eiche nieder und sammelte dann eilig von dem trocknen Waldmoos,
um sein schönes Haupt weicher zu betten.

Nun war es geschehen!

Sie kniete neben ihm und blickte liebevoll in das leblose und doch so
wunderschöne Antlitz, während das Glöckchen noch immer in ängstlichen
Schlägen forttönte.

„Bald werden sie Dich fortnehmen," flüsterte die kleine Nixe traurig,
„und Du wirst nie an mich denken, denn Dein Auge hat mich nicht erblickt,
während ich in meiner einsamen Tiefe immer an Dich denken werde."

Sie strich mit ihrer weißen Hand über des Knaben bleiche Stirn —
da war es, als wolle das fliehende Leben zurückkehren: der erste, leise
Athemzug flog über die feinen Lippen, die geschlossenen Augen öffneten sich
langsam und starrten wie traumbefangen in das liebliche Gesichtchen über
ihm; dann aber schlossen sie sich wieder und der Knabe sank in seine Be-
wußtlosigkeit zurück.

In der Ferne ertönte es jetzt wie Stimmen und klirrende Schritte,
daß die schöne Wasserelfe erschreckt aufsprang, seitwärts in den Wald eilte
und sich hinter einem Baumstamm verbarg. — Dort stand sie nun und
harrte athemlos. Aber nicht lange währte es, da eilten Gestalten auf dem
Waldpfad daher; allen voran ein stattlicher Ritter in kostbarer Rüstung,
und hinter ihm, von zwei reichgeschirrten Maulthieren getragen, eine Sänfte.
Sie kamen näher und näher, während der kleinen Nixe das Herz fast hörbar pochte.

Jetzt erblickte der Ritter den Knaben am Fuß der Eiche.

„Gefunden, gefunden, hier ist er, hier ist unser Kind!" rief er jauchzend, daß der Wald es in freudigem Echo zurückgab.

Da flog die Thür der Sänfte auf, und heraus eilte eine wunderschöne Frau, flog auf den Knaben zu und schloß ihn schluchzend in ihre Arme.

Und an dem Herzen der Mutter, unter ihren Küssen und Thränen glühte der schlummernde Lebensfunken wieder auf in der Brust des Knaben; er wandte wie schlaftrunken das Haupt, öffnete dann die Augen und richtete sich empor. — Freudig umfing ihn nun auch der Vater und leitete ihn dann sorglich zur Sänfte; aber ehe er hineinstieg, wandte er sich noch einmal zurück und blickte wie suchend hinein in den Wald.

„Was sucht mein Kind?" fragte zärtlich die Mutter.

„Wo ist das schöne Mägdlein geblieben, das vorhin sich über mich neigte?" fragte der Knabe.

„Du hast nur geträumt, mein Sohn!" sagte lächelnd der Vater und hob ihn in die Sänfte.

Die Thür ward geschlossen, der Zug setzte sich in Bewegung und bald war er im Waldesdunkel verschwunden; aber noch lange stand die kleine Nixe und schaute den Weg entlang, den er genommen, und als endlich der letzte Ton in der Ferne verhallt war, wandte sie sich und kehrte zurück in die Tiefe des stillen Sees. — — —

Der Knabe aber erzählte daheim seinen Eltern von einem See und einem schönen Mägdlein, doch seine Erzählungen waren unklar wie seine Erinnerungen, und man hatte ihm lächelnd wiederholt, es sei sein Traum im Walde gewesen.

Als er aber dann mit der Mutter in der Kapelle am Altar kniete, den Heiligen im Himmel Dank zu sagen für seine Rettung und dabei hinanblickte zu dem wunderholden Bilde der Gottesmutter mit ihrem langen gelben Haar und den milden blauen Augen, da stand das schöne Mägdlein, dessen Antlitz er einen Augenblick über sich geneigt gesehen, so lebendig vor seiner Seele, daß er fühlte, es könne kein Traum sein. Er beschloß heimlich, den See, von dem Niemand wissen wollte, aufzusuchen. Schon am nächsten Morgen, als der alte Priester, der ihn unterrichtete, zu einem Kranken gerufen wurde, schlüpfte er ungesehen aus der Burg und eilte in den Wald, mit scharfem Auge den Pfad suchend, auf dem er gestern den schönen Falter verfolgt. Er fand ihn und gelangte dann an das dornige Gesträpp und endlich an das hohe Schilf, das den See umkränzte, aber so nahe er auch hinzuging, das Rohr mit den Armen auseinander bog und sich vorneigte, in die Tiefe hinabzuforschen — es regte sich nichts.

Wol sah ihn unten die junge Nixe, aber die Mutter hielt ihr Töchterlein mit strengem Gebot fest auf der Schwelle ihres Palastes, und so sehnsüchtig ihr Auge auch hinaufblickte zu dem schönen Knaben, so freundlich

sie ihm auch zunickte und mit den weißen Armen winkte — sein Auge vermochte nicht bis auf den Seegrund zu bringen und sah nichts von dem
strahlenden Schloß und seiner schönen, jungen Herrin.

Enttäuscht trat er endlich in den Wald zurück und kehrte langsam
heim zur Burg — er wußte nun auch, daß das schöne Mädchen nur ein
Traumbild gewesen sein konnte; aber er vergaß ihre Lieblichkeit nie und
dachte ihrer, so oft er sich im Gebet vor dem Bilde der Gottesmutter neigte.

Die junge Nixe aber dachte sein, nicht nur wenn die Glocken klangen
und sie zur Sonne aufblickte oder zu den wiegenden Baumkronen — sie
dachte sein auch unten im krystallenen Schloß; die stillen Räume dünkten
ihr jetzt einsamer noch als sonst und die Fischlein, mit denen sie ehedem so
lustig gespielt, waren ihr jetzt gleichgiltig.

Was auch die erfahrene Mutter ihr erzählen mochte von der Falsch-
heit und Treulosigkeit der Menschen da oben, die grausam hineingegriffen
hatten in ihr eigen Leben — sie schüttelte den Kopf und meinte, jener Knabe
mit den schönen, klaren Augen könne ihnen nicht gleichen, und so oft sie
durfte, stieg sie hinauf zur Oberfläche und schaute hinüber zum Walde,
ob ihre Sehnsucht und sein eigen Herz ihn nicht noch einmal an das Ufer
des Sees führen würden — aber nimmer kam er wieder. — — —

Zehn Jahre waren dahingegangen.

Aus dem schönen Knaben war ein edler Jüngling geworden, dessen
Ruhm weit hinausklang über die heimatlichen Gauen; dem Ruf des Völker-
hirten folgend, war er mit dem ritterlichen Vater in die Ferne gezogen, zur
Befreiung des heiligen Grabes.

Aber der ältere Graf war gar bald den Schrecknissen des Wüstenzuges
erlegen, denen die Kraft des Jünglings siegreich widerstand.

Er war unter den Ersten gewesen, die die Mauern der heiligen Stadt
erklommen und kehrte nun ruhmbedeckt zu der väterlichen Burg zurück, die
ihre Trauerflöre abgelegt und das neue Wappenschild über ihrem Thor
mit Kränzen geschmückt hatte.

Im Wald an der Eiche, wo er einst bewußtlos gelegen, hatte die zärtliche Mutter seiner Rückkehr geharrt, und wieder hatte die schöne Nixe
hinter den Waldbäumen gestanden und mit lautklopfendem Herzen ihrem
Wiedersehen zugeschaut.

Nun war es Abend geworden.

Die Burg strahlte im Festesglanz, über dem Wald und dem See
aber lag schweigende Nacht.

Die alte Nixe saß auf ihrem Muschelthron und blickte finstern Auges
auf die schöne Tochter.

„Mutter, liebe Mutter," bat diese, „laß mich gehen und den glücklichen
Menschen zuschauen. — Sie sind anderer Art als jene, die Du mir ge=
schildert hast; Du würdest es glauben, wenn Du gleich mir in ihre Augen
geschaut und ihre Liebe und Freude heut gesehen hättest. — Siehe, Du
kennst das Leben dort oben, Du hast Erinnerungen, bei denen Dein Herz
noch immer schlägt — ich aber habe nichts als die Gesellschaft der stummen
Fischlein. — Laß mich, o laß mich gehen!"

Traurig blickte die erfahrene Mutter sie an. „Es ist Dein Verhäng=
niß, mein Kind, wie es das meine war," sagte sie dann, „ich kann Dich
nimmer hüten, aber mußt Du dann gehen unter diese Staubgeborenen,
so sollst Du nicht heimlich und verstohlen wie eine Bettlerin an ihren Pforten
stehen, sondern königlichen Glanzes unter sie treten, wie Du es darfst als
die Tochter eines höheren Geschlechts."

Damit nahm sie aus dem schimmernden Perlmutterschrein das Ge=
wand von lichtblauer Seide, das sich weich und schmeichelnd wie die Wogen
des Sees um die Glieder der kleinen Nixe schmiegte, schmückte Hals und
Arme und das wallende Goldhaar mit leuchtenden Perlen der Meerestiefe,
und bekleidete die Füßchen mit goldenen Sandalen.

„Und nun nimm die Handschuhe, mein Kind," sagte sie, „und hüte
Dich wohl, sie von der Hand und in die Gewalt eines Menschen zu geben,
daß er Dich nicht zurückhalten könne, denn um Mitternacht mußt Du wieder=
kehren in Deinen See."

Damit reichte sie ihr das feine Gewebe; es war rosenroth und oben=
auf mit einem Krönlein aus Gold und Perlen geschmückt.

Dann stiegen sie zusammen aufwärts, und als die schöne junge Nixe
den Wald betrat, schaute ihr die Mutter nach, wie sie leuchtend dahinglitt
durch die dämmernde Waldnacht.

Nun erreichte sie den breiten Pfad und bald sah sie die Burg in hellem
Glanz sich entgegenstrahlen.

Einen Augenblick stand sie in ängstlicher Scheu, dann aber faßte sie
Muth und betrat die Zugbrücke.

Der alte Thorwart saß ruhig in seinem Stübchen — denn die Gäste
waren schon alle angelangt — und so schlüpfte sie unbemerkt über den
weiten Burghof und näherte sich der erleuchteten Treppe, die hinauf in die
Festsäle führte.

Unten am Fuß derselben standen zwei Hellebardiere, aber sie senkten
demüthig die Lanzen, als das wunderschöne Frauenbild vor sie trat, und
schauten ihr bewundernd nach, wie sie fast ohne die Stufen zu berühren
aufwärts schwebte.

Oben stand der Hausmeister und neigte sich tief vor der zauberschönen Fremden. Er kannte sie zwar nicht — obwol ihm der Adel von nah und fern bekannt war — er hatte auch ihre Sänfte nicht kommen sehen, noch den Troß ihrer Diener; aber der Glanz ihrer Erscheinung und die Perlen in den Locken und an Hals und Armen waren von mehr als königlicher Pracht, und ohne nach ihrem Namen zu forschen, faßte er mit ehrfurchtsvoller Verneigung die Spitzen ihrer Finger, winkte den Hellebardieren an der großen Bogenthür, die Flügel zu öffnen, und schritt mit ihr in den Saal.

Ein Meer von Licht und Pracht umfloß sie, und der kleinen Nixe — nur an die stille Gesellschaft ihrer Mutter und der stummen Fischlein gewöhnt — begann das Herz gar ängstlich zu pochen, als die hohen Männergestalten und die schön geschmückten Frauen die Augen forschend und verwundert auf sie richteten.

Sie hielt unbewußt die Hand ihres Führers fester, der mit ihr durch die glänzenden Reihen schritt und sie zu einem Baldachin von Purpursammt geleitete, unter welchem die edle Burgfrau saß, während der junge Graf hinter dem Thronsessel seiner Mutter stand.

Jetzt hatte die schöne Elfe alles Andere vergessen — sie schaute einen Augenblick in das milde Antlitz der Dame, der der Hausmeister einige Worte zuflüsterte, sah, wie sich diese huldvoll zu ihr neigte und sie willkommen hieß, und dann blickten ihre Augen hinüber zu Dem, den sie einst in ihren Armen getragen, und sie forschte zagend in seinen Augen, ob er ihrer noch gedenke.

Ja, er dachte ihrer immer noch!

Einen Augenblick stand er wie gelähmt, dann zog ein helles Freudenroth über seine Wangen; er trat mit edler Verneigung dem schönen Wesen näher, sie willkommen zu heißen in dem Hause seiner Ahnen, und die Elfe legte ihre Hand leise zitternd in die seine, als er sie bat, seine Tänzerin zu sein in dem nun beginnenden Tanze.

„Ihr kommt gerade zur rechten Zeit, edles Fräulein," flüsterte er, mit ihr durch die Reihen schreitend; „eben wollt' ich mir bei meiner Mutter Raths erholen, welche von den schönen Damen ich zum Reigen führen müsse nach Sitte und Herkommen, aber Euer Erscheinen sagte mir das sogleich!"

Die schöne Wasserelfe lächelte ihn glückselig an; dann schlang er seinen Arm um sie und sie wiegten sich zusammen nach den Tönen der Musik auf den Wogen des Tanzes.

Das ganze Leben, das sie bisher gelebt — was war es gegen diesen Augenblick? Müßte sie nun auch fortan in der Tiefe des Sees weilen —

sie hatte doch einen kurzen Augenblick gelebt und konnte nun wenigstens daran denken bis in Ewigkeit.

„Wißt Ihr wohl, edles Fräulein," flüsterte der junge Ritter, als er sie wieder zum Thronsessel seiner Mutter führte, „daß Ihr dem schönsten Traumbild meines Lebens gleicht, und daß ich bei Eurem Anblick schier sprachlos vor Ueberraschung war ...? Ich weiß wohl, daß Ihr es nicht sein könnt, denn es ist länger als ein Jahrzehnt indeß vergangen, aber mein schöner Waldtraum steht wieder lebendig vor mir wie damals."

Und lächelnd hörte sie zu, wie er ihr die Geschichte jenes Sommer= morgens erzählte, die sie selbst ja noch viel besser kannte, und glückselig leuchteten wieder ihre Augen, als sie erkannte, wie treulich er ihr Bild im Herzen gehegt und wie es ihn begleitet hatte selbst in die weiteste Ferne.

Ach, und sie durfte es ihm nicht sagen, wie sie sich nach ihm gesehnt und wie sie um ihn getrauert die langen Jahre über; sie hatte es der Mutter versprechen müssen, es zu hüten als ihr Geheimniß gleich ihrer Herkunft.

„Aber nun, edles Fräulein," bat der junge Graf, „kündet mir, welch hohen Gast das Dach meiner Väter birgt, denn unser alter Hausmeister wußte Euern edeln Namen nicht zu nennen!"

„Ich bin das Fräulein vom See," sagte die junge Nixe endlich zö= gernd, denn dieser Name konnte sie nicht verrathen.

„Das ist ein altes, hochedles Geschlecht," antwortete der junge Graf, indem er ihre Hand ergriff, um sie von Neuem in die Reihen der Tänzer zu führen, „aber es lebt uns fern, und ich habe seinen Stammsitz noch nie geschaut."

Die Stunden schwanden Beiden, als hätten sie Flügel, und der junge Graf versäumte fast seine Pflichten als Hausherr, so hielt die Schönheit des „Fräuleins vom See" seine Seele gefangen.

Als die Mitternacht nahte, dachte sie voll Trauer ihres Versprechens, aber sie mußte es erfüllen; darum bat sie den Grafen, ihr einen Becher Wein kredenzen zu wollen, und während er zu dem Mundschenk eilte, glitt sie leise an der Wand hin aus dem Saal.

Keiner der Tanzenden achtete ihrer; sie eilte die Treppen hinab so leise, daß die müden Wächter am Fuße derselben sie erst bemerkten, als sie schon die Mitte des Burghofs erreicht hatte. Die Zugbrücke war noch heruntergelassen, denn es herrschte tiefer Frieden im Lande, und so eilte sie ungehindert hinüber und so schnell, als fürchte sie, der junge Ritter könne suchend ihr folgen. Erst als der Waldesschatten sie aufnahm, hemmte sie ihre Eile und während sie langsam ihren lichtlosen Weg fortsetzte, ge= dachte sie seligen Herzens der eben verlebten Stunden und wie viel schöner es unter den Menschen sei, als daheim in dem krystallenen Schloß und bei den schweigenden Fischlein. —

Es war wiederum Abend und die junge Nixe hatte abermals durch ihre Bitten der Mutter Herz erweicht, so daß sie ihr schönes Kind von Neuem geschmückt hatte für das Fest in der Burg.

Ein Gewand von meergrüner Seide umwogte ihre schöne Gestalt, und vor den Juwelen, die darüber gestreut waren und vor der Demantenkrone in ihrem Lockenhaar erblich der Glanz der unzähligen Wachskerzen.

Und wieder gaukelten die Stunden mit goldenem Flügel um sie her und schwerer noch als am vergangenen Abend riß sie sich los und erreichte wieder unbemerkt den Wald.

Aber nach den herrlichen Stunden an der Seite des jungen Grafen schienen ihr die Schatten der Nacht noch einmal so dunkel und der Weg zum See noch einmal so lang und dornenvoll; sie seufzte laut auf, als sie in die Wogen hinabstieg, und scheuchte die kleinen Fischlein, die sich grüßend um sie drängten.

Nun kam der dritte Abend.

„O Mutter, traute Mutter," bat die junge Nixe, „laß mich nur noch einmal gehen! Es bricht mir das Herz, wenn ich nicht hinauf darf!"

Aber die Mutter blickte noch ernster als sonst und schüttelte versagend das Haupt.

„Zweimal war ich thöricht genug, Deinen Bitten nachzugeben, und harrte hier unten Stunden voll tödlicher Angst, ob Du auch zurückkehren würdest. Das dritte Mal möchtest Du Deine Neugier und ich meine Schwäche büßen müssen — denn vor meinen Augen zieht Deine Zukunft vorüber, düster und schmerzensreich wie die meine."

„Laß sie kommen wie sie will, meine Mutter," sprach entschlossen die schöne Wasserelfe, „diese Gegenwart kann nie zu theuer erkauft sein. Sag= test Du nicht jüngst, es sei mein Verhängniß und Du könnest es nimmer wenden? Nun, so laß mich gehen und Du sollst mich nimmer klagen hören, wie auch die Zukunft sich gestalten möge."

„So gehe, mein Kind!" sagte die Wasserfrau seufzend; damit trat sie abermals an den Schrein von Perlmutter, ihr schönes Kind zu schmücken mit dem herrlichsten ihrer Gewänder.

Es floß um sie her leuchtend wie Sonnenstrahlen; rings um den Saum blühten Wasserlilien, aus echten Perlen geschnitten, und aus ihrem Kelch fielen Staubfäden von Demanten; ein eben solcher Lilienkranz schlang sich durch ihre goldenen Locken, und wenn sie das Haupt neigte, schimmerte es in ihrem Haar wie die Sterne der Sommernacht.

Eintritt der jungen Nixe in den Saal.

Wieder geleitete die Mutter ihr schönes Kind hinauf an den Wald=
rand, empfing noch einmal das Versprechen ihrer Wiederkehr und schaute
ihr nach, wie sie durch den Wald schritt, der im Glanz des edeln Gesteins
tageshell aufleuchtete.

Nun trat sie wieder in den Saal — es wurde schlummerstill darin,
als sie durch die Reihen schritt. In stummer Bewunderung hingen die
Augen der Männer an ihrer Schönheit und die Blicke der Frauen an dem
märchenhaften Glanz des edeln Gesteins — sie aber gewahrte nichts von
dem Staunen, das sie erregte, sie sah nur das geliebte Augenpaar dort
hinter dem Thronsessel, das ihr entgegenleuchtete in heißer Liebe, in Sehn=
sucht und in Schmerz.

Und als er diesmal in leisem Druck ihre Hand ergriff, sie in die Wirbel des Tanzes zu führen, da schwur er sich heimlich, sie heute zu hüten wie sein Augenlicht, daß sie ihm nimmer entschlüpfen könne.

Sie aber wiegte sich seligen Herzens auf den Wogen der Töne, leicht und anmuthsvoll, wie es nur Elfen können, und die Lilien mit den demantnen Kelchfäden schwankten leise klingend in ihren goldenen Locken.

Der junge Graf ließ ihre zarte Hand keinen Augenblick aus der seinen und versagte sie jedem der Gäste, der sie gleichfalls zum Reigen führen wollte, und die kleine Elfe lächelte glücklich dazu, denn sie wußte nun, wie werth sie ihm sei.

Dann saß sie wieder neben ihm und hörte wieder mit klopfendem Herzen, wie er sie gesucht am vergangenen Abend und wie ihr Fortgehen betrauert, und wie er sie nun so zärtlich bat, zu bleiben und ihn nicht wieder allein zu lassen in Trauer und Sehnsucht.

„O, ich muß gehen, ich darf ja nicht bleiben!" sagte sie, ihm liebevoll, aber traurig in die Augen blickend; „wenn Ihr nur wüßtet, wie gern ich bei Euch bliebe, Herr Ritter, aber ich habe die Rückkehr heilig angelobt."

„Aber wem, edles Fräulein?" forschte der Graf.

„Meiner Mutter, die sonst allein und einsam ist!" sagte die Nixe.

„O, so nehmt mich mit Euch, daß ich die edle Frau erbitten kann, Euch hier zu lassen, oder, was noch besser wäre, Euch herzubegleiten und gleichfalls unser Gast zu sein."

„Ihr fordert Unmögliches, Herr Ritter," sagte sie; „meine Mutter geht nimmer unter die Menschen; sie lebt, so lange ich denken kann, allein in unserem Palast."

Der Graf schaute erstaunt in ihre Augen — wie klang das so geheimnißvoll! und zu Liebe und Sehnsucht kam jetzt noch der heiße Wunsch, das Dunkel zu lichten, das um die Geliebte schwebte, über deren Herkunft weder der erfahrene Hausmeister noch einer der Gäste Etwas wußte.

Der See, das Traumbild im Walde — Alles zog in lieblicher, aber unklarer Erinnerung wieder durch seine Seele, dann dachte er flüchtig der Märchen seiner alten Wärterin und kam sich vor wie der Königssohn, dem das geliebte Aschenbrödel auch stets entschlüpfte, bis es ihm gelang, den kleinen Schuh zu erhaschen.

Halb im Traum schaute er nieder auf die goldene Schuhspitze, die unter dem strahlenden Gewande hervorblickte und auch die kostbare Lilie mit den demantenen Staubfäden trug.

„Wenn ich ein Pfand von ihr erhalten könnte, würde ich ihr nach=
forschen und sie finden," dachte er, „und müßte ich noch einmal durch eine
Wüste pilgern!"

Er blickte gedankenvoll auf die kleine Hand, die vertrauend in der
seinen ruhte, und auf das goldene Krönchen, das Wahrzeichen ihrer Macht,
das in Gold und Perlen auf den rosenrothen Handschuh gestickt war, und
leise, wie spielend, löste er das feine Gewebe von der weißen Hand, wäh=
rend er in ihr Auge blickte und eifrig erzählte von dem Gelobten Land,
seinen Palmen und heiligen Stätten — und glückselig lauschte sie seinen
Worten und achtete nicht seines übrigen Thuns.

Jetzt hatte er den Handschuh abgestreift und die Hand der schönen Elfe
lag frei in der seinen; er barg sorgfältig das geliebte Pfand an seiner Brust
und plauderte weiter, fröhlicher, zärtlicher noch als zuvor, und dazwischen
schlang er seinen Arm um ihren schönen Leib und zog sie wieder in die
Wirbel des Tanzes.

Aber so herrlich es auch war, so schwer ihr auch das Scheiden dünkte
— sie mußte doch ihres Wortes gedenken, und als ein Blick nach dem
Sternenhimmel ihr gezeigt, daß die Stunde nahe sei, und durch keinen
Vorwand der Graf zu entfernen war, löste sie endlich leise ihre Hand aus
der seinen, um zu gehen — da sah sie, daß ihr Handschuh fehle, und ein
leiser Schrei flog über ihre Lippen.

„Mein Handschuh, Herr Ritter, mein Handschuh!" sagte sie in ängst=
licher Bitte ihre Hand auf seinen Arm legend; „Ihr habt ihn mir genom=
men, während ich sonder Arg Euren Worten lauschte. O, gebt ihn mir
wieder, ich kann sonst nimmer zurück zu meiner Mutter!"

„Wie dank' ich Euch für diese Worte, edles Fräulein," sagte der
junge Graf fröhlich, denn ihre Angst schien ihn gar nicht zu rühren; „wenn
dem so ist, so gebe ich Euch nimmer den Handschuh wieder, denn um Euch
suchen zu können und zu gewinnen als mein Eigen, nahm ich Euch
dies Pfand."

„O, gebt ihn mir zurück!" flehte die junge Nixe noch ängstlicher;
„meine Mutter würde zürnen, denn sie hat mich so ernst gewarnt, nichts
von meinem Eigenthum in Eurer Hand zu lassen, weil ich sonst Eurer
Macht verfiele."

„Wahrlich," sagte der Ritter immer fröhlicher, „das ist mehr noch,
als ich zu hoffen wagte, aber eben darum geb' ich Euch den Handschuh
nimmer. Meintet Ihr, ich würde Euch frei lassen, wenn ich Euch auf
immer gewinnen kann? Nun müsset Ihr mich mitnehmen in Euer fernes
Schloß zu Eurer gestrengen Mutter, daß ich ihr meine Liebe zu Euch

bekenne und aus ihrer Hand Euch zu eigen gewinne für immerdar, denn ich vermag nicht zu leben ohne Euch.“

Die schöne Wasserelfe vergaß ihre Angst und lauschte diesen Worten in Schmerz und Freude — sollte das die Zukunft werden, die ihre Mutter geschaut hatte, düster und schmerzensreich, wie ihre eigene?

Das Pfand der Geister in Menschenhand macht Jene dem sterblichen Willen dienstbar, aber die junge Nixe fühlte es mit heimlicher Freude. Sie wollte den Geliebten zu ihrer Mutter führen, und ob sie deren Zorn auch zu fürchten hatte, so wollte sie ihn willig tragen um ihrer Liebe willen.

„So laßt uns gehen!“ sagte sie nach kurzem Sinnen, „aber Euer sind die Folgen — bedenkt es noch einmal!“

„Und wenn es an Eurer Hand in den Tod ginge, edles Fräulein,“ sagte der Graf, „ich würde nicht zurückbeben!“

Lust und Freude herrschte im Saal, Musik und Reigentanz nahm Aug’ und Ohr der Gäste gefangen; sie gewahrten nicht, wie die schöne Fremde mit dem jungen Hausherrn den Raum verließ.

Draußen stand kein Wächter; sie saßen heut im Thorstübchen des Burgwarts und tranken auf die Freigebigkeit ihres jungen Herrn — Alles begünstigte des Ritters Wünsche und er erreichte ungesehen mit der Geliebten den Wald.

Es herrschte tiefe Nacht unter seinem dichten Blätterdach, aber sie hatte jetzt führend seine Hand ergriffen und die Demanten ihres Hauptschmucks erhellten mitunter blitzartig den dunkeln Pfad.

Es war derselbe, den er einst in der Frühe, sein schönes Traumbild suchend, genommen, und er mußte daran denken und wundersame Erwartungen erfüllten ihn.

Jetzt schritten sie über das Dorngestrüpp und nun standen sie an dem Schilfkranz, der sie von dem See trennte.

Ein einzelner Mondstrahl gaukelte auf der blauen Fläche gleich einer silbernen Gondel, kein Lüftchen kräuselte seinen klaren Spiegel; der Nachtwind schlief in den Baumkronen, die Vöglein in den Nestern und die Fische in der Tiefe — es wachte nur die Wasserfrau in dem krystallenen Schloß und oben am Uferrand die schöne Nixe und ihr Geliebter.

„Nun wisset Ihr, Herr Graf,“ sagte sie leise, „warum ich das „Fräulein vom See“ heiße, und warum ich nicht bei Euch bleibe und Ihr mich nimmer gewinnen könnt, denn ich wohne in der Tiefe des Sees und bin eine Nixe. Die Kluft, die Eure Welt von der unsern trennt, ist weit, und die Brücke, die allein hinüberführt, brecht Ihr stets selbst ab — so sagt meine Mutter und sie hat es erfahren zu eignem Leid und Schmerz.“

„Und entstammtest Du der Unterwelt, Geliebte," sagte der junge Graf, „ich würde mit ihren Mächten um Dich kämpfen. Nimm mich mit hinab in Dein Reich, damit ich Deiner Mutter sagen kann, daß meine Liebe und mein Wille stark genug sind, die Kluft auszufüllen, die Dich von mir trennt."

Damit beugte er sich herab und küßte ihre reinen Lippen.

Sie widerstrebte nicht länger, brach einen Halm aus dem Schilfkranz und schlug damit in die Wellen.

Da theilte sich die blaue Flut, die Wogen standen wie krystallene Stufen und an der Hand der schönen Elfe stieg der Graf hinab in die Tiefe.

Dann rauschten die Wellen wieder zusammen und flossen warm und schmeichelnd ihm um Hals und Brust, denn an der Seite ihrer jungen Herrin vermochten sie ihm kein Leid zu thun; er athmete in der Flut leicht und wonnig, wie oben in der warmen Himmelsluft, und sah lächelnd hernieder auf die Schar der glänzenden Fischlein, die furchtlos ihn umkreisten und grüßend sich an seine holde Begleiterin drängten.

Das Mondlicht drang bis auf den Grund des Sees, daß der Muschelpfad, auf dem sie dahin wandelten, wie Perlmutter erglänzte — nun nahten sie dem hohen Nixenschloß.

Wellen und Mondlicht flossen um seine schimmernden Wände und glänzten durch die hohen Bogenfenster, daß die Geräthe innen wie eitel Gold aufleuchteten.

Sie traten zusammen über die Schwelle. Mitten in dem hohen Gemach, auf einem Thron von Perlen, saß, in bisher nie gestörter Einsamkeit, die Herrscherin dieses Reichs.

Als der junge Graf an der Hand der Geliebten ihrem Sitz nahte, traf ihn ein Strahl aus ihren Augen, schneidiger als das Schwert des Sarazenen, das ihn einst fast zum Tode verwundet hatte.

„Was willst Du hier in meinem Reich?" fragte sie streng; „und wie kannst Du es wagen, mein Kind hierher zu begleiten?"

Da ergriff die schöne Nixe, bangend um den Heißgeliebten, das Wort, und schilderte mit allem Zauber ihrer Rede des Grafen Liebe und seinen festen Willen, sie zu gewinnen, was es auch koste.

Aber der Mutter Auge blickte streng auf ihn, wie zuvor.

„Schweige, bethörtes Kind," sagte sie endlich; „hast Du Alles vergessen, was ich erlebt und gelitten, und kennst Du nicht die Gesetze unsers Reiches, denen auch wir unterthan sind? Weißt Du nicht, daß Der, dem Du Dein thöricht Herz geschenkt, sterben muß von Deiner eignen Hand, wenn er Dich vergißt um einer Andern willen, wie das Brauch ist bei dem treulosen Menschengeschlecht?"

Da regte sich der Mannesstolz mächtig in des Grafen Brust. „Wohl, hohe Frau," sagte er, „Eure Tochter weiß es jetzt und ich habe es auch vernommen. So unterwerfe ich mich denn dem Gesetz Eures Reiches; mein Herz gehört in Liebe und Treue Eurem Kinde und wird ihm gehören bis zum letzten Athemzug . . . Gebt sie mir mit als mein ehelich Gemahl, daß ich sie meinen Unterthanen zuführe als ihre verehrte Herrin, und meiner einsamen Mutter als ihre zärtliche Tochter."

„Nicht also!" entgegnete die Wasserfrau; „wollt Ihr Beide es denn nicht anders, so soll sie die Eure werden; aber nicht oben im Licht der Sonne, sondern hier unten in der Tiefe des Sees. Hier müsset Ihr mit Eurer Gattin leben und nur jeden zehnten Tag dürft Ihr hinauf zu Eurem Geschlecht. Seid Ihr deß willens, so soll sie die Eure sein!"

„Ja," sagte der Graf mit fester Stimme, „ich entsage dem Erbe meiner Väter, dem Anblick meiner geliebten Mutter, allen Ehren und allem Ruhm der Zukunft, um hier an der Seite Eures Kindes zu leben einsam und ungekannt — woraus Ihr erkennen möget, daß auch in unserem Geschlecht die wahre Liebe noch nicht ausgestorben ist."

So wurden sie verbunden noch in derselben Stunde. Sie standen vor dem krystallenen Schloß; er nahm ihre Hand in die seine und schwur ihr, sie als sein ehelich Gemahl zu lieben und zu halten bis an sein seliges Ende.

Die Mutter stand dabei und ihr Auge drang abermals in seine Seele, aber er schlug das seine nicht zu Boden, denn seine Liebe war tief und rein, und es dünkte ihm, als könne sie nimmer enden.

Und die Wellen rauschten freudiger über den Häuptern des Brautpaars dahin, der Mondstrahl küßte die reine Stirn der Elfe und glitt zitternd hernieder an ihren langen, blonden Locken, daß die Wassertropfen darin abermals wie Demanten blitzten; die Fischlein aber plätscherten noch einmal so vergnügt und tummelten sich fröhlich um ihre schöne Herrin.

Sie aber lebten froh und glücklich mit einander in ihrer weltvergeßnen Einsamkeit. Kein Ton von oben her drang in die stille Tiefe — nichts mahnte den jungen Grafen an die Welt, die er verlassen, und an das Leben, das er aufgegeben. Das Fremde, das er hier gefunden, war ihm lieb und eigen geworden, war es doch die Heimat des schönen Weibes, das ihm angehörte und das er liebte wie seine eigene Seele.

Es war wunderschön, wenn er seinen Arm um ihre süße Gestalt schlang und sie mitsammen durch die blauen Wogen glitten — die Fischlein in langem Zuge hinter ihnen her, ein stummes, aber zahlreiches

Gefolge — oder wenn sie Abends unter dem hohen Korallenbaum saßen, dessen zackige Krone das hohe Nixenschloß weit überragte. Die kleinen Wellen schlüpften durch die Zweige, daß sie schwankten, und dann flogen purpurne Schatten über das kryftallene Dach.

Unter diesem Baum saßen sie oft, die schöne Else sang dann mit ihrer wundersüßen Stimme ihre Lieder und die Wogen trugen sie in sanftem Echo um die schimmernden Wände des Palastes.

Dann dünkte es dem Grafen, als könne der Gesang der Engel nimmer schöner sein, und er blickte tief in ihre wunderbaren Augen und küßte ihr goldenes Lockenhaar. Nach seiner irdischen Heimat verlangte er nicht und nicht nach dem Treiben der Vergangenheit, denn hier hatte er gefunden, was das Leben Süßestes besaß, und Gegenwart, Vergangenheit und Zukunft ruhten für ihn in der Hand seines schönen und geliebten Weibes. Selbst an den Tagen, die der Oberwelt gehörten, verschmähte er seine Rechte und meinte, er habe nur diese eine Heimat und verlange keine als die, welche sein geliebtes Weib mit ihm theilen könne. —

So schwanden die Tage und er zählte sie nicht; ob Sommer oder Winter dort oben vorüberzogen — er wußte es nicht, denn hier unten herrschte ewiger Frühling und ein ewig mildes Licht. Die Wiesen grünten und purpurne Schatten gaukelten im Wellenspiel über sie hin, wie die bunten Falter oben über das Waldesgrün.

Und über all diese Herrlichkeit leuchteten die Wunderaugen seines geliebten Weibes und schwebte ihr süßer, herzberückender Gesang. —

Eines Abends stiegen sie Arm in Arm zur Oberfläche des Sees hinauf und athmeten zum ersten Mal wieder die Luft der oberen Welt.

Kein Lüftchen regte sich. Ueber dem Seespiegel und dem grünen Wald spannte sich der tiefblaue Nachthimmel mit seinen unzähligen, hellfunkelnden Sternen — da schwamm ein leiser, aber wohlbekannter Ton durch die stille Luft und daran reihten sich andere und wieder andere in melodischer Folge, und plötzlich ließ der Graf die Hand der schönen Else los und faltete die seinen zu frommem Gebet.

Es war die Abendglocke seiner väterlichen Burg und ihr Geläut weckte die entschlummerten Erinnerungen; er dachte zum ersten Mal wieder seiner Mutter und seiner Jugendheimat und ein sehnsüchtiges Verlangen nach Beiden regte sich in seiner Brust.

„O, könnte ich sie nur einmal sehen!" flüsterte er leidenschaftlich.

„Das kannst Du wohl!" entgegnete die schöne Nixe mit ihrem milden Lächeln; „ich habe schon oft daran denken müssen, wie Dein Mütterlein sich nach Dir sehnen mag!" — Da faßte er mit dankbarem Blick ihre

Hand, sie schwammen ans Ufer und er bog zärtlich die hohen Rohrhalme aus einander, daß keiner ihr schönes Haupt streife; dann schritten sie über das Dornengestrüpp und traten wieder in den Wald.

Der Graf athmete in vollen Zügen die lang entbehrte Waldesluft; es schien ihm, als habe sie nie so würzig geduftet, und schweigend, träumerisch, schritt er an der Hand seiner schönen Gefährtin auf dunklem Pfade dahin.

Nun glänzte ihnen ein Mondstrahl entgegen und gleich darauf standen sie an dem breiten Waldpfad.

Je mehr des heimischen Gebietes des Grafen Fuß beschritt, desto klarer stand die Vergangenheit vor seiner Seele, desto heißer ward die Sehnsucht nach der geliebten, verlassenen Mutter; aber die Liebe zu seiner Gattin erblaßte nicht darum — er dachte nur, wie bitter es doch sei, daß er der Einen nur sich freuen könne, wenn er die Andere verlasse.

So schritten sie weiter, den Waldpfad entlang, der Burg zu.

Trotz der späten Stunde herrschte noch reges Leben im Hofe, Pferde stampften, laute Stimmen tönten durcheinander, die Zugbrücke war herabgelassen und Gestalten eilten herüber und hinüber.

Der Graf zog sein Baret tiefer in die Stirn, barg die leuchtende Gestalt der Geliebten schützend unter seinen weiten Mantel, und sie fest an seine Brust drückend betrat er die Brücke.

Das Herz pochte ihm laut in Freude und Erwartung, wie Einem, der nach langer Abwesenheit das geliebte Vaterhaus wieder betreten soll, und er fragte sich still innerlich, wie lange er wol schon fern gewesen.

Zum ersten Mal schien es ihm, als müßten schon Jahre hingegangen sein, deren Flug er im Zauberreich der Tiefe nicht geachtet.

Nun betrat er mit der verborgenen Geliebten im Arm den Burghof. Keiner achtete auf ihn, Alles war in Hast und Aufregung, als gälte es die Vorbereitung zu einem großen Unternehmen. In den Kemnaten des Burggesindes brannte Licht; Schatten glitten eilig an den Fenstern hin, die Thüren des Marstalls standen weit offen und die Knechte striegelten die schönen Rosse oder glätteten das Zaumzeug und blanke Rüstungen.

Was mochte es nur sein?

Der Graf sann darüber nach. Vielleicht ein zweiter Zug zum heiligen Lande, und in seiner Seele ertönte eine neue Saite heißen Verlangens.

Er schaute hinauf zu den Gemächern seiner Mutter. Ihre Fenster waren dunkel, aber Lichtschimmer fiel aus der Burgkapelle dort in der Ecke, und blaue und rothe Schatten glitten durch die Glasgemälde der Bogenfenster auf das Steinpflaster des Hofes.

Dorthin lenkte der junge Graf seine Schritte. Er lehnte die Stirn an die Scheiben und blickte in den geweihten Raum, und sein Herz begann lauter zu pochen.

Dort am Altar vor dem Gnadenbilde der Gebenedeiten kniete die geliebte Mutter in dunkler Trauerkleidung, und über ihren sanften Zügen lagen die Schatten tiefsten Seelenschmerzes.

Ach, er fühlte wohl, warum sie trauere! War doch ihr einziges Kind von ihr gegangen ohne Lebewohl und ohne Wiederkehr.

„O, Mutter, Mutter, vergieb mir!" flüsterte er, die Lippen so innig an die kalten Scheiben drückend, als wäre es die Hand der geliebten Mutter selbst — „aber ich kehre wieder . . . " Er stockte plötzlich, denn er gedachte der geliebten Gattin, die sich vertrauensvoll an ihn schmiegte . . . . „wenn auch nur", setzte er dann zögernd hinzu, „um Dir zu sagen, daß ich lebe und glücklich bin."

Heut hatte er nicht das Recht, mit den Seinen zu verkehren, doch der morgende Tag gehörte ihm und diesmal wollte er seine Freiheit genießen.

Da nahten Zwei von dem Burggesinde in muntrem Zwiegespräch und der Graf trat mit seiner verborgenen Begleiterin in den Schatten eines vorspringenden Pfeilers, um nicht von seinen Mannen erkannt zu werden.

„Gott Lob," sagte der Eine mit lustiger Stimme, „daß das Trauern nun zu Ende geht und neues Leben in die alte Burg einzieht. Diese drei Jahre nach dem Verschwinden unsers jungen Herrn konnten einen ehrlichen Knappen wahrlich zur Verzweiflung bringen. Keine Jagd, kein Tournier, nicht einmal ein simples Ringelstechen, nichts als Thränen und Trauerflöre — das halte ein Anderer aus!"

„Schäme Dich, Gesell," entgegnete der Andere; „hättest Du unsern jungen Herrn von Jugend auf gekannt, und wärst gleich mir, als sein Leibknappe, stets um ihn gewesen, so würdest Du auch trauern und Dein leichtsinnig Herz nicht nach Spiel und Lustbarkeit Verlangen tragen; es thäte Dir dann auch in der Seele weh, wenn Du unsere gute Gräfin ansähest in ihrem Schmerz um den einzigen Sohn."

„Ei!" entgegnete der Andere, „wer sagt, daß ich nicht um ihn getrauert? aber Weinen hat seine Zeit und Lachen auch, sagt sogar der fromme Burgkaplan. Es thut mir wahrlich leid, daß unsere edle Herrin ins Kloster gehen will und wir einen neuen Herrn haben sollen, weil der Stamm nun ausgestorben ist und das Lehn an den Herzog zurückfällt — aber ändern kann ich's nun einmal mit allem Trauern nicht, und darum freu' ich mich, daß wir einen tapfern Herrn haben sollen — Den von allen Rittern des Landes, der in den drei Tournieren Sieger bleibt, und eine schöne Herrin obenein, denn er erhält mit der Burg auch noch des Herzogs

wunderschöne Tochter — die schönste Dame Land auf Land ab. — Alles
ist bereit, der Kampfplatz geebnet, die Tribünen erbaut und geschmückt und
unsere Rosse so herrlich, daß ein ehrlich Knappenherz wol fröhlich dem
morgenden Tage entgegenschlagen mag."

„Wo mag er nur hingekommen sein, unser junger Herr?" fragte
seufzend der Leibknappe.

„Ja, wer das sagen könnte, hätte sein Glück gemacht!" antwortete
der Andere. „Der Burgkaplan und der Hausmeister meinen, das fremde,
wunderschöne Frauenbild habe es ihm angethan und ihn mit sich fortgeführt — die schöne Teufelin! Aber wohin?"

Damit entfernten sich die beiden Knappen, und als Alles sicher schien,
schritt der Graf, seine schöne Gattin noch immer unter dem Mantel ver-
bergend, eilig über den Burghof zurück und erreichte ungesehen den Wald,
und bald rauschten die Wogen des Sees wieder über ihnen zusammen.

Der erste Sonnenstrahl des neuen Morgens glitt hinunter in die
Tiefe, als der Graf an der Hand der schönen Wasserelfe aus dem krystallenen Schloß trat. Er war mit leuchtendem Gewande geschmückt, denn
der Perlmutterschrein der Wasserfrau barg der schönen, wunderbaren
Dinge viel.

Goldene Lilien umsäumten das purpurne Sammtgewand, seine Brust
umschloß eine Rüstung von hellpolirtem Silber und unter dem Helm von
gleich edlem Metall hervor drängte sich die Lockenfülle, glänzend und seiden-
weich wie früher. Auf dem silbernen Schild aber prangten drei perlen-
geschnittene Lilien mit den demantenen Kelchfäden — das Wahrzeichen der
unterseeischen Herkunft — wie es die schöne Elfe getragen am letzten Abend
auf der Burg, als sie den Geliebten gewann.

Seine Augen glänzten freudig, als er mit ihr die wogenden Stufen
hinanstieg und den Waldrand betrat.

Sein war der Tag in Recht und Freiheit und nicht Wankelmuth war
es, der ihn von der Seite der noch immer Heißgeliebten trieb, sondern
ältere Pflichten der Liebe und Dankbarkeit und ein heißerwachtes Sehnen
nach dem Kampf und Ruhm der alten Tage.

Das sagte er ihr, wie sie so zusammen durch den Wald schritten,
denn sie wollte ihm das Geleit geben bis zu dem breiten Pfade — das sagte
er ihr und versprach, zu ihr zurückzukehren zur Stunde des Sonnenunter-
ganges, wo sicherlich alles Ritterspiel beendet sei.

Sie blickte zu ihm auf, zagend in Liebe und Trauer.

„Zürne nicht, Geliebter," bat sie sanft, „daß ich ob der kurzen Trennung so traure; aber denke daran, daß es der erste Abschied ist, und daß

ich glaubte, Du habest in meiner Heimat die Vergangenheit vergessen, und ich allein nur hätte Rechte an Dein Herz."

„Und hast Du die nicht auch vor Allen?" fragte er; „bist Du nicht mein trautes Gemahl? Aber meiner Mutter trauernd Angesicht hat die ganze Nacht vor mir gestanden in Wachen und Träumen."

Damit waren sie an dem Pfade angelangt und der Graf umfing noch einmal sein trautes Weib zu kurzem Abschied.

Sie nahm eine Kette von ihrem Nacken und hing sie um seinen Hals; von rothem Golde war sie geformt und trug eine demantene Kapsel, und darin lag, zaubergefeit, eine von ihren goldenen Locken.

„Trage Sorge für diese Kette," sagte sie zärtlich, ihm ins Antlitz blickend; „es ist mein Feldzeichen, es wird Dich schützen vor dem Schwert des Gegners und mich vor dem Vergessensein!"

„Dazu bedarf es keines Pfandes, Geliebte," sagte er ernst. „Nein, nein, bange nicht, sondern traue meiner Liebe und meinem Ritterwort!"

Noch einmal umfing er sie und eilte dann auf dem Waldpfad hin zur Burg, während die schöne Nixe ihm nachschaute, bis die Schatten der Bäume die geliebte Gestalt umhüllten.

Das waren lange, bange Stunden in der einsamen Tiefe.

„Er ist von anderer Art als diese Staubgeborenen!" sagte sie immer und immer wieder sich selber, wenn Bangen sie beschleichen wollte. Ruhelos trieb es sie durch die Wogen; sie scheuchte die Fischlein, die ihr folgen wollten in gewohnter Weise, und umkreiste ängstlich den leuchtenden Palast.

Scheu blickte sie durch die klaren Wände nach dem ernsten Antlitz ihrer Mutter, die schweigend auf ihrem Muschelthron saß, und dann ging sie wieder unter den Korallenbaum, den Lieblingssitz ihres Gatten, sang dort alle die Lieder, die er am liebsten hörte, und lauschte dem Echo der Wellen; dann stützte sie ihr Gesichtchen in die Hände und rief in träumerischem Sinnen alle Worte und Zeichen seines treuen Liebens in ihre Erinnerung zurück.

Da glitt Etwas wie ein warmer Strahl an ihrem Scheitel niederwärts und als sie in leichtem Schreck die Augen hob, war es nicht ein spielend Fischlein oder ein wiegender Korallenzweig, sondern die Hand des Geliebten, den seine Sehnsucht zurückgetrieben, noch ehe die Sonne sank.

Sie jauchzte auf und lag an seiner Brust, und dann saßen sie wieder beisammen unter den purpurnen Zweigen; die Rüstung hatte er abgelegt, aber die Kette hing um seinen Hals und spielend glitt die demantene Kapsel mit der gefeiten Locke durch seine Finger.

Und er erzählte ihr, wie er sein Lieblingsroß aus dem Marstall

6*

geholt und mit ihm in die Schranken geritten sei; er schilderte ihr die wuch=
tigen Hiebe, die er geführt, und den Gang des Kampfes, in welchem er
Sieger geblieben sei über Alle; wie ihn dann die Herolde vor den Herzog
geführt, er aber verweigert habe, das Visir zu heben oder seinen Namen
zu nennen; und wie er dann, als man ihn gebeten, dem morgenden Tour=
nier wieder beizuwohnen, erklärt habe, erst am zehnten Tage wiederkeh=
ren zu können, worauf denn das neue Kampfspiel bis dahin verschoben
worden sei.

„Und des Herzogs liebliche Tochter," fragte lächelnd die Elfe, „die
Schönste Land auf, Land ab, der Preis des Siegers?"

„Ich habe nicht nach ihr geschaut, Geliebte, denn meine Seele weilte
bei Deinem Bilde," sagte der Graf; „nur mein trautes Mütterlein hielt
mich noch; ich trat zu ihr und flüsterte ihr ins Ohr, daß ihr Sohn lebe
und glücklich sei und sie ihn vielleicht bald sehen solle; aber als sie freude=
staunend weiter forschen wollte, wandte ich mich grüßend ab und eilte aus
den Schranken . . . Und nun bin ich wieder Dein; Kampf und Ruhm ist
vergessen, wenn ich Deine Hand halte und in Deine Augen sehe. Und
nun, Geliebte, singe, singe, daß meine Seele sich wiege auf den Wogen
Deiner Lieder!"

Und die schöne Elfe sang — sang süßer, herzbethörender als je, und
wieder dünkte es dem Grafen, als sei dies Zauberland seine wahre, echte
Heimat, und alles Heimweh nach der oberen Welt gestillt für immerdar.

Als aber der Frühstrahl des zehnten Morgens durch die Wellen sank
und er des beginnenden Kampfspiels gedachte — da tönten die Stimmen
der alten Zeit abermals verlockend in seiner Seele; kampfgeschmückt stieg er
wieder aufwärts und an seiner Seite die schöne Wasserelfe.

Heut aber blickten ihre Augen heller als das erste Mal — durfte sie
doch seiner Liebe trauen und dem Zauber der gefeiten Kette, und lächelnd
ließ sie sich von seinen Armen umfangen, als sie wieder Abschied nehmend
an dem Waldpfad standen. Fast fröhlichen Herzens schaute sie ihm nach,
wie er strahlend im goldenen Ritterschmuck und jugendlicher Schöne durch
den Wald eilte — und ehe noch die Sonne sank, saß er wieder neben ihr
unter dem Schatten des Korallenbaumes.

Sie lauschte mit stolzer Freude seinen Siegesberichten und den Lob=
sprüchen, die ihm geworden aus des Herzogs Munde, und betrachtete den
goldenen Eichenkranz, den ihm die schönste der Frauen überreicht als Sieges=
preis; er gab ihn ihr zum Angedenken und sie nahm ihn mit frohem
Lächeln, denn sie erkannte daraus, daß die schöne Fürstentochter seinem
Herzen fremd war, welches ihr gehörte in Liebe und Treue.

Und nun nahte abermals der Tag seiner oberweltlichen Freiheit und zugleich das letzte Ritterspiel, deſſen Sieger das herrenloſe Schloß als neues Lehn zugeſprochen erhalten ſolle, und zugleich die Hand der vielumworbenen Fürſtentochter.

In goldblitzender Rüſtung über dem edelſteingeſchmückten Gewande ſchritt der junge Graf an der Seite der Gattin durch das Waldesgrün. Die Morgenſonne ſtrahlte in ſo hellen Blitzen von der demantenen Kapſel zurück, daß die Vöglein in den Zweigen geblendet die Augen ſchloſſen.

Nun umfing er zum letzten Mal die ſchöne Elfe — zum letzten Mal, und nachdem ſeine herrliche Geſtalt im Schatten des Waldes verſchwunden war, kehrte ſie zurück in die Tiefe der See und ſetzte ſich unter den Korallenbaum.

Wieder ſtützte ſie ihr Geſichtchen in die Hände und dachte der Vergangenheit; die kleinen Wellen ſtrömten über ihr gebeugtes Haupt und die purpurnen Schatten der Zweige gaukelten auf ihren goldenen Locken, wie die Falter oben auf den Sonnenſtrahlen. Sie ſaß dort, ohne ſich zu rühren, dachte traumverloren des fernen Geliebten und harrte ſein in Sehnſucht und Vertrauen — — arme, arme kleine Nixe! — — —

Der Graf war unterdeß auf ſeinem Lieblingsroß in die Schranken geritten und ſein Erſcheinen gab das Zeichen zum Beginn des Kampfes. Er verlief ſiegreich wie die früheren — mit ihm war die Kraft ſeines jugendlichen Armes, der Ruhm der alten Tage und der Zauber der gefeiten Kette.

Vor den Stößen ſeiner Lanze ſanken die Tapferſten und der Kampfplatz war bedeckt mit zerbrochenen Lanzen und zerſpaltenen Helmen.

Nur Einer aus der ritterlichen Schar harrte noch an den Schranken eines Waffenganges. Das Wappenzeichen auf dem Schilde kündete ſogleich ſein edles Geſchlecht. Es war einer der tapferſten Kämpfer des heiligen Kreuzzuges und der Graf erinnerte ſich wol noch ſeiner Heldenthaten unter den Mauern von Askalon.

Der Wunſch, ſolch tapfern Gegner zu bekämpfen und zu beſiegen, machte ihn die Ermüdung der eben beendeten Kämpfe vergeſſen. Er ließ durch den Herold ſeinem Gegner einen Gang auf Schwerter antragen und Beide ſtiegen von ihren Roſſen und trafen zu Fuß auf der Mitte der Kampfbahn zuſammen.

Todtenſtille herrſchte auf den Tribünen, aufmerkſamer blickte der Fürſt und ſeine Ritter, und in ängſtlicher Spannung lehnte ſich die ſchöne Fürſtentochter über die Brüſtung ihres Sitzes, als die Schwerter ſich jetzt zum erſten Mal mit hellem Klange kreuzten.

Hieb auf Hieb folgte dröhnend und funkenſprühend, dann ertönte

plötzlich ein hellerer Klang, wie das Springen eines Kryſtalls — ein
Schwerthieb des fremden Ritters hatte die gefeite Kette getroffen, ſie ſprang
aus einander und ſank zu Boden; der Graf fühlte einen jähen Schmerz
in ſeinem Herzen, aber mit unverminderter Kraft ſchwang er ſein Schwert
weiter und nach wenigen Minuten flog der Helm ſeines Gegners zerſpalten
zu Boden, ein heller Blutſtrom rieſelte über ſeine Stirn und er ſenkte ſein
Schwert.

Eine milde Hand führte den Verwundeten aus den Schranken, ihn
zu verbinden, während die Herolde ſich ehrerbietig dem Sieger nahten, ihn
zu dem Thronſeſſel des Herzogs zu leiten.

Sogleich verließ der Fürſt ſeinen Sitz und ſchritt die Stufen hinab,
dem Nahenden entgegen, freundlich ſeine Hände ergreifend, um ihn hinanzuführen zu der ſchönen Tochter, die mit der goldenen Kette, dem höchſten
Siegespreis in der Hand, des Ritters harrte.

Bisher hatte er ſtets das Oeffnen des Viſirs verweigert und man
hatte ſein Geheimniß geehrt, — heut mußte er ſeinen Namen nennen,
wenn er ſich ſein Erbe wahren wollte, und ſo neigte er ſich an der Hand
des Herzogs tief vor der ſchönen Mädchengeſtalt und nahm dann ſchweigend
den Helm von ſeinem Haupte.

Hell ſtrahlte die Sonne auf das ſchöne, jugendliche Antlitz und auf
die dunkeln, ſeidenweichen Locken — ein leiſer Ruf der Ueberraſchung glitt
von Aller Lippen, dann tönte ein leiſer Schrei, im nächſten Augenblick umfing ihn ein Paar zitternder Arme und das bleiche, gramumflorte Antlitz
ſeiner Mutter blickte zu ihm auf in Seligkeit und Zweifel.

„Mein Sohn, mein Sohn, Du biſt's? ich halte Dich in meinen Armen?"
klang es, und dieſe Stimme dünkte ihm herzbewegender noch als die verklungenen Elfenlieder. „O, nun will ich gern ſterben, da Dich meine Augen
noch einmal geſehn! Aber wo warſt Du, wo warſt Du, um den meine
Seele getrauert bis zum Tode?"

„Ein Gelübbe, theure Mutter, hielt mich fern!" ſagte er zögernd, und
die Umſtehenden glaubten, er hätte eine Wallfahrt gelobt nach einem fernen
heiligen Ort, zum Dank für die damalige glückliche Heimkehr; der Herzog
aber nahm die Hand der Gräfin und ſprach ehrerbietig:

„Forſchet nicht weiter, edle Gräfin, nur frommer Grund kann Euern
tapfern Sohn ſo lange fern gehalten haben, und nun laſſet ihn den Preis
des Sieges empfangen."

Damit führte er den jungen Grafen bis dicht vor ſeine ſchöne Tochter,
dort kniete dieſer nieder und mit holdſeligem Lächeln hing ſie die goldene
Kette mit ihrem eigenen Bild an die Stelle, wo noch vor Kurzem die Kette

der Nixe gehangen, und auf dem Herzen, wo sich bisher der Demant mit der Elfenlocke geschaukelt, wiegte sich jetzt das Bild der Fürstentochter.

„Seid mir gegrüßt, Herr Graf,“ sprach der Herzog mit weithin tönender Stimme, „als alter und neuer Herr dieser schönen Burg und als mein vielgeliebter Eidam, denn dem unüberwundnen Sieger dieser drei Tourniere habe ich die Hand meiner Tochter verheißen, um keinen der vielen edeln Bewerber zu kränken.“

Der junge Graf blickte in leisem Schreck empor, erst in das Antlitz des Herzogs und dann in das wunderholde Gesicht des Fräuleins.

Ihre Augen waren mild und tiefblau wie ein anderes vielgeliebtes Augenpaar, und ihre Locken ringelten sich lang und golden wie die Locken auf dem schönen Haupte unten in der Flut.

Sie war fast so liebreizend wie seine geliebte Elfe und blickte ihm so süß und hold in die Augen, daß er nicht wagte, sie zu kränken durch öffentliche Zurückweisung. Aber bei dem Festmahl, zu dem man sich jetzt ordnete, und bei dem er an ihrer Seite sitzen sollte, auf dem Ehrenplatz neben dem Herzog — da wollte er ihr sagen, daß er schon einer Andern gehöre bis zu seinem letzten Herzschlag.

Und als er dies bei sich beschlossen, schritt er ruhig, ihre weiße Hand in der seinen, neben seinem hohen Lehnsherrn dahin, über die Brücke und den Burghof und hinauf zu den Festräumen der väterlichen Burg.

Den Glanz und die Pracht, die ihn hier umwogten, hatte er in noch höherem Maße gefunden unten im krystallenen Schloß der Wasserfrau — aber hier lächelte ihm aus jedem Geräth eine liebe, trauliche Erinnerung entgegen, es mahnte ihn Alles an seine freudige, sonnenhelle Knabenzeit.

Ihm gegenüber saß die vielgeliebte Mutter und die Augen, die so viel geweint, hingen jetzt in sanftem Freudenstrahl an seinem Angesicht; neben ihm unter dem Baldachin thronte der Herzog, und Worte ritterlicher Anerkennung und väterlicher Liebe tönten von den sonst so strengen Lippen, und wenn er nach der andern Seite blickte, fielen seine Augen in ein Antlitz, schön wie er nur noch eines kannte.

Der alte Geistliche, sein treuer Erzieher, der Hausmeister seitwärts am Schenktisch, die Diener hinter den Stühlen der Gäste — Alles schaute auf ihn mit Augen voll Liebe und Ehrfurcht, und die Sonne schien hell, wie sie nie geschienen, durch die Fenster und spielte liebkosend um die Rüstungen und den Waffenschmuck der Ahnen, die blumenbekränzt die Wände zierten.

Aber da begann der Herzog von der Hochzeitsfeier zu sprechen, die morgen schon stattfinden müsse, da wichtige Geschäfte ihn zurückriefen, und

Erinnerung und Pflichtgefühl zuckten jählings auf in des Grafen Brust; er fühlte, daß er jetzt sprechen müsse, und griff nach der Kette seiner Gattin, der schönen Fürstentochter die goldene Elfenlocke zu zeigen und an sie sein Geständniß anzuknüpfen.

Aber als die Hand nun tastend über sein Gewand glitt, da war die gefeite Kette verschwunden, und in der Hand hielt er, statt der demantenen Kapsel, das Bild der Herzogstochter. Ein leiser Schreckensruf flog über seine Lippen bei dieser Entdeckung, und in der Bestürzung, in der sich Gedanke an Gedanke dunkel und ahnungsschwer drängten, schlossen sich seine Lippen und hielten das Wort offenen Bekenntnisses zurück.

Die schöne Fürstin aber neigte sich in Liebe und Holdseligkeit ihrem Verlobten, und ihre süße Stimme und der Glanz ihrer Schönheit strebten vereint, die düstere Falte von der Stirn des Grafen zu verdrängen. —

Nun war es Nacht.

Die Gäste schliefen sanft unter dem gastfreien Dach der reichen Burg; die Wachskerzen waren verlöscht und nur ein einzelner Mondstrahl glitt geisterhaft über den Fußboden des Festsaals und den Fahnenschmuck seiner Wände. Ein schwacher Lichtschein zitterte in einem Winkel des weiten Burghofs, und blaue und purpurne Ringel spielten auf den Steinen des Pflasters.

Das Licht fiel aus dem Fenster der Burgkapelle und drin, vor dem Marmorkreuz des Altars, lag betend der alte Priester, wie er es oft in stiller Nachtstunde that, wenn Besonderes sein frommes Herz bewegte.

Da ward hastig die kleine Bogenthür geöffnet und herein trat der junge Burgherr, aber nicht strahlend in Jugendschöne und Siegerstolz, wie der Greis ihn noch vor wenig Stunden an der Seite des Herzogs gesehn, sondern die Locken verwirrt und vom Nachtthau gefeuchtet und die schönen Augen trüb' und schmerzverdunkelt.

„O, mein Vater," sagte er, hastigen Schrittes zu dem Greise tretend, der erstaunt sich erhoben hatte, „wie froh war ich, als ich hier noch Licht erblickte und Euch zu finden hoffte. Laßt Euch mein Herz ausschütten, wie in alten Tagen, und Euern weisen und frommen Rath erbitten."

Der Greis neigte zustimmend sein ehrwürdiges Haupt und setzte sich dann auf die Stufen des Altars, während der junge Graf, nach der Gewohnheit der Knabenjahre, vor ihm niederkniete, die Hände über dem Knie des Greises faltete und ihm sein ganzes Herz erschloß.

Seine heiße Liebe zu der schönen Nixe, die ihn hinabführte in das Zauberreich der Tiefe, sein heiliges Versprechen, seine Pflichten gegen die geliebte Mutter und gegen den Herzog und die ihm arglos vertrauende Braut — Alles, was er erlebt und was ihn jetzt bedrängte sonder Schuld und seine Seele rathlos umhertrieb in Zweifel und Schmerz — Alles trat auf seine Lippen und vertrauensvoll heischte er Rath von dem treuen und erfahrenen Lehrer.

„Mein Rath, o Sohn," sprach der Greis darauf ernst, „ist klar und einfach wie Deine Pflicht. Du bist der Sohn Deiner Mutter, ein Ritter der Christenheit, ein Mensch mit unsterblicher Seele, darum hast Du nichts zu schaffen mit jener Geisterwelt."

„Aber sie ist so rein und schön," wandte schüchtern der Jüngling ein, dessen Liebe noch nicht gestorben war; „sie liebt mich und vertraut mir und ich gab ihr mein Wort!"

„Daran thatest Du Sünde," sagte streng der alte Priester, „und größere Sünde wäre es, darin zu beharren; schön sind auch die Engel der Finsterniß, aber zwischen ihnen und uns liegt eine Kluft. Wandle die Bahnen des Lichts, auf die Dich Ehre und Kindespflicht hinweist, und vergiß Das, was hinter Dir liegt!"

Da neigte der junge Graf schmerzlich das Haupt und weinte leise, aber der Greis sprach noch lange zu ihm, tröstend, verweisend, belehrend und endlich, als das Morgenroth schon durch die bunten Scheiben blickte, erhob sich der Jüngling, um in sein Gemach zurückzukehren; der Greis aber warf sich noch einmal vor dem Bilde des Gekreuzigten nieder, und dankte inbrünstig, daß es ihm gelungen sei, diese Seele den Mächten der Tiefe zu entreißen und der edeln Mutter den einzigen Sohn zu erhalten.

Der Hochzeitstag war angebrochen.

Vor dem Altar der Burgkapelle stand das Brautpaar, umgeben von dem Gefolge des Herzogs und einem Kreis edler Ritter und schöner Frauen, und die Morgensonne, die über den Waldkronen wogte und aus den Fenstern der Burg widerblitzte, hing einen goldenen Schleier über die Locken der schönen Braut und über ihr reiches Gewand.

Voll Liebe umschloß ihre weiße Hand die Rechte des Grafen und sie neigte andächtig das Haupt, den Worten des alten Geistlichen zu lauschen; als er sie dann ermahnt, in Liebe und Treue zusammenzuhalten bis an ihr seliges Ende, und ihren Schwur empfangen hatte, da legte er ihre Hände zusammen und segnete sie ein zu christlichem Ehebund.

Das Sonnenlicht war langsam aus dem Raum gewichen, leises Rauschen von außen her war näher und näher gedrungen, aber die Augen Aller hingen an dem schönen Brautpaar — Niemand hatte des schwindenden Lichtes und des fernen Brausens geachtet.

Da, als der Greis das „Amen" sprach, flog mit lautem Getöse die Bogenthür auf und herein stürzte ein Wogenschwall; in rinnenden Wassern ergoß es sich über den Raum und stieg geisterhaft schnell empor an den Stufen des Altars — und nun, auf hoher Woge schwebte sie herein, das wunderschöne Weib, das ihn den Seinigen geraubt.

Blau wie die Waffer, die sie trugen, war ihr wallendes Gewand, die goldenen Locken floffen hernieder bis auf die Flut und aus den wunder- holden Augen brach die Liebe der alten Tage.

Die Gäste waren hinaufgeflüchtet zu den höchsten Stufen des Altars, mit kräftiger Hand hatte der Herzog sein Kind zu sich emporgeriffen, während der alte Priester von seiner heiligen Stelle aus die Hände beschwörend den Wogen entgegenstreckte; aber die Waffer rauschten und übertönten seine Stimme. Die blaue Woge, welche die Wafferelse trug, glitt heran, unauf- haltsam bis zu der Stufe, wo der Graf stand.

Er wußte, daß der Tod ihm nahe, aber er wankte nicht, langsam stieg er die Stufen hinab in die Wellen — voll Liebe und Schmerz breitete die Elfe ihre Arme aus und zog den Geliebten an ihre Bruft.

„Meine Lippen haben den Eid gebrochen," sagte er leise und blickte noch einmal zärtlich in ihre süßen, traurigen Augen, „aber meine Seele gehörte Dir allein, Dir, meinem geliebten Weibe, meinem Waldestraum!"

Da neigte sie weinend ihre Lippen auf die seinen und die Wellen stiegen rauschend empor, floffen über sein Angesicht und erstickten ihn unter ihren Küffen.

Die blaue Woge hob wieder den schäumenden Nacken, und trug ihre Herrscherin, mit dem todten Geliebten im Arm, hinaus aus dem Kirchlein, und die Fluten zogen rauschend hinter ihr her, gleich der Schleppe eines Schaumgewandes. — — —

Oftmals noch schwamm der Glockenton über den einsamen See, der Wald grünte noch lange um ihn her und an seinen Ufern bog das Schilf- rohr seine buschigen Spitzen, sobald der Morgenwind darüber fuhr, aber das Antlitz der schönen Elfe erschien niemals mehr über dem stillen Waffer- spiegel. — Keine Klage war über ihre Lippen gekommen, wie sie es der Mutter verfprochen, nur das schöne Antlitz blickte traurig und bleich, und ihre Lieder erklangen nicht mehr.

Immer noch glitten die purpurnen Schatten über die grünenden Wiesen im Grunde des Sees, aber die kleine Elfe jagte nicht mehr mit den Fischlein um die Wette hinter ihnen her; stumm und traurig saß sie unter dem Korallenbaum, unter dem sie den Geliebten begraben, ihr Gesicht war in die Hände geneigt und zwischen den weißen Fingern rannen ihre Thränen gleich leuchtenden Perlen nieder in die blaue Flut.

Bärbeli sieht Holda Nachts im Walde.

Holda's Paradies.

or langer Zeit stand in einem freund=
lichen Thale Tirols ein anmuthiges
Dörfchen.

Die kleine, reinliche Hütte am
äußersten Ende desselben wurde von
einem armen, aber biedern Ehepaar
bewohnt, das Haus und Gärtchen
in musterhafter Ordnung hielt und
sein einziges Kind, die kleine, elfjährige Bärbeli, in Fleiß und Gottesfurcht
auferzog.

Die Sonne sandte eben einen Abschiedsstrahl durch das kleine Fenster, und das Laub der Linde vor der Hütte zitterte in leichtem Schatten auf dem groben, aber weißen Linnentuch, das den Tisch bedeckte.

Jetzt trat die Mutter ein und setzte eine Schüssel dampfender Milch= hirse auf den Tisch.

„Komm jetzt, Vater, und laß die Arbeit ruhen!" sprach sie zu dem Manne, der die letzten Schnitzereien an den zierlichen Holzwaaren vollendete, die morgen auf den Jahrmarkt der benachbarten Stadt wandern sollten.

„Wo nur Bärbeli bleiben mag!" sprach der Vater; „so lange bleibt sie sonst nie im Walde."

Da wurde draußen der Holzriegel vor der Thür weggeschoben, eilige Schritte ertönten auf dem Flur und mit einem fröhlichen „Grüß Gott, Vater und Mutter!" trat Bärbeli ein.

Es war ein liebliches, blühendes Kind. Lange, braune Zöpfe hingen über das schwarze Mieder und über das kurze, grüne Röckchen von selbst= gewebtem Wollenzeug; Gesundheit glänzte von den rosigen Wangen und Herzensgüte aus den sanften braunen Augen.

An ihrem Arm trug sie ein Körbchen mit Erdbeeren und in ihrer Hand ein kleines Kästchen von Papier, wie die Kinder es fast überall zu fertigen verstehen.

„Nun, Bärbeli, wo bleibst Du heute so lange?" fragte die Mutter; „wir hätten uns beinahe ohne Dich ans Abendbrot gemacht."

„Gelt, lieb Mütterlein, ich war lange aus," sagte vergnügt das Mägd= lein, indem sie den Korb mit Erdbeeren, der morgen mit zur Stadt wandern sollte, neben des Vaters Kiepe stellte und dann Platz am Tische nahm; „aber ich habe auch etwas Schönes," fuhr sie vergnügt fort und stellte das kleine Papierkästchen vorsichtig auf den Tisch.

„Was denn?" forschte der Vater und wollte das Kästchen, in dem es geheimnißvoll rauschte und knisterte, näher untersuchen.

„Laß stehen, Väterchen," bat Bärbeli; „sie fliegen sonst alle fort, meine niedlichen Marienkäferchen, und fallen den bösen Kindern wieder in die Hände, vor denen ich sie gerettet. Anneli und Greteli und die Buben des Flurschützen," fuhr sie fort, indem sie ihre Aufmerksamkeit zwischen der süßen Milchhirse und dem geheimnißvollen Kästchen theilte, „lasen die niedlichen Thierchen alle auf. Anneli hatte ein Knäulchen Garn in der Tasche, da banden sie denn den Thierchen Faden um den Leib, ließen sie daran herum= fliegen, und der Hans sang dazu:

> „Marienkäferchen, fliege auf,
> Fliege mir in den Himmel hinauf;
> Bring' mir eine goldene Schüssel herunter
> Und ein goldenes Wickelkind drunter!"

„Ich bat sie, die Thierchen nicht so zu quälen, aber sie lachten mich aus; da ging ich fort und sammelte alle Marienkäferchen an den Orten, wo ich wußte, daß die Kinder hinkommen würden, Erdbeeren zu pflücken, und habe sie alle in dies Kästchen gethan, um sie mit herzunehmen, sie zu füttern und zu pflegen.‟

„Und wenn man Dich nun in das schönste, prächtigste Schloß setzte,‟ sprach der Vater, „machte aber Fenster und Thüren fest zu und sperrte Licht und Luft ab, würde Dich dann das schönste Essen dafür trösten können, daß Du Deiner Freiheit und Deiner Heimat beraubt bist?‟

Bärbeli schüttelte nachdenklich den Kopf.

„Arme Käferchen,‟ fuhr der Vater fort, „was wird nun Frau Holda sagen, die gütige Schützerin unserer Fluren und Felder, die dort oben in dem Berge in herrlichen Krystallsälen wohnt, wenn so viele von ihren Marienkäferchen nicht wieder zurückkehren, die sie hinauf zum Himmel sendet, auf ihren Flügeln die schönen, warmen Sonnenstrahlen zu uns hernieder zu tragen. Arme Käferchen!‟ Damit machte er das Kästchen wieder zu und stellte es vor Bärbeli hin.

„Ich wollte die Thierchen nicht quälen;‟ sagte sie, „aber jetzt sehe ich, daß ich unverständig war. Wenn ich sie aber jetzt fliegen lasse, so setzen sie sich auf die Bäume im Dorf und fallen den Kindern erst recht in die Hände. Morgen früh will ich sie tief in den Wald tragen und ihnen dort ihre Freiheit wiedergeben.‟

Mit diesen Worten trug sie das Kästchen auf das Fensterbret, und nachdem die Abendandacht verrichtet worden war, suchte die kleine Familie ihr Lager.

Aber der Schlaf floh Bärbeli's Augenlider. Immer und immer wieder mußte sie der Gefangenen im Papierkästchen gedenken, und das Rauschen und Knistern darin, so leise es auch war, drang doch durch die stille Stube bis hin zu ihrem Lager.

Sie richtete sich auf. Vater und Mutter athmeten tief und regelmäßig im festen Schlaf; der Mond schien voll und klar ins Zimmer, und die Blätter der Linde rauschten draußen leise im Nachtwind.

Bärbeli schlich sich wieder ans Fenster zu dem Kästchen.

„Wenn sie nun bis morgen früh verschmachtet wären, wenn sie sich todt geängstigt hätten?‟ dachte sie. Sie warf einen Blick hinaus ins Freie.

Alles war so feierlich still; nur eine kleine, weiße Wolke schwebte vorüber, nicht hoch am Himmel, sondern dem Erdboden so nahe, daß es schien, als glitte eine Lichtgestalt die Dorfstraße entlang.

„Wovor sollte ich mich fürchten!‟ fuhr die Kleine im leisen Selbstgespräch fort; „unser Lehrer sagt, wenn wir Gutes thun, sei Gott mit seinem heiligen Schuß immer in unserer Nähe."

Mit diesen Worten warf sie eilig ihr Röckchen über, nahm das Kästchen in die eine, ihre Schuhe in die andere Hand und schlüpfte geräuschlos aus dem Hause. Schnellen Schrittes eilte sie die Dorfstraße entlang. Alles schlief — kein Laut als das Rauschen des Nachtwindes und das Plätschern des Röhrbrunnens unterbrach die tiefe Stille; Bärbeli hatte sich noch nie in dieser Stunde allein im Freien befunden, aber es war ihr in dieser Einsamkeit gar nicht ängstlich zu Sinne.

Sie trat in den Wald. Der Mond sandte seine hellsten Strahlen auf ihren Weg, und die Sterne blickten wie die Augen der Engel auf sie herab, während die Schatten des Laubes auf dem erhellten Pfade zitterten und die Nachtigall ihr lieblichstes Lied sang. Dem kleinen Mädchen wurde ganz wunderbar zu Muth.

„Wie herrlich ist es doch im Wald zu dieser Stunde," sprach sie leise, „und all diese Schönheit, die Ihr gewiß auch liebt und versteht, wollt' ich Euch rauben!" Unter diesen Betrachtungen war sie an einen freien Platz gekommen und öffnete dort vorsichtig das Kästchen.

Als nun der erste Lichtstrahl auf die kleinen Gefangenen fiel, schienen sie wie betäubt; aber als sie, an die Helle gewöhnt, den lieben, milden Strahl wieder erkannten und die frische Luft spürten, versuchte eins nach dem andern seine Flügel zu regen, und mit einem Male, wie auf ein gegebenes Zeichen, breiteten sie die Flüglein aus und flogen empor.

In diesem Augenblick schwebte die lichte Wolke, die Bärbeli vorher von ihrem Fenster aus gesehen, am Rande des Waldes hin und her über den Platz, auf dem das kleine Mädchen stand. Und jetzt, als die vollen Mondesstrahlen auf sie fielen, erkannte Bärbeli, daß es keine Wolke, sondern weiße, schimmernde Gewänder seien, welche die hohe Gestalt einer wunderholden Frau umwallten.

Leise schwebte sie vorüber und wandte dem staunenden Kinde ein Antliß voll himmlischer Schönheit zu.

Noch wiegten sich die Käferlein auf den Mondstrahlen und freuten sich der wiedergewonnenen Freiheit; plötzlich aber schienen sie die hohe Frau zu erblicken, eilten zu ihr, schwebten um ihr edles Haupt, wie ein Kranz von Purpurblumen, und setzten sich in die Falten ihres schimmernden Kleides, daß es leuchtete, wie mit Rubinen übersäet.

Bärbeli schaute der wunderbaren Erscheinung mit andächtig gefalteten Händen nach; erst als die Schatten des Waldes sie ihrem Auge entzogen, fand sie die Sprache wieder.

„War das Frau Holda," rief sie laut ihren geflügelten kleinen Freunden nach, „so grüßt sie freundlichst und bittet, sie möge mir nicht zürnen."

Dann trat sie den Rückweg an, und mit einem Herzen, so leicht und glücklich, wie sie es noch nie gefühlt, schritt sie durch die schöne Sommernacht nach ihrem Dörfchen zurück. —

Der Sommer verging, und als der Herbst seinen Einzug hielt in das kleine Dörfchen, streute er mit seinen gelben Blättern zugleich Schmerz und Kummer in gar manche Hütte.

Viele Väter und Söhne mußten hinaus in den blutigen Krieg, den der Kaiser mit einem mächtigen Feinde führte; auch Bärbeli's Vater mußte fort. In ihm verloren die Seinen nicht nur den treuen, zärtlichen Gatten und Vater, sondern auch den fleißigen, sorgenden Ernährer.

Die Zeit der Feldarbeiten war vorüber und somit der armen Mutter die einzige Quelle des Erwerbes verstopft. Sie spann in den freien Stunden, aber so fleißig sie auch die Hände regte, so viel sie auch von ihrem Schlummer abbrach, um die Woche etliche Kreuzer mehr zu verdienen — es wollte nicht zu ihrer und ihres Kindes Bekleidung und Unterhalt reichen.

Sie ward bleicher und bleicher; Bärbeli sah es und schob es auf den Kummer um den Vater; sie wußte nicht, daß die Mutter die halben Nächte spann, damit ihr Kind nicht darben sollte.

„Zum Christfest, lieb Mütterlein, kommt der Vater ganz gewiß heim," tröstete Bärbeli; „er war ja noch immer da, wenn die Lichter am Christbaum brannten; glaubst Du's nicht auch?"

Um der Mutter Lippe zuckte es; aber sie wollte des Kindes Hoffnung nicht trüben und nickte mit mattem Lächeln.

Der Winter kam in seinem weißen, kalten Gewande; es kam das Christfest mit seinen glänzenden Lichtern — aber der Vater kam nicht.

In der Hütte fehlte diesmal der Lichterglanz, aber die Mutter hatte gesagt: „Wenn der Vater kommt, putzen wir nachträglich ein Bäumchen!" Und Bärbeli war's zufrieden.

„Er hat nicht durch den Schnee gekonnt, der gute Vater," tröstete Bärbeli wieder; „er kommt zum Frühling sicherlich, wenn der Schnee schmilzt und die Wege wieder frei werden. Glaubst Du's nicht auch, Mütterlein?"

Und wieder zuckte es um der Mutter Lippen, und wieder lächelte sie, matter aber noch als das erste Mal.

So zogen die Tage langsam und traurig dahin; endlich verging auch dieser Winter, und der Frühling mit seiner ersten Schwalbe und seinem erften Grün kam über das Meer und über die Berge bis hin in Bärbeli's entferntes Thal.

Einft faßen fie am geöffneten Fenfter, durch welches die Frühlings= luft warm und würzig hereinftrömte, die Mutter über ihr Spinnrad ge= beugt, Bärbeli eifrig den Haspel drehend, um den filberglänzenden Faden von der Spule abzuwinden, als plötzlich ein Schatten durch das Fen= fter fiel.

„Grüß Gott!" tönte eine bekannte Stimme hinein.

Bärbeli fprang mit einem Freudenfchrei auf. „Der Vater, der Va= ter!" jubelte fie; aber das bärtige, ernfte Gefiht, das zum Fenfter herein fchaute, trug nicht des Vaters liebe, milde Züge. Es war der Nachbar Steffen, der im abgetragenen Wams, mit einem hölzernen Bein und einer tiefen Schmarre im Gefiht aus dem Kriege heimkehrte.

Der Mutter Lippen zitterten fo heftig, daß fie die Frage nach ihrem Mann nicht hervorbringen konnte; aber ihre Augen ruhten fo ängftlich forfchend auf Steffen's Antlitz, daß er fie auch ohne Worte verftand.

Ueber des Nachbars Antlitz zuckte es feltfam; er machte mehrmals den Anfatz zum Sprechen; aber die Worte wollten nicht über die Lippen.

„Ich foll — ich foll Euch von Eurem Manne die beften Grüße bringen," ftotterte er endlich; „er hat gekämpft wie ein tapferer Kriegs= knecht foll, und ift — und ift — geftorben wie ein Chrift." Bärbeli fchrie laut auf; aber die Mutter rührte fich nicht.

„Gott fei Dank!" dachte der Nachbar, „fie erträgt's ftandhaft."

„Da," fuhr er laut fort, ein kleines Päckchen zum Fenfter hinein= reichend, „es war fein letztes Gefchäft, Euch dies zu fenden; als ihn das Schwert getroffen, knüpfte er es von feinem Halfe los. „Grüß mir Weib und Kind, Nachbar Steffen," fprach er, „und bringe ihnen dies." Ich hatte kaum Zeit, es an mich zu nehmen und ihm die Hand zu drücken, da raffelte der Feind wieder heran, und wir wurden im wilden Laufe über das Schlacht= feld gejagt. Lebt wohl nun, und Gott tröfte Euch!" fo fprach er herzlich und hinkte feiner Hütte zu.

Da faß nun die Mutter und hielt thränenlofen Auges das letzte Liebes= zeichen ihres Mannes zwifchen den zitternden Fingern.

Es war ein kleines, filbernes Muttergottesbild an einer feinen Stahl= kette, das fie ihm als Braut am Hochzeitstage um den Hals gehängt, und das er treu bewahrt bis zum letzten Athemzuge. Jetzt hielt fie es als Wittwe wieder in den Händen, und Bärbeli kniete vor ihr und küßte mit überftrömenden Augen des Vaters Heiligthum.

Da fühlte fie plötzlich das Haupt der Mutter langfam auf ihre Schulter sinken; sie legte die Arme um ihren Leib und hielt sie sanft umfaßt. Sie hatten ja oft so zusammen geweint, und es war ihnen dann immer leichter geworden.

So würde es auch diesmal werden, hoffte sie, drückte die Mutter fest an sich und schluchzte lange und innig an ihrem Herzen.

Endlich aber redete sie sanfte und tröstende Worte und bat die Mutter, sich aufzurichten und ihre Thränen zu trocknen.

Keine Antwort erfolgte.

Da versuchte sie leise das liebe Haupt empor zu heben; aber als sie ihre Wange berührte, war die Lebenswärme entwichen, und das geliebte Antlitz blieb schwer und kalt auf ihrer Schulter liegen.

Bärbeli hatte noch nie Jemand sterben sehen, aber sie ahnte, daß etwas Schreckliches geschehen sei. Ein lauter Angstschrei entrang sich ihrer Brust, daß der Ton hinausdrang zum geöffneten Fenster und hinübertönte zu des Nachbars Hütte.

Steffen und seine Frau hörten den gellenden Schrei und eilten herbei.

Da fanden sie Bärbeli unter krampfhaftem Weinen vor ihrer Mutter knieen, deren erkaltetes Antlitz noch immer bewegungslos auf ihres Kindes Schulter ruhte.

Sie richteten die arme Frau empor und versuchten sie ins Leben zurückzurufen — umsonst — der plötzliche Schreck hatte den mürben Lebensfaden zerrissen, und Bärbeli war an einem Tag eine vater- und mutterlose Waise geworden. —

Der Morgen der Beerdigung war gekommen. Steffen und seine Frau hatten sich des armen Kindes liebevoll angenommen und ihr das Wenige, das sie bedurfte, hinüber gebracht; denn Bärbeli war durch kein Zureden zu bewegen gewesen, die Hütte und die geliebte Todte zu verlassen.

In aller Frühe, als noch der Morgenthau im Grase lag, war sie in den Wald geeilt, hatte die Schürze voll grünen Laubes gepflückt und war jetzt bemüht, einen Kranz um den einfachen schwarzen Sarg zu winden.

Da trat der Nachbar Steffen mit seinen beiden erwachsenen Söhnen ein; in allen Gesichtern stand Schreck und Entsetzen.

„Eile Dich, Kind," sprach der alte Mann hastig; „soeben kommt des Flurschützen Hans in größter Eile von der Stadt und bringt die Schreckensnachricht, daß der Feind in der Nacht eingedrungen sei. Er hat nach seiner entsetzlichen Art dort gehaust. Hans kam gar nicht bis in die Stadt; mehrere von den Einwohnern begegneten ihm flüchtend und theilten ihm dies mit. Es ist möglich, daß auch unser stilles Thal heimgesucht wird

und wir in die Berge flüchten müssen. Eile Dich daher, daß Deine brave
Mutter wenigstens unbelästigt in die Erde kommt."

Das Laubgewinde war vollendet, der letzte Kuß auf die kalten Lippen
gedrückt, und während Bärbeli weinend die Augen verhüllte, schlossen die
Männer den Sarg, setzten ihn auf die Bahre, und schnelleren Schrittes
als sonst üblich, ging's zum Kirchhof.

Das Kind an der Hand des Nachbarn bildete das ganze Leichen=
gefolge; denn die Nachrichten aus der Stadt hatten die Gemüther in
solche Angst versetzt, daß man sich in jedem Hause zur Flucht vorbereitete
und daher keine Zeit blieb, der armen Nachbarin das letzte Geleit
zu geben.

Der Sarg wurde hinabgelassen, und dumpf rollten die Erdschollen
darauf. Schnell wölbte sich unter den eifrig arbeitenden Händen der Jüng=
linge der Grabhügel, und als der letzte Spatenstich gethan war, sprachen
sie ein kurzes Gebet für die Ruhe der Todten. Dann faßte der Nachbar
des Kindes Hand, um es eilig mit sich zurückzuführen; aber Bärbeli bat
so innig, sie noch nicht von dem Grabe zu trennen, daß Steffen endlich
nachgab und sie nur ermahnte, nicht lange zu bleiben, seine Frau solle
unterdessen ihre Sachen in ein Bündlein schnüren.

Dann gingen sie, und Bärbeli kniete am Grabe nieder und dachte all
der Liebe und Güte der Verstorbenen und so mancher Stunde, in welcher
sie dies nicht mit voller Dankbarkeit und Hingebung vergolten.

„Ach und jetzt kommt sie nie wieder," schluchzte sie, die gefalteten
Hände zum Himmel emporhebend; „ich kann nichts wieder gut machen.
O, unser alter Lehrer hatte wohl Recht, wenn er sagte, Alles im Leben
könnten wir wieder erhalten — ein Mutterherz nie. Und nun bin ich
allein auf der Welt, ganz allein. Wen kümmert es jetzt, ob ich fröhlich oder
betrübt bin, ob mich friert und hungert. O, Mutter, o, lieber Gott, nimm
mich hinauf zu meinen lieben Eltern!"

Damit warf sie sich wieder auf das Grab und weinte bitterlich.

Eine leise Empfindung an ihrer Hand brachte sie endlich zur Wirk=
lichkeit zurück. Sie erhob ihre verweinten Augen und erblickte ein kleines
Marienkäferchen, das geschäftig auf ihrer Hand hin= und herlief. Bärbeli
gedachte sogleich des nächtlichen Ganges in den Wald und des Kästchens
voll Marienkäferchen.

„Ob es wol eins von jenen Thierchen ist?" sagte sie und hob die
Hand in die Höhe, um es fortfliegen zu lassen.

Da breitete das Käferchen die Flügel aus und flog in die Höhe;
aber im nächsten Augenblick saß es wieder auf Bärbeli's Hand, und so oft

fie es auch emporhob und und zum Fortfliegen zu bewegen suchte — immer kehrte es wieder zu ihr zurück.

„Das ist doch sonderbar!" dachte das Mägdlein, in der Freude über das zutrauliche Thierchen einen Augenblick ihren Kummer vergessend; „was es nur wollen mag?"

Das Käferchen erhob sich in diesem Augenblick, flog einige Schritt nach dem nicht allzufernen Walde hin und kehrte dann, wie ermüdet, auf Bärbeli's Hand zurück.

„Ah, nun begreife ich," sagte sie überrascht, „es hat heut schon den weiten Weg zum Himmel gemacht, um das schöne Wetter herunter zu holen, nun möchte es gern in den Waldesschatten und ist doch zu müde. Ganz gewiß ist es eins von meinen Thierchen und hat mich wieder erkannt. Nun, dein Vertrauen soll nicht getäuscht werden. Wenn ich schnell gehe, macht der kleine Umweg nicht viel aus, und Nachbar Steffen wird nicht schelten."

Damit wandte sie sich noch einmal zum Grabe, sprach: „Ruhe sanft! Du liebe, liebe Mutter!" und schritt dann mit dem Marienkäferchen auf der Hand schnell den Weg zum Walde hin.

Bald hatte sie den Waldesschatten erreicht, und achtlos eilte sie dies= mal an der Frühlingsherrlichkeit vorüber, um so schnell als möglich den freien Platz jener Nacht zu erreichen und dort ihr müdes Käferchen niederzusetzen.

Jetzt war sie da. Sie hob ihre Hand in die Höhe, und sogleich breitete das Marienkäferchen seine Flügel aus und entschwebte, im Sonnenlicht wie ein Purpurtropfen schimmernd.

Während aber Bärbeli ihm aufmerksam nachschaute, traf ein seltsames Geräusch ihr Ohr. Vom Dorfe her tönte erst vereinzeltes, dann massenhaftes Angstgeschrei, und dazwischen wildes, rohes Jauchzen.

Bärbeli's Herz stockte, ihr Auge erweiterte sich angstvoll. In einem Augenblick ward ihr Alles klar. Der Feind war wirklich in ihr abgelegenes Thal gedrungen und schneller noch als man gefürchtet, und der Wald lag so nahe, die Dorfbewohner würden sich hierher flüchten wollen, der Feind sie verfolgen und dann auch sie hier finden und tödten.

O, jetzt fühlte sie erst, was es heißt, allein und schutzlos in der Welt zu stehen.

Das Geschrei im Dorfe wurde immer lauter; in ihrer Angst schien es Bärbeli, als wälze sich der Lärm dem Walde zu.

Flehend hob sie Augen und Hände gen Himmel. Ueber ihr schwebte

7*

noch immer das leuchtende Käferlein. „O wenn ich deine Flügelein hätte!" rief sie sehnsüchtig.

Da senkte sich hoch vom Himmel her ein kleines, blaues Wölkchen hernieder, und wie es durch die Sonnenstrahlen zog, schien es Bärbeli ein Stücklein blauer Morgenhimmel, und vor ihm her schwebte ein ganzer Kranz schimmernder Sterne.

Tiefer und tiefer der Erde zu senkte sich das wunderbare Wölkchen; Bärbeli vergaß in ihrem Staunen des immer tobenderen Lärmens, der immer näher kommenden Gefahr; ihr Auge richtete sich forschend auf die kleine Wolke, die jetzt bei dem noch immer in den Lüften schwebenden Marienkäferchen angelangt war; dasselbe flog nun an die Spitze des Sternenkranzes, und von ihm geleitet, senkte sich die glänzende Erscheinung hernieder auf das Moos zu Bärbeli's Füßen.

Da sah das erstaunte Mägdlein, daß es kein Stückchen Morgenhimmel war, sondern ein kleiner Wagen von himmelblauem Kryſtall mit goldenen Rädern, gezogen von einer ganzen Schar leuchtender Marienkäferchen.

Der Führer des kleinen Zuges, das Marienkäferchen das Bärbeli hierher getragen, flog wieder auf des Mägdleins Hand, dann zum Wagen hin und kehrte eilig wieder zurück, ängstlich die Flügelein hebend, als wollte es das Kind zur höchsten Eile antreiben.

Bärbeli verstand diese stumme Sprache wohl, sie begriff, daß der Wagen zu ihrer Rettung gesendet sei, aber wie sie an die schwindelnde Fahrt dachte und auf die schwachen Käferchen blickte, die sie sammt dem Wagen da hinauf tragen sollten, zog sie ängstlich den Fuß wieder zurück, den sie schon in den Wagen gesetzt hatte.

Da erklang ganz in ihrer Nähe jammervolles Geschrei, gleich darauf krachten die Büsche, und einige Frauen aus dem Dorfe mit fliegendem Haar und zerrissenen Kleidern keuchten daher, nicht weit von der Stelle vorüber wo Bärbeli stand, und eilten tiefer in das Gebüsch.

Noch stand das Kind in starrem Schreck, da krachten abermals die Büsche, Waffen klirrten und rohe Stimmen erschollen in ihrer nächsten Nähe. Jetzt galt kein Besinnen mehr. Ehe sie den rohen Kriegsknechten in die Hände fiel, wollte sie lieber die gefährliche Fahrt wagen. Ohne Zaudern sprang sie in den Wagen, die Marienkäferchen breiteten die pur= purnen Flügel aus, und sanft und leicht stieg der kryſtallene Wagen in die Luft.

Es war die höchste Zeit. Eben schwebte sie über den Spitzen der Bäume, als an derselben Stelle, wo sie gestanden, feindliche Krieger her= vorbrachen, um der Spur der flüchtigen Frauen zu folgen.

In Holda's Paradies.

Langsam und majestätisch, wie ein Schwan, durchschnitt der glänzende Wagen den Luftstrom. Tief unten wogten schon die Bäume des Waldes, wie die grünen Wellen des Ozeans.

Jetzt schwebte sie über dem Grabe ihrer Mutter. Wie klein, wie klein erschien doch das Fleckchen von hier oben, und barg doch Alles was sie liebte.

Nun waren sie über ihrem Heimatdörfchen. Hoch über Jammer, Blut und Thränen, die jetzt dort unten flossen, steuerte der wunderbare Wagen hin durch die glänzenden Wolken, die wie himmelblaue Wellen an ihnen vorüber eilten, immer höher hinauf, der Sonne zu. Sie strahlte in nie geahnter Klarheit auf Bärbeli nieder. „Wie das Auge Gottes,“ dachte das Kind in ehrfurchtsvollem Schauder, und bedeckte mit der Hand die Augen, welche diesen Glanz nicht zu ertragen vermochten.

Da ließ mit einem Mal die Bewegung des Wagens nach. Bärbeli nahm die Hände vom Gesicht und schaute sich verwundert um: sie war am Ziel.

Hoch oben, dem Himmel nahe, stand der Wagen auf einer weiten Ebene — so weit sie den Blick schweifen ließ, umgab sie nie geschaute Herrlichkeit.

Noch saß sie ganz betäubt und wußte nicht, wohin sie sich wenden sollte; da nahte, umgeben von einer Schar lieblicher Mädchen, eine herrliche Frauengestalt.

Ein Gewand, glänzend wie die Sonnenstrahlen, umhüllte die hohe Gestalt, ihre Stirn krönte ein Diadem von leuchtendem Karfunkel, und unter ihm hervor wallten goldschimmernde Locken bis hernieder faßt zu des Kleides Saum. Hoheit und milde Güte sprachen aus den schönen Zügen, und als sie lächelnd ihre weiße Hand dem Kinde entgegenstreckte und sich huldvoll über sie neigte, war es Bärbeli zu Sinne, als schaute sie durch diese Augen wiederum in ein Stücklein blauen Gotteshimmel.

„Willkommen, mein Kind," sprach sie, und ihre Stimme erklang wie Harfenton; „kennst Du mich nicht? Sahst mich doch im vorigen Sommer schon und hast Deine Grüße freundlich mir nachgesandt durch meine Marienkäferchen. Sie haben Dich nicht vergessen, und als das Verderben Deiner Heimat nahte, mich so lange gebeten, bis ich Dich zu mir holen ließ."

Ja, nun wußte Bärbeli Bescheid. Sie stand ja vor der hehren Erscheinung jener Sommernacht, vor Frau Holda, der gütigen Schützerin von Feld und Wald, der mütterlichen Freundin des arbeitsamen Landmanns und der fleißigen Spinnerin, die Gedeihen und fruchtbares Wetter vom Himmel herab auf ihre Felder bringt und mit sorgendem Auge das Wachsen und Blühen der Felder überwacht.

Eilig ergriff Bärbeli die gütige Hand, stieg aus ihrem Wagen und ließ sich von der hohen Frau geleiten.

Auf einem breiten Pfad von Silbersand wandelten sie dahin. Zu beiden Seiten blühten Blumen, wie sie des Kindes Auge nie gesehen, blau und roth, wie leuchtende Flammen, und wenn die Morgenluft durch sie hinzog, erklangen sie wie Aeolsharfen und dufteten, wie die Rosen des Paradieses.

Nun kamen sie zu einem glänzenden See. An seinen Ufern wuchsen die Bäume des Lebens; golden war ihr Stamm, und die Kronen mit dem

durchsichtigen Laube neigten sich tief in die klare Flut, daß die klei=
nen Fischchen mit den Blättern spielten und durch sie hinglitten wie
Sonnenstrahlen.

Aus der Mitte des Sees aber stieg ein riesenhafter Wasserstahl hoch
in die Lüfte, funkelte dort oben in der Morgensonne und fiel wie ein
demantner Regen nieder auf die Schar der Schwäne, die mit silbernen
Kronen auf dem Haupte, hier ihre stillen Kreise zogen.

Als Holda mit dem Kinde an der Hand und im Kreise ihrer schönen
Begleiterinnen sich dem See näherte, stimmten die königlichen Vögel jenen
überirdischen Gesang an, den man auf Erden „Schwanengesang“ nennt,
von dem die Dichter träumen, den aber noch kein sterbliches Ohr
vernommen hat.

Bärbeli faltete die Hände, und als das Lied der Schwäne immer
herrlicher erklang, immer überirdischer tönte, sank sie auf ihre Kniee und
sagte leise:

„Sage mir, ist dies das Paradies, und sind das die Engel mit ihrem
Lobgesang?“

Holda legte gütig ihre Hand auf des Kindes Haupt.

„Es ist mein Paradies“, sagte sie, „und darum so schön, weil ihm
das Böse nimmer nahen kann!“ und sie leitete das Kind weiter zu dem
Palast von strahlendem Bergkrystall, in welchem sie mit ihren Dienerinnen
wohnt, „den seligen Fräulein“, wie das Volk Tirols sie nennt.

Bärbeli trat ein. Ja, so mußte der schöne Dom in der Stadt aussehen,
dachte sie, von dem der Vater ihr erzählt. Wände und Säulen von glitzern=
dem Krystall strebten himmelan; hoch oben wölbte sich über ihnen die
Decke aus einem einzigen Rubin, und durch ihn schimmerte das Sonnen=
licht herein und spielte um Wände und Säulen wie Rosengewinde. Aber
auf den Säulen des nächsten Saals ruhte als Gewölbe ein einziger Saphir,
und das Licht, das sich durch ihn ergoß, schwamm wie eine himmelblaue
Wolke durch den Raum und blühte wie Kränze von Vergißmeinnicht auf
allen Gegenständen. Und als sie in den dritten Saal traten, glaubte das
Kind, die Meereswellen strömten ihm entgegen; so wogte und flutete das
Sonnenlicht durch die smaragdene Kuppel, und auf diesen grünen, blauen
und rosenrothen Lichtwellen wiegten sich herrliche Vögel in einer Farben=
pracht, wie sie unsere arme Erde nicht mehr hat, schwangen sich hinauf zu
den glänzenden Gewölben und sangen in Tönen, wie sie nur das Reich
der Seligen kennt.

„O wie wunderbar schön ist es hier!“ sagte Bärbeli die Hände faltend,
„nicht wahr, ich darf immerdar in Deinem Paradiese bleiben?“

Holba lächelte milde.

„So lange bis Dich selbst hinab verlangt, mein Kind," entgegnete sie liebreich, „Ihr Erdenkinder könnt nicht lange ohne Euresgleichen sein."

„Mir aber wird's hier immerdar gefallen," sprach zuversichtlich das Mägdlein und streichelte den glänzenden Vogel, der sich zutraulich auf ihre Schulter gesetzt hatte.

Die Zeit in diesem Paradiese mußte wol nach einem andern Maße gemessen werden, als bei uns auf Erden. Ueber Bärbeli zog Sonnenlicht und Sternenschein dahin, sie zählte nicht, wie oft. Sie lauschte dem Gesang der Schwäne und spielte mit den kleinen Fischlein und den durchsichtigen Blättern in der klaren Flut. Die Vögel in den krystallenen Sälen waren zutraulich, wie wenn sie immer bei einander gewesen wären, und Holba mit den „seligen Fräulein" waren nach wie vor gütig und liebreich.

Oft saß die hohe Frau im Kreise ihrer Dienerinnen vor der Thür ihres Palastes und spann auf einem blinkenden Rädchen den allerfeinsten, silberglänzenden Faden; vor ihr lagen auf schneeweißem Linnentuche goldene Flachsknoten, und sie lehrte Bärbeli, wie man spinnen müsse, daß nie der Faden bräche.

Es waren herrliche Tage, getheilt zwischen Lust und Arbeit, und Bärbeli vergaß des Heimatdörfchens und der Vergangenheit mit ihrem Glück und ihren Thränen.

Einst saß sie Abends am Strande des Sees; die Sonne war hinuntergesunken, und die Sterne schimmerten durch das Laub der Lebensbäume und glänzten wie Goldfunken herauf aus dem Grunde des Sees.

Da rauschte es leise hinter ihr, und Holba nahte. Statt des weißen Gewandes trug sie ein rosenrothes, das wie Morgenröthe um ihre schönen Glieder wogte. Heller noch als sonst strahlte heute ihr Diadem, während die „seligen Fräulein" sich die blonden Locken mit weißen Alpenrosen bekränzt hatten und ihre silberschimmernden Gewänder von einem goldenen Gürtel gehalten wurden.

„Willst Du mit uns hinunter zur Erde steigen?" sprach sie zu dem Kinde; „ich halte heute meinen Umgang durch die Felder, und darum siehst Du mich im Festgewand."

Bärbeli nickte. Holba ergriff nun ihre Hand, und sie schritten durch den blühenden und duftenden Garten, während die Blumen ihre flammenden Kelche neigten, als wollten sie ihre Herrin grüßen.

An der Stelle, wo damals der krystallene Wagen gelandet, wandte sich der Weg zur Erde. Holba schwebte niederwärts und Bärbeli wußte nicht, ob sie gehe oder getragen werde; sie fühlte nur, daß der Weg unter ihren

Füßen hinglitt, daß die Wölkchen wieder wie himmelblaue Wellen an ihr vorübereilten und daß es immer mehr erbenwärts ging.

Jetzt klang Waldesrauschen an ihr Ohr, und dann fühlte sie festen Boden unter ihren Füßen.

Vor ihnen lagen Obstgärten urd Fruchtfelder. Holda ging mit leisem Schritt durch sie hin und breitete segnend ihre Hände nach beiden Seiten. Hinter ihr wandelten die „seligen Fräulein", Bärbeli in ihrer Mitte führend.

So schritt der glänzende Zug dahin, schweigend, segenspendend über die Fülle der Blüten und Halme.

Jetzt erreichten sie ein Flachsfeld. Diese Pflanze erfreut sich der besonderen Huld der hohen Frau. Liebend beugte sie sich nieder und richtete sanft die geknickten Halme auf; dann breitete sie die schönen, weißen Arme weithin über das wogende blaue Feld und segnete es mit ganz besonderer Innigkeit.

Bärbeli dünkte es, als wüchsen alle Halme sichtbarlich in die Höhe und es klänge aus ihrem Rauschen ein Dankeslied empor zu Holda.

So ging es weiter fort ohne Aufenthalt und doch ohne Eile und ohne Ermüdung.

Als aber der Morgenstern zu erbleichen begann, ergriff sie wieder Bärbeli's Hand und wandte sich den Bergen zu. Und wieder über Waldesrauschen und durch lichte Wolken legten sie ihren wunderbaren Weg zurück und gelangten noch vor der Morgenröthe in ihr Paradies. —

Und abermals in einer Nacht trat Holda mit ihrer Schar im rosigen Festgewande zu dem Kinde, sie zur Erdenfahrt einzuladen.

Leise trugen die Wolken sie hernieder. An einem einsamen Platz erreichten sie den festen Boden. Ein einfaches, schwarzes Gitter umgab ihn, und über der Thür erhob sich ein Kreuz.

Es war der Kirchhof des Dorfes. Ohne Aufenthalt schritten sie daran vorüber, obgleich ein Gefühl schmerzlicher Erinnerung durch Bärbeli's Seele zog und sie mehrmals nach den stillen Gräbern sich umschaute.

Sie erreichten jetzt ein Dörfchen. Die Sommerzeit war vorüber, tiefer Schnee deckte die Dorfstraße, die Bäume streckten ihre kahlen Aeste über die weißen Dächer, während das Storchnest auf dem Dache leer stand, das der Winter mit seinen kalten Federn gefüllt hatte.

Leise schwebte Holda, das Kind an der Hand führend, dahin, keine Spur hinterließ ihr leichter Fuß. Die Straßen waren leer, denn die nächtliche Stunde und die Kälte hielt die Menschen in den schützenden Wohnungen.

So näherten sie sich ungesehen dem ersten Hause. Holba schaute durch das Giebelfenster hinein in die Küche.

Das kupferne Geräth auf dem Gesims war blank gescheuert, die Asche auf dem Herde sorgsam zusammengekehrt und die reingefegte Diele mit weißem Sande überstreut. Am Fenster standen zwei zierliche Spinnräder, die Rocken voll des feinsten glänzendsten Flachses. So liebt es Holda, und danach richten sich die fleißigen Mägde Tirols.

Das schöne Antlitz der hohen Frau verklärte ein freundliches Lächeln; sie bewegte segnend die Hand gegen das Fenster und sprach leise:

„So manches Haar,
So manches gute Jahr!"

Aus den andern Fenstern leuchtete ein heller Glanz, und Bärbeli schaute bittend auf zu Holda, mit ihr auch durch dies Fensterlein zu blicken.

Da sah sie auf dem großen eichenen Tisch inmitten der Stube einen Tannenbaum, mit Lichtern, vergoldeten Aepfeln und Nüssen geschmückt, und um ihn her stand die ganze Familie in ungetrübter Festfreude. Der Alte mit der Schmarre überm Gesicht und dem hölzernen Bein, war denn das nicht — „Nachbar Steffen", und die beiden kräftigen, jungen Männer an seiner Seite seine beiden Söhne, die ihrer Mutter den letzten Liebesdienst erwiesen?

Und die junge Frau mit dem jauchzenden Knäblein auf dem Arme, die neben dem ältesten stand, war das nicht Anneli, ihre liebste Schulfreundin, die damals im Walde das Garn zum Binden der Marienkäferchen geliefert hatte. Und doch — in den wenigen Tagen oder Wochen, die Bärbeli seit ihrer Trennung vergangen schienen, sollte aus dem kleinen Mädchen, wenige Jahre älter nur als sie, eine junge Frau geworden sein?

Sie fuhr mit der Hand über die Augen, als wolle sie einen Traum verjagen, aber das fröhliche Weihnachtsbild blieb.

So lebten sie also Alle noch, die sie längst auf dem stillen Friedhof glaubte, gehörten sich einander an und waren mit einander glücklich.

Sie konnte den Blick nicht losreißen von den lieben, bekannten Gesichtern, von dem traulichen Bilde im kleinen Stübchen, und vor ihrer Erinnerung tauchten ähnliche Stunden auf, die sie einst, ein glückliches Kind, bei Vater und Mutter unter dem Christbaum gefeiert.

Und in dieser Erinnerung zerrann der Zauber der feenhaften Welt, in der sie jetzt lebte, und es kam eine brennende Sehnsucht nach der verlorenen Heimat, nach den verlorenen Eltern über ihre Seele.

Holda und die „seligen Fräulein" waren längst weiter gegangen, Segen spendend in allen Häusern, in denen sie das Rad in zierlicher Ordnung und den Rocken voll feinen Flachs fanden.

Bärbeli aber lehnte noch immer an dem Fenster, die Stirn gegen die Scheiben gedrückt, während ihr selbst unbewußt heiße Thränen über die Wangen liefen und den harten Schnee auf dem Fenstersims thauten.

„O, wer noch einmal bei Euch sein könnte," seufzte sie, „mit Vater und Mutter unter dem Christbaum glücklich sein. — O, was ist doch alle Herrlichkeit von Holba's Paradies gegen ein warmes Menschenherz. So hatte sie doch Recht, die gütige, hohe Frau, als sie damals sagte: Ihr armen Erdenkinder könnt nicht lange ohne Euresgleichen sein. Ob sie mir wol zürnt wegen meiner Undankbarkeit?" sagte sie, sich erschrocken aufrichtend und nach Holba umschauend.

Diese wandelte eben mit ihrem Gefolge an den letzten Häusern der Straße hin, und Bärbeli eilte ihnen nach.

Nur im Vorbeihuschen gestattete sie sich einen Blick in die erleuchteten Fenster — überall dasselbe liebliche Bild.

Einige von den Gesichtern waren ihr unbekannt, aber die meisten weckten liebe Erinnerungen. Auch die Häuser und Scheunen waren größer als die ihres Heimatdörfchens, und das verwirrte sie wieder.

Aber da stand ja die kleine Kapelle mit dem runden Thürmchen und dem verwitterten Gnadenbilde davor; ein wenig rechts davon mußte, wenn ihre Ahnung richtig war, eine kleine, einsame Hütte stehen. Sie warf schnell den Blick hinüber.

Ja wirklich, da stand sie, und der Lindenbaum breitete seine kahlen Aeste über ihr kleines Dach, wie ein Greis die welken Arme segnend über sein Kind ausstreckt.

Sie stürzte mit einem Freudenschrei an das Fenster. Es war zwar nicht mehr ihre Heimat, wol mochten Fremde schon längst ihren Wohnsitz darin angeschlagen haben, aber in die Stube wollte sie schauen und die Augen an dem lieben, trauten Raume weiden.

Sie lehnte die Stirn an die gefrorenen Scheiben.

Der große, eichene Schrank stand noch wie ehemals, und das Himmelbett mit den blau und weiß gewürfelten Vorhängen auch, aber sonst sah es gar öde aus. Kein traulich Feuer knisterte im Kamin, kein Christbaum brannte auf dem Tisch; müde das Haupt in die Hand gestützt, saß ein einsamer, alternder Mann vor demselben, während ein schwaches Oellicht seinen Schimmer durch den kleinen Raum ergoß. Der Mann wandte Bärbeli den Rücken, sein Gesicht konnte sie nicht sehen, aber die Gestalt schien ihr wundersam bekannt; und daß er an diesem fröhlichen Abend so einsam und verlassen war, rührte sie tief. — Da legte sich eine leichte Hand auf Bärbeli's

Schulter — es war Holda, die ihren Gang beendet hatte und nun zu dem Mägdlein trat.

„Möchtest Du dem armen, einsamen Manne eine Freude machen?" fragte sie, „sein Weib ist ihm gestorben und sein Kind im Kriegsgetümmel verloren gegangen."

„Ach, wie gern," sagte Bärbeli freudig, „aber ich habe ja gar nichts!"

„Aber ich habe etwas aus meinem Garten für ihn mitgebracht, denn ich wußte es im Voraus!" sprach gütig Holda und wandte sich zurück zu ihrem Gefolge.

Da trat eins der „seligen Fräulein" hervor, in der Hand den wunder=schönsten Christbaum tragend, wie Bärbeli nie einen gesehen. Es war ein Zweig von dem Baume des Lebens; durch seine Blätter schlangen sich zier=liche goldene Kettchen, und auf den kleinen Aestchen wiegten sich Vöglein von purpurrothem und azurblauem Kryktall; statt der Wachskerzen waren kryktallene Sterne befestigt, und als Holda sie anhauchte, funkelten und leuchteten sie, wie die himmlischen Lichter und spiegelten sich tausendfach wieder im Glanz der durchsichtigen Blätter.

„Jetzt hat der arme, einsame Mann den schönsten Christbaum im Dorf," rief Bärbeli fröhlich, nahm das Bäumchen und öffnete die Haus=thür. — Unhörbar durchschritt sie den Hausflur und klopfte an die Stubenthür.

„Wer klopft?" fragte eine leise, traurige Stimme.

„Christkindlein will Einkehr bei Euch halten!" entgegnete Bärbeli in sanftem Ton, klinkte die Thür auf und trat, den strahlenden Baum vor=sichtig in beiden Händen tragend, zum Tisch.

Der Mann war erstaunt aufgestanden; seine Augen fielen erst auf den glänzenden Baum und dann auf das Mägdlein.

Auch Bärbeli schaute ihn an; in ihrem Kopfe kreuzten sich wunder=same Gedanken. Sie trat wie zögernd einige Schritte vor und ergriff lang=sam die beiden ausgestreckten Hände des Mannes, schaute ihm noch einige Augenblicke, fast wie erstarrt, ins bleiche Antlitz, und: — „Vater, Vater!" brach es jubelnd von ihren Lippen, und mit einem Strom von Freuden=thränen lag sie an des todtgeglaubten Vaters Brust.

„Du lebst, mein Vater, Du lebst!" klang es endlich nach einer langen Pause, und sie richtete sich auf und schaute unter seligen Thränen in die lieben, milden Augen, die sich so oft in ernster Güte über sie geneigt. „Ich bin nun nicht mehr allein auf Erden, ich habe ein Herz, dem ich angehöre — o wie glücklich bin ich!"

Und während sie ihrem glücklichen Herzen in Wort und Thränen Luft machte, bald des Vaters Gesicht, bald seine Hände mit Küssen bedeckend, stand Holda mit ihrem Gefolge noch immer draußen und schaute durch das kleine Fenster in die Stube, wo beim Glanz ihres Wunderbaums ein Weihnachtsfest gefeiert wurde, bei dem unsichtbar, aber dem Herzen vernehmlich die Engel ihren Lobgesang ertönen ließen:

„Friede auf Erden und den Menschen ein Wohlgefallen!"

Ueber Holda's edles Antlitz zog ein leiser Schatten von Wehmuth; ahnte sie in ihrer unsterblichen Größe und Erhabenheit vielleicht Etwas von dem Glück, das die Brust eines armen Sterblichen erfüllen kann?

„Unser Werk ist gethan," sprach sie zu ihren Begleiterinnen; „lebt wohl, ihr glücklichen Menschen!" — Segnend bewegte sie ihre Hand nach dem stillen Stübchen, und bald verschwand die glänzende Schar im Dunkel der Nacht.

Drinnen saß unterdessen Bärbeli zu des Vaters Füßen und ließ sich erzählen, wie er wie todt auf dem Schlachtfeld liegen geblieben, und wie nach dem Abzug des siegenden Heeres Mönche von dem nahen Kloster nach dem blutigen Kampfplatz geeilt seien, mit den Tröstungen der Religion den Sterbenden beizustehen und die Verwundeten mit sich zu nehmen und zu verpflegen. „So wurde auch ich," fuhr er fort, „in dem man noch einen Lebensfunken entdeckte, in das Kloster gebracht und unermüdlich gepflegt. Wochenlang schwankte ich zwischen Leben und Tod; endlich siegte meine gesunde Natur; ich genas und erreichte, mit Reisegeld von den guten Mönchen versehen, die Heimat. Aber ach, was fand ich hier! Mein Weib todt, mein Kind verschwunden, meine Hütte verwüstet, die übrigen Häuser niedergebrannt, und die Nachbarn theils erschlagen, theils geflüchtet. Tagelang war ich unter Todten und Trümmern allein, denn ich hatte gerade nach dem schrecklichen Ueberfall die Heimat erreicht. Fünf Jahre sind nun seit jener Zeit dahingegangen. Die Häuser sind neu erstanden und die Spuren dieses Unglücks verwischt; aber was todt ist, kehrt nicht mehr wieder, und so glaubte ich auch Dich, meine Bärbeli, auf Erden nimmer wieder zu schauen."

„Fünf Jahre, sagst Du, mein Vater?" unterbrach ihn Bärbeli. „So lange war ich in Frau Holda's schönem Paradiese, und glaubte doch, es seien nur höchstens eben so viel Wochen. Aber ach, ich vergaß in meinem Glück ja ganz, daß die gütige Frau draußen weilt!" rief sie erschrocken und eilte hinaus.

Doch Holda war verschwunden; wie sehr sie auch die Augen anstrengte, das Dunkel zu durchdringen, sie sah nichts — aber hoch über ihr,

den Bergen nahe, leuchtete ein rosenrothes Wölkchen durch die Nacht, lang=
sam immer höher sich hebend, und schimmerte zu ihr hernieder, wie Holda's
Festgewand.

„O, halte mich nicht für unbankbar!" flüsterte sie, dem Wölkchen
nachschauend; wehmüthig wollte sie in die Stube zurückkehren, da stieß ihr
Fuß im Flur an Etwas, das sie vorher bei der Eile des Hinausgehens
nicht bemerkt hatte.

Als dann auf ihren Ruf der Vater mit dem Licht erschien, sah sie, mit
welch reichen Weihnachtsgaben die gütige, liebreiche Holda ihrer gedacht.
Da standen dicht gedrängt viele Ballen des herrlichsten Linnens und zuletzt
eins jener wunderbaren Spinnräder, die Holda mitunter ihren Günstlingen
schenkt, auf denen der Rocken nie leer wird und der Faden der fleißigen
Spinnerin nie bricht.

„O, gütige, liebreiche Frau Holda, Du hältst mich also nicht für
unbankbar, da Du mich so reichlich beschenkst!" rief Bärbeli mit glücklichem
Lächeln, und sie trug ihre Schätze in die Stube unter den strahlenden
Christbaum. Dann öffnete sie den großen eichenen Schrank — ach, wie leer
war er und wie willkommen Holda's mütterliche Gabe!

„Ja, jetzt sehe ich, daß ich fünf Jahre fern gewesen sein muß," rief
Bärbeli lachend; „sieh nur, Väterchen, ich reiche ja mit der Hand bis ins
oberste Fach!"

Mit fröhlichem Antlitz packte sie nun ihre Schätze in die tiefen Fächer
des Schrankes und schilderte dabei dem aufhorchenden Vater die Herrlich=
keiten von Holda's Paradies.

„Und jetzt bin ich nun wieder auf Erden," schloß sie lächelnd, „und
weißt Du, wo jetzt mein Paradies ist, Väterchen? — Hier!"

Und damit warf sie sich in ihres Vaters Arme.

Ritter Erlafried sieht in der Weihnacht
das Geisterheer vorüberziehen.

Im Geisterheer.

n der heiligen Weihnacht verändert,
uralter Sage nach, die Natur ihren
Lauf und gestattet ihren unvernünfti-
gen Geschöpfen für kurze Zeit auf die
Stufe höher begabter Wesen zu treten.

Da wandelt sich das Wasser der
Brunnen in Wein, und in den Ställen
liegen die Thiere auf ihren Knieen,
ehrfurchtsvoll dem himmlischen Kinde
sich neigend, das einst in dieser Nacht herabstieg zur Erde, ihr Erlösung und
Seligkeit zu bringen. Dann weicht für eine kurze Stunde das Dunkel, das

auf dem Seelenleben diefer Gefchöpfe liegt, fie fchauen in die Zukunft und
reden von den kommenden Ereigniffen in der Sprache der Menfchen.

In einer folchen heiligen Weihnacht vor vielen Jahrhunderten fchritt
Ritter Erlafried den fchmalen Felfenpfad hinab, der von der ftolzen Ritterburg hinunterführte in das Thalgelände, das fie fchied von dem Rhein-
ftrom, über dem fein eigenes heimatliches Schloß auf hohem Felfen ragte.
Auf der Hälfte des Wegs blieb er ftehen, hob das bisher tief geneigte
Haupt und wandte das Antlitz zurück auf die verlaffene Burg. Aus allen
Fenftern brach fröhlicher Weihnachtsglanz und drin ging es noch glänzender
und fröhlicher her, aber keiner von all den vornehmen Gäften dachte fein
und feines jungen Leides.

Seine Augen hingen mit dem Ausdruck tiefften Seelenfchmerzes an
der hellerleuchteten Burg, dann riß er fie plötzlich los, fchlug den Mantel
feft um fich und fchritt thalwärts dem großen Eichenforfte zu, über deffen
entblätterten Kronen das Mondlicht feine geifterhaften Schleier hing,
während ein großer Raubvogel ftumm über dem winterlichen Walde kreifte.

Der junge Erlafried war ein tapfrer, angefehener Ritter der Nachbar-
fchaft und der treufte Freund des Grafen Ottmar, der einft hier oben in
der feftlich glänzenden Burg gelebt und geherrfcht. Vor Jahren hatte der
Graf feiner Väter Schloß und feine fchöne, junge Gemahlin, die Gräfin
Beatrix, verlaffen, um an dem Kampfe um das heilige Land Theil zu
nehmen, und war nicht wiedergekehrt.

Hatte das Schwert der Sarazenen oder die Schreckniffe des Wüften-
zuges ihn dahingerafft — man wußte es nicht — denn nie war eine
Kunde von ihm, weder durch heimkehrende Kreuzritter noch durch wandernde
Pilger, in feine Heimat gebracht worden, und endlich hatte die fchöne
Beatrix dem Drängen ihrer zahlreichen Freier nachgegeben und an diefem
Weihnachtsabend aus ihrer Mitte den neuen Bräutigam erkoren. Die fünf
Jahre, die ihr Gemahl von ihr gefordert, in Treuen feiner zu harren,
waren verfloffen, und die fo lange herrenlofen Befitzungen bedurften dringend
eines neuen Herrn.

Erlafried aber, der die fchöne Beatrix fchon geliebt, noch ehe fie die
Gemahlin feines Freundes geworden, und der nur aus Freundfchaft für
diefen zurückgetreten war, fah fich jetzt zum andern Mal in feinen Jugend-
träumen getäufcht. Sein Mund hatte nie vor der fo heiß geliebten Frau
feine Wünfche kund gethan, aber fie hätte fie wol in feinen Augen lefen
können, wenn fie fonft gewollt — doch fie that es nicht; fie wählte aus
dem Schwarm mächtiger Freier, der fie, wie einft Griechenlands Fürften die
fchöne Penelope, umdrängte, einen reichen, ftattlichen Ritter, und während

man oben jubelte und zechte und den Neuverlobten fröhliche Trinksprüche
zusang, hatte sich Erlafried unbemerkt davon geschlichen, war den Felsenpfad
hinab geschritten und betrat nun den entblätterten Forst mit seinen tief
verschneiten, vielfach sich kreuzenden Pfaden. Er schritt, kaum des Weges
achtend, zwischen den hochragenden Stämmen dahin; über ihm wölbte sich
ein tiefblauer, sternenklarer Winterhimmel, der Mondstrahl fand seinen
Weg durch die entlaubten Kronen und spielte glitzernd auf dem Schnee des
Bodens; mitunter strich der Nachtwind leicht durch die Zweige, daß der
Schnee lautlos von ihnen hinabrieselte auf das gesenkte Haupt des stummen,
einsamen Wanderers.

Nun war der Forst durchschritten; vor ihm lag das schlummernde
Thal und jenseits, von den Wogen des Rheins umspült, der Felsen, der
Erlafried's Ahnenburg trug. Der junge Ritter stand einen Augenblick still
und schaute über das schneebedeckte Thal, aus dessen Mitte der schlanke
Thurm eines Kirchleins empor ragte. — Klangen die Glocken von dorther
zum Gedächtniß der heiligen Nacht, oder feierte der greise Priester drinnen
die mitternächtige Hora? In leisen, süßen Klangeswellen kam es über die
schlummernde Ebene und verlor sich hinsterbend in dem stillen Walde.

Und abermals rauschte es daher, süßer, voller, herzbezwingender, daß
Erlafried aus seiner Schmerzversunkenheit erwachte, das Haupt vorneigte
und sehnsuchtsvoll lauschte. Waren es die himmlischen Heerscharen, die
unsichtbar vom Himmel herniederschwebten, der schlummernden Erde noch
einmal die Friedensbotschaft zu verkünden?

Gewiß, gewiß, sie mußten es sein! Nahten die Himmlischen nicht
immer von Wolken getragen?

Dort von seinen heimatlichen Bergen kam es wie eine Wolke daher
gezogen, füllte mit seinen Nebelschleiern das ganze Thal und verhüllte selbst
das Kirchlein mit seinem goldblinkenden Kreuze. Und aus den flatternden
Nebelstreifen hervor erbrauste das herrliche Lied, das wie sonnenwarme
Wogen um die Brust des jungen Ritters flutete und mit seinen Zauber-
klängen das Leid der letzten Stunden von seiner Seele nahm.

Er hatte die Hände gefaltet und schaute gläubigen Auges der heran-
nahenden Nebelwolke entgegen; sein frommer Sinn meinte schon das
Rauschen der Engelsfittiche zu vernehmen. Nun zog sie langsam an ihm
vorüber. Dicht und greifbar nahe sah er sie dahinschweben — aber an ihrer
Spitze nicht den Erzengel mit der himmlischen Posaune und der Friedens-
palme in der Rechten, sondern hoch zu Rosse einen stattlichen Reitersmann,
mit flatterndem Mantel über der schimmernden Rüstung und mit sternbe-
setztem Schilde am Arm. Und dicht um ihn gedrängt und ihm folgend in

unabſehbarer Schar, Ritter um Ritter in langem, zahlloſem, weitgedehntem
Zuge. Die Roſſe wieherten nicht, mit unhörbarem Huffchlag zogen ſie
vorüber, nebelhaft und ungreifbar wie ihre ſtummen Reiter.

Der Mond ſchien tageshell und ſein Strahl drang ungehindert durch
Körper und Rüſtung, die hohen Standarten flatterten im Nachtwind, aber
man hörte kein Rauſchen, und kein Schatten der wehenden Banner fiel auf
den flimmernden Schnee. Erlafried hatte die Hände wie zum Gebet gefaltet
und ſtarrte wortlos auf den geiſterhaften Zug — den er nun wol errieth.

War es doch die erſte der zwölf heiligen Nächte, in denen die Schranke
zwiſchen dem Dieſſeits und dem Jenſeits fällt, und in welcher das Geiſter=
heer durch die Lüfte zieht, Nacht für Nacht dem Kampfplatz im fernen
Morgenlande zueilend, um den Streit noch ein Mal zu erneuen, in welchem
der Tod es vor Zeiten unterbrochen.

So zogen ſie dahin, die gefallenen und doch unbeſiegten Scharen,
und Erlafried erkannte manch ſtrahlenden Wappenſchild und manch
edeln Kämpfer, der mit klaffender Wunde emporgeſtiegen aus dem Grab=
gewölbe, als der Huf ſeines Roſſes daran gepocht, ihn abzuholen zum Ritt
mit dem Geiſterheer.

Langſam ſchienen ſie dahin zu ziehen und doch ging es auf den Flügeln
des Nachtwindes; ſie waren vorüber und ſchienen wieder nur ein Wolken=
ſchatten, der in der Ferne verſchwebte, — da kam noch ein einzelner
Knappe dahergeritten und führte neben ſich ein wohlgeſattelt aber reiter=
loſes Pferd. — Der Ritter ſchaute dem Nahenden entgegen und erkannte
ſeinen eigenen Lieblingsdiener, der ihm vor wenig Monden geſtorben war.

„Biſt Du's wirklich, Hans, oder täuſchen mich meine Sinne?" fragte
er ungewiß.

„Nein, Junker Erlafried," ſagte der Knappe, ſein Roß zügelnd, „ich
bin's wirklich, Hans, Euer einſtiger, getreuer Knecht."

„Und ziehſt Du nun mit dem Geiſterheer nach Jeruſalem, wovon Du
mir in meinen Knabenjahren ſo oft erzählt, um dort mit den Geiſtern der
gefallenen Ungläubigen um das Grab des Erlöſers zu kämpfen?"

„So iſt es, Junker Erlafried," entgegnete der Knappe; „und wenn
es Euch noch wie damals gelüſtet, jene heiligen Stätten zu ſchauen, ſo be=
ſteigt furchtlos das Roß, das ich ledig an meiner Hand führe — Ihr ſollt
gefahrlos hingelangen und wieder vor dem Thore Eurer Burg ſein, bevor
der erſte Hahnenſchrei den Morgen kündet."

„Es gilt, Hans," ſagte der Ritter; „Du haſt im Leben ſtets die
Wahrheit geredet, da wirſt Du — ein Gaſt jener Welt — mich nicht
täuſchen wollen!" Im Nu ſaß er in dem ledigen Sattel, und das Geiſter=

roß trug ihn sicher und fuhr mit ihm in einer Schnelligkeit dahin,
wie der Fittich des Sturmes.

So eilte er an des Knappen Seite dem Nebelheere nach, dessen Zauber=
lied schon in weiter Ferne verhallte; aber schnell hatten sie den Zug wieder
erreicht und schwebten nun mit ihm hoch über dem Erdboden dahin.

Erlafried wandte umschauend das Haupt: hinter ihm war der Forst
und das Thal mit dem Kirchlein längst schon im nächtlichen Nebel ver=
sunken, und kaum erkannte er in fernverschwimmender Linie den Strom,
der das Schloß seiner Väter umbrauste.

Andere Höhen tauchten vor ihnen auf und glitten vorüber wie nächt=
liche Schatten. — Ueber Deutschlands Grenze zogen sie fort und schwebten
nun hoch über den goldblinkenden Palästen Griechenlands und seinen Zauber=
gärten. Nun blieb das Abendland hinter ihnen — sie waren im Reich des
Morgens. Heller strahlten die Sterne dieses Himmels und der strenge
Winterhauch, der sie noch vor Kurzem umschauert, hatte sich in warme
Lenzesnacht verwandelt.

Erlafried neigte sich weit vor über den Hals des Geisterrosses und
forschte hinab auf die mondbeglänzte Landschaft unter ihm — hier war
jeder Fuß breit Landes heilig. Sie schwebten über den blutgetränkten Auen
Kleinasiens, unter deren Rasen unzählbare Scharen schliefen, die hier im
Kampf um das Palladium ihres Glaubens den Heldentod gefunden.

Nun ging es südwärts dem gelobten Lande zu. Schon rauschten unter
ihnen die Cedern des Libanon, und Erlafried war es, als schwebten durch
ihre wiegenden Kronen noch immer die Harfenklänge des Hohen Liedes —
er vergaß Alles um sich her, und seine Seele lag in seinen Augen, als er so,
das Antlitz erdenwärts geneigt, auf Palästina's Fluren niederblickte.

Dort, südlicher noch, glänzte der See Genezareth, an dem der Erlöser
gelehrt und seine Sendung bekräftigt durch mitfolgende Zeichen und Wunder.

Westwärts aber, mit seinem äußersten Felsenriff hineinragend in die
Fluten des Mittelmeers, schimmerten die Höhen des Karmel — er erkannte
sie alle, alle, nach der Schilderung des frommen Pilgers, der wochenlang
im Schlosse seiner Väter geweilt und dem lauschenden Knaben von den
Wundern des heiligen Landes erzählt hatte. — Jetzt schwebten sie über
dem Gebirge Ephraim in dem Lande Samaria, das sie noch schied von Judäa
und seiner Hauptstadt — dem Ziel ihrer nächtlichen Reise.

Nun lag nur noch ein Höhenzug zwischen ihnen und der heiligen
Stadt und deckte ihre Mauern und die Kirche mit dem Grab des Erlösers,
aber südlich schimmerte Bethlehem aus der schlummernden Ebene hell zu
ihnen herauf, und Erlafried erfaßte ein frommes Sehnen, an der Stelle

8*

sein Knie zu beugen, wo einst die armen Hirten und die Weisen des Morgenlandes ihr Gebet verrichtet hatten.

„Hans," sagte er plötzlich in dringender Bitte, „wenn noch eine Erinnerung an Deine irdische Treue und Liebe zu mir in Dir wohnt, so
bringe mich hinab gen Bethlehem — es verlangt mich in dieser heiligen
Nacht mehr nach den Gefilden des Friedens als des Kampfes."

„Wohl, Junker Erlafried, Eure Bitte soll erfüllt werden!" sprach der
geisterhafte Knappe, ergriff den Zügel von Erlafried's Roß und zwang es,
erdenwärts zu schweben. Nun stand es auf dem heiligen Boden und der
Ritter schwang sich aus dem Sattel.

„Glück auf den Weg, Junker," grüßte der getreue Diener, „und denkt
auch meiner armen Seele in Euerem Gebete. In zweien Stunden aber
kehren wir zurück und dann seid hier bereit zur Heimreise!"

Damit erhob er sich auf seinem Rosse wieder in die Lüfte und führte
auch das Geisterpferd, das den Ritter getragen, mit sich fort; dieser aber
schlug seinen Mantel wieder fest um sich und wandte dann seinen Fuß der
heiligen Stätte zu. Ueber die Brüstung einer hohen Mauer, die neben
seinem Wege sich hinzog, ragten hohe Palmen und neigten sich blühende
Akazien, und der sanfte Hauch der Nacht trug den Duft der Myrrhen und
der Rosen von Saron an das Antlitz des einsamen Wanderers.

Der Frieden der heiligen Nacht lag rings über Berg und Thal. In
der Ebene seitwärts ruhte wiederum eine Herde in ihren Hürden, und die
Hirten lehnten schlaftrunken unter den Oelbäumen, deren Schatten vereinzelt
auf der mondhellen Ebene schwankten. — Es mochte wol dasselbe Bild
sein, das es in jener Nacht gewesen war, als die himmlischen Heerscharen
herniederschwebten, der kampfesmüden Menschheit die Geburt des Friedens-
fürsten zu verkünden.

Auf der Landstraße hinschreitend, hatte Erlafried bald den Flecken erreicht und wandelte nun zwischen den wenigen armseligen Häusern hin, der
Kirche zu, die in prachtvollem Bau über der Stätte sich wölbte, welche
fromme Sage als die Stelle jenes gebenedeiten Stalles bezeichnete.

Er trat ein in die hohe Wölbung, nahm das Baret vom Haupte und
grüßte mit Rührung den hehren Raum, der einst den ersten Athemzug des
heiligen Kindes empfangen haben sollte. Hunderte von Flämmchen brannten
ringsum an den Wänden in silbernen Schalen, und schlaftrunken ob der
späten Stunde schlichen die Diener der verschiedenen Konfessionen umher,
ihres Amtes an den geweihten Lampen zu warten.

Die Gläubigen hatten längst ihre Andacht verrichtet und schlummerten
daheim in Frieden oder Sorgen, denn die Kirche war leer, und hallend gab

das Echo Erlafried's Schritte zurück. Er näherte sich der Grotte, die den Raum umschließt, in dem die Krippe gestanden haben soll; — da, als er in frommer Andacht niederkniete, sah er, daß er doch nicht der einzige Andächtige sei. Mit dem Antlitz den Boden fast berührend, lag dort eine stattliche Männergestalt, fast ganz verhüllt von dem weiten morgenländischen Gewand, aber ein Christenherz schien sich unter dem Türkenkleide zu bergen, und ein deutsches dazu, denn Erlafried hörte ein heißes Gebet um Hülfe und Rettung hinaufsteigen in deutscher Sprache zu demselben Gotte, den auch er verehrte.

Der junge Ritter vergaß der eigenen Andacht, so ergriffen ihn diese heißen Seufzer um Rettung aus Gefangenschaft, Zweifel und Versuchung, aus denen der Schmerz eines edeln und doch schier verzagenden Herzens sprach. Und als der Beter sein „Amen" sprach und sich emporrichtete, da schaute Erlafried mit einem Blick wärmster Theilnahme empor zu den Zügen, die sich ihm nun enthüllen mußten.

Der Fremde stand hoch aufgerichtet und strich gedankenvoll die langen Locken zurück, die ihm beim Beten über das Antlitz gefallen.

Die Lampe oben über der Grotte warf ihren Schein hell auf seine Züge, und trotz der Jahre voll Leid und Kummer, die über ihnen dahingezogen waren, erkannte Erlafried doch sogleich den, an dem seine Seele immer noch mit der alten Jugendfreundschaft hing — Ottmar, den todtgeglaubten Gemahl der schönen Beatrix.

Mit einem Freudenschrei, den selbst die Heiligkeit des Ortes und die Nähe der dienenden Priester nicht ganz zu unterdrücken vermochte, stürzte er an des Grafen Brust, der, den Freund gleichfalls wiedererkennend, in leidenschaftlicher Bewegung ihn an sich drückte. Die dienenden Mönche rieben sich die schlaftrunkenen Augen und kamen herbei zu sehen, was sich hier ereignet; da gedachte Graf Ottmar der Gefahr seiner Lage und flüsterte seinem Freunde zu, still mit ihm die Kirche zu verlassen.

So geschah es. Aber als die heiligen Pforten sich hinter ihnen geschlossen, ergriff der Graf des Freundes Arm, und indem er mit ihm die Straße zwischen den schlummernden Häusern hinabwandelte, forschte er athemlos nach Kunde aus der Heimat und nach Beatrix, seiner geliebten Gattin. Und Erlafried meldete ihm zögernd, daß sie, an seiner Wiederkehr verzweifelnd, vor wenigen Stunden einen Ritter erkoren, der an Ottmar's Stelle ihr Gemahl sein solle.

„So ist es zu spät," rief der Graf in heißem Schmerz. „Bis sie den Bund unauflöslich geschlossen, kann ich die Heimat nicht erreichen. Beatrix ist mir verloren und mit ihr all mein Glück!"

t Bethlehems Hütten hinter sich; vor ihnen lag wieder
chlummernden Herden, und neben ihnen erhob sich die
ben Palmen und den blühenden, tief niederhängenden
sich am Fuße der Mauer nieder, von dem vorsprin=
es ihrer Thürmchen verdeckt, und Erlafried erzählte
ᵥᵥₐₑₙ, daß nie eine Kunde von ihm in die Heimat gedrungen, so
daß Beatrix und alle seine Freunde ihn als todt betrauert hätten.

„Ach, schlimmer als der Tod war mein Los," klagte der Graf, „denn
es führte mich in die Sklaverei eines reichen, grausamen Muselmannes,
der mich zu härtester Arbeit verurtheilte. Da sah mich einst die schöne
Fatime, die einzige Tochter meines harten Gebieters, und in holder Theil=
nahme erbat sie für mich ein milderes Los.

So wurde mir die Aufsicht der prachtvollen Gärten anvertraut und
ich erhielt an Stelle des engen Breterverschlages ein freundlich Hüttlein,
umschattet von dunkeln Sykomoren. In Treue und Fleiß habe ich meines
Amtes gewartet und in warmer Dankbarkeit die Gemächer der edeln jungen
Herrin alltäglich geschmückt mit den schönsten Blumen der weiten Gärten,
während sie in holder Güte ihren Dienerinnen anbefahl, für meine Be=
dürfnisse zu sorgen.

Gestern nun, als ich Abends nach gethaner Arbeit in meinem Häus=
chen sitze, das letzte Sonnengold in mein Zimmer bringt und ich der Hei=
mat sehnsuchtsvoller gedenke als je, da rauscht es plötzlich hinter mir, und
als ich mich wende, steht vor mir die holde Fatime; sie hob ihren Schleier
und ließ mich in ihr wunderherrliches, thränenüberströmtes Antlitz schauen.

„Was fehlt meiner hohen Herrin?" fragte ich sie erschrocken; „wenn
mein schwacher Arm ihr helfen kann, so möge sie fordern — mein Leben
steht ihr zu Diensten."

Da erzählte sie mir, daß ihr Vater sie einem reichen, alten Fürsten
zur Gattin bestimmt habe, die Vorbereitungen schon getroffen seien und
der verhaßte Bräutigam in den nächsten Tagen erwartet werde, sie als
Gattin heimzuführen. Sie aber sei entschlossen, das nimmer zu dulden!
Sie habe ihre Schätze zusammengerafft, ihre Diener bestochen, — und
nun hoffe sie auf meine Treue und Ergebenheit, daß ich sie dem Lose ent=
ziehe, mit dem ihr grausamer Vater sie bedrohe und mit ihr in meine
Heimat fliehe, wo sie mir eine dankbare und zärtliche Gattin werden wolle.

Ihre Schönheit und ihr unschuldsvolles Vertrauen rührten mich fast
eben so tief als ihre Thränen; aber ich gedachte, daß ich ein christlicher
Ritter sei, und verhehlte ihr nicht, daß in meiner Heimat ein theueres Weib
mir lebe, dem ich Treue und Liebe nimmer brechen könne.

„Ei, das sollst Du auch nicht," lächelte sie unschuldig. „Du magst
sie eben so lieb behalten — hat doch mein Vater mehr als fünf Frauen."

Ich sagte ihr, daß mein Glaube es anders fordere, und sie verließ
mich tief betrübt und nachdenkend. Aber heut Abend schlüpfte sie auf
ihrem Spaziergang wieder in meine Hütte, während ihre Dienerinnen
draußen Wache hielten, und lächelnd hob sie ihren Schleier.

„Sieh', das Hinderniß ist beseitigt," sagte sie fröhlich; „ich weiß, daß
es doch etwas Anderes war, als was Du mir gesagt. Ich bin Christin
geworden. Heute in früher Morgenstunde bin ich hinabgegangen in Deine
Kirche, und ein alter Mönch hat mich mit dem heiligen Wasser gesegnet
an Stirn, Lippen und Brust. Und damit Du mich ebenso lieb haben kön=
nest wie Deine andere Gattin, und nichts Dich an die Fremde erinnere, hat
er mir auf meinen Wunsch den Namen „Beatrix" gegeben — willst Du
mich nun mit in Deine Heimat nehmen?"

Sie sah so schön, so rein und unschuldsvoll aus, daß ich's nicht über
mein Herz brachte, ihr holdes Vertrauen zu täuschen.

„O Herrin", seufzte ich, „hättest Du mich lieber sterben lassen in
meinem Jammer, als daß Du mich nun in einen so schmerzlichen Kampf
zwischen Pflicht und Dankbarkeit verstrickst — doch Du verstehst mich nicht!"

Nein, sie verstand mich wirklich nicht; sie hielt meine Worte für eine
Einwilligung und ihre schönen Augen strahlten vor Freude.

„Nun ist Alles gut!" sagte sie fröhlich wie ein Kind. „Aber eilen
müssen wir, denn in zwei Tagen kommt der alte Fürst, und Mustapha,
meines Vaters Hausmeister, hat scharfe Augen. Wir dürfen nicht zögern.
Am morgenden Tage will ich meine letzten Vorbereitungen treffen und in
der folgenden Nacht sollen zwei von meines Vaters besten Rossen an dem
verborgenen Gartenpförtchen halten. Wenn am nächsten Abend der Mond
aufgeht, so stecke diese kleine weiße Fahne auf das Dach Deiner Hütte;
wenn ich sie flattern sehe, weiß ich, daß Du bereit bist. Ich komme dann
hierher und Du führst mich auf dem kürzesten Wege zu der verborgenen
Pforte. Wir nehmen unsern Weg nach Westen, dem Meere zu, wo uns
ein Schiff erwartet — Du siehst, ich habe Alles wohl bedacht — und dann
sind wir gerettet. Nun lebe wohl bis morgen!"

Sie verschwand und ließ mich in einem Meer von Schmerz, Zweifel
und Selbstvorwürfen. Ich konnte nicht schlafen, verließ noch in später
Nachtstunde mein Hüttlein und eilte nach der Kirche, dort mein kummer=
beladenes Herz auszuschütten und um einen Lichtstrahl in dieser Dunkelheit
zu flehen. Und wie ich Dich hier unerwartet finde, Du mein liebster Freund,
da geschieht es nur, um gleich darauf meine Seele in noch größeren

Jammer versenkt zu sehen — o Beatrix!" — Er senkte den Kopf in die
Hände und schwieg. Erlafried aber war fröhlich wie nie, denn er hatte den
Lichtstrahl gefunden, nach dem Ottmar vergeblich ausgeschaut.

„Höre mich, mein Freund!" sagte er eifrig, „Du sollst gerettet werden
und die holde Fatime gleichfalls! Das Geisterheer, das mich in dieser Nacht
aus dem Heimatlande hierher getragen, wird in Kurzem hier sein, mich
zurück zu bringen vor die Thore meiner Burg. Du sollst meine Stelle ein=
nehmen und mir die Deine hier überlassen — meine Ritterehre verpfände
ich Dir, daß ich die holde Fatime retten will."

Der Graf schaute erstaunt auf.

„Das wolltest Du, Erlafried? Und wähnst Du, daß keine Gefahr
dabei sei, wenn Du erkannt wirst?"

„Sorge nicht!" entgegnete Erlafried fröhlich, „unsere Gestalt ist die
nämliche, das Uebrige müssen Deine Gewänder und meine Vorsicht und
Geistesgegenwart thun. Nun aber unterweise mich, was ich zu thun habe,
und beschreibe mir Dein Häuschen und den Weg dahin."

Da gab ihm der Graf mit genauem Worte Bescheid über Alles und
führte ihn an der Mauer entlang bis zu dem verborgenen Pförtchen, zu
dem er ihm den Schlüssel reichte, und kaum hielt Erlafried ihn in der
Hand, als das wundersame, herzbethörende Lied aus der Ferne erklang
und er leise sagte: „Sie nahen!"

Die Freunde schauten nordwärts.

Da schwebte von den Gefilden der heiligen Stadt heran die Geister=
schar, umwallt von nächtlichen Nebelschleiern. Nun senkten sie sich erden=
wärts, und unhörbaren Hufes, nur umrauscht von den überirdischen Liebes=
tönen, zogen sie an den ehrfurchtsvoll schweigenden Freunden vorüber.

Der Kampf war wiederum gekämpft worden, die Wunden klafften wie
ehedem, die Banner wehten lautlos und kein Herzschlag pochte. So zogen
sie vorüber — greifbar nahe und doch ewig unfaßbar!

Der Letzte im Zuge war wieder der geisterhafte Knappe, mit dem ge=
sattelten, reiterlosen Roß an der Hand; er hielt vor seinem ehemaligen
Herrn und dieser, Graf Ottmar's Hand ergreifend, trat dicht an ihn heran.

„Höre, Hans," sagte Erlafried bittend, „erweise mir die Liebe, diesen
meinen Freund, den Dir wohlbekannten tapfern Grafen Ottmar an meiner
Statt mitzunehmen; und wenn Ihr morgen Nacht wiederkehrt, alsbann
nimm mich selbst mit Dir zurück in meine Heimat — willst Du?"

„Es soll geschehen, Herr," erwiederte der Knappe; „doch seid zu rech=
ter Stunde zur Stelle!"

„Lebe wohl, Ottmar!" sagte Erlafried.

„Tausend Dank, Du treuer Freund!" grüßte der Graf zurück. Dann schwang er sich in den Sattel, die Geisterrosse erhoben sich, eine kurze Minute noch sah Erlafried die Beiden über die mondbeglänzten Fluren Kanaans dahinziehen, eine Minute noch hallte das zauberfüße Lied durch die Lüfte — dann war Alles verschwunden, und er stand allein in fremdem, feindlichem Lande.

Aber er fühlte weder Reue noch Furcht; seine Seele jauchzte bei dem Gedanken, daß er den theuern Freund der Freiheit, der Heimat und der geliebten Gattin wiedergegeben, und das gebrachte Opfer dünkte ihm nur eine fromme Sühne für die unbewußte Schuld, mit der er sein Auge zu Beatrix erhoben hatte. Sein Leid, vor wenig Stunden noch todesbitter, war jetzt beendet — Beatrix war für ihn zwar immer noch die schönste und lieblichste der Frauen, aber zwischen ihr und seinen Wünschen lag jetzt eine unausfüllbare Kluft. — Er steckte vorsichtig den großen Schlüssel in die von den überhängenden Zweigen fast ganz verdeckte Thür, öffnete sie und trat nun in den Garten.

Schnell hatte er den nahen Laubgang erspäht, der zu dem versteckten Hüttlein führte und noch schneller dessen Ende erreicht.

Zwischen ihm und dem Sykomorengebüsch lag eine schattenlose Fläche; Blumen von den Fluren Sarons wiegten dort schlummerstill ihre duftenden Kelche und das Mondlicht übergoß sie wie mit einem Silbernebel. Leise nur plätscherten die Springbrunnen in den Myrthengebüschen — es ruhte und träumte die ganze Natur.

Erlafried's Blick glitt prüfend umher, dann durcheilte er auf flüch= tiger Sohle die schimmernde Aue und erreichte ungefährdet den Schatten der Sykomoren. Der Schlüssel unter der Schwelle öffnete die kunstlose Thür und der hölzerne Riegel innen verwahrte sie wieder. Dann, geleitet von der Beschreibung des Freundes, tastete Erlafried sich an der Wand hin und erreichte das Ruhebett, und obgleich er fest entschlossen war, den nahenden Tag wachend zu begrüßen, so umfing ihn doch bald tiefer Schlummer, und liebliche Traumbilder umgaukelten das harte Lager im fernen Morgenland.

Der Morgen hatte längst mit goldenem Finger an das Fenster des Hüttleins gepocht, aber Erlafried's Auge hatte er nicht zu öffnen vermocht; erst als der heiße Strahl des Mittags über dem Garten schwebte, erwachte er und erhob sich, zu allererst sein Kleid mit einem der langen, faltenreichen Gewänder des Morgenlandes zu tauschen, deren mehrere an einem Pflock der Mauer hingen.

Es war die höchste Zeit.

Kaum war nach dieser Wandlung das Haupt unter einer tief in die Stirn fallenden Kapuze verborgen, als ein Finger an die Thür pochte.

Erlafried schwankte einen Augenblick, dann aber dachte er, es werde Botschaft von Fatime sein, und ging an die Thür.

„Wer pocht?" fragte er in der wohllautenden Sprache Italiens, von der ihm Graf Ottmar gesagt, daß es die Muttersprache Franzeska's, der vertrauten Sklavin Fatime's sei, und sogleich tönte es in denselben melodischen Lauten zurück: „Was fragt Ihr noch, Ritter? Wißt Ihr doch, daß es die Stunde ist, in welcher meine Herrin Euch Erfrischungen sendet. — Oeffnet geschwind, ich habe Euch viel zu künden!"

„Jetzt, gütige Vorsehung, verlaß mich nicht!" flüsterte Erlafried und öffnete die Thür, durch welche Franzeska, einen Korb im Arme tragend, hineinschlüpfte.

Ohne den Ritter zu beachten, ging sie an den einfachen Tisch und ordnete zierlich die Speisen, während Erlafried sich abwandte und unter den Gartengeräthen im Winkel des Zimmerchens Etwas zu suchen schien.

„So, Herr Ritter," sagte Franzeska heiter, „nun leiht mir Euer Ohr! Meine Gebieterin fragt, ob Ihr treulich Eueres Wortes und Ihrer Bitten eingedenk sein und das Fähnlein heut bei Mondenaufgang auf Euerem Hüttlein flattern lassen wollet?"

„Wohl, Signora," entgegnete der junge Ritter, bemüht, des Grafen Stimme anzunehmen; „sagt Euerer Herrin, sie würde mein Herz und meinen Arm zu jeder Stunde bereit finden; die Flagge aber wird in einer späteren Nachtstunde wehen und für die Rosse, die uns von bannen führen sollen, würde ich selber sorgen! Aber damit ich weiß, ob meine holde Herrin mit dieser Aenderung einverstanden, so bittet sie in meinem Namen, sich in einer Stunde am Fenster ihres Pavillons zu zeigen, was mir als Zeichen ihres Beifalls gelten werde. Wenn sie dann um Mitternacht das Fähnlein erblickt, so weiß sie, daß ihr getreuer Diener sehnlich ihrer Ankunft harrt."

„Gut!" sagte die Sklavin ahnungslos, „ich werde Euern Bescheid ausrichten. Lebt wohl, Herr Ritter!"

„Gott schütze Euch, Signora!" sagte Erlafried, das Antlitz über seine Arbeit geneigt.

Dann genoß er, was Fatime's gütige Hand ihm gesendet, ordnete noch einmal die Falten des fremden Gewandes, zog die Kapuze tiefer noch ins Gesicht und trat hinaus.

Vor ihm im Glanz der morgenländischen Sonne wogte duftberauschend die Blumenaue, die er schlummernd in der vergangenen Nacht geschaut. Der Strahl der Springbrunnen, in den Sonnenstrahlen schimmernd wie

Erlafried schaut Fatime.

tausend in einander kreisende Regenbogen, stieg hoch in die Lüfte und rauschte
tönend niederwärts. Jenseits aber leuchtete durch die flimmernde Farben=
pracht die goldene Kuppel des offenen Sommerhäuschens, in dem Fatime
die heißen Stunden des Tages zu verträumen pflegte.

Erlafried's Herz klopfte heftig; er hielt sich sorglich im Schatten der
Myrthengebüsche und mied vorsichtig die sonnbeschienenen Wege, denn nicht
allzufern strahlten die Zinnen des Palastes, und dort, auf Pfaden von
Silbersand, lustwandelten, unter dem Schutze riesiger schwarzer Wächter,
die Gemahlinnen von Fatime's grausamem Vater. In dieser Zeit aber in
der Nähe des Gartens zu weilen war bei Todesstrafe verboten.

Aber Erlafried's Sehnsucht, die schöne, holde Fatime zu schauen und
ein Zeichen zu empfangen, ob sie ihm und seinem Plan vertraue, überwog
die Sorge um Entdeckung.

Vorsichtig schlich er näher. — Jetzt, von dem Schatten einer riesigen
Platane ganz verborgen, stand er dem Pavillon so nahe, daß seinem scharfen
Auge kein Zug entgehen konnte, aber noch war der blumenumkränzte
Fensterbogen leer. Da — da — Erlafried wagte kaum zu athmen —
da glitt ein Schatten durch die hohe Wölbung, nun trat die Ersehnte in
die offene Brüstung und der junge Ritter schaute ein Antlitz von einer
Schönheit, wie er sie auf Erden nimmer geträumt.

Haare, dunkel und glänzend wie Ebenholz, flossen lang gelöst herab
und umhüllten die zarte Gestalt gleich einem Mantel von nachtschwarzem
Sammt. Die schneeweiße Stirn umschloß eine Schnur ächter Perlen und
unter ihnen hervor blickte ihm ein Augenpaar entgegen, dessen Zauber
seine Seele für immer gefangen nahm.

Sie sah ihn wohl, trotz der schattenden Platanen, aber sie kannte auch
die Gefahr der Entdeckung. Darum wagte sie kein Zeichen, das ein Späher=
auge erhaschen konnte; nur wie in träumerischem Spiel hob sie den weißen,
spangengeschmückten Arm und deutete damit westwärts — sie hatten sich
verstanden, und Erlafried hätte in seinem Entzücken fast der nahen Gefahr
vergessen. Er legte seine Hand aufs Herz, als Zeichen, daß seine Treue
ihr gehöre, neigte sich und verschwand dann schnell im Schatten der Gebüsche;
bald darauf schloß er wieder sorglich die Thür seines Hüttleins und kürzte
sich den zögernden Lauf der Stunden mit Träumen einer schöneren Zukunft.

Wie langsam schlich die Sonne diesmal ihre Bahn, wie zögernd stieg
der Mond herauf . . . endlich, endlich nahte die Mitternacht.

Jetzt wußte Erlafried das Geisterheer vor den Mauern der heiligen
Stadt; noch eine Stunde und es kehrte zurück. — Nun war es Zeit! Er
stieg die Leiter hinan zu dem Palmendach seiner Hütte und wenig Minuten

später flatterte das Fähnlein und schimmerte im Mondlicht hell durch die dunkelblätterigen Sykomoren. Er spähte von seiner Höhe angestrengt durch die Laubkronen hinaus und lauschte auf den leicht knirschenden Schritt zarter Füße. Da nahten zwei Gestalten. Eilig glitten sie über die mondbeglänzte Blumenfläche und standen still, als sie in die schützende Nähe des Hütt= leins gelangten. Erlafried sah, wie sie sich zärtlich umarmten, dann kehrte die eine zurück, während die andere in den Schatten des Gebüsches trat. In der nächsten Minute war Erlafried hinabgeeilt und hatte die Thür geöffnet, noch ehe Fatime's Finger daran gepocht.

Das Antlitz so tief in die Kapuze gehüllt, daß kein Zug desselben sichtbar war, ergriff er ehrerbietig die zarte Hand, die sie ihm vertrauens= voll entgegenstreckte.

„Hier bin ich," sagte sie in den gebrochenen Lauten der Sprache, die sie von ihrer Lieblingssklavin gelernt, der einzigen, in der sie sich mit Ottmar verständigen konnte, „hier bin ich, und ob Dein Plan auch ganz von dem meinen abweicht, so habe ich mich Dir doch völlig anvertraut!"

„Dank, holde Herrin!" entgegnete Erlafried leise, um seine Stimme nicht zu verrathen, denn sie durfte die Täuschung nicht eher entdecken, als bis die Umkehr unmöglich war, — „und nun, wenn Du bereit bist, laß uns gehen!"

„Ich bin's," sagte Fatime. „Nimm dieses Kästchen, es enthält meine Diamanten, an Werth einem Königreich gleich geschätzt; so brauch' ich doch nicht arm Dein Haus zu betreten."

„Und wäre die holde Fatime gleich ihrer geringsten Dienerin, das Haus, in welches sie träte, beherbergte dennoch einen Königsschatz!" sprach Erlafried in einem Tone, der ihn gewiß verrathen hätte, wenn das reine Herz Fatime's eines Verdachtes fähig gewesen wäre. So aber lächelte sie in unschuldiger Freude und reichte ihm die Hand, sich von ihm geleiten zu lassen zu Glück und Freiheit.

Sie durchschritten das dunkle Gebüsch und standen nun am Rande der lichtumflossenen Blumenebene. Noch einen Abschiedsblick warf Fatime auf das heimatliche Schloß, dessen goldene Kuppeln und schlanke Marmor= säulen zauberhaft flimmerten im Glanz der morgenländischen Nacht, dann flog sie an Erlafried's Hand über die schattenlose Aue und erreichte unge= fährdet den Laubgang, der hinab zu der verborgenen Mauerpforte führte.

Erlafried's Rechnung hatte nicht getrogen; gerade als sie aus dem Thürlein traten und er den Schlüssel im Schlosse wieder umdrehte, ertönte aus der Ferne abermals das zauberische Lied des nahenden Geisterheeres. Fatime neigte sich vor, die Quelle der süßen Töne zu ergründen, Erlafried

aber hielt ihre Hand fester, und aufwärts deutend flüsterte er eindringlich:
„Es sind andere Rosse, als Du, holde Herrin, sie gewählt, aber zage nicht!
Ihr Flug entrückt uns aller Verfolgung und in einer Stunde bist Du in
meiner Heimat, die dann hoffentlich auch die Deine sein wird.“

Jetzt nahte der Zug, ließ sich herab aus seiner Wolkenhöhe und zog
dicht an der bebenden Fatime vorüber, nebelhaft und grabesstumm. Der
Letzte der geisterhaften Schar war Hans der Knappe, hoch zu Roß und
an seiner Hand das ledige, gesattelte Pferd, das schon einmal Erlafried
und den Grafen Ottmar getragen.

Er zog die Zügel an und hielt vor seinem einstigen Herrn. „Hans,“
sagte der Ritter, mit seiner Begleiterin dicht an den Knappen herantretend,
„Dein Roß muß heute eine doppelte Last tragen; ich kann nicht mit Dir
ziehen ohne diese hier. Willst Du uns Beiden die Heimfahrt gestatten?“

Hans warf einen Blick auf die holde Gestalt an des Ritters Seite
und neigte dann zustimmend das Haupt.

„Steigt schnell auf, Junker Erlafried!“ sagte er dabei; „seht, die Unsern
sind schon weit voraus — wir müssen eilen!“

Und Erlafried schwang sich in den Sattel, beugte sich dann hinab
und hob Fatime zu sich hinauf. Mit der Linken sie sorglich umfassend,
ergriff er mit der Rechten den Zügel des Geisterrosses, und alsobald stieg
es aufwärts, und sie folgten eilenden Hufes der luftigen Bahn, auf welcher
die schattenhaften Gefährten vorangeeilt.

Heute hatte Erlafried kein Auge für die schlummernden Schönheiten
Kanaans, die in der vergangenen Nacht seine Seele entzückt. Unbeachtet glitten
die heiligen Stätten unter ihm dahin, er dachte nur des ihm anvertrauten
Pfandes, und sein Blick bewachte sorglich den Ausdruck ihres Angesichts.

Wol schloß sie schwindelnd die Augen bei der sturmesschnellen Fahrt,
aber sie fühlte den Schutz seines ritterlichen Armes und bangte nicht.

Erlafried schlug die Falten seines weiten Gewandes schützend um
ihre Schultern, und so ruhte sie sicher geborgen, wie ein Kind im Mutter-
arm. Kein Wort ward zwischen den Beiden gesprochen, aber in ihren
Seelen drängte sich Bild um Bild — so glitten sie mit dem Nachtwind um
die Wette unbemerkt über Berg und Thal, über Land und Meer.

„Schaut um Euch, Herr,“ klang endlich Hansens leise Stimme durch
die stille Nacht; „bald müssen wir uns trennen, denn hinter uns dämmert
schon der Morgen und dort liegt Euere Burg!“

Erlafried wandte das Haupt. Schon säumte ein Purpurstreifen den
östlichen Himmel und als er sich sanft vorbeugte, sah er unter sich im
dämmernden Morgenlicht den Rheinstrom ziehen und das Banner auf den

Zinnen seiner väterlichen Burg wehen; seitwärts aber lag der Forst, an dessen Scheide er in vergangener Nacht in bitterem Schmerz gestanden; heute schwebte er an ihm vorüber, neues Glück im Herzen und im Arm.

„Nun bringe uns hinab, Hans, wie Du es gestern gelobt," bat Erlafried; „sieh, jetzt sind wir gerade über meiner väterlichen Burg."

Zum letzten Mal ergriff Hans die Zügel des Geisterrosses und zwang es, sich erdenwärts zu senken. Im nächsten Augenblick stand der Ritter auf heimatlichem Boden, hob vorsichtig seinen Schützling herab, und nach leisem Abschiedsgruß stieg Hans mit den Rossen wieder in die Lüfte.

„Das also ist die Burg Deiner Väter?" fragte Fatime, schüchtern zu dem ernsten Bau hinanschauend, der nicht so glänzend auf sie hernieder= blickte wie die luftigen Hallen ihres väterlichen Palastes.

„Das ist meine Heimat, holde Fatime," sagte Erlafried, das Haupt noch immer dicht von der Kapuze umhüllt, „und ist sie auch nicht so präch= tig und goldstrahlend wie Deines Vaters Schloß — für zwei treue Herzen hat sie dennoch Raum genug und birgt manch wohnliches Gemach. Ist es nun Dein fester Wille, als meist trautes Gemahl und Herrin dieser Burg dort einzuziehen?"

„Gewiß, edler Herr!" lächelte Fatime; „könnt Ihr zweifeln, daß meinem treuen Retter aus Zwang und Sklaverei die Liebe und Treue meines ganzen Lebens gehören werde?"

„Wohl denn, edle Fatime, ich baue fest auf dies Dein Wort!" sagte Erlafried und streifte langsam die Verhüllung von dem schönen, locken= umwallten Haupt. Fatime schaute lächelnd zu, aber als ihr jetzt statt der wohlbekannten Züge ein fremdes, wenn auch edelschönes Antlitz entgegen= blickte, stieß sie einen Schrei aus und schlug erschreckt die Hände vor die Augen.

Erlafried aber faßte sanft ihre Hände und bat sie, ihm Gehör zu schenken. — Und dann erzählte er der athemlos Lauschenden, wie Alles ge= kommen, wie Ottmar's Herz und Hand nach Ritter= und Christenpflicht ihr nimmer gehören könne, so schön und hold sie auch sei; wie aber sein Herz ihr gehört habe vom ersten Blick an, wie es immerdar nur ihr gehören könne, und wie bei ihrer Befreiung ihn die frohe Hoffnung belebt habe, sie werde seine Treue lohnen und ihm angehören.

Und Fatime schaute zögernd zu ihm auf, aber was sie in dem edeln Antlitz las, gab ihr Muth, Vertrauen und Freudigkeit.

„Ihr habt mein Wort vorhin erhalten unbewußt," sagte sie mit schüchternem Lächeln, „so will ich's denn halten mit Bewußtsein, und wenn Ihr mich würdig glaubt, Euere Gattin zu werden, mich bestreben, in Treue und Liebe Euch anzugehören!"

Da brach der erste Sonnenstrahl durch die Morgenwolken und ver=
goldete die Zinnen der Burg und den sanft zu ihren Füßen dahinziehenden
Strom, aber heller noch schimmerte er wieder aus Erlafried's glückstrahlen=
den Augen.

„Dann, holde Fatime, laß Dich hinabgeleiten zu dem Kirchlein dort
unten im Thal," sagte er, „dessen Glöckchen eben die Frühmette läutet, und
wo der alte, fromme Mönch, der mich unterwiesen in den Lehren des
Glaubens, dem Du ja auch angehörst, unsere Hände in einander legen soll
zum Bündniß für das Leben!"

Und Fatime legte vertrauensvoll ihre Hand in Erlafried's Rechte und
so schritten sie in der Frühe des Weihnachtsmorgens den Felsenpfad hinab
zum Thal, aus dessen weißem Grunde die hellerleuchteten Fenster des
Kirchleins ihnen entgegenschimmerten. —

Die Hymne war verklungen, das gnadenreiche Wort der Verkündigung
verhallt und in dem wieder leer gewordenen Raume stand nun Erlafried
an der Seite der schönen Fatime vor dem Altar und sein greiser Lehrer,
den er mit eiligem Wort von Allem unterrichtet, segnete ihre junge Liebe
ein zu ewigem Bunde.

Nach ihnen aber nahete noch ein Paar — Ottmar war's mit der
schönen Beatrix, die noch einmal von dem Diener des Herrn den Segen
heischten, ihren alten Bund in neuer Treue zu festigen. Und als darauf
Fatime in Ottmar's Antlitz schaute, und Erlafried in Beatrix' schöne,
wonneglänzenden Augen, da war es Beiden, als sänken die Nebel einer
langen Täuschung von ihren Augen und als hätten jetzt erst Beide das
Rechte gefunden.

Erlafried führte sein holdes Weib stolz und freudig in seine Burg
und seine Mannen neigten sich willig dem Zauber ihrer Schönheit und
Güte. Die Freundschaft zwischen Ottmar und Erlafried aber ward nie
getrübt und schwesterliche Zärtlichkeit verband die Herzen von Beatrix und
Fatime, und wenn diese an der Seite des edeln und geliebten Gemahls
auf dem Altane ihrer Burg stand und mit ihm hinabschaute auf den herr=
lichen Strom zu ihren Füßen und rings auf die blühenden Gauen der
neuen Heimat — so gedachte sie dankbar jenes Reiters im Geisterheer, der
sie zu Glück und Freiheit getragen, und nimmer sehnte sie sich zurück nach
den goldglänzenden Hallen des väterlichen Palastes und nach Kanaans
blumenreicheren Gefilden.

Toni führt Anneli zurück in die Heimat.

Die Rose von Tirol.

Auf einem der himmelanstrebenden Berge Tirols stand einst auf sonnig grüner Matte eine kleine Sennhütte. Heller Sonnenglanz lag auf dem steinbeschwerten Dach, strahlte wider aus dem einzigen Fenster der Hütte und wogte in wunderbarer Strahlenbrechung um die Gletscherspitzen ringsumher.

Es war später Nachmittag. Einige Kühe und Ziegen kletterten an den Abhängen umher und suchten die kräftigen Alpenkräuter.

Da öffnete sich die Thür der Hütte; ein etwa zehnjähriger Knabe mit dunklem Kraushaar und hellen, braunen Augen trat heraus, legte die Hand über die Augen, sie vor den blendenden Sonnenstrahlen zu schützen,

und schaute den Weg entlang, der schmal und gewunden vom Dörfchen
her zur hohen Alp und zu ihrer einsamen Sennhütte führte.

„Die Eltern kommen noch nicht, Anneli!" rief er nach einer Weile
in die Hütte hinein; „komm heraus und sieh, wie die Gletscher brennen
im Sonnenlicht."

Klein Anneli kam — die Rose des ganzen Tirolerlandes, wie der ge=
lehrte Reisende sie genannt, der im vorigen Jahre hier auf der Alp über=
nachtet, und wie die Eltern sie dann auch nannten und die übrigen Dorf=
bewohner es ihnen nachsprachen.

Und wahrlich, wie sie so dastand, vom Sonnenlicht umstrahlt, die
langen, blonden Locken über das kleine Mieder wallend, in den blauen
Augen eine Fülle von Liebe und Sanftmuth, schien sie eher ein reizendes
Elfenkind, das sich unter die Menschen verirrt, als die Tochter des Seppi,
des ärmsten Senners im Thal.

„O, gieb mir von den schönen rothen und blauen Blumen, die dort
oben auf den Gletschern blühen!" rief sie, die kleinen, weißen Arme nach
den Eisbergen ausstreckend, über deren Spitzen das Sonnenlicht in pur=
purnen und azurblauen Wogen hinströmte.

„Das sind nicht Blumen, das ist der Sonnenglanz — das Alp=
glühen!" belehrte der Bruder.

„So laß uns hingehen!" bat die Kleine.

„Gott bewahre," rief Toni, „die Mutter hat streng verboten, aus der
Hütte zu gehen, damit wir keinen Unfall haben. Komm nur flink herein!"

Aber Anneli konnte ihre Augen nicht losreißen von den flammenden
Bergen; denn sie war diesen Sommer zum ersten Mal mit auf die Alp
genommen worden. Sie legte sich darum aufs Bitten und Schmeicheln,
und Toni, der dem geliebten Schwesterchen nichts abzuschlagen vermochte,
wie die andern auch, faßte endlich ihre Hand und schritt schnell mit ihr
über die grüne Waide bis zu einem einzelnen, hochstrebenden Felsen, der
auf dieser Seite die Matte begrenzte, während ein schmaler Fußpfad, an
einem tiefen Abgrund hinführend, sich um den Fuß des Felsen wandte.

Weit ab von dem gefürchteten Rande, dicht an den Felsen gelehnt,
der hier von hohen Farrenkräutern umbüscht war, stand er mit seinem
Schwesterchen und freute sich mit ihr der schimmernden Gletscher, die jetzt
herüberglänzten, wie ein Wald durchsichtiger Veilchen.

Da sprang ganz in ihrer Nähe ein Murmelthierchen auf. Bemerkte es
die Kinder nicht, oder war es so zahm? — es kam bis dicht heran an die
athemlos Lauschenden und fraß von den Kräutern zu ihren Füßen.

„Fang' es, o fange es!" bat Anneli ganz leise.

Toni nickte und sprang schnell auf das Thierchen zu; noch schneller aber wich dieses aus und zog sich einige Schritt weit nach dem Abgrund und dem schmalen Fußpfad zurück; dort machte es Halt und begann wieder die Kräuter abzufressen. Toni folgte ihm behende, aber gleich erfolglos.

Jetzt war das Thierchen an dem schmalen Pfade angelangt und schritt ganz langsam darauf hin. Der Knabe bedachte sich schnell.

„Rühr' Dich nicht vom Platz, Anneli," rief er der Schwester zu; „ich bring' Dir das Murmelthierchen, hier kann es mir nicht entgehen!"

„Fang' es nur," bat die Kleine, „ich bleibe hier ganz still stehen!"

Durch dies Versprechen beruhigt, eilte Toni den schmalen Fußpfad entlang — dicht vor ihm das niedliche Thierchen. Jetzt war es ihm so nahe, daß er sich niederbückte, um es zu greifen, als es ausbog und in den Felsen hineinschlüpfte, der hier eine dunkle Oeffnung zeigte.

„Jetzt hab' ich Dich ganz sicher!" frohlockte der Knabe und kroch auf Händen und Füßen in die niedrige Höhle.

Aber nur wenige Schritte war er hineingelangt, da schwirrten eine Menge großer Fledermäuse um ihn her, streiften mit unhörbarem Flügelschlag sein Gesicht und krallten sich in sein dichtes, krauses Haar.

Mit einem lauten Schrei wendete sich Toni zur Flucht, Jagdeifer und Murmelthier waren vergessen, und so schnell es die enge Höhle zuließ, gewann er den Ausgang. Dort erst, im hellen Tageslicht, schüttelte er den Schauer vor den unheimlichen Thieren von sich und eilte schnell den Felsenpfad entlang der Stelle zu, wo er sein Schwesterchen gelassen.

Aber der Platz war leer, das Kind nicht mehr da und sein spähendes Auge entdeckte sie nirgends.

„Anneli, Anneli, komm, mach' keinen Scherz!" rief er halb lachend, halb angstvoll.

„Keinen Scherz!" hallte das Echo der Berge zurück.

Er bog die Zweige der hohen Farrenkräuter auseinander, er eilte den Weg zur Hütte zurück, jeden Winkel derselben durchforschend — kein Anneli war zu finden. Stromweise rannen jetzt die Thränen über Toni's schreckensbleiche Wangen; er schaute verzweiflungsvoll den Pfad entlang, der vom Thale herauf zur Hütte führte, und erblickte auf einer der noch fernen Windungen seine Eltern, die mit einem Korbe auf dem Kopfe eben vom Städtchen zurückkehrten, wo sie auf dem dortigen Markte nothwendige Einkäufe besorgt hatten.

„Gott helfe mir!" flehte der arme Knabe; „was werden sie sagen, wenn ihr Liebling fehlt — und zwar durch meine Schuld. Hab' ich's der Mutter nicht in die Hand gelobt, Anneli niemals allein zu lassen?"

9*

In Angstschweiß gebadet, lief er den Weg zum einsamen Felsen zu=
rück, durchforschte noch einmal die Büsche und trat dann schaubernd an
den Abgrund. Er legte sich auf den Boden nieder, umfaßte den Stamm
einer Zwergtanne, beugte sich so weit als möglich vor und forschte mit
starrem Auge in die dunkle Tiefe.

„Anneli, Anneli!" rief er mit Todesangst hinunter in die Kluft.

„Anneli!" hallte es von den Bergwänden zurück.

„Anneli!" tönte es aus der Tiefe herauf.

Doch kein Laut der lieben, süßen Stimme schlug antwortend an das
Ohr des Knaben; nirgends, weder in der Tiefe noch in der Höhe, zeigte
sich seinem angstvoll forschenden Auge eine Spur. Anneli war und blieb
verschwunden.

Schauerlich war die Nacht, die diesem sonnenhellen Tage folgte.
Betend lagen die betrübten Eltern auf den Knieen, während der arme
Toni sich endlich in einer Ecke des Herdes in Schlaf geweint hatte. Der
Sturm raste durch die Berge, rüttelte bröhnend an Fenster und Thüren
der kleinen Hütte und tobte, wie das wilde Heer, durch Klüfte und Schlünde.

Am frühen Morgen riefen die Nothtöne von Seppi's Horn die be=
nachbarten Senner herbei, und kaum war ihnen die Kunde geworden von
Anneli's räthselhaftem Verschwinden, als die Männer nach verschiedenen
Richtungen aufbrachen, die nächste Umgebung mit ihren Höhen und Ab=
gründen aufs Sorgfältigste zu durchforschen. Erst spät am folgenden Abend
kehrten sie einzeln und todesmatt zurück. — Keiner hatte das Kind gefun=
den oder nur eine Spur von ihm entdeckt.

Toni hatte nicht geruht, bis man ihn mitgenommen; er kehrte blasser
und müder zurück als alle Andern. Am andern Tage lag er in hitzigem
Fieber. Anneli, die Fledermäuse und das Murmelthierchen bewegten sich
beständig vor seinem fiebernden Hirn, und es währte lange, bis die Krank=
heit wich; als er endlich genas, war es mit seinem Frohsinn vorüber. Zum
Herbst kehrten die Senner ins Thal zurück und die Kinder tummelten sich
wieder auf ihrem alten Spielplatz am Bach, aber Toni schlich still und
träumerisch an ihnen und ihrem lustigen Treiben vorüber.

So lange es das Wetter erlaubte, stieg er täglich hinauf zur Alp und
saß stundenlang schweigend auf jenem Plätzchen am Fuß des einsamen
Felsens, und als der Schnee den Fußpfad verdeckte, saß er träumerisch am
Herde und schaute wortlos in die prasselnde Flamme. Die Kinder im Dorfe
nannten ihn nur noch „den stummen Toni". — — —

Zehn Jahre waren seit jenem Unglückstage vergangen. Aus dem armen Seppi war ein vermögender Mann geworden. Seine Herde war weitaus die schönste und ward nie von einer Seuche heimgesucht; seine Aecker waren die fruchtbarsten, kein Hagelschlag, kein Mißwachs traf sie.

Von Jahr zu Jahr hatte sich sein Wohlstand gemehrt, als solle ihm das Unglück, das er an seinen Kindern erlebt, auf andere Weise vergütet werden, denn von Anneli war nie wieder eine Spur aufgetaucht, und Toni war immer noch der trübsinnige, stumme Toni der vergangenen Jahre.

Es war Spätsommernachmittag, als die Herden von der Alp zurück= kehrten und nun fröhlich blökend in die bekannten Ställe zogen. Der alte Seppi hantierte im Hofe und die Mutter bereitete das festliche Abendbrot für die heimgekommenen Senner; denn seit sie so wohlhabend waren, zogen sie nicht mehr selbst mit ihrer Herde auf die Alp, sondern hielten sich tüch= tige Knechte. Toni saß wie immer in träumerischem Sinnen auf der Bank vor dem Hause und schaute hinüber zu den sonnbeglänzten Bergspitzen. Die Andern waren jetzt fertig mit der Arbeit und gingen hinein an den reich besetzten Abendtisch, während Toni, dem der fröhliche Lärm zuwider war, draußen sitzen blieb.

Da schritt ein Greis am Gehöft entlang und blieb, als er die schmerz= gebeugte Gestalt des Jünglings sah, einen Augenblick sinnend stehen. Dann kam er auf den Träumenden zu, legte die Hand auf seine Schulter und fragte freundlich: „Woran denkst Du, Toni?"

„An das, woran ich immer denke, an das Unglück, das ich angerichtet!" entgegnete der Jüngling tonlos. — Der Alte sah sich vorsichtig um.

„Ich glaube nicht, daß Anneli todt ist!" sagte er dann leise, aber bestimmt. Toni schnellte empor, wie von einem Pfeil getroffen, griff den Alten beim Zipfel seines Wamses und rief mit bebender Stimme:

„Was sagst Du? Anneli nicht todt?"

„Ich glaub's nicht," entgegnete der Alte, den Jüngling mit kräftiger Hand wieder neben sich auf die Bank ziehend; „die Schwester meiner Ur= großmutter war auch so schön wie Euer Anneli und verschwand auch auf so seltsame Weise. Ihr Bruder, der nicht an ihren Tod glaubte, versuchte sie wiederzufinden; er fand sie auch wirklich, aber sie wollte nicht wieder mit ihm zurückkehren."

„Aber wo war sie denn?" fragte Toni ängstlich.

Der Alte bog sich an Toni's Ohr und flüsterte lange mit ihm. Der Jüngling horchte mit ganzer Seele, nur manchmal flog sein Blick halb scheu, halb selig hinüber zur Alp, auf deren höchster Spitze der letzte Sonnen= strahl mit goldenem Kusse ruhte. —

„Ich verſuch's, ſo Gott und die heilige Jungfrau mir helfen!" rief er endlich, entſchloſſen aufſpringend; „geh' ich unter, ſo haben meine Eltern ohnehin nur einen unnützen Träumer verloren. Ach, ſchon die Hoffnung macht mich geſund. Wie konnteſt Du aber Alles wiſſen und ſo lange darüber ſchweigen?" ſetzte er halb vorwurfsvoll hinzu.

„Weil's ein gefährliches Wagniß iſt und Dir Dein Leben koſten kann," erwiederte der Alte. „Hätteſt Du Anneli verſchmerzt, ſo hätt' ich's nimmer geſagt. Als ich Dich aber wieder ſo trübſinnig ſitzen ſah, dacht' ich, es ſei doch am Ende beſſer, Dir meine Gedanken zu ſagen. Jetzt weißt Du Alles, was ich weiß; Du mußt Dir nun ſelber rathen. Glück auf den Weg!" Der Greis ſchüttelte ihm die Hand und ſchritt dann die Dorfſtraße entlang.

Toni eilte ins Wohngemach — nicht der Toni von vorhin, ſondern ein Jüngling mit blitzenden Augen und kräftig entſchloſſener Haltung.

„Hört mich, Vater, und Ihr, liebe Mutter," ſagte er zu den über dieſe plötzliche Wandlung Erſtaunten, „ich muß fort noch in dieſer Stunde; ich habe eine Wallfahrt gelobt wegen unſers Anneli und bitte um Euern Segen!"

„Heilige Jungfrau!" rief die Mutter erſchrocken, „er hat den Verſtand gänzlich verloren."

„Nein, Mutter, nein," entgegnete Toni beſtimmt; „ich bin klarer wie je; haltet mich nicht auf, denn ich will noch in dieſer Stunde fort."

Keine Einreden, keine Bitten, keine Thränen halfen. Etwas Mundvorrath wurde von der Mutter in Eile gerüſtet, der Vater ſegnete den Sohn, obgleich unter Thränen, und dann zog er hinaus in die Dämmerung.

Auch ohne den hellen Strahl des Mondes, der eben am Horizonte emporſtieg, hätte Toni ſeinen Weg gefunden. Es war der Weg, den er ſeit ſeiner Kindheit faſt täglich gewandelt — es war der Weg zur Alp und zur jetzt wieder einſam ſtehenden Sennhütte.

Er flog mehr als er ging den ſteilen Pfad hinan, denn er mußte eher da ſein, als die, welche er dort oben erwartete, und die, wie ihm der Alte geſagt, beim Licht der Sterne ihre unterirdiſchen Wohnungen verlaſſen.

In Schweiß gebadet langte er am Ziele an. Der Mond ſtrahlte jetzt in voller Klarheit hernieder, und in ſeinem milden Licht ruhte die grüne Matte mit der kleinen Sennhütte, wie eine ſchlummernde Mutter mit ihrem Kindlein im Schoß.

Feierliches Schweigen lag auf den ſilberſchimmernden Gletſchern und über den tiefen Gründen rings umher.

Toni ſchritt eilig über die Matte, an der Thür und den geſchloſſenen Fenſterladen vorüber; nichts durfte ſeine Anweſenheit im Hauſe verrathen. Darum ſchlich er nach der Rückſeite des kleinen Gebäudes, deſſen Dach ſich hier bis auf den Erdboden senkte, öffnete den Laden, der zum Heuboden führte, und wollte sich hineinschwingen, als von der Seite des einsamen Felsens her ein seltsames Klingen sein Ohr traf.

Süße, herzbewegende Töne strömten erst leise, dann in immer stärkeren Tonwellen zu ihm herüber, und als er sein Auge hinwandte nach jener Gegend, sah er genau an derselben Stelle, wo an jenem Unglückstage Anneli gestanden, kleine glänzende Lichtlein aus dem Felsen hervorquellen; in immer größerer Anzahl tauchten sie auf und schwebten, wie getragen von den Klangeswogen, der Hütte zu.

Toni hatte mit starrem Auge an der geheimnißvollen Erscheinung gehangen, sein Herz klopfte fast hörbar in Furcht und Hoffnung; leise schwang er sich in die Oeffnung, zog den Laden hinter sich zu und tappte im Dunkel nach einer Stelle, wo er ein Astloch im Boden gerade über der Stube wußte. Die Oeffnung war zwar klein, aber die Gäste, die er erwartete, sahen mit scharfen Geisteraugen, darum legte er einige Halme Heu über das Astloch, und dann erst wagte er, mit forschendem Auge hindurchzublicken. Nicht lange brauchte er zu warten. Sie schienen jetzt bei der Hütte angelangt; nun hörte er die Hausthür öffnen und dann flog die Stubenthür auf.

Heller Lichterglanz durchströmte sogleich den kleinen Raum, und in seinen Strahlen wogte es herein, das kleine unterirdische Volk der Zwerge.

Kaum zwei Fuß hoch waren sie, auch fehlte ihnen das zierliche Ebenmaß der Glieder; die Jugend mit ihrem rosigen Glanze weilte nicht mehr auf ihren Angesichtern, aber die Augen glänzten wie Sterne, und Klugheit und Güte ruhten in den ernsten Zügen. Auf ihre grünen Röckchen fielen Haupthaar und Bart in langen, grauen Locken nieder. Mit unhörbaren Schritten glitten sie herein und stellten sich unter dem Zauberklange ihrer Silberglöckchen an den Wänden auf. Eine Pause trat ein. Aller Augen richteten sich nach der Thür, am gespanntesten die des lauschenden Toni.

Jetzt nahte im Purpurmantel, mit goldenen Sternen besetzt, der Herrscher des kleinen, mächtigen Volkes, der allberühmte Zwergkönig Laurin, von dessen Heldenthaten alte Chroniken berichten, und der nach langer, ruhmvoller Regierung in seiner Krystallburg im Innern des Berges ausruht von den Thaten seines bewegten Lebens.

Auf seiner hohen Stirn thronte mehr als tausendjährige Weisheit, und unter der bemanteten Krone hervor wallte bis zu den Hüften hernieder sein Haar in silberglänzenden Locken.

An seiner Hand führte er — dem lauschenden Toni entschlüpfte schier ein Ruf des Entzückens — Anneli, die Rose von Tirol.

Ach, wie überirdisch schön war sie! Ein Kleid von silberglänzenden Spitzen fiel über ihr himmelblaues Atlasgewand, den Leib umschlang eine Schnur echter Perlen, und in den wunderschönen blonden Locken, die ihr süßes Antlitz und die weißen Schultern umwallten, ruhte ein Kranz von weißen Rosen aus Laurin's berühmtem Rosengarten im Berge.

Toni faltete in seinem Versteck die Hände. War dies Wesen mit seiner strahlenden, überwältigenden Schönheit auch wirklich sein verlorenes Anneli, oder eine Erscheinung aus einer schöneren Welt . . .?

Er wischte die hervorquellenden Thränen aus den Augen und starrte hinunter. — Da klang ihre Stimme wie eins der Silberglöckchen zu ihm herauf, dieselbe Stimme, deren zauberhaft süßem Tone er nie hatte widerstehen können, und jetzt lächelte sie dem Könige zu. Ach, es war das Lächeln ihrer Kindheit, das wie ein Sonnenstrahl auch das kälteste Herz zu erwärmen und zu erhellen vermochte. Ja, es war Anneli — die verlorne Rose Tirol's. Ganz in ihr Anschauen versunken, hatte Toni nicht bemerkt, wie sich unter den flinken Händen der kleinen Zwerge der ganze Raum verwandelt hatte.

Von den Wänden leuchteten Flammen in rubinrothen Krystallschalen und überhauchten das ganze Gemach mit einem rosigen Lichte; wie aus der Erde schien die Tafel gewachsen, die jetzt mit silbernem nnd goldenem Geräth zierlich besetzt in der Mitte des Zimmers stand, und an deren oberem Ende der König mit Schön-Anneli sich niederließ.

Toni richtete sich auf. Jetzt oder nie war der Zeitpunkt gekommen; er tappte leise nach dem Ausgang des Heubodens und öffnete den Laden. Heller Sternenglanz strahlte ihm entgegen, strahlte ihm Muth in das zagende Herz, und mit einem leisen Gebet zu Gott glitt er auf den Boden nieder und schlich nach der Vorderseite des Hauses, wo er sich hinter der aufgeschlagenen Hausthür verbarg

Er stand erst wenige Augenblicke hier, als von der Seite des einsamen Felsens her kleine Gestalten nahten: es waren dienende Zwerge, die auf Platten von edlem Metall die köstlichsten Speisen zu dem Festmahl herbeitrugen, das in der Sennhütte stattfand. Eilig nahten sie und schritten, nur auf ihre kostbare Last achtend, zur Thür hinein, ohne den lauschenden Toni zu bemerken.

Jetzt nahte der letzte der kleinen Diener.

Sein Nebelkäppchen, das wunderbare Mützchen, mit dem sie sich dem Auge des Menschen unsichtbar machen, trug er gleich den andern nicht auf dem Kopfe, sondern unter dem Arm; denn welches menschliche Auge hätten sie zu dieser Stunde und an diesem Orte fürchten sollen!

Toni belauscht König Laurin's Festgelage.

Toni streckte leise die Hand durch die Thürritze, und als der Zwerg auf die Schwelle trat, ergriff er vorsichtig den herunterhängenden Zipfel des Mützchens und zog es so sanft an sich, daß ihr Besitzer seinen Verlust gar nicht bemerkte.

Das Nebelkäppchen schnell aufsetzend, folgte er, nun selbst unsichtbar, dem Kleinen und trat mit ihm zugleich in das Gemach.

Die kleinen Unterirdischen, die ihre Festmahle so gern in den Wohnungen der Menschen feiern, und die nach Abzug der Senner im Spätsommer sogleich Besitz von ihren Hütten nehmen, um bis zum Martinsabend fröhlich während der Nachtstunden in ihnen zu hausen, bis die Kälte sie in ihre schützenden Berge zurücktreibt — die kleinen Unterirdischen saßen, ihre Nebelkäppchen neben sich, in fröhlichem Kreise um die Tafel, lachten und plauderten, und ahnten nicht, daß Einer von dem Geschlecht der Menschen, mit dem sie schon lange den traulichen Verkehr abgebrochen, Zeuge ihres Festes sei. Aber des Königs scharfes Auge entdeckte den Eindringling trotz des Nebelkäppchens. Ein plötzlicher Schreck ergriff sein Herz; er kannte Toni, denn er hatte den Knaben und seinen Schmerz am einsamen Felsen oft unsichtbar belauscht; daher durchschaute er sogleich, daß seine Gegenwart Anneli gelte, und ergriff bangend ihre kleine weiße Hand.

Diese plötzliche Bewegung ihres geliebten Königs und der laute Aufschrei des Zwerges, der jetzt seine Nebelkappe vermißte, scheuchte die Kleinen aus ihrer Fröhlichkeit auf. Sie sprangen, wie zur Flucht bereit, empor. Da nahm Toni sein Käppchen ab und zeigte sich dem Auge der Zwerge.

Weinend stürzte der kleine Beraubte herbei und suchte durch Bitten und Schmeicheln, durch Thränen und Versprechungen sein Eigenthum wieder zu erhalten; denn der Verlust seines Nebelkäppchens gab ihn für immer in Toni's unumschränkte Gewalt. Aber Toni, sein Ziel unverrückt im Auge behaltend, ließ die Mütze nicht los, drängte den Kleinen zur Seite und trat zum König.

„Was ist Dein Begehr?" sprach dieser mit Hoheit.

„Du weißt," entgegnete Toni zuversichtlich, „daß ich durch den Besitz dieses Käppchens Macht über Euch habe. Ich kann Euch folgen in Euer unterirdisches Reich, kann Euch ungestraft quälen und plagen, und Ihr seid dadurch mir dienstbar immerdar."

„Das wissen wir," entgegnete der König ernst.

„Nun denn, ich weiß, wie sehr Ihr eine solche Knechtschaft scheut." fuhr Toni fort, „und bin bereit, Euch Euer Eigenthum und Eure Freiheit zurückzugeben, wenn Ihr Eine Forderung erfüllt."

„Und welche ist das?" forschte König Laurin.

„Gieb mir das Mädchen an Deiner Seite zurück," sprach Toni fest. „Es ist meine Schwester, die einzige Tochter meiner alten Eltern, die ihren Verlust mit unzähligen Thränen beweint haben."

„Freiwillig kam sie zu uns," erwiederte Laurin; „wir vermögen sie nicht zu halten; frage sie, ob sie mit Dir gehen oder bei uns bleiben will!" Dabei richtete er seine strahlenden Augen mit wehmüthigem Ausdruck auf das schöne Wesen an seiner Seite.

„Ich bleibe bei Euch," entschied Anneli schnell; „was soll ich bei dem unbekannten Mann!"

„Anneli," rief Toni schmerzlich, „Deinen Bruder nennst Du einen Unbekannten? Denkst Du nicht mehr jenes Sommertages hier auf der Senne, des Alpglühens und des Murmelthierchens, das ich Dir fangen sollte?"

Er schilderte ihr nun den ganzen Vorgang mit beredten Worten und erinnerte sie an ihre fröhliche Kindheit, an die kleine Hütte im Thal und an Vater und Mutter. Anneli hörte ihm freundlich zu, aber ihre Erinnerung war unter dem Zauber der Geisterwelt verschlossen. Als sie damals, auf die Rückkehr ihres Bruders harrend, am Felsen stand, hatte sie dicht neben sich eine bisher unbemerkte Oeffnung erblickt und darin dasselbe kleine Murmel= thierchen, das ihren Bruder verlockt. Sie wollte es fangen und ihn damit überraschen; ihr Versprechen vergessend, war sie in die Höhle gegangen und, immer hinter dem Murmelthierchen herlaufend, zu den Zwergen und dem krystallenen Schloß König Laurin's gelangt. — Die Zwerge, die sich dieser List bedient, um das schöne Kind zu erlangen, hatten sie freundlich umringt, ihr Speise und Trank gereicht, und mit dem Genuß dieser Zauberspeise war ihr die Erinnerung an die Vergangenheit geschwunden.

So klangen auch Toni's beredte Worte wol an ihr Ohr, aber sie drangen nicht bis zu ihrer Seele und verhallten darum wirkungslos.

„Antworte, o antworte, mein Anneli," drängte Toni, „und bedenke, daß unser Glück oder Unglück von Deinen Worten abhängt."

„Du sprichst so freundlich," entgegnete die Jungfrau mit mildem Lächeln, „und Du magst es wol gut mit mir meinen, aber ich weiß nichts von Allem, was Du sagst; so lange ich denken kann, war ich bei den guten Zwergen; so weit meine Erinnerung reicht, haben sie mich mit Wohlthaten überhäuft, und ich sollte sie nun verlassen? ... Sieh, König Laurin ist alt und einsam; Gemahlin und Kinder sind ihm gestorben; er hat nur noch mich, die er auferzogen, und da habe ich ihm versprochen, sein Weib zu werden, damit er nicht einsam sei im Alter und im Tode. Soll ich undank= bar werden und mein Wort brechen? Nein, das werde ich nimmer thun!"

Ueber König Laurin's Antlitz zog ein verklärender Freudenschimmer.

Die Zwerge brachen bei Anneli's Worten in Freudenrufe aus, nur Toni saß traurig da, aber noch blieb ihm eine Hoffnung.

Der gute König, dessen Kummer jetzt vorüber war und der die so selten gewordene Treue im Menschenherzen hochschätzte, besonders da sie ihm nicht mehr mit Anneli's Verlust drohte, sprach dem Jüngling freundlich tröstend zu und lud ihn ein, ihr Gast zu bleiben, bis sie mit der Morgendämmerung wieder in ihr unterirdisches Reich zurückkehren müßten.

Toni nahm die Einladung gern an. Die Zwerge wetteiferten in Dienstbarkeit und Gefälligkeit gegen ihren Gast, und Anneli suchte durch Freundlichkeit den Schmerz, den ihr Entschluß ihm bereitet, aus seiner Seele zu löschen.

Toni war auf seiner Hut; er rührte keine von den Speisen des herrlichen Mahls an, um nicht schließlich auch noch in die Zaubergewalt der Zwerge zu gerathen, sondern zog ein Stück Brot aus der Tasche und verzehrte es. Die Munterkeit und die neu erwachte Lust dauerte nun fort, bis die Sterne am Himmel erloschen und der König sich erhob.

Im Nu waren die Tische abgeräumt, die Wände ihres Schmuckes entkleidet, und unter dem Zauberklang ihrer Instrumente verließen sie die kleine Hütte und zogen in der Morgendämmerung hin zum einsamen Felsen.

Vor dem Eingang blieben sie stehen und schlossen einen Kreis um ihren König, Anneli und deren Bruder.

„Willst Du mit uns gehen, wie Du es im Besitz des Nebelkäppchens darfst, oder willst Du das Gut, das Dir doch nicht nützen kann, seinem Besitzer wieder zurückgeben und dadurch unser Aller Dankbarkeit Dir gewinnen?" fragte König Laurin den Jüngling.

„Warum sollte ich, ein Fremder, mich in Euer stilles Reich eindrängen!" erwiederte Toni; „ich werde dadurch meine Schwester doch nicht wieder erlangen. Nein, ich stelle Euch Euer Eigenthum zurück und will Abschied von Euch nehmen; nur eine Gunst erbitte ich mir. Erlaubt mir, unbehindert von so vielen Augen, Anneli das letzte Lebewohl zu sagen."

„Das ist ein billiges Verlangen," erwiederte der König, indem er Anneli's Hand ihrem Bruder überließ; „nimm, ungestört durch unsere Gegenwart, von ihr Abschied." Toni führte Anneli sanft fort, schritt über die Matte und trat mit ihr an den Rand der Alp, von wo aus der schmale Pfad hinabführte in das heimatliche Dorf.

Nachdem er sich überzeugt, daß die Zwerge ihn und Anneli hier nicht sehen konnten, sagte er innig: „Anneli, willst Du mir zum Abschied noch eine Bitte gewähren?"

„Herzlich gern," entgegnete die Jungfrau; „nenne sie nur."

„So setze Deinen linken Arm in Deine Seite und schaue hindurch!"

Anneli that, wie ihr geheißen; den schönen, weißen Arm in die Seite
gesetzt, beugte sie ihr Antlitz hinab und blickte durch die Oeffnung, die sie
mit ihrem Arm gebildet. Sie schaute durch diesen Zauberring weit hinunter
über Berg und Wald, hinein in ein kleines, trautes Haus, am Ende eines
bekannten Dörfchens. Ihr Blick drang mit dem Morgenroth durch die kleinen,
bleigefaßten Scheiben in ein stilles Gemach. Die große Schwarzwälder Uhr
in der Ecke ging in eintönigem Tick-tack, sie schien das einzig Lebende in
der stillen Stube — doch nein! Dort in der Nische vor dem Kruzifix
kniete eine Frau, die Hände in stillem, aber feurigem Herzensgebet über
der Brust gekreuzt. Jetzt stand sie auf und trat an das Fenster, ihr Auge
schaute hinauf zu den Bergen. Die Morgenröthe strahlte ihr hell in das
Gesicht und Anneli, noch immer durch ihren Zauberring blickend, erkannte
die lieben, treuen Züge, in die sie so oft als glückliches Kind geblickt — es
fiel wie Schleier von ihrer Erinnerung.

„Mutter," rief sie erst leise, wie zagend; „Mutter, meine liebe, liebe
Mutter!" wiederholte sie dann zuversichtlicher. —

Da erscholl Glockenton aus der Tiefe herauf, es läutete unten im Kirchlein des Dorfes und die Töne drangen klar durch die stille Morgenluft
hinauf zu Anneli's Ohr und Herz. Bei diesen Klängen schwand der letzte
Zauber des Geisterreichs und über ihre Seele kam eine brennende Sehnsucht
nach ihren Lieben und nach der trauten Kinderheimat. Sie sank auf ihre
Kniee und brach in heiße Thränen aus.

Da wurde leise ihre Hand gefaßt. „Willst Du jetzt mit mir kommen,
Anneli?" klang Toni's treue Stimme an ihr Ohr.

Anneli schaute auf. „O, Toni, mein Bruder," rief sie, ihn jetzt
erkennend; „o, nimm mich mit!"

Sie fiel ihm um den Hals und weinte von Neuem.

Da legte sich eine Hand auf Anneli's Schulter. Sie blickte auf:
Vor ihnen stand König Laurin, der mit seinen Zwergen genaht war, ohne
daß die Glücklichen ihren leisen Schritt vernommen.

Er hatte den Glockenton wohl gehört, und seine Wirkung auf das
Menschenherz kennend, eilte er herbei, zu sehen, ob Anneli ihrem Entschluß
auch nicht untreu werde. Da überzeugte ihn ein Blick auf das Geschwister-
paar, daß sein Zauber nun gebrochen, seine schöne Blume ihm verloren sei.

„So willst Du mich alten, einsamen Mann doch verlassen?" sprach
der König mit leisem Vorwurf.

„O, ich muß, ich muß!" sagte Anneli, während durch ihre Thränen
ein fröhliches Lächeln brach. „Sieh, Dir bleibt Macht, Reichthum und Herrlichkeit, Dir bleibt ein Volk, das Dich liebt und ehrt — Du bist nicht allein!

Aber meine Eltern haben nur die Eine Tochter und haben mich schon so lange betrauert. Lebe wohl und habe Dank für alle Liebe!"

Mit diesen Worten drückte sie, Abschied nehmend, ihre rosigen Lippen auf die Hand des greisen Königs, nickte grüßend den kleinen Zwergen zu, ergriff dann Toni's Rechte und eilte mit ihm den Felsenpfad hinab.

König Laurin blickte ihnen nach, bis eine Biegung des Weges sie seinen Blicken entzog, dann verhüllte er sein Antlitz und seine Thränen in seinen Purpurmantel, und wehklagend um die verlorene Königsbraut zog das kleine, betrübte Volk heim in sein unterirdisches Reich. —

Die Geschwister eilten unterdeß in fröhlichem Geplauder den schmalen Pfad hinunter zum heimatlichen Thal; mit dem ersten Sonnenstrahl er= reichten sie das väterliche Haus. Die Eltern saßen gerade beim Frühmahl und gedachten mit kummervollem Herzen des in unbekannte Ferne geeilten Sohnes. Ihm und dem Gelingen seines Werkes hatte das mütterliche Gebet in der Frühstunde gegolten.

„Ob ihn unsere Augen wol wiedersehen?" sprach die Mutter zu dem Manne. Da flog die Stubenthür auf, und herein eilte Toni, an seiner Hand die strahlende Schwester führend.

Die Alten wollten aufstehen, sich vor der herrlichen Erscheinung zu neigen; aber Anneli war schneller, sie kniete nieder vor dem alten Paare, ihre Arme abwechselnd um sie schlingend, und rief mit fröhlichem Weinen:

„Ich bin es ja, Euer Anneli ist's, Euer todtgeglaubtes Kind."

Die Eltern hörten es zwar, sie erkannten auch die süße Stimme; aber das schien ihnen der Seligkeit zu viel; sie wagten noch nicht an ihr Glück zu glauben. Da zog die Mutter das holde Mägdlein zum Fenster, richtete ihr Köpfchen in die Höhe und schaute ihr in die schönen Augen.

Beim Blick in diese Wunderaugen schwand ihr letzter Zweifel; solche Augen gab es nur einmal auf der Welt, solche Augen konnte nur ihr Anneli haben — die schönste Rose von Tirol — und sie drückte die wieder= geschenkte Tochter unter Freudenthränen an ihr Herz.

Von nah und fern strömten Freunde und Bekannte herbei, sich am Glücke der Eltern zu erfreuen und an den wunderbaren Erzählungen Anneli's vom unterirdischen Zwergenreich und von König Laurin's krystallener Burg. —

Der arme, alte König saß unterdeß einsam und allein mit seinem Schmerz in seinem prächtigen Schloß, und so oft sein Auge auf seinen herrlichen Rosengarten fiel, gedachte er trauernd Schön=Anneli's, der ver= lornen Rose von Tirol.

———————<small>◦</small>❧❦<small>◦</small>———————

Mechthild's erste Bekanntschaft mit Puck.

Der treue Kobold.

uf hohem Berg im alten Hessenland
stand vor Zeiten eine Ritterburg —
nun ist kein Stein von ihrem stolzen
Bau mehr übrig, kaum weiß die Sage
ihre einstige Stätte aufzufinden, aber
damals leuchteten ihre hohen Zinnen weit hinein ins Land und ein vor=
nehmes und gefürchtetes Geschlecht herrschte in ihren Mauern.

Die Strahlen der untergehenden Sonne fielen durch die kleinen,
bleigefaßten Scheiben in ein rundes Thurmgemach und ruhten freundlich
auf dem blonden Lockenköpfchen eines schönen, kleinen Mädchens.

Sie kniete auf einem Polsterstuhl am Fenster, hatte den Kopf auf
die runden Aermchen gelegt und weinte stille, aber heiße Thränen.

„O Margret, Margret, wo bleibst Du so lange?" rief sie endlich laut
schluchzend, glitt hinab von ihrem Sitz und lief zur Thür; aber das Thür=
schloß war hoch, das kleine Händchen vermochte es nicht zu erreichen, und
die dicke eichene Thür ließ keinen Schmerzenslaut hinausgelangen an das
Ohr eines der übrigen Burggenossen.

Sie waren auch außerdem alle fern — alle, selbst Margret, die Wär=
terin, die pflichtvergessen die Kleine allein gelassen hatte, um drüben in
dem großen Ahnensaal dem prächtigen Banket zuzuschauen, mit welchem
die Verlobung des ältesten Burgfräuleins gefeiert wurde.

„O Margret, liebe Margret, komm doch zu Deiner kleinen Mechthild!"
weinte das Kind wieder, und sie erhob sich auf die Fußspitzen und versuchte
noch einmal das hohe Thürschloß zu erfassen. — Umsonst, umsonst ihre
Bemühungen, ungehört verhallten ihre Bitten, und endlich kehrte sie zum
Fenster zurück, da es in dem hohen Gemach allmählich zu dunkeln begann.
— Sie kletterte wieder hinauf auf den Lehnsessel, stützte den Arm auf
das Fensterbret und schaute still weinend ·in den glühend rothen Abend=
himmel, an dem kleine weiße Wölkchen gleich Schwänen in einem Purpur=
meere schwammen.

„Mechthild, Mechthild!" klang es da plötzlich in hellem Tone aus
der Tiefe des Zimmers her. Die Kleine wandte erstaunt das Köpfchen
— da stand am Kamin ein Knäbchen, nicht größer als sie selber, aber
mit eben so schönen, goldblonden Locken und rosigem Gesichtchen. Ein rothes
Sammetröckchen umschloß seinen Körper und die Füße steckten in hirsch=
ledernen Stiefelchen, kunstreich mit kostbaren Perlen gestickt.

Mechthild's Thränen versiegten vor Erstaunen; halb erschrocken, halb
erfreut hielt sie die Augen auf die Gestalt des schönen, fremden Knaben
gerichtet, und endlich fragte sie schüchtern: „Wer bist Du, Kleiner, und
wie kamst Du herein? Ist doch die Thür noch immer geschlossen!"

Der Kleine lachte hell auf und trat an Mechthild's Stuhl.

„Ei, Mechthild, Du kennst mich ja lange schon, besinne Dich nur!
Hat nicht die Margret Dir immer gedroht, mich zu rufen, wenn Du Abends
nicht gleich einschlafen wolltest."

„Bist Du denn der Puck, das Heinzelmännchen, unser Schloßkobold,
der die Leute so viel geneckt, daß sich nun Alle vor ihm fürchten?"
fragte das Mägdlein ganz zutraulich; „aber der soll doch ganz alt und
runzlig sein!"

„Ja, der bin ich," nickte der Kleine, „ich necke aber nur die bösen
Leute, die mich necken, und alt und häßlich sehen mich nur ihre Augen.
Dich aber will ich nicht necken, sondern Dir dienen, wo ich immer kann,

und mit Dir spielen, wenn Dich die Margret allein läßt, damit Du Dich nicht zu fürchten brauchst — willst Du das, Mechthild?"

„Ach, gewiß," sagte das Kind mit glänzenden Augen, „ich bin ja so oft allein, seit die gute Mutter starb. Der Vater ist auf der Jagd, den Schwestern bin ich noch zu klein und Margret läuft des Tags so oft zu dem Gesinde und schließt mich dann hier ein. Sieh, jetzt ist sie schon so lange fort, es hungert mich und es wird dunkel und sie kommt noch immer nicht, mir Licht und Speise zu bringen."

„Nun, Mechthild, das sollst Du haben, sogleich; warte nur ein wenig!" rief der Kleine eifrig, eilte zurück zum Kamin, schwang sich blitzschnell über die Eisenstäbe der Feuerstelle und stieg leicht und zierlich an der inneren Wand des Rauchfangs in die Höhe.

Mechthild war vom Stuhl gestiegen und schaute erstaunt aufwärts, dem Kleinen nach.

„O, Du wirst Dein schönes Röckchen verderben, lieber Puck!" rief sie sorgend ihm nach; aber nur das heitere Gelächter des kleinen Kobolds antwortete ihr, dann war Alles still und das Männlein schien verschwunden.

Sie blieb mit gefalteten Händen am Kamingitter stehen und schaute erwartungsvoll aufwärts, den dunkeln, seltsamen Weg empor, den der kleine Puck gewählt; es war ihr so geheimnißvoll und doch so fröhlich zu Muthe; gerade wie am Christabend, wenn sie der Stunde der Bescherung entgegenharrte — da rauschte und klapperte es oben in der Höhe, und blitzschnell, wie ein Eichkätzchen, glitt der Kleine an der rußigen Wand niederwärts und im nächsten Augenblick schwang er sich wieder über die Eisenstäbe und stellte seine Last nieder vor das in stummes Erstaunen versenkte Kind.

„Warte nur einen Augenblick", sagte er lustig, „dann sollst Du sehen, wie hell es wird!"

Damit schwang er sich an der Wand in die Höhe und im Nu strahlten die silbernen Wandleuchter im Glanz der mitgebrachten Wachskerzen.

Die Kleine klatschte vor Vergnügen in die Hände.

„O, das ist noch nicht Alles," sagte das Heinzelmännchen mit wichtiger Miene; „jetzt gieb Acht!"

Er öffnete den mitgebrachten Korb; mit Zauberschnelle ward darauf von ihm der Tisch gedeckt und mit den kostbarsten Speisen besetzt.

Mechthild ließ sich nicht lange nöthigen.

„Ach, Du guter Puck," sagte sie dankbar, „wie sorgst Du für mich! Hat Dir das Alles die Margret gegeben?"

„Ja, Die," entgegnete der Kobold grollend, „die hat keine Zeit an Dich zu denken, die muß gaffen und naschen."

„Aber wer gab Dir das Alles, den schönen Braten und Kuchen und
gar die herrliche Pastete. Das ist gewiß das Schaustück, von dem mir
Margret erzählte, auf das sich der Koch so viel zugute thut!"

„Ja, das ist sie!" nickte der Kleine, „und die Gäste machten Gesichter zum Todtlachen, als sie plötzlich vor ihren Augen verschwand —
ha, ha, ha!"

„Verschwand?" fragte das Kind erstaunt.

„Ja, gewiß!" lachte Puck; „meinst Du, sie hätten sie freiwillig gegeben? Ich setzte mein Käppchen auf, da sahen sie mich nicht, und nun
packte ich Alles ein, von dem ich glaubte, es würde Dir gefallen."

Mechthild ließ den Bissen, den sie eben zum Munde führen wollte,
wieder fallen und starrte ungläubig den kleinen Kobold an.

„Was sagst Du?" flüsterte sie ängstlich.

Der Kleine lachte übermäßig. „Nun schau!" sagte er dann, „siehst
Du dies kleine, rothe Käppchen? Ich habe es unter dem Arm getragen,
so lange ich mit Dir sprach; gieb Acht, jetzt setze ich es auf!"

In demselben Augenblick war er den Augen des Kindes entrückt —
so aufmerksam sie auch umherschaute, sie sah nichts! Kein Schimmer seines
Purpurgewandes noch seiner goldnen Locken war zu erblicken, nur sein
helles Lachen dicht vor ihr belehrte sie, daß er noch da sei und zwar in
ihrer nächsten Nähe.

„O Puck, lieber Puck, mach' keine solche Scherze," bat sie ängstlich,
„ich fürchte mich sonst vor Dir!"

Im nächsten Augenblick stand er wieder vor ihr, schön und fröhlich
und schüttelte lächelnd seine blonden Locken.

„Du mußt Dich nicht fürchten," sagte er treuherzig; „für Dich werde
ich immer sichtbar sein und meines Käppchens mich nur bedienen zu Deinem Besten. Nun aber gieb auch mir zu essen! — Nein, nicht von dem
Braten! Brocke mir von dem Weißbrot in dies Schüsselchen und gieße von
der schönen, weißen Milch darüber! So bin ich's von Alters her gewohnt,
so that es auch die gute Magd bei Deinem Urgroßvater allabendlich, und
dafür stand ich freundlich zu dem Gesinde und half ihnen überall. Jetzt sind
die Menschen boshaft geworden, geben mir nicht, was mir gebührt, und
da thue ich ihnen auch nichts mehr zu Liebe."

„Nun, mein guter Puck," sagte die Kleine; ihm sein Schüsselchen
bereitend, „nun soll's Dir nie mehr fehlen! Weißbrot und Milch reicht
man mir stets zum Abendbrot und ich will's immer mit Dir theilen!"

Und nun verzehrten Beide unter fröhlichem Geplauder ihr Abendessen.

Längst waren die Sterne am Nachthimmel aufgetaucht, längst war die
Schlummerstunde der Kleinen herbeigekommen, aber Margret war noch
immer nicht zurückgekehrt; über all die Herrlichkeiten des Verlobungsfestes
hatte sie des armen, einsamen Kindes vergessen.

Endlich überwältigte die Kleine der Schlaf; sie legte sich nieder auf
die breite Polsterbank, die an der Wand hinlief, und obgleich sie ihrem
kleinen Freunde versicherte, daß sie gar nicht müde sei, so fielen ihr doch
gar bald die Aeuglein zu und sie schlummerte ein, während der kleine
Kobold zu Füßen ihres Lagers saß und mit leiser, weicher Stimme ihr
ein Schlummerlied sang. Wie Engelsfittiche schwebten die wundersamen
Töne durch das Gemach und um die Seele des schlafenden Mägdleins,
daß es ihr war, als neige sich die liebe Mutter wieder über sie mit ihrem
milden Lächeln.

Als sie endlich fest schlief, erhob sich der Kleine und in wenigen Augen=
blicken waren die Spuren seiner geheimnißvollen Thätigkeit verwischt. Die
Wachskerzen verschwanden von den Armleuchtern, die Ueberreste des köst=
lichen Mahles wurden wieder in den Korb gepackt und auf demselben selt=
samen Wege, auf dem sie geholt waren, wurden sie in die Schloßküche zu=
rückgebracht, wo der betrübte Koch sein vielbewundertes Schaustück, dessen
unerklärliches Verschwinden ihn wie die Gäste mit Entsetzen erfüllt, in
ebenso unerklärlicher Weise wiederfand.

Tief in der Nacht erst kehrte Margret zurück, mit einiger Bangigkeit
im Herzen, wenn sie ihrer vernachlässigten Pflicht gedachte. Sie fürchtete
sich fast vor den Thränen und Klagen des Kindes, dessen Lieblichkeit selbst
ihr leichtsinniges Herz gewonnen hatte; deshalb gedachte sie nun mit aller=
hand Leckerbissen, die sie vom Hausmeister erschmeichelt, die Kleine zu be=
schwichtigen.

Aber es war überflüssig! Mechthild schlummerte süß und sorglich
zugedeckt auf der breiten Polsterbank, und das Licht des Mondes spielte
sanft um ihre seidenweichen Locken und den kleinen, rosigen Mund.

Margret athmete erleichtert auf und nahm sich vor, von jetzt an um
so sorglicher ihre Pflicht zu erfüllen. Einige Tage blieb sie ihrem Vorsatz
treu, dann aber schlüpfte sie wieder in der Dämmerstunde hinaus, mit einer
Freundin zu plaudern, „nur auf einige Minuten“, wie sie Mechthild ver=
sicherte; am nächsten Abend blieb sie schon eine halbe Stunde, und kaum
war eine Woche ins Land gegangen, da hatte sie Reue und gute Vorsätze
vergessen und die arme Mechthild hätte wieder Grund zu heißen Thränen
und Klagen gehabt, wenn ihr kleiner Freund nicht dagewesen wäre, treulich
ihre Einsamkeit mit ihr zu theilen.

10*

Kaum war die Thür hinter Margret ins Schloß gefallen, so streckte der kleine Kobold sein blondes Lockenköpfchen aus dem Kamin heraus und sprang mit lustigem Gruß in das Gemach.

Mechthild klatschte dann vor Vergnügen in die Hände, denn es begann nun für sie die fröhlichste Stunde des Tages — wußte doch der kleine Kobold immer etwas Neues zu ihrer Belustigung zu ersinnen.

Schnell im Umsehen wandelte er oft sein jugendliches Ansehen und stand vor ihr alt und verschrumpft und im verschlissenen Gewande, ganz so, wie sie ihn aus Margret's Erzählungen kannte, und seine Stimme klang dann leise und heiser wie bei einem uralten Manne.

Bat aber die kleine Mechthild: „O nicht doch, lieber Puck, so mag ich Dich nicht! Geschwind, zieh wieder Dein hübsches Röckchen an!" — dann gehorchte er sogleich der kleinen holden Herrin und über das purpurne Sammtröckchen flossen wieder die goldnen Locken, die perlgestickten Stiefel glänzten noch einmal so prächtig und sein Lachen ertönte wieder silberhell von den purpurrothen Lippen.

Als der Herbst kam und die schönen Blumen im Burggarten verwelkten, seufzte Mechthild: „Ach wie schade, nun kann ich keine Blumen mehr pflücken und ich liebe sie doch so sehr!"

Da, am andern Abend, schwang sich Heinzelmännchen vorsichtiger als sonst über die Eisenstäbe des Kamins in das Zimmer, um die kostbare Last in seinen Armen nicht zu gefährden, und vor das erstaunte Kind legte er einen Strauß wunderbarer, nie gesehener Blumen und Früchte, gereift von einer andern Sonne.

„O Puck, Du guter Puck!" rief das Kind entzückt, „wo hast Du sie her? Hast Du sie etwa aus dem Paradiesgarten geholt? Denn bei uns auf Erden wachsen doch solche Blumen und solche Früchte nimmer!"

„Beinahe!" erwiederte lachend der Kobold; „heute Nacht, als Du schliefst, bin ich mit den Mondstrahlen um die Wette gelaufen, über schneebedeckte Berge und durch schlummernde Thäler, und die Flügel des Morgenwindes trugen mich darauf über das Meer, und dann kam ich in ein Land, wo ewiger Frühling herrscht und wo die Blumen nimmer welken. Da hab' ich sie geholt, damit Du nicht mehr über verwelkte Blumen trauern sollst."

„O Du guter, treuer Puck!" sagte das Kind und es glänzte Etwas wie eine Thräne in seinem Auge, als es sich niederbeugte und die Lippen leise in die flammenden Blumenkelche drückte.

Aber lustiger als alle Possen die der Kleine trieb, wunderbarer als die fremden Blumen und Früchte, die er nun oftmals aus der Ferne holte, dünkten Mechthild seine Erzählungen.

Stundenlang, während die Wärterin draußen immer länger weilte, saß sie regungslos mit gefalteten Händen und lauschte mit verhaltenem Athem der Mär aus längst vergangener Zeit. Seit Jahrhunderten lebte der Kleine in dieser Burg als treuer Hausgeist ihres uralten Geschlechtes, und treuer als die Chronik, in der die Thaten der Vorfahren verzeichnet waren, bewahrte sein Gedächtniß das Andenken jedes Einzelnen der langen Ahnenreihe. Was sie geübt — Gutes im Verborgenen und Böses sonder Scheu — die Nachwelt hatte das Eine vergessen und das Andere verziehen, aber Heinzelmännchen, mit dem stets offenen Geisterauge, hatte Alles gesehen und nichts vergessen. — Und vor dem erstaunten Enkelkind öffnete sich noch einmal die Gruft, und in blühender Jugendgestalt zogen sie an ihrem innern Auge vorüber, die dort unten längst in Staub zerfallen waren.

Dann eilte sie in den Ahnensaal, stand vor den Bildern und schaute sie an, bald in Liebe, bald in Grauen — sie, deren geheimstes Thun ihr erschlossen war.

„Woher weißt Du das, mein Kind?" fragte der Vater einst voll Erstaunen, als von der seligen Großmutter geredet ward, und Mechthild einen Zug aus ihrem Leben erzählte, der Keinem bekannt war.

„Ich weiß nicht!" stammelte die Kleine in plötzlichem Schreck; „ich glaube, es hat mir geträumt."

Noch wußte Keiner im ganzen Schloß von ihrer Freundschaft mit Heinzelmännchen; der kleine Gesell war nicht beliebt bei dem Gesinde wegen mancher Neckereien in früherer Zeit. Jahre lang hatte man gar nichts mehr von ihm gehört und nun war er plötzlich wieder aufgetaucht in ihrem Zimmer und erwies ihr alle Liebe und Güte.

Sie fürchtete, man möchte ihn wieder necken oder ihn gar vertreiben und so hatte sie über ihn gegen Alle geschwiegen.

So war es Winter geworden. Der Schnee lag hoch, der Sturm heulte Nachts um die Burg und pfiff im hohen Kamin, und dickes Eis überzog die Fenster.

„Du armer Puck", sagte eines Abends Mechthild, als der Kobold zähneklappernd ins Zimmer sprang; „das dulde ich nicht länger, daß Du in dem kalten Kamin hausest. Sieh nur, Reif und Schnee hängt in Deinen Locken und Du zitterst vor Kälte am ganzen Körper."

„Ja, ja," nickte der Kleine, „es ist sehr kalt!"

„Nun höre," fuhr das Kind fröhlich fort, „was ich für Dich ausgesonnen habe; Du weißt doch, dort hinter dem Vorhang ist mein Puppenwinkel — nun komm und sieh, wie ich ihn für Dich zur Wohnung eingerichtet habe."

Sie gingen nach der Ecke, wo Mechthild's Spielzeug lag.

„Siehst Du", sagte sie, den Vorhang lüftend, „die Puppen sind aus=
quartirt und in ihrem großen Himmelbett sollst Du fortan schlafen; mein
Tischchen und Stühlchen steht auch für Dich bereit, und der Vorhang ver=
birgt Dich vor den Augen Margret's, daß Du Dich auch den Tag über
dort aufhalten kannst, bis wieder der warme Sommer kommt. Nun aber
laß uns unser Abendbrot theilen, und dann erzählst Du mir wieder!"

So geschah es, und als spät Abends Margret aus der Gesindestube
wiederkehrte, schlüpfte Heinzelmännchen nicht zurück in den kalten Kamin,
sondern hinter den Vorhang und legte sich in das weiche Bettchen, und so
oft Mechthild in der Nacht vom Heulen des Sturmes geweckt wurde, rich=
tete sie sich empor, schaute nach dem geheimnißvollen Winkel und freute
sich, daß ihr kleiner Schützling vor Kälte und Sturm jetzt so wohl
geborgen war. —

Dem kalten Winter folgte der Frühling mit seinen Primeln und
seinen Lämmerwölkchen, und dann kam der Sommer mit seiner Blumen=
pracht in Feld und Hain.

Mechthild tauschte ihr trautes Thurmgemach mit dem Burggarten und
lief in den Wald, der unfern der Burg sich meilenweit in undurchforschtem
Dunkel dahinzog. Margret mußte sie begleiten, aber ihren Füßen war
der Weg zu weit und die Sonne ihr zu heiß, sie keuchte mühsam hinter dem
leichtfüßigen Kinde einher und mahnte beständig zur Rückkehr.

„O, liebe Margret, noch nicht!" schmeichelte dann die Kleine; „setze
Dich hierher in den Schatten dieser großen Eiche und halte Mittagsruhe;
ich suche unterdeß hier in Deiner Nähe Erdbeeren und Waldblumen, und
wenn mein Körbchen gefüllt ist, kehren wir heim!"

Margret war leicht zu bereden; sie ließ sich auf das weiche Moos
nieder, lehnte den Kopf an den Stamm und nickte ein, während Mechthild
jauchzend tiefer in den Wald lief. Kaum aber war sie aus dem Gesichts=
kreise ihrer Wärterin, so nahm der kleine Kobold, der sie unsichtbar bisher
begleitet hatte, sein Nebelkäppchen ab, warf es jubelnd in die Luft und
sprang nun sichtbar und mit hellem Lachen neben seiner kleinen Freundin
Mechthild einher.

Was waren das für köstliche Stunden! Ruhe, nie gestörte Ruhe um
sie her; selbst die Sommerlüftchen strichen schweigend durch die hohen
Baumkronen, die sich majestätisch wie ein Dom über dem Haupte des
Kindes wölbten. Mitunter floß ein Sonnenstrahl durch die wiegenden
Wipfel, glitt über den Moosboden und flog dann zitternd wieder hinan
an den uralten Stämmen.

Nie war der Frieden dieser Schöpfung entweiht worden; furchtlos huschten die Eichhörnchen herbei und schauten aus den hellen Aeuglein auf das schöne Kind und das Knäblein mit den blonden Locken.

Die Vöglein flogen nicht davon, wenn sie nahten, sondern sangen ungestört weiter und fütterten die Jungen in ihrem Nest sonder Scheu. Dann suchte die Kleine Erdbeeren und Waldblumen, und Heinzelmännchen führte sie an die Stellen, wo sie am reichlichsten wuchsen. Das Körbchen war im Umsehen gefüllt — Margret hatte noch nicht ausgeschlafen, das wußte sie — und so warf sich das Kind ins Moos, legte die Hände unter das Köpfchen und schaute schweigend hinauf zu den grünen Wipfeln.

Der kleine Puck setzte sich dann neben sie und schaute gleichfalls aufwärts. Er verstand die Sprache der Natur, wie einst König Salomo; er hörte, wie die Wipfel mit einander flüsterten von den Bäumen des Paradieses mit den goldenen Stämmen und den Blüten von Edelstein; er vernahm das Lied der Nachtigall, die ihrem brütenden Weibchen vorsang von der Schönheit des Vogel Phönix und von seiner unsterblichen Jugend; er sah die Käferlein mit den glänzenden Flügeln im Moose ruhen und verstand ihr leises Summen: ihre Gespräche von den bevorzugten Brüdern im fernen Indien, deren Flügeldecken wie Smaragden glänzten, so prächtig, daß die schöne Hindufrau ihre schwarzen Locken damit schmücke; und selbst der stumme, unbewegte Stein redete für Heinzelmännchen eine vernehmliche Sprache: von den Demanten fern über dem Meer, nach welchen der arme Sklave mit brennendem Auge spähe, ob er nicht endlich einen fände, groß genug, seine Freiheit dafür zu erhalten — — — Alles, Alles vernahm er und erzählte es dem Kinde, das schweigend, aber mit glänzendem Auge hinaufschaute in die flüsternden Baumkronen.

Und hatte ihre Seele lange genug gelauscht dem Zwiegespräch der Schöpfung, dann sprang sie auf, griff nach den Blumen und Beeren und nickte dem kleinen Kobold zu.

„Komm nun, lieber Puck, laß uns gehen, damit die Margret uns nicht aufsucht; morgen gehen wir wieder hierher!"

Und so kamen sie Tag für Tag, bis der Herbst mit kaltem Hauche auch in das Waldesgrün blies und die frischen Blätter gelb und welk am Boden lagen.

Dann kam wieder der eisige Winter, aber mit ihm auch die traulichen Abendstunden beim Kerzenglanz und dem flackernden Kaminfeuer. —

In so lieblichem Wechsel schwanden die Jahre und Mechthild blühte empor in holdseliger Anmuth, stets behütet und begleitet von Heinzelmännchen, dessen Freundschaft für sie unwandelbar geblieben war.

Sie war allmählich des Vaters Liebling geworden; manche Stunde, die er sonst auf der Jagd zugebracht oder beim Becher und Würfelspiel mit den benachbarten Burgherren, saß er nun daheim im Ahnensaal und horchte ihrem süßen Geplauder. Aber wie wunderbar wußte sie auch zu erzählen! Dinge, von denen er nie gehört, von deren Dasein er nicht einmal Kunde gehabt, und die der alte Schloßkaplan — ihr einziger Lehrer — sie nicht gelehrt haben konnte, denn dessen Wissenschaft erstreckte sich nicht so weit.

„Aber, mein Kind, woher weißt Du das Alles?" forschte der alte Ritter dann wieder erstaunt.

Das Mägdlein erröthete; sie konnte sich nicht entschließen, ihren treuen Freund zu verrathen.

„Ich kann's nicht sagen," lieber Vater; „es muß mir geträumt haben, oder die Bäume im Walde haben es mir zugeflüstert."

Das blieb ihre Antwort auf alles Drängen und dann sprang sie fort und eilte in ihr Thurmgemach, das sie aus alter Anhänglichkeit noch immer bewohnte, obgleich sie der Kinderstube und der Aufsicht Margret's längst entwachsen war. —

Es war wieder Frühling und in der Burg sah man nichts als Sonnen= schein, Lenzesblumen und fröhliche Gesichter.

Gertrud, Mechthild's letzte noch unvermählte Schwester, feierte heute ihre Hochzeit mit einem jungen, tapfern Ritter, nachdem sie die Bewer= bungen eines mächtigen, aber allgemein gefürchteten Grafen abgewiesen.

Zum ersten Mal erschien auch Mechthild im Kreise der Erwachsenen und ihre Anmuth gewann ihr die Herzen Aller.

Sie erhielt, wie es Brauch war in ihrem stolzen Geschlecht, von heute ab ihren eigenen Pagen, der sie begleiten mußte auf ihren Streifereien zu Fuß und Roß, und ihr Vater führte ihr deshalb den Sohn eines alten Jugendfreundes, den Junker Gero, zu, der in seiner Burg den Pagendienst erlernen sollte, bevor er an den Kaiserhof gesandt wurde, dort den hohen Frauen Dienst zu thun.

Es war ein wunderschöner Knabe, wenig älter nur als seine junge Herrin, mit braunem Lockenhaar und träumerisch dunkeln Augen, und Mechthild freute sich harmlos des künftigen Begleiters; aber Heinzelmänn= chen blickte finster, als sie spät Abends von dem neuen Pagen ihm erzählte.

„Wenn er mir nicht gefällt, werde ich ihn vertreiben!" sagte er zornig.

„O nein, lieber Puck, das darfst Du nicht!" bat Mechthild schmeichelnd; „wenn Du mich lieb hast, bist Du freundlich gegen ihn; sieh, er hat auch keine Mutter, gleich mir!"

Aber der kleine Kobold war verstimmt, zum ersten Mal seit dem
Beginn ihrer Freundschaft, und als sich Mechthild zur Ruhe legte, verschmähte er das seit Jahren ihm liebgewordene weiche Lager, schwang sich
in den Kamin und stieg auf die Plattform des Thurmes; dort schaute er
schwermüthig hinauf zu den Sternen, und es mochten wol gar traurige
Gedanken sein, die in schweigender Nacht durch seine uralte Brust zogen.

Am nächsten Morgen trat Gero mit einem Strauß von Frühlingsblumen in Mechthild's Thurmgemach, um das Betpult seiner jungen Herrin
damit zu schmücken, dann näherte er sich mit ritterlichem Gruß dem jungen
Mädchen, die in der Fensternische saß und, nach den Sitten jener Zeit, gar
emsig die zierliche Spindel drehte.

Heinzelmännchen saß neben ihr auf dem Fensterbret und hatte sein
rothes Mützchen aufgesetzt, als der Page eintrat; aber diesem gegenüber
half das nicht, denn Gero war ein Frohnfastenkind und erblickte den Kleinen
trotz seines Nebelkäppchens.

„Um Gott, Fräulein Mechthild," rief er mit allen Anzeichen einer
heftigen Abneigung, „wen habt Ihr in Euerer Gesellschaft? So wahr ich
Gero heiße, das ist ja einer von den Kobolden, die so viel Unheil stiften!"

Heinzelmännchen war heute nicht guter Laune und außerdem schien
Sanftmuth nicht zu seinen Tugenden zu zählen; so riß er denn sein
Mützchen vom Kopfe, ballte seine kleinen Fäuste und schrie zornig:
„Ja, Du kecker Gesell, der bin ich und rathe Dir deswegen Dich vor
mir zu hüten."

Gero wollte in gleicher Weise antworten, aber Mechthild wehrte ihm
freundlich.

„Nicht so, Gero; Heinzelmännchen ist seit meiner Kindheit mein Freund
und Begleiter, und ich danke ihm in all den Jahren manch heitere Stunde
und viel treue Dienste."

„Nun, das mag sein," entgegnete Gero besänftigt; „indessen wird er
seine Stelle jetzt an mich abtreten müssen, denn Ihr wißt, Fräulein, daß
das jetzt mein Amt ist."

„Ja, Gero, aber ich verlange, daß Ihr Frieden mit meinem alten
Freunde haltet."

„Das wird auf ihn ankommen!" erwiederte der Page stolz. „Soll ich
jetzt Euern Zelter satteln, Fräulein; wollt Ihr in den Wald reiten?"

„Ja, thut es, lieber Gero!" nickte Mechthild, und der Page verließ
ehrerbietig grüßend das Zimmer. Jetzt aber brach der Zorn des kleinen
Kobolds los; er nannte Gero einen hochmüthigen Narren und verschwur sich
hoch und theuer, sich nie von ihm verdrängen zu lassen.

Dann folgte er Mechthild, die ganz betrübt über den Zwist ihrer Diener die Treppe hinunterstieg. Als sie auf ihrem Zelter, gefolgt von Gero, zum Burgthor hinaussprengte, schwang sich Heinzelmännchen, wie gewohnt, hinter ihr aufs Pferd und trabte lustig mit ihr den Berg hinunter.

Aber lange sollte das Vergnügen nicht währen, denn kaum waren die Pferde auf der breiten, ebenen Straße angelangt, als Gero an die Seite seiner Herrin sprengte, mit einem raschen Griff sich des kleinen Puck bemächtigte, und ihn vor sich auf den Sattel setzte.

Gero bemächtigt sich des Kobolds.

Mit leichter Mühe hätte sich der Geist der Hand des Knaben entwinden können, aber Jener hatte wohlweislich sich des Nebelkäppchens auf seinem Haupt versichert, und so mußte Heinzelmännchen bleiben, wo er war, und alle Anstrengungen, sich der Hand des verhaßten Gegners zu entwinden. steigerten nur dessen übermüthige Neckereien.   .

„Ich will Dir's gedenken!" sagte der Kleine grollend, als ihn Gero bei der Rückkehr freiließ und ihm sein Käppchen zuwarf, und er hielt Wort.

Nachts, als der Page in seiner Kemnate ruhte und an der Seite eines größeren Gefährten in der breiten Bettstatt schlief, öffnete sich die

Thür und Heinzelmännchen schlüpfte herein. Er stellte sich an das Fußende, ergriff Gero bei der großen Zehe und zog ihn so weit herunter, daß seine Füße mit denen seines Gefährten in gleicher Linie waren. „Kurz und lang hat keinen Klang!" rief er dabei lachend, und ehe Gero noch völlig erwacht war, stand der Kobold schon am Kopfende des Lagers, erfaßte die langen Locken des Pagen und zog ihn in gleiche Linie mit dem Kopfe seines Genossen. „Kurz und lang hat keinen Klang!" wiederholte er dabei spottend und lachte boshaft.

Jetzt war Gero munter, sprang aus dem Bette und griff nach seinem Schwert. Fechtend eilte er damit durch das Zimmer, stürzte in alle Ecken und ließ keinen Fuß breit Raumes undurchsucht; aber der Geist entkam ihm überall, und sein heitres Spottgelächter sagte ihm, daß seine Anstrengungen vergeblich seien. — Grollend legte er sich nieder; doch kaum war er wieder eingeschlummert, als das alte Spiel von Neuem begann und trotz des Pagen Gegenwehr bis zur Morgendämmerung dauerte, wo dann Heinzelmännchen mit lautem Hohnlachen aus der Kemnate schlüpfte.

Solche Vorfälle trugen nicht dazu bei, die Gegner freundlicher zu stimmen, und Mechthild nahm es sich sehr zu Herzen, daß die Beiden, die ihr so treu dienten und denen sie so herzlich zugethan war, in so unversöhnlicher Feindschaft lebten. Alles freundliche Zureden war vergeblich; sie versprachen dann wol der holden Herrin alles Gute, aber bei dem nächsten Zusammensein überwältigte die alte Abneigung wieder die guten Vorsätze, und so beschloß Mechthild endlich eine Trennung ihrer Gemeinschaft: Gero sollte sie auf ihren Spaziergängen und Ritten begleiten, dem kleinen Kobold dagegen sollten die traulichen Morgenstunden im Erkerzimmer und die warmen Abende auf der Plattform des Thurmes gehören.

Heinzelmännchen fügte sich in stummem Grolle; er stieg, wenn die Stunde des Frühritts kam, hinauf auf die Plattform, und schaute wehmüthig den Reitern nach, die in ungetrübter Fröhlichkeit dahinsprengten, als gäbe es kein armes Heinzelmännchen auf der Welt, das trauernd ihnen nachblickte.

„Aber Geschichten, wie ich sie weiß, kann er doch nicht erzählen," tröstete er sich dann in leisem Selbstgespräch; „nein, er kann mich doch nicht verdrängen!" — Nein, wahrlich, der Sprache der Natur hatte der junge Page nie gelauscht, aber er vermochte doch der einsam aufgewachsenen Mechthild des Wunderbaren viel zu erzählen: von glänzenden Turnieren, von der Pracht der letzten Kaiserkrönung, die er mit angesehen, und von den wunderholden Damen, die den Thron umgaben. Ach, wie herrlich klang das Alles, und das leise Lied des Waldes verhallte allmählich in ihrer Seele vor dem brausenden Reigen des Lebens. —

Gero hatte sich nicht bei Mechthild über des Kobolds Streich in jener Nacht beklagt, aber vergessen hatte er ihn nicht und verziehen noch viel weniger; er wartete nur auf eine Gelegenheit zur Rache und sie kam bald.

Eines Abends weilte Mechthild noch bei ihrem Vater im Speisesaal und Heinzelmännchen saß einsam auf der Plattform. Seine kleinen Füßchen hingen über die Brüstung hinunter und er belustigte sich damit, den großen Hofhund zu necken, der bellend zur Höhe hinaufblickte. Bald streckte er das eine Beinchen vor, bald das andere, und rief dazu mit seinem Stimmchen: „Guck' mein klein Bein, guck' mein klein Bein!"

Gero, der das gewahrte, eilte leise die Thurmtreppe hinan, trat ungesehen hinter den Kobold, und gab ihm einen so kräftigen Stoß, daß der kleine Schelm in den Hof hinabflog. „Nun guck' Dir den ganzen Kerl an!" rief er dabei lachend, und beugte sich über die Brüstung, der Luftreise des kleinen Mannes zuzuschauen; er wußte wohl, daß sich Geister nicht die Hälse brechen und der Kleine mit dem Schreck davonkommen würde.

So geschah es auch; Heinzelmännchen raffte sich auf, drohte mit der kleinen Faust hinauf zum Thurm und schrie zornig: „Wart' nur, ich will Dir's gedenken."

Wol war der Page jetzt auf seiner Hut und verschloß sorgfältig jeden Abend die Thür zu seiner Kammer, aber Geister vermögen durch die kleinste Oeffnung zu schlüpfen und auch Heinzelmännchen bediente sich dieses Vorrechts; er glitt eines Nachts geräuschlos durch den Kamin in das Gemach des Pagen, nahm den Tiefschlafenden vorsichtig in seine Arme und fuhr durch das Fenster mit seiner Last hinab in den Hof.

Dort, quer über den fast unergründlich tiefen Brunnen, über den er schon vorher zwei große Scheite Holz gelegt, bettete er den Schlummernden, so daß nur Kopf und Fersen den Steinrand des Brunnens berührten und die leiseste, willenlose Bewegung des Schläfers ihn in die Tiefe stürzen mußte.

Dann sprang er mit unterdrücktem Hohngelächter die Thurmtreppe hinan zur Plattform, lehnte sich über die Brüstung und schaute auf den armen Pagen, der, vielleicht von lieblichen Träumen umgaukelt, nicht ahnte, daß er über einem sicheren Grabe ruhe.

Stunde auf Stunde verrann — der Schläfer rührte sich nicht, aber auch der kleine, boshafte Geist wich nicht von seinem Standpunkt.

Die Sterne erbleichten, im Osten schwammen schon kleine rosenrothe Wölkchen; nun erwachte auch der Morgenwind und flog mit leisem Gruß über die Stirn des Schlummernden. — Gleich mußte nun der Hahn krähen, dann würde Gero erwachen, sich aufrichten wollen und in die Tiefe stürzen.

Mit zwiefach scharfem Auge schaute jetzt der Kobold auf sein Opfer.

Der verhängnißvolle Augenblick kam — durchdringend flog der Hah=
nenschrei über den Hof und Gero schlug die Augen auf. Ohne sich zu
rühren — denn die Glieder waren wie erlahmt von dem harten Lager —
flog sein Blick nach oben.

Ueber ihm zogen die Wolken, und der Morgenwind, der ihre rosen=
rothen Segel schwellte, spielte ihm um Stirn und Wangen; und dort vor
ihm, von der Höhe des Thurmes, schauten zwei wohlbekannte Augen zu
ihm hernieder, glühend von Haß und Racheburst.

Sogleich erkannte sein schneller Geist die Gefahr, und leise tastend
suchte er zu ergründen, wo er sich befand. Todesschrecken durchzitterte ihn,
als er den Steinrand des Brunnens unter seinem Kopfe fühlte und er=
kannte, daß nur zwei dünne Scheite Holz die Grenze zwischen ihm und
dem Verderben bildeten. Aber er verlor weder Besonnenheit noch Muth.
Er klammerte sich mit den Händen an die steinerne Einfassung, und vor=
sichtig, ohne die Holzscheite zu verrücken, zog er sich in die Höhe, bis er
auf dem Brunnenrande saß, von wo er dann mit einem Schwunge auf
sicherem Boden war.

„Ausgelacht, Freund Puck!“ rief er, mit der Hand drohend, nach
dem Thurm hinauf, wo der kleine Kobold noch immer lehnte und voll
tiefen Grolls beobachtet hatte, wie sein Feind dem Tode entkommen war;
dann aber eilte Gero zurück in seine Kemnate, sich dort von dem Todes=
schrecken zu erholen, den er nur dem kleinen boshaften Geist gegenüber nicht
hatte zeigen wollen. Er nahm sich dabei fest vor, fortan mit Heinzel=
männchen Frieden zu halten, dessen Feindschaft doch gefährlicher war als
er gedacht hatte. —

Der Zauber der alten Tage mit seiner Heiterkeit und seinem unge=
trübten Frieden kehrte nun wieder, wenigstens dünkte es Mechthild also,
die nicht in die Herzen ihrer Diener schauen konnte, und sie genoß ihn mit
doppeltem Behagen. Seit lange waren die Morgenstunden im Thurm=
gemach nicht so fröhlich verstrichen; die Spazierritte im dunkeln Walde
dünkten ihr nun schöner noch und die Schilderungen der unbekannten Welt
noch glänzender.

Und dann — als Schluß des glücklichen Tages — die wundervollen
Abende auf der Höhe des Thurmes.

Weit hinaus schweifte von hier aus ihr Blick, bis zu dem breiten
Strom am Saume des Horizontes, dessen Wellen im Strahl der scheiden=
den Sonne aufglühten; sie sah um sich her die waldbewachsenen Berge mit
den schimmernden Schlössern; in den Thälern, im Grün der Haine und

Weinberge, die Hütten der frommen Landleute, und dort zu ihren Füßen ihren Wald, ihren lieben, geheimnißvollen Wald, der ihr so wunderbare Dinge vertraut.

Die Sonne sank, ein leiser Nebel hob sich aus Thal und Wäldern und schimmerte rosenroth im Widerschein des scheidenden Lichtes. Wie ein Schleier schwebte er über der Landschaft und deckte gleich unburchbringlich glückliche wie trauernde Herzen. Nun zogen die Sterne herauf, strahlend in ihrer uralten und doch ewig jugendlichen Schönheit.

„Was reden die Sterne mit einander, mein Freund, verstehst Du auch ihr Lied?" fragte sie.

Und Heinzelmännchen, der Geist, dessen Ursprung die Elemente waren und der die verwandten Stimmen der Schöpfung in der Höhe und in der Tiefe allüberall vernahm, schaute ernsten Auges empor zum Nachthimmel und dann erzählte er ihr von der Harmonie der Sphären, die zu erhaben sei für das Ohr der Staubgeborenen, und von dem Lobgesang der Gestirne für Den, dessen mächtige Hand ihnen die Bahnen vorgezeichnet, die sie wandeln seit Jahrtausenden — und Mechthild lauschte wieder mit verhaltenem Athem.

„Wie schön, wie wunderbar ist das Alles," sagte sie endlich; „wie dank' ich Dir, mein weiser Freund, und wie glücklich bin ich doch — c. möchte es lange währen!" Dann stieg sie hinunter in ihr Thurmgemach und legte sich zum Schlummer nieder.

In ihrer Seele tönte noch der Nachhall dessen, was sie heute vernommen — der Reigenklang des buntbewegten Lebens und das Lied der Sterne — und sie freute sich des Traumes der Nacht. —

Der Mond schien hell in ihr Zimmer, als sie plötzlich erwachte — Heinzelmännchen stand an ihrem Lager.

„Was giebt es, warum weckst Du mich, lieber Puck?" fragte Mechthild, noch schlaftrunken.

„Eile, eile! Hörst Du nichts?" rief der kleine Kobold bringend, „es gilt Deine Freiheit und Dein Leben!"

Mechthild richtete sich erschreckt empor.

„Was ist's denn, um aller Heiligen willen?" rief sie.

„Der mächtige Graf, den Deine Schwester Gertrud abgewiesen, kommt die angethane Schmach zu rächen. Er weiß, daß Dein Vater mit einem großen Theil seiner Reisigen auf einige Tage abwesend ist, und so überfällt er nun die unvorbereitete Burg, wird ihre Schätze rauben und vor allen Dingen Dich gefangen fortführen."

„Barmherziger Himmel!" rief Mechthild, zum Tode erschrocken, und sprang von ihrem Lager auf; sie warf ein Gewand um und eilte an das

Fenster. — Der Mond beleuchtete fast tageshell den Burghof und zeigte ihr deutlich die drohende Gefahr.

Lautlos waren die Mannen des Feindes über die Mauer gestiegen, deren Wächter ahnungslos im tiefsten Frieden schlummerte, und während ein Theil sich um den riesigen Anführer drängte, seinen leise ertheilten Befehlen zu lauschen, eilte der andere an die Zugbrücke; sogleich rasselten ihre Ketten herab und die nachdringenden Schaaren strömten in den Hof.

Noch schlief Alles in der Burg, da erweckte das Geräusch der nieder= fallenden Brücke den säumigen Thorwart, und die Gefahr erkennend, stieß er mächtig in sein Horn.

Wie ein Todesschrei tönte dieser Ruf über den Hof, brach sich wieder= hallend an den Erkern und Zinnen, und die friedlichen Schläfer fuhren auf.

Alles war das Werk weniger Minuten gewesen, und Mechthild hatte angstbebend und rathlos hinausgestarrt, während Heinzelmännchen in Schränken und Truhen kramte und aus den werthvollsten Kleidern und Schmucksachen ein Bündel schnürte.

„Nun geschwind, Mechthild, zögere nicht!" mahnte der Kobold; „Dein Leben und Deine Freiheit hängt an Minuten."

„Was muß ich thun, guter Puck?" rief Mechthild in höchster Seelen= angst, während ihre zitternden Hände sich wie zum Gebete falteten.

„Wirf die nöthigsten Kleider über und dann laß uns gehen!"

„Mitten durch die Feinde?" fragte das Mägdlein zagend, während sie mit bebenden Händen ihre Gewänder anlegte.

„Mitten hindurch!" sagte der Kleine zuversichtlich; „laß mich nur sorgen!" — Schnell war sie bereit und trat nun noch einmal ans Fenster.

„O schau nur!" rief sie händeringend; „da hat das Handgemenge schon begonnen; ach, unsere armen Knappen! Was können sie, in der Eile nur nothdürftig bekleidet, gegen die Ueberzahl geharnischter Männer aus= richten! Ach, die Armen sind verloren! Und dort im dichtesten Haufen kämpft Gero wie ein Löwe — o, lieber Puck, rette ihn!"

„Ich habe mit uns allein genug zu thun!" murrte Heinzelmännchen, der auch in der Todesgefahr seinen Groll gegen den armen Pagen nicht vergaß; „siehest Du nicht den Haufen, der jetzt auf des riesigen Anführers Befehl sich Deinem Thurme nähert?"

„O Barmherziger, rette mich!" rief Mechthild in Todesangst.

„Sei ruhig!" sagte Heinzelmännchen zuversichtlich, „und thue, was ich Dich heiße! Oeffne die Thür so weit als möglich!"

„Die Thür soll ich öffnen und meine Feinde selbst hereinlassen?" fragte das Mägdlein angstvoll.

„Oeffne die Thür und zögere nicht!" befahl Heinzelmännchen be=
stimmt. Mechthild wankte zur Thür und that, wie ihr befohlen.

„So ist's gut!" nickte der Kleine, das Bündel in beide Arme fassend,
nun nimm mich auf den Arm und stelle Dich neben die geöffnete Thür."

Mechthild gehorchte, obgleich sie nichts begriff; aber die Ruhe des
Kleinen belebte auch ihren Muth. Der Geist war keine schwere Last, sie
spürte ihn kaum. So stand sie mit laut pochendem Herzen und wartete
des entscheidenden Augenblicks.

Jetzt erschallten klirrende Schritte auf der Treppe — da nahm Hein=
zelmännchen sein Nebelkäppchen und setzte es auf Mechthild's schönes Haupt.

Nun ahnte sie den Weg zur Rettung und ein freudiger Athemzug
erleichterte ihre Brust.

Die klirrenden Schritte tönten näher und näher; nun stürmte eine
Anzahl Gewappneter in das bisher so friedliche Gemach, hart an Mechthild
und ihrem kleinen Freunde vorbei, die durch die Macht der Nebelkappe
ihrem Auge verborgen blieben.

Sie wußte es wohl, aber dennoch vermochte sie kaum einen Schreckens=
schrei zu unterdrücken, als sie die wilde Wuth in den Gesichtern der Söld=
linge sah, mit der sie auf ihr Lager zustürzten.

„Es ist leer," schrie der Anführer mit Donnerstimme; „die Dirne ist
entflohen! Aber wir müssen sie bringen — lebendig oder todt! Der Graf
befahl es mir bei meinem Haupte. Laßt uns suchen, sie muß noch im
Gemach versteckt sein!" Und während nun die Söldner begannen jeden
Winkel zu durchforschen und jeden Schrank zu öffnen, flüsterte Heinzel=
männchen in das Ohr seines Schützlings: „Jetzt leise fort!"

Mit laut pochendem Herzen, aber unhörbarem Schritt schlüpfte
Mechthild zur Thür hinaus, eilte die Treppe hinunter und prallte fast
gegen den Reisigen, der unten an der Thür des Thurmes Wache hielt,
um jeden Fluchtversuch zu verhindern.

Dank Heinzelmännchens Nebelkappe — er sah sie nicht, und so war
sie glücklich im Burghof angelangt.

Wild wogte hier der Kampf: wüthendes Geschrei, laut schallende
Hiebe auf das Erz der Rüstung und schauerliches Todesröcheln — und
über dieser Scene voll Blut und Jammer wölbte sich ein tiefblauer Nacht=
himmel und strahlte der Mond in stillächelnder, friedvoller Klarheit.

Wo war Gero, der treue Page? Ihr Auge eilte noch einmal in Todes=
angst zu jener grausigen Scene, von der es sich eben schauernd abgewandt,
aber seine hohe Gestalt ragte nicht mehr empor aus dem kämpfenden Haufen
— war er verwundet oder gar schon gefallen in ihrer Vertheidigung?

Flucht aus dem brennenden Schlosse.

„O, lieber Puck," bat sie flehentlich, „rette meinen treuen Pagen; Du kannst es, denn Du hast die Macht dazu."

„Nein, das habe ich nicht," flüsterte der Kleine zornig; „ich müßte Dir denn die Nebelkappe abnehmen und sie dem Pagen aufsetzen — dann bist Du der Wuth dieser Unholde preisgegeben. Willst Du das?"

Sie seufzte laut und sagte nichts mehr.

Nun waren sie an der Zugbrücke. Dort war es stiller, nur der Leichnam des armen Thorwarts lag dort, das warnende Horn noch in der erstarrten Hand — so theuer hatte er seinen Schlummer zahlen müssen!

Mechthild schrie laut auf und eilte über die Zugbrücke hinaus aus den Mauern der Burg.

Wie eine verfolgte Taube flog sie den Felsenpfad hinab und hin durch die Kornfelder, die im Mondlicht wogten wie fließendes Gold. Jetzt sah sie den Wald vor sich, und es war, als senke er seine grünen Wipfel ihr entgegen wie mütterliche Arme, seinen erschreckten Liebling aufzunehmen.

In der nächsten Minute hatte sie seinen Schatten erreicht und sank athemlos am Fuß des uralten Eichbaums nieder, der in früheren Jahren der alten Margret so oft ein kühles Ruheplätzchen gewährt.

Sie waren der drohendsten Gefahr entronnen; Heinzelmännchen sprang von Mechthild's Arm und verwahrte wieder sorglich sein hülfreiches Käppchen.

„So," sagte er dann, sich zu ihr setzend; „hier können wir einen Augenblick ruhen; dann laß uns weiter wandern!"

„Aber wohin?" fragte Mechthild traurig; „nach welcher Burg wir uns auch wenden würden, gastfreundliche Aufnahme zu erbitten — sicherlich würden wir in die Hände des Grafen fallen."

„Gewiß!" nickte der kleine Kobold; „aber ich weiß einen sicheren Zu=fluchtsort. Tief drinnen im Walde, wohin nie der Fuß eines Spähers dringt, steht die Hütte eines Waldwärters. Der Greis ist längst gestorben und begraben im Waldesgrün, am silberhellen Quell, und seine Stelle nicht wieder besetzt worden, aber sein Hüttlein steht noch unversehrt unter dem Felsenvorsprung und das Mooslager ist weich und duftig — es ist ein besseres Obdach für ein zartes Mägdlein als das Blätterdach des Waldes."

„O," sagte Mechthild zusammenschauernd, „wie werde ich mich fürch=ten in jener Einsamkeit. Laß uns lieber hier noch ein wenig weilen, viel=leicht kommt Gero noch und es gelingt ihm, sich zu meinem Vater durch=zuschlagen und ihn zur Hülfe herbeizurufen."

Aber ehe Heinzelmännchen noch Antwort geben konnte, wurde es plötz=lich fast tageshell um sie her, und Mechthild sah ihre geliebte Burg, das Stammschloß ihres alten Geschlechts, in Flammen stehen.

Der Feind hatte die Brandfackel in die Gemächer geschleudert, daß die Lohe gen Himmel stieg und die Gegend rings umher erleuchtete.

Auch der Platz unter dem Eichbaum ward erhellt und Heinzelmännchen zog seinen Schützling eilig hinter den mächtigen Stamm.

Von hier aus schaute Mechthild mit thränenden Augen hinüber auf ihre in Trümmer stürzende Heimat.

Sie sah die feindlichen Reisigen in einen dichten Kreis treten und aus ihm hervor die riesige Gestalt des Grafen ragen. Einige Minuten standen sie so, wahrscheinlich seinen Befehlen lauschend, dann löste sich der Kreis und die Söldlinge zerstreuten sich nach allen Seiten.

Einige von ihnen eilten den Felsenpfad hinab und blieben von Zeit zu Zeit stehen, um spähende Blicke umher zu werfen.

„Um Gottes willen, was wollen sie nur?" fragte Mechthild mit ahnungsvoller Angst.

„Dich suchen und zu dem Grafen bringen, der gewiß einen hohen Preis auf Deine Ergreifung gesetzt hat," sagte Heinzelmännchen; „Du magst nun entscheiden, ob wir fliehen wollen oder auf Gero warten."

„Fliehen, fliehen!" drängte Mechthild.

Da ergriff Heinzelmännchen ihre Hand und in geflügelter Eile ging es fort, tiefer in den Wald hinein.

Noch lange folgte ihnen die schauerliche Helle und immer war es dem bebenden Mägdlein, als höre sie die klirrenden Schritte der Verfolger hinter sich. Der Angstschweiß perlte über ihre Stirn, ihr Herz schlug wie bei einem gefangenen Vöglein; fast hatte ihre Brust keinen Athem mehr, aber gejagt von Todesangst wagte sie nicht zu rasten, sondern eilte weiter, und immer weiter an der Hand ihres kleinen Führers.

Sie befanden sich nun an der Stelle, wo sie früher so viele herrliche Stunden verlebt.

War das wirklich derselbe Wald? — Sie warf einen flüchtigen Blick um sich. Wo war der Frieden, der hier einst geherrscht?

Die Bäume, die so oft zu ihr geflüstert von einer schöneren Zeit, die starrten jetzt auf sie nieder wie grimmige Riesen und der Nachtwind in ihren Wipfeln rauschte: „Fliehe, fliehe!"

Nun kamen sie in unbekanntes Gebiet: dichter drängten sich die Stämme, verschlungener wurden die Gebüsche — es schien, als wolle Alles ihre Flucht aufhalten; aber Heinzelmännchen schritt jetzt voran und bog mit mächtiger Hand die Zweige zurück, daß kein Blättlein ihr schönes Haupt streife.

So ging es weiter, immer weiter auf weichem Moosboden; längst war die Helle zurückgeblieben und das Mondlicht vermochte kaum dieses

Dickicht zu durchdringen, aber Mechthild schaute auf die Locken ihres kleinen
Führers, die mit goldigem Schimmer durch die Waldnacht leuchteten, und
sie strauchelte nicht.

Da plötzlich schimmerte ihnen ein Strahl entgegen, nicht blendend wie
jene grausige Helle von vorhin, sondern mild und silberklar; dann drang
ein leises Murmeln an das Ohr der Wanderer und nach wenigen Minuten
standen sie am Rande eines Thälchens, das hier — vergessen von der Welt
— mitten im Herzen des Waldes, wie eine Friedensheimat ruhte.

„O wie schön!" rief Mechthild aus tiefster Seele und ihr Auge flog
in neuer Hoffnung über das Thal und die kleine Quelle, die im Mondlicht
glitzernd wie eine Silberader sich durch den grünen Rasen hinwand.

Drüben am andern Thalrand erhob sich ein mosiger Felsen und unter
seinem überhängenden Dach das trauliche Hüttchen des alten Waldwärters.
Der Strahl des Mondes spiegelte sich in dem einzigen Fensterlein und
zitterte auf der Steinbank, die vor der niedern Thür stand.

„Du treuer, guter Puck, wie dank' ich Dir!" sagte Mechthild mit
gerührter Stimme; „wie friedvoll ist es hier — nein, hier werde ich mich
nicht fürchten!" Und sie folgte dem Kleinen, der über das kunstlose Brück-
lein und auf die Hütte zuschritt; hier griff er auf das Fenstersims und
langte einen Schlüssel herab.

„Alles noch wie vor Zeiten," sagte er in leiser Erinnerung, damit
hatte er die Thür geöffnet und Beide traten ein.

Es war nur wenig Raum darin, aber genug für genügsame Herzen
und arme Flüchtlinge, die keine andre Heimat mehr hatten.

Im Vorplatz stand der Feuerherd und darüber, an dem eisernen
Haken, hing noch der blanke Kessel, als habe er eben erst sein gastliches
Werk gethan. Links führte eine Thür in das einzige Gemach des Hauses,
und als Heinzelmännchen sie öffnete, quoll ihnen der Duft wohlriechender
Waldkräuter entgegen — ein ungewohntes Lager für ein zartes Fräulein,
aber das arme, todtmüde Kind begrüßte es mit einem Freudenruf.

„Nicht wahr, nun kann ich schlafen, lieber Puck, und Du bleibst bei
mir? Ach, wie bin ich so müde!"

Der Kleine nickte und löste eifrig das Bündel.

„Hier!" rief er, zum ersten Mal wieder mit dem alten, heitern Lachen;
„ich wußte es wohl, daß wir hierher flüchten und daß Du dann dieses
brauchen würdest!"

Und damit nahm er eine weiche Decke hervor, die daheim immer auf
Mechthild's Ruhebett gelegen hatte.

„Gutes, treues Heinzelmännchen!" lächelte das Mägdlein, dann legte sie sich auf das Mooslager, zog die weiche Decke über sich und schaute noch einmal freundlich auf den treuen Kobold, der sich zu ihren Füßen niedersetzte. Gleich darauf war sie eingeschlafen und vergaß in sanften Träumen das erste bittere Leid ihres jungen Lebens.

Die Sonne stand schon hoch am Himmel, als sie erwachte; durch das geöffnete Fenster drang der kräftige Duft des nahen Waldes und das Rauschen seiner Bäume.

Mechthild richtete sich empor, aber die Wandlung war so gewaltig und ihr Traum so lebendig gewesen, daß sie sich nicht gleich zurecht zu finden vermochte.

Ach ja, nun wußte sie's: Sie war ja im Hüttchen des alten Waldwärters und die Decke — wie niedrig und gebräunt sie auch war, vermochte sie doch zu schützen vor Regen, Sturm und Sonnenbrand und bot ihr, der Heimatlosen, ein sicheres Obdach.

Aber was war das?

Stand nicht dort an dem geöffneten Fenster ihr schöner, gestickter Lehnsessel, das einzige, sorgsam gehütete Andenken von der Hand der seligen Mutter, in dem sie so manche Stunde verplaudert mit ihrem kleinen Freunde, und ruhte dort in jenem Winkel nicht ihre Harfe und die silberne Spindel, noch umsponnen von dem feinen Faden?

Sie schaute staunend umher und fuhr dann mit der Hand über die Augen, als wolle sie das letzte Blendwerk des Traumes zerstreuen — aber nein, es blieb, und sie erhob sich und trat heran, es mit der Hand zu berühren. Alles hielt Stand und schwand nicht in die Luft gleich neckendem Zauberwerk — und dort an der Rückwand des kleinen Gemachs stand ihr Ruhebett mit den Damastvorhängen und als sie dann schnell die Vorhänge zurückschlug, da hingen dort die Bilder der theuern Eltern, wie sie in ihrem Thurmgemach gehangen an derselben Stelle.

Und während sie mit gefalteten Händen auf die theuern Angesichter schaute, prasselte draußen auf dem Herd die Flamme, in dem Kessel brodelte es und Heinzelmännchen — als hätte er nicht länger als ein Menschenalter geruht von solcher Arbeit — hantirte in Schrank und Kästen, klapperte mit Tellern und Töpfen und rüstete das Mahl für sich und seinen Liebling.

Und dann saßen sie draußen auf der Steinbank und das kleine, tannene Tischchen, an welchem der Greis einst seine einsamen Mahlzeiten gehalten, stand vor ihnen und die schmackhaften Speisen gaben Zeugniß von Heinzelmännchens Geschicklichkeit.

Mechthild, mit dem glücklichen Vorrecht der Jugend, hatte ihre nächt=
liche Angst schon halb vergessen, die Speisen mundeten ihr und Heinzel=
männchens heitre Miene belebte ihren Muth — so glaubte sie gern seinen
Trostsprüchen auf eine bessere Zukunft. Dazu war es gar still und friedlich
um sie her. Die Sonne lächelte so hell hernieder auf ihr Thälchen und auf
sie selbst, als hätte sie in ihrem vieltausendjährigen Lauf noch nie auf
Jammer und Thränen geblickt.

Die kleine Quelle zog glitzernd und murmelnd durch die Wiese und
glättete spielend die Steinchen auf ihrem Grund, und der Wald rauschte
dabei so wunderlieblich, daß es ihr war, als zögen die Akkorde der alten
Zeit wieder durch seine wiegenden Kronen.

Und dabei plauderte Heinzelmännchen so lustig von den nächtlichen
Heldenthaten, die er verübt, als Mechthild hier in der Hütte in sicherem
Schlafe ruhte; wie er schneller fast als der Nachtwind hinter den Räubern
hergeeilt sei, ihre hochbepackten Wagen in den Abgrund neben der Heer=
straße gestürzt habe und dort, wo Niemand ihn stören konnte, aus dem
Raube die Sachen gewählt habe, mit denen er Mechthild's neue Heimat
geschmückt.

Nun solle sie furchtlos hier bleiben, bis es dem Vater und seinen
Freunden gelungen sei, den räuberischen Grafen zu züchtigen, und sie dann
gefahrlos zurückkehren könne.

„Noch läßt er Dich von seinen Leuten suchen,“ schloß der kleine
Kobold; „ich sah sie nach allen Richtungen spähen und schleichen, denn er
möchte Dich als Geißel besitzen gegen die Rache Deines Vaters; aber sie
werden Dich nicht finden, denn Gebüsch und Dornen sind undurchbringlich
und ihre Hand ist nicht mächtig, wie die meine, sie zu lösen.“

So blieb sie denn in ihrem Zufluchtsort, und hätte nicht der Schmerz
um Gero und die Sehnsucht nach dem geliebten Vater an ihrer Seele ge=
nagt, so würde sie in diesem schönen Thale heiter und glücklich wie in der
alten Heimat gewesen sein.

Heinzelmännchen war vom ersten Morgenstrahl an bei der Arbeit und
so eifrig, als hätte er das Jahrhundert der Ruhe wieder einbringen müssen,
und so oft auch Mechthild seine Arbeit theilen wollte — er duldete es nicht.
Zierlich gekehrt und gelüftet war das Gemach wenn sie erwachte, und ein
Strauß frischer Waldblumen oder würziger Beeren duftete ihr tagtäglich
als Morgengruß entgegen.

Und wenn sie dann spinnend vor dem Hüttlein auf der Steinbank
saß, klapperte drin Heinzelmännchen lustig mit Teller und Tiegel und rüstete
das Mahl.

Und darauf, als sei die fröhliche Gewohnheit nie unterbrochen worden, ging es in den Wald; Mechthild ruhte wieder im Moose und Heinzelmännchen öffnete abermals die Schätze seines tausendjährigen Wissens, welche die Spanne menschlichen Erkennens so unerreichbar weit überflog.

Aber in diese Klänge aus der Urzeit, in die Geschichte untergegangener Welten und in die Gesetze werdender Planeten tönten leise, aber schmeichelnd süß, Stimmen aus nicht ferner Zeit, Stimmen, die da flüsterten von jenem glänzenden Leben draußen in der Welt, einem Leben, das ihr, der Tochter der Menschen, verständlicher klang und nicht unerreichbar war, wie jene versunkenen Welten.

Dann kam der Herbst, die Blätter fielen, und der Wind, nicht mehr abgehalten von den grünen Laubwänden, pfiff kalt und feucht um die Wände ihrer Hütte, und Mechthild, die Blumen und Sommerlüfte über Alles liebte, mußte die Bank vor der Hütte mit dem Lehnsessel am Fenster tauschen.

Nun ward es Winter. Die Schneeflocken rieselten herunter, dichter und dichter, und bald schlummerte Thal und Quelle unter der starren, weißen Decke; an den entblätterten Zweigen der Bäume hingen Tausende kleiner Eiszapfen und wenn die Sonne darauf schien, blitzten sie wie Demanten und schlugen klappernd zusammen bei jedem Lufthauch.

Schön war es, aber kalt, und es dünkte Mechthild einsamer als je, und Schmerz und Sehnsucht kamen wieder über sie. Wol saßen sie Abends traulich zusammen am flackernden Kaminfeuer und Mechthild spann wie immer, aber öfter als sonst ließ sie die Spindel ruhen, und Heinzelmännchens schöne Geschichten aus dem unerschöpflichen Vorrath seiner Erinnerungen ergötzten sie nicht mehr wie früher. Viel lieber hörte sie von dem, was er erkundet auf seinen nächtlichen Streifereien, während sie sorglos schlummerte. Er erzählte ihr dann, was er gesehen, wenn er unter dem Schutz seines Nebelkäppchens in die Fenster der Burgen geschaut, und was er erlauscht, wenn er sich unsichtbar in die Gemächer schlich.

„Im Frühling geht es dem Bösewicht schlimm," schloß er dann frohlockend; „bis dahin haben sie noch zu thun mit ihren Vorbereitungen, denn seine Veste ist wohlverwahrt; aber sowie die Wege frei werden vom Schnee, ziehen sie Alle aus, Deinen Vater zu rächen."

„Ach, wäre es doch schon Frühling!" sagte dann das Mägdlein.

Und es ward Frühling.

Das Eis thaute von dem Fenster des Hüttleins; die kleine Quelle murmelte noch einmal so lustig nach dem langen Schlummer unter der spiegelglatten Decke und im Walde waren die Demanten zerronnen und braune Knospen und junges Laub drängten sich an ihre kalte Stelle.

„Es wird Frühling!" jubelte Mechthild und eilte vor die Thür, mit den
Brosamen ihres Mahles die heimgekehrten Schwalben zu locken — „es wird
Frühling, mein guter Puck, und nun werden wir bald den lieben Vater wieder-
sehen, denn jetzt ziehen unsere Freunde sicherlich aus, den Feind zu bekämpfen."

Alltäglich eilte jetzt der kleine Kobold in die Ferne, schaute aufmerksam den Belagerern zu, und wenn es ihnen gelungen war, immer engere
Kreise um die Burg des Feindes zu schließen, immer neue Lücken in die
festen Mauern zu brechen, so eilte er geflügelten Schrittes zurück in das
stille Thälchen, und Mechthild lauschte seinem Bericht mit glänzendem Auge
und lächelnden Lippen.

Täglich ward es schöner in Thal und Wald, täglich schritten die
Freunde vor; der Fall der Burg war unvermeidlich, nur nach Tagen
konnte ihr Widerstand noch zählen.

Das hatte Heinzelmännchen noch heute beim Mittagsmahl gesagt und
dann war er wieder durch den Wald geeilt nach der fernen Burg des Feindes.
Mechthild saß auf der Steinbank vor der Hütte, sie wollte spinnen, aber so
oft wie heute war ihr der Faden nie gebrochen; Hoffnung und Furcht wechselten
in ihrem Herzen, ihre Wangen brannten und ihre Finger zitterten; endlich
ließ sie die Spindel fallen und schaute hinüber zum Walde.

Wie lange blieb heute Heinzelmännchen! War das ein gutes, war es
ein schlimmes Zeichen? Nein, diese Ungewißheit war nicht zu ertragen —
sie stand auf und schritt dem Walde zu.

Zögernd schritt sie auf dem schmalen Pfade dahin, demselben, der sie
einst in jener Schreckensnacht hierhergeführt; aber jetzt war es schöner,
sonnenheller Tag, lichtes Frühlingsgrün schimmerte um sie her, die Dornen-
büsche schauten sie friedlich an, und in alter Vertraulichkeit huschten die
Eichhörnchen über den Pfad und die Vöglein bauten ungestört weiter an
ihren Nestern. — Mechthild's letzte Bangigkeit schwand bei dieser Sprache
des Friedens und sie schritt schneller weiter, um eher mit Heinzelmännchen
zusammen zu treffen, der diesen Weg kommen mußte.

Jetzt hatte sie den dicht verwachsenen Theil des Waldes durchschritten
und betrat nun altbekanntes Gebiet. Hier begann jene Waldstrecke, in der
sie heimisch war seit ihren Kinderjahren. Dort war der Kranz von hohen
Eichen, zu deren Füßen sie so oft im Moose geruht hatte.

Süße, wehmuthsvolle Erinnerung zog durch ihre Seele — war das
nicht auch dieselbe Stelle, wo sie gesessen mit Gero und er ihr erzählt hatte
von den Herrlichkeiten des Lebens da draußen, während ihre Zelter friedlich
weideten im Schatten der Bäume! Und nun war der beredte Mund längst
verstummt, ihr treuer Page gefallen in ihrer Vertheidigung!

Sie stand still, lehnte sich an einen der Stämme und schaute in Er=
innerungen verloren zu Boden.

„Dort drüben war es, dort saßen wir zusammen auf dem umgefallenen
Baumstamm!" flüsterte sie vor sich hin und erhob ihren Blick nach jener
Stelle — aber, o Himmel! täuschten sie ihre weinenden Augen — dort
saß, gleichfalls wie in schmerzliches Erinnern versunken, eine hohe einsame
Männergestalt in glänzender Rüstung, und eine wohlbekannte Feldbinde, in
Silber und Blau, umschlang seine Brust.

Mechthild stieß einen leisen Schrei aus; da erhob der Ritter sein
Haupt und sie schaute in ein wohlbekanntes, tief betrauertes Antlitz.

„Gero, Gero!" rief sie, außer sich vor Entzücken und alle Scheu ver=
gessend, flog sie mit ausgebreiteten Armen auf jene Stelle zu.

Gero, jetzt ein junger Ritter, war aufgesprungen; einen Augenblick
schwindelte es ihm vor den Augen, einen Augenblick glaubte er den Geist
seiner todtgeglaubten, tief betrauerten Herrin zu sehen, aber sein
klopfendes Herz und ihre leuchtenden Augen sagten ihm, daß dies Leben
wahrhaftiges Leben sei, und entzückt umfingen seine Arme ihre schöne,
bebende Gestalt.

Einen Augenblick ruhte sie schluchzend an seinem Herzen, dann kehrte
ihre Fassung wieder und erröthend wand sie sich aus seinen Armen.

„Verzeiht, Gero, die Ueberraschung riß mich fort! Und so lebet Ihr,
während ich Euch so lange als todt betrauerte!"

„Thatet Ihr das, Fräulein?" fragte der junge Ritter, und seine
Augen strahlten; „o, habt Dank, daß Ihr es thatet! — Aber wo weiltet
Ihr die ganze, lange Zeit? Euer edler Vater und wir Alle, seine ge=
treuen Diener, haben nicht aufgehört um Euch zu trauern. Wir kämpften
dabei wie die Löwen vor den Mauern der Burg dieses schändlichen Räubers,
um Euch zu retten oder zu rächen, und heute morgen haben wir endlich
das Raubnest erstürmt und es der Erde gleichgemacht; aber obgleich wir
jeden Winkel nach Euch durchforschten, fanden wir Euch nicht! Da sind
wir hierher an Eure zerstörte Burg geeilt und jetzt läßt Euer trauernder
Vater die Trümmer durchwühlen, um wenigstens die Ueberreste seines ge=
liebten Kindes zu finden. Ich hätte diesen Anblick nicht zu ertragen ver=
mocht und so ging ich hierher an das liebe Plätzchen und dachte Eurer,
theures Fräulein, und der schönen, hier verlebten Stunden. Und nun lebt
Ihr! Noch ist mir's wie ein seliger Traum, aus dem ich zu erwachen
fürchten muß."

„Nein, es ist kein Traum!" sagte Mechthild fröhlich; „nun aber laßt
uns zu meinem lieben Vater eilen, ihn von seinem Kummer zu erlösen."

So schritten sie mitsammen durch den Wald und Mechthild erzählte ihrem einstigen Pagen von ihrer wunderbaren Rettung durch Heinzelmänn= chen und von ihrem Leben in dem einsamen Thale.

„Der brave, kleine Kobold!" rief Gero endlich; „so sei ihm alle frühere Feindschaft vergessen, wir wollen fortan Freunde sein!"

Jetzt standen sie am Rande des Waldes unter dem Eichenbaum, von wo aus in jener Nacht Mechthild verzweiflungsvoll auf ihre brennende Burg geschaut. — Wol lag sie auch noch jetzt in Trümmern, aber oben am Rande der Höhe stand eine geliebte, lang entbehrte Gestalt und in der Freude darüber vergaß sie der zerstörten Heimat.

„Vater, mein Vater!" rief sie jubelnd hinan zu der nicht fernen Höhe und fröhlich wie ein heimkehrendes Vöglein flog sie durch die wogenden Saatfelder und den steilen Schloßberg hinan.

Der Ton der geliebten Stimme war an das Ohr des trauernden Vaters gedrungen; wie in leisem Schreck wandte er sich um und blickte hinüber zum Walde; er sah die liebliche Gestalt heraneilen, er erkannte ihr schönes Gesicht und die wehenden goldenen Locken — aber Freude und Ueberraschung übermannten seine durch den Kummer erschütterten Kräfte, er lehnte sich auf sein Schwert und wartete zitternd des nächsten Augenblicks.

Nun kam er und mit ihm die heißgeliebte, tiefbeweinte Tochter; sie schlang ihre Arme um seinen Hals und legte ihr Köpfchen an seine Brust wie in vergangenen Tagen.

Und nun kam auch Gero herbei — so war es denn kein Traum, kein Blendwerk, wie er erst gemeint; seine Erschütterung löste sich in sanfteren Empfindungen und unter süßen Schmeichelnamen küßte er ihre blühenden Lippen und strich mit leise zitternder Hand über ihre blonden Locken.

Noch standen sie so, ungestört durch Trümmer und Graus um sie her, als Etwas den Berg hinaufrauschte und plötzlich Heinzelmännchen vor sie trat.

„O lieber Puck," rief Mechthild, indem sie sich niederbeugte und freudig sein kleines Händchen ergriff; „sieh nur, wie glücklich ich bin; die beste Botschaft, die Du mir bringen konntest, ist nichts gegen diese glück= liche Wirklichkeit. Nun ziehen wir Alle auf Gero's Schloß, bis unsere Burg wieder aufgebaut ist — der Vater hat es ihm eben versprechen müssen — und Du bleibst bei uns und bleibst unser treuer und geliebtester Freund, Gero's auch, er hat es mir vorhin schon gesagt."

Heinzelmännchen seufzte leise.

„Ich weiß nun schon, wie's kommen wird," sagte er, traurig mit dem Kopfe nickend; „ich werde nun bald überflüssig und dann vergessen sein — ich wünschte, wir wären in unserer Waldeinsamkeit geblieben!" —

Ja, Heinzelmännchen wußte es, aber er gab Mechthild's Bitten ben=
noch nach und zog mit ihnen. —

Frühjahr und Sommer verstrichen, die Frohnsassen und Leibeignen
des alten Grafen arbeiteten vom ersten Strahl der steigenden Sonne bis
zum letzten Spätroth an dem Bau der neuen Burg, und Gero's zahlreiche
Mannen halfen getreulich; Heinzelmännchen aber war wie verwandelt —
er vergaß seine bisherige Scheu und seinen Haß und war helfend und för=
dernd auf der Baustätte. Er mischte den Arbeitern den Mörtel, holte die
verlegten Werkzeuge herbei, und vergaß in dem Drang, Mechthild nur so
schnell als möglich wieder unter dem eigenen Dach zu haben, ganz des
Spottes und der Schadenfreude, die ihm sonst eigen war.

Aber so fleißig auch die Burgmannen arbeiteten, um ihren leutseligen
Herrn bald wieder in ihrer Mitte zu haben, so kam doch der Herbst heran,
und dann der Winter, ehe sich das schützende Dach über dem mächtigen
Bau wölbte, und Heinzelmännchen mußte es dulden, daß die geliebte Herrin
noch ferner unter dem Dach des Nebenbuhlers weilte.

Das war ein trauriger Winter.

Wo waren die traulichen Abendstunden in Mechthild's einstigem
Thurmgemach geblieben, die ihnen unter Lachen und Plaudern entschwun=
den waren, und in denen seine kleine Freundin noch nach keiner andern Ge=
sellschaft Verlangen trug, als nach der seinen, oder auch jene schönen Abend=
stunden des vergangenen Winters am flackernden Herdfeuer in der Hütte
des alten Waldwärters!

Jetzt drängte sich Gero überall ein, und wenn Heinzelmännchen, müde
gearbeitet, Abends in Mechthild's Zimmer schlüpfte und belohnt sein wollte
durch ihre Gesellschaft, dann fand er Gero schon bei ihr und er mußte ihr
Lächeln und ihre Holdseligkeit mit dem jungen Ritter theilen.

Aber der Frühling mußte ja endlich kommen und mit ihm der Aus=
zug aus der verhaßten Burg — das war Heinzelmännchens einziger Trost!

Ach, armer, guter Puck! — Der Frühling kam wol und auch die
Vollendung des Baues — aber da trat auch Gero eines schönen Tages
vor Mechthild und bat sie innig, nicht wieder fortzugehen, sondern
bei ihm zu bleiben als sein geliebtes Gemahl — und Mechthild sagte mit
Freuden „Ja“.

Der alte Graf segnete ihren Bund, denn er wußte am besten, wie brav
und treu Gero war — Mechthild aber sah glücklich und wunderlieblich aus.

„Ich wußte es wohl,“ sagte Heinzelmännchen wieder traurig, als
sie es ihm am Abend erzählte; „ich hätte es Dir schon damals sagen können,
als wir auf den Trümmern standen.“

„Aber Du freust Dich doch über mein Glück, lieber Puck; Du bist ja doch mein bester Freund!"

Der kleine Kobold schüttelte langsam den Kopf. „Wenn Du erst Gero's Frau bist, wirst Du wenig nach mir fragen, und das schmerzt mich; bist Du doch seit Jahrhunderten das einzige Menschenkind, das ich lieb hatte!"

„O, rede nicht so, mein guter Puck," bat Mechthild; „Du bist sonst so weise und urtheilst jetzt so ungerecht über mich und meine Dankbarkeit! — Sieh, ich habe schon zu Gero gesagt, daß Du am Hochzeittage mein Page sein und mir die Brautschleppe tragen sollst, und Du weißt wohl, daß man dazu nur seine besten Freunde wählt!" —

Endlich kam der Hochzeitstag und Mechthild schritt strahlend in Glück und Schönheit durch den Kreis der Gäste, vor den Altar der Burgkapelle. Der alte Priester, der sie unterrichtet hatte in ihrer Kindheit, erwartete sie hier; er wollte seinem Liebling nun auch den Segen ertheilen zu ihrem Ehebunde. Heinzelmännchen kniete hinter der Braut und hielt den Saum ihres weißen Seidengewandes in den kleinen Händen; seine Augen blickten trübe und der goldne Schimmer seiner Locken war erblichen, aber er sprach nichts, sondern beugte sein Köpfchen tief hinab auf das kostbare Gewand.

Nun segnete der Priester das junge Paar, als er aber das „Amen" sprach und Gero Mechthild an sein Herz drückte als sein trautes Gemahl, ertönte ein lauter Seufzer, und als die Braut erschrocken umblickte, da lag sein Sammetröckchen und seine Perlenstiefel an der Stelle, wo Heinzel= männchen noch eben gekniet; er selbst aber war verschwunden und kehrte nimmer wieder. —

Mechthild war tief betrübt über den Verlust ihres treuen Freundes und es währte lange, ehe sie ihn verschmerzen konnte — vergessen konnte sie ihn nie, so glücklich sie auch als Gero's Gattin wurde.

Das Sammetröckchen und die Perlenstiefel wurden sorglich aufbewahrt unter den Heiligthümern des Hauses, an besondern Festtagen aber wurden sie herbeigeholt, und die schöne Burgfrau erzählte dann dem Kreise ihrer lieblichen Kinder von den Erlebnissen ihrer Jugend, von dem einsamen Waldthal und dem treuen Heinzelmännchen.

Der Mord des Burgherrn.

Eine Nacht in der Elfen-
wohnung.

uf der blühenden Hochebene Südschottlands lag vor Jahrhunderten
ein friedliches Dörflein, durch einen
dichten Wald geschützt vor den rauhen
Winden, die von der Nordsee her-
überwehten.

Ein hoher Kirchthurm ragte aus seiner Mitte empor, fast so hoch wie
der Felskegel, der sich dicht hinter dem Dörflein erhob, und dessen Spitze
das uralte Stammhaus, den Wohnsitz des Edelmanns trug, zu dessen Besitzungen auch jenes Dorf gehörte.

Von den Fenstern des Schlosses aus vermochte sein Besitzer weit hin=
aus zu blicken in die schottischen Gauen, hinaus über den Waldkranz, wo
sich am westlichen Himmelssaume die Pentland=Berge in leisen, blauen
Linien abzeichneten, und im Süden das Cheviot=Gebirge die Vorhut bildete
gegen die Uebergriffe des anmaßenden Nachbars. Aber lieber noch als auf
dieses Bild, das ihn, den Alternden, unliebsam gemahnte an Kampf und
Streit, blickte sein Auge nach der andern Seite und ruhte mit heiterem Aus=
druck auf dem lieblichen Bilde zu seinen Füßen.

Vor Allem ein Punkt war es, zu dem sein Blick immer wieder zurück=
kehrte. Es war das kleine, saubere Wohnhaus am Ende des Dörfchens,
auf dessen Dach ein Storch stand und der weißen Rauchsäule nachschaute,
die wirbelnd aus dem Rauchfang emporstieg, über den Wald hinzog und
endlich, mit den Abendwolken sich vermischend, eilig dem Meere zustrebte.

Dort, in jenem Hause, wohnte einer seiner Pächter, der junge Gott=
fried, weit und breit der fleißigste und sittsamste Jüngling, von Allen wohl
gelitten, dem alten Herrn aber noch besonders werth wegen der großen
Aehnlichkeit, die er in Antlitz und Gestalt mit seinem einzigen Sohne hatte,
dem verlorenen Liebling seines Herzens, und wegen seines wunderschönen
Geigenspiels.

Wenn das Werk des Tages in Feld und Haus beendet war, setzte
sich Gottfried vor seine Hausthür unter das Blätterdach der alten Eiche
und spielte seine schönsten Lieder. Die wunderbaren Klänge schwammen auf
den Wogen des Abendlichtes durch das Dorf und spielten in sanftem Echo
um den Fuß des Burgfelsens. Alles lauschte dann aufmerksam, aber am
aufmerksamsten der alte Burgherr oben auf seiner einsamen Höhe. Alle
Schmerzen und Freuden der Vergangenheit erwachten wieder und Jugend=
glück und Todesschmerz zogen noch einmal an seiner Seele vorüber.

Was er geliebt und besessen, gehofft und erstrebt — noch einmal war
es sein bei diesen Zaubertönen, und erst wenn die Geige verstummte, fühlte
er wieder, daß er der arme, einsame Greis sei, der den Liebling seines
Herzens, den einzigen Erben seines Stammes, verloren habe im blutigen
Kampf, und dem vom Feinde sogar der letzte Trost — die Leiche seines
Kindes — verweigert worden war.

An diesem Abend nun, als er hinausblickte auf das frischgetünchte
Häuslein und die Laubgewinde über der Hausthür, dachte er nicht jener
trüben Zeiten, sondern freute sich, daß es Gottfried gelungen sei, wonach
er so lange mit treuem Herzen gestrebt, daß er die schöne Braut heimgeführt
habe, um welche sich mit ihm zugleich der reiche Pächter Jon, am andern
Ende des Dorfes, beworben hatte.

Die schöne Maria war nicht nur die schönste Blume der schottischen Heiden, sondern sie war auch klug und braven Herzens und hatte wohl erkannt, daß Gottfried in seiner Brust einen Schatz trüge, unendlich werthvoller als die Geldkiste des reichen Jon — so hatte sie ihm ihr Jawort gegeben und es wurde heute die Hochzeit gefeiert.

Die weiße Rauchsäule, der der Storch so beharrlich nachschaute, rührte von dem großen Herbfeuer her, an welchem das Hochzeitsmahl brodelte; noch lange tönte Becherklang und fröhlicher Gesang aus dem festlichen Hause und erst als der Mond schon hoch am Himmel stand, traten die Gäste den Heimweg an.

Aus der blühenden Hollunderlaube des kleinen Gärtchens tönten bald darauf die Klänge der Geige, süßer, herzbewegender als je, und der alte Edelmann, der oben auf seiner Burg am geöffneten Fenster saß und in die helle Sommernacht hinausschaute, faltete die Hände und ihm selber unbewußt tropfte Thräne auf Thräne in den weißen Bart.

Voll und schmelzend, wie Nachtigallenschlag, strömten die Töne der Geige hinaus in die Nacht, dann wurden sie feierlich und ernst und ein frommes Lied — der Dank eines glücklichen Herzens — stieg von ihren Saiten empor zum Himmel.

Jetzt war es geendet, Gottfried legte seine Geige neben sich und wandte sich nun zu Maria, die, gleich dem Greise auf der Felsenhöhe, mit gefalteten Händen und thränenden Augen den süßen Klängen gelauscht. Der Nachtwind strich mit leiser Schwinge durch die Hollundersträuche und schüttelte ihre weißen Blüten gleich Sternen in das dunkle Haar der Braut.

„O, Maria, wie schön Du bist," sagte Gottfried, ihre Hände erfassend, „und wie glücklich ich bin, Dich gewonnen zu haben. Es giebt keinen Edelmann in ganz Schottland, mit dem ich tauschen möchte, seit Du mein geworden."

Maria lächelte. „Und weißt Du, was mich außerdem noch froh macht? — Daß Jon sich ruhig in sein Unglück findet und daß er mir's gar nicht nachträgt! Wie heiter war er bei der Mahlzeit, wie schön klang sein Trinkspruch auf unsern Ehebund und wie gut und treu seine Bitte beim Abschied, ihn fortan als meinen besten Freund zu betrachten und mich in jeder Noth zuerst an ihn zu wenden."

Jetzt lächelte Maria nicht mehr, sondern mit einem Ausdruck des Schreckens, der ihr schönes Angesicht mit tiefer Blässe überzog, schaute sie in die Augen des Geliebten.

„O, wie wünschte ich, daß Du Recht hättest," sagte sie ängstlich, „aber ich kann Deinen Glauben nicht theilen. Von ungefähr bemerkte ich,

welch einen Blick voll Haß und Racheburst er Dir zuwarf, als er sich unbeachtet glaubte. Nein, nein, er wird nie unser Freund werden. O, hüte
Dich vor ihm, Geliebter!"

Jetzt lächelte Gottfried im Gefühl seiner Schuldlosigkeit.

„Was könnte er uns schaden wollen, Maria? Nein, nein, Du thust
dem armen Jon Unrecht! er ist edel und sinnt nichts Arges."

Maria schwieg und seufzte, und der Nachtwind rauschte abermals im
Hollunder. Hätte Gottfried jetzt umgeblickt, ob er wol noch über Maria's
Befürchtungen gelächelt hätte? Dort, durch das leise wiegende Laub des
Flieders, schauten ein Paar Augen voll Haß und Racheburst, wie sie Maria
schon einmal erblickt.

Es war Jon, der, des Zwanges der Verstellung endlich enthoben, in
den nahen Wald geeilt war, dort sich ungesehen dem Grimm seiner verschmähten Liebe hinzugeben.

Da waren die Töne der Geige durch die stille Nacht bis zu ihm gedrungen — eine widerwärtige Mahnung an den verhaßten Nebenbuhler,
und fast willenlos war er ihrem Zuge gefolgt und stand nun an der Außen-
seite der Laube — ein ungesehener Zeuge des Gesprächs.

Aber nicht Gottfried's argloses Vertrauen, nicht die Angst der immer
noch Heißgeliebten vermochten ihn zu erweichen.

Nein, Gottfried mußte aus dem Weg geräumt und Maria dennoch
die Seine werden; aber verbergen mußte er seine schwarzen Pläne, sorg-
fältiger noch als bisher, denn Maria's sanfte Augen sahen sonnenklar. —

Der Sommer mit seinen thaufrischen Morgen und seinen heißen Tagen,
mit seinen anstrengenden Arbeiten und seiner lohnenden Ernte zog über dem
friedlichen Dorfe und dem weißen Häuschen dahin und immer noch ertönte
darin die Stimme des Glücks und der Liebe, und die Zauberklänge von
Gottfried's Geige schwebten noch allabendlich um den Burgfelsen und hinüber zu dem grünen Wald. —

An einem schönen Sommerabend saß das junge Paar wieder unter
den Hollundersträuchen. Heute ruhte die Geige, denn Gottfried hatte seinem
geliebten Weibe zu viel zu erzählen von Dem, was er erlebt am heutigen
Morgen, als er durch den grünen Wald geritten war, hinter dem hochbe-
ladenen Wagen her, den der Knecht zu Markte nach der nächsten Stadt führte.

„Denke nur, Maria," flüsterte er geheimnißvoll, „als ich so langsam
durch den schönen, grünen Wald ritt, dem weit vorausfahrenden Wagen
nach, und mich über die Morgenherrlichkeit freute, über die funkelnden
Thautropfen im Moose und über den Schlag der Drossel in den Büschen
— da vernehm' ich plötzlich ein leises Klingen, und als ich mich umschaue,

da kommt hinter mir her auf schneeweißem Roß, dessen Huf kaum den Staub des Bodens streifte, ein kleiner, alter Mann. Sein Gewand war grün wie die Blätter des Waldes und um sein Haupt wallten lange graue Locken; er sah so ehrwürdig aus und dabei doch so freundlich, daß ich gar keine Scheu empfand, obwol ich gleich erkannte, daß ich es mit keinem Sterblichen, sondern mit einem von dem „guten Volk" der Elfen zu thun hatte."

„Gottfried," sagte er, als er mich erreicht hatte, „Du könntest mir einen großen Gefallen erweisen."

„Gern, Herr," erwiederte ich, „sagt mir nur Euern Wunsch!"

„Nun denn, so höre," fuhr er freundlich fort; „unter Deinem Pferde- stall liegt eins der Gemächer meiner Wohnung, und das Scharren und Stampfen der Pferde belästigt mich und die Meinen, die wir die Ruhe lieben.   Könntest Du die Thiere nicht an eine andere Stelle bringen?"

„Gern, Herr," entgegnete ich, „obgleich es Mühe und Geld kostet, denn ich muß den Stall niederreißen und ihn an einer andern Stelle er- richten; aber Euch zu dienen will ich Beides nicht scheuen.

„Ich danke Dir für Deinen guten Willen!" nickte der Kleine zufrie- den; „es soll Dein Schade nicht sein!"

„Damit wandte er sein Pferd und ritt wieder zurück."

Maria hatte athemlos gelauscht.

„Du hast Recht," sagte sie endlich in ehrfurchtsvoller Scheu, „das war Einer von dem „stillen Volk" und schon morgen mußt Du daran gehen, seinen Wunsch zu erfüllen."

So geschah es und Gottfried hatte seine Willfährigkeit nicht zu be- reuen. Die Arbeit ging ihm fortan noch einmal so leicht von statten; unsicht- bare Hände schienen ihm zu helfen, denn er bedurfte nur halb so viel Zeit und Arbeiter, um doppelt so viel zu leisten wie seine Nachbarn, und körner- reicher und ergiebiger erwiesen sich seine Garben.

Sein Wohlstand wuchs, aber Fleiß, Liebe und Treue verringerten sich darum nicht und so weilte Glück und Zufriedenheit nach wie vor an seinem Herd.

Jon war der gute Nachbar geblieben, nicht seine Gegenwart auf- drängend, aber sie gern gewährend, wo sie zu Rath und Hülfe von dem jüngeren Freunde erbeten wurde, und so sehr hatte er Aug' und Wort in seiner Gewalt, daß selbst Maria's Argwohn endlich schwand und sie ihm durch größere Freundlichkeit das heimliche Unrecht zu vergüten strebte.

Der Herbst zog daher, regenschwer und nebelig, wie ihn Meer und Gebirge oft über Schottlands Fluren und Heiden entsenden, dann kam der Winter und schloß seinen weißen Kranz um das einsame Dörfchen und hing seine Eiszapfen an das Dach der Burg und an die Vorsprünge des angrenzenden Felsens.

Gottfried waltete emsig in Scheuer und Stall und Maria rührte sich in Küche und Keller; Abends saßen sie dann traulich beisammen am Herd; Gottfried schürte das Torffeuer und schnitzte Geräthe für Haus und Feld, und Maria spann und schaute dann und wann mit fröhlichem Stolze auf die Stränge glänzenden Garns, die schön gereiht an der Wand hingen.

Dann plauderten sie wol leise von dem guten Elfenvolk, das ihren kleinen Dienst so reichlich lohnte, und dankten ihnen still im Herzen für den Segen, der über ihrem Saatkorn waltete, von dem Gottfried die ganze Wintersaat bestellt hatte, ohne daß es sich im Sacke minderte.

Und daran schlossen sich fröhliche Berechnungen und Pläne, wie glücklich sie sein würden künftighin, wenn der Segen der freundlichen Geister auch ferner bei ihnen weile; wie sie sich dann selbst ein Gütchen kaufen und es ihren Kindern hinterlassen würden, als frei eigenes Besitzthum. Ja, es waren schöne Stunden!

Dann ward es Frühling. — Gottfried mußte hinein zur Stadt, auf dem Jahrmarkt neue Sensen zu kaufen, und Jon bat ihn noch in aller Frühe, auch ihm deren zu besorgen und mitzubringen; er wolle ihm am Abend entgegenkommen durch den Wald, ihm seine Last tragen zu helfen.

Als die Sonne sank und die Abenddämmerung über Wald und Flur sich breitete, knöpfte Jon die Armbrust unter den weiten Rock und schlich aus der Hinterthür seines Gehöftes ungesehen dem nahen Walde zu, denn sein Haus lag am Ende des Dorfes und dem Walde am nächsten.

Eilig flog er den schmalen Feldpfad entlang, den Kopf oftmals wendend, ob auch kein Auge seiner Spur folge. Nein, Niemand sah ihn und bald genug umfingen ihn die Schatten des Waldes.

Er schritt nicht auf dem breiten Pfade dahin, der sich unter den Bäumen hinzog, sondern schlug sich seitwärts durch die dichtesten Büsche, eilig der Höhe am Ausgang zustrebend, von welcher er weit hinab auf die Landstraße schauen konnte, die zwischen grünenden Abhängen von der Stadt aus nach dem Walde führte.

Jetzt hatte er das Ende des Forstes erreicht und stand fast athemlos auf dem kleinen Hügel, mit forschendem Auge den Nebel durchdringend, der wogend über Thalgeländ und Landstraße hing.

Allmählich wurde es heller, der Vollmond stieg über dem Walde auf und seine glänzenden Strahlen durchdrangen siegreich die grauen Schleier.

Er schaute schärfer: unten im Grunde blitzte es — der Mondstrahl war es, der sich in den Sensenklingen brach; bald darauf klang es in der Ferne wie der Tritt eines schwer beladenen Mannes und dann trug der Nachtwind die Töne eines Liedes an sein Ohr, das er oft von Gottfried's Lippen gehört, wenn er im Felde hinter seinem Pfluge herschritt — er war es also, kein Zweifel!

Noch eine Weile lauschte Jon, dann flog er auf ihm wohlbekannten Pfaden zurück in das Waldesdunkel an eine Stelle, die er sich schon lange vorher zur dunkeln That ausersehen: es war eine kleine Lichtung, von der aus man die Straße überblicken konnte. Jon hob die Armbrust, legte den Pfeil darauf und lehnte sich erwartungsvoll an einen Baumstamm.

Das Lied war verstummt oder drang nicht bis hierher, aber endlich erklang ein schwerer Tritt näher und näher.

Jon schaute gespannt auf die Landstraße, wo der Erwartete sogleich erscheinen mußte.

Jetzt kam er sorglos dahergeschritten — die Sehne schwirrte — ein Todesschrei, ein dumpfer Fall hallte durch die Waldung — und wie von Geistern gejagt floh Jon, warf in der Bestürzung seine Armbrust fort und flog trotz Dunkelheit und niederhängender Zweige mit Windeseile dem Ausgang des Waldes zu.

Jetzt stand er an dem jenseitigen Rand, vor ihm die wogenden Saatfelder, dahinter sein Haus, aber zwischen ihm und jenem schützenden Port eine Wegstrecke, vom hellsten Mondlicht übergossen.

Er schaute sich um — kein menschliches Auge, so weit er blicken konnte. Eilig und gebückt flog er wieder den schmalen Feldpfad entlang und erreichte ungesehen Haus und Wohnzimmer. —

Im Walde aber lag der Todte.

Nur die schlummernden Vöglein und die dunkle Nacht hatten seinen Todesschrei gehört und lauschten noch wenige Minuten dem Röcheln seiner Brust — dann war auch das vorbei, und es war Alles wieder still!

Der Mond stieg höher und einer seiner Strahlen drang durch die Waldnacht, flog über den Weg und blickte einen Augenblick scheu auf die Gestalt des Gemordeten.

Ein langer, silberweißer Bart floß über das schwarze Sammtgewand bis hinab zur Todeswunde und die welke Rechte, mit kostbarem Siegelringe geschmückt, hatte sterbend nach dem Pfeil gegriffen, als könne sie seinen tödtlichen Flug hemmen — es war der alte Edelmann, der, von seinem täglichen Waldgang heimkehrend, von dem irrenden Pfeile Jon's getroffen worden war. — Der aber, dem er gegolten hatte, saß, nichts ahnend, auf der Höhe am Waldrand, von der aus vor Kurzem erst der

12*

Mörder nach seinem Opfer gespäht, und wartete des Freundes, der ihm entgegenkommen wollte, die Last tragen zu helfen.

Aber er kam nicht.

So erhob sich denn endlich Gottfried und schritt allein hinein in das Waldesdunkel, denn der Mond war weiter gezogen und sein Strahl fiel nicht mehr auf seinen Weg; aber vertraut mit seinen Krümmungen schritt der Wanderer rüstig weiter.

Plötzlich stieß sein Fuß an einen Gegenstand — er verlor das Gleichgewicht und stürzte klirrend mit seiner Last zu Boden. Erschrocken richtete er sich auf und tastete mit der Hand umher: er rührte an eine starre Leiche, fühlte einen langen Bart und ein Gewand von Sammt unter seinen Händen und schrie laut auf vor Entsetzen, denn er wußte sogleich, daß das nur der alte Edelmann sein konnte, den er wie einen Vater verehrte.

Er warf die Sensen zu Boden und riß die Armbrust, die in jenen rauhen Zeiten den freien Mann auf allen seinen Wegen begleitete, von der Achsel, um ungehindert zu sein, dann zog er mit zitternden Händen die Zunderbüchse hervor und schlug Feuer. Einer der umherliegenden dürren Aeste wurde rasch entzündet und in den Boden gesteckt und bei seinem flackernden Scheine betrachtete Gottfried das bleiche, schmerzentstellte Antlitz des Greises.

Er wollte das Entsetzliche nicht glauben; vielleicht zögerte noch ein Lebensfunke in den Adern, vielleicht war der verehrte Mann noch zu retten.

So schnell er vermochte, löste er die Haken des Gewandes, um nach der Wunde zu forschen und sie zu verbinden.

Die Flamme leuchtete glutroth empor und die Schatten der Bäume huschten über den Weg und wehten dann wieder hinan zu den Wolken, je nachdem die Flamme sich hob oder senkte.

Da zeigten sich plötzlich am Ende des Waldes drei dunkle Gestalten, standen einige Augenblicke spähend still und kamen dann vorsichtig näher.

Es waren Häscher des Gerichts, die, einem flüchtigen Diebe nachsetzend den Feuerschein im Walde bemerkt hatten und nun herbeischlichen, um die seltsame Erscheinung zu untersuchen.

Gottfried hatte unterdeß das Gewand des Todten geöffnet und sich niedergebeugt, um die Wunde zu untersuchen. Ganz versunken in Schmerz und Entsetzen hatte er nicht das leise Nahen der Schritte vernommen und schaute nun erstaunt empor, als sich eine schwere Hand auf seine Schulter legte.

„Im Namen des Gesetzes verhafte ich Dich, Bursche," sagte eine rauhe Stimme, „wegen Raubmords auf der Landstraße!"

„O liebe Herren," sagte Gottfried, erschrocken die finstern Gestalten anblickend, „denkt nicht so Arges von mir! Ich wollte forschen, ob dem guten Herrn nicht noch zu helfen sei."

„Der Kerl versucht noch zu leugnen," sagte der eine Häscher, „aber vorwärts, mein Bursch, das ist nicht unsere Sache; vorwärts zum Richter, dem magst Du Deine Geschichten erzählen. Und nun rathe ich Dir, mach' keinen Versuch zur Flucht, sonst trifft mein Pfeil Dein Schurkenherz so sicher, wie der Deine die Brust des alten Edelmanns."

Gottfried erwiederte nichts, aber er seufzte laut und sein Herz erhob sich in stillem Gebet zu Dem, der seine Unschuld kannte.

Der zweite Häscher knüpfte eine Sehne von seinem Schwertgriff los, umschlang damit die Hände des armen Gottfried und im Nu waren sie widerstandslos auf dem Rücken gefesselt.

Dann stießen sie ihn in rauher Weise vor sich her, und während der Dritte bei der Leiche zurückblieb, schritt der Arme schweigend zwischen seinen beiden Wächtern den Weg zurück, den er soeben gekommen war. —

Die Nacht zog dunkel und trüb über Maria's Hütte und Jon's statt= lichem Hause dahin. In quälenden Sorgen durchwachte die arme Frau die langen, endlos scheinenden Stunden, während Jon allein in seinem weiten, einsamen Gemache auf= und abschritt, zwar nicht von Reue heim= gesucht, wol aber von der Sorge vor Entdeckung.

Gottfried dagegen war gefaßt und ruhig. Er hoffte auf den jungen Tag, der mit seinem rosigen Lichte schon am Horizonte heraufstieg, als er an der Gefängnißthür anlangte; er glaubte fest, die nächste Sonne werde auch seine Unschuld beleuchten, und so streckte er sich auf das Strohlager seines Kerkers und schlief, nach dieser Nacht voll Anstrengung und Schreck, so sanft wie bisher unter dem Dach seiner kleinen Hütte.

Der Tag kam und mit seinem ersten Strahl durcheilte das friedliche Dörflein die entsetzliche Kunde, daß der allgemein verehrte Gutsherr im Walde ermordet worden sei, und daß Gottfried als sein Mörder im Ge= fängniß sitze. Die Leute liefen zusammen, flüsterten und schüttelten die Köpfe und endlich ging eine mitleidige Seele zu der armen Maria, ihr die traurige Kunde so schonend als möglich beizubringen.

Noch zögerte Jon in seinem Zimmer, noch wußte er nichts von Dem, was das Dörfchen durchdrang, aber ängstlich wartete er des Augenblicks, wo man Gottfried's Leiche bringen, wo Maria vielleicht vor ihn treten würde, ihn anzuklagen.

Mit düsterem Auge schaute er durch das Fenster und sah die Leute gruppenweise zusammenstehen, aber Keiner blickte nach seinem Hause.

Er athmete erleichtert auf — da gab es plötzlich eine Bewegung, die

Leute wichen zur Seite und mit todbleichem Antlitz flog Maria die Dorf=
straße herauf, gerade auf Jon's Haus zu.

„Jetzt Muth und Festigkeit!" flüsterte Jon und trat vom Fenster zu=
rück; aber er konnte das Beben seiner Lippen und die Blässe seiner Wangen
nicht ganz beherrschen, darum setzte er sich, dem Licht den Rücken kehrend,
an den Tisch und begann mit unsicherer Hand die dort liegenden Garten=
sämereien zu ordnen. — Gleich darauf flog die Stubenthür auf und Maria
stürzte athemlos ins Zimmer.

„Helft, guter Jon!" rief sie in den brechenden Tönen der Seelen=
angst, „helft mir! Der alte Edelmann, unser guter Herr, liegt ermordet
im Walde und Gottfried soll der Mörder sein! Sie haben ihn in das
Gefängniß geschleppt!"

Jon sprang auf, als habe ihn selbst der tödliche Pfeil getroffen, der
Sessel stürzte zu Boden und fast so bleich wie die unglückliche Frau vor
ihm, starrte er auf ihre Lippen.

„Nein, das kann nicht sein, das ist er nicht gewesen!" rief er un=
willkürlich.

„Nicht war, guter Jon," schluchzte die arme Maria, die dunkle
Deutung dieser Worte nicht ahnend; „nicht wahr, Ihr glaubt es auch nicht!
O, ich bitte Euch, kommt mit mir in die Stadt und zu dem Richter. Ihr
kanntet meinen armen Gatten am besten; Euer Zeugniß wird ihm nützen,
ihn vielleicht frei machen!"

Jetzt hatte Jon sich wieder gefaßt — das war's, was er am
wenigsten wünschen konnte, schon um seiner eigenen Sicherheit willen; aber
er war sogleich bereit, mit ihr zu gehen, und mit leiser Hoffnung und festem
Vertrauen auf Jon's treue Freundschaft eilte Maria in ihre Hütte zurück,
sich zu dem schweren Gange zu rüsten. — — —

In später Abendstunde war es, als sie müde und hoffnungsarm
den Rückweg antrat. Der Richter hatte sie angehört, aber schweigend die
Achseln gezuckt zu ihren Worten und Thränen — das waren keine Beweise,
und so sehr sie auch gebeten — man hatte sie nicht zu ihrem Gatten gelassen.

So schritt sie nun still weinend an Jon's Seite den Weg zu ihrem
Dörfchen zurück und hörte es kaum, wie er ihr versprach, für sie zu sorgen
nach besten Kräften und sich ihres Gütchens anzunehmen, als wenn es
sein eigen sei. Er hatte bei dem Richter freundlich von Gottfried und
seiner Biederkeit geredet — konnte doch das seiner Sicherheit nicht
schaden und dem armen Gefangenen nicht zur Freiheit verhelfen, wol
aber in Maria's Herzen Dankbarkeit und Glauben an ihn befestigen und
wer weiß, vielleicht dann . . . . . .

Seine Hoffnungen überflogen die lebendige Schranke, die noch zwischen ihm und dem Besitze Maria's stand, und er sah sich im Geiste schon am Ziel seiner Wünsche. — —

Der Strahl des Morgenlichtes brach am östlichen Horizont hervor, flog über die Wogen der Nordsee, über Schottlands Berge und Wälder und glitt auch über die düstere Stirn eines Mannes, der auf seinem kräftigsten Rosse dahinflog und in tiefes Sinnen verloren der Morgenherrlichkeit nicht achtete, die um ihn her in tausendfachen Strahlen gaukelte.

Wohin eilte der Mann mit dem Antlitz voll bleicher Angst und finsteren Grimmes?

Gottfried war zum Tode verurtheilt worden! Seine Redlichkeit und sein guter Ruf hatten ihm nichts geholfen vor den Richtern jener finsteren Zeiten. Keinerlei Spur wies auf einen andern Mörder hin, der Pfeil aus der Wunde paßte in den Lauf seiner Armbrust — folglich war er der Mörder und sollte heute seine Missethat mit dem Tode sühnen.

Maria hatte sich den Richtern zu Füßen geworfen, hatte um das Leben ihres Gatten und dann wenigstens um ein kurzes Wiedersehen mit ihm gefleht — Alles, Alles vergeblich — und mit fast brechendem Herzen war sie in ihr Dörfchen zurückgekehrt. Sie hatte Jon — der sich in der langen, schweren Zeit ihrer und ihres Hauswesens angenommen, mit nie zu vergeltender Treue, wie sie meinte — gebeten, in die Hauptstadt zu eilen, wohin Gottfried gebracht worden war, und ihr von den letzten Augenblicken ihres geliebten Gatten zu berichten.

Er versprach es — versprach Alles, was sie wollte, und so hatte er sein schnellstes Roß bestiegen und flog durch den Wald, dessen Schatten selbst für sein hartes Herz so viele Schauer bargen.

Jetzt nahte er der Stelle, wo der Mord geschehen war. Sein Haar sträubte sich, der Angstschweiß trat auf die bleiche Stirn — er schloß die Augen, drückte dem Pferde die Sporen in die Seite, und mit einem furchtbaren Satze flog er über die Stelle weg, wo in jener Nacht der alte Edelmann hingesunken war.

Sein Pferd brauste dahin wie der Sturm, der über die Heiden des Hochlands jagt, aber er trieb es immer noch stärker an mit Sporen und wildem Zuruf. Doch damit entfloh er nicht den Rachegeistern, die hinter ihm herjagten und ihr düsteres Lied in seine Seele sangen.

„Was wollt Ihr denn? Was that ich denn so Schlimmes?" rief er endlich in lautem Selbstgespräch, die inneren Stimmen zu übertönen; „den alten Edelmann wollt' ich nicht umbringen, und kann ich für der Richter Blindheit? Soll ich etwa mich selbst dem Gerichte stellen, um Den zu erretten, der mir mein Lebensglück stahl? Niemals, niemals! Ich will und werde Maria erringen! Vertraut sie mir doch jetzt schon wie einem Bruder, und hat sie erst ihren Schmerz überwunden, so wird sie mich auch lieben lernen und gern die Meine werden. Vorwärts, vorwärts! Es giebt keine Umkehr mehr!"

Und mit verhängtem Zügel jagte er dahin, der fernen Hauptstadt zu.

Am äußersten Himmelssaume schaute sie vom hohen Hügel herab in die Landschaft; ihre wunderlich gezackten Giebel und die Spitzen ihrer Thürme glänzten im Morgenlicht, während um den Fuß des Hügels noch die Nebelschleier hingen, und dahinter, blitzend und flimmernd in den Strahlen der Morgensonne, das Meer wogte.

Die Sonne stand schon in voller Mittagshöhe, als er auf schaumbedecktem Pferde das Ziel erreichte — es war die höchste Zeit.

Schon war das Volk versammelt, schon stand der Henker mit verhülltem Antlitz am Fuße der Leiter, die zu dem schwarz umhangenen Blutgerüst hinaufführte, und kaum hatte sich Jon, als letzter Ankömmling, dem Haufen angeschlossen, als die Glocken der nicht fernen Kathedrale ihr Trauergeläut anhoben, zum Zeichen, daß der arme Sünder das Stadtthor verlassen habe und sich der Richtstätte nahe.

Aller Herzen schlugen lauter, Aller Augen wandten sich erwartungsvoll dem Nahenden entgegen, aber so heftig wie Jon's Herz pochte keines, so angstvoll und verwirrt starrte kein Augenpaar.

Eine Schar Bogenschützen schritt voraus, bahnte eine Gasse durch den Volkshaufen und bildete ein Spalier bis zum Fuße des Gerüstes.

Und nun nahte zwischen zwei Priestern, die betend ihm zur Seite schritten, der arme Gottfried. Ein weißes Gewand deckte seinen abgemagerten Körper und sein Antlitz, das seit Monden das schöne Sonnenlicht und die frische Bergesluft entbehrt hatte, schimmerte fast eben so weiß, aber die Augen blickten noch gleich mild und freundlich und selbst die herannahende Todesstunde hatte nicht vermocht, ihnen den friedvollen Ausdruck zu rauben.

Er schritt mit gesenktem Haupte durch die Menschengasse — Aller Blicke ruhten auf ihm.

„Schaut, schaut nur, wie friedlich er aussieht!" flüsterte es hier und dort; „nein, nein, das kann kein Mörder sein!"

Gottfried's Errettung durch den Alten auf dem weißen Roße.

Jetzt stand der Arme am Fuße des Blutgerüstes — nun trat der Richter vor, und während Gottfried niederkniete, verlas jener mit lauter Stimme noch einmal das Todesurtheil und griff dann nach seinem schwarzen Stabe, ihn über dem Haupte des Verurtheilten zu brechen.

Niemand rührte sich, kein Laut war zu vernehmen — da brauste es plötzlich über die Ebene daher wie eine Sturmwolke, flog wie ein weißer Riesenadler durch die Reihe der Bogenschützen und hielt am Fuße des Blutgerüstes.

Von schneeweißem Roß mit goldenen Hufen beugte sich ein Greis in grünem Gewand und langem Silbergelock der Haare nieder zum Richter, schlug ihm den schwarzen Stab aus der noch zögernden Hand, daß er weit über die Köpfe der Menge flog, ergriff dann den knieenden Gottfried, hob ihn zu sich auf sein Roß und in Windeseile flog er wieder zurück durch die Gasse der in lautloses Staunen versunkenen Menge.

Eine Minute währte es, ehe der Richter sich zu fassen vermochte, dann aber rief er mit zornbebender Stimme:

„Verrath, Verrath! Ihm nach, meine Braven! Wer ihn bringt, todt oder lebendig, erhält eine königliche Belohnung!"

Niemand rührte sich, Jeder ahnte in stummer Scheu die Natur des wunderbaren Retters und wußte, daß ihm gegenüber menschliche Kraft ohnmächtig sei.

Nur Einen aus der großen Menge erweckten die Worte des Richters wie aus einer Erstarrung.

Jon war es, der mit gläsernem Auge dem enteilenden Paare nachblickte, als könne er das Erschaute nicht fassen; jetzt aber fuhr er auf und gab seinem Pferde die Sporen. Auf fliegendem Hufe jagte er dem weißen Rosse nach, und in wenigen Minuten waren Flüchtlinge und Verfolger dem Auge des nachschauenden Volkes entschwunden. —

Das weiße Roß mit den Goldhufen flog über die Ebene dahin, fast ohne den Boden zu berühren. Weit hinter ihnen blieb die Hauptstadt mit ihren zackigen Giebeln und dem weitragenden Münster, weit hinter ihnen das Meer mit den blitzenden Wogen; nach Westen, den Bergen und Hei den des wilden Hochlands zu, bog das Roß auf unhörbarem Hufe.

Jetzt jagte es einen steilen Hügel hinan, von dem aus man weit hinein in die grünenden Fluren Südschottlands blickte, während sich im Norden die wilden Schluchten des Hochlands öffneten.

Hier hielt das Zauberroß und Gottfried erwachte aus der Betäubung, in welche die Todesangst, dann seine plötzliche Rettung und die heftige Strömung der lang entbehrten Luft ihn versenkt hatten.

Mit einem tiefen Seufzer richtete er sich empor aus den Armen des wunderbaren Greises, die ihn sorgend bisher umschlungen hatten, und blickte um sich. Im Süden, wohin sein sehnender Blick flog, lag in nebel= blauer Ferne der wohlbekannte Waldkranz, der schützend sein geliebtes Hei= matsdorf umschloß, und der Sonnenstrahl, der jetzt über den wiegenden Wipfeln hinflog, brach sich blitzend in den Burgfenstern des einsamen Fel= sens, dessen letzter Besitzer nun in der Gruft seiner Väter schlummerte. Gottfried schaute mit thränenden Augen auf das langentbehrte, geliebte Bild und breitete die Arme aus, als könne er die Ferne an sein Herz ziehen.

„O, Herr," sagte er dann, sich zu dem Greise wendend, „scheltet mich nicht undankbar, daß ich, eben erst durch Euere Güte dem Tode ent= ronnen, schon wieder Wünsche hege. Ich weiß wohl, daß ich meine Heimat nicht eher wiedersehen kann, als bis der wahre Mörder entdeckt und meine Unschuld an das Licht gebracht ist, aber ehe ich sie vielleicht auf lange meiden muß — ach, wie gern, wie gern möcht' ich noch einmal in die Augen meines Weibes sehen, wie gern noch einmal meine Geige im Arme halten und meine Seele in ihren Klängen ausströmen!"

„Dein Wunsch ist billig," erwiederte milde der Greis, „und es liegt in meiner Macht, ihn zu erfüllen."

Mit diesen Worten zog er ein krystallhelles Fläschchen aus seinem Gewande und benetzte mit seinem flüssigen Inhalt Gottfried's rechtes Augenlid — — da schwanden Nebel und Ferne und dicht vor seinem durch Geisterhand geschärften Auge wiegten sich die Kronen des heimatlichen Waldes, und durch sein schimmerndes Blättermeer und seine blühenden Büsche drang sein entzückter Blick.

Jetzt flog er die stille Dorfstraße hinab und durch die Fenster seines Hüttleins. Auf dem weißen, tannenen Tisch, an dem er mit seinem geliebten Weibe so manche trauliche Stunde gesessen, lag die aufgeschlagene Bibel; Maria kniete davor; die gefalteten Hände lagen auf den heiligen Blättern und die schönen blauen Augen blickten in Liebe und Todesschmerz hinauf zu den Wolken. So nahe schienen Gottfried diese geliebten Augen, daß er sich vorneigte, als wolle er in ihnen nach seinem eigenen Bilde forschen.

Da legte sich die Hand des Greises auf seine Augenlider — der Zauber schwand und in nebelhafter Ferne lag wieder seine Heimat.

Er seufzte tief auf, da tönte ferner Hufschlag an sein Ohr.

Besorgt wandte Gottfried das Haupt der Ebene zu, über die das Zauberroß sie vor Kurzem hergetragen. Aus weiter Ferne flog ein einzelner Reiter daher; er hatte sie auf der Höhe des Hügels bemerkt und lenkte nun hierher seines Pferdes Lauf.

Es war Jon, der, Grimm und wahnsinnige Angst im Herzen, ihnen noch immer folgte, den Kampf mit dem mächtigen Gegner zu wagen.

Wenn Gottfried entkam, hatte er für seine Sicherheit zu fürchten und Maria war ihm abermals verloren — dieser Gedanke raubte ihm den letzten Rest von Klarheit und in sinnloser Hast eilte er auf sein Opfer zu. Jetzt war er so nahe, daß Gottfried ihn erkennen konnte.

„O seht doch, Herr," rief er freudig, „dort kommt mein treuester Freund und Nachbar; sicherlich will er mir Schutz und Hülfe anbieten."

Der Greis schaute schweigend und mit tiefernstem Auge dem Nahenden entgegen, griff dann langsam in den Busen, zog einen kleinen, herzförmigen Stein mit blitzenden Rändern hervor und schleuderte ihn dem Ankommenden entgegen. — Leuchtend wie ein Stern flog er durch die Luft, berührte Jon's Brust und ohne einen Laut von sich zu geben, sank dieser entseelt zu Boden, während sein Roß erschreckt davonsprengte und reiterlos den Weg zur Heimat einschlug.

„Ach, Herr," rief Gottfried in tiefstem Schmerz, „was thatet Ihr? Es war ja der bravste Mensch und treueste Freund, die einzige Stütze meiner armen Maria."

„Meinst Du, Thörichter?" entgegnete ernst der Greis; „so wisse denn, daß er der Mörder des Edelmanns war; seine Armbrust, die den tödten= den Pfeil entsandte, liegt tief im grünen Busche, aber wenn der Herbst den Wald entblättert, wird man sie finden und sie wird von Deiner Unschuld zeugen. Freue Dich, daß ich den Geier tödtete, der Deine weiße Taube umkreiste, und dem sie sonst zum Raube gefallen wäre!" —

Sie hatten lange auf dem Hügel gesäumt; die Sonne ging schon zur Rüste, als das weiße Roß endlich weiter eilte und den Weg zum rauhen Norden einschlug.

Durch die wilden Schluchten des Hochlands stürmte es mit dem Abend= wind um die Wette, die Schatten der dunkeln Felsen streiften über den Weg, aber das weiße Roß glitt durch sie hin wie der Mondstrahl.

Es ward Nacht. — Ueber die weite Heide jagten sie hin; leise hob der Hochlandshirsch-den schlanken Hals und schaute dem weißen Rosse nach, dessen goldner Huf im Sternenlicht blitzte, dann barg er sich wieder vorsichtig im hohen Heidekraut.

Weiter flog das Geisterroß, dem Ziele zu.

Drüben vom dunkeln Waldessaum schimmerte es her, hoch wie der Münsterthurm, dessen Glocken heute Morgen dem armen Gottfried zum letzten Gange geläutet. Es strahlte durch die Nacht wie ein Thron von Rubinen. Nach jener Stelle hin lenkte das Pferd seinen Lauf.

Gottfried bei den Elfen.

Gottfried, der bisher schweigend seinen düstern Gedanken nachgehangen, schaute auf. Vor ihnen erhob sich eine Kuppel, getragen von purpurschimmernden Säulen, und goldne Thüren führten in Räume, aus denen — ob sie gleich noch geschlossen waren — eine zaubersüße Musik drang.

Das Roß stand still, die Reiter stiegen ab und der Greis faßte die Hand seines Schützlings.

„Komm, mein Freund," sprach er lächelnd, „und sei für diese Nacht unser Gast! Es ist Zeit, daß Du Deines Kummers vergissest!"

Die goldne Thür öffnete sich und Gottfried trat mit seinem Führer in eine weite Halle. Das Gewölbe von leuchtendem Saphir ruhte auf goldnen Säulen, um deren schlanke Pfeiler sich wundersame Pflanzen rankten.

Ihre Blätter waren von schimmerndem Smaragd und die Blüten von Demanten und Rubinen, und wenn sich Blatt und Blüten grüßend berührten, bebte es wie süßer Harfenlaut durch den Raum.

Und unter dem azurblauen Gewölbe und den goldnen Riesensonnen, die darin hoch oben in ewigen Kreisen sich drehten, schwebten Gestalten von nie erschauter Schönheit. Ihre Gewänder schimmerten mit den Wunderblüten um die Wette, ihre goldnen Locken leuchteten wie die Sonnen des saphirnen Gewölbes und die schönen Augen — nie getrübt vom Weh des Erdenlebens — schauten liebevoll dem armen Gottfried entgegen.

Er war wie betäubt und hielt sich fest an der Hand seines Führers. Da nahte ihm eine wunderholde Frau; ihre Augen gemahnten ihn an Maria's Augen; sie reichte ihm einen goldnen Becher voll Purpurweins und bot ihm zu trinken.

„Du hast der Stärkung nöthig nach diesen Tagen und Stunden der Angst und des Kummers!" sagte sie lächelnd — und er trank.

Da war es, als schwände alles Leid aus seinem Herzen; er vergaß der dunkeln Kerkerhaft, der Schrecken des Blutgerüstes und der schändlichen Verrätherei Jon's und nichts lebte mehr in seiner Seele, als eine sanfte, schmerzlose Erinnerung an Maria und seine Heimat.

Er ließ sich von den schönen Elfinnen in die Wirbel des Reigens ziehen und wiegte sich leicht und anmuthig gleich jenen Geistern auf den Wellen der zauberhaften Musik, die unsichtbar durch diese Räume flutete.

Dann führten sie ihn zu einem erhöhten Sitz am Ende der Halle; und als er sich niedergelassen, da nahte wieder die schöne Frau und trug in ihren weißen Händen die Erfüllung von Gottfried's letztem Wunsch — seine Geige.

Er sprang auf und drückte sie mit einem Ruf des Entzückens an seine Lippen.

Ja, es war seine Geige, seine eigene, geliebte Geige, sie trug noch die blaue Schleife, die Maria am Hochzeitstage daran befestigt, und er küßte sie noch einmal.

Dann ergriff er den Bogen und unter seinen Strichen ertönten die Saiten in nie gehörten zauberischen Klängen. Seine Seele strömte er aus in Lieb' und Leid, in Sehnsucht, Schmerz und Hoffnung; die Geige weinte und jubelte mit ihm in Tönen höchster Lust und höchsten Leides; dahinein klangen die Harfenstimmen der demantnen Blumen und gossen kreisende Sonnen ihre Strahlen herab vom hohen Gewölbe.

Die Elfen tanzten nicht mehr; sie standen um Gottfried her und lauschten entzückt seinem Spiel, das immer weicher, süßer, herzbezwingender klang und dann leise — leise verhauchte.

Der Arm war ihm müde geworden, die Augenlider sanken und er schlummerte ein.

———

Aus tiefem, traumlosem Schlafe erwachte er endlich; der Morgenwind strich über seine Stirn, er richtete sich auf, rieb die noch schlaftrunkenen Augen und schaute umher.

Nicht mehr das saphirne Gewölbe mit den kreisenden Sonnen dehnte sich über ihm, sondern der blaue Morgenhimmel, wie er seit Alters her sich über Schottlands Berge und Wälder spannt.

Er stand auf und blickte um sich:

In weichem Moose, am Fuße eines hohen, dunkeln Felsens hatte er geschlafen. Mit staunendem Auge blickte er an seinen Klippen und Zacken empor — es fiel wie Schuppen von seinen Augen: das war ja der Burg- felsen bei seinem Heimatsdörfchen, dessen Vorsprünge er als Knabe so oft mit keckem Fuß erklettert, um die wehenden Brombeerranken mit ihren würzigen Beeren zu erhaschen.

Er jauchzte fast auf. Oben auf der Höhe stand noch die wohlbekannte Burg, aber — er wollte seinen Augen nicht trauen — die stolzen Zinnen waren gesunken, die festen Mauern zerbröckelt und die Fensterbogen, deren Krystall gestern noch die Sonnenstrahlen blitzend zurückgestrahlt, waren jetzt von Epheu dicht umsponnen.

Sein Blick glitt abwärts.

Vor ihm lag das Dörfchen, sein Dörfchen, und unverändert ragte aus seiner Mitte die Kirche mit dem hohen Thurme und dem goldnen Kreuze darauf, unverändert grünte dort der Waldkranz, nur höher schienen seine Wipfel und undurchdringlicher das Blättermeer.

Ja, ja, es war seine Heimat, die er selbst im Zauberreich der Elfen nicht vergessen, und er beugte sich nieder, um die Geige aufzuheben, die er auch im Schlafe nicht hatte fahren lassen, und dann seinem Hüttlein zuzueilen.

Die Saiten waren zerrissen und die blaue Schleife verblaßt.

„Das that der Nachtthau, der böse Nachtthau," flüsterte er, „aber was schadet das — werde ich doch jetzt Maria wiedersehen!"

Er schritt der Dorfstraße zu. Das erste Haus auf dieser Seite war das seine; schon sah er seine weißen Mauern, aber trotz des Eichbaums vor der Thür schien es ihm fremd und unbekannt; der Giebel war höher, die Fenster breiter und es fehlte die Bank vor der Thür, auf der er mit Maria manch trauliche Abendstunde verbracht.

Verwirrt blieb er stehen und suchte seine Gedanken zu ordnen.

Da öffnete sich die Hausthür und heraus schritt ein Mann in sonn= täglichem Kleide, reichte einem jungen Weibe, die auf die Schwelle trat, wie zum Abschiedsgruß die Hand und schritt die Dorfstraße hinauf, gerade der Stelle zu, wo Gottfried stand.

Den Mann hatte er nie gesehen und seine Kleidung war eine andere, als er und die Bewohner seines Dorfes sie getragen, und doch schien der junge Mann kein Fremder hier.

Gottfried trat mit freundlichem Gruße auf ihn zu.

„Verzeiht, Freund, wer wohnt wol in jenem Hause?" fragte er, auf sein eigenes Haus deutend.

„Ich selbst, Herr!" entgegnete der Fremde.

„Aber wo wohnt Maria jetzt?"

„Wen meint Ihr, Herr?" fragte erstaunt der junge Mann.

„Ich meine Maria, das Weib des Pächters Gottfried," entgegnete Jener, „der unschuldigerweise des Mordes an dem alten Edelmann ange= klagt war."

Der Fremde schaute auf Gottfried, als fürchte er, es sei nicht Alles klar in seinem Kopfe, aber die guten, blauen Augen blickten ihn so treu und mild an, daß seine Zweifel wieder schwanden.

„Die Zeit, von der Ihr sprecht, Herr," entgegnete er endlich, „liegt fern, gar fern; wir kennen sie nur aus den Erzählungen unserer Mütter, und die hörten es wieder von Ahne und Urahne. Wol lebte hier einst vor hundert Jahren ein Pächter jenes Namens und sein Weib hieß Maria; er ward des Mordes an einem alten Edelmanne angeklagt und sollte hinge= richtet werden, aber Einer aus dem „stillen Volke", das ihm wohlwollte, holte ihn fort vom Fuße des Blutgerüstes, und nie hat man wieder von ihm gehört; aber es lebte noch ein anderer Pächter in unserem Dorfe mit Namen Jon, das soll der wahre Mörder gewesen sein; Holzhauer fanden tief im Herbst seine Armbrust in den entblätterten Zweigen des Gebüsches, dicht bei der Stelle, wo damals der Mord geschah."

Er schwieg und schaute theilnehmend in das erbleichende Antlitz des armen Gottfried. „Und Maria?" flüsterte dieser endlich fast tonlos.

„Maria, die Gattin jenes unschuldigen Mannes, hat ihn nicht lange überlebt. Trauer und Sehnsucht haben ihr das Herz gebrochen und dort liegt sie begraben!" sagte der junge Mann, mit der Hand hinüberdeutend nach dem Friedhof, der sich nur wenige Schritte von ihnen auf der andern Seite des Kirchhofs hinzog.

„Ach, mein Freund," bat Gottfried leise, „erweist mir nur noch den einen Liebesdienst und zeigt mir das Grab jenes armen Weibes."

„Herzlich gern!" erwiederte Jener, und so schritten sie mitsammen hin= über bis zu der niedrigen Mauer, die diesen letzten Ruheplatz einschloß.

„Seht, dort drüben, wo die weißen Rosen so schön blühen — dort liegt sie. Lange Jahre sollen die Frauen unseres Dörfchens ihr Grab schön sauber gehalten haben, aber auf Erden wird Alles einst vergessen, das Traurigste wie das Schönste, und jetzt wissen nur Wenige noch die Ge= schichte von der armen Maria; aber die Rosen auf ihrem Grabe blühen so frisch, als wären sie gestern erst gepflanzt — und nun, Herr, gehabt Euch wohl!"

Er wandte sich mit einem letzten theilnehmenden Blick in das blasse Antlitz ab, und setzte seinen Weg fort, während Gottfried mit müden Schrit= ten durch die Eingangspforte trat und sich dem Grabe Maria's zuwandte.

Er schritt durch die stummen Reihen der Gräber hin und las im Vorüberschreiten hie und da eine Inschrift — Alles Namen, die er nie gehört. Jetzt stand er an der Stelle, wo er einst seine Eltern begraben, aber der einfache Hügel war längst eingesunken und zwei neue, stattliche Gräber erhoben sich an jener Stelle — die weißen, frischen Grabsteine trugen eine Jahreszahl; er las sie. Der Jüngling hatte die Wahrheit gesagt — er sah es jetzt mit eigenen Augen — genau hundert Jahre waren verflossen seit jenem Tage, wo er durch Elfenhand von schimpflichem Tode errettet worden.

Und was ihm in seiner Jugendzeit wie ein Märlein geklungen — das hatte er nun erfahren zu eigener Lust und eigenem Leid.

Die Stunden im Geisterreich messen nach dem Maßstab der Ewigkeit, die Nacht bei den Elfen hatte ein Jahrhundert gewährt, und dieses Jahrhundert hatte ihn geschieden von Allem, was er auf dieser Erde ge= liebt, gehofft und ersehnt hatte.

Er stand nun an dem weißen Rosenbusch, unter dem die Geliebte schlummern sollte. Mit zitternder Hand bog er die Zweige auseinander — da lag, tief in die Erde gesunken, ein kleiner Denkstein, und als er mit haftigem Finger das Moos losgerissen, entzifferte er die fast verwitterte Inschrift: „Hier ruht Maria, die Gattin Gottfried's des Pächters."

Es war kein Zweifel mehr — er mußte glauben, was er doch nicht fassen konnte, daß die Maria, in deren geliebte Augen er gestern noch aus der Ferne sehnsuchtsvoll geblickt, hier nun schon längst schlummerte, zu Staub und Asche zerfallen. — Er legte die Geige mit den zersprungenen Saiten auf ihr Grab und faltete still die Hände.

Da klangen die Glocken vom Kirchthurm herab — es war Sonntag — dieselben Glocken, die ihn einst zu kurzer, glücklicher Vereinigung mit Maria gerufen. Er hatte so lange keine Glocken gehört; in seinen Kerker hinein hatten sie nicht getönt und nicht hinein in das Gewölbe mit den goldnen Sonnen. Er lauschte in tiefer Rührung dem langentbehrten Klange; dann brach er eine weiße Rose von Maria's Grabe und schritt langsam den Weg zwischen den Gräbern wieder zurück.

Schweigend wandelte er durch die Dorfstraße, an dem Hause vorbei, das einst seine Heimat gewesen, und trat in die Kirche.

Die Sitze waren schon alle gefüllt; Gottfried trat in die letzte Bank und lehnte sein müdes Haupt an eine Säule.

Alles war hier unverändert, Alles gehörte hier noch der Gegenwart, seiner Gegenwart an: Dort der Taufstein aus polirtem Granit, an dem er einst in die Hand des alten Geistlichen seinen Taufbund erneuert — dort der Altar, an dem er mit Maria den Schwur der Treue gewechselt — und dort die Kanzel mit dem rinnenden Stundenglas!

Alles, Alles wie vor Zeiten, und wie vor Zeiten hallte das fromme Lied der Gemeinde durch das hohe Gewölbe und es trat der Geistliche auf die Kanzel, um mit sanfter Stimme seine Herde einzuladen zu dem Born der Erquickung, der noch immer quillt für Alle, die „mühselig und beladen" sind. — Und unter den frommen Klängen und Worten löste sich leise und schmerzlos die Seele des armen, einsamen Gottfried's, und als der Geistliche das „Amen" sprach, da stand sein Herzschlag still und seine Seele eilte hinüber in ihre wahre, ewige Heimat.

Die Hand der Zeit aber holte im Fluge nach, womit sie ein Jahrhundert gezögert — als sich sein Auge schloß, zerfiel sein Körper alsogleich in ein Häuflein Staub, und mitten darauf lag die weiße Rose vom Grabe Maria's. —

Die Glocke sinkt in der Sturmesnacht in
die Tiefe.

Die versunkene Glocke.

s sind wol länger als tausend Jahre
her, da erhob sich an den grünen Ufern
der Saale ein stattlicher Tempel, in
welchem man seit Jahrhunderten die
Götter der Vorfahren verehrt und
ihnen geopfert hatte.

Da kam Karl der Große, stürzte die Heidengötter des Sachsenlandes,
zertrümmerte ihre Altäre und führte das Christenthum ein.

So fiel auch jener Tempel am Strande der Saale. Der Christen=
priester ergriff mit frommem Eifer die Bildsäule des Gottes, der dort ver=
ehrt wurde, und schleuderte sie in den Fluß.

13*

Seitdem lebte der vertriebene Gott als Nix oder Wassermann in den Fluten der Saale, voll Haß gegen die neue Religion, die ihn aus seinen tausendjährigen Rechten verdrängt hatte.

Auf seiner einstigen Opferstätte erhob sich nun ein Kloster, und die Glocke, deren tiefer Klang bis hinunter zur Wohnung des Nixen drang und ihn jedesmal zornig auffahren ließ, rief die Bewohner rund umher zu dem neuen Gott und seinen Altären.

Aber der alte, ererbte Glaube schwand nicht so leicht in den Herzen der Sachsen, und wenn sie auch, dem Zwange gehorchend, zu dem neuen Gottesdienste sich einfanden, so hingen sie doch noch lange Zeit an den alten Göttern und brachten ihnen heimlicher Weise die gewohnten Opfer.

Endlich siegte die Macht des Evangeliums, und das Opfer, das man jährlich am Johannistage dem Nix in einem unschuldigen Kinde dargebracht hatte, unterblieb. —

Wild brauste der erzürnte Nix auf. Den ganzen Tag schaute er, verborgen von den Weiden des Ufers, hinein in das Land, ob man ihn wirklich vergessen.

Kein Opferzug nahte; er fühlte, daß der letzte Rest seines Ansehens zu Ende sei; im finstern Unmuth gegen das undankbare Geschlecht beschloß er, mit Gewalt zu nehmen was ihm verweigert wurde.

Da nahte ein liebliches Kind ahnungslos dem Uferrande, seine Hand hielt einen Strauß Vergißmeinnicht; dicht am Wasser blühten noch mehr und es eilte hinzu, sie zu pflücken; da brausten plötzlich die Wellen der Saale empor, rauschten hin über die Stelle, an welcher das Kind die Blumen pflückte, und rissen es hinunter in die Tiefe.

Seit jenem Tage hält sich das Volk am Johannistage fern vom Ufer der Saale, um nicht gleich jenem armen Kinde ein Opfer des erzürnten Nix zu werden.

Das Kloster, erst die Pflanzstätte des heiligen Glaubens, wurde mit der steigenden Macht des Christenthums der Sitz des Uebermuthes und der Sittenlosigkeit, und der Nix, der wohl wußte, daß der Gott, den er haßte, doch ein gerechter Herrscher sei, der das Böse strafe, saß oft in mondhellen Nächten zwischen den Uferweiden, sah hinüber nach dem Kloster, aus dessen erleuchteten Fenstern Gläserklang und wüster Lärm erscholl, und sprach mit verhaltenem Grimme:

„Ich erlebe es doch noch, daß Ihr zu Schanden werdet! Solch Treiben kann Euer Gott nicht dulden, und dann bin ich gerächt."

Und er erlebte es auch.

In einer Nacht, in welcher wieder Trinklieder statt frommer Chor=

gesänge aus den Räumen des Klosters erschollen, zog ein schweres Gewitter am Himmel herauf. Der Donner rollte, die Blitze flammten, Alles in der Natur erzitterte, betend lagen die Menschen auf den Knieen, aber die Mönche achteten nicht auf die Stimme des Allmächtigen. Bei jedem Donnerschlag erhoben sie ihre Stimmen um so lauter, mit ihrem wüsten Gesang den Aufruhr draußen zu übertönen.

Da flammte ein entsetzlicher Blitz auf, leuchtete wie ein Strahlenkranz um die Spitze des Thurmes und fuhr dann durch das Dach des Hauses mitten hinein in den Speisesaal, wo sein tödtender Strahl in einem Augenblick all die frechen, gottvergessenen Spötter vor den Richterstuhl des Ewigen berief.

Darauf erfaßte die Flamme die Geräthe des Saals, und bald darauf leuchtete die Glut zu den zersprungenen Fenstern hinaus, denn Niemand war mehr da, ihr Einhalt zu thun.

Der Nix saß dem Kloster gegenüber auf einem Stein am Ufer und betrachtete mit befriedigtem Herzen das furchtbare Schauspiel.

Die Flamme griff von Minute zu Minute weiter um sich, nagte mit glühendem Zahn an Balken und Steinen, daß sie krachend zusammenstürzten, und strebte in feuriger Lohe aus dem Trümmerhaufen zum Thurm empor.

Da begann die Glocke, von der entsetzlichen Hitze getrieben, sich zu bewegen, und ihr tiefer Klang tönte in immer schnelleren Schwingungen, wie ein Angstruf, wie ein Sterbegesang durch den Aufruhr der Elemente.

Dann brach der Balken, an dem sie befestigt war, und in weitem Schwunge fuhr sie hinab in die Saale, daß die Fluten schäumend und zischend aufspritzten.

Der Thurm stürzte zusammen, und das ganze, prächtige Gebäude war in einen rauchenden Trümmerhaufen verwandelt.

Allmählich legte sich die Wuth der Elemente und es kehrte Ruhe und Stille in die Natur zurück; die Wolken theilten sich und von dem jetzt wieder tiefblauen Himmel blickte der Mond so mild und friedlich auf den Schutthaufen, wie sonst auf das stolze Kloster.

Und der Nix?

Der Untergang seiner Feinde söhnte ihn fast mit seinem Geschicke aus. Kein Glockenton drang mehr zu ihm hinunter, ihn an das zu mahnen, was er so gern vergessen hätte, — an seine verlorene Herrschermacht. —

Die Glocke war hinuntergesunken auf eine schöne, grüne Wiese, welche auf dem Grunde der Saale lag, und der Nix ließ um sie her Wasserlilien emporblühen, wie man auf Erden die Grabhügel mit Blumenbüschen schmückt, und dann errichtete er gegenüber ein krystallenes Schloß und holte sich aus der benachbarten Elbe eine schöne Nixe als Gattin hinein.

Nach Jahr und Tag spielten in den muschelgeschmückten Räumen des Krystallpalastes die Kinder des Nixen, zwei schöne, goldgelockte Knaben mit hellen Augen und rothen Mützchen auf dem Kopf, und ihre Schwester, eine kleine, zarte Wasserelfe, so feenhaft schön und lieblich wie ihre Verwandten auf dem Lande, die Elfen der Berge und Wälder.

Die Söhne glichen dem Vater: Sie haßten das Menschengeschlecht, von dem ihnen der Vater nur Böses zu berichten wußte, und halfen ihm, am Johannistage irgend einen sorglosen Menschen in die Flut zu locken.

Die schöne, kleine Nixe dagegen war ganz anders als ihre grausamen Brüder. Eine geheime Sehnsucht zog sie hinauf zu der Erde und den Menschen, und nur ihres Vaters strenges Verbot vermochte sie davon abzuhalten, sich ihnen zu nahen.

Aber Nachts, wenn Alles in dem krystallenen Schlosse schlief, stieg sie hinauf an die Oberfläche des Wassers, setzte sich auf die großen, weißen Wasserlilien, die sich bereitwillig zu einem Kranze zusammenfügten, und schwamm mit ihnen den Fluß hinauf und hinab.

Ihre langen, blonden Haare wallten dann nieder bis auf die Flut, in ihren weißen Armen hielt sie eine goldene Harfe, und wenn sie in deren Saiten griff und mit ihrer zaubersüßen Stimme dazu sang, von der Sehnsucht ihres Herzens nach dem schönen Sonnenlicht, nach dem blauen Himmel und den Menschen, die sie nie gesehen, so neigten die Bäume am Uferrande ihre Wipfel, die Vöglein verstummten und selbst der Nachtwind hielt den Athem an, dem Gesange der kleinen Flußelfe zu lauschen. —

Es war wieder einmal Johannistag und der alte Nix wiederum in seiner düstersten Laune.

Die Sonne leuchtete hernieder auf die Fluten der Saale und ihr Strahl brach sich in den krystallenen Säulen des Nixenschlosses. Die Wiesen im kühlen Saalgrunde grünten und das lange Gras wogte hin und her in der Flut, während kleine Fische und glänzende Wasserkäfer durch die Halme hinschlüpften wie goldne Sternlein.

Die beiden jungen Nixe bengelten ihre Sensen und begannen das Gras zu mähen, denn die Zeit der Heuernte war da. Die kleine Wasserelfe aber stand im Liliengebüsch an der versunkenen Glocke, hielt eine der großen weißen Blumen in der Hand und schlug mit dem schwanken Stengel gegen das Metall, daß es wundersam hallte.

Aber leise nur, ganz leise, denn sie wußte wohl, wie verhaßt dem Vater der Glockenton war, und besonders am heutigen Tage.

Und doch tönte er so herrlich und erinnerte die kleine Nixe an jene Klänge, die zu ihr herübertönten, wenn sie allein in den stillen Nächten auf ihrem Lilienkahn den Fluß hinabschwamm; und in der Freude über den lieben, bekannten Ton vergaß sie des Vaters Nähe und schlug so laut an die Glocke, daß der Klang, von den Wellen getragen, hinüberzitterte bis zu dem alten Nix, der in Gedanken verloren an einer Säule lehnte, mit den Fingern durch den graugrünen Bart strich und träumerisch der Arbeit seiner Söhne zuschaute.

Als der Glockenton sein Ohr berührte, fuhr er mit einem zornigen Schrei auf und blickte hinüber nach der zitternden Tochter. Aber ehe er seinem Zorne Luft machen konnte, legte sich ein Schatten über Palast und Wiese, dem ein Klirren folgte, als wenn irgend Etwas im Schloß zertrümmert sei.

Und so war es auch.

Oben glitt langsam ein Schiff durch die Wellen; der Schiffer senkte das Ruder in die Flut, und seine eiserne Spitze traf mit solcher Heftigkeit eine der krystallenen Scheiben des Nixenschlosses, daß sie zertrümmert zu Boden stürzte.

Das war dem erzürnten Nixen zu viel. Er stieg schäumend hinauf durchs Wasser und stand mit zornigem Antlitz vor dem Schiffer: „Frecher Mensch," sprach er grollend, „was thatest Du? Augenblicklich heile den Schaden. Ist die Scheibe binnen einer halben Stunde nicht wieder hergestellt, so sollst Du's mit dem Leben büßen."

Der Fischer begann zu lachen.

„Ich verstehe keine Glaserarbeit," entgegnete er, „und werde auch schwerlich einen Andern finden, der dort unten im Wasser arbeiten könnte. Also vermag ich Deine Forderung nicht zu erfüllen. Was aber Deine Drohung betrifft, guter Nix, so ist die Zeit Deiner Herrschaft längst vorüber. Du schreckst kein Kind mehr und zum Ueberfluß habe ich eine Ladung Stahlstangen an Bord, und Du weißt wohl, mein lieber Wassermann, daß die Dich abhält, hier auf mein Schiff zu kommen, und mir zu schaden."

Bei der Erwähnung des Stahls, den die Wasserelfen nicht ertragen können, bebte der Nix unwillkürlich zurück. Er warf noch einen Blick des Zornes auf den muthigen Schiffer, einen zweiten auf dessen junge Tochter, die sich bei seiner Erscheinung ängstlich an den Vater geschmiegt hatte, und versank darauf langsam in der Flut.

Dort setzte er sich unter das Säulendach seines Hauses nieder, stützte den Kopf in die Hand und sann darüber nach, wie er das Mägdlein aus

dem Schiffe als Johannisopfer in sein Reich locken und dadurch sich an
dem Schiffer rächen könne.

„Jetzt habe ich's," sprach er endlich; „das Kunststückchen mit dem
grünen Band, das ich neulich bei meinem Vetter, dem Wassermann in
Böhmen, sah, soll mir hier helfen. Heut, wo Kirchweih im nächsten Dorfe
ist, wird der Vater sein Kind gewiß hinsenden, um es vor mir zu schützen,
und da findet sich wol die Gelegenheit, das Erlernte anzuwenden."

Mit diesen Worten setzte er seinen Schilfhut auf, zog seinen grünen
Rock an, und so stieg er empor und setzte sich unweit des Schiffes unter die
Weiden am Flußufer.

Seine Voraussetzung täuschte ihn nicht. So muthig, wie der Schiffer
dem Nix gegenüber geredet hatte, war's ihm gar nicht zu Sinne. Er bangte
nicht für sich, sondern nur für sein einzig Kind; denn er hatte den bösen
Abschiedsblick des Wassermanns wohl bemerkt, den er auf das Mägdlein
geworfen. Darum überlegte er mit seiner Frau, wie sie dasselbe am sicher-
sten schützen möchten; denn die Gefahren des Johannistages, heute doppelt
groß, waren ihnen nicht unbekannt.

Im nächsten Dorfe wohnte eine entfernte Verwandte, und die Kirmeß
gab einen prächtigen Vorwand, sie zu besuchen. Das Mägdlein putzte sich
daher, so schön es vermochte, nahm Abschied von den Eltern und erhielt die
Weisung, über Nacht bei den Verwandten zu bleiben und erst am andern
Morgen auf das Schiff zurückzukehren.

Fröhlichen Herzens eilte sie die Landstraße, die ein Stück am Fluß
hinlief, entlang und gelangte zu der Stelle, wo der Nix in seinem sommerlichen Kleide so unbefangen saß, daß Niemand in ihm den zornigen, rache-
dürstenden Geist des heutigen Morgens ahnte.

„Wohin so eilig, schönes Mädchen?" fragte er freundlich.

„Zum Dorf, zum Tanz!" antwortete lustig die Kleine; „hört Ihr
nicht die Musik?"

„Mein liebes Kind," entgegnete listig der Nix, „die Mädchen dort
sind so schön geschmückt, daß Du in Deinem einfachen Kleide gar sehr gegen
sie abstechen und vielleicht keinen Tänzer finden würdest. Aber sieh dies
wunderschöne Band, von dem ich noch Vorrath habe. Dasselbe in Deine
blonden Zöpfe geflochten, oder als Gürtel um Deinen schlanken Leib gebunden, macht, daß Du all die Dorfmädchen ausstichst."

Die Kleine, die vorher nicht schnell genug zum Tanze eilen konnte,
blieb stehen und schaute mit einem prüfenden Blick an sich herunter und mit
einem zweiten auf das glänzende grüne Band, das der Nix in endlosen
Windungen aus den dicht neben den Weiden dahinströmenden Fluten zog.

„Sieh, wie schön!" sagte er, und sie ließ es geschehen, daß er es wie zur Probe um ihren schlanken Leib legte.

Aber damit war die arme Kleine in des Nixen Gewalt. Höhnend sprach er jetzt:

„So, mein Kindchen, jetzt bist Du mein! Wollen sehen, ob Dein Vater morgen auch noch sagt, die Zeit meiner Herrschaft sei vorüber, und ich vermöge kein Kind mehr zu schrecken, — Komm jetzt!"

Damit faßte er das Band und schritt zum Fluß.

Die Kleine erhob ein angstvolles Geschrei, aber Vater und Mutter waren fern; sie machte den Versuch, zu entfliehen, aber durch das Band war sie in der Gewalt des Nixen und mußte ihm folgen. Ihre Füße vermochten sie nicht nach einer andern Richtung hinzutragen, so sehr sie auch danach strebte.

Immer näher an das rauschende Wasser wurde sie durch das unselige Band gezogen.

Jetzt umspülte die Flut ihre Füße.

„Vater, Mutter, lebt wohl!" rief sie mit herzzerreißendem Tone; da faßte sie der Nix in seine Arme und hohnlachend stürzte er sich mit ihr in den Fluß, wo die Wellen sie ertränkten. —

Unten auf dem Saalgrunde hielt der Nix die Seele des ertrunkenen kleinen Mädchens zurück.

Sie durfte nicht zum Himmel hinaufsteigen, nicht einmal an dem Sonnenlicht, das gedämpft durch die Flut auf dem Wiesengrund des Flusses lag, durfte sie sich erfreuen, oder gleich der kleinen Nixe mit den silberglänzenden Fischlein spielen.

Ohne ihres Flehens zu achten, sperrte sie der Nix unter die schwere Glocke im Liliengebüsch und sprach fortgehend: „Hier unten bleibe Du zur Strafe für Deines Vaters Hochmuth. Und daß Dich Niemand aus diesem Gefängniß erlöse, dafür soll meine Wachsamkeit und die Schwere der Glocke schon sorgen."

Damit entfernte er sich und ließ die Seele des armen, kleinen Mädchens allein in ihrem Gefängniß. Ihre Klagen und Seufzer drangen nicht durch die festen metallenen Wände, sondern kehrten als Echo immer wieder zu ihr zurück.

Außen an der Glocke stand unterdessen tief betrübt die kleine Nixe; sie flocht einen großen Kranz der schönsten Wasserlilien und Seerosen um den Leichnam des jungen Mädchens und trug ihn dann sanft hinauf durch die Flut in die Nähe des Schiffes. Lebend vermochte sie den Eltern ihr Kind nicht wieder zuzuführen; darum legte sie den todten Körper in weiche

Blumenarme, den Eltern den traurigen Anblick ihres Lieblings in Etwas
zu mildern. — Als am andern Morgen die Sonne wieder die Fluten
der Saale vergoldete, trat der Schiffer hinaus aus seiner Kajüte, die
Vorbereitungen zur baldigen Weiterreise zu treffen, während die Mutter,
die Augen mit der Hand gegen die blendenden Sonnenstrahlen schirmend,
die Landstraße hinabschaute, auf welcher sie ihr Kind jeden Augenblick
zu erblicken hoffte.

„Sieh da, Frau," sagte der Schiffer, mit dem Ruder nach einem
Gegenstand im Wasser deutend, der sich langsam dem Schiffe näherte, „sieh
da, was kommt dort?"

Die Frau wandte sich um.

Da trugen die Wellen der Saale leise einen großen Kranz blühender
Wasserlilien heran, und mitten darin ruhte mit geschlossenen Augen und
gefalteten Händen ihr geliebtes, einziges Kind.

———

Unter der Glocke saß noch immer die Seele des kleinen Mädchens.
Sie konnte ihr Gefängniß nicht verlassen. Keine Spalte zeigte sich, keine
Linie breit ließ sich die schwere Glocke bewegen.

„Was werden mein Vater, meine Mutter sagen, wenn ich nicht mehr
wiederkehre," seufzte des Kindes Seele. „O, meine armen, lieben Eltern!
Nimmer das holde Sonnenlicht und den blauen Himmel wieder schauen!
Immer hier unten in dem engen, dunkeln Sarge bleiben — o wie schreck=
lich!" — und wenn eine Seele vor Angst, Trauer und Sehnsucht ver=
gehen könnte, so wäre die Seele des kleinen Mädchens gewiß vergangen.

So zogen die Stunden schweigend, tonlos über ihr und ihrem Ge=
fängniß dahin. Die Stunden wurden zu Tagen.

Wie viel ihrer schon vergangen waren? — Die kleine Seele wußte
es nicht. Sie war endlich in eine Art Betäubung versunken und hatte fast
aufgehört, zu empfinden.

Da näherte sich eines Tages Etwas ihrem Gefängniß, der Rand
der Glocke hob sich und die rauhe Stimme des Nixen sprach: „Komm
heraus!"

Die Oeffnung, durch welche das Licht hereinschien, war nur klein,
aber die Seelen mit ihrem lichten, durchsichtigen Leibe brauchen keinen wei=
ten Raum, und in Einem Augenblick war die kleine Seele durchgeschlüpft
und stand nun zitternd vor dem bösen Wassermann.

„Du darfst hier unten ein wenig spielen," sprach er, „aber in einer
Stunde mußt Du wieder zurück in Deine Glocke."

Die Seele schaute auf.

So lange Zeit in dem dunkeln Grabe, und nun auf einmal in Got=
tes schöner, herrlicher Schöpfung, wenn auch nur auf kurze Zeit und als
Gefangene! Sie vergaß vergangenen Leibes und gedachte nicht des zukünf=
tigen; sie freute sich nur der lichtvollen Gegenwart und blickte hinauf zur
Sonne, die in voller Mittagshöhe am blauen Himmelszelte stand und sanft
und milde, gedämpft durch die krystallene Flut, ihre Strahlen hinunter=
sandte auf die grüne Wiese.

Dann schaute sie um sich.

Vor ihr stand das prächtige Nixenschloß mit seinen schimmernden Wän=
den und durchsichtigen Säulen, und um sie her schwammen die niedlichsten
kleinen Fische, so nah und vertraulich, als wäre die kleine Seele eine alte,
langjährige Bekannte.

Da kam aus dem glänzenden Hause ein junges, schönes Mädchen auf
sie zu und forderte sie auf, mit ihr zu spielen.

Der alte Nix blickte zwar verdrießlich zu seiner Tochter Freundlichkeit,
aber die kleine Wasserelfe sah ihn nicht an, und des Kindes Seele dachte:
„In mein Gefängniß muß ich doch, und Schlimmeres kann er mir nicht
mehr anthun." So faßte sie die Hand der freundlichen Nixe und schwebte
mit ihr durch die silberhelle Flut, haschte die Fischchen und versuchte mit
ihrer klaren Hand die Sonnenstrahlen zu greifen. Dann flocht sie Kränze
aus Schilf und ließ sie hinaufsteigen an die Oberfläche des Wassers, nach=
dem sie Grüße und Küsse hineingehaucht an ihre Lieben dort oben.

Als sie noch mit sehnsüchtigem Auge ihnen nachblickte, wie sie sich
hoben und weiter und immer weiter schwebten, da fühlte sie sich mit einem
Male berührt. Der Nix stand hinter ihr, ergriff ihre Hand und führte sie
schweigend zurück zur Glocke.

Noch einmal wandte sie sich um, schaute hinauf zum blauen Himmel,
und dann war sie wieder in ihrem engen, dunkeln Gefängniß.

Wieder zogen Stunden und Tage langsam und endlos über ihr hin.
Ihre einzige Unterhaltung, ihr einziges Vergnügen war es, jene Stunde
der Freiheit und des Glückes wieder und immer wieder an ihrer Erinne=
rung vorüber zu führen.

Gerade als sie dies wieder einmal that, hörte sie abermals ein Ge=
räusch an der Glocke; der Lichtstrahl drang zum zweiten Mal herein; und
ehe noch die Aufforderung des alten Nixen an sie ergangen war, schlüpfte
die kleine Gefangene heraus, breitete ihre zarten, durchsichtigen Arme
gegen Licht und Himmel aus, und begrüßte mit einem Jubelruf die Welt
da draußen. —

Da stand auch schon ihre Spielgenossin, und beide Geister eilten in fröhlicher Hast davon, schlüpften durch das wogende Gras und tanzten auf den Sonnenstrahlen mit den Fischchen und den Wasserlibellen um die Wette.

„O," sprach des Kindes Seele mit einem Male ganz betrübt, „warum kommt diese schöne Stunde so selten, warum darf ich nicht täglich hinaus?"

„Ich weiß es nicht," erwiederte die kleine Nixe, „aber nur Sonnabends, zwischen zwölf und ein Uhr Mittags, dürfen die Seelen hier unten ihr Gefängniß verlassen und im Sonnenschein spielen."

„Aber ach, es ist so furchtbar einsam und dunkel dort in der Glocke," klagte des armen Kindes Seele.

Die kleine Nixe sah sie mitleidig an.

Die Lust am fröhlichen Spiel war Beiden vergangen, und Arm in Arm schauten sie hinauf durchs Wasser, nach den Wolken, die langsam über ihnen dahinsegelten.

„Da kommt Dein Vater, mich abzuholen," sprach bebend die Seele des Kindes; „o komm, komm nur ein einzig Mal jeden Tag zu mir an mein Gefängniß; klopfe an, dann bringt der Schall durch die metallenen Wände zu mir, und ich weiß dann, daß ich nicht ganz allein auf der Welt bin. Willst Du?"

In der kleinen Nixe leuchtete plötzlich ein Gedanke auf, sie öffnete den Mund, ihn gegen ihre junge Gespielin auszusprechen, aber da trat der alte Nix herzu, und sie mußte schweigen.

Freundlich konnte sie ihr nur zunicken, und dann wurde die arme Kleine fortgeführt, und nach einigen Augenblicken trennten die engen Wände der Glocke sie wieder von dem heitern Glanz des Tages. —

Es war Nacht. Schlafen können Seelen nicht; aber wachend träumen.

So führte der Traum auch des Kindes Seele in seine Heimat. Sie sah sich wieder auf dem Schiffe, das ihre Wiege gewesen, bei der Mutter sitzen, horchte wie früher auf die Erzählungen der sanften, liebevollen Frau, und hatte ganz vergessen, welche unüberschreitbare Kluft sie von den Lebenden dort oben trennte.

Da klang leiser Glockenton an ihr Ohr, und sie schlug von innen gleichfalls gegen die Glocke, zum Zeichen, daß sie den Gruß vernommen.

Da hob sich leise der Rand ihres Gefängnisses, und mit einem Freudenschrei enteilte sie demselben. Draußen stand die kleine Nixe.

„Willst du mit mir hinaufsteigen zur Oberfläche des Wassers?" fragte sie. „Willst du dort oben mit mir in meinem Lilienkahn Fluß auf und ab fahren?"

„Ob ich will? entgegnete die kleine Seele; „ach, was will ich denn
anders, als Freiheit, Luft und Licht. O ja, nimm mich mit!"

Die schöne Nixe faßte des Kindes Hand und eine kleine, glänzende
Welle trug sie empor, wie auf Schwanenflügeln.

Flußfahrt der Nixe und der kleinen Seele.

Jetzt standen sie oben auf der Flut. Da winkte die kleine Nixe, und
von nah und fern schwammen die Wasserlilien und Seerosen herbei, fügten
sich zusammen und bildeten ein Blumenschiff für ihre junge Herrin und
deren zarte, bleiche Begleiterin.

Nun glitten sie den Fluß hinab.

O wie herrlich war das!

Vorüber glitten sie an hohen Bergen mit strahlenden Schlössern, vorüber an friedlich schlummernden Dörfern, deren freundliche Kirchen ihre schlanken Thürme in den vorbeiströmenden Fluten spiegelten; vorüber an den Weiden des Ufers, deren Kronen sich schlummernd niederbeugten, während der Nachtwind mit ihren Blättern spielte.

Und über all diese Herrlichkeit goß der Mond sein zauberisches Licht und rauschten die Wellen ihr ewiges Lied.

Nun nahm die kleine Nixe ihre goldne Harfe in den Arm, und durch die stille Nacht schwebte ihre süße Stimme.

Sie sang, was ihr eigen Herz bewegte und was des Kindes Seele schmerzvoll empfand; sie sang von ihrer Sehnsucht nach irdischem und himmlischem Glück, dem sie Beide fern, wol ewig fern bleiben mußten.

Und die herrlichen Töne zogen durch die schweigende Nacht, die Wellen hemmten ihr Lied und die schlummernden Bäume erwachten, um diesen überirdischen Klängen zu lauschen.

„O," sagte des Kindes Seele endlich, „warum kann ich mich nur nicht emporschwingen in das Reich des Lichts, warum muß ich meiner himmlischen Heimat fern bleiben und hülflos dort unten im dunkeln Kerker schmachten?"

„Weil," entgegnete freundlich die schöne Wasserelfe, „mein Vater Dich in die Glocke gebannt hat, weil dieser Zauber Dich daran gefesselt hält und Dich immer wieder zur Rückkehr zwingt."

„Und kann dieser Bann, dieser Zauber nie gelöst werden?" fragte die kleine Seele.

„Ja, wenn ein Mensch hinabsteigt und die Glocke umwirft, so ist der Bann gelöst, und du vermagst Dich empor zu schwingen zum Himmel."

„Ach, wer vermöchte das?" sagte traurig die kleine Seele. „Die Einzigen, deren Liebe stark genug zu diesem Wagniß wäre, sind fern!" Und sie blickte traurig vor sich nieder.

Als des Mondes Strahl zu erbleichen begann, als der Glanz der Sterne erlöschen wollte, da stiegen sie Beide aus ihrem Lilienkahn, tauchten nieder in die Flut, und die kleine Seele ging betrübt zurück in ihr dunkles Grab.

So schwanden wieder die Tage. Allein, allein im dunkeln Gefängniß, und nur einmal in der Woche eine kurze Stunde Freiheit und Sonnenschein — das war das Los der kleinen Seele, und hie und da eine Nachtfahrt auf dem Lilienkahn an der Seite der Freundin.

Unvergleichlich schön waren diese Stunden, aber eben darum weckten sie eine stete Sehnsucht nach ihrer Wiederkehr.

Und doch war dieser Genuß nur selten. Die kleine Nixe mußte gar vorsichtig sein, sonst hätte es ihr bei ihrem grausamen Vater das Leben gekostet, denn er haßte ihren Hang zur Oberwelt und ihre milde, versöhnliche Stimmung.

Gar manche Nacht stieg der alte Nix selbst hinauf, gar manchmal saßen auch seine Söhne oben unter den Weiden; oder der Wassermann konnte nicht schlafen und ging prüfend durch die Räume seines Palastes, zu sehen, ob auch Alles in Ordnung sei.

Nur in den Nächten, wo Alles im krystallenen Schlosse schlief und keine Entdeckung zu befürchten war, eilte die Nixe zu der kleinen Seele, öffnete ihren Kerker, indem sie den Glockenrand etwas hob, und stieg mit ihr empor zu ihrem Blumenkahn.

So schwand Jahr auf Jahr dahin, so schwand auch endlich die Hoffnung aus des Kindes Seele; nur die Erinnerung und die Sehnsucht blieben.

Oben auf der Erde war alt geworden, was zu jener Zeit, als sie dieselbe verlassen hatte, jung und frisch gewesen war.

Die Gespielinnen ihrer Jugend waren längst verheirathet und manche von ihnen schon ins Jenseits hinübergegangen.

Der Vater hatte seit jenem Unglückstage gekränkelt, und der geheime Vorwurf, daß er durch seine trotzige Antwort den Zorn des Nixen gereizt und seines Kindes Tod veranlaßt habe, zehrte an seinem Leben und führte ihn vor der Zeit ins Grab.

So war die Mutter allein zurückgeblieben. Ihr Haar war gebleicht, nicht sowol durch die Jahre als durch den Kummer. Da ergriff sie in ihrer Einsamkeit eine tiefe Sehnsucht, noch einmal die Stelle wiederzusehen, wo ihr Kind den Tod gefunden, und sie übertrug dem Sohne ihres Bruders, ihrem einstigen Erben, die Leitung ihres Schiffes, mit welchem sie noch einmal die Grabstätte ihres Kindes besuchen wollte.

In der Nacht vor dem heiligen Osterfeste erreichte das Schiff das Ziel seiner Reise. Hier, jener dichten Weidengruppe gegenüber, die in der langen Zeit noch dichter und undurchdringlicher geworden war, und über welcher man die Spitze des nahen Dorfkirchthurms erblickte, hatte es damals gelegen, und hier wurde auch jetzt der Anker geworfen und der Schiffer ging zur Ruhe.

Aber die Mutter, sich so nah jener verhängnißvollen Stelle wissend, vermochte nicht zu schlummern. Die schrecklichste Stunde ihres Lebens, in

welcher sie erwartungsvoll der Ankunft ihres lebensfrohen Kindes entgegen=
gesehen und statt dessen nur seine kalte Leiche zurück erhalten hatte, stand
wieder vor ihrer Seele, und in heißen Thränen durchwachte sie die Nacht.
Als der erste Schimmer des Tages in ihr Gemach drang, erhob sie sich
vom Lager und trat hinaus.

Nur noch der Morgenstern stand am Himmel, alle andern Sternlein
waren schon zur Ruhe; allmählich wurde auch sein Glanz matter, denn der
junge Tag begann sein goldnes Festkleid anzulegen.

Die arme Mutter lehnte sich über den Rand des Schiffes und blickte
hinunter in die Fluten.

Der Himmel erglühte jetzt purpurn, und auf den Häuptern der Wellen
leuchteten die Rosen der Morgenröthe. Nun tauchte langsam die Ostersonne
empor, und als ihr erster Strahl über die Fluten hinflog, hallte es in
feierlichem Klange aus der Tiefe hervor.

„Was war das?" flüsterte die Frau und beugte lauschend ihr Ohr.

Da schallte ein zweiter Glockenton herauf, und nun begann es in
wundersam ergreifenden Klängen in der Tiefe des Flusses zu läuten. Mit
diesen Klängen und auf den Strahlen der Morgensonne, die sich fröhlich
hineintauchten und wieder hervortauchten aus der krystallenen Flut, drang
eine süße, geliebte Stimme empor an das Ohr der lauschenden Mutter:

> „Jesus lebt, mit ihm auch ich,
> Grab, wo sind nun deine Schrecken?
> Jesus lebt und wird auch mich
> Von den Todten auferwecken.
> Einst verklärt er mich zum Licht,
> Das ist meine Zuversicht!"

So klang die Stimme ihres Kindes zu ihr empor, mit den Worten
des Liedes, das sie ihm selbst einst gelehrt und stets am Ostermorgen mit
ihm gebetet hatte. —

Unten in der Glocke weilte noch immer die Seele des Kindes; aber
heute, am Tage der Auferstehung des Erlösers, als mit dem ersten Son=
nenstrahl die Glocke zu läuten begann, ward der kleinen Seele ganz wun=
dersam zu Muthe.

Wenn sonst allüberall an Feiertagen die versunkenen Glocken auf dem
Grunde der Seen und Flüsse ihre Stimme wieder erhalten, um in den
Lobgesang der Schöpfung mit einstimmen zu können, und dann auch die
Glocke des Kindes zu tönen begann, war ihr Schmerz, ihre Sehnsucht um
so größer geworden. Heute, beim ersten Klang, wich mit einem Male ihre
Traurigkeit, und eine wundersame Freudigkeit belebte sie.

Sie faltete die zarten Hände und betete laut das Verslein ihrer Kin=
derjahre. Aber nicht wie sonst prallte der Ton vom Metall zurück; heut
drang er durch die klingenden Wände, schwang sich draußen auf die Wellen
und schwamm mit ihnen hinüber zum Ohr und zum Herzen der trauern=
den Mutter.

Ja, es war ihres Kindes Stimme, das sagte ihr jeder Blutstropfen,
jeder Pulsschlag ihres bebenden Körpers. Ihres Kindes Leib hatte sie
wol bestattet, aber seine Seele war zurückgeblieben in der Gewalt des
grausamen Nixen, schmachtete dort unten seit langen Jahren und konnte
nicht empor zu Licht und Freiheit.

Alles, was sie früher von den Gefängnissen jener armen Seelen ge=
hört und stets als Kindermärchen verlacht, trat wieder vor ihre Seele und
quälte sie mit unnennbarer Angst. Mit der Glocke mußte es in enger Ver=
bindung stehen, sonst hätte nicht der Glocke Ton seine Stimme emporgetragen.

Sie beugte sich weit über den Rand des Schiffes und forschte hin=
unter in die Tiefe.

Da rauschte und schäumte es mit einem Mal dort unten, und langsam
hob sich der Nix empor, theilte die Wellen und trat vor die erschreckte Frau.

Es war noch dieselbe kräftige Gestalt, der ungebeugte Nacken, der
lange, graugrüne Bart — über Geistern streicht die Hand der Zeit scho=
nender hin als über Menschen.

Die Frau erkannte ihn sogleich; denn sie hatte ihn damals, als er
zornig vor ihrem Manne gestanden, wol aus dem Fenster ihrer Kajüte
beobachtet, ohne von ihm bemerkt zu werden. Sie wußte, daß der Mörder
ihres Kindes vor ihr stehe, aber der Nix kannte sie nicht.

„Mein Weib unten ist krank," sprach er finster. „Das Glockengeläute
dort unten macht sie immer krank; aber heute muß etwas Besonderes im
Klange gelegen sein; denn sie windet sich unter schrecklichen Schmerzen und
verlangt, ich solle ihr ein Weib der Menschen zuführen, daß es seine Hand
auf ihr schmerzendes Haupt lege und sie genese. Komm daher mit mir,"
schloß er mürrisch; „ich verlange es nicht umsonst!"

Die Frau hätte fast aufgejauchzt vor Freude. Ihr Feind wollte sie
selbst an den Ort führen, wohin ihre ganze Seele strebte: das schien ihr
ein Zeichen vom Himmel, und sie trat ohne Zaudern auf den Rand des
Schiffes, um in die Flut zu steigen.

„Nicht so," grollte der Nix; „da kämst Du nicht lebend unten an,
was mir zwar ein ander Mal ganz recht wäre, aber heut nicht zu meinem
Zwecke paßt. Hier nimm diesen Ring!" — Sie steckte den dargereichten
Ring an den Finger und folgte dem Nix in die Flut.

Mit dem Ringe am Finger vermochte sie durch das Wasser zu wandeln, wie auf dem Erdboden und darin zu athmen, wie oben in der Luft.

Sie kamen auf die schöne, grüne Wiese, schritten vorbei an dem Gebüsch der Wasserlilien, in deren Mitte die Frau gar wohl die Glocke bemerkte, und traten in das krystallene Schloß.

Dort in einem weiten, schimmernden Saale, auf einem gläsernen Ruhebett, mit glänzenden Fischschuppen gepolstert, lag die Gattin des Wassermanns. Sie wand sich in schmerzlichen Krämpfen und streckte flehend ihre Hände der eintretenden Frau entgegen. Die kleine Nixe knieete weinend neben der kranken Mutter, und selbst die rauheren Söhne umstanden ernstens Blickes die Leidende.

Die Frau des Schiffers trat an das Ruhebett und legte ihre warme Hand auf die kalte, weiße Stirn der Kranken.

Fast augenblicklich milderten sich die Schmerzen und ein leichter Schlummer stellte sich ein.

Die Frau hatte unterdessen fortwährend auf einen Vorwand gesonnen, hinaus zur Glocke gelangen zu können, und sprach jetzt zum Nixen:

„Die Krankheit Deiner Gattin ist gehoben, doch um ihre Wiederkehr zu verhüten, muß ich eine Salbe bereiten, zu der ich die nöthigen Kräuter dort draußen bemerkt habe; bleib' unterdeß bei Deiner Gattin und bewache ihren Schlummer."

Der Nix that, wie ihm geheißen. Er hatte kein Arg bei den Worten der Frau; in der Sorge um sein Weib dachte er gar nicht an die kleine, gefangene Seele unter der Glocke, noch weniger ahnte er einen Befreiungsversuch der fremden Frau.

Diese eilte unterdeß schnurstracks zu dem Liliengebüsch, drängte sich durch die dicht verschlungenen Pflanzen und erreichte athemlos die Glocke. Mit zitternder Hand klopfte sie daran, daß der Ton hindurchdrang zur Seele des Kindes.

„Wer klopft?" rief sie, so laut sie vermochte; ihre Freundin, die kleine Nixe, konnte es nicht sein, denn die kam ja nur Nachts und es war ja noch frühe Morgenstunde. „Wer klopft?" wiederholte noch ein Mal die kleine Seele mit bebender Stimme.

Der Mutter draußen drohte das Herz vor Wonne zu springen; der Athem verging ihr und sie vermochte nicht gleich zu antworten; und doch war des Nixen wegen die höchste Eile von Nöthen.

„Ich bin es, mein geliebtes Kind," tönte es endlich in bebenden Lauten von ihren Lippen, „sage, o sage mir schnell, wie ich Dich retten kann."

„Mutter, Mutter!" jubelte die kleine, gefangene Seele, „Mutter, Du bist da?"

„Ja wol, theueres Kind," sagte die Mutter ängstlich, „aber wir dürfen keine Zeit verlieren, denn der Nix kann jeden Augenblick kommen, und dann ist jede Erlösung unmöglich."

Diese Worte brachten die kleine Seele zur Wirklichkeit zurück.

„Mutter, liebe Mutter, wirf die Glocke um, und Deines Kindes Seele dankt Dir ihre Befreiung und kann zum Himmel emporsteigen!" flehte des Mägdleins Seele.

Die Mutter strengte alle ihre Kräfte an, aber die Glocke, welche die Geister mit so leichter Mühe bewegen konnten, vermochte sie nicht einen Zoll breit zu verrücken.

Dem alten Nixen blieb endlich die Frau zu lange; er verließ leise den Platz am Lager der Schlummernden und trat an eines der hohen Fenster.

Da erblickte er die Frau an der Glocke und ihre heftigen, wiewol vergeblichen Anstrengungen, sie umzustürzen.

Er winkte seinen beiden Söhnen und schnell aber geräuschlos enteilten sie dem Saale.

Aber draußen schrieen die drei Nixe laut auf vor Zorn und Wuth. Die Mutter hörte diesen Schrei — es hörte ihn die arme, kleine Seele in ihrem Gefängniß. An Einem Augenblick hing ihr eigenes Leben und ihres geliebten Kindes selige Zukunft.

Dieser Gedanke gab ihr Riesenkräfte; noch einmal umfaßte sie die Glocke mit der ganzen Kraft der Verzweiflung, und die schwere Glocke wich und stürzte um.

Es war die höchste Zeit, denn jetzt hatten die heranstürmenden Nixen den Platz erreicht und streckten ihre Arme nach der Frau aus.

Da war aber auch die kleine Seele aus ihrem Gefängniß hervorgeeilt, faßte die Mutter in ihre Arme und riß sie mit Blitzesschnelle nach oben. Erst auf dem festen Lande fühlte sich die Frau losgelassen, spürte einen leisen, kalten Abschiedshauch auf ihrem Gesichte, und sah dann die zarte, lichte Gestalt ihres Kindes wie eine Wolke gen Himmel schweben und endlich ihrem Auge entschwinden.

In Schmerz und Freude lag sie auf ihren Knieen und blickte der Scheidenden nach.

„O, laß mich nicht hier unten, mein Kind, nimm mich mit hinauf in Deinen Himmel!" betete sie unter strömenden Thränen. —

Abermals kam die Nacht und deckte mit ihrem Sternenmantel Freud und Leid, Leben und Tod.

14*

In der niederen Schiffskajüte lag auf engem Lager die arme Mutter; sie war müde von den Thränen und Kämpfen der vergangenen Stunden; ein leiser Schlummer hatte sich freundlich auf sie hernieder gesenkt, für kurze Zeit sie den Schmerzen der Gegenwart zu entführen.

Da schien es der Schlummernden, als fülle himmlischer Glanz den engen Raum, und es schwebe ein Engel mit glänzenden Flügeln zu ihr hernieder; als sie ihm aber in das Antlitz sah, da war es ihr geliebtes Kind, das sie gestern aus der Gewalt des Nixen befreit.

„Mutter, liebe Mutter, komm!" sprach die geliebte Stimme; „ich bin gesandt, Dich abzuholen, damit Du mit mir und dem Vater das Osterfest im Himmel feiern mögest."

Und sie nahm die Mutter in ihre Arme, schwebte mit ihr hinaus in die Nacht, hoch hinauf über Erde und Meer, immer höher hinauf, an den glänzenden Sternen vorüber, und endlich in den herrlichen Himmelssaal zu dem lieben Vater und den schönen Engelein — dort durfte die Mutter das Osterfest mitfeiern.

Als aber am andern Morgen die Frau gar nicht aufstehen wollte, ging ihr Brudersohn hinein in die Kajüte und trat an ihr Bett. Da lag sie todt und kalt, aber ihre Hände waren wie im Gebet gefaltet, und um den Mund und die geschlossenen Augen spielte noch das Lächeln des Friedens und der Seligkeit.

Helga zu den Füßen ihrer Mutter.

Die Blume von Island.

uf dem kalten, eisumstarrten Island
stand vor vielen, vielen Jahren am
Abhange eines Hügels ein stattliches
Gehöft. Der Besitzer, der seine Ju=
gend als Seemann unter fernen Him=
melsstrichen zugebracht, war endlich
dem Zuge zur Heimat und dem Rufe
seines sterbenden Vaters gefolgt und
hatte die Palmen und Orangenhaine des Südens mit der bleichen Sonne
und den erstarrten Lavafeldern seiner väterlichen Insel vertauscht; aber als
lebendige Erinnerung jener gesegneten Länder brachte er eine junge, wunder=

schöne Frau mit sich, deren dunkle und doch so sprechende Augen noch immer in die Erinnerung Aller hineinleuchteten, als sie längst schon zu ewigem Schlummer geschlossen waren.

„Marietta," hatte ihr Gatte zu ihr gesagt, bevor der Priester ihre Hände in einander legte, „hast Du auch wohl bedacht, was Du aufgiebst, wenn Du als mein Weib mir folgst? Sieh, hier in Deiner Heimat herrscht ein ewiger Frühling mit Blumenduft und Vogelsang, Italiens Himmel strahlt in immerwährender Bläue — auf meiner Insel würdest Du das nimmer finden. Eine bleiche Sonne, ein grauer Himmel über blumenloser Heide und Eis — Eis und Schnee, wohin Du blickst; nur der Isländer kann seine Insel lieben und schön finden!"

„Aber Du bist dort!" hatte Marietta geantwortet; „könnte ich da nach einer andern Heimat verlangen?"

So war sie mit ihm gezogen nach dem fernen Norden. —

Sie hatte ein einziges Kind, ein wunderschönes Mägdlein, das den Namen „Helga" trug; sie sollte eine echte Tochter Islands werden und selbst der Name Zeugniß dafür ablegen. Aber die fremde Abstammung konnte sie doch nicht ganz verleugnen; wol hatte sie die weiße Haut und die schönen blonden Haare der nordischen Mädchen, aber die Augen blickten ebenso dunkel und geheimnißvoll wie die Augen ihrer Mutter.

Die Isländer haben keine Blumen, sie kennen ihre Schönheit nur aus den Erzählungen ihrer Landsleute, die auf ihren Reisen solche gesehen, aber Jeder, der in Schön-Helga's wundervolles Antlitz blickte, meinte, so müßten Blumen aussehen, und so hieß sie bald überall: „die Blume von Island".

Schön-Helga liebte ihren ernsten Vater, aber noch mehr liebte sie ihre schöne, sanfte Mutter; in ihrer Nähe war sie auch am meisten.

Jedes Frühjahr zog der Vater mit einigen Knechten hinaus zur Küste, den jährlichen Fischbedarf für den Haushalt selbst zu besorgen, denn so sehr er auch Marietta und sein Haus liebte, so übte das Meer doch immer noch seinen alten Zauber auf sein Herz.

Im Sommer und Spätherbst war er auch wieder wochenlang fern auf den entlegenen Handelsplätzen der Küste, die Wolle seiner schönen, großen Herden dort zu vertauschen gegen die schönsten Erzeugnisse der Fremde, mit denen er sein Haus und seine Lieben schmücken und erfreuen wollte.

In solchen Zeiten saß dann Helga zu den Füßen ihrer Mutter und ließ sich in den schönen, weichen Lauten ihrer Sprache erzählen von dem ewig blauen Himmel und dem goldnen, warmen Sonnenlicht ihrer Heimat, von den glänzenden Blumen und immergrünen Wäldern und von den wunderschönen milden Nächten, in denen beim Klang der Mandoline und beim hellen Sternenschein die jungen Mädchen ihre zierlichen Tänze aufführen und Lust und Gesang über Land und Meer sich schwingt.

Ach, wie schön, wie schön mußte es dort sein und wie war es hier so anders!

Kein Tanz, kein Gesang, weder von den Lippen eines Menschen noch aus der Brust eines Vogels, nicht einmal das fröhliche Blöken der Herden hatte Helga je gehört — stumm und starr Alles — Todesschweigen war die Sprache dieser Natur.

Schweifte dann Schön-Helga's dunkles Auge hin über Islands weite, öde Heiden, über die meilenweiten dunkeln Lavafelder, die unter ihrem erstarrten Trauermantel das Leben der Natur ringsum begraben haben — schaute sie auf jene gigantischen Eisgebirge, von keinem Menschenauge je erforscht, die gleich Riesenmonumenten des Todes weit hinein in das Land ragen, um deren Häupter fast immer dichte Nebel wallen, selten nur zerrissen von einem Sonnenstrahl, in dessen bleichem Licht dann jene Eiskolosse aufleuchten wie Sarkophage in einer Gruft — dann schauerte es auch durch Helga's Seele und mit heißer Sehnsucht gedachte sie des Jugendlandes der geliebten Mutter.

Und diese?

Ach ihr Gatte hatte recht gehabt:

Trotz ihrer Liebe nagte an ihrer Seele ein unstillbares Heimweh nach den sonnigen Thälern ihrer Kindheit, um so verzehrender, als sie nie zu ihrem Gatten davon sprach, der sein „Island" hoch über alle Paradiese der Erde setzte. Zehn Jahre waren kaum vergangen, da wölbte sich über Marietta's warmem Herzen der Grabhügel.

Helga's kleines Herz wollte fast brechen, als man die geliebte Mutter hinaustrug nach dem Hügel, von dem aus sie so oft sehnsuchtsvoll hinübergeblickt nach dem Meere, dessen dunkelblaue Wellen dem schönen, fernen Süden zueilten.

„Wenn Du mich begräbst," hatte sie in den letzten Stunden zu ihrem Gatten gesagt, „dann lege mich so, daß ich mit dem Antlitz nach Italien schaue."

So war es geschehen.

Oft saß nun Helga an dem Grabhügel, die einzige „Blume", die ihn schmückte, und mit dem Bilde der geliebten Mutter traten auch jene Gegenden lebendig vor ihre Seele, deren Schilderungen das Entzücken ihrer Kinderjahre gewesen.

Des verwaisten Hauswesens hatte sich eine ferne Verwandte angenommen, die mit ihrem Sohne die eigene, arme Heimat gern verlassen, um dem Rufe des reichen Vetters zu folgen. Die alte, wortkarge Base verstand nichts von Helga's Sehnsucht und ihren märchenhaft klingenden Erzählungen, — außerhalb Islands konnte es wol nichts Schönes mehr geben — aber Olaffson, ihr Sohn, wenige Jahre älter nur als die kleine Waise, wurde ihr andächtiger Zuhörer.

Mit demselben Entzücken, mit dem er ihr schönes Gesicht betrachtete, lauschte er ihren Erzählungen; die ernsten, blauen Augen, die sonst so kalt blickten, wie seine heimatlichen Gletscher, belebten sich dann, und wenn Schön-Helga schloß, sagte Olaffson jedesmal: „Ich werde Seemann und reise nach jenen Ländern, zu sehen, ob es wirklich so schön dort ist!"

„Aber Du nimmst mich doch mit?"

„Gewiß, gewiß!"

So verstrichen die Jahre und es kam die Zeit schnell heran, in welcher der Baum, zu dem Helga's Kinderhand den Kern gelegt, Früchte trug. Olaffson war erwachsen und bestand darauf, zur See zu gehen. Der Hausherr stimmte freudig bei und der Abschied nahte.

Schön-Helga's Wange war gar bleich. — Olaffson glaubte, es sei die Trennung, die sie so schmerze, und das versüßte ihm das Scheiden — ach nein, es war der Schmerz, daß sie daheim auf der kalten, öden Insel bleiben müsse, und nicht jene Gegenden sehen solle, an die sie doch, nach ihrer Meinung, so viel mehr Anrechte hatte als Olaffson.

———————

Ein Jahr war wieder verflossen, Olaffson war zurückgekehrt und hatte ihr erzählt von Allem, was er gesehen. Morgen in aller Frühe wollte er wieder fort, eine neue große Reise anzutreten, und so sehr sie auch geweint und gebeten, sie diesmal doch mitzunehmen — ihr Vater und Olaffson hatten dazu nur den Kopf geschüttelt und über ihre Kindereien gelächelt.

Es war Abend. Sie ging mit Olaffson zum Grabe auf dem Hügel, dort noch einmal von den Wundern der Ferne zu hören. Stunde auf Stunde verrann, sie wurde des Hörens nicht müde.

„Wohl, Helga," schloß endlich Olaffson, „es ist so schön da draußen, wie Deine Mutter es Dir einst gesagt; schöner fast noch, viel schöner, und dennoch — Island ist es nicht, so schön wie in unserer Heimat ist es nirgends, nirgends!"

Helga blickte ihn ungläubig an.

„Und ich habe dennoch Recht!" sagte er; „sieh, jetzt ist es Mitter=
nacht; seit vielen Stunden ist es in jenen Gegenden Nacht, tiefe Nacht, die
Sonne hat sie längst verlassen — unsere Insel liebt sie mehr, bei uns weilt
sie länger! Schau nur dort hin! — Eben erst ist sie im Ozean versunken,
und an dem glühend rothen Abendhimmel malt sie nun in silberglänzenden
Umrissen die schönsten, baumreichen Wälder, die unserem Boden versagt
sind. Sieh nur! Grüßen und neigen sie nicht ihre schimmernden Wipfel;
ist es nicht, als höre man es geheimnißvoll in ihren Kronen flüstern;
schweben nicht weiße Wölkchen gleich Adlern über ihre Spitzen hin? —
Und nun blicke auf die Tageshelle um Dich her! Die Nächte dort sind
dunkel wie das Gewissen der Verbrecher, unsere Nächte wie das Herz
eines frommen Kindes, licht, klar und still."

„Aber es ist kalt hier, so kalt, daß es mich bis ins Herz hinein friert!"
klagte Helga.

„Aber die Kälte macht stark," sagte Olaffon; „dort fand ich die
Menschen schwächlich, feig und entartet — ich könnte Dir Trauriges davon
erzählen — blicke nun aber auf Dein Volk, Blume von Island, denn
Du gehörst zu uns: wir sind treu, tapfer und stark, wie unsere Väter waren
und wie unsere Söhne sein werden — und das danken wir Island und
seinen Gletschern, seiner kalten, aber kräftigen Natur. Ich sage Dir,
Schön=Helga, es giebt nur ein Island, gerade so, wie es nur eine
Blume darauf giebt." —

In der Frühe des andern Tages sollte Olaffon abreisen; Helga's
Vater wollte mit einigen Knechten auch hinab an die Küste, denn es war
die Zeit des jährlichen Fischfangs und so konnten sie mit einander den
Weg machen.

Der Abschied war kurz und stumm; Helga kämpfte mit ihren Thränen,
als sie sah, wie Alle sich so freudig in die Sättel schwangen, doch sie ge=
dachte der Worte Olaffon's über Islands kräftiges Volk und weinte nicht;
aber ihr dunkles Auge haftete so sehnsüchtig auf ihres Vaters Angesicht,
daß er wohl fühlte, was in ihrem Herzen vorging.

„Komm, Helga," sagte er, sich zu ihr niederbeugend, „bis zum Hügel,
wo das Lavafeld beginnt, darfst Du uns begleiten." Damit nahm er sie
vor sich in den Sattel und in raschem Schritte eilten nun die Pferde dahin.
Bald hatten sie den Hügel erreicht, an dessen Fuß das Lavafeld begann
und seine dunkeln Linien meilenweit zum Horizont hindehnte.

Jetzt vermochte Helga ihre Thränen nicht länger zu beherrschen,
schluchzend umfaßte sie ihren Vater und bat innig:

„Bleibe nicht so lange aus, lieber Vater; es ist so traurig und öde daheim, wenn Ihr nun Beide fort seid."

„In wenigen Wochen kehre ich zurück, meine Helga," tröstete der Vater; „halte bis dahin gut Haus mit der Base und gehe ihr fleißig zur Hand bei ihrer Arbeit."

Er küßte schweigend, aber zärtlich, ihre schneeweiße Stirn, hob sie dann vom Pferde und nach einem letzten Händedruck setzte sich die kleine Schar wieder in Bewegung.

Helga sah ihnen nach, bis eine Senkung des Weges sie ihren Blicken entzog; dann stieg sie den Hügel hinan, lehnte sich an die Felswand und schaute in die Ferne, die Augen mit den Händen beschattend.

Da kamen sie endlich wieder zum Vorschein, aber in so weiter Ferne, daß Helga's Scheidegruß ihr Ohr nicht mehr erreichte; noch einen Augenblick irrte ein flüchtiger Sonnenstrahl über sie hin, Rosse und Reiter zeichneten sich glänzend ab gegen die todte Fläche, auf der sie hinzogen, dann wallte ein Nebel heran, ein Nebel, wie ihn nur Islands Berge entsenden können — und Helga sah nichts mehr.

Schluchzend lehnte sie den Kopf zurück gegen die Felswand, schloß die Augen und weinte heiße Thränen der Sehnsucht und des Schmerzes. —

Da tönte es plötzlich mit wunderbarem Wohlklang an ihr Ohr: „Warum weint Schön-Helga?"

Helga öffnete verwundert ihre Augen: Niemand um sie her — nichts, so weit sie blicken konnte, als Nebel in der Ferne und das erstarrte Lavafeld zu ihren Füßen; sie schloß die Augen abermals.

„Helga, Schön-Helga, warum trauerst Du?" tönte wieder die klangreiche Stimme; es war, als käme sie aus den Wolken.

Durch Helga's Seele rieselte ein leichter Schauer, sie wagte sich nicht zu rühren, nur die Augen öffnete sie leise und schaute empor. Aber was war das? Senkte sich der tiefblaue Himmel Italiens auf sie nieder, an den sie soeben gedacht? — Dicht über ihr auf der Spitze des Hügels stand in strahlender Majestät eine Gestalt, deren Schönheit nicht der Erde, nicht dieser Erde angehören konnte. Aus dem königlichen Antlitz blickten tiefblaue, wunderbare Augen milde hernieder auf die zitternde Helga, und Locken, schöner als ihre eigenen, golden wie die Sterne der Sommernacht, flossen herab auf das Gewand von Purpursammt, in das der herrliche Fremdling gekleidet war.

Er schritt von der Höhe herab und trat zu Helga.

„Warum weint Schön-Helga?" fragte er liebreich.

Helga suchte sich zu fassen.

„Woher kennst Du mich, Fremdling?" fragte sie schüchtern.

„Wer kennt nicht die Blume von Island?" entgegnete dieser freund=
lich; „soll ich Dir noch mehr von Dir erzählen, um Dir zu beweisen, wie
lange ich Dich schon kenne und wie viel ich von Dir weiß? Soll ich Dir
sagen, wie oft ich Dich an dem Grabe Deiner Mutter sitzen sah und welche
Bilder dort durch Deine Seele zogen? Soll ich Dir sagen, welche Sehn=
sucht in diesem Augenblick Dein Herz bewegte, wie heiß Du verlangtest, mit
Claffson ziehen zu können, nur um jene reichen, wunderherrlichen Länder
zu schauen; aber um diesen Wunsch zu erfüllen, bedarf es keiner solchen Reise
— das Paradies Deiner Mutter ist hier, hier in Deiner nächsten Nähe."

Helga's Auge leuchtete halb in Zweifel, halb in Entzücken.

„Hier? hier?" fragte sie ungläubig. „Wie wäre das möglich?"

„Komm nur einige Schritt weiter auf die andere Seite des Hügels,
dann sollst Du sehen, daß ich die Wahrheit sprach."

Helga faßte die dargebotene Hand — der Fremdling, der sie so lange
schon kannte, so viel von ihr wußte, war ihr kein Fremdling mehr, und
ein Feind konnte Der nicht sein, der ihres Herzens höchsten Wunsch er=
füllen wollte — so schritt sie getrost neben ihm her nach der andern Seite
des Hügels.

Der Fremdling legte die Hand an die Felswand und sofort öffnete
sich diese und ließ Helga mit ihrem Führer eintreten.

Erstaunt blieb sie stehen und fuhr mit der Hand an die Stirn, ob
kein Traumbild sie necke — doch es war kein solches.

Helga's staunendes Auge blickte in ein Wunderland, schöner als ihrer
Mutter Jugendheimat, schöner als ihre einstigen Kinderträume.

Durch die krystallene Kuppel, die sich über diesem Paradiese wölbte,
sandte die Sonne ihre Strahlen hell und warm, wie sie Islands Kinder
nie empfinden. Golden zitterten sie durch die majestätischen Bäume mit dem
ewig grünenden Laube, wiegten sich auf dem blitzenden Strahl des Spring=
brunnens und flammten im Kelche der durchsichtigen Blumen.

In der Ferne rollte das Meer seine azurblauen Wogen um grünende
Eilande und über Blumenduft und Farbenglanz schwebte eine süße, zauber=
hafte Musik bis zum Gestade des Meeres, dessen Wogen sie in leisem Echo
hin zu den Ufern der glücklichen Inseln trugen.

Helga blickte mit einem Entzücken um sich her, wie sie es nie em=
pfunden — solche Schönheiten hatte die Erde, und ihr war es vergönnt,
sie zu schauen!

Sie beugte sich nieder zu den nie gesehenen Blumen, strich leise mit
ihrer weißen Hand über den Sammt der Blätter und drückte die Lippen

in ihre duftenden Kelche; dann eilte sie mit glänze[…]
Springbrunnen, deffen Strahl faft bis zur kryftallenen […]
und dann wieder herniederfiel, weit hinaus über den […]
Beckens, daß Büfche und Blumen unter feinem Thau f[…]

Darauf wandte fie fich zu den hohen Bäumen, […]
ficht gegen die glatten Stämme und blickte hinauf zu d[…]
Kronen, die im Sonnenlicht leife raufchten. Auf den […]
fich fchneeweiße Böglein und blickten auf Helga hernied[…]
Bekannte. Waren es nun diefe gefiederten Sänger oder d[…]
kronen, oder war es das ferne Meer, das jene füße Muf[…]
die mit den Sonnenftrahlen und den Frühlingslüften d[…]
flutete, leife fchmeichelnd um Helga's Herz und Sinne wog[…]
Tonwellen die Vergangenheit und ihre Erinnerungen mi[…]
Stunden waren in diefem Zauberreich dahin gefchwund[…]
dünkte es wie Augenblicke; da endlich wandte fie fich zu […]
der mit liebevollem Auge ihr gefolgt war und ihr Entzäck[…]

„O, wie foll ich Dir danken," fagte fie, feine Hand e[…]
Du mich dahin geführt, wohin feit Jahren meine Sehnfucht […]
fage mir nun, wo ich bin, denn Islands kalte Erde birgt […]
dies nicht."   .

„Du bift in meinem Reich, Schön-Helga," entgegnete […]
ling, „und ich bin der Elfkönig von Island."

Helga fah erftaunt zu ihm empor. Kein anderer […]
Mutter hatte je Erzählungen für fie gehabt und diefe […]
Islands Geifterreich — fo war auch Schön-Helga o[…]
Bangen.

„Ach, könnte ich doch immer hier bleiben!" rief fie […]

„Was wünfchte ich mehr!" fprach der Elfkönig. „Aber […]
Du es nicht?"

„Ach, mein lieber, guter Vater, er hat ja nur noch […]
Helga in plötzlicher Erinnerung.

„Aber jetzt ift er fern," tröftete der Elfkönig; „und we[…]
wiederkehrt darfft Du bleiben."

„Ja, das ift wahr!" nickte Helga erfreut, und fo […]
Elfkönigs Reich. —

Die Tage glichen hier einander, wie fie fich einft viell[…]
gleichen werden, wo kein Stundenfchlag ihr Schwinden künd[…]
herrliche, felige Gegenwart ift, in der keine Vergangenheit […]
innert und keine Zukunft uns lockt, weil fie Schöneres nicht […]

Helga schwebte seligen Herzens an der Seite des schönen Elfkönigs durch dies Paradies; die weißen Böglein flatterten um sie her und senkten sich ihr auf Hand und Schulter und das Meer mit den blauen Wogen rauschte grüßend heran, wenn Schön=Helga und der Elfkönig sich seinen Ufern nahten; dann faßte er ihre Hand, sie setzten den Fuß auf eine der kleinen Wellen und sanft und schnell trug sie dieser Zaubernachen hinüber zu einer der glücklichen Inseln.

Wenn dann draußen Islands Sonne um Mitternacht ihren Purpur= mantel am Horizonte ausbreitete, dann strömte sein Wiederschein durch die krystallene Kuppel, glühte wie Rosen auf in den Wassern des Spring= brunnens und auf dem weißen Gefieder der Vögel, während das Meer dann in violetten Wogen gegen das Ufer rollte.

Dann wußte Helga, daß sie ihre Augen schließen müsse, sich zu stär= ken zu einem neuen Tage der Freude und des Genusses; sie streckte sich nieder auf das weiche Mooslager, während der Elfkönig sich ihr gegenüber setzte und seine Harfe ergriff. Ihren Saiten entströmte jene zauberschöne Musik, welche die Erinnerung aus Helga's Seele bannte. Unter diesen Klängen schlief sie ein, sie lagerten sich an die Pforten ihres Herzens, da= mit kein Traumbild daran klopfen könne, das sie mahne an die Vergangen= heit und ihre Rechte.

Einst aber ertönte doch die Saite, welche die Natur zwischen die Herzen der Eltern und ihrer Kinder gespannt hat, und die nicht reißt, ob auch Meere dazwischen liegen.

Helga's Vater war zurückgekehrt und sein Schmerz und seine Klagen über den Verlust seines geliebten Kindes waren so erschütternd, daß die schlummernde Saite in Helga's Herzen zu klingen begann.

„Mein Vater!" sagte sie eines Tages plötzlich, als sie am Ufer stand, und sie zog ihren Fuß zurück, den sie eben auf die Welle setzen wollte, die ihren blauen Nacken vor ihr beugte — „mein Vater! mir ist, als hörte ich ihn um mich klagen! Ist es nicht meine Pflicht, all das Schöne hier zu verlassen und zu ihm zurückzukehren?"

Ueber des Elfkönigs Antlitz flog ein Schatten, schweigend griff er zu seiner Harfe und ihren Saiten entströmten nun Töne, schöner, herzbezwin= gender als sie Helga je gehört; sie schwebten hin über die Wogen, daß diese leiser rauschten, die süßen Melodien nicht zu stören, und in Helga's Herzen verstummte wieder die Vergangenheit, die Erinnerungen schlummerten ein.

Und nun erzählte ihr der Elfkönig, wie er sie seit Jahren schon zur Herrin dieses Reichs erkoren, wie er sie überwacht und gehütet von Jugend auf, wie er hier Alles mit diesen Reizen nur für sie geschmückt und gehofft, sie werde als sein Weib hier mit ihm leben und durch diesen Bund ihm das gewähren, wonach seit Jahrhunderten sich seine Sehnsucht gerichtet — eine unsterbliche Seele, wie sie den armen Elfen in allen Landen versagt ist.

„Willst Du nun mein Weib werden, Schön-Helga?" fragte er am Schluß. „Sieh, ich will Dich lieben mit einer Treue und Innigkeit, wie sie aus Eurem Geschlecht längst entschwunden. Du sollst es nie bereuen, daß Du dem armen Elfkönige Das gewährt, wonach er sich so lange vergeblich gesehnt."

„Ich will, ich will!" sagte sie, mit kindlichem Zutrauen seine Hände ergreifend; „ich will immer bei Dir bleiben."

Des Elfkönigs Augen leuchteten freudig.

„Aber, Schön-Helga, die Gesetze unsers Reiches sind streng; wir halten die Gebote der Treue höher als Ihr, obgleich wir auf keinen Lohn in der Ewigkeit zu hoffen haben. Wenn Du mein Weib wirst, Deine Seele an mich bindest und mich somit Antheil nehmen läßt an Deiner Unsterblichkeit, dann gehörst Du fortan mir, mir ganz allein. Dein Vater, Deine Heimat haben dann keine Rechte mehr an Dich und kehrst Du dann doch zu ihnen zurück, dann müßte ich meine Seele von Deiner Hand fordern, dann würde das Elfenreich Dein Leben als Sühne verlangen. Kannst Du nun solche Treue halten, Blume von Island?"

Schön-Helga beugte sich vor.

„Schau mir in die Augen!" sagte sie; „hältst Du mich für so undankbar? Ich will Dein Weib werden und Du sollst durch mich und mit mir die unsterbliche Seele haben; glaubst Du, ich könnte Dich je um Deine Anrechte an die Ewigkeit betrügen?"

So ward Schön-Helga, die Blume von Island, dem Elfkönige vermählt.

Ein Jahr war vorübergegangen. Wieder leuchtete die Sonne durch die krystallene Kuppel und Schön-Helga's Zauberreich blühte noch in unvergänglicher Schöne, aber die Blume von Island war bleich und in den gesenkten Wimpern hing eine Thräne.

War des Elfkönigs Gemahl nicht glücklich?

O, gewiß glücklich, fast zu glücklich! Schönheit und Liebe umschwebten sie auf jedem Schritt, aber ein ungetrübtes Glück währt stets nur kurze Zeit.

Ihr Gemahl war fern. Die Gesetze des Elfenreichs zwangen ihn, ein Jahr um das andere hinüber zu gehen über das Meer, um dem obersten Herrscher des Elfenreichs, dessen Thron in den Felsengebirgen Norwegens stand, Rechnung abzulegen von seinem Thun.

In einer Woche hatte er zurückkehren wollen und jetzt waren schon drei Wochen vergangen und er war noch immer fern. Was mochte dem geliebten Gatten zugestoßen sein?

Dieser Gedanke nagte an Schön=Helga's Herzen und machte sie un= empfindlich gegen die Schönheiten um sie her. Vergeblich schwirrten die weißen Böglein um ihre Stirn und streiften mit weichem Flügel ihre Wan= gen — Helga's Seele war in Schmerz versenkt und die Zaubertöne mit ihrer besänftigenden Gewalt schliefen jetzt selbst in den Saiten der Harfe. Endlich richtete sie sich auf.

„Ach, ich muß Dir ungehorsam sein, mein Gemahl, vergieb, vergieb! aber die Angst tödtet mich sonst; ich muß hinaus, ob ich Dich nicht in der Ferne erschauen kann."

Sie sprang auf und näherte sich der Felsenthür; ängstlich flatterten die Böglein um sie her, doch sie scheuchte sie mit der Hand und berührte die Felswand, durch die sie vor einem Jahre hier eingetreten und diese öffnete sich und Schön=Helga trat hinaus auf Island's Erde.

Aber so lange nur von warmen Sommerlüften berührt, schauerte sie jetzt zusammen unter dem Eiseshauch der alten Heimat, und eilte schnellen Schrittes auf die Spitze des Felsens. Hier stand sie still, wandte dann ihr schönes Antlitz rückwärts und schaute über ihre linke Schulter mit forschen= dem Auge nach Süd=Ost.

Vor der Macht dieses Zauberblickes wichen die Schranken. Ihr Blick durchdrang Island's dichte Nebel, flog über die Ostens und schwamm auf den Wogen des Atlantischen O den steilen Felsenufern Norwegens.

Sie schaute in das geheimnißvolle Leben seiner mächtigen Elfkönig auf seinem demantnen Thron, hingezogen ohne ihn je zu erschüttern; um ihn Jugendschöne, in freudigem Gehorsam, aber die mahls war nicht darunter, seinem tiefblauen angestrengt sie auch die Züge prüfte.

Traurig wandte sie ihr Antlitz Reich zurückkehren.

Da, als sie um die Felsenecke sie gestanden, um ihrem Vater

einsame Männergestalt. Voll freudigen Schreckes eilte sie darauf zu — sollte ihr Gatte so nahe gewesen sein, während sie ihn in der Ferne suchte?

Aber als der Mann, ihren leichten Schritt hörend, sein Antlitz wandte, da blickte sie nicht in die jugendschönen Züge des Elfkönigs, sondern in das gramerfüllte Antlitz ihres Vaters.

„Helga, Helga!" klang seine Stimme in trauten Tönen an ihr Ohr. „Mein Kind, Du lebst, Du weilst noch auf Erden?" und er streckte die Arme nach ihr aus und zog sie unter heißen Thränen an seine Brust.

Die Saite in Helga's Herzen tönte jetzt laut, die Erinnerungen erwachten und Elfkönigs Harfe war fern und konnte sie nicht einschläfern.

„Mein lieber, guter Vater," sagte sie, jetzt nur auf ihn schauend und an ihn denkend, „weine nicht! Deine Helga lebt ja und ist glücklich; aber wie alt bist Du geworden und Dein Haar so weiß."

„Ja, Helga, ich hatte Dich ja auch verloren und Du bist mein einziges Kind; aber nun ich Dich wieder habe, werde ich bald wieder aufleben. Komm nun geschwind nach Hause, meine Tochter, wie wird sich Olafsson freuen!"

Bei diesen Worten erbebte Helga's Herz. „Mein lieber, lieber Vater," sagte sie, sanft die gefurchten Wangen streichelnd, „ich kann nicht mit Dir gehen; ich gehöre jetzt einem andern Reiche an." Und nun erzählte sie dem erschrockenen Vater Alles, was sie erlebt, von dem Augenblick an, wo sie ihm Lebewohl gesagt an dem Rande des Lavafeldes.

„Sieh, ich habe mein Wort gegeben," schloß sie, „und so schwer es mir auch fällt, Dich nicht begleiten zu können — ich darf, ich darf es nicht!"

„Ach, mein Kind, mein armes, unglückliches Kind," klagte der Vater, „in welche Hände bist Du gerathen!"

„In die besten und liebevollsten, mein Vater," tröstete Helga; „leider ist mein Gemahl noch nicht zurückgekehrt, und so kannst Du ihn nicht sehen, aber meine neue Heimat will ich Dir zeigen, um Dein Herz zu beruhigen."

Sie faßte ihres Vaters Hand und führte ihn nach der Seite des Felsens, die den Eingang in das Elfenreich barg; sie legte die Hand daran, aber die Thür blieb geschlossen; wieder und wieder strich sie mit ihrer weißen Hand über den harten Stein, aber nichts rührte sich.

Helga's Herz klopfte, als wenn es zerspringen wollte, sie sank in heißen Thränen an dem harten Felsen nieder, um Einlaß bittend — aber es blieb Alles still, todt und regungslos.

Die arme Helga! sie hatte ohne es zu wissen gefrevelt gegen die Gesetze der Elfen, indem sie zu einem Sterblichen gesprochen von den Geheimnissen ihres Reiches, und so blieben seine Pforten ihr fortan verschlossen.

In heißer Reue gedachte sie jetzt der Abschiedsbitte ihres Gemahls, die Außenwelt nicht zu betreten, an die sie keine Rechte mehr besaß; es war ihr, als würde sich nun auch das andere düstere Verhängniß erfüllen, und bewußtlos sank sie in ihres Vaters Arme.

Dieser, glücklich, daß sich das Elfenreich vor seiner Tochter geschlossen, trug die Wiedergefundene zurück in die alte Heimat.

Erst nach langen, dunkeln Stunden und Tagen rang sich Schön-Helga's Jugendkraft wieder zum Leben durch und sie öffnete die Augen in klarem Bewußtsein. Ihr erster Blick fiel auf ihren Vater, der an ihrem Lager saß.

„Du hier, mein lieber Vater? Also war es kein Traum, daß ich Dich sah? Aber nun laß mich aufstehen und wieder zu meinem Gatten gehen; er ist gewiß längst zurückgekehrt und wird meinen Versicherungen glauben, daß ich ihn nicht verlassen wollte."

„Mein Kind, sieh doch um Dich," sprach der Vater in beruhigendem Tone, „die Fieberphantasien müssen ja nun endlich weichen. Sieh, Du bist ja, wo Du immer warst, in Deiner Heimat bei Deinem alten Vater. Die ganze lange Krankheit hindurch hast Du gefabelt von einem Elfkönige und seinem Paradiese, von Deiner Vermählung und Deinen Versprechungen — siehe, meine Helga, das waren Phantasien, wie sie solche Krankheit immer mit sich bringt."

Helga sah zu ihm auf in tödlichem Erstaunen:

„Das ist unmöglich," brachte sie endlich stockend hervor. „Bringe nur meine Kleider her und sieh dann, ob Island so leuchtende Gewänder hat."

„Leuchtende Gewänder?" wiederholte der Vater wie in Verwunderung, stand auf und brachte das daliegende Kleid Helga's — ein Gewand, wie sie es immer getragen.

Helga schaute ungläubig darauf, dann griff sie an ihre Stirn, sah wieder zu ihrem Vater auf und fragte leise:

„Ich verstehe das nicht, mein Vater, kann man denn so träumen?"

„Gewiß, mein Kind, es ist die Art dieser Krankheit. Sieh, als ich vor wenigen Wochen zum Fischfang nach der Küste reiste und Du mich begleitetest bis zum Lavafeld, da bist Du wahrscheinlich den Felsen hinaufgeklimmt, uns nachzuschauen, und bist dort eingeschlafen, und der böse, kalte Nebel, der auch uns traf, hat sich auf Dich niedergesenkt und hätte Dich beinahe nicht wieder erwachen lassen. Als Du nun der Base zu lange ausbliebst, da machte sie sich mit dem Gesinde auf, Dich zu suchen; sie fanden dich bewußtlos am Felsen zusammengesunken und trugen Dich heim.

Ein Bote wurde uns nachgesandt und wir kehrten eilig zurück; ich ließ meinen Fischfang und Olaffson seine Reise, um bei Dir zu sein und Dich pflegen zu können."

Helga seufzte auf. Ihr Vater sprach nie eine Unwahrheit, es mußte also wol so sein, aber ihr Herz wehrte sich in heißem Schmerze dagegen.

Ach, sie ahnte nicht, daß der zärtliche Vater, um sein geliebtes Kind zu behalten und sie an der Rückkehr in das Elfenreich zu verhindern, dies Märlein ersonnen und mit den Hausgenossen sorgfältig verabredet hatte.

Ihr Körper erstarkte allmählich, aber ihrem Geiste blieb eine leise Schwermuth, ihrem Herzen ein stilles Heimweh nach dem Paradiese ihrer „Fieberträume".

Sie mußte zuletzt fast glauben, daß es nur solche gewesen, denn zu welchem der Hausgenossen sie auch von dem verlorenen Elfenreich sprach — Jeder lächelte ungläubig und sagte: „Das waren Phantasien; wir waren ja immer um Dich und hörten Dich laut und leise davon sprechen.

Von der Reise, die Olaffson in dieser Zeit um die ganze Erde gemacht und daß die Weltgeschichte indessen ein Jahr weiter geschritten sei — davon erfuhr sie nichts. Die Einsamkeit der isländischen Höfe, die den Nachbar vom Nachbar auf Meilen trennt, behütete sie vor vielen Begegnungen, und zogen Fremde jenes Weges und nahmen die isländische Gastfreundschaft in Anspruch, so wurden sie von dem fürsorglichen Vater oder Olaffson vorher unterwiesen.

Fast war die Vorsicht überflüssig, denn Helga, einst so fröhlich und gesprächig, die eines Fremden Ankunft stets wie einen Festtag begrüßt hatte, und nicht müde wurde, nach der Fremde und ihren unerreichbaren Wundern zu forschen — dieselbe Helga saß jetzt stumm und theilnahmlos und verließ das Zimmer, sobald auf jene schönen Gegenden die Rede kam. Dann traten wieder die Bilder des verlorenen Paradieses vor ihre Seele und es bedurfte eines stundenlangen Ringens mit ihrem Herzen, bis es wieder still darin wurde — „ach, es war ja doch nur ein Traum gewesen!"

Olaffson hatte das Seeleben aufgegeben und unterstützte Helga's Vater bei der Bewirthschaftung seines Hofes. Dieser liebte ihn wie einen Sohn und hatte ihm seine schöne Besitzung zugedacht und noch viel mehr — er wollte nur die Zeit abwarten, bis Helga wieder die fröhliche Helga, die neu erblühte Blume Islands sein werde. Aber diese Zeit wollte nicht kommen.

„Vielleicht wird's besser, wenn sie verheirathet ist!" tröstete sich der Vater und schaute sich um nach Helga. Diese lehnte draußen an der Rasenmauer, die das Gehöft umgab, und schaute gedankenvoll in die Glut des Abendhimmels. Er trat leise an ihre Seite.

15*

„Woran denkt meine Helga?" fragte er zärtlich.

„An die Abendstrahlen, die jetzt durch die kryſtallene Kuppel fallen, an die kleinen Wellen, die von den Roſen des Nachthimmels getränzt werden, und an die ſchönen Harfenklänge!" entgegnete ſie träumeriſch.

„Helga," ſprach der alte Mann vorwurfsvoll, „willſt Du denn nimmer von Deinem Irrwahn laſſen; Du weißt aus Aller Munde, daß es Fieberphantaſien waren, aber Du willſt mich betrüben!"

„O nein, nein, theurer Vater, glaube nicht ſo Schlimmes von Deiner Helga," ſagte ſie ſchnell, indem ſie ſich zu ihm wandte und ſchmeichelnd ſeine Wangen ſtreichelte; „ich weiß wohl, daß es nur Träume waren, aber Du glaubſt nicht, wie tief ſie ſich in mein Herz gebrannt haben — wie Treuloſigkeit dünkt es mich, ſie von mir zu weiſen."

„Das iſt immer noch ein Ueberreſt der Krankheit!" ſagte der alte Mann; „ach, Helga, wie glücklich wollte ich ſein, wenn Du wieder wie früher wäreſt."

„Ich auch, lieber Vater!" ſeufzte Helga leiſe.

„Ich weiß ein Mittel, und wenn Du mich liebſt, befolgſt Du es!"

„Gewiß, das will ich, mein Vater!"

„Nun dann höre: Nicht wahr, Olaffſon iſt brav und gut?" — Helga nickte. — „Er hat Dich ſehr lieb; mein höchſter Wunſch iſt, daß Du ſein Weib werdeſt, und Ihr Beide froh und glücklich mich in meinem Alter umgebt."

Helga erblaßte.

„Ach, Vater, lieber Vater, ich kann nicht!"

„Warum nicht, Helga? Haſt Du Etwas gegen ihn? Iſt er nicht jung, ſchön und kraftvoll? Iſt er nicht brav und gut? Weißt Du mir einen beſſeren Sohn oder Dir einen treueren Gatten? Sage mir, ſind es nicht wieder die dummen Träume, die tollen Gebilde Deines Hirnes, die Dich abhalten? Sage die Wahrheit, Helga!"

Sie ſchaute furchtſam zu ihm auf.

„Ach, mein Vater, verzeihe, verzeihe mir!"

„Willſt Du Deinen alten Vater glücklich machen, ſo ſage „Ja" und werde Olaffſon's Weib; willſt Du meine letzten Tage mit Kummer vergiften, ſo laß meine Bitte unerfüllt!"

Mit dieſen Worten wandte ſich der alte Mann in tiefem Schmerze ab und ſchritt auf das Haus zu.

Helga eilte ihm nach.

„Zürne nicht, mein Vater," bat ſie; „ich will Deinen Wunſch erfüllen, komme dann auch was da wolle."

„Ich danke Dir mein gutes Kind; aber was fürchteſt Du? Was
ſollte anders kommen, als der Segen eines Vaters mit ſeinem Gefolge
von Glück und Frieden?"

So ward Schön=Helga Olaffſon's Gattin. — —

Blühte nun Island's Blume wieder friſch auf? Ach nein! Trotz
ihres Vaters Zärtlichkeit, trotz ihres Gatten Liebe blieb ſie traurig und
bleich; tiefer faſt ward der Schatten über ihrer Seele. Zu der Sehnſucht
geſellte ſich nun noch die Reue — das bitterſte Gefühl des armen Men=
ſchenherzens, weil dafür allein die Zeit keine Linderung hat.

„Könnte ich Dich je um Deine Anrechte an die Ewigkeit betrügen?"
hatte ſie einſt zu dem armen Elfkönig geſprochen und ob es auch nur im
Traume geſprochen ſein ſollte, dennoch brannten dieſe Worte auf ihrer
Seele und als ſie Olaffſon ihr Jawort gegeben, war es ihr zu Muthe, als
habe ſie wirklich jenem armen Geiſte den Himmel verſchloſſen. —

Der kurze Sommer ſchwand und tiefer als je erſchauerte Helga unter
dem eiſigen Hauche dieſes Winters; aber auch er ging vorüber und der
Frühling kam endlich über den Ozean zu Island's ſchneebedeckten Fluren;
die Wege wurden wieder frei und es ſollte darum in der Kirche, zu wel=
cher Helga's väterlicher Hof gehörte, das erſte Abendmahl in dieſem Jahre
gefeiert werden. Olaffſon forderte ſeine Frau auf, mit ihm an der hei=
ligen Feier theilzunehmen, und ſie war gern dazu bereit — vielleicht
brachte dies Verſöhnungsmahl auch ihrer Seele den langentbehrten Frieden.

Emſiger als ſeit langer Zeit griff ſie die Arbeit an, Alles für den
morgenden Tag zu beſchicken, denn die Kirche lag fern und ſie mußten die
Reiſe früh antreten. Eben ordnete ſie den Tiſch für das Abendbrot, als
ſie durch das Fenſter ihren Gatten erblickte, der mit einem Fremden von
edler Geſtalt auf das Haus zuſchritt.

„Sieh, Helga," ſprach Olaffſon eintretend, „hier bringe ich einen
lieben Gaſt; rüſte Alles aufs Beſte für ihn, denn er hat einen weiten
Weg zurückgelegt und bedarf der Erquickung."

Helga ſchaute zu dem Fremden auf. Sein Angeſicht war ſchön, aber
über die jugendlichen Züge war der Gram mit grauſamer Hand gefahren.
Als er aber nun die ernſten, tiefblauen Augen auf Helga richtete und mit
weicher, klangreicher Stimme fragte:

„Will die Blume von Island einem einſamen Fremdling geſtatten,
unter ihrem Dache zu ruhen?" — da ſchauerte es durch ihre Seele und
der alte Kampf wogte wieder in ihr auf, wilder, verwirrender als je.

Dieſe Augen, dieſe Stimme, ſollten die wirklich nur im Fieberwahn
zu ihr geſprochen haben? Und wenn man ſie getäuſcht — was dann?

Die Besinnung drohte ihr zu schwinden; da trat Olaffson auf sie zu:
„Der Fremde wird müde und hungerig sein, meine Helga; willst Du
ihm nicht gewähren, was Islands Gäste stets unter diesem Dache gefun=
den haben?"

Helga raffte sich mit Macht zusammen und ging hinaus, alle Anord=
nungen zu treffen, während sich der Fremde mit Vater und Gatten zum
Abendessen niedersetzte.

Dann schlich sie leise wieder hinein, nahm Platz in einer dunkeln
Ecke und schaute mit einem Gemisch von Bangigkeit und Sehnsucht in die
Züge des Fremden.

Die Sonne war hinabgesunken, aber es ward deswegen nicht dunkel
auf Island's Fluren, denn durch die tageshelle Nacht leuchtete der Purpur
des Abendhimmels und übergoß mit rosigem Schimmer das trauliche Ge=
mach und die edlen Züge des Gastes.

„Blicke dorthin, Fremdling," sagte Helga's Vater, auf das Firma=
ment deutend; „sieht man so Etwas in Eurer Heimat? Müßt ihr nicht
zugestehen, daß Island alle Länder der Erde an Schönheit übertrifft?"

„Ja wohl," erwiederte der Fremdling, „Euer Land ist schön, aber
auch meine Heimat ist es und der Euern nicht so fern."

Sein Auge flog hinüber zu Helga, deren Anwesenheit die Andern
nicht bemerkt, und dann schilderte er das Land, in dem er lebte, dasselbe
Land, das Helga nur in ihren Fieberträumen gesehen haben sollte.

Sie lauschte in athemloser Spannung: Ihr war's, als umgebe sie
noch einmal die einstige paradiesische Herrlichkeit; sie sah das blaue Meer
heranwogen und schaukelte sich auf seinen glänzenden Wellen; um den Rand
des Springbrunnens eilte sie wieder in fröhlichem Spiel und griff in den
silberhellen Wasserstrahl, die Vöglein neckend damit zu besprengen, und die
Blumen, die langentbehrten Blumen bogen ihr wieder ihre duftenden Kelche
entgegen — jeden Augenblick glaubte sie, der Fremdling müsse das unschein=
bare Gewand abwerfen, in seinem königlichen Purpur dastehen und in die
Saiten seiner Harfe greifen. —

Ach, man hatte sie also getäuscht, um sie zurückzuhalten; ihr Herz
hatte doch Recht gehabt und sie — statt auf seine bittende Stimme zu
hören — hatte in Schwachheit dem Drängen der Ihren nachgegeben und
ihr heiliges Versprechen gebrochen. Und jetzt? — Zu spät, zu spät — Alles
vorüber! In Schmerz und Verzweiflung eilte sie hinaus aus dem Zimmer,
aus dem Hause, draußen in stiller Nacht ihre heißen Thränen auszuweinen.

Am nächsten Morgen war Alles zur Abreise bereit, die Pferde scharr=
ten vor der Thür und die Familie war nur noch im Zimmer versammelt,

um einer frommen Sitte Islands Genüge zu thun. Vor dem Genuß des heiligen Abendmahls bittet dort jeder Hausgenosse den andern um Vergebung wegen der bewußten und unbewußten Fehle, die man bisher gegen einander begangen. Helga hatte des Vaters und des Gatten Hand ergriffen: „Vergebt mir allen Kummer, den ich Euch bereitet," bat sie sanft, „und auch den," setzte sie ahnend hinzu, „den ich Euch noch bereiten werde."

„Du mußt auch noch zu unserem Gaste, Helga, ihn um Vergebung zu bitten, falls Du ihn gekränkt," mahnte Olaffson; „Du warst ja nicht zu finden, als er Dir gestern Abend „gute Nacht" bieten wollte."

Sie zuckte zusammen, warf noch einen Abschiedsblick auf ihres Vaters Angesicht und schritt nach dem Gemach des Gastes.

Ja, es war so, wie sie es ahnte und wußte. Die unscheinbare Kleidung des gestrigen Abends war verschwunden — vor ihr stand in leuchtender Schöne der Elfkönig, und tief hinab auf den königlichen Purpur wogten die goldenen Locken.

Sie faltete bittend die Hände und in Liebe und Demuth blickten ihre wundervollen Augen hinauf zu dem Antlitz des geliebten und doch so tief gekränkten Gatten.

„Helga, Helga," sagte er ernst, „hieltest Du so Deine Liebe und Dein Versprechen?"

„O, zürne, zürne mir nicht!" bat Helga; „Deinem Geisterauge ist nichts verborgen; Du weißt, wie Alles kam, wie die Angst um Dich mich hinaustrieb, mein Vater mich fand und ich ihm dann, um sein Herz zu beruhigen, unser Reich zeigen wollte; Du weißt, wie seine Pforten mir geschlossen blieben und ich hierauf bewußtlos in die alte Heimat gebracht und hier zurückgehalten wurde mit dem klugersonnenen Märchen, und wie dann endlich meines Vaters Bitten mich zu dem letzten, schwersten Schritte drängten. Aber Du weißt auch, daß ich nur Dich geliebt, mein Herz nur Dir gehört hat."

„Aus Deinen Worten sei gerichtet, Blume von Island!" entgegnete ruhig der Elfkönig. „Warum hörtest Du dann nicht auf Dein Herz? Wir Elfen kennen nichts von menschlicher Schwäche, darum können wir sie auch nicht verzeihen. Kennst Du das Los, das Deiner jetzt wartet, Helga?"

„Wohl, ich kenne es," entgegnete Helga fest, „und wenn auch mein Mund, so brach doch mein Herz nie seine Treue. Sieh, ich heiße den Tod willkommen, denn er vereinigt mich wieder mit Dir!"

Da zog ein seliges Lächeln über des Elfkönigs schönes Angesicht, er breitete seine Arme aus und Helga ruhte wieder — wenngleich sterbend — an seinem Herzen. — —

Als sie nun gar nicht wiederkehren wollte, gingen Vater und Gatte hinüber in des Gastes Gemach. Da fanden sie Schön=Helga in den Armen des Fremdlings — Beide kalt und todt; in ein und demselben Augenblick waren Beider Herzen gebrochen. — Olaffson versuchte sein Weib aus den Armen des Elfkönigs zu lösen — doch umsonst. Was das Leben ihm geraubt, hielt er im Tode unauflöslich fest.

„Laß ab, mein Sohn," sprach der alte, gebeugte Vater; „sie gehört ihm ja von Rechtswegen. Was hat uns nun alle Vorsicht genützt? Weniger als nichts! Der Elfkönig hat sein Eigenthum dennoch zurückgenommen." — —

Man bettete sie in einen Sarg und am nächsten Morgen sollte Islands Erde sie in ihren kalten Schoß aufnehmen. Aber in der Nacht, die diesem Tage voranging, senkte sich der Schlummer tiefer als sonst auf die Augen der Trauernden; sie hörten nichts von dem Raunen und Flüstern um das Haus her und sahen nicht die Menge der glänzenden Elfengestalten, die aus allen Theilen der weiten Insel herbeigekommen waren, ihrem geliebten Herrscher das letzte Geleit zu geben. In tiefem Schweigen hoben sie den Sarg empor, verließen mit ihm das Haus und zogen hinan zu dem Felsen, an dem einst Schön=Helga vergeblich um Einlaß gefleht.

Heut ward er ihr nicht versagt.

Weit auf sprang die Zauberpforte, als der Sarg ihr nahte. Mit gesenktem Flügel schwebten die weißen Vöglein herbei und umgaben mit leisem Klagelaut das todte Königspaar.

An den Ufern des schönen blauen Meeres senkten die treuen Elfen sie ein. Dort ruhen sie nun unter den Blumen ihres Paradieses und bei dem leisen Gesang der Wogen. — An den Zweigen der Cypresse, die auf dem Grabe wächst, hängt Elfkönigs Harfe. Zwar ist die Hand erkaltet, die einst in ihre Saiten griff, aber wenn die Morgenluft durch sie hinzieht, ertönen sie wieder in zauberischen Klängen. Auf den Sonnenstrahlen ziehen diese Töne dann durch das ewig grünende Paradies, bringen durch den harten Felsen und schweben als schöne, unsterbliche Sage hin über Islands Gletscher und Heiden.

Gräfin Mathilde giebt der Zwergenkönigin
ihre Gesundheit wieder.

Die Freundschaft der Zwerge.

I.

Die sterbende Zwergenkönigin.

uf einem hohen Felsen des Thüringer=
landes erhob sich vor Jahrhunderten
ein festes, stattliches Schloß. Der
Herr desselben entstammte einem der
edelsten Geschlechter des Landes und hatte mit seiner Gemahlin und
seinem einzigen Söhnlein diese Burg unter seinen zahlreichen Besitzungen
zum Wohnsitz gewählt, weil ihre schöne Lage und das wärmere Klima

dieses Landstrichs der leidenden Gesundheit seiner Gemahlin, der Gräfin Mathilde, am meisten zusagte.

Am vergangenen Abend hatten sie, von einer weiten Reise kommend, ihren Einzug gehalten, und die Gräfin, ermüdet von all den Feierlichkeiten des Empfanges, ruhte im ersten sanften Schlafe.

Purpurfarbene Gardinen wallten in schweren seidenen Falten um das Lager der Gräfin; gemildert durch die Vorhänge fiel das Licht der Ampel auf das Antlitz der hohen Frau und verlieh ihm einen rosigen Schimmer von Gesundheit, der ihm sonst leider fern war.

Es war Mitternacht.

Alles ruhte im Schlosse und erholte sich von den Anstrengungen der vergangenen Stunden; da öffnete sich geräuschlos die hohe Flügelthür, und ein winziges Männlein mit langem, grauem Barte, eine Laterne tragend, nahte sich dem Lager der schlummernden Schloßfrau.

Kaum eine Elle hoch war es, und nicht von zierlichem Glieder= bau; in dem Antlitz aber glänzten ein paar helle, kluge Augen, und in den nicht mehr jugendlichen Zügen lag ein Ausdruck von Wohlwollen und Treue.

Des Männleins Kleider waren von schlichter, dunkler Farbe; der kleine Kittel von einem Gürtel mit silberner Schnalle zusammengehalten; unter dem Arm trug er sein Nebelkäppchen, ein spitzes, dunkles Mützchen, mit silbernem Glöcklein geziert.

Leise näherte er sich dem Lager, erhob sein Laternchen und berührte sanft den Arm der Gräfin, der ausgestreckt auf der seidenen Decke lag. Die Gräfin erwachte, staunte die kleine, seltsame Gestalt an und fragte endlich: „Wer bist Du, Kleiner?"

Das Männlein neigte sich tief und erwiederte mit feiner Stimme:

„Ich bin Einer von dem Geschlecht der Zwerge, gnädige Gräfin, das in großer Anzahl in dem Felsen unter Euerem Schlosse lebt. — Unsere Königin liegt todtkrank; nur durch die Berührung einer Menschenhand kann sie genesen. Da hat mich denn der König, als er von Euerer Ankunft hörte, abgesandt, Euch zu bitten, Ihr möchtet seiner geliebten Gemahlin Euere Hülfe angedeihen lassen."

„Ach," entgegnete die Gräfin traurig, „ich bin ja selbst so krank und soll einer andern Kranken helfen?"

„Es geht wohl, gnädige Frau, und kostet Euch keine Mühe," er= wiederte das Männlein; „wollt Euch nur meiner Führung anvertrauen."

Die Gräfin wandte sich um, ihren Gemahl zu wecken und seinen Rath zu hören, aber der Zwerg bat eifrig: „Laßt ihn schlafen, edle

Frau, ehe er erwacht, seid Ihr längst von mir wieder zurückgeleitet. Es widerfährt Euch nichts Böses; haben wir doch immer Euer Geschlecht geehrt, seit Jahrhunderten mit ihm in Frieden und Freundschaft gelebt und ihm unsichtbar gar manchen Dienst geleistet.".

Die Gräfin war von milder, gütiger Gesinnung und trotz Müdigkeit und Schwäche bereit, den Zwerg zu begleiten; außerdem fürchtete sie, das mächtige Volk durch ihre Weigerung zu erzürnen und ihrer Familie dadurch Schaden zuzufügen. Sie warf daher eilig ihren Mantel um und schickte sich an, dem Zwerge zu folgen.

Mit unhörbarem Schritt führte sie dieser durch Säle und Gemächer bis zu einem kleinen, runden Erkerzimmer im Thurme an der Westseite des Schlosses, und von dort durch eine schmale Wendeltreppe hinunter in den Burggarten.

Es war eine wundervolle Sommernacht.

Der kleine Führer schloß die Blenden seiner Laterne; denn Mond und Sterne warfen ein helles Licht auf ihren Weg, und so schritten sie schweigend am Fuße des Burgfelsens entlang, unter überhängenden Bäumen hin, die ihre duftigen Blüten in das dunkle Haar der Gräfin streuten.

So gelangten sie endlich an einen vorspringenden Felsen, dessen Fuß dicht mit Farrenkräutern bewachsen war. Der kleine Führer bog sie auseinander, und die Gräfin gewahrte nun einen schmalen Eingang, der sich in die Tiefe des Berges hinabzog.

Sie traten ein. Der Zwerg öffnete sein Laternchen wieder und ihr Licht erhellte das Gewölbe, in welchem sie hinschritten, und das abwärts führend sich erweiterte und nun einem schön gewölbten Gange glich.

Bald gelangten sie an eine Thür, und als diese sich öffnete, traten sie in ein Gemach, dessen krystallene Wände wie im Schein von tausend Lichtern strahlten.

Durch die Zacken des Krystalls huschten zahllose kleine Eidechsen, deren Leiber von durchsichtigem Smaragd erschienen; auf ihren Köpfen trugen sie kleine goldene Kronen, mit Rubinen besetzt; und wenn sich die zierlichen Thierchen mit ihrem leuchtenden Hauptschmuck so behende und flink durch die krystallenen Zacken hinwanden, entstand das wunderbare Strahlen und Schimmern der Wände, das die Gräfin so in Erstaunen setzte.

Aber die Decke dieses Gemaches schien ein ewig wechselndes Bild lebendigen Wunders.

Große, weiße und himmelblaue Schlangen mit demantenen Augen, die schlanken Leiber durchsichtig wie Himmelsluft, schlangen sich in ewigen Kreisen in- und durcheinander, und wie ihre strahlenden Leiber sich berührten,

erklang es wie liebliche Musik und durchdrang wunderbarer Wohlgeruch den
krystallenen Raum. — Hier in diesem Reiche schien Sünde und Feindschaft
ausgeschlossen. Was sich auf Erden bekriegt und verfolgt, lebte hier unten
im trautesten Verein. So schön, so lieblich erschienen dem Auge der Gräfin
diese Thierchen, mit so sanften, verständigen Augen schauten sie auf sie
herab, daß sie wünschte, eins derselben möchte ihrer Hand so nahe kommen,
daß sie es streicheln und liebkosen könne. Sie bemerkte in Bewunderung
versunken gar nicht, daß ihr kleiner Führer schon lange am Ende des Saales
stand, die zweite Thür geöffnet hielt, und der Gräfin zum Eintritt winkte.
Endlich gewahrte sie's und näherte sich der Thür.

Die Wände des zweiten Saales schimmerten von glänzend polirtem
Silbererz, aus dem Blumen hervorblühten, strahlend, wie sie kein irdischer
Garten trägt. Sie waren aus Edelsteinen gebildet, so kunstvoll, daß sie
das Auge täuschten und man sich niederbeugte, ihren Duft einzuathmen.
Glänzende Silberstufen bedeckten den Fußboden, und das Licht, das ein
riesengroßer Demant am Gewölbe der Decke ausstrahlte, zitterte in
tausendfachem Widerschein in dem Erz der Wände und ihren Blumen
von Edelstein.

Hier in diesem Gemach waren viele der kleinen Zwerge versammelt,
alle einfach gekleidet, gleich dem Führer der Gräfin, alle mit den klugen,
ernsten Gesichtern und den strahlenden Augen, über denen jetzt ein leichter
Schleier der Trauer und des Schmerzes lag.

Die Mützchen mit den silbernen Glöckchen, ihre berühmten Nebelkappen, durch welche sie den Menschen so manchen Streich spielen können,
hielten sie in der Hand und neigten sich tief, als die Gräfin vorüberschritt.
Nun gelangte sie in den dritten Raum — es war das Schlafgemach der
Königin.

An der Decke des Saales schwebte mit ausgebreiteten Flügeln ein
goldener Adler, in seinem Schnabel hielt er vier demantene Ketten, an
denen das Bett der Königin sanft hin und her schaukelte.

Es war ein einziger, riesengroßer Rubin, kunstvoll geschnitten, und in
ihm ruhte auf Kissen von weißem Atlas die sterbende Herrscherin dieses
unterirdischen Zauberreichs.

Es war todtenstill im Gemach.

In stummem Schmerz versunken stand Goldemar, der mächtige Zwergenkönig, an ihrem Lager. Haupthaar und Bart, wie Silber schimmernd,
flossen nieder auf den Purpur seines Königsmantels; die blitzende Krone
hatte er vom Haupte genommen und niedergelegt zu den Füßen der sterbenden Königin.

Im weiten Kreise standen die Vornehmsten seines Volkes um ihren Herrscher, tief in Trauer versenkt gleich ihm.

Die Gräfin näherte sich dem Lager.

Da ruhte auf Kissen von weißem Atlas das lieblichste Wesen, das je ihre Augen erblickt; kleiner als die Uebrigen ihres Volkes, die ihr Gemahl dagegen an Größe überragte, aber vom herrlichsten Ebenmaß der Gestalt, die zarten Glieder wie aus Wachs geformt. Um die geschlossenen Augen und die erblaßten Lippen schwebte noch das Lächeln der Jugend und der Herzensgüte, während ihr wundervolles Haar wie fließendes Gold die ganze Gestalt umwallte.

Die Gräfin hatte sich schweigend über die sterbende Königin gebeugt, sie lauschte nach einem Athemzuge, aber sie vernahm nichts. Kein Hauch, kein Laut unterbrach die feierliche Stille. Hin und wieder nur schwang der goldene Adler an der Decke seine mächtigen Flügel, dann strömte ein frischer Luftzug durch das hohe Gemach, dann flackerten die rosenrothen Flammen in ihren krystallenen Schalen und glänzten wider in dem Gold der Wände und in den Demanten der Krone zu den Füßen der sterbenden Königin.

„Es ist vorüber!" dachte die Gräfin; aber sie that, wie ihr der kleine Führer zuflüsterte, legte die eine Hand auf die Stirn, die andere auf die Brust der Sterbenden, und harrte schweigend und zweifelnd des Erfolges.

Langsam und peinvoll zogen die Minuten hin; schon wollte die Gräfin die Hände von den kalten Gliedern der Königin entfernen — da fiel ihr Blick in Goldemar's flehend auf sie gerichtetes Auge, und sie hatte nicht den Muth, dem trauernden Fürsten die letzte Hoffnung zu rauben, sondern ließ ihre lebenswarme Hand noch ferner auf den erstarrten Gliedern ruhen.

Da mit einem Male — war es Täuschung oder Wirklichkeit — durchflog ein leises Zittern den Körper der Königin, dann wieder, und nun zum dritten Mal; und leise, ganz leise, begann das Herz wieder zu schlagen.

Die Gräfin neigte sich noch einmal über die Königin und lauschte auf ihren Athem. Sanft und süß, wie Blumenduft, strömte er ein und aus über die schönen, halb geöffneten Lippen, und der Widerschein des Lebens färbte in rosenrothem Schimmer das holde Antlitz.

Es war nicht der Glanz der Kerzen oder der rubinenen Schale, in der sie ruhte, es war Leben, wirkliches Leben, und nun schlug sie auch die Augen auf, richtete sich in die Höhe und schaute staunend um sich.

„Bin ich noch bei Dir?" sagte sie, dem Gemahl, dessen Blick in seliger Freude auf ihr ruhte, die zarte Hand reichend; „o, wie ging das zu? Rede!"

Goldemar deutete auf die Gräfin.

„Bist Du meine Retterin?" sprach sie, erstaunt zur Gräfin aufblickend: „o, wie soll ich Dir danken!"

Die Kunde von der Genesung der geliebten Herrscherin drang schnell zu den übrigen Zwergen, und von allen Seiten strömten sie nun herbei, die ernsten Gesichter von strahlender Freude verklärt.

So umgaben sie frohlockend das geliebte Königspaar, und drängten sich dankend um die Gräfin.

Da nahte ein Zug von Dienern, Gefäße von edelstem Metalle tragend, darin lagen Früchte und Blumen, aus Edelsteinen gebildet, von unnennbarem Werth und so künstlich und wunderherrlich gearbeitet, wie sie auf Erden die Schatzkammer des reichsten Fürsten nicht aufweisen kann.

„Nimm sie an!" bat der König, der nun seine strahlende Krone wieder trug.

„Nimm sie an!" bat die Königin, die wundervollen Augen bittend auf ihre Retterin geheftet.

Die Gräfin schüttelte sanft das Haupt.

„Laßt mir die Freude, Euch ohne Belohnung gedient zu haben," sagte sie, „ich habe Reichthums genug; und nun führt mich zurück."

„Du verschmähst unsere Gaben!" sprach die schöne Königin betrübt. „und wir dürfen doch keine Wohlthat, die man uns erwiesen, unbelohnt lassen! Irgend einen Wunsch wirst Du doch haben; so nenne ihn, auf daß wir ihn erfüllen!"

Die Gräfin schüttelte ihren Kopf, doch plötzlich gedachte sie ihres Kindes. Der berühmte Arzt, zu dem sie die weite Reise unternommen, von der sie erst gestern zurückgekehrt, hatte ihr die Wahrheit nicht verschwiegen. Nur kurz sollte die Spanne Lebens sein, die ihr noch zugemessen, und dann stand ihr Kuno, ihr geliebtes Kind, mutterlos in der Welt. Vielleicht daß er einst noch der Hülfe der freundlichen Zwerge bedurfte.

„Eine Bitte hätte ich wol," sagte sie mit leisem Beben der Stimme: „vielleicht ist mein Kind bald mutterlos, und wenn es dann des Schutzes bedarf, so nehmt Euch seiner an!"

„Von diesem Augenblick an," entgegnete König Goldemar, „steht er unter unserem Schutze, und wir werden ihm zu Hülfe eilen, sobald er dessen bedarf."

Dann leitete der Zwerg, der sie hergebracht, die Gräfin zurück durch den Burggarten, und bald ruhte sie müde, aber innig glücklich und zufrieden, wieder auf ihrem Lager.

––––––––

Eckert jagt Kuno's Lieblingspferd zu Tode.

II.

Die unterirdischen Freunde.

Auf einem hohen Felsenvorsprung des Schloßberges war die Gräfin Mathilde zum letzten Schlummer eingesenkt worden.

Es war ihr Lieblingsplätzchen gewesen in gesunden und in kranken Tagen. Hier hatte sie täglich geweilt mit ihrem Kuno, von hier aus mit ihm hinunter geblickt in die gesegneten Ebenen des Thüringerlandes und wehmüthig Abschied genommen von dem blühenden Leben ringsumher.

Nicht in dem dumpfen, nächtlichen Gewölbe hatte sie ruhen wollen zum langen Schlaf, sondern hier auf der einsamen Höhe, Blumen um sie her und Sonnenschein über ihrem Haupte.

Es war ein Herbstnachmittag, Blüten und Blumen waren überall verwelkt, aber um das Grab der Gräfin grünte und duftete es wie im schönsten Frühlingsgarten, und die Sonne, die sie so sehr geliebt, ließ keinen Tag vorübergehen, ohne, wenn auch nur auf kurze Augenblicke, freundlich auf die einsame Ruhestätte niederzublicken.

In den hohen Bäumen des Burggartens rauschte der Wind und trieb spielend das gelbe Laub durch die Gänge; da schlich eine kleine Gestalt mit bleichem Gesichtchen den breiten Kiesweg daher, erstieg dann langsam den Felsen und trat an das Grab.

Es war Kuno, der Gräfin einziges Kind.

Wie hatte sich in dem Einen Jahr Alles, Alles geändert!

Die geliebte Mutter todt, der Vater mit vielen edeln Rittern in den Krieg gezogen nach fernen Landen, und er der Herzlosigkeit und dem Muthwillen Fremder preisgegeben.

Eine entfernte Verwandte, eine Frau von Allenstein, war vom Grafen berufen worden, sein Hauswesen zu leiten, und während seiner Abwesenheit Mutterstelle bei Kuno zu versehen.

Sie war eine ebenso herzlose als kluge Frau, die den vertrauensvollen Grafen so für sich einzunehmen gewußt hatte, daß er ihr beim Abschied unbedingte Gewalt über seine Leute und sein Eigenthum übertrug.

Ihr Sohn Eckbert, ein fünfzehnjähriger Knabe, galt allgemein für wohlerzogen, weil er in Gegenwart Anderer seine ritterliche Manieren zeigte, aber er hatte ein böses, tückisches Gemüth und wurde von der Dienerschaft ebenso gehaßt wie gefürchtet.

Daß Kuno, dieser Knabe, dieser Träumer, in dem nach Eckbert's Ansicht gar nichts Ritterliches war, einst Herr und Besitzer so viel reicher Burgen und Ländereien mit zahlreichen Dienstmannen werden sollte, während ihm nur eine kleine, halb verwitterte Burg zufiel, zu der nicht ein einzig Dörflein gehörte, das verdroß ihn, und in seinem Herzen glimmte Haß und Neid gegen das verwaiste Kind.

Kuno ertrug alle Kränkungen Eckbert's mit der Sanftmuth, die ein Erbtheil seiner Mutter war; als nun aber die Nachricht von einer lebensgefährlichen Verwundung des fernen Grafen nach dem Schlosse kam und der Bote von seines Herrn möglichem Tode sprach, da hielt ſich Eckbert alles Zwanges ledig und quälte den kleinen Grafen mit überlegter Bosheit.

Heute hatte er ihn ins Herz getroffen.

Kuno's Pferdchen, das ihn ſchon als zartes Kind getragen, und das noch nie Sporen oder Peitſche gefühlt hatte, war von Eckbert beſtiegen worden. Zum erſten Male wagte Kuno einen entſchiedenen Einſpruch, und als Eckbert daraus erſah, wie lieb das Thierchen ſeinem jungen Herrn ſei, ſtieß er ihm die Sporen mit aller Macht in die Seiten, daß es hoch auf= bäumte und mit blutenden Weichen zum Burgthor hinausſtürmte.

Als Kuno nach Eckbert's Rückkehr in den Stall eilte, zu ſehen, wie ſeinem Liebling der grauſame Ritt bekommen, da wandte es nicht den Kopf wie ſonſt, ihn mit fröhlichem Gewieher zu begrüßen; zuckend lag es auf der Streu, die Füße von ſich geſtreckt, den Kopf hintenüber gebogen, mit Schaum und Blut bedeckt, und in lautem Röcheln hob ſich ſeine Bruſt.

Kuno warf ſich neben ihm nieder, ſchlang die Arme um ſeinen Hals und nannte es mit den zärtlichſten Namen. Da öffnete das Thierchen ſeine Augen, ließ den brechenden Blick auf ſeinem jungen Herrn ruhen, und mit einem leiſen Verſuch zu wiehern, der wie ein Todesſeufzer klang, ſtarb es.

Da trat Margreth, des Kaſtellans Frau, ſeine alte Amme, zu ihm. Sie hatte geſehen, wie Eckbert das Thierchen beſtieg, und Kuno's Worte gehört; als ſie nun das todte Pferdchen und den Schmerz ihres Pfleglings ſah, loderte der Zorn über Eckbert's Bosheit hoch auf in ihrem Herzen; ſie eilte zu Frau von Allenſtein und äußerte ſich über Eckbert's ſchändliche That in einer Weiſe, wie es die ſtolze Frau noch nie gehört haben mochte.

„Weißt Du," ſprach die Edelfrau mit funkelndem Auge, „was Dir gebührt? — Ein Platz im Burgverließ bei Unken und Kröten. Aber ich will gnädig ſein: In einer Stunde verläßt Du mit Deiner Familie für immer dieſe Burg; das wird den übrigen Dienſtleuten zur Warnung dienen und auch den Junker Kuno gefügiger gegen mich und meinen Sohn machen, wenn ſeinem Trotze Deine Unterſtützung entzogen wird."

So geſchah es. Nach einer kurzen Stunde zogen ſie fort, die letzten treuen Freunde des armen Knaben, obgleich er ſich an Margrethe anklam= merte und mit krampfhaftem Schluchzen bat, ihn nicht ſo ganz allein zu laſſen. Er ſah dem kleinen Fuhrwerk nach, ſo lange er vermochte, und ſchlich dann durch den Burggarten zum Grabe ſeiner Mutter.

Hier zog durch ſeine Seele der Traum vergangener Tage. Er gedachte der glücklichen Stunden, die er hier auf der einſamen Felſenhöhe zu den Füßen der geliebten Mutter verlebt; wie er mit ihr hinabgeſchaut in die blühenden Lande, oder ihren Erzählungen gelauſcht von den Wundern der

Ferne, dem verlorenen Paradiese und der himmlischen Heimat, die sie nun bald erreichen würde.

Wenn dann die Ahnung der nahenden Trennung das kleine Herz zusammenpreßte, hatte ihn die Mutter in ihre Arme genommen und ihm tröstend gesprochen von den freundlichen Gesinnungen des guten Zwergenvolkes gegen arme, schutzlose Kinder, und von der Pracht und Herrlichkeit des unterirdischen Zauberreichs.

Und nun? — Er kniete nieder am Grabe, legte den Kopf auf den Rasen und schluchzte bitterlich, bis er ermüdet von Schmerz und Thränen endlich einschlummerte. — Die Sonne sank — er gewahrte es nicht; die Sterne zogen herauf und das Kind schlummerte noch immer, das Haupt auf dem Grabe seiner Mutter.

Eine leise Berührung an der Schulter weckte ihn endlich. Verwundert richtete er sich empor. Vor ihm stand ein winziges Männlein von unscheinbarer Gestalt mit einem Laternchen in der Hand.

Es war dasselbe Männlein, das einst seine Mutter zu der todkranken Königin des unterirdischen Reiches geführt.

„Wer bist Du?" fragte das Kind verwundert und rieb die schlaftrunkenen Augen.

„Einer von den Freunden Deiner Mutter," entgegnete freundlich das Männlein; „erinnerst Du Dich denn nicht mehr ihrer Erzählungen und willst Du mit mir kommen?"

„O, wie gern!" rief das Kind und erhob sich ohne Zögern, faßte die Hand des Kleinen und schritt neben ihm dahin. Bald hatten sie das Gebüsch von Farrenkräutern erreicht, das den verborgenen Eingang deckte, und traten in den gewölbten Gang.

Nun öffnete sich die erste Thür, und das Kind sah sich plötzlich in das Zauberreich aus den Erzählungen seiner Mutter versetzt.

Ja, das war der krystallene Saal mit den smaragdenen Eidechsen und den himmelblauen Schlangen; er glänzte und strahlte wie damals, als ihn der Fuß der Gräfin betreten; die demantenen Augen der Schlangen schauten vertraulich zu dem Knaben nieder, und die durchsichtigen Eidechsen bogen die niedlichen Köpfchen mit den goldnen Kronen freundlich dem Kinde entgegen.

„Ich weiß schon, wie's im andern Saal aussieht," sagte Kuno fröhlich zu seinem kleinem Begleiter; „blühen da nicht Blumen von Edelsteinen aus den silbernen Wänden, und schwebt im dritten Saal nicht das rubinene Bett der Königin hernieder von der goldnen Decke, und rauscht da nicht der Adler mit den goldnen Flügeln?"

Der Zwerg lächelte. „Sieh selbst," sagte er und führte ihn durch die Hallen. Ja, es war Alles, wie's ihm die Mutter beschrieben — Alles so wunderbar und ihm doch so bekannt. Nun ward er in den Thronsal geführt.

Seine Wände und das Gewölbe waren von blauem Kryſtall, daß ſie ausſahen wie das Himmelsgewölbe, und darin ſtrahlten Sterne aus Rubinen geſchnitten. Es war kein Licht weiter im Saal, aber von außen her ſtrahlte ein verborgenes, künſtliches Licht herein durch die purpurnen Sterne und erfüllte den ganzen Raum mit roſenrothem Schimmer.

Im Hintergrunde erhob ſich ein Thron, aus großen, echten Perlen zuſammengefügt, die in dieſem Licht wie Roſenknoſpen erglühten, und darauf ſaß in ihrer ſtrahlenden Schönheit die Königin, während ihr goldnes Haar herniederfloß bis zu des Thrones Perlenſtufen.

Neben ihr im Purpurmantel mit wallendem Barte, die demantene Krone auf dem edeln Haupte, ſaß König Goldemar.

Mit ehrerbietigem Neigen des Hauptes führte der Zwerg dem Königspaare den Knaben zu.

Sie war viel kleiner als Kuno, die ſchöne Königin, und doch ſah ſie ſo erhaben aus, daß das Kind ſeine Kniee beugte und die kleine Hand, die ſie ihm huldreich entgegenſtreckte, ehrfurchtsvoll küßte.

„Deine edle Mutter war unſere Freundin," ſprach ſie mit holder Stimme, „und Du biſt uns lieb, wie Einer der Unſern. Jede Nacht, wenn Du willſt, ſollſt Du zu uns kommen, bei uns Deine kleinen Leiden zu vergeſſen. Sieh um Dich, Alles iſt bereit, Dich zu lieben und zu erfreuen."

Damit erhob ſie ihre weiße Hand und deutete auf ihre lieblichen Kinder am Fuße des Thrones, und auf die vielen, kleinen Zwerge, die im Saal verſammelt waren.

Da nahten ſich ihm freundlich die Königskinder und dann die kleinen Zwerge mit ihren klugen, ernſten Geſichtern; ſie reichten ihm die Hände und ſchauten ihm freundlich in die verwunderten Augen. Und dem armen, freundloſen Knaben, der ſich bisher allein und verlaſſen wähnte, wurde es bei all dieſer unerwarteten Güte und Liebe ſo froh und ſelig zu Muthe, wie nie ſeit ſeiner Mutter Tode. Aller Kummer der letzten Zeit ſchwand in dieſem Zauberreich aus ſeinem Gedächtniß. — Minuten ſchienen ihm erſt vergangen, und doch waren es ſchon Stunden, da faßte der Zwerg, der ihn hergeleitet, ſeine Hand und zog ihn mit ſich fort. Kuno war betrübt, daß er ſcheiden ſollte, aber er folgte dem kleinen Führer.

„Weine nicht!" tröſtete dieſer freundlich, „Du darfſt jede Nacht hierher zurückkehren; aber hüte Dich wohl, zu irgendjemand von Deinen Beſuchen bei uns zu ſprechen, es könnte ſonſt großes Unglück geſchehen."

Als sie den Burggarten erreichten, waren schon die Sterne erblaßt, und am Himmel begann die Morgenröthe heraufzuziehen.

„Laß uns eilen!" sprach ängstlich der Zwerg, „wir Unterirdische können nur beim Licht der Sterne leben, der Strahl der Sonne tödtet uns."

Schnell gelangten sie zur Wendeltreppe am Fuß des Thurmes. Sie war geschlossen; aber der Zwerg zog einen sonderbar geformten Schlüssel hervor, steckte ihn in das Schloß und sogleich bewegte sich die schwere, eisenbeschlagene Thür geräuschlos in ihren Angeln. So ging es auch mit allen andern Thüren, so wie der wunderbare Schlüssel sie berührte, und leise schritten sie durch die Räume und an dem schlafenden Gesinde vorbei.

Unbemerkt erreichte Kuno das Schlafgemach, das er mit Eckbert theilte, und dann kehrte der Zwerg eilig zurück.

Eckbert hatte munter bleiben wollen, um Kuno, den man beim Abendessen vermißt und natürlich umsonst gesucht hatte, mit Schelten und Vorwürfen zu empfangen, aber er war über seinem edeln Vorsatz eingeschlafen.

Noch schlummerte Kuno süß, als Eckbert erwachte, aus seinem Bette sprang und den Knaben unsanft weckte.

„Wo hast Du Dich gestern herumgetrieben, rede!" schrie er; aber das Kind, eingedenk der Warnung des Zwerges, schwieg.

Als aber Eckbert die Hand erhob, das Kind zu schlagen, traf ihn von unsichtbarer Hand eine so kräftige Ohrfeige, daß er halb bewußtlos an die Wand taumelte. Es wurde ihm unheimlich bei diesem unsichtbaren Rächer, er ließ Kuno in Ruhe, brachte aber die ganze Geschichte in boshaft entstellter Weise vor das Ohr seiner Mutter. Beim Frühstück befahl sie dem Knaben, zu bekennen, wo er gewesen, aber obgleich sein Herz von Angst pochte, preßte er doch die Lippen fest zusammen und schwieg.

„Ich will Deinen Eigensinn schon brechen," sprach die Dame zornig; „Du sollst Dein Lager im Thurmzimmer erhalten und allabendlich zu früher Stunde zu Bett gehen."

Am Abend führte sie ihn selbst in das Thurmgemach, aus welchem die Wendeltreppe in den Burggarten führte, in der Voraussetzung, die Furcht vor dem unbewohnten, abgelegenen Zimmer würde das Kind zu einem Bekenntniß zwingen. Als er aber schweigend sich geleiten ließ und ohne Widerrede sein Lager suchte, schwoll der Zorn hoch auf im Herzen des stolzen Weibes. „Eckbert hat Recht," dachte sie, „sein Trotz muß gebrochen werden."

Mit einem Gebet zu Gott und dem heißen Wunsche, seine kleinen Freunde möchten ihn nicht vergessen, schlummerte Kuno ein.

Und sie vergaßen ihn nicht. Um Mitternacht stand wieder das kleine Männlein an seinem Lager, weckte ihn und führte ihn in den Zauberpalast.

Kuno lauſcht den Reden des weiſen Zwerges.

Freudig begrüßten ihn all die kleinen Leute, liebevoll reichte ihm das
Königspaar die Hand, und in Luſt und Herrlichkeit entſchwanden ihm die
Stunden. Seine Freunde zeigten ihm die Räume, die er geſtern noch nicht
geſehen, die kryſtallenen Zimmer voll goldner Zierrathen, die jede Familie
hier beſaß und die die ſchönſten Paläſte irdiſcher Könige weit überſtrahlten.
Sie zeigten ihm wunderbare Arbeiten, die ſie zu fertigen verſtanden, Vögel
aus Edelſteinen, deren durchſichtigen Kehlen herrliche Lieder entſtrömten,
Früchte und Blumen aus Juwelen gebildet, welche glänzten und dufteten,
wie einſt die Blumen des Gartens Eden.

Kuno fand seines Staunens und Entzückens kein Ende; zu schnell entflohen die Stunden, und als die Sterne erbleichten, führte ihn der Zwerg
wieder zurück in sein Erkerzimmer.

Und jede Nacht zur Mitternachtsstunde holte ihn derselbe Zwerg hinab
zum Zauberreich; dort vergaß er der Unbill des vergangenen Tages, der
Bosheiten Eckbert's und der Ungerechtigkeiten seiner Stiefmutter.

Aber nicht nur zu Lust und Scherz ließen ihn die kleinen Leute holen,
auch für seinen Geist und sein Herz sorgten sie.

In dem unterirdischen Reich war ein uralter Zwerg mit langem,
schneeweißem Bart und Haupthaar; in dem Glanz seiner Augen lag etwas
Ueberirdisches. Die Zwerge alle und auch das Königspaar erwiesen ihm
große Ehrfurcht, denn er war der Aelteste unter ihnen und auch der Weiseste.
Jahrtausende schon konnte er zurückdenken, er kannte Alles auf und unter
der Erde, die Pflanzen und die Steine; er wußte von ihrem Ursprung zu
erzählen und hatte ihrem Wachsen zugeschaut.

Oft saß das Königspaar auf dem Thron, dann trat der Weise in
den Saal und setzte sich auf die Perlenstufen; und während dann die lieblichen Königskinder, Kuno in ihrer Mitte, um ihn her saßen, sprach er
mit leuchtenden Augen von den Wundern der Schöpfung und den geheimnißvollen Kräften der Natur. Worte der Güte und Weisheit flossen dann
über seine Lippen, und dem Knaben wurde zu Muthe, als säße er in der
Kirche oder zu den Füßen seiner verstorbenen Mutter.

Das waren doch die schönsten Stunden, schöner noch als jene, in
welchen er mit den Königskindern im krystallenen Saale spielte und die
schönen Eidechsen auf seine ausgestreckte Hand herabschlüpften, oder die
himmelblauen Schlangen sich herniederließen und traulich sich um seine
Füße wanden. Als er einst wieder gegen Morgen zur Erde emporsteigen
wollte, hielt König Goldemar beim Abschied seine Hand fest und sprach
leise und angelegentlich mit ihm; Kuno nickte mit glücklichem Lächeln.

Am andern Morgen strahlte innige Freude aus seinen sanften Augen
und verrieth sich in dem lebhaften Wesen, das so sehr gegen den stillen
Ernst sonstiger Tage abstach.

Dem scharfen Auge der Edelfrau entging diese Veränderung nicht;
aber sie hütete sich wohl, darnach zu fragen, sie gedachte es schon selbst zu
ergründen.

Früher als sonst sagte Kuno „gute Nacht" und eilte nach seinem Zimmer, aber nicht um sein Lager zu suchen.

Er räumte in seinem Gemach auf, befestigte Wachskerzen, die er sich
vom Haushofmeister verschafft, auf den Wandleuchtern, und suchte den

Zimmer einen feſtlichen Anſtrich ‚zu geben, dann legte er ſeine Feſtkleider an, ſetzte ſich auf ſein Bett und wartete der Dinge, die da kommen ſollten.

Da verkündeten die Schläge der Schloßuhr die Mitternachtsſtunde und alsbald ertönte aus der Ferne eine leiſe Muſik; immer näher kam ſie dem Thurm, bewegte ſich die Wendeltreppe hinauf, und zu der ſich öffnenden Thür hinein ſchritt paarweiſe, in glänzendem Feſtgewand, ein Zug kleiner Zwerge, die unterirdiſchen Freunde Kuno's. In der Hand ſchwangen ſie im Takte ihre Nebelkäppchen, daß die ſilbernen Glöckchen daran zauberhaft erklangen. Dann folgte, geleitet von Goldemar und der Königin, ein Brautpaar, deſſen Hochzeitsfeier, zu ſeinem Heil und Segen, in einer menſchlichen Wohnung ſtattfinden ſollte.

Kuno ging ſeinen Gäſten entgegen und begrüßte ſie fröhlich; dann begann bei den Klängen einer wunderlieblichen Muſik der Tanz. Voran der König mit ſeiner ſchönen Gemahlin; ihre Kronen ſtrahlten Blitze aus bei den raſchen, zierlichen Wendungen, dann folgte das Brautpaar in goldſtrahlenden Feſtgewändern.

Kuno hatte die Hand eines ſchönen Zwergfräuleins ergriffen und miſchte ſich vergnügt in den glänzenden Kreis. Alles war Luſt und Herrlichkeit.

Plötzlich ſtockte die Muſik, die Tanzenden ſtanden, und Aller Blicke wandten ſich entſetzt nach einer Oeffnung in der Decke, wo das Geſicht der Frau von Allenſtein ſichtbar war.

Goldemar's Augen flammten zornig. „Blaſe die Lichter aus!" rief er einem Zwerge zu, und im Nu ſchwang ſich der Kleine in die Höhe, und ehe die Dame ahnte, daß jener Zuruf ihr gelte, hatte der Zwerg die Oeffnung erreicht und hauchte ihr ins Geſicht.

Ein furchtbarer Schrei erfolgte; dann wandte ſich der König zu Kuno:

„Habe Dank, guter Knabe, für Deine Gaſtfreundſchaft; nicht Dein iſt die Schuld, daß wir nicht länger bleiben können, lebe wohl!"

Damit wandten ſich die kleinen Unterirdiſchen zum eiligen Fortgehen, und in Kurzem war der Knabe allein; da ſchlugen leiſe Klagetöne von oben her an ſein Ohr — es klang wie unterdrücktes Wimmern.

Kuno hatte das Antlitz der Edelfrau auch erkannt und wußte, daß dieſe Schmerzenstöne von ihr herrühren mußten.

Tiefes Mitleid erfüllte ſogleich ſein Herz; er vergaß Alles, was ihm dieſe Frau bisher Böſes gethan, und nur von dem Gedanken erfüllt, ihr zu helfen, eilte er mit einer Kerze in der Hand zu ihr hinauf.

Da ſaß auf dem Boden zuſammengeſunken Frau von Allenſtein, die Hand vor die Augen gedrückt.

„Was fehlt Euch, gnädige Frau?" fragte Kuno schüchtern.

„O, ich bind blind, ich bin blind!" jammerte sie in herzzerreißendem Ton, „der Zwerg blies mir seinen Athem in die Augen und das Licht derselben erlosch."

Kuno, voll innigen Mitleids, ergriff ihre Hand und leitete sie mit liebevollster Vorsicht die Stufen der Treppe hinab in ihr Gemach.

Nachdem er dann die Kammerfrau zu ihrer Hülfe geweckt hatte, kehrte er zurück, der Armen „gute Nacht" zu sagen. Was er in gesunden Tagen nie gethan, that er jetzt, er zog ihre Hand an seine Lippen und küßte sie mit Innigkeit. Die Dame fühlte einen heißen Tropfen auf ihrer Hand; schweigend, aber mit einer kaum zu bewältigenden Empfindung, zog sie dieselbe zurück.

Diese Thräne brannte wie unlöschbares Feuer nicht nur auf ihrer Hand, sondern auch auf ihrer Seele.

Es war eine lange, dunkle Nacht, die sie schlaflos hinbrachte; das so unerwartet über sie hereingebrochene Leid hatte ihr hartes Herz zermalmt. Aber indem ihren Augen das Licht genommen war, ward es hell in ihrer Seele. Ihre Abneigung gegen Kuno, ihre Härte und Ungerechtigkeit gegen das verwaiste Kind — Alles zog mit Flammenzügen durch ihr Gemüth, und bei dem Gedanken an Kuno's edles Benehmen entstürzte ein Strom von Reuethränen den erblindeten Augen.

Eckbert benahm sich bei der Kunde von dem Unglück seiner Mutter herzlos wie immer; er schalt auf die Zwerge und auf Kuno, als die eigentliche Ursache. Aber bei der armen blinden Mutter zu sitzen, war ihm zu langweilig; das sei Kuno's Sache, der das Unglück verschuldet, meinte er. Er dagegen trieb sich, aller Aufsicht enthoben, auf der Jagd und bei Trinkgelagen umher, und tyrannisirte mehr als je seine Umgebung.

Kuno benahm sich gegen die unglückliche Frau wie der zärtlichste Sohn; er leistete ihr Gesellschaft und sorgte für ihre Bedürfnisse, wie wenn sie seine geliebte Mutter gewesen wäre.

Als der Sommer kam, führte er sie täglich in den Burggarten oder auf die Felsenhöhe zum Grabe seiner Mutter, und suchte sie durch kindliche Plaudereien zu zerstreuen.

Frau von Allenstein war oft tief erschüttert, wenn sie Kuno's Liebe empfand und dann ihrer Herzlosigkeit gedachte. Einst übermannte sie ihre Rührung, sie zog Kuno an sich und sprach weinend: „Du bist so gut gegen Die, welche so hart gegen Dich war, kannst Du mir das Dir angethane Unrecht vergeben? O, wenn ich noch einmal mein Augenlicht wieder erhielte, wie wollte ich jede Gelegenheit benutzen, mein Unrecht wieder gut zu machen!" —

Kuno stand noch immer im herzlichsten Verkehr mit seinen unter=
irdischen Freunden und betrachtete den Zauberpalast als seine zweite Heimat,
und es verging selten eine Woche, in der er nicht hinabgestiegen wäre in
das Zauberreich der Tiefe.

Es war gerade ein Jahr vergangen seit jenem Hochzeitsfest im Thurm=
zimmer, als der König abermals den Wunsch aussprach, ein ähnliches Fest
in jenem Gemach zu feiern.

Kuno's Herz klopfte vor Freude bei diesen Worten, vielleicht — doch
er wollte keine voreiligen Hoffnungen hegen.

Alles wurde wieder festlich geordnet, Niemand im Schlosse hatte eine
Ahnung von der Feier im abgelegenen Erkerzimmer. Die kleinen Gäste
erschienen und Alles verlief diesmal in ungestörter Lust und Freude.

Als aber die Zeit der Morgendämmerung, die Zeit des Aufbruchs
nahte, und Goldemar seinem Schützling die Hand zum Abschied reichte,
hielt Kuno sie fest und schaute mit inniger Bitte in des Königs Antlitz.

„Was willst Du, Kuno?" forschte Goldemar.

„Eine Bitte habe ich, deren Gewährung mich glücklich machen würde,"
entgegnete der Knabe.

„So nenne sie," sprach huldreich der König, „sie ist Dir gewährt."

Da führte Kuno den König zu seinem Lager und schlug die Vor=
hänge zurück; hier saß in tiefer Trauerkleidung eine bleiche Frau, die dun=
keln, erloschenen Augen starr vor sich hin gerichtet.

„Gieb ihr das Augenlicht wieder!" bat Kuno, auf Frau von Allen=
stein hindeutend.

Goldemar schaute hellen Auges auf den Knaben, neigte sich dann vor
gegen die Edelfrau, sprach: „Ich zünde die Lichter wieder an!" hauchte ihr
in die Augen und das Licht derselben kehrte augenblicklich wieder.

Ein Strahl der Freude und Dankbarkeit brach aus den wieder=
geschenkten Augen, und mit einem Strom von Freudenthränen sank sie in
Kuno's Arme, während das Königspaar und die Zwerge gerührt auf die
Beiden blickten.

„So lebe denn wohl, Kuno," sprach darauf König Goldemar; „was
Dir fehlte, hast Du jetzt wieder — ein Mutterherz! Wir haben unser
Wort gelöst; solltest Du noch einmal im Leben unserer bedürfen, so wirst
Du uns bereit finden." Mit einem liebevollen Blicke reichte ihm der König
die Hand und mit herzlichem Lebewohl schieden auch die Königin und die
übrigen Zwerge von ihm, um zurückzukehren in ihr unterirdisches Reich.

Gerade als sie durch den Burggarten nach dem Felseneingang hinzogen,
kehrte Eckbert von einem Trinkgelage zurück.

„Da treffe ich ja ganz ungesucht die saubere Gesellschaft beisammen," sagte er zähneknirschend, als er den Zug des kleinen Volkes bemerkte; „jetzt sollen sie mir für die Ohrfeige und meiner Mutter Augen büßen; dem Letzten werde ich den Kopf abschlagen und ihn dem saubern Junker Kuno ins Fenster werfen."

Leise schlich er hinter den still dahinziehenden Zwergen her. Jetzt waren sie an dem Felseneingang. Eckbert wartete, bis der Letzte in die Oeffnung eingetreten war, sprang dann schnell hervor und holte mit dem Schwert aus. In demselben Augenblick schlug die schwere Felsenthür, die so kunstvoll den Eingang schloß, zu und zerschmetterte das vorgebeugte Haupt Eckbert's. Lautlos sank er hin und sein Blut färbte den Schnee.

Frau von Allenstein's wiedergeschenkten Augen bot der nächste Morgen einen trostlosen Anblick. Wol war Eckbert ein mißrathener Sohn gewesen, aber es war doch immer ihr Kind, ihr eigenes Fleisch und Blut, das jetzt als entstellte Leiche vor ihr lag. Der Ort, wo man ihn gefunden mit entblößtem Schwert in der Hand, ließ Kuno wohl vermuthen, von welcher Hand ihn der Tod getroffen, aber er schwieg darüber, wie über Alles, was seine kleinen unterirdischen Freunde betraf.

Eckbert wurde mit großem Pomp bestattet, doch bei der Feier vergoß kein Auge Thränen, als das seiner Mutter und des guten, versöhnlichen Kuno. Von jetzt an wandte Frau von Allenstein die ganze Liebe ihres veredelten Herzens dem guten Kuno zu, die dieser mit der innigsten Dankbarkeit vergalt, und Niemand, der sie, unbekannt mit den Verhältnissen, beisammen sah, hätte sie für etwas Anderes als Mutter und Sohn gehalten.

Der Winter war vergangen und die warme Jahreszeit gekommen. An einem hellen Sommerabend meldete das Horn des Thurmwarts einen Trupp Reiter, und als sie unter Drommetenklang sich näherten, er kannte Kuno's scharfes Auge im wehenden Banner die Farben seines Vaters.

Er war lange genesen, doch statt in seine Burg heimzukehren, hatte er noch einmal seinen tapfern Arm und sein muthiges Herz seinem kaiserlichen Lehnherrn dargebracht. Jetzt war der Krieg beendet und der Graf den man längst schon unter den Todten glaubte, war zurückgekehrt, mit Narben und Ehren bedeckt, und hielt nun den geliebten Sohn in seinen Armen.

Auch jetzt blieb Frau von Allenstein im Schloß und führte nach wie vor die Oberaufsicht, der sich aber jetzt Alle mit Freuden beugten, und als sie endlich in hohem Alter starb, kniete Kuno thränenden Auges an ihrem Lager; ihre erkaltende Hand ruhte auf seinem Haupte und ihre sterbenden Lippen sprachen Worte der Liebe und des Segens über den dankbaren Pflegesohn.

Hagen versenkt den Nibelungenhort.

„Rheingold".
Nibelungenmärchen.

m wolkenlosen Nachthimmel stand der
Mond und sandte sein bläuliches Licht
über den Rhein und den „Wonnegau"
an seinen Ufern, in dessen blütenduften=
dem Schoße Worms lag, die Königs=
stadt des mächtigen Burgondenlandes.
Schlummer und Schweigen ruhte
auf dem Palaste, den noch Tags zu=
vor Waffenschall und fröhlicher Lärm belebt hatte, denn König Gunther war
mit seinen Brüdern und seinen tapfersten Mannen zu kurzer Heerfahrt aus=
gezogen und hatte Stadt und Burg und die Hut seiner Gemahlin, der

schönen Brunhild, in die Hand des Treuesten seiner Treuen, des kühnen Hagen gelegt, dessen Muth und klugem Rath er sorgenlos vertrauen durfte.

Das weite Sammtgewand über der goldstrahlenden Rüstung, wandelte Hagen durch die einsamen Straßen der Stadt und horchte aufmerksam durch die nächtliche Stille.

Fernes Geräusch, gleich dem Rollen vieler Wagen, drang an sein Ohr und über sein Antlitz flog ein blitzartiges Leuchten; dann schaute er hinüber zum Königspalast, in dessen sicherster Kemenate Brunhild schlummerte, die hochverehrte Herrin, der zu Lieb er den edeln Siegfried, den unsterblichen Helden der Nibelungen, gefällt hatte in meuchlerischer That, daß der Schimpf derselben die fernsten Zeiten überdauern sollte, um gleich untilgbarem Roste an dem glänzenden Schilde seines Ruhmes zu haften.

Als er die ungestörte Ruhe des Königshauses erschaut hatte, wandte er sein Haupt und schritt dem unfernen Münster zu, in dessen Schatten sich ein anderer Palast erhob. Drin wohnte die schöne Kriemhild, die Schwester König Gunther's und Wittwe des edeln Siegfried, dessen Tod sie in nie endender Trauer beweinte.

Schlummerstille schwebte auch um diese Mauern. Die Fenster waren dunkel, die Thüren wohlverwahrt und im Kreise der dienenden Mägde ruhte die königliche Wittwe in erstem, tiefem Schlafe.

Der Mondstrahl glitt über das Dach der Königsburg und blickte scheu auf die Gestalt des finstern Mannes, der prüfend zu den Fenstern aufschaute. Dann, als nichts sich regte, schritt er dem Thurme zu, der, aus mächtigen Quadern gefügt, den Palast begrenzte, nahm ein Bund rostiger Schlüssel unter dem Mantel hervor und öffnete mit ihnen die Schlösser und Riegel der eisenbeschlagenen Thür, die in das Thurmgewölbe führte.

Der letzte Riegel war gelöst, die schwere Pforte öffnete sich und das Mondlicht flutete ungehindert in den Raum und glitt über die Schätze, die hier in märchenhafter Pracht geschichtet waren.

Kronen von Gold, mit Demanten reich geziert, Spangen und Ketten, leuchtend von edlem Gestein, lagen dort in strahlender, unzählbarer Menge.

In geheimem Bergesschacht, von kunstreicher Zwergenhand gefertigt, hatte Alberich, der Zwergenfürst, sie gehütet in dunklem Felsenschloß, bis der starke Siegfried gekommen war, und Alberich trotz Zaubermacht und Licht hatte weichen müssen der Kraft seines Armes und ihm zu eigen gegeben die herrlichen Kleinodien.

Und neben diesen, hochgethürmt bis fast zur Kuppel, häuften sich Barren auf Barren ungemünzten Goldes, nur des Gepräges harrend, um sich zu wandeln zu unerschöpflichem Königsschatz.

Das war der Nibelungenhort — Kriemhild's Wittwengut, das die Recken aus Nibelungenland vor wenig Wochen ihr zugeführt.

Mit vollen Händen hatte sie von dem Golde gespendet an diese Helden und ebenso reichlich an die Mannen ihres Bruders, des Königs von Burgondenland, wo sie nun wieder lebte, um dem geliebten Gemahl nahe zu sein, dessen Leichnam hier bestattet war.

Und was Kriemhild's Schönheit und Unglück nicht vermocht — das vermochten ihre reichen Gaben; die Herzen der Burgonden wandten sich ihr zu, so daß Hagen, der wachsame Held, zu sorgen begann um ihren Einfluß und ihre einstige Rache.

Da beschloß er, den Nibelungenhort ihr zu nehmen, daß sie der Mittel, Unheil zu stiften, beraubt wäre. —

Unfern der Königsstadt — dort, wo der Rhein in noch tieferem Bette flutet — stand wenige Stunden später Hagen auf einer Fähre im Strome und sah dem Zuge der hochgethürmten Wagen entgegen, deren erster jetzt auf die schwankende Brücke lenkte, dumpf dröhnend heranrollte und dicht am Rande der niedern Brüstung hielt.

Hagen streckte seinen Arm aus, zog das Fallgatter des Gefährts in die Höhe — und in die Tiefe glitt seine königliche Last.

Hell glänzte weithin der Strom im Strahl des Goldes und Edelgesteins, wirbelnd und klingend drehten sich die Kleinodien in der Flut, dann sanken sie schimmernd abwärts, von Welle zu Welle, bis sie den stillen, tiefen Rheingrund erreicht hatten.

Und es nahte Wagen um Wagen, und schweigend regte Hagen wiederum den riesenstarken Arm — klingend glitt die kostbare Last hinab und hellauf leuchtete abermals der Rheinstrom.

So ging es Stunde auf Stunde in stummer, rastloser Eile. — Jetzt waren die letzten Goldbarren hinabgesunken und der Schwur ewigen Schweigens in Hagen's Hand gelegt. Mit Golde reich belohnt zogen die Mannen dahin und führten die Gespanne in endlosem Zuge heimwärts.

Hagen stand allein noch auf der Fähre und schaute ihnen nach, bis auch der Letzte im Schatten der Nacht verschwunden war — dann beugte er sich nieder und forschte hinab in die Flut.

Dort unten ruhte nun der Nibelungenhort und schweigend glitt der Rheinstrom über dem goldnen Geheimniß seiner Tiefe dahin. Kein Mund würde den Schatz je verrathen, kein Arm ihn je erreichen können — was sann Hagen doch, was schaute er noch immer düstern Auges in die Tiefe?

Stiegen aus den blinkenden Wellen die Schatten der Vergangenheit empor oder die blutigen Bilder der Zukunft?

Gedachte er der Holdseligkeit Kriemhild's und der einstigen, heißen
Jugendliebe seines eigenen, jetzt so starren Herzens zu der schönen Königstochter, die, zurückgewiesen, sich dann wandelte in Grimm und Haß und
die Hand ihm waffnete zu Siegfried's Todeswunde und zum Raub des
Nibelungenhortes?

Oder schaute er ahnenden Geistes jene Zeit, in der die jetzt Macht-
lose Rache nehmen würde an Allen, die ihr einst Leides gethan — eine
Rache, die die Helden des Burgondenlandes vernichtete bis auf den letzten
Mann.

Manches Jahrhundert war seit jener Nacht über die Erde dahingezogen, Blut und Thränen waren geflossen, getrocknet und vergessen; Völker
waren erstanden und Völker waren dahingesunken — kaum daß ein Blatt
der Weltenchronik flüchtige Kunde gab von Dem, was sie einst errungen,
erhofft und beweint. Alles hatte sich gewandelt, das Neue hatte das Alte
verdrängt, um wiederum Neuerem Platz zu machen — gleich geblieben
war nur die ewig junge, ewig schöne, ewig unschuldige Natur und das
Menschenherz in seiner Liebe und seinem Haß.

Der Rheinstrom flutete noch und noch blühte der Wonnegau an seinen
Ufern, aber gewandelt war sein Name; noch reckte Worms die Zinnen
seines Münsters stolz in die Lüfte, aber es war nicht mehr jenes, in dessen
Schatten einst Kriemhild's Palast gestanden.

Von den Nibelungen wußte das Geschlecht, das auf demselben Boden
wandelte, nichts mehr — kaum daß der Ruhm jener Helden noch fortlebte
in halb verklungenen Liedern. Der versenkte Nibelungenhort war längst
zur Sage geworden und mit zweifelndem Lächeln schauten die Weisen jener
Tage auf den Strom, der solch „goldnes Geheimniß" hüten sollte.

Aber er ruhte immer noch in der Tiefe; keine Krone, keine Spange
war verloren, kein Demant der strahlenden Fassung entfallen, denn wie von
Zauberhand zusammengehalten, waren die Kleinodien untrennbar bei einander geblieben; Welle auf Welle war herangerollt, unermüdlich, Tag und
Nacht, Jahr aus — Jahr ein, und leise und allmählich war der Hort von
ihnen weiter gedrängt worden im tiefen Strombette.

Der Wonnegau lag hinter ihm — dort schäumten die Wogen wirbelnd über die verborgenen Riffe im eigenen Schoße und weiter, rhein-
abwärts, rauschten sie in lautem Anprall gegen die Mauern der Pfalzburg,
um dann schmeichelnd weiter zu ziehen, vorüber an den blühenden Weingeländen, die ihre Rebenkränze um die weißen Winzerhäuschen schlangen.

Der Nibelungenhort war fahrlos und sicher an Allem vorübergezogen und die Wellen hatten ihn im Schatten der Ufer weiter und weiter gedrängt, Schritt für Schritt, bis er nach Jahren endlich den Fuß eines Felsens erreichte.

Hoch und kühn ragte dieser über die Fluten empor, die Mondstrahlen woben eine Silberkrone um seine granitne Stirn und die Sage sang und klang seit Jahrhunderten um seine zackigen Gipfel; in der Tiefe des Stromes aber umgürtete eine Klippenreihe den Fuß des Felsens und die schäumende Brandung der Wogen hielt auch den Keckſten fern.

Dort in dieses tiefe Felsenbette hinein hoben die Wogen den Schatz, und nun ruhte der Nibelungenhort sicher geborgen am Fuße des Loreleyfelsens. —

Aber die Schätze, die einst Sonnenlicht beschienen und Menschenhand umschlossen, können nimmer ruhen in lichtloser Tiefe; sie streben zurück zum Strahl des Tages, zurück zu der warmen, lebendigen Menschenhand. Langsam rücken sie aufwärts, von Jahr zu Jahr, und endlich glühen und blühen sie am Lichte der Oberwelt und harren der reinen Hand, die sie löse, um mit ihren Reichthümern Gutes zu üben und so zu sühnen die Schuld, die ihnen anhaftete. — Auch der Nibelungenhort strebte aufwärts; er hob sich langsam — langsam, denn Seufzer, Blut und Thränen hingen schwerer an ihm als an anderen versenkten Schätzen.

Endlich aber, wol ein Jahrtausend nach jener Nacht, als Hagen den Hort hinabgesenkt, hatte er die Fluten durchdrungen.

Es war abermals eine wonnesame Frühlingsnacht, Alles schlummerte längst schon von dem Tagewerk in den blühenden Weingeländen — Ruhe und Frieden ringsumher. Leise strich der Nachtwind aus den Bergen daher und trug den Duft der Rebenblüte über den Rhein; der Mond stand hoch am Himmel, sein Licht glitt flimmernd hinab an den Vorsprüngen der Loreley und umkreiste den Fuß des Felsens, der bisher in nächtigem Schatten geruht, und dort auf den Fluten wiegten sich in zauberischem Strahlenglanze die Kleinodien des Nibelungenhortes, daß der Rheinstrom weithin leuchtete in goldnem Wellenspiel.

Da rauschte der Nachtwind stärker; auf seinen Fittichen schwebte Etwas geisterhaft daher und senkte sich in Nebelschleiern nieder auf die Spitze des Felsens — und nun stand sie dort, hehr und schön, wie sie einst in fernen Zeiten Hagen's stolzes Herz gerührt und Siegfried's Heldenseele gewonnen — Kriemhild war es, Siegfried's trauernde Wittib und später König Etzel's Gemahl im fernen Hunnenland, die die Burgondenhelden nach ihrem Reich geladen, um den Goldhort von Hagen zu erforschen oder Rache an ihm zu nehmen für Siegfried's Mord und des Schatzes Raub.

Aber die Rache, die nur den Einen treffen sollte, raffte sie Alle da=
hin — Alle, ihr eigen Söhnlein dazu und zuletzt sie selbst, daß ihr Blut
sich mischte mit dem Blute Derer, die ihr im Leben Leides gethan; aber
sie fand keinen Frieden in dem prächtigen Grabgewölbe, das der trauernde
Gatte ihr errichtet. Was ihre Seele erfüllt lebenslang in Trauer, Haß
und Sehnsucht — das scheuchte ihr die ewige Ruhe.

Ihr Geist schwebte über den Stätten ihres Jugendglücks und ihr
Auge erforschte in der Tiefe des Stromes den versunkenen Hort. Und als
er nun in dieser Nacht emporgestiegen war und sein goldner Wiberschein
weithin erglänzte, da schwebte Kriemhild herbei, als vermöge sie den Schatz
zu lösen, um dann der langersehnten Ruhe zu genießen.

Ihre Augen, die Jammer und Leiden geschaut, wie es nur wenig
Augen schauen, hingen sehnsüchtig an dem schaukelnden Goldhort, und ihre
Arme, licht und durchsichtig wie der Mondstrahl, griffen hinaus über den
Felsenrand, als wollten sie die wirbelnden Schätze erfassen.

Dann schwebte sie mit geisterhaftem Schritte hinab über die mond=
beglänzten Felsenzacken, auf Pfaden, die kein menschlicher Fuß betreten
konnte, und nun stand sie auf dem schmalen Uferrande, den die Rhein=
wogen hellschimmernd überströmten. — Ihr weißer Fuß stand in der Flut,
aber sie achtete deß nicht; unverwandt hing ihr Auge an dem Hort, nach
welchem sie sich im Leben und Tode gesehnt ohne Unterlaß und der jetzt
im Tanz der Wogen sie dicht umgaukelte.

. Ihre Lippen flüsterten leise, ihre Hände verschlangen sich wie in Sehn=
sucht und Verlangen und sie beugte sich nieder, um die goldne Krone zu
erfassen, die jetzt klingend gegen das Ufer stieß und fast ihren Fuß be=
rührte; aber als sie die durchsichtige Hand darnach ausstreckte und schon
das Diamantkreuz der Spitze zu fassen wähnte, wich das Kleinod zurück,
sank hinab und tauchte erst mitten im Strom wieder empor.

Kriemhild sank auf die Kniee; die Wellen netzten ihre langwallenden
Locken und den Saum ihres Purpurgewandes — sie aber fühlte nichts.
Nur ein Gedanke, nur ein Gefühl lebte in dem erkalteten Herzen — das
Verlangen, den Hort zu erringen.

Und neue Schätze nahten — die Goldbarren rollten heran, die wei=
ßen Hände zuckten wieder und griffen hinaus, und abermals entwich Alles
in des Stromes Mitte.

Kriemhild's erkaltete Lippen zitterten, ihre weißen Hände ließen ab
von dem vergeblichen Mühen und verschlangen sich noch einmal zu einem
Gebete heißen Schmerzes — da rauschte es unfern stärker in des Stromes
Mitte, und rheinaufwärts ziehend glitt ein hoher Schatten daher.

Kriemhild und Karl der Große.

Das Auge Kriemhild's richtete sich stromwärts: Näher und näher kam er — nun zog er mitten durch den wallenden Goldstrom und lenkte auf den Felsen zu, an dem die Königin jetzt hoch emporgerichtet stand.

Karl der Große war es, einst Deutschland's geliebter, mächtiger Herr= scher, der alljährlich seiner Gruft zu Aachen entsteigt, segnend an den Rebenhügeln des Rheinstroms vorübergleitet und dann sich wieder nieder legt in den goldnen Sarg, bis der Rebenduft des kommenden Jahres ihn weckt zu neuem Segensgang.

Nun stand er vor ihr auf der Flut, mit Pupurmantel und der gold= nen Krone, und das Schwert, das einst die Geschicke der Völker entschieden, in der erkalteten Rechten; sein Fuß ruhte auf dem Schilde Roland's, des geliebten Neffen, den man ihm mit hinabgegeben in seine Gruft, und der ihn jetzt gleich einem sicheren Schifflein stroman getragen.

Die kleinen Wellen glitten über den goldnen Schildesrand und spül= ten den Staub des Grabgewölbes von dem strahlenden Smaragd, den der Held von Ronceval einst dem Riesen abgewann und als leuchtende Schild= zier seiner Waffe eingefügt.

„Wer bist Du?" fragte der todte Kaiser, als sein Auge lange auf Kriemhild's Antlitz geruht, „kein sterblich Weib — das sagt mir der Strahl in deinem Auge, das mich mahnt an längst entschwundene Zeiten. So leuchteten Fastrada's Augen, so seidengleich rauschten auch ihre goldnen Locken — ich habe es nicht vergessen, ob ich auch länger schon als ein halbes Jahrtausend schlummre im dunkeln Gewölbe — aber Fastrada, Kaiser Karl's einstige heißgeliebte Gattin, bist Du dennoch nicht!"

„Nein, großer Kaiser," sagte die Königin; „ich war einst Kriemhild, die Gemahlin Siegfried's, des Helden der Nibelungen, der das Land be= herrschte, das auch Dir unterthan war. Das Geschlecht dieser Tage kennt kaum mehr seinen Ruhm, aber in Deine Zeiten, o Kaiser, hat er noch hell hineingeglänzt."

„Wohl kenne ich ihn, dies Hochbild aller Rittertugend," sagte der Kaiser sinnend, „und sein Geschick und das Deine sind mir wohlvertraut. War's doch nur das alte und doch ewig neue Lied, das durch alle Zeiten tönt — das Lied von dem Sieg des Bösen über das Gute, das auch mein Leben leidvoll durchklungen. Aber was scheucht Dir, o Königin, die Ruhe des Grabes?"

„Kennst Du mein Geschick, edler Kaiser," entgegnete Kriemhild kla= gend, „so weißt Du auch, was mir des Grabes Frieden wehrt. Die Schuld ist's, die schwere, die ich in meines Herzens Groll auf mich lud und die nimmer schwinden wird, bis so viele Thränen getrocknet als einst vergossen, und so viel Leid gestillt als einst verursacht worden durch mich.

„Siehe hin, großer Kaiser, dort glänzt und leuchtet der Nibelungen=hort, mein Wittwengut, das Hagen einst mir raubte. Es ist emporgestie=gen und harret der lösenden Hand — aber es kommt Niemand. So möchte ich die Kleinodien ergreifen und die treibenden Goldbarren fassen und in stiller Nacht sie hintragen in die Hütten der Armuth und des Unglücks, daß, wenn die Bewohner erwachen — Kriemhild's Wittwen=gut die Thränen der Noth und Verzweiflung trocknet — aber ich vermag es nicht!"

Der Kaiser wandte das Antlitz und blickte prüfend hinab auf die Kleinodien, die noch immer auf den Wogen des Rheins sich wiegten in weitleuchtendem Scheine.

„Du heischest Unmögliches, o Königin," sagte er dann; „kennst Du nicht die Grenze, welche die Geister scheidet von dem Thun der Sterblichen? Lösen die Schuld, die sie einst auf sich geladen, das mag nur reine, schuldlose Menschenhand — aber der Nibelungenhort ist längst schon von dem Geschlechte dieser Tage vergessen. Doch schaue hin! Nicht in alter Fülle siehst Du mehr die Kleinodien Deiner Vergangenheit — Welle um Welle hat daran genagt, unaufhörlich von Jahrhundert zu Jahrhundert. Sieh nur, wie die Zierrathen an Spangen und Kronen zusammenschrumpf=ten und wie schmal die Ringe der Ketten geworden! Der Rheinstrom hat das Gold des Nibelungenhortes in sich aufgenommen und damit gesättigt die blühenden Auen seiner Ufer. Nachts steigt das gelöste Gold in leisen Nebeln aus dem Rheine empor und senkt sich segnend auf Flur und Berggelände und, wenn der Herbst kommt, blinkt Dein Gold aus jeder Traube, perlt es in jedem Becher, reift es in jeder Aehre. Freier, stärker, freudenreicher ist das Volk dieser Gauen — und das ist der Segen des Nibelungenhortes, der unsichtbar in Erde, Luft und Wasser ruht — so werden Schuld und Thränen gesühnt, die einst an diesem Horte hingen! — Darum harre aus, arme Königin, eine kurze Reihe von Jahren noch, so wirst Du umsonst forschen nach dem Nibelungenhort und entsühnt darfst Du eingehen zu ewiger Ruhe!"

Der Kaiser neigte grüßend das Haupt und sein Schifflein trug ihn weiter rheinaufwärts.

Kriemhild blickte ihm nach: Der Smaragd in der Spitze des Schil=des schimmerte weithin im Lichte des Vollmondes und der weite Purpur=mantel zog rauschend über die glitzernden Wellen. Segnend glitt der Kaiser vorüber an den Rebenhügeln, und, als der letzte Schimmer seiner

Krone verblaßt war und die Schleier der Nacht ihn umhüllten, da senkte die Königin ihr Auge noch einmal hinab auf den Goldhort zu ihren Füßen. Der todte Kaiser hatte die Wahrheit gesprochen; ihr Auge erkannte es jetzt auch — so wollte sie nun geduldig harren, bis auch die letzte Krone, die letzte Goldbarre zerronnen in den Wellen des Rheins funkelte.

Die Freistunde des Schatzes war vorüber — keine lösende Hand war genaht; langsam zogen sich die Kleinodien wieder zusammen um den Fuß der Loreley und sanken zurück in ihr Flutenbett.

Klang und Glanz waren erloschen, still und dunkel flutete wieder der Rhein; — da wandte Kriemhild den Fuß und stieg hinauf zur Spitze des Felsens. Noch einen langen Blick sandte sie über die Gauen des einstigen Jugendlandes, und dann entschwebte sie nebelgleich in die Ferne. — — —

Wiederum sind Jahrhunderte dahingegangen. Kriemhild ist erlöst, denn der Nibelungenhort ist zerflossen; nur seine Demanten ruhen unverloren in der Tiefe des Stromes, und wer bei sternenklarer Nacht hinunterschaut, sieht sie dort flimmern und leuchten. Das Gold aber rinnt gelöst durch die Fluten des Rheins, daß er hell schimmernd dahinzieht; es steigt in sommerwarmen Nächten empor zu den Wolken und senkt sich als befruchtender Thau auf Fluren und Weinberge ringsumher.

Gold glänzt in der reifenden Beere und schimmert in den wiegenden Aehrenfeldern; hell wie Gold klingen die Lieder des rheinischen Volkes, rein wie Gold ist seine Treue — die sicherste Vorhut gegen jeglichen Feind.

Das ist der deutsche Nibelungenhort — das ist das „Rheingold".

Aslog kehrt zu ihrem Bater zurück.

Das letzte Riesenheim.

or Jahrtausenden fuhr der Sturm über Norwegens Schneegefilde, wie er jetzt noch darüber hinfährt, und der Golfstrom zog an seiner Küste vorüber, wie er heute noch vorüberzieht. Die Berge ragten eben so hoch in die Lüfte, der Himmel wölbte sich eben so blau darüber hin — aber es war dennoch ein anderes Land.

In den dichten Wäldern erschallten noch nicht die Schläge der Axt,
die hohen Tannen zu fällen, die von den Strömen dann dem Meere zugeführt werden, um später als stolze Schiffe den Ozean zu durchziehen.
An den windgeschützten Meeresbuchten erhoben sich noch nicht freundliche
Häuser, ringsum mit dem sorglichen Anbau der Gärten und Felder. Kein
Nachen mit Netzen und Angelgeräth flog über die See — das Menschengeschlecht bewohnte noch nicht dies schöne und dem Nordpol doch so
nahe Land.

Damals hauste hier ein Riesengeschlecht, an Gestalt hoch und gewaltig;
seine Lebensdauer zählte nach Jahrhunderten, wie die unsere nach Jahren
zählt; sie rissen mit den Händen Felsen aus einander, daß die Ströme
aus ihrem Schoß hervorbrachen. Sie trugen auf ihren Schultern Steinblöcke
hinab zum Strande und fügten sie zu Burgen, deren Zinnen in die Wolken
ragten und an deren Mauern die Meereswogen ohnmächtig abprallten.
Ihre Stimme übertönte die Brandung und jagte den Adler empor von
seinem Horst.

Aber dies kraftvolle Geschlecht, unter dessen Tritten der Boden erzitterte, war von friedvoller, harmloser Sinnesart. Kein Zwist trennte,
kein Ehrgeiz entzweite ihre Herzen — sie lebten mit einander wie die
Kinder einer großen Familie.

Der Angesehenste unter ihnen war Hrungnir. Freiwillig ordneten
sich ihm die Genossen unter, denn an Jahren, Weisheit und Stärke überragte er sie Alle, wie ein Vater seine Kinder.

Hrungnir wohnte in strahlender Burg am Meeresstrande. Was
Norwegens Berge an köstlichem Metall in ihrem Schoß verschlossen, das
hatten sie hergeben müssen, die Mauern der Riesenburg außen und innen
zu schmücken. Seine zahlreichen Rinderherden weideten meilenweit hinein
ins Land, die Bären der dichten Wälder waren zu Hunderten von seiner
Hand erschlagen worden, um mit ihrem Fell die Polster für seine Gäste
zu schmücken, die Schenktische und die goldenen Methhörner glitzerten von
edlem Gestein — aber Hrungnir's größter Reichthum war Guru, sein einziges Töchterlein.

Ihr Haar leuchtete golden, wie die Sterne der nordischen Nächte, ihr
Auge strahlte wie das Blau ihres heimatlichen Himmels, und ihre Haut
war so lilienweiß, daß, wenn sie in die Wellen stieg zu täglichem Bade —
das Meer weitum wie in Silberschimmer aufleuchtete.

Die mächtigsten und vornehmsten Riesen des ganzen Landes warben
um Guru und begehrten sie zur Gattin, und Hrungnir gelobte seine
Tochter Dem, der die Andern in Steinwurf und Wettlauf überwinden werde.

Da kamen die Gewaltigen herab aus ihren Felsenburgen oben im bergigen Hochland, um deſſen Gipfel der Schneeſturm wirbelt; ſie kamen herbei aus den Burgen am Meeresſtrand, daß Guru's väterliches Dach kaum die Menge der mächtigen Freier faſſen konnte.

Die Eßtiſche dampften unaufhörlich, die Methhörner wurden nicht leer und aus den geöffneten Fenſtern erſcholl der Klang der Rieſenlieder ſo brauſend, daß die Wellen erſchreckt vom Ufer zurückprallten und meer= wärts flohen.

Nach dem Mahle traten die Rieſen hinaus auf den Strand, brachen von den Felſen mächtige Blöcke los und ſchleuderten ſie im Wettkampf hinaus in das Meer, wie die Kinder es am Dorfbach mit Kieſeln thun. Hochauf ſchäumten die Wellen, daß der Giſcht faſt zu den Wolken ſprühte. Weit hinein ins Meer flogen die Felſenſtücke, am weiteſten aber die aus der Hand Andſind's, des gewaltigen Rieſenjünglings, deſſen Burg in den Felſen des ſturmumwogten Doverfjelds ſtand, deſſen Reichthum Hrangnir's gleich war, deſſen Schönheit Guru's Schönheit gleichkam.

Als die Freier ſich dann zum Wettlauf ordneten, der Kies des Strandes unter ihren goldenen Sandalen erklang, da flog Andſind Allen weit voraus und ſeine langen, blonden Locken flatterten gleich goldenen Wimpeln ſchon hoch oben auf dem Felſen, dem Zielpunkt ihres Laufs, als ſeine Mitbewerber noch auf der Bahn dahinſtrebten.

Andſind war Sieger und Guru's Herz durfte jubeln, denn ſie liebte ihn längſt ſchon im Stillen; aber gehorſam, wie die Kinder jener Zeiten waren, hätte ſie dem Willen ihres Vaters Folge geleiſtet, auch wenn er ſich einen andern Eidam erwählt hätte.

Fern von Neid und Mißgunſt, jauchzten die Gefährten dem Ueber= winder zu, dann hoben ihn zwei von ihnen auf ihre Schultern und trugen ihn im Triumphe heim zu Hrangnir's Burg, der den Sieger als Eidam willkommen hieß und dann ſeine Tochter aus ihren Gemächern herbeizu= rufen befahl.

Sie ſchritt daher, die ſchöne Guru, in himmelblauem Gewande mit kunſtvoll geſticktem Silberſaum, das ſie mit ihren Mägden ſelbſteigen ge= webt und zugerichtet im ſtillen Frauengemach; um den weißen Hals und die vollen Arme lag blitzendes Geſchmeide und die Locken waren gefeſſelt von goldener Binde. So trat ſie zu den Gäſten. Hrangnir aber faßte ſeiner Tochter Hand, fügte ſie in die Rechte Andſind's des Siegers, und als Herr und Prieſter ſeines Hauſes ſprach er ſie zuſammen zu unauflös= lichem Bunde.

Da jubelten die Gäste neidlos auf, griffen wieder zu den Meth=
hörnern und sangen dem neuen Paare ihre Festlieder, daß diese wie
Sturmgebraus um die Felsen schwebten und das verhallende Echo von den
Wogen meilenweit hinaus ins Meer getragen wurde. —

Die Nacht zog herauf und ihr Sternenheer spiegelte sich in dem
schlummernden Ozean und in dem goldenen Dach der Riesenburg. Die
Feuer auf den Herdstätten waren erloschen, das letzte Methhorn geleert,
und nach des Tages zwiefach lautem Jubel lag der Schlaf auch zwiefach
schwer auf den Augenlidern der Riesengäste.

Sie waren hingesunken auf die Polster, wo sie gezecht und gesungen
— der Eine in diesem, der Andere in jenem Saale, waffenlos und unbe=
kümmert, in der Sicherheit eines nie gestörten Friedens.

So träumten sie sorglos und wähnten sich zu stärken zum Genuß
des kommenden Tages, während schon das Verderben still, aber sicher
heranschlich.

Nicht der Ozean erwachte grollend, um seine Wellen thurmhoch über
die Burg zu stürzen und das schlummernde Leben darin zu ersticken —
nein, mit leisem Fuß von den Bergen herab stieg Odin, jener weise, sagen=
hafte König, dessen Ursprung Niemand nennt, und mit ihm kamen seine
wehrhaften Streiter.

Sie hatten Norwegens Schöne erkundet und wollten es nun gewinnen
zu ständigem Wohnsitz. Sie hatten erspäht, daß die Kraft und Blüte
des Landes in Hrängnir's Burg weile, und kamen nun in nächtlicher
Stunde, die Feinde schlummernd zu überraschen, deren Stärke sie im Licht
des Tages nicht hätten widerstehen können.

Das Mondlicht schlüpfte durch die offenen Fensterbogen und glitt über
die riesigen Gestalten der waffenlos Schlummernden; die tiefen Athem=
züge der Schläfer und das Murmeln der Wogen, die träumend gegen
den Felsen des Strandes schlugen, war das einzige Geräusch, welches das
Ohr vernahm.

Da fielen dunkle Schatten in die mondhellen Säle, hohe Menschen=
gestalten erklommen von außen her die Fensterbogen und lautlos — die
klirrenden Waffen fest an sich gepreßt, stiegen sie in die Gemächer.

Sicher zielend und mit fester Hand stießen sie den Schlummernden
ihre Schwerter ins Herz und der friedliche Athemzug verwandelte sich in
schmerzvolles Todesröcheln.

Ueber den glatten Estrich floß das Blut in dunkeln Strömen, aber
Odin's Schar schritt ohne zu gleiten hindurch und mordete lautlos weiter
von Saal zu Saal.

Das Todesröcheln, wenn auch kurz, drang doch hinan zu dem Gemach der Neuvermählten und erweckte Guru. Sie richtete sich empor und lauschte.

Nein, es war kein Traum gewesen, denn da klang es wieder und schreckhaft deutlich. Guru warf ihr Gewand über und sprang empor — da, als sie den Vorhang vom Fensterbogen zurückschlug und sich hinausbeugte, sah sie den Hof voll fremder Gestalten, deren einige so eben aus den inneren Gemächern hinaustraten, mit großer Mühe eine ungeheure Last tragend.

Guru schaute schärfer hin — da erkannte sie im hellen Mondlicht den blutüberströmten Leichnam ihres geliebten Vaters.

Der Mord war eingezogen in die festlichen Hallen — Guru erkannte es mit Trauer und Entsetzen; schnell trat sie an Andfind's Lager:

„Erwache, erwache, mein Gemahl, und laß uns fliehen," flüsterte sie mit bebenden Lippen, „denn Verrath und Tod sind bei uns eingedrungen!"

Das Mordgeschäft in den unteren Hallen der Burg schien beendet, die Feinde durchsuchten nun die übrigen Räume nach Beute und ihre Schritte nahten Guru's Gemächern.

Da hob Guru einen Stein im Estrich, hieß Andfind in den verborgenen Gang hinabsteigen und folgte ihm dann, nachdem sie die Oeffnung über sich wieder geschlossen.

Auf schmalem, abwärts führendem Gange, der unter der Burg und den Uferfelsen bis hinab zum Strande führte, erreichten sie unverfolgt das Meer.

Dort schaukelte ein Boot, das Guru mit ihren Mägden oft zu fröhlicher Meerfahrt benutzt. Sie bestiegen es eilend, Andfind spannte die Segel auf, ergriff die Ruder, und das Boot flog hinaus in das offene Meer und trug sie für immer fort von den Gestaden der geliebten, jetzt veröbeten Heimat.

Odin hatte gesiegt, die Stärke des Landes war gefallen in dem nächtlichen, ruhmlosen Kampfe, und was noch lebte an riesigen Mannen, mußte der Uebermacht weichen; sie verließen die alte Heimat, um in unbekannten Fernen sich ein neues „Riesenheim" zu gründen. Odin aber beherrschte fortan das Land in Weisheit, Macht und Güte.

Von Guru und ihrem Gemahl hörte man nie wieder. Ob das Meer ihr Boot verschlungen, ob die Wogen sie glücklicheren Küsten zugetragen — keine Kunde darüber gelangte je in ihre alte Heimat, aber die Sage von Guru, der schönen Riesentochter, lebte fort in den Erinnerungen an des Landes Vorzeit.

In den Winterabenden, wenn die Mägde um den lodernden Fichten-
stamm saßen und beim flinken Schnurren der Spindeln von Norwegens
einstigem Riesenvolk plauderten, dann erzählte wol ein altes Mütterchen
unter ihnen von der schönen Guru und dem starken Andsind, wie sie es
von der Aeltermutter vernommen, und die Mägde horchten lautlos dem
Berichte jener Mordnacht und schauerten zusammen, wenn der Sturm um
die Felsen heulte, hinab durch den Kamin fuhr und die Wogen draußen
brausender aufschäumten. —

Odin's Herrschaft war längst schon beendet, seine Weisheit wie seine
Frevel fast vergessen; längst schon war Olaf der Heilige übers Meer gekommen und hatte die Lehre vom Kreuz in die Berge und Thäler Norwegens getragen. Kirchen hatten die Opferaltäre verdrängt, und mit der
alten Biederkeit und Kraft des Volkes einten sich jetzt auch die milderen
Sitten des Christenthums.

An der Stelle, wo einst Hrûngnir's goldstrahlende Riesenburg gestanden, erhoben sich gleich stolze Hallen, und waren auch Dach und
Mauern nicht mit Gold und Edelsteinen geschmückt, so war ihr Bau doch
beinahe eben so fest wie der der versunkenen Riesenburg, ihr Besitzer eben
so reich an Schätzen und Herden, wie vormals der Riesenfürst, und gleich
jenem hütete er als seinen kostbarsten Schatz — Aslog, sein einziges,
wunderholdes Töchterlein.

Fast war's als seien Guru's Zeiten zurückgekehrt, denn Aslog's Goldhaar und Lilienhaut, Aslog's blaue Augen und ihre schöne Gestalt zogen
die mächtigsten und reichsten Freier des Landes herbei, und in den Hallen
der neuen Burg ertönte der Jubel und Gesang der alten Tage, kreisten
die Methhörner und dampften die silbernen Platten auf den Eßtischen.
Stolz lächelnd überschaute Aslog's Vater, der reiche Sämund, die Schar
der vornehmen Freier; stolz lächelnd sah er zu, wie Einer nach dem Andern
fortzog, wenn seines Kindes rosiger Mund ein „Nein" gesprochen — denn
für sie dünkte ihm nur eine Krone gut genug.

Und sie wurde ihr geboten von einem jungen, edeln Fürsten, den
der Ruf ihrer Schönheit aus dem Nachbarlande über das Gebirge herbei-
gelockt. Stolz lächelnd schaute wieder der Burgherr — solch einen Eidam
hatte er gewollt, und solch einen erwartet; aber sein Lächeln starb und
seine Freude wandelte sich in Grimm, als er den jungen Fürsten mit
düsterem Antlitz und kaum verhehlter Kränkung Aslog's Gemächer verlassen sah, an deren Schwelle er selbst ihn mit freundlicher Verheißung
und siegessicher geleitet hatte.

„Hat sie es gewagt, auch zu Euch ein „Nein" zu sprechen?" fragte er zürnend, und als der Fürst in stummer Trauer das Haupt neigte und dann hinabstieg in den Burghof, mit seinem Gefolge davon zu sprengen — da konnte der Burgherr seinen Grimm nicht länger bergen. Er stürzte in Aslog's Gemächer, und nicht achtend der Dienerinnen die sie umgaben, rief er mit zornerfülltem Antlitz:

„Stumm habe ich bisher Deinem thörichten Treiben zugeschaut — nun hat's ein Ende! Ich glaubte Dich weise und wähnte, Du habest sie Alle abgewiesen, um den Edelsten und Vornehmsten zu wählen; jetzt aber, da dieser gekommen und dennoch von Dir ausgeschlagen worden, sehe ich, daß meine Tochter eine Thörin ist, der man Zügel und Zaum anlegen muß. Nicht Fremden will ich dereinst mein Erbe hinterlassen, nicht einsam soll mein Alter sein — darum künde ich Dir, daß Du bis zum Julfeste Deine Wahl unter den edeln Männern, die noch unter meinem Dache weilen, getroffen haben mußt, um Dich einem derselben dann zu vermählen. — Jetzt weißt Du meinen Willen, und zu Deinem eigenen Wohle mögest Du Dich nach ihm richten!" Damit wandte er sich ab und verließ das Frauengemach, die arme, erschrockene Aslog der Sorge ihrer Mägde überlassend.

Die Tage kamen — die Tage gingen! Immer näher rückte das Julfest, wie Norwegens Volk den Christtag noch nach Vätersitte nennt. Immer bleicher wurde Aslog und immer düsterer des Vaters Auge, wenn es auf seiner Tochter Antlitz fiel und an seinem Ausdruck erkannte, daß sie noch keine Wahl getroffen.

Wie finster und zornig aber würde sein Auge erst geblickt haben, wenn es vermocht hätte, in Aslog's Herz zu schauen und den Grund ihrer stummen Weigerung zu erkennen; wenn er gewahrt hätte, wie das Herz seiner Tochter, des schönsten Mägdleins und der reichsten Erbin Norwegens, in heißer Liebe Orm, dem blutarmen Jüngling, angehörte, den er — gerührt von seiner Schönheit und wegen seiner edeln Herkunft — vor Jahren in sein Haus aufgenommen und seiner Tochter zu ständiger Begleitung zuertheilt hatte.

Orm's starker Arm hatte oft an schönen Sommerabenden ihr Boot hinaus gerudert in das Meer, und sie hatten mitsammen von einem der schönen Felseneilande dann hinausgeschaut, wie die rothe Sonnenkugel langsam im Ozean versank, während die Wellen goldburchleuchtet um ihr Eiland wogten.

Die schönsten, langgestreckten Schneeschuhe, mit der Spitze dünn und biegsam wie ein Buchenblatt, hatte seine Hand ihr gefertigt, und damit versehen war sie dann an seiner Seite über die meilenweiten Schneefelder dahin geglitten, mit dem Birkhuhn um die Wette.

An den langen Winterabenden aber, wenn in den unteren Hallen die Freunde ihres Vaters saßen bei Meth und Würfelspiel, oder der Hausherr selbst zu Jagd und Fest bei seinen Nachbarn weilte, dann hatte Orm in Aslog's Gemächern gesessen und ihr die schönsten Geschichten erzählt, während die Flamme der Fichtenstämme dazu leuchtete und die Spindeln der Mägde leise schnurrten.

Orm war dem Hausherrn lieb und werth, als der treueste seiner Diener, als der edelste von Geburt und der wohlerzogenste von Sitten, aber er hätte Jeden zum Zweikampf gefordert, der ihm von einer Liebe zwischen Orm und seiner Tochter geredet — das wußten Beide und darum hüteten sie streng Aug' und Lippe.

Als aber Aslog ihrem Geliebten des Vaters Befehl kund that, da hätte sein Schmerz fast das Siegel gebrochen, und wenn des Burgherrn Stolz ihn nicht blind gemacht, so hätte er an Orm's eingesunkener Wange und seinen kummervollen Augen Alles errathen können — aber er sah nichts!

„Nun, Orm," sprach er am Vorabend des Julfestes, „morgen wird Hochzeit sein! Kannst Du nicht errathen, auf welchen der Edeln, die um meinen Tisch sitzen, Deiner Herrin Wahl fallen wird?"

„Nein, Herr!" entgegnete der Jüngling leise.

„Nun, es thut nichts!" sagte der Burgherr siegesgewiß; „noch hat sie vierundzwanzig Stunden Zeit, dann aber ist die Frist abgelaufen, und hat sie dann nicht gewählt, so nimmt sie Denjenigen, den meine Hand ihr zuführt. — Du sollst ihr die Schleppe tragen und sie begleiten in ihre neue Heimat; Deine Treue verdient, daß sie Dich als Haushofmeister über ihren neuen Haushalt setzt."

Orm antwortete nicht; er ordnete mit zitternder Hand die Trinkhörner auf dem Schenktisch und preßte die Lippen fest auf einander. Als dann die Fackeln in den Sälen entzündet waren und die Gäste sich um die Abendtafel geschart hatten, als Gesang und Lärm wieder die Hallen füllte, da eilte Orm auf flüchtiger Sohle in die Gemächer der geliebten Aslog und pflog mit ihr lange und geheime Zwiesprach. —

Es war Nacht, sternenklare, bitterkalte Nacht, als sich ein verborgenes Pförtchen in der Rückseite der Burg öffnete und zwei vermummte Gestalten herausschlüpften — es waren Orm und Aslog.

Hinter den Uferfelsen, deren einer Aslog's väterliche Burg trug, begann die schneebedeckte Ebene, über welche der Weg in das rauhe, bergige

Hochland führte. Die festgefrorene Schneedecke bildete eine spiegelglatte Fläche, auf der das Mondlicht in Millionen glitzernder Funken sprühte. Schnell waren die langen Schneeschuhe an ihren Füßen befestigt, und flüchtig wie der Nachtwind flog nun Aslog an Orm's Hand über die weiße Halde.

Des Vaters Starrsinn, Orm's Verzweiflung und ihre eigene heiße Liebe hatten Aslog zu diesem Schritt getrieben. Sie verließ die stolze Burg, allen Reichthum und alle Bequemlichkeiten ihrer verwöhnten Jugend, um mit dem Geliebten in die öde Wildniß zu flüchten und ihm unter Drangsal und Entbehrung anzugehören.

Nichts von all dem Reichthum und all den Kostbarkeiten hatten sie mitgenommen. Nur ein Bündlein mit den nöthigsten Kleidungsstücken und einigen warmen Fellen, dazu seine Armbrust mit dem Köcher voll Pfeilen trug Orm auf der Schulter, und so glitten sie dahin über die spiegelglatte Ebene, schnell und ängstlich wie ein verfolgtes Taubenpaar.

Sie wagten nicht mit einander zu sprechen, aus Furcht, ihre Eile zu hemmen oder durch einen verschwebenden Laut ihre Spur zu verrathen. Scheu wandten sie mitunter das Haupt: Die Burg strahlte hell vom Mondlicht übergossen; in den unteren Hallen ertönte noch der Jubel des üppigen Mahles, in den übrigen Räumen des weitläufigen Baues aber war es schon still.

Nun hatten sie die Grenze der weiten Ebene erreicht; ihre Schnee= schuhe konnten ihnen jetzt nichts mehr nützen, wo der Weg steil und steinig zu den Schluchten und Bergen des Hochlands führte.

Aslog warf noch einen letzten Blick auf die ferne Burg, die kaum mehr erkennbar auf dem Uferrande schimmerte, horchte nach einen Augen= blick auf das Lied der Brandung, das sie bisher jeden Abend in Schlummer gesungen, und dann faßte sie wieder Orm's Hand und schritt eilig neben ihm weiter.

Es war bitter kalt, der Wind pfiff schneidend von den Bergen herab, die in mannichfach kreuzender Linie zur Hochebene hinanstiegen, er drang mit eisigem Athem durch Aslog's Gewand, daß sie leis erschauerte:

Lange wand sich ihr Pfad durch die schneebedeckten Bergreihen, dann erreichten sie einen dichten Tannenwald und schritten auf Wegen, die nur Orm's Adlerauge zu erspähen vermochte, durch das Dunkel.

Tief drinnen, von einem Kranze mächtiger Stämme umgeben, stand ein Hüttlein; roh von Bretern war es gefügt, doch die Spalten sorglich mit Moos verstopft. Die kunstlose Thür war von innen mit festem Riegel verschlossen; Orm aber, mit der Gelegenheit vertraut, klopfte mit einem unter der Schwelle verborgenen Hammer dreimal laut an die Pforte. Wenige Augenblicke darauf ward von innen geöffnet und auf der Schwelle erschien ein Mönch mit ehrwürdigem Antlitz und langem, silberweißem Bart und fragte milde nach ihrem Begehr.

„Ich bin's, Pater Hieronymus!" sagte Orm, des Greises Hand ehrerbietig küssend.

„Willkommen, mein Sohn!" grüßte nun der Mönch, ihn erkennend; „es freut mich, daß Du Deines alten Lehrers nicht vergessen — tritt ein mit der Jungfrau an Deiner Seite, wenn ihr die Hütte des Einsiedlers nicht zu gering ist."

Orm leitete Aslog über die kunstlose Schwelle in den kleinen Raum. Ein Lager von Moos, ein Tisch von tannenen Bretern mit einem Kruzifix darauf und ein hölzerner Schemel war Alles, was Aslog's Augen in dem dämmernden Schein entdecken konnte, den ein einziger Mondstrahl durch die erblindeten Scheiben warf.

Sie setzte sich ermüdet auf den Sessel, den ihr der Greis freundlich hingeschoben, während Orm seinem alten Lehrer, der in den wenigen sorgenlosen Tagen seiner Kindheit der Eltern Hauskaplan und sein Erzieher gewesen, erzählte, was ihn und das Mägdlein hierher geführt, und wie Aslog entschlossen sei, Noth, Verfolgung und Entbehrung mit ihm zu tragen, ja lieber vereint mit ihm den Tod zu erdulden, als in die väterliche Burg zurückzukehren und einem Gatten anzugehören, den ihr Herz verabscheue.

Und dann bat er den alten Geistlichen, Aslog mit ihm zu christlichem Ehebunde einzusegnen, damit sie vor Gott und Menschen das Recht habe, bei ihm zu bleiben in Freud' und Leid.

Der alte Geistliche blickte fragend in Aslog's schönes Antlitz, und als er dort, trotz Kummerblässe und Müdigkeit, den Strahl innigster Liebe und wandelloser Treue sah, hieß er sie neben Orm treten, und in dem engen, dämmerigen Hüttlein fügten sich Beider Hände in dem Entschluß treuen Beharrens fest in einander, und der ehrwürdige Greis segnete sie mit gerührter Stimme ein zu dem ernstesten Bunde des Lebens.

Anders wol mochten Beide sich einst diesen Augenblick gedacht haben, ausgestattet mit all dem Schmuck, den Jugend, Schönheit und Reichthum zu solchem Feste liebt — aber dem Mangel dieser Güter galt nicht das traurige Lächeln der Braut, noch der Seufzer des Jünglings. Aslog gedachte des mangelnden väterlichen Segens und Orm mit Grauen der Noth und Entbehrungen, denen nun sein geliebtes Weib entgegenging.

Als das „Amen" gesprochen war, küßte das Brautpaar dankend die
priesterliche Hand, dann aber galt kein Zögern mehr. Die Nacht war schon
weit vorgeschritten und der Weg zu ihrem Zufluchtsort noch weit. Der
Eremit geleitete sie auf dem kürzesten Pfade zum Walde hinaus, den Ber=
gen wieder zu, und nachdem er sie dort noch einmal gesegnet und ihnen
Rath und Hülfe in allen Fällen zugesichert, schritt das junge Paar eilig
von dannen in Nacht und Kälte hinein; der Greis aber stand noch lange
am Waldrand und schaute ihnen nach, bis sie hinter einem vorspringenden
Felsen verschwunden waren — dann kehrte er gedankenvoll in sein Hütt=
lein zurück, dessen Frieden und Einsamkeit ihm jetzt noch einmal so lieblich
dünkte, nachdem er eben wiederum des Lebens Kampf und Noth erschaut.
Orm aber eilte mit Aslog unaufhaltsam weiter.

Sie stiegen höher und höher, der Schnee ward noch fester und blen=
bender, die Luft noch kälter und der Wind noch schneidender. Lautlos
kreiste ein Adler über ihnen und folgte spähenden Auges dem kecken Men=
schenpaar, das Regionen zu betreten wagte, in denen er bisher nur allein
geherrscht.

Nun dämmerte schon der erste rosige Streif im Osten, vor ihnen lag
ein Kranz dunkler Felsen, und Orm's Finger deutete darauf hin: „Dort
ist es, meine Aslog, dort ist Ruhe und Verborgenheit!"

Diese zwei Worte waren es, die Aslog's sinkende Kraft noch einmal
hoben; ihre Lippen waren bisher geschlossen gewesen, denn der beschwer=
liche Weg und die Sorgen um die ungewisse Zukunft hatten sie ganz in
Anspruch genommen; nun sagte sie leise: „Gottlob!" und mit neu=
belebtem Muthe legte sie die letzte Wegstrecke zurück. — Jetzt waren sie
am Ziele.

Steil und dunkel, das hochragende Haupt von zackiger Eisspitze ge=
krönt, erhob sich ein Felsen vor ihnen; Orm umschritt seinen Fuß bis zu
der Stelle, wo von umherliegenden großen Felsblöcken fast verdeckt ein
dunkler Spalt mitten in den Felsen hineinführte.

Gebückt trat Orm hinein und streckte die Hand zurück, Aslog zu leiten.
Drinnen war es dunkel, und sie schauerte ängstlich zusammen, aber doch
folgte sie schweigend.

„Muth, meine geliebte Aslog," sagte Orm jetzt in zuversichtlichem
Tone, „noch wenige Schritte und wir sind geborgen — so, hier ist es!
Steh' still, bis ich das Licht entzündet habe!" Mit Stahl und Stein
schlug er Feuer, zog einen Kienspan aus dem Bündel auf seiner Schulter,
und gleich darauf flammte dieser auf und zeigte der jungen Gattin ihr
künftiges Heim.

„Sieh hier!“ — Orm leuchtete, den brennenden Span hoch über seinem Haupte haltend, umher, und Aslog sah, daß sie sich in einer Höhle im Innern des Felsens befanden, zu der die Spalte gangartig sie geleitet.

Der Raum war weit und hoch gewölbt, gleich einem Gemach, der Boden mit weichem Sand bedeckt, die Luft trocken und warm gegen die draußen herrschende Kälte. Seitwärts vom Eingang, daß der Luftzug es nicht treffen könne, war ein Mooslager; Orm steckte die kunstlose Fackel in einen Eisenring in der Felsenwand, nahm einige Felle aus dem Bündel und breitete sie über das Moos zu einem weichen Lager für Aslog, und diese sank, überwältigt von Müdigkeit und den Seelenkämpfen der letzten Tage, auf das Moosbett und schloß alsobald die Augen zu tiefem, traumlosem Schlafe.

Orm aber dachte noch nicht an Ruhe. Er leuchtete mit dem brennenden Spane zur Seite in eine kleinere Felsenkammer, die sich von der größeren Höhle abzweigte, und gewahrte mit Freude, daß der sorglich geschichtete Holzstoß noch eben so hoch sei wie damals, als er auf einer Jagd in den Bergen diesen Zufluchtsort entdeckte — ein sicherer Beweis, daß kein menschlicher Fuß nach dem seinen den Weg zu diesem Versteck gefunden.

Derjenige, der vor langen Zeiten hier gehaust — vielleicht des Lebens und der Menschen müde — hatte seinen einsamen Zufluchtsort mit dem Unentbehrlichsten ausgerüstet, und was er zurückgelassen, kam nun fernen Geschlechtern zugute.

Am Boden lag ein kupferner Kessel, eine Art und eine kleine Messingampel, noch mit Docht versehen, nur das Oel versiegt — das waren die Gegenstände, auf deren längst veralteter Form jetzt des Jünglings Auge haftete, und seine Lippen bebten schmerzlich, als er dachte, daß diese geringen Dinge jetzt Schätze für Diejenige wären, die noch vor wenig Stunden auf seidenem Polster geruht, von Silber gespeist und über eine Schar ergebener Diener geboten — aber der Würfel war gefallen, jetzt galt es für Beide tapfer das selbstgewählte Los zu tragen.

Er nahm einen Arm voll trockene Scheite, trug sie auf einen flachen Stein am Eingang der Höhle, dessen dunkle Feuerspur ihn als Herdstätte kündete, und gleich darauf flammten sie knisternd auf.

Orm setzte sich auf den Boden vor den Herdstein, schlang die Arme um seine Kniee und starrte in die spielenden Flammen, aber es mochten wol nicht helle Bilder sein, die aus ihren züngelnden Lichtern vor seiner Seele aufstiegen, denn um seinen schön geformten Mund bildete sich eine bittere Schmerzenslinie, und in seine weiße Stirn grub die Sorge ihre erste, aber um so tiefere Falte.

In der Höhle.

Allmählich sank das Feuer zusammen, nur noch die Kohlen glimmten, und den ganzen Raum durchdrang eine angenehme Wärme, die selbst das tiefschlafende junge Weib auf dem dürftigen Mooslager empfinden mochte; sie wandte den Kopf und ihre bisher geschlossenen Lippen öffneten sich zu freundlichem Lächeln.

Orm erhob bei dieser Bewegung das Haupt und schaute sorglich hinüber, wo Aslog — seine Aslog schlummerte; dann stand er auf und bog sich forschend über sie, und das Lächeln auf dem Antlitz der Geliebten weckte einen leisen Widerschein in seinen Zügen.

Er küßte sanft die weiße Hand, deren Erstarrung sich gelöst und die warm und mit vollem Pulsschlag auf dem weichen Felle ruhte, dann ging er auf leiser Sohle in die Nebenkammer, nahm das große Bärenfell, und, seines Zweckes schon kundig von seinem früheren Aufenthalte her, faßte er die starken Schlingen an den vier Enden und spannte das Fell damit an die Eisenhaken vor den Ausgang zur Felsenspalte, auf diese Weise der Kälte und etwaigem Raubthier den Eingang wehrend. Dann scharrte er die Asche über die letzten verglimmenden Kohlen und streckte sich in den weichen Sand vor der Feuerstätte, fest entschlossen, Wache zu halten über den Schlummer seines Weibes, bis Natur und Erschöpfung, mächtiger als sein Wille, ihm allmählich die Lider schlossen und er sanft einschlief.

* * *

Des Winters Hand lag erstarrender als je auf Norwegens Gebirgen und Thälern; der Schnee bedeckte höher noch als sonst jeden Pfad, und die Wege die Schaufel und Hacke allmorgentlich bahnten, verwehte der Sturm der nächsten Nacht.

Eisig hauchte der Wind in Aslog's Felsenhöhle, und kaum vermochte die beständig genährte Flamme auf dem Herdstein die eindringende Kälte zu bewältigen; dennoch freute sich das einsame Paar dieses strengen Winters, denn er war ihr einziger Schutz gegen die Verfolgungen ihres Vaters, dessen Stolz und Liebe gleich schwer verletzt waren und der nun alle Mittel seines Ansehens und Reichthums aufbot, der Flüchtlinge wieder habhaft zu werden.

Seine Besitzungen dehnten sich weit längs der Küste aus, nordwärts sowol wie nach Süden hin, und er rüstete zahlreiche Boote aus, daß sie die vorübersegelnden Schiffe ausfragen und durchsuchen sollten und die umliegenden kleinen Inseln nach den Flüchtlingen durchforschen möchten.

Als aber Alle unverrichteter Sache zurückkehrten, da kannte der Grimm des stolzen Mannes keine Grenzen mehr — er schwur es mit den theuersten Eiden, nicht zu rasten, bis er sie gefunden und seines Namens Ehre an dem „treulosen Buben" gerächt habe.

Seine Diener mußten umherziehen im Lande, um den Bewohnern jeder Hütte die Hand mit Gold zu füllen, damit sie hülfen, den Flücht= lingen nachzuspähen; aber der Schneesturm, der wilder als je von den Bergen des Hochlands niederbrauste, trieb die Boten eilig zurück, ihr Leben in den geschützteren Thälern zu sichern, und so sehr auch der zürnende Burgherr drohte und wüthete — die Elemente vermochte er nicht zu be= stegen. Darum freute sich das junge Paar in seiner Felsenhöhle des strengen Winters, denn sie wußten aus dem Munde des Einsieblers, zu dem Orm einst in dunkler Nacht gewandert, von des Vaters Zorn und seinen Plänen zu ihrer Verfolgung.

So lange Schneefall und Sturm ihre Zurückgezogenheit unzugänglich machten, war keine Gefahr zu besorgen — Orm durfte getrost am Tage die Höhle verlassen, mit Pfeil und Bogen dem Wilde aufzulauern, oder mit selbstgefertigter, kunstloser Schlinge Schnee= und Birkhuhn zu be= schleichen, während Aslog drinnen in der Höhle des Feuers wartete und dabei mit ihren weißen Händen die wenigen Stücke ihres Hausraths reinigte und säuberte zu täglichem Gebrauch.

Als aber der Frühling aus den Wellen des warmen Golfstroms emporstieg und mit weicher Schwinge über Berg und Thal wehte, daß der Schnee thauend von den braunen Bergwänden niederrann und, Ströme und Wasserfälle anschwellend, mit ihnen zum Meere rauschte — da wurde Beiden das Herz schwer, und sie begrüßten jeden Morgen als eine Gnaden= frist für ihre Freiheit und ihr Glück, die mit dem Abend schon abgelaufen sein konnte. Orm wagte kaum die Höhle mehr zu verlassen; nur wenn der Fleischvorrath zu Ende ging, griff er zu seiner Armbrust; ängstlich umfing ihn dann Aslog, mit zögerndem Fuße verließ er die sichere Stätte — aber ungefährdet war er noch jedesmal heimgekehrt, und allmählich legte sich die Sorge.

Nie hatte er nah und fern je ein menschliches Wesen erspäht, nie hatte die Natur ringsumher den Ausdruck friedvollster Sicherheit verloren.

Vielleicht hatte Aslog's Vater seine Verfolgungen eingestellt, ermüdet durch ihre Erfolglosigkeit; vielleicht war sein Herz zur Verzeihung geneigt — Aslog glaubte gern, was sie so sehnlich wünschte, und so überredete sich auch Orm endlich zu gleicher Hoffnung.

18*

Er wollte in der kommenden Nacht noch einmal zu seinem alten Lehrer gehen, zu dem mitunter wol eine Nachricht drang von dem, was draußen die Welt bewegte. Als es nun Nacht geworden und Aslog fest eingeschlafen war, erhob sich Orm, griff nach seiner Armbrust und verließ leisen Fußes die Höhle.

Er schritt rüstig dahin. Der Mond stand groß und hell am Himmel, und sein Licht floß wie eine glänzende Wolke über das weitgedehnte, ab= wärts sich senkende Land. Dunkel ragten hier und dort Felsenspitzen aus dem lichten Nebelmeer, ihre Stirnen noch mit den letzten, bläulich glitzern= den Eiskronen geschmückt.

Orm wandte das Haupt rückwärts: weit hinter ihm lag schon der Felsenkranz mit dem armen, aber sicheren Asyl, und die Mondstrahlen woben ihren Silberschleier auch um die Schlummerstätte des geliebten Weibes. Seine Brust hob sich hoffnungsvoll, nicht um seinetwillen, sondern um Aslog, die — so muthig und klaglos sie auch alle Entbehrungen trug — von Tag zu Tag blasser und ernster schien, weil sie sich nach ihres Vaters Liebe und Verzeihung sehnte. Und vielleicht durfte er sie jetzt ihr künden; darum schritt er haftiger noch thalwärts, mitten in die glänzenden Nebel hinein, die ihn umwogend seine Locken feuchteten und den Pfad auf wenige Schritte hin ihm verdeckten.

Nun nahte er einem weit vorspringenden Felsen, hinter dessen Krüm= mungen der Weg in gerader Richtung bis zum Walde des Einsiedlers führte, der nicht allzufern mehr lag.

In der freudigen Stimmung seiner Seele dachte er an keinerlei Vor= sicht, wie er sie sonst doch nie vergaß; die Armbrust hing mit schlaffer Sehne über seine Schulter, und nur lässig hielt er den Stab in der Hand, mit dem er auf den thaufeuchten, glatten Pfaden abwärts stieg.

Nun bog er um die Felsenecke, wo dichtes, niederes Buschwerk begann; kaum aber hatte er einige Schritte hineingethan, als es in den Gebüschen rauschte, wie wenn der Fittich eines Raubvogels durch sie hinstriche, und ehe der ahnungslose Orm an Gefahr dachte, fühlte er zwei schwere Hände auf seine Schultern sinken, während zugleich seine Armgelenke fest umspannt wurden.

Mit einem schnellen Ruck war er frei, sprang einige Schritte zurück und schwang drohend seinen eisenbeschlagenen Stab, denn zum Spannen der Armbrust war jetzt keine Zeit.

„Er ist's, es ist Orm!" riefen die Angreifer, ein paar Dienstmannen von Aslog's Vater; „herbei, herbei!" schrieen sie laut in die Büsche; „hier ist der, den wir schon so lange suchen; denkt an die Belohnung!"

Da war es Orm, als wenn alle Gebüsche um ihn her rauschten und selbst der braune Felsen hinter ihm lebendig würde. Er sprang vor und schwang den schweren Stab so kunstgerecht, daß er kräftig die Häupter der beiden Häscher traf, und während diese zurücktaumelten, flog er an ihnen vorbei, den Weg zurück, den er soeben gekommen.

Er jagte dahin, aufwärts, aufwärts den Bergen zu; dabei horchte er angestrengt zurück, doch ohne seine Eile zu hemmen.

Anfangs war es ihm, als töne wirres Geschrei hinter ihm und eilige Schritte, aber er nahm sich nicht die Zeit umzuschauen, sondern flog in der Angst um sein Weib und seine Freiheit in die Berge zurück.

Vorwärts, vorwärts!

Dort schimmerte schon der dunkle Felsenkranz — dort schlummerte Aslog!

Nun schienen die Felsen schon näher gerückt, er stand einen Augenblick still und lauschte athemlos. Kein Ton drang aus der Ferne zu ihm her, still und friedlich schlummerte sie wieder unter dem glänzenden Nebelschleier, und die Felsen reckten gleich stummen Wächtern ihre dunkeln Häupter daraus empor.

Er legte das Ohr an den Boden, um auch den verhallenden Laut der Ferne aufzufangen — aber nichts hörte er als das Zirpen des Heimchens in dem braunen Moose. Leichteren Herzens sprang er wieder auf und flog der armen Heimat zu, aus der des Vaters Zorn sie jetzt vertrieb.

Wie so anders hatte er sich seine Rückkehr gedacht, wie so anders die Kunde, mit der er sein geliebtes Weib aus ihrem Schlummer wecken wollte ... doch er durfte um Aslog's willen nicht Muth und Besonnenheit verlieren.

Nun hatte er den Felsenkranz erreicht — nun tastete er sich durch die Spalte, schlug Feuer und entzündete die kleine Lampe.

Er trat an Aslog's Lager — sie schlummerte still und süß, und ein Traum von Liebe und Versöhnung schien ihre lächelnden Lippen zu umschweben, während Orm sie wecken mußte, um ihr zu künden, daß sie wieder obdach- und heimatlos weiter irren müßten.

„Erwache, erwache, Geliebte!" flüsterte er, ihre Hände ergreifend, „und laß uns fliehen, denn die Mannen Deines Vaters haben unsere Spur gefunden und wir müssen fern sein, ehe das Licht des nächsten Tages anbricht."

Aslog schlug die Augen auf und starrte sprachlos auf die Lippen ihres Gatten — dann aber, als sie nicht mehr zweifeln konnte, sprang sie schnell empor, und in muthvoller Besonnenheit ordnete sie ihre Kleider

und die weichen Felle der Lagerstatt zu einem Bündlein. Orm ergriff es,
dann bliesen sie die Lampe aus, und ohne zu zaudern oder nutzlos zu
klagen, schritten sie zur Felsenspalte hinaus — nicht, wie sie noch vor
wenig Stunden gehofft, der väterlichen Burg zu, sondern einer unbekannten,
dunkeln Zukunft entgegen.

Von Westen her, wo Aslog's Heimat lag, drohte Gefahr und Ver=
rath, darum wandten sie ihre Schritte nordwärts und flohen auf unge=
bahnten Pfaden durch die Berge hin.

Sie trugen dieselbe Angst im Herzen, wie bei ihrer ersten Flucht in
jener Winternacht, aber die Natur war jetzt barmherziger gegen sie als
damals. Die Luft war mild, hell beleuchtete der Mond ihren Pfad,
den statt kalten Schnees weiches Moos bedeckte, das ihre Spur nicht
verrieth.

Schnell und stumm schritten sie dahin, nur hier und da im Flüster=
ton ein ängstlich Wörtlein tauschend, als könne der leiseste Laut sie verrathen
und die Häscher herbeiziehen, die in unsichtbarer, aber weitgedehnter Linie
sie sicherlich umschlossen.

Im Schatten der Felsen oder des niederen Gebüsches, das auf den
Ebenen des Hochlands grünt, fühlten sie sich sicherer; aber wenn ihr Weg
über mondbeglänzte, schattenlose Halden führte, schlug Orm's Herz fast
noch ängstlicher als das Aslog's, denn er bangte doppelt um sie. Er
faßte dann ihre Hand noch fester und zog sie noch schneller über jene ge=
fahrdrohenden Stellen fort, bemüht, mit dem eigenen Körper Aslog's zarte
Gestalt zu decken.

Stundenlang waren sie so nordwärts gewandert; die Felsenhöhle
lag meilenweit hinter ihnen, aber auch jene Stelle, wo der Verrath ge=
lauert — da endlich wagte Orm nach Westen sich zu wenden und zur
Küste hinabzusteigen, um womöglich auf dem Meere zu entkommen.

Sie schritten nun thalwärts.

Die letzten nächtigen Nebel huschten noch in der Ebene, und Orm
schauerte jetzt unter ihrem feuchten Hauch zusammen. Angestrengter noch
durchspähte er die grauen Schleier, fester zog er Aslog an seine Seite,
und kaum den Boden berührend eilten sie dahin ohne Wegweiser, ohne
Kunde der Gegend, nur am Stand der Gestirne die Richtung ermessend.

Aengstlich vermieden sie die Nähe menschlicher Wohnungen und end=
lich — hinter ihnen säumte sich der Morgenhimmel schon purpurn —
schlug das Rauschen des Meeres an ihr Ohr; zwar ferne noch, aber As=
log's bleiches Antlitz röthete sich doch freudig bei diesem lang entbehrten
Klange; es war, als wenn er neue Kraft in ihre Adern gösse, so frisch

und leicht schritt sie dahin. Immer näher kamen sie dem Ziel, lauter und lauter erbrauste das alte, wohlbekannte Lied, — nun durchschritten sie eine letzte, schmale Thalsenkung, an deren jenseitigem Rande eine Reihe dunkler Felsen schroff emporstieg.

„Es ist die Küste!" sagte Aslog leise, aber es klang wie Jubel, und sie flog fast über den Boden dahin. — Es war auch die höchste Zeit, denn eben als sie die Felsen erklommen hatten, brach der erste Sonnenstrahl im Osten hervor. Zu ihren Füßen brandeten und schäumten die Wellen, und das Morgenlicht flog glitzernd über die weite See.

In einer kleinen Bucht am Fuße der Felsen lag ein Fischernachen; eben erst mußte er gelandet sein, denn unten auf dem schmalen Pfade schritt ein Mann, den Korb mit dem Ertrage des nächtlichen Fanges auf dem Rücken, seinem Hüttlein zu, dessen Dasein, obwol von Felsen versteckt, aufsteigender Rauch verrieth.

Orm wartete, bis der Fischer in der Krümmung des Pfades verschwunden war, dann stieg er, so schnell der steile Pfad es gestattete, mit Aslog hinab zum Strande.

„Geschwind, geschwind!" drängte Orm, sein Weib auf den Armen in das Boot tragend; „verzeih mir Gott den Raub an fremdem Eigenthum; aber der Mann gehört sicherlich zu Deines Vaters Leuten und würde uns das Boot nicht freiwillig überlassen!"

Er stemmte die kräftigen Schultern gegen die Bootswand, daß das Fahrzeug knirschend über den Kies glitt, sprang dann selbst in den Nachen, hißte mit zitternden Händen das kleine Segel auf, setzte die Ruder ein — und das Boot löste sich geräuschlos vom Ufer.

Orm's Lippen öffneten sich zu einem leisen Freudenruf — jetzt zum ersten Mal seit Stunden athmete er freier. Nun günstiger Wind — und sie mußten bald eine der kleinen Inseln erreichen, die Norwegens Küste in Menge umgeben, oder ein vorübersegelndes Schiff nahm sie auf und trug sie zu fernen Borden, wo Niemand sie kannte und verfolgte.

Der Wind schien mit seiner Liebe und seinen Wünschen im Bunde; er fuhr von Norwegens Bergen herab und blähte die weißen Segel, daß das kleine Boot dahin schoß, wie ein Schwan mit geschwellten Flügeln. Die Sonne stieg höher und höher, die Uferfelsen der heimatlichen Küste erschienen ihnen nur noch gleich einer Linie niedriger Hügel, unfern glitten stolze Schiffe an ihnen vorüber und am äußersten Horizonte tauchte eine Inselgruppe auf, flimmernd in goldnem Sonnennebel. Nun senkte die Sonne sich wieder langsam abwärts. Die Schiffe waren vorübergesegelt, ohne die Nothleidenden zu gewahren, und die kleinen Inseln lagen noch immer in nebelhafter Ferne. Aslog's von der Hoffnung rosig angestrahltes Antlitz ward wieder bleich wie in den letzten Tagen.

„Was fehlt Dir, Geliebte?" forschte Orm besorgt.

„Mich hungert, Orm!" erwiederte Aslog leise.

Orm seufzte tief. Sie hatten ihre Flucht antreten müssen, ohne sich vorher mit Lebensmitteln versehen zu können — nun waren sie schon fast vierundzwanzig Stunden ohne Speise, und die Inseln lagen fern, sehr fern noch.

„Schlafe, meine Aslog, schlafe!" rieth er endlich; „im Schlummer fühlst Du den Hunger nicht, und bist Du erwacht, habe ich vielleicht eine der kleinen Inseln vor uns erreicht!"

Und Aslog lächelte ergeben, löste das Bündel mit den Fellen, und bereitete sich, so gut es ging, auf dem Boden des Kahns ein Lager. Leise wiegten die Wellen das kleine Fahrzeug, gleichmäßig tönte der Schlag der Ruder, und endlich fielen der Armen die Augen zu, und sie schlummerte ein.

Die Sonne war hinabgesunken und Orm wachte nun allein auf dem weiten Meere. Es ward Nacht, aber ein warmer Frühlingsathem schwebte dennoch über der See. Der Mond stieg langsam über Norwegens ferne Gebirge herauf und übergoß den Ozean mit seinem Silberlicht. Glitzernd tanzten die Wogen um den Nachen her, hell schimmerten Segel und Masten, und das blonde Haar des schlummernden jungen Weibes glänzte wie mattes Gold.

Voll Schmerz und Liebe ruhten Orm's Augen auf Aslog's bleichem Antlitz. Nur selten eine kurze Rast sich gönnend, ging es durch die Nacht hin, und als der Morgen heraufstieg, lag von seinem Purpurlicht umsäumt eine größere Insel mit blühenden Bäumen und Gesträuchen vor Orm's Augen, rings umgeben von einem Kranze kleiner Eilande. Sein Freuden-ruf erweckte Aslog, sie richtete sich empor und schaute gleich ihrem Gefährten voll Freude auf die nächst gelegene liebliche Insel, die wie geschaffen schien zu einem Friedensport für sie, die Heimatlosen.

Wie ein Wächter ihrer künftigen Sicherheit, erhob sich an dem Ufer ein hoher, grauer Felsen, fast anzuschauen wie ein erstarrtes, riesenhaftes Menschenbild. Orm versuchte jetzt zwischen dem äußeren Inselkreis durch-zusteuern, aber die Wellen, so still und friedlich sie bisher um die grünenden Ufer gewogt, schäumten und rauschten nun drohend gegen den Kiel des Bootes und trieben es wieder in die offene See zurück. Aber unermüdet zwang Orm mit Steuer und Ruder den Nachen — um immer und immer wieder machtlos zurückgeschleudert zu werden.

Mittag war es geworden unter diesem vergeblichen, immer von Neuem begonnenen Kampfe — nun neigte sich die Sonne auf ihrer wolkenlosen Bahn.

Orm's Kräfte und heldenmüthige Ausdauer begannen endlich zu ermatten. Seine Hände bluteten, seine Arme zitterten, Hunger und Ermattung überwältigten ihn fast, während Aslog, aus frohester Hoffnung in tiefste Muthlosigkeit zurückgesunken, beinahe besinnungslos den Mast umklammerte und die Augen in herannahender Ohnmacht schloß. Orm wähnte sie sterbend — da übermannte ihn die Verzweiflung. „Allmächtiger Gott, erbarme dich unser!" rief er laut zum Himmel auf. Siehe, da war es, als beugten sich die Naturgewalten demuthsvoll dem heiligen Namen; die hoch emporschäumenden Wellen glitten besänftigt unter dem Kiel hin, der Nachen pflog pfeilgeschwind zwischen den Eilanden hindurch und eilte dem Hafen der großen Insel zu, an dessen wohlgeschützter Einfahrt jenes riesige Steinbild mit finsterem Antlitz auf das kleine Boot niederschaute, das jetzt dicht unter ihm dahinglitt und dann am flachen Ufer landete.

Orm sprang heraus, schlang das Seil um einen nahen Baumstamm, nahm dann die ganz ermattete Aslog in die Arme und trug sie auf den weichen Ufersand.

Er spähte umher nach irgend etwas Eßbarem, mit dem er die fast Verschmachtende erquicken könnte. Zahlreiche Obstbäume wiegten unfern von ihnen ihre blütenreichen Kronen, aber die Zeit ihrer Reife war noch fern. Aengstlich schweifte Orm's Auge umher — da spülte eine der kleinen Wellen eine eßbare Muschel an den Strand und bis dicht an seine Füße — nun noch eine und dann wieder eine.

Schnell las Orm sie auf und bot sie der todmatten Geliebten und so gestärkt fühlte sich Aslog durch ihren Genuß, daß sie, von ihres Gatten Arm gestützt, versuchen konnte, mit ihm die Insel nach einem Obdach zu durchspähen.

Auf blühende Obstbäume, die eine sorglich pflegende Hand wohl erkennen ließen, fiel ihr Blick, aber kein Pfad, keine Fußspur kündeten ihnen die tröstliche Nähe von Menschen. Sie schritten weiter durch das grünende Eiland, über das die Sonne ihre letzten goldenen Strahlen ausgoß, während der Abendwind sich erhob und den Duft der Blütenbäume weit in das Meer hinaustrug. Dort vor ihnen schimmerte es heller durch das Laub, und bangend zwischen Furcht und Hoffnung schritten sie darauf zu.

Nun standen sie vor einem Hause von uralter, unbekannter Bauart. Tief in die Erde hinein senkte sich sein Gemäuer und strebte doch in starkem Steingefüge wiederum hoch aufwärts, daß die hohen Tannen ihre dunkeln Zweige kaum über das rindengedeckte Dach ausbreiten konnten. Die beiden Fenster waren klein und ihr Rahmen mit Fischhaut überspannt, die Thür von starken Bohlen gefügt und fest mit Eisen beschlagen — das ganze Haus sah aus, als vermöchte es aller Stürme zu spotten, die um diese Eilande brausten, und als habe es ihrer schon Jahrhunderte gespottet.

Aber wo waren Die, welche einst diesen Bau gefügt? — Waren sie schlafen gegangen in den Wogen des Ozeans, rauschte das hohe Gras der kleinen Inseln über ihren eingesunkenen Gräbern, oder saßen sie, traum= umsponnen wie Dornröschen, hinter der eisenbeschlagenen Thür und den grauen, stummen Mauern?

Aslog drängte sich dichter an Orm und flüsterte all diese Fragen ihm leise ins Ohr — er aber wußte keine Antwort; als jedoch sein Auge auf die müde, zusammensinkende Gestalt des geliebten Weibes blickte, überwand er den leisen Schauer, der auch ihn beschlichen, und pochte an die Thür des geheimnißvollen Hauses.

Kein Laut, kein Fußtritt brinnen kündete, daß man ihn gehört habe; noch einmal klopfte er — dann zum dritten Male — aber nichts regte sich.

Da legte er die Hand auf den mächtigen Drücker, die Thür ging weit auf und sie traten in einen steinbelegten Flur. Niemand hieß sie „willkommen", Niemand wies sie zurück. Zur Seite befand sich eine an= dere Thür. Orm legte abermals die Hand an ihren Griff, und als sein Pochen unbeachtet blieb, öffnete er, während sich Aslog ängstlich an ihn drängte. — Sie traten in ein weites, hohes Gemach, menschenleer und doch die Spur einer freundlich ordnenden Hand überall verrathend. Auf dem Herde brannte ein helles Feuer, darüber hing ein Kessel mit Fischen, und der emporsteigende Speiseduft drang verheißungsvoll dem hungernden Paare entgegen. Der Tisch mitten im Zimmer war gedeckt und mit silbernem Geräth von kostbarer, aber uralter Arbeit besetzt. — Aslog's Augen schauten so verlangend nach dem Kessel, daß Orm ihr nicht wehren mochte.

„Verzeiht, mächtige Herren dieses Hauses," sagte er laut, aber in ehrerbietiger Scheu, „wenn zwei arme Flüchtlinge in Euer Eigenthum ein= dringen, aber nicht Fürwitz, sondern bittere Noth hat uns dazu getrieben; darum zürnet uns nicht!"

Athemlos lauschten Beide. Nichts antwortete, nichts regte sich! Da trat Orm zum Kessel, schöpfte aus seinem Inhalt auf eine der leerstehenden

Schüsseln und stellte sie auf den Tisch; dann setzten sich Beide, und erst mit Scheu, dann aber mit wachsendem Muth und Behagen genossen sie von der lang entbehrten Speise.

Als sie dann gesättigt waren und die körperliche Stärkung auch ihren Muth und ihre Zuversicht belebt hatte, schauten sie um sich.

An der hinteren Wand des großen Raumes standen zwei Lagerstätten, beide in dem riesenhaften Maße und den uralten, längst vergessenen Formen einer untergegangenen Zeit. Das Feuer unter dem Kessel sank zusammen, durch die hautüberspannten Fenster drang kein Schimmer des Abendlichts mehr, nur die verglimmenden Kohlen sandten noch einen matten, röthlichen Schimmer durch das Gemach.

Orm und Aslog saßen noch immer stumm am Tische, aber die lange zurückgedrängte Natur forderte jetzt zwiefach gebieterisch ihr Recht — die Augen fielen ihnen fast zu.

„Komm, meine Aslog," sagte Orm wiederum laut, „die Gütigen, die unsichtbar hier walten, werden zwei müden Wanderern die Ruhestätte nicht versagen."

Und damit geleitete er das tobmüde junge Weib zu einem der Ruhe=betten. Sie sank sogleich auf das Polster, sorglich deckte er die weichen Felle über sie, und fast augenblicks umfing sie tiefer, erquickender Schlaf — dieser sanfte Tröster alles Leides.

Dann streckte Orm sich auf das andere Lager, fest entschlossen, Wache zu halten; aber es ging ihm wie in jener ersten Nacht in der Felsenhöhle — der Schlaf beschlich ihn wider Willen und doppelt fest nach den Mühen der beiden letzten Nächte.

Es war hoch am Tage, als Beide erwachten. Das Tageslicht konnte zwar immer nur gedämpft durch die Fensterscheiben bringen, aber heut schien die Sonne draußen so hell, daß ihr Licht schärfer hindurchglänzte und in schwachem Widerschein am Boden spielte. Die Thüren waren fest geschlossen — nichts verrieth, daß ein fremder Fuß den Raum betreten hatte, und dennoch flackerte das Feuer auf dem Herbe, aus dem brobelnden Kessel stieg kräftiger Wohlgeruch und der Tisch war frisch geordnet.

Aslog schaute mit frohem Erstaunen zu Orm hinüber. „O sieh, Geliebter!" rief sie fröhlich, auf Herd und Tisch deutend, „diese Sprache ist verständlich, wenn sie auch der gewohnten Laute entbehrt. Die unsicht=baren Herren dieses Hauses haben unsere Noth erkannt und bieten uns in schweigender Gastlichkeit ihr Dach."

Sie verließen nun Beide das Lager, genossen dankend die kräftige Morgensuppe und schritten dann freieren Herzens hinaus auf den Flur,

von dem aus eine Treppe hinauf führte zu dem Raum unter dem rinden=
gedeckten Dach. Dieser, wie das Gemach, in dem Beide geruht, waren die
einzigen Räume des Hauses, aber sie bargen reichlichen Vorrath an allen
Bedürfnissen eines einsamen, weltgeschiedenen Lebens.

Nirgends war auch hier die Spur eines Bewohners zu entdecken und
dennoch schien es, als sei erst kurz zuvor Jemand von dannen gegangen, dessen
Hand Alles liebend und fürsorglich geordnet für sie, die armen Heimat=
losen. Sie verstanden diese stumme Sprache, blieben fortan sorgenlos im
Hause und genossen wieder des lang entbehrten süßen Gefühls, unter
„eigenem Dache" ihr Haupt zu betten. — Nie tauchte Orm das Netz in
die See, ohne mit reichem Vorrath an wohlschmeckenden Fischen heimzu=
kehren, die Aslog dann bereiten half zur Aufbewahrung für den Winter.
Nie stand die am Morgen gelegte Vogelschlinge des Abends leer, und gar
häufig mischte sich jetzt mit dem kräftigen Brodem des Kessels der lieb=
liche Duft des Bratens, der am Spieße sich bräunte. Die Obstbäume
trugen überreich und Aslog hatte Arbeit genug, den Vorrath zu ernten
und zu dörren.

Der Sommer war längst vorüber und der kurze Herbst neigte sich
seinem Ende zu, — da hielt eines Morgens Orm ein wunderliebliches
Knäblein im Arm, mit welchem ihn seine geliebte Aslog beschenkt.

Der beglückte Vater wollte sein Weib nicht verlassen und wagte es
auch nicht, zum festen Lande hinüber zu fahren, um einen Priester herbei
zu holen; darum that er, wie die Patriarchen des Alten Bundes gethan —
er ward der eigene Priester seines Hauses, taufte sein Söhnlein selbst und
nannte es Sämund, nach dem Vater seiner Gattin.

Die Winterstürme braußten schon vom Festland herüber und fuhren
um das einsame Haus, dichte Schneeflocken wirbelten hernieder, und die
Flamme auf dem Herde brannte den ganzen Tag.

Orm hielt sein Söhnlein in den Armen und freute sich seines ersten
frühen Lächelns, Aslog aber stand am Herde und rüstete das Mittagsmahl.
da glitt ein hoher Schatten an den Fenstern vorüber, die schwere Thür
erklang und gleich darauf pochte es laut an die Thür des Gemachs. —
Aslog ließ erschreckt den Löffel fallen, und selbst der muthige Orm drückte
sein Knäblein fester ans Herz, als jetzt die Thür sich öffnete.

Eine hohe, riesenhafte Frauengestalt trat in das Gemach, an Größe
Alles überragend, was Orm und Aslog bisher unter ihrem eigenen kräf=
tigen Volke gesehen. Sie trug ein himmelblaues Gewand mit goldgesticktem
Saume von fremdem Schnitt und Stoff; ihre silberweißen, langwallenden
Locken fesselte eine goldne Binde und über die einst herrlichen Züge mochte

manch Menschenalter voll Leid und Freud dahingegangen sein. Aslog
hatte sich an ihren Gatten gedrängt und schaute voll zitternder Angst empor
zu der fremden, geheimnißvollen Erscheinung.

„Fürchtet Euch nicht!" sprach die hehre Frau voll milden Ernstes,
„mein ist die Insel und mein das Haus, das ich Euch gern überlassen
habe, als ich Eure Noth und Eure Treue erkannte — nur Eins fordere
ich von Euch! Der Julabend naht, das Fest der großen Sonnenwende,
das wir heilig halten von Alters her. Für jenen Abend überlasset
mir das Gemach, das am nächsten Morgen Euch dann wieder gehören soll. Ihr braucht das Haus darum nicht zu verlassen; haltet
Euch oben auf dem Bodenraum auf für die wenigen Stunden, so
lange hier unsere Festfreude währt, und achtet nur zweier Dinge! Schaut
nicht, so lieb Euch Euer Leben ist, während unserer Festfeier hinunter
in das Gemach und sprechet — so lange wir hier weilen — weder den
Namen Dessen aus, den kein Riese hören kann, noch machet das Zeichen
des Kreuzes, wie Ihr es pflegt. Wollt Ihr diese Bitte erfüllen, so sollt
Ihr auch fernerhin ungehindert hier wohnen und mein Schutz wird fürder
mit Euch sein!"

Mit erleichtertem Herzen versprachen Beide die Wünsche der mächtigen Frau zu erfüllen, darauf neigte sie freundlich grüßend das silberweiße Haupt und schritt zur Thür hinaus.

Der Julabend war da. Festlich hatte Aslog Alles im Hause geordnet und gesäubert. Die Dielen waren schneeweiß und Orm überstreute
sie nun mit feingehacktem Tannenreis. Der Herd war sauber gekehrt und
darüber an dem Haken hing der blitzende Kessel. Aslog entzündete das
Feuer auf dem Herde, wickelte dann ihr Knäblein in das weichste Fell
ihres Lagers und stieg, von Orm begleitet, hinauf zum Boden des Hauses,
wo sie sich an dem warmen Rauchfang, der vom Gemache aufwärts
führte, niedersetzten.

Lange blieb Alles still und ruhig; plötzlich zog ein leiser, wunderlieblicher Ton durch die Luft, an ihn reihten sich andere, und nun strömte
es in süßen Klangeswellen durch die Nacht hin über das kleine Eiland.

Aslog lauschte wie bezaubert, Orm aber erhob sich, trat zur Giebel-
seite des Daches und öffnete — da ihm dies nicht verboten war — den
Laden, der am Tage Luft und Sonne einließ.

Auf all den Eilanden rings um ihre Insel regte es sich. Kleine,
verschrumpfte Gestalten mit ernsten, uralten Angesichtern huschten umher,
blaue Lichter in ihren Händen tragend; sie eilten trockenen Fußes über die
Wellen und strebten dem Felseneingang des kleinen Hafens zu.

Nun hatten sie ihn erreicht, stellten sich im Kreise um ihn her und neigten sich ehrfurchtsvoll bis zum Boden; die Lichtlein umgaben ihn wie ein Kranz glänzender Sternlein. Da nahte von der Mitte der Insel her eine hohe Gestalt. Der Kreis der Zwerge öffnete sich, sie einzulassen — und Orm erkannte nun bei den höher aufflammenden Lichtern das hehre Weib, das vor wenig Tagen in seinem Hause gewesen.

Festlich strahlte ihr Kleid und die goldene Binde über ihrer Stirn. Sie trat dicht an den Felsen heran, schlang ihre Arme um den kalten Stein und blieb einen Augenblick so in stummer Umarmung.

Da plötzlich erhielt dieser Leben und Bewegung. Aus der Versteinerung heraus lösten sich die einstigen riesenhaften Formen, die Locken rollten wieder über die Schultern, die Glieder, gelöst aus den Banden der Erstarrung, regten sich. Wie aus Todesschlaf erwachend, richtete sich der Riese empor, ergriff die Hand des hohen Weibes, deren liebevolle Umarmung ihn zum Leben erweckt, und Beide schritten nun, umflammt von den Lichtern der Zwerge, umtönt von ihrer Zaubermusik, dahin und näherten sich dem Hause.

Der Boden schien unter ihren wuchtigen Schritten zu erbeben; nun standen sie an der Hausthür, da endlich riß Orm seine Augen von dem seltsamen Schauspiel los, schloß leise wieder den Laden und tappte zurück nach seinem Sitze neben Aslog.

Unter ihnen im Gemach rasselte es jetzt und stampfte; das junge Paar oben vernahm durch den Kamin jedes Geräusch und horchte gespannt auf jeden Laut.

Kessel klapperten, der Ton von hellem Silber erklang, dazwischen die dröhnende Stimme des Riesen und die wohllautende Sprache der Riesenfrau, die sie schon einmal vernommen. Es wurden Tische und Stühle gerückt, Trinkhörner klangen zusammen — es begann das Mahl, und nun auch wieder jene Musik, der Aslog vorhin schon wie gebannt zugehorcht.

Wieder zogen die Töne daher, leis heranschwellend in wundersüßen Weisen und die Seele in Jubel und Sehnsucht umstrickend, um sie dann sanft zurückrollend, auf ihren Zauberwellen mit sich fortzureißen. „Laß mich, o laß mich hinabschauen!" bat Aslog leidenschaftlich; „ich muß, ich muß sie sehen!"

„Nein, o nein, Geliebte," wehrte Orm; „gedenke der Warnung unserer Wohlthäterin. Es könnte uns das Leben kosten."

„O laß mich!" sagte Aslog, völlig von dem Zauber bethört; „laß mich gewähren; lieber will ich sterben, als diese Sehnsucht ungestillt lassen!"

Sie stand auf und tastete mit der Hand nach einer Klappe in der Diele, durch die man hinabschauen konnte in das Gemach. In diesem Augenblick regte sich der Knabe in ihrem Arm und gähnte schlaftrunken — und die Mutter, die Warnung der Riesin vergessend, schlug in frommer Gewohnheit das Zeichen des Kreuzes über das Antlitz ihres Kindes und sprach halblaut: „Christus segne Dich, mein Kind!"

Guru erweckt den Felsen an der Bucht zum Leben.

Da erscholl ein grauser Schrei und wilder Lärm unter ihnen im Ge-mach, die Musik verstummte und durch die aufgerissene Thür stürzten in wildem Gedränge die Zwerge. Ihre Lichter erloschen, wenige Augenblicke erscholl noch der Lärm ihrer hastigen Flucht, und dann herrschte wieder

Nacht und Schweigen auf der Stätte, die vor wenig Augenblicken noch fröhlicher Jubel erfüllte.

In Todesschreck war Aslog auf ihren Sitz zurückgesunken, zitternd des Looses harrend, das sie durch ihren Ungehorsam auf sich und ihre Theuern herabbeschworen und dessen dunkle Schwinge sie schon über sich wähnte. — Es waren angstvolle Stunden, die nun auf dem finsteren, einsamen Dachraum an ihr vorüberzogen, fast angstvoller als jene Stunden der Flucht und des Wogenkampfes. — Endlich, endlich dämmerte der Morgen. Ein heller Sonnenstrahl fiel durch die Luke und traf die Augen des Knäbleins, daß es erwachte und vor Kälte und Hunger zu weinen begann. Da überwand Mutterliebe und Muttersorge Aslog's Furcht und sie beredete ihren Gatten, mit ihr hinabzugehen und dort ihres Schicksals zu harren. — So stiegen sie die Treppe hinab, zögernd Stufe um Stufe, nun standen sie an der Thür des Gemachs und lauschten. Kein Laut — Alles todtenstill. Sie öffneten endlich; Aslog preßte ihr Knäblein fest an sich und so traten sie über die Schwelle.

Ein lauter Schrei öffnete Aslog's Lippen. Am oberen Ende des Gemachs, an dem Ehrenplatz der Tafel, saß der mächtige Riese, dessen Erwachen aus der Versteinerung Orm nächtlicher Weise mit angeschaut, — aber das Leben seiner Adern war jetzt wieder erstarrt, abermals war er zu kaltem, grauem Stein geworden. Nun saß er hier mitten im Gemach, und der schuldbewußten Aslog schien es, als müsse die Felsenhand, die noch das goldne Trinkhorn umspannte, sich jetzt Verderben schleudernd gegen sie bewegen.

Weit geöffnet hafteten ihre Augen auf dem Riesenstein, langsam von dem starren Haupte niederwärts gleitend, bis zu dem weiten Faltenwurf des Steingewandes — da sah sie noch eine andere Gestalt, in Schmerz und Trauer versenkt, regungslos am Boden liegen, als habe Erstarrung auch ihre Glieder umfangen. Ihr Antlitz war gegen den kalten Stein gedrückt, aber das blaue Gewand mit dem goldenen Saume und die wallenden weißen Locken kündeten der armen, erschrockenen Aslog, wer es sei.

„Andfind, mein Andfind!" klagte endlich die Riesin, ihr Angesicht erhebend; „nie wirst Du Deiner treuen Guru wieder zulächeln und Dich mit ihr freuen der kurzen Freiheit und Erlösung!"

Da schrie Aslog zum zweiten Mal auf, dann aber löste sich Angst, Reue und Schrecken in einem heißen Thränenstrom und sie weinte und schluchzte so schmerzlich, daß selbst die Riesin das Haupt nach ihr wandte und milde sprach:

„Weine nicht so, fürchte Dich auch nicht. Leicht könnte ich Euch vernichten und dies Haus, in dem ich Euch eine Heimat gewährt, über Eurem

Haupte zerbrechen wie ein Kinderspielwerk — wol hat der Bruch Deines
Versprechens mein Unglück veranlaßt, doch war es Schwäche, nicht Bosheit,
und die Rache der Mächtigen muß — „Verzeihen" sein! Weine darum
nicht, denn Du hast von mir nichts zu fürchten!"

„O, das ist es nicht!" schluchzte Aslog; „die Namen, die Ihr vorher
nanntet, mächtige Frau, trafen mich ins Herz! Sie gemahnen mich an eine
Sage, die ich in meiner Kindheit oft gehört, von Guru, der schönen Riesen=
jungfrau, welche mit ihrem geliebten Andfind fliehen mußte vor dem grau=
samen Odin. Immer hat mich die Erzählung von ihrem Schicksal tief ge=
rührt, und als Ihr diese Namen nanntet, meinte ich, Ihr könntet diese
Guru wol selber sein, und es schmerzte mich, daß ich nun noch mehr Leid
über Euer Herz gebracht habe."

Die Riesin schien in träumerisches Sinnen versunken. „So erinnert
man sich unserer noch im alten Vaterland?" sagte sie endlich, „und steht
noch eine von den Hallen der Burg Hrângnir's, meines edeln Vaters?"

„Nein, hohe Frau", entgegnete Aslog, „sie sind alle gesunken, denn
manch' Jahrhundert ist seit jenen Tagen über Norwegens Boden dahin=
gezogen. Wohl erhebt sich wieder eine stolze Burg auf jenem Felsen und
die Wellen rauschen noch immer machtlos um ihren Fuß, aber dort, wo
Hrângnir thront, lebt Sämund, dessen einziges Kind ich bin."

„Unser Schicksal, Tochter meiner einstigen Heimat, hat Aehnlichkeit,"
sprach Guru, „aber Deins wird fröhlicher enden als das meine. — Still
und friedlich lebten wir hier auf diesem Eilande, wohin uns in jener
Mordnacht die rettende Barke geführt. Dies Haus, das meines Gatten
mächtige Hand aus dem Gestein der Insel erbaut, ist nur arm und enge
gegen die goldenen Hallen, aus denen wir herkamen — aber wir vermißten
sie nicht! In stiller Glückseligkeit verging uns die Zeit; nicht sehnten wir
uns nach dem Lande zurück, das uns und unsere Freunde ausgestoßen. Auch
die Zwerge, welche gleich uns der ungastlichen Heimat den Rücken gewendet,
siedelten sich an auf den kleinen Eilanden ringsumher und lebten dort im
Schoße der Erde still und friedlich, heimische Sitte und Erinnerung treu
bewahrend.

„Alljährlich am Julabend kamen wir hier zusammen, das Fest der
Väter in alter Gewohnheit zu feiern und uns der Vergangenheit zu er=
innern. Jahrhunderte waren so vergangen in ungetrübtem Glück, da stand
ich einst mit Andfind am Ufer unserer Insel und schaute mit ihm über die
grünenden Eilande und weiter hinaus über das Meer. Von Norden her
nahte ein Schiff von fremder Bauart, und Andfind, mit dem Auge, das an
Schärfe das des Adlers noch übertraf und die Zukunft zu durchbringen

vermochte, erkannte in dem Mann am Steuer einen mächtigen Feind der Freiheit Norwegens und unserer eigenen Macht, und er hatte sich nicht getäuscht;
denn es war Olaf, den Ihr den Heiligen nennt, der bald darauf in einer
Nacht die Fürsten Norwegens überwand und den letzten Rest der Vätersitte vernichtete. Alles Das schaute meines Gatten zukunftkundiges Auge
und darum regte er mit dem Athem seiner machtvollen Brust die Wellen
auf, daß sie hoch gegen die Planken von Olaf's Schiff schäumten; dieser
aber schlug mit der Hand über die Wellen hin jenes Zeichen, das Du in
dieser Nacht über Dein schlummerndes Kind schlugst, und sie sanken zurück
und thaten ihm kein Leides — das Schiff aber segelte in den Inselkreis
hinein und lenkte auf unsere Insel zu. — —

„Da, als es nahe genug war, erfaßte Andfind mit kraftvoller Hand
das Vordertheil, es hinab in den Grund zu drücken, Olaf aber kreuzte seine
Hände und rief laut: «Stehe da zu Stein bis zum jüngsten Tage!»

„Und alsobald ging sein Fluch in Erfüllung. Die Augen, nach deren
Wohlgefallen zu forschen meines Lebens Aufgabe gewesen, schlossen sich; die
Hand, die bisher die meine in Liebe und Treue gefaßt, erkaltete; der Leib
voll Kraft und Schöne erstarrte und mein geliebter Andfind stand fortan
als grauer, lebloser Felsen am Ufer. — Olaf, meiner lauten Klagen nicht
achtend, segelte zwischen den kleinen Inseln hindurch und setzte seinen Unheil
bringenden Weg nach Norwegens Küste fort, — ich aber blieb einsam zurück auf unserem bisher so glücklichen Eilande.

„Nur einmal im Jahre, am Julabend, vermögen versteinerte Riesen
auf wenige Stunden zum Leben zu erwachen, wenn einer ihres Geschlechts
sie dann umarmt und damit hundert Jahre seiner eigenen Lebensdauer
opfert. — Ich liebte meinen Gatten zu sehr, um nicht mit Freuden jedes
Opfer zu bringen, ihn alljährlich einige Stunden wieder zu besitzen.

„Ich zählte nie, wie oft ich ihn umarmt — wie viel Jahrhunderte
meiner Lebensdauer ich hingegeben; ich wollte nicht den Tag wissen, an
dem ich, ihn umschließend, gleichfalls zu Stein erstarren und Eins mit
ihm werden würde. — Nun aber ist Alles vorüber," schloß Guru ihre
Erzählung, „nie mehr kann ich den Geliebten erwecken, seit Du den Namen
ausgesprochen, den kein Riese zu hören vermag — —

„Stein wird mein Andfind bleiben, bis die Morgendämmerung des
letzten Tages anbricht, an welchem Der, den Ihr anbetet, Gericht halten
und auch über unser Geschick entscheiden wird!"

Sie schlang ihre Arme noch einmal um den kalten Stein, nahm
dann ihr goldenes Saitenspiel vom Boden auf und wandte sich wiederum
zu Orm und Aslog, die in stummem Schmerze ihr zugehört.

„Lebet wohl!" sprach sie, „ich lasse Euch meinen Schutz und mein Wohlwollen! Euer sei das werthvolle Geräth des gestörten Festmahls, das dort auf der verlassenen Tafel steht — ich bedarf seiner nicht mehr! Wohnet fürder glücklich und friedlich in diesem Hause, bis Ihr versöhnt in die Burg auf Hrangnir's Felsen zurückkehren werdet!"

Sie schritt hinaus und ihre Schützlinge folgten ihr bis vor das Haus. Ohne umzublicken, schritt sie zwischen den entlaubten Bäumen hin; ihr blaues Gewand leuchtete weit über den schneebedeckten Boden; Orm und Aslog sahen sie noch über die Wogen schreiten, den kleinen Eilanden zu, dann aber verloren sie ihre Spur.

War sie, ihr goldenes Saitenspiel rührend, in die Wogen des Ozeans gestiegen, oder hinab in die Felsenklüfte der kleinen Eilande, um als Königin im Reich der Unterirdischen zu herrschen? — Orm und Aslog erfuhren es nie, aber ihr Abschiedswort erfüllte sich.

Nicht Krankheit, noch Mißgeschick, von denen das arme Menschenherz sonst auch in äußerster Einsamkeit verfolgt wird, nahte ihnen und ihrer Insel. Sie waren glücklich in gegenseitiger Liebe und Treue, stark in Gesundheit, froh in Arbeit, zufrieden in ihrer Einsamkeit. Ihr Knabe gedieh in Schönheit, Kraft und Gehorsam, die Bäume trugen zwiefältig Früchte, das Meer lieferte reichlicher noch seine Beute und die Vogelschlingen standen nimmer leer.

Sonnenschein und Blütendüfte zogen über ihr Eiland, und sie athmeten sie in vollen Zügen. Und wenn der Winter kam, der Sturm um das Haus fuhr, die dunkeln Tannen knarrend beugte und die Schneeflocken dicht auf das Rindendach niederrieselten — dann saß die kleine Familie drin im geschützten Gemach; hell flammten die trockenen Scheite auf dem Herde, an welchem Aslog Netze knüpfte, während Orm an einem neuen Ruder schnitzte und dabei dem aufhorchenden Knaben von Norwegens Schönheit und den Kämpfen seiner Vergangenheit erzählte, oder ihn lehrte, aus Holzstäbchen Runen zu bilden, jene Urschrift des Nordens, in welcher auf Stein und Felsen dessen älteste Geschichte verzeichnet steht.

Es fehlte ihnen nichts, und lächelnd glitt manchmal ihr Auge über die Schätze hin, die Guru's Güte ihnen gelassen: kostbare Goldgeräthe, mit blitzendem Edelstein besetzt, Trinkhörner von gleich edlem Metall und von kunstvoller Zwergenhand gefertigt, welche die kleinen Unterirdischen auf ihrer hastigen Flucht zurückgelassen.

Sie mochten an Werth eines Königs Schatz gleich kommen, aber Orm und Aslog bedurften ihrer nicht. Wohlverwahrt lag Alles in der Truhe, nur an Festtagen nahm Orm Eins um das Andere heraus, zeigte es dem Knaben und erzählte ihm dabei die Geschichte von der treuen Guru und dem starken Andfind; und der Kleine sah dann ehrfurchtsvoll zu dem riesigen Steinbild empor, das immer noch in dem Gemach unverrückt an jener Stelle saß und ernst auf den friedlichen Kreis niederzublicken schien.

Jahr um Jahr zog dahin, ohne eine Spur auf dem Antlitz des einsamen Paares zurückzulassen. Nur wenn Aslog des fernen, alternden Vaters gedachte, glitt ein Schatten über ihre weiße Stirn, und die alte Sehnsucht nach seiner Liebe und Verzeihung regte sich wieder.

Abermals war ein Winter vergangen. Die Obstbäume prangten in neuem Blütenschmuck und die Sonnenstrahlen spielten durch die dunkeln Tannen auf dem Dach des einsamen Hauses, — da öffnete sich die Thür, und Orm, von Aslog und seinem Knaben begleitet, trat hinaus, eines jener kostbaren Geräthe tragend, die Guru ihren Schützlingen beim Abschied geschenkt. Die Vorräthe, die ihre mütterliche Hand so reichlich aufgehäuft, waren im Laufe der Jahre verbraucht, und Orm wollte hinüber nach Norwegens Küste, das kostbare Gefäß zu verkaufen, um aus dem Erlös das Fehlende zu beschaffen.

Lange hatte er gezögert, diesen Schritt zu thun, denn er fürchtete immer noch das scharfe Auge der Rache und des Verraths — aber der Mangel am Nothwendigen ward immer fühlbarer, und so rüstete er das Boot und schritt nun, von seinen Lieben begleitet, hinab zum Ufer.

Es war ein schwerer Abschied. Aslog umschlang ihn immer wieder, und das prophetische Wort Guru's, dessen sie sich sonst so gern getröstet, hatte jetzt seine Kraft verloren. Orm aber, ob ihm gleich das Herz nicht leicht war, tröstete sie lächelnd mit baldiger Wiederkehr; dann riß er sich los, sprang ins Boot und stieß vom Ufer ab.

Wie eine Möwe schoß der Nachen über die Wellen hin, zwischen den kleinen Inseln hindurch und hinaus ins offene Meer. Ein Wind, so frisch und günstig, wie er einst bei seiner Flucht geweht, kam von Norden herab und schwellte das weiße Segel. Orm zog die Ruder ein und schaute zu, wie sein Boot mit der Seeschwalbe um die Wette über die glitzernden Wellen strich. Er richtete seinen Lauf nach Südost. Als es Mittag ward, tauchten die Küsten der alten Heimat vor seinen Blicken auf; lange noch vor der Abendsonne fuhr der Nachen die schmale Wasserstraße des Trondhjelm-Fjord hinauf und landete an der Hafentreppe der alten Königsstadt. Eilig durchschritt Orm die Straßen; das kostbare Gefäß unter seinem Rocke bergend, gelangte er in das Gewölbe eines Goldschmiedes.

Der Mann staunte das kostbare Metall und die wunderseltene Arbeit an, zahlte, ohne zu markten, den geforderten Preis, und Orm eilte erfreut

weiter nach einem andern reich ausgestatteten Gewölbe, dort seine Ein=
käufe auszuwählen. Es standen Käufer in Menge umher, und er fürchtete,
es möchte ein alter Bekannter unter ihnen sein, darum wandte er sich von
ihnen ab und musterte schweigend die ausgestellten Waaren.

„Willkommen, Freund, was giebt's Neues in Euren Bergen?" sagte
der Händler zu einem Landmann, der soeben eintrat.

„Danke, Herr, nicht viel Gutes!" entgegnete Jener.

„Wie denn?" fragte der Kaufmann. „Befindet sich Euer Herr, der
reiche Sämund, nicht wohl? Und hat er sich endlich in sein Schicksal ge=
funden?"

Orm horchte hoch auf.

„S'ist bald mit ihm zu Ende," erwiederte der Landmann; „der
Gram um seine Tochter bricht ihm das Herz, er ist krank, einsam und
traurig. Durch das ganze Land hat er verkünden lassen, daß er den
Flüchtigen Alles verzeihen wolle, wenn sie nur wiederkehren möchten; auch
hat er Jedem eine große Summe verheißen, der ihm nur die geringste
Kunde von ihnen bringen würde — aber sie sind wie vom Erdboden ver=
schwunden, und der alte Mann wird wol sterben, ohne daß eine befreun=
dete Hand ihm die Augen zudrückt."

Orm dachte an keine Einkäufe mehr, er dachte nur noch an Aslog
und ihren sterbenden Vater. Ohne daß im Gedränge seiner geachtet wurde,
verließ er das Gewölbe; kaum war er um die nächste Straßenecke gebogen,
als er eiligen Laufes zum Hafen flog, die Ufertreppe hinabsprang, sein
Boot loskettete und beim letzten Strahl des Abendlichts gewandt durch all
die Fahrzeuge des Hafens hindurchsteuernd den schmalen Meeresarm wieder
hinabruderte, dem Ozean zu. Sein Herz klopfte laut vor Eile, Sehnsucht
und Entzücken. War eine Versöhnung mit dem Vater seines geliebten
Weibes nicht längst auch seines Herzens sehnlichster Wunsch? — wenn
er ihn auch tief in seine Brust verschlossen hatte, um Aslog's willen. —

Es war Nacht geworden, als sein Nachen aus der Meeresbucht
hinausglitt und nun im offenen Meere schwamm. Der Wind, der am
Tage landwärts geweht, hatte sich gewendet, wehte jetzt wieder von Nor=
wegens Bergen herab und führte Orm's Boot pfeilgeschwind über die
Wellen. Er saß am Steuer und lenkte seinen Lauf nach Nordwesten.

Der Mond stieg groß und klar über seinem Heimatlande empor, sein
Licht ergoß sich über den Ozean und die kleinen Wellen sprühten in Silber=
funken um den Kiel.

Orm mußte jener Nacht seiner Flucht gedenken, als Aslog hungernd
und erschöpft zu seinen Füßen schlief, hinter ihm Schrecken und Verrath,

lauerte und vor ihm eine ungewisse, dunkle Zukunft lag. Mondesschimmer und Wellenglitzern waren geblieben, alles Uebrige aber — Gott Lob — war gewandelt! Und wie glücklich er auch auf seinem Eiland mit Aslog und seinem Knaben gelebt — glücklicher noch würden sie sein, wenn der Vater ihnen nun verziehen haben würde, und damit die letzte Schuld von ihrer Seele genommen wäre.

Das waren die Gedanken, welche er Aslog's wegen stets verscheucht hatte, denen er aber doppelt weit jetzt seine Seele öffnete. — So ging die Nacht dahin, und als der Osten sich röthete, glitt sein Schifflein zwischen den kleinen Eilanden hindurch, und als der erste Sonnenstrahl über die Tannenwipfel flog, landete er im Hafen seiner Insel.

Er nahm sich kaum Zeit, das Boot zu befestigen. Dann eilte er unter den blühenden Bäumen hin — mit leerer Hand zwar, und doch mit reicherer Gabe, als Aslog sie zu hoffen gewagt.

Und nun stand er an ihrem Lager. „Erwache, erwache, Geliebte!" flüsterte er, sich über sie beugend; „ich bringe Kunde von Deinem Vater, die beste, die Dein Herz ersehnen kann — Friede, Liebe und Versöhnung!"

Da erwachte Aslog, und der Strahl, der aus ihren Augen brach, und die stille Thräne, die auf ihre gefalteten Hände rann, kündete ihre Freude herzergreifender noch, als Orm sie im Voraus geschaut. — Dann aber wurde es laut in dem stillen Gemach.

Noch einmal entzündete Aslog das Feuer, noch einmal brodelte die Morgensuppe im Kessel, während sie ihren Knaben und sich selbst mit festlichem Gewand schmückte und Orm die Geschenke Guru's an Gold und edlem Gestein in das Boot trug. — Noch einmal saßen sie dann zusammen am Tische und genossen der Gaben in Guru's gastlichem Heim; ihr Blick glitt über die hohen Wände, die ihnen bisher ein trautes Obdach gewährt, und fast wehmüthig weilte er auf der versteinerten Gestalt Andfind's, der Jahre lang ihr stummer Hausgenoß gewesen — dann ergriff Orm die Hand seiner Gattin; sie traten aus dem Hause, dessen Thür sie sorglich schlossen, und folgten dem schon vorauseilenden Knaben hinab zum Strande.

„Fahr' wohl, du schöne Insel!" rief Orm, das Tau lösend, „und landet noch einmal ein treues Paar an deinem Ufer, so sei ihnen eine ebenso traute Heimat als uns!"

Das Kind saß bereits im Fahrzeug neben dem goldenen Geräth, und freute sich der im Sonnenlicht blitzenden Edelsteine; Aslog setzte sich zu ihm, ihm zu erzählen von der neuen Heimat und dem theuern Großvater, zu dem sie nun gehen wollten. Orm aber tauchte die Ruder ein und das Boot verließ den Strand des „letzten Riesenheims".

Die Sonne wollte ins Meer hinabsinken; ihre scheidenden Strahlen blickten noch einmal in die Fenster der Burg auf dem Uferfelsen, die einst von dem Jubel und Gesang fröhlicher Gäste wiederhallte.

Und nun? — Veröbet waren die glänzenden Räume. Die Dienerschaft, nicht aus Liebe, sondern um Lohn dienend, umschlich scheu und stumm ihren finstern Gebieter. Die Tochter, die Einzige, die sein kaltes Herz je geliebt, war ihm verloren — einsam war sein Alter und liebeleer!

Da brach sein Stolz zusammen.

„Und hat sie auch mein Haus beschimpft, da sie den Knecht erwählte, statt des Fürsten — mein Kind ist sie doch, mein einziges, und lieb und hold war sie immerdar! O! Bringt sie mir wieder, meine Aslog, meine Tochter, daß ich in ihre Augen sehe, ehe ich sterbe! Liebe und Verzeihung soll ihr werden, ihr und dem Manne, dem sie ihr Herz geschenkt!" Also klagte Sämund, der reiche Burgherr, und wieder füllte er der Diener Hände mit Gold, daß sie hinauszögen, diese Kunde durch das ganze Land zu tragen und königliche Belohnung zu bieten Jedem, der in Friede und Liebe Aslog und Orm zu ihm zurückzuführen vermöchte.

Aber ob er auch von Tag zu Tag auf Kunde harrte und stündlich ausschaute nach der Ersehnten, — keine Kunde kam, sie schien verloren für immer.

„Tragt mich hinaus, daß ich die Sonne sehe, so lange ich's vermag!" sagte er kummervoll zu seinen Dienern, als die Abendsonne in die Burgfenster blickte.

Die Diener erfaßten seine Arme und führten ihn hinaus, denn seine Kraft war gebrochen wie sein Stolz. Sie setzten ihn in einen Sessel auf den Altan, der kühn hinausgebaut war auf des Felsens vorspringenden Rand — dann winkte er ihnen, von dannen zu gehen, und blieb allein. — Die Sonne sank wie eine glühende Kugel hinab in den Ozean, und vom fernsten Horizont her rollten die Wogen in dunklem Purpur heran, bis sie der Küste nahend, die Felsen wie sprühendes Gold umrauschten.

„Wessen Abend licht und still sein könnte, wie dieser Abend, und wessen Leben leuchtend erlöschen könnte, wie die Wellen des Meeres!" seufzte Sämund, auf die verrinnenden Wogen hinabschauend. —

Da hörte er aus der Ferne Ruderschlag. Sein Auge noch scharf, wie in früheren Tagen, spähte hinaus: einen Nachen, sanft vom Winde getrieben, sah er von fern aus Nordwesten heranschwimmen. Näher kam er, immer näher, er richtete gerade auf den Burgfelsen seinen Lauf. Am Steuer saß ein stattlicher Mann, und in der Spitze des Bootes hochaufgerichtet stand ein schlankes Weib und hielt einen jungen Knaben fest an sich gedrückt. Auf ihren Haaren lag goldener Schimmer, wie er einst auf seiner Tochter Haar gelegen; nun hob sie den Arm und in ihrer Hand flatterte ein weißes Tuch, wie Willkommen und Frieden! Sämund's Herz klopfte ahnungsvoll — er fühlte jetzt nichts von Schwäche und Krankheit. Allein richtete er sich auf, stützte die Hand auf die steinerne Brüstung und schaute unverwandt hinab.

Nun fuhr das Schifflein unter dem Felsen hin, er hörte die um den Pfahl geworfene Kette rasseln, und von unten her tönte ein Laut lang entbehrter lieber Stimmen — aber nein, nein, es konnte dennoch eine Täuschung sein! Nun rauschte es hinter ihm, und als er sich wandte — da kniete Aslog, seine verlorene Aslog, vor ihm, zu ihm aufschauend in Liebe, Demuth und Reue, und neben ihr kniete ein blondlockiges Knäblein, dem Greise die gefalteten Hände entgegenstreckend, und was die Mutter mit heißen Thränen sprach, das sagte es mit hellem Kindeswort: „O Großvater, verzeihe und habe uns wieder lieb!"

Und der Greis breitete die Arme aus, drückte die Wiedergefundene an sein Herz und küßte das liebliche Enkelkind, und mit einer Stimme, so mild und weich, wie Aslog sie nie von ihm gehört, sprach er dann: „Gott Lob, nun werde ich nicht einsam sterben!" — — —

Aber er starb noch nicht. Er genas und erstarkte wieder zur Kraft und Heiterkeit seiner früheren Tage, und als er sah, wie zärtlich Aslog ihren Gemahl liebte, welch ein treuer Gatte und Vater Orm war und welch ein liebevoller Sohn gegen ihn selbst — da vergab und verschmerzte er Alles, selbst die einst von Aslog zurückgewiesene Königskrone.

Die Liebe und das Glück seiner Kinder und Enkel umgaben fortan den alten Burgherrn, und so ward der Wunsch jenes Frühlingsabends erfüllt: Sein Lebensabend war licht und hell, wie jener, und erlosch spät erst und leuchtend, wie die Sonne in den Wogen des Meeres.

Der Greis an der Leiche Antonio's.

Die Meersai.

Ein nordischer Sommer-
abend senkte sich farbe-
glühend auf den Atlan-
tischen Ozean und auf die
Felsenufer Norwegens,
als ein Jüngling einsam am Rande einer seiner zahlreichen Meeresbuchten
entlang schritt. Er stand allein in der Welt; kein Elternherz harrte mehr
sein, nicht Bruder noch Schwester, drum mühte er sich, sein sehnend Herz
an den Wundern der Fremde zu stillen.

Er hatte die Mitternachtssonne von den Klippen des Nordkaps ge=
sehen, nun hing sein Auge staunend am Firmament und an dem Ozean, die
in einem Glanze leuchteten, wie ihn andere Zonen nimmer kennen.

Er trat bis dicht heran an den Strand und blickte nieder auf die
Wellen, die hier in goldfunkelndem Schaum versprühten; aber von jenem
Felsblock, der nur wenige Schritte entfernt lag, vermochte er besser noch des
ewig wechselnden Spiels zu genießen, darum schritt er darauf zu und legte
die Hand an eine der Zacken des Gesteins, um daran hinaufzuklimmen.

Da sah er Etwas weiß und golden an seinem Fuße schimmern und
als er das Haupt vorbeugte, fiel sein Auge auf die Gestalt eines jungen
Weibes, das einsam an diesem menschenleeren Strande saß.

Ueber das blütenweiße Gewand bis hinab auf das rothe Gestein fielen
Locken, golden wie die Wellen zu ihren Füßen, und die zarten Hände lagen
verschlungen auf ihrem Knie, während sie träumerisch und bewegungslos
hinausblickte auf das Meer.

Der Jüngling wagte kaum zu athmen, um sie nicht zu erschrecken
— da löste sich ein Steinchen unter seiner Hand und rollte rasselnd zu
Boden.

Sie schaute auf und wandte das Haupt, und nun blickte er in ein
Antlitz von nie geträumter Schönheit.

„Wer bist Du?" fragte sie in leisem Staunen, „und was suchst Du
hier an diesem weltverlassenen Strande?"

„Ich wollte die Schönheiten Norwegens schauen," antwortete er Muth
fassend, „und ich fand ihrer mehr, als ich geahnt — aber wer bist Du,
wunderbares Wesen, das es wagt, allein in dieser Einsamkeit zu weilen,
nur den Ozean und jene starren Felsenbilder zur Gesellschaft?"

„Ich bin die Meerfai!" entgegnete sie ernst; „der goldene Abend=
sonnenschein, der bis hinunter in mein Schloß fiel, lockte mich hinauf, wie
schon manches Mal, aber seit Jahrhunderten bist Du der erste Sterbliche,
den ich hier sehe!"

Er antwortete nicht, sondern blickte traumverloren auf ihre holde Ge=
stalt.   In seiner Seele dämmerten die Märchen seiner Kinderzeit empor,
von dem krystallenen Schloß auf dem Meeresgrund und von der herzbethö=
renden Schönheit der Meerfai — und nun waren es keine Märchen,
sondern Wirklichkeit, süße, greifbare Wirklichkeit?

Einen Augenblick deckte er die Hand über die Augen und schaute dann
wieder hin — nein, sie war nicht verschwunden! Das Rosenlicht des Abend=
himmels lag jetzt auf ihrem weißen Gewande und ihr schönes Antlitz
leuchtete schöner noch in diesem Schein.

Sie erhob sich langsam und schien wieder hinabschreiten zu wollen, den Wogen zu — da kam es in brennendem Schmerz über des Jünglings Seele, er ließ die Felsenzacke los und trat ehrerbietig, aber entschlossenen Schrittes, zu der zauberschönen Frau.

„Nein, gehe nicht!" bat er, die Hände in heißer Bitte erhoben; „gehe nicht, Du Traumbild meiner Kinderzeit! Darfst Du aber nicht länger hier weilen, so nimm mich mit hinab in Dein Flutenreich — es ist Niemand auf Erden, der mich vermißt, und jetzt, da ich weiß, daß Du wirklich hienieden weilst, werde ich eine unstillbare Sehnsucht nach Dir empfinden, wie in meiner Kinderzeit, als ich Stunden lang an dem Seeufer meiner Heimat lag, um in seiner Tiefe die Zinnen Deines Schlosses zu erspähen."

Die Meerfai stand still, und ihr Auge, tiefblau und unergründlich wie die See draußen am Horizont, blickte forschend in des Jünglings Antlitz.

„Weißt Du, was Du forderst?" fragte sie ernst; „wenn ich Deine Bitte gewähre und Dich mit mir nehme, ist es nicht zu kurzem Tand und Spiel, dessen müde Du wieder gehen könntest nach Deinem Gelüst — nein, wenn Du mit mir gehst, so ist es, um in meinem Reiche zu bleiben, und nur mit Deinem Leben würdest Du Dich lösen können von Pflicht und Treuen. Sinne nach! In Deinen Adern rollt das Blut eines treulosen Geschlechtes — wir aber sind von anderer Art! Undank und Untreue strafen wir streng und unsere Brust birgt nicht das schwächliche Mitleid der Sterblichen."

„Prüfe mich, Herrin!" sagte der Jüngling mit festem Entschluß; „nimm mich mit Dir hinab und laß mich Dir dienen und um Dich sein in Liebe und Gehorsam, und findest Du mich untreu, so wehre Deinem Zorne nicht!"

„So komm denn," sagte die Meerfai, „und vergiß nicht, daß Du es selber gewollt!" — Und Antonio, so hieß der Jüngling, schritt fröhlichen Auges an der Seite des wundersamen Weibes den Wellen zu; sie löste den sternbesetzten Gürtel von ihrem Gewande und reichte ihn dem Jüngling: „Lege ihn an," sagte sie, „daß sie dort unten erkennen, Du seiest Einer der Meinen!" und er that wie ihm geheißen.

Jetzt reichte sie ihm die Hand und trat hinaus auf die Wellen, die sich unter ihrem Fuße ebneten zu durchsichtigem Pfade; getrost folgte Antonio; das Wasser trug ihn kraft des Zaubergürtels, und als das Ufer einige Schritte hinter ihnen lag, theilte sich die glitzernde Fläche, und glashelle Stufen führten hinunter in die Tiefe des Flutenreiches.

Stieg er auf ihnen abwärts oder boten sie sich aufwärts wallend selber seinem Fuße dar? — er vermochte es nicht zu unterscheiden, denn

an der Hand der Meerfai und begabt mit ihrem Gürtel, verloren die irdi=
schen Gesetze ihre Macht; er fühlte nur, daß es mit wundersamer Schnelle
in die Tiefe ging und daß die Wellen des Golfstromes, der frühlings=
warm um diese Küsten rinnt, ihm Schultern und Haupt weich umspielten,
während er in ihnen athmete, frei und leicht wie in der oberen Luft.

Und als er dann aufwärts schaute, sah er die krystallenen Stufen über
sich zerrinnen, sowie der Fuß sie verlassen, und über seinem Haupte wogte
die See in ununterbrochenem Wellenzug und in wechselndem Farbenspiel.

Nun stand er auf dem Grunde des Ozeans; aber nicht dunkel und
nächtig war es hier, sondern Alles ringsum goldverklärt im Wiederscheine
des Abendhimmels.

„Jetzt bist Du in meinem Reiche!“ sagte die Meerfai; „vergiß nun
nicht, daß es fortan auch Deine Heimat ist durch freie Wahl!“

Er nickte mit glänzendem Auge: „Seine Heimat“, und er würde
nimmer nach einer andern sich sehnen — das wußte er ganz gewiß!

Sie schritten mitsammen auf dem weichen, goldglänzenden Meeres=
sande dahin. Unfern erhob sich purpurnes Geäst und dehnte sich weit
reichend zu beiden Seiten. — „Das ist mein Korallenpark,“ sagte die
Meerfai; „er zieht sich in weiten Kreisen um das Meerschloß und hält die
wilden Wogen von ihm fern.“

Nun standen sie an der Pforte des Zauberhains und die Meerfai
legte ihre Hand darauf. Da bebte es wie in elektrischer Strömung durch
das ganze Gehege. Hunderttausende von kleinen, schlummernden Geschöpfen
erwachten und streckten die winzigen Köpfchen aus den Oeffnungen der
Zweige, die Herrin zu grüßen; sie aber schritt mit Antonio durch die ver=
schlungenen Pfade des Korallengebüsches, und dann erreichten sie die hell=
schimmernde Ebene, auf der das Schloß der Meerfai sich erhob. Hoch
ragten seine krystallenen Mauern und über das leuchtende Dach glitten
sanft klingend die Wellen. Antonio blickte voll glücklichen Staunens auf den
strahlenden Bau, der an Schönheit Alles übertraf, was in ihm erwacht war
von fernen, seligen Kindheitsträumen.

„Hier darf ich bleiben und nimmer muß ich diese Herrlichkeit ver=
lassen?“ flüsterte er ganz leise; aber ehe noch die Meerfai antworten konnte,
senkte es sich in zitternden Kreisen durch die Wellen ringsumher. Ueber
das durchsichtige Dach und aus dem Schatten des Purpurhains schwebten
Myriaden kleiner Seesterne herbei und wirbelten violett und rosenroth um
die Locken der Meerfai und um das Haupt Antonio’s, gleich Schmetter=
lingen eines Sommertages, dann aber schwirrten sie wieder davon und ver=
loren sich im zitternden Tanz der Wellen.

Nun schritt die hehre Frau, des Jünglings Hand noch immer sorglich umschließend, durch die Wasserau, die in sanftem Wellenzug das Meerschloß umgab; und als sie das hochgewölbte Portal erreichte, öffneten sich die durchsichtigen Pforten von selbst und die Herrscherin des Ozeans betrat ihr Zauberschloß.

Antonio's Auge schaute wie geblendet umher: Saal an Saal reihte sich in leuchtender Folge und über alle spannte sich in weitem Bogen das krystallene Dach, durch welches der Abendhimmel hineinstrahlte in unvermindertem Glanze.

Warm und weich wie Frühlingsluft glitten die kleinen Wellen durch diese Zauberräume und flossen klingend zurück von den krystallenen Wänden, jetzt wie wallender Purpur leuchtend, nun azurblau, dann wieder gleich schmelzendem Bernstein, wie die fliegenden Wolken des Firmaments hoch oben sie färbten in wechselndem Zuge.

Die Meerfai blickte in Antonio's freudeglänzendes Antlitz. „Glaubst Du, daß Du in meinem Reiche Deine irdische Heimat vergessen wirst?" fragte sie huldvoll.

„Vergessen?" entgegnete er; „wenn die Heimat das Schönste auf Erden ist, so habe ich sie jetzt erst gefunden — alles Andere liegt fortan hinter mir auf ewig vergessen! Aber was ist das dort?" fragte er, auf hochstrebende grüne Säulen deutend, die mit ihren Kronen fast die krystallene Kuppel berührten.

„Siehe selbst!" sagte die Meerfai, und er schwebte an ihrer Hand durch die Wellen bis zu dem letzten Saal, in welchem die grünenden Säulen standen.

Nun glitt er zwischen ihren schlanken Schäften umher und schaute mit jubelndem Rufe hinan zu der klaren Kuppel, unter der hoch oben sich breitblätterige Kronen wiegten, während kleine Seesterne durch sie hinschlüpften, leuchtend wie Kolibris.

„Palmen!" rief Antonio athemlos, „Palmen, wie ich sie an den Ufern des Ganges rauschen hörte. Ist's denn auch keine Täuschung, kein goldner Traum, aus dem ich endlich erwachen muß? Nein, nein, dort schlingen sich ja zarte Lianen um die königlichen Stämme, und dort, in dem trauten Dunkel, lauscht da nicht — meine Lotosblume, die herrlichste unter den herrlichen Blumen Indiens?"

Er ließ die Hand der Meerfai los, eilte hin und beugte sich zu dem leuchtenden Kelche, dessen purpurne Staubfäden im Zug der Wellen zitterten.

„Ja, wahrlich, sie ist es! Glänzend weiß und rein, wie ihre Schwestern am heiligen Strom, in deren Kelch die Göttin schlummert. Aber, o,

wie kamst du hierher, geliebte Blume? — Doch was frage ich! Der
Strom deiner gesegneten Heimat hat dein fallendes Samenkorn erfaßt und
es hinabgetragen zum Meer, und dort auf schützender Woge bist du weiter
und weiter gerollt, immer weiter gen Südwesten, bis der warme Golfstrom
dich erfaßte, den die sorgliche Hand der Natur von dort aus nach diesem
eisigen Norden sendet, und so bist du mit losgelösten Palmenzweigen und
Lianenranken in dieses nordische Zauberreich gekommen, wo die Hand der
schönen Meerfai dir wieder eine Heimat gab — schön genug, um selbst
deine Heimat zu vergessen." — — —

Ob die Lotosblume auch also dachte? — Ihr zitternder Kelch ver=
rieth es nicht, Antonio aber dachte so! Das Zauberreich der Meerfai war
fortan seine Heimat — sie selbst aber ihm lieb und theuer, wie einst Vater
und Mutter es waren.

Er vermißte nichts, wenn er an ihrer Hand durch die Weiten des
Flutenreichs glitt, von einem Wunder zum andern, und dabei ihr schöner,
ernster Mund ihm die Räthsel der Tiefe spielend löste, an denen die For=
scher der Erde vergeblich die Mühen eines ganzen Lebens setzen. Um sie
her wirbelten dann wieder farbige Seesterne; neben ihnen, über den
schimmernden Meersand, rollten gleich Silberkugeln die stachlichen Rochen;
hinter ihnen drein aber zogen in buntem Gedränge die Fische des Meeres,
groß und klein, und Schuppen und Flossen funkelten im hereinfallenden
Sonnenlichte wie Silber und Edelgestein.

Sie glitten furchtlos um Antonio her, ließen sich von ihm fangen und
streicheln, und schauten mit klugen Augen zu ihm auf, wenn er mit ihnen
redete in der Sprache der Menschen — verstanden sie auch nicht, was er
sagte, so verstanden sie alle doch die Sternenschrift des Gürtels, der immer
noch in strahlendem Ringe seine Brust umschloß und ihn kündete als den
Freund ihrer geliebten Herrin.

Ja, schön war es, so durch die Fluten zu gleiten — Herrlichkeit,
Frieden und Eintracht überall; schöner aber noch schien es Antonio, mit der
hehren Frau durch die Räume des krystallenen Schlosses zu wandeln, sich
von den kleinen Wellen hinanwiegen zu lassen zu der hochgewölbten Kuppel
und durch sie hinaufzuschauen zu dem farbeglühenden Firmament, das wie
eine gläserne Riesenglocke hoch über dem Ozean stand.

Am schönsten aber dünkte es dem Jüngling, wenn er im Palmensaale
ruhen durfte, in dem dämmernden Eckchen, wo die Lotosblume blühte.

Sie neigte dann ihren weißen Kelch auf seine Augen, und die pur=
purnen Staubfäden strichen im Zug der Wellen über seine Stirn, so sanft
wie einst die Hand seiner Mutter.

Antonio im Krystallschloß der Meerfai.

Die Flut glitt sommerwarm über ihm dahin, hoch oben neigten sich
die Kronen der Palmen und die Meerfai schwebte durch die schimmernden
Räume und sang zu ihrer goldnen Harfe Lieder — zaubersüß und wonne=
voll, wie Antonio sie nie gehört. — War es ein Wunder, daß er der
öden, klangesarmen Heimat dabei vergaß, nimmer ihrer dachte, nie nach
ihr verlangte? —

Die Sommersonne hatte schon manches Mal ihr goldnes, von keiner
Nacht verdrängtes Licht hinabgesandt in das Reich der Meerfai; die Sterne
des Winterhimmels hatten schon manchmal durch das kristalle Dach des
Meerpalastes gefunkelt — Antonio aber hatte den Flug der Zeit nicht ge=
wahrt. Sie zog an ihm vorüber in heitrer, immer gleicher Ruhe, die
kleinen Wellen klangen und sangen in den uralten Weisen und Antonio eilte
von Genuß zu Genuß, ohne Erinnern, ohne Sehnen, nur die Schönheit
der Gegenwart empfindend.

Das Sonnenlicht sank einst wiederum glänzend hinab in das Flutenreich,
als Antonio aus dem Schlosse trat und die schimmernde Wasserau durchschritt.

Eine Angelegenheit ihres weitläuftigen Reiches hatte die Meerfai in
die Ferne geführt, und so war er einsam in dem Palast geblieben.

Aber die glänzenden Räume dünkten ihm ohne die Herrin und ihren
Gesang nur halb so schön, und so suchte er draußen die Gesellschaft der
muntern Fischlein.

Da kamen sie auch schon herbeigeschwommen, schlüpften durch seine
Finger, plätscherten lustig mit Schweif und Flossen und glitten dann in
breitem, silberfunkelndem Zuge hinter ihm her.

Bald wölbten sich die seltsam gezackten Aeste des Korallenparkes über
seinem Haupte. — Heut wollte er das Gehege in seiner ganzen Ausdehnung
durchforschen, das er sonst nur an einzelnen Punkten geschaut. So wan=
delte er immer weiter und drang immer tiefer hinein durch das verschlun=
gene Geäst, und die Fischlein folgten ihm getreulich und glitten wie Silber=
sterne durch die schwankenden Purpurzweige.

Antonio schaute zurück: Die helle, sonnbeglänzte Au und der schim=
mernde Palast waren verschwunden — der dichtverzweigte Korallenwald
verdeckte sie; aber seitwärts, am äußersten Rande des Waldes, brauste es
dumpf und grollend, denn die Wasser des Ozeans rollten dort draußen in
dunklen, hochgehenden Wellen.

Er schritt wieder weiter: Alles hier war fremd und schaurig, es bot
sich keine Aussicht in lichte, wohlbekannte Gegenden, nur purpurne Dämme=
rung um ihn und zur Seite der dunkel wogende Ozean; aber dort vor ihm
schimmerte es allmählich heller. —

Jetzt hatte er die lichte Stelle erreicht, und nun schaute er nieder auf das Bild zu seinen Füßen.

Vor ihm lag ein freier Raum; das Sonnenlicht flutete goldglänzend darüber hin, und unter diesen wallenden Sonnenschleiern ruhten Reihen von bleichen, stummen Schläfern, Brust an Brust und Arm in Arm, wie die Wuth des Ozeans oder der Zorn der Meerfai sie hinabgerissen aus dem vollen, warmen, freudigen Leben.

Ahnungslos waren sie in sicherem Schiffe über das Meer gekommen, vielleicht schon des nahen Hafens und des fröhlichen Wiedersehens sich freuend — da waren sie unvermuthet an verborgenem Riffe zerschellt oder von den Wirbeln des Malstroms hinabgerissen.

Antonio wandelte laut pochenden Herzens zwischen den Schläfern dahin, von Einem zum Andern. Hier ruhte in langem Silbergelock der Haare ein Greis, und seine welke Hand lag noch zärtlich auf dem Haupt eines jungen, schönen Knaben; neben ihm schlummerte ein bleicher Mann und das jugendliche Weib an seiner Seite hatte selbst im Augenblick des Todeskampfes den zarten Säugling nicht aus ihren Armen gelassen; dort schliefen zwei blühende Jünglinge mit innig verschlungenen Händen — es war ein Brüderpaar, nach der Aehnlichkeit der Angesichter zu schließen. Und dort — und dort — und dort — wohin Antonio's Auge fiel — überall Gestalten voll Schönheit, Kraft und Jugend, Alle starr, kalt und todt; und doch schienen sie nur sanft zu schlummern, denn wie lange sie auch schon hier ruhen mochten — unberührt waren sie geblieben von der Hand der Verwesung. Ihre Züge waren unverändert, nur ein tieferer Friede lag auf ihnen, und wenn die hohen Korallenbüsche um sie her im Zug der Wellen schwankten, glitten ihre purpurnen Schatten über die Angesichter der Todten wie der Abglanz des einstigen Lebens.

Antonio neigte sich über sie, als könne er von den bleichen Lippen den letzten, schmerzvollen Gedanken lesen, den letzten unausgesprochenen Wunsch erhaschen, um ihn als heiliges Vermächtniß mit sich zu nehmen und ihn zu vollziehen, sowie er die Oberwelt wieder betreten, denn der Zauber des Flutenreichs war gebrochen bei dem Scheine dieser bleichen Angesichter, und er verlangte jetzt sehnsuchtsvoll nach der Heimat, so öde und klangesarm sie auch sein mochte.

Mit einem tiefen Seufzer riß er seine Augen los und trat an den äußersten Rand des Korallengebüsches vor, dessen hochragendes Gezweig sich hier senkte und, einem niedern Gitter gleich, die Ruhestätte schied von dem brausenden Ozean.

Er lehnte sich mit verschränkten Armen daran und schaute hinaus auf das wogende Meer. —

Da wälzte sich von Süden her etwas Schauerliches, Grauenhaftes, Niegeschautes durch die brandenden Wogen. Grünlich schillernd war das langgestreckte Schlangenhaupt und der weit geöffnete Rachen voll spitzer, verderbenbrohender Zähne; der dunkle Riesenleib ringelte sich durch die Flut, nun sich zusammenziehend, jetzt weit gestreckt — unabsehbar, daß selbst die Wogen, die leblosen, schäumend zurückwichen und Antonio's Herzschlag fast stockte in entsetztem Hinstarren. — So stieg das Ungeheuer der Tiefe auf= wärts, in langsamen Windungen, und sein todbrohendes Haupt reckte sich schon zwischen den schäumenden Wasserbergen empor, als Antonio noch das Peitschen seines giftgeschwollenen Schweifes sehen konnte.

„Das ist die Seeschlange!" flüsterte er endlich, als er die Sprache wiederfand, „von der mir die Meerfai erzählt, daß Tod und Verderben ihrer Spur folge. Ihr Armen dort oben, die Ihr bisher vielleicht ihrer gelacht und gespottet als eines Märchens der Vergangenheit — Ihr werdet sie nun schauen im letzten, zitternden Entsetzen des Todeskampfes."

Und er faltete seine Hände inbrünstiger noch und blickte wieder ange= strengt aufwärts.

Da breitete sich plötzlich weitreichender Schatten über den Ozean und deckte verdunkelnd das Purpurgehege und die goldene Wellenflut des Friedhofes.

Antonio's Auge, das schreckgefesselt an den Windungen der Schlange gehangen, forschte umher — da sah er hoch über sich in der brandenden Flut einen niederen Felsen stehen, den er vorher nicht erblickt. Hatten ihn die wilden Wogen von der Küste losgerissen und hierher getrieben, hatte ihn der Sturm aus dem Meeresgrunde emporgehoben — er wußte es nicht! — Aber da stand er, dunkel und unbeweglich, die Wellen überfluteten ihn und jetzt umkreiste ihn die Seeschlange in schäumenden Windungen.

Und nun erkannte er auch, zu welchem Zwecke der Ozean all seine Schreckniffe aufgeboten.

Dort, von Süden her, kam mit weitgeblähten Segeln ein Schiff. In festem, hochgefügtem Bau und geleitet von meereskundiger Hand, schien es der Schreckniffe ringsumher zu spotten, denn den verderbenbrohenden Felsen sah es nicht und nicht die lauernde Seeschlange — die hochgehenden Wogen brandeten über beide hin und verdeckten sie mit ihrem Schaum.

Der Lenker des stolzen Fahrzeugs aber sah nur die hochgethürmten Wogen und er kannte sie und kannte auch sein herrliches, festes Schiff. Mit blitzendem Auge stand er auf dem Verdecke, beruhigte die Reisenden mit heiterem Worte und rief durch das Sprachrohr den flinken Matrosen seine Befehle zu, und das Schiff steuerte sorglos den alten, wohlbekannten Pfad, in dessen Mitte jetzt tückisch der flutenüberdeckte Felsen lag.

Antonio sah es herankommen. Sein angstgeschärftes Auge unterschied jeden Mast, jede Planke — es war ihm, als sähe er lächelnde, glückliche, ahnungslose Angesichter über die Brüstung sich neigen und freundlich nieder- winken in seine stille, sichere Tiefe.

Verzweiflungsvoll rang er die Hände und mühte sich zu lautem, war- nendem Rufe: „Steuert links, o, steuert links, denn rechts lauert zwiefacher Tod!" — Aber schon die nächste Welle verschlang den Schrei und gönnte ihm nicht einmal das leiseste Echo.

Nun — nun mußte das Ende kommen — unabwendbar, tödlich und vernichtend. Antonio bedeckte die Augen, um nichts mehr zu sehen — da hallte es in dumpfem Krachen, und ein einziger, markdurchdringender Schrei, an grausiger Schärfe selbst das Tosen des Ozeans und das Brüllen der Seeschlange übertönend, zitterte über die Wogen und sank hinab bis in Antonios's lautklopfendes Herz.

Seine Hände glitten von dem schreckensbleichen Antlitz und er starrte wieder aufwärts.

Noch rollten die Wogen, noch stand der Felsen, noch kreiste die Schlange, aber auf den schäumenden Wirbeln trieben die zertrümmerten Planken des stolzen Schiffes und zwischen ihnen, in den letzten Zuckungen des Todeskampfes, alle Die, welche noch eben lebenswarm geathmet und gelächelt. Dort rangen sie mit den Wellen, die Muthigen, die nicht kampf- los vom Leben scheiden wollten, haschten nach den schwimmenden Balken, schwangen sich hinauf und spähten umher nach ihren Lieben, die rettende Hand auch ihnen entgegenzustrecken — aber da kam die Seeschlange über die weißen Wellenkämme dahergeschossen; ihr Schweif traf die schwim- menden Balken, daß sie in die Tiefe schossen und das zitternde Leben auf ihnen rettungslos versank.

Glücklich die, welche, von den Wellen schon erstickt, hinabgesunken waren auf den Grund des Ozeans, wo sie schlummern durften sonder Störung.

Die Lebenden aber gehörten dem Ungeheuer. Den Schweif geringelt, die grünen Augen funkelnd und den ungeheuern Rachen weit geöffnet — so stürzte sie sich auf den Ersten, dessen kräftiger Arm und muthiges Herz noch nicht abgelassen vom Kampf mit den Wogen, und im nächsten Augenblick erstickte sein Todesschrei im Rachen der Meerschlange — und zornbrüllend, unersättlich glitt sie von Einem zum Andern, bis sie Alle getilgt waren aus dem Reiche der Lebendigen und Keiner übrig blieb, der daheim hätte Kunde bringen können von dem Schicksal des stolzen Schiffes und Derer, die auf ihm geathmet.

Antonio war auf die Kniee gesunken und seine weit geöffneten Augen waren dem schauerlichen Thun der Schlange gefolgt, bis zum letzten Augenblick. — Nun war Alles vernichtet; das Ungethüm wiegte sich gesättigt auf den Wogen und ließ sich treiben von ihrem Strom; der dunkle Felsen aber erhielt Leben und Bewegung und sank langsam abwärts in die Tiefe, die Wellen des Ozeans weithin auseinander drängend, daß sie schäumend und wirbelnd entwichen.

Da erkannte Antonio, daß das, was in der unermeßlichen Höhe ein Felsen geschienen, ein riesenhafter Krake war — eines jener Meerungeheuer, das oft Jahrzehnte hindurch ruhig und bewegungslos auf dem Grunde des Ozeans liegt, dann aber an die Oberfläche steigt und Tod und Verderben bringend auf dem Pfade der ahnungslosen Menschen lauert.

Nun gewahrte Antonio auch die geschmeidigen, weitreichenden Polypenarme, die in die Masten des Schiffes gegriffen, sie zerknickt wie Rohrhalme und seine Planken auseinander gerissen, schneller und zermalmender als es die Gewalt der Wogen vermocht — jetzt griffen die schlangengestalteten Glieder ziellos durch die Flut und tasteten hinunter nach dem weichen Meeresgrund, in dem sie nun auf lange Zeit sich wieder festsaugen wollten.

Antonio war unwillkürlich zurückgewichen, obgleich die Ungeheuer des Weltmeers und seine wilden Wogen nicht die Macht hatten, das Korallengehege zu durchbrechen und die lichtfunkelnden Wellen des Golfstroms zu trüben — er sah, wie der Krake den Meeresboden erreichte, sich tief in sein weiches Bett hineinwühlte und die grausigen Schlangenarme wie zu langem Schlafe in den Meersand vergrub — und dann schien Alles zurückzukehren zu dem Frieden der früheren Tage.

Die wilden Wogen hatten sich gesänftigt und der Ozean flutete wieder still und klar; dunkelblau wölbte sich der Himmel über ihm, die Sonne blickte golden hernieder und ihr Strahl floß wieder herab bis zum tiefsten Grunde und rollte in bernsteinfarbenen Wellen selbst über den Riesenleib des Kraken, der, einem langgestreckten, dunkeln Hügel gleich, unfern des Korallengeheges ruhte, nur durch schmalen Wellenstreif von ihm geschieden.

Antonio trat zögernd wieder zum Gitter und blickte hinüber. Auf dem Rücken des Seeungeheures wogte, einem Walde gleich, hoher Seetang, der im Laufe der Jahre hier Wurzel geschlagen, und durch die wiegenden Halme schlüpften furchtlos schmeidige Fischlein und glatte Meerigel und krochen träge Schildkröten.

Mitten drin aber, wie in einem Nest von braunem Moose, ruhte es

blendendweiß wie ein nordischer Schwan, aber mit todter, weitgebreiteter
Schwinge. — Antonio schaute angestrengt darauf hin: da kam eine
schimmernde Woge daher, strich durch den Seetang und hob die Schwingen
des todten Schwanes, und eine neue heranfließende Welle löste ihn von
dem schauerlichen Ruhebett und trug ihn hinab in den Wellenzug, der dem
Friedhof zuströmte.

Näher und näher schwebte der todte Vogel, jetzt stieß er gegen das
purpurne Gitter und Antonio neigte sich hinüber, die Arme ihm entgegen
zu breiten — da war es kein Schwan, sondern ein wunderschönes
Mägdlein in schleierweißem Gewande, das die Wellen aus dem Schiff auf
den Rücken des Ungeheuers geschleudert und das so hinabgetragen worden
in sein Grab. Er faßte sie voll tiefen Wehes in seine Arme, hob sie zu
sich hinüber und trug sie in die Reihen der Todten. Dort legte er sie an
des Greises freier Seite nieder, kniete darauf neben dem todten Mägdlein
hin und legte sorglich die langen blonden Locken, welche die Wellen verwirrt, um das blasse Gesichtchen, und faltete ihre marmorweißen Hände in
einander, wie zum Gebet.

Die letzte Pflicht war erfüllt und er hätte nun in den krystallenen
Palast zurückkehren können zu neuer Freude und Herrlichkeit — aber er
kniete immer noch neben der Leiche des Mägdleins und schaute in das
bleiche, schöne Antlitz, träumerisch, wie man in entschwundene Fernen schaut.

Er wußte, daß sie unweckbar schlief — hier unten im Wellenstrom
konnte nur athmen, was wie er den Sterngürtel der Meerfai trug —
sie war todt und mußte schlummern bis zum Morgengrauen der Ewigkeit.
Die Augen blieben geschlossen und der Mund konnte nimmer wieder lächeln,
und doch sah Antonio auf ihn nieder, als müsse er im nächsten Augenblick
ihm eine wohlbekannte Geschichte erzählen — vielleicht die Geschichte seines
eigenen Lebens, denn dies süße, unschuldige, zärtliche Gesichtchen kannte er,
aber die Flut von Schmerz und Entsetzen, die seit Stunden durch seine
Seele wogte, verwirrte seine Erinnerungen — er fühlte nur, daß Auge
und Mund, die der Tod so herb geschlossen, ihm einst im Leben freundlich
zugelächelt hatten.

Endlich erhob er sich, warf noch einen letzten Blick auf die schlummernden Reihen, trat dann zurück in das Korallengebüsch und schritt sinnend
auf dämmernden Pfaden dem Schloß der Meerfai wieder zu.

Verblüht war sein Meerestraum, zertrümmert sein Kindheitsparadies
— die sonnenhellen Wogen, die ihn noch eben sanft umspielten, schienen ihm
nun so kalt, daß er zusammenschauerte, und das Athmen in ihnen dünkte
ihm schwer und mühsam.

Wieder ruhte er in dem Palmensaale, und die Kelchfäden der Lotosblume glitten kosend über seine Schläfe, in denen das Blut jetzt schneller
kreiste, denn in seinen Ohren hallte immer noch der Todesschrei der Ver-
sinkenden und vor seinen Augen schwebte unverscheuchbar das bleiche schöne
Mädchenbild.

Antonio birgt die todte Jugendfreundin.

Wo, ach wo hatte er einst diese Züge geschaut? Er blickte hinauf zu
den wiegenden Palmenkronen. War es am Ufer des Ganges gewesen, daß
ihm ein solcher Mund zugelächelt aus der Schar der Hindumädchen, die
mit dem Wasserkruge auf dem Haupt allabendlich an ihm vorübergezogen
waren, aus den Fluten des heiligen Stromes zu schöpfen?

Nein, nein, dort war es nicht gewesen, auch nicht in einem der geseg=
neten Länder der neuen Welt — die Mägdlein dort prangten in dunklerem
Lockenschmuck. Nein, die Fremde hatte ihm ein solches Antlitz nimmer ge=
zeigt und so eilten seine Gedanken zurück zu der fast vergessenen Heimat.

Die Palmen unter der durchsichtigen Kuppel verschmolzen vor seinen
träumerisch dreinblickenden Augen mit der alten, weitästigen Linde im kleinen
Garten des Vaterhauses, und das Lied der Wellen in den krystallenen Sälen
klang ihm jetzt wie die Töne der kleinen Hausorgel, die allabendlich
durch den stillen Garten gezogen waren, wenn sein guter, alter Vater nach
beendetem Tagewerk ein frommes Lied auf ihr ertönen ließ.

Antonio schloß die Augen — war's, um ungestörter die alten, lang
vergessenen Bilder herauf zu zaubern, oder um die Thräne zu verdrängen,
die plötzlich heiß in seine Augen stieg?

Ihm war's, als läge er wieder auf der runden Bank unter der Linde,
das Haupt im Schoß der zärtlichen Mutter und ihre weiche Hand auf seiner
Stirn; über ihm rauschte der blühende Baum und aus den offenen Fenstern
drang in weichen Melodien des Vaters Abendlied.

Still horchend lag er da, still und andächtig saß die Mutter und neben
ihr des Hauses hochverehrter Freund, Antonio's alter Lehrer, an dessen
Lippen er und seine wilden Gefährten wie bezaubert hingen, wenn er von
den Wundern der Fremde erzählte, die er in seiner Jugend geschaut.

O, welche Flut von Erinnerungen brach jetzt über Antonio's Herz
herein! Liebesklang und Blütenduft, die weiche Mutterhand und die wun=
dersamen Schilderungen des weitgereisten Mannes, und zwischen Allem die
zarte, feenhafte Kindergestalt in weißem Kleidchen und blonder Lockenfülle,
die wie ein Sonnenstrahl durch die Gänge des Gartens schwebte von Blume
zu Blume. Hatte sie dann der Blüten genug gesammelt, so kam sie leise
herbei, setzte sich still zu den Füßen ihres Vaters nieder und wand einen
Kranz. Antonio hielt dann die Augen geschlossen, aber nicht um zu schlum=
mern, sondern um ungestörter noch zu lauschen; die Kleine aber glaubte
ihn schlafend, stand leise auf und legte den Kranz auf seine Stirn.

Da griff er nach ihren Händchen und hielt sie neckend fest! sie aber
neigte sich über ihn, daß ihre blonden Locken ihm um die Wangen spielten,
und flüsterte: „Still, Toni, still! Der Vater erzählt und Du weißt, daß
wir ihn nicht stören dürfen!" und dabei lächelte sie freundlich auf ihn nieder.

Jetzt hatte er es gefunden: Sie war es — sie!

Es war das blonde, zarte Kind, an dem sein wildes Knabenherz einst
so zärtlich gehangen und dessen Bild ihn begleitet hatte in die Ferne, bis
es endlich verblaßt war vor den farbenreicheren, ewig wechselnden Reise=

bilbern — jetzt aber stand sie wieder so schön und begehrenswerth vor ihm,
als wären sie gestern erst geschieden — jetzt, wo sie kalt und todt auf dem
Friedhof der Meerfai schlummerte.

Er richtete sich hastig auf, faltete die Hände und schaute hinauf zu
dem krystallenen Dach, durch das der Himmel in aller Farbenpracht eines
nordischen Sommerabends hereinstrahlte.

Aber Alles, was er bisher hier geliebt und bewundert, war ihm ent-
leibet. Hier drinnen Klang und Sang und überirdische Herrlichkeit, und
draußen Tod, Entsetzen und unlösbare Trauer. — Er sprang auf, eilte
wie gescheucht durch die schimmernden Säle und hinaus zur Wasserau vor
dem Schlosse! aber die Fluten, die sonst Duft und Klang und Strahlen-
fülle ihm entgegen getragen, schienen ihm jetzt vom Todeshauch durchweht,
ihr Wellenschlag war dunkel und es klang wie leises Schluchzen.

Schaudernd wandte er sich ab, und zum ersten Mal, seit er im Reich
der Meerfai weilte, lenkte er seine Schritte dem Korallenpförtchen zu, das
den Golfstrom schied von den dunkleren Fluten des Ozeans.

Er trat hinaus und wandelte stumm dahin auf dem Meersand, dessen
goldener Glanz ihm erloschen däuchte.

Nun stand er an der Stelle, wo damals die krystallenen Stufen geendet, und schaute sehnsüchtig hinauf durch die ziehenden Fluten.

„O, könnt' ich einmal nur noch zurückkehren zu der lang entbehrten
Luft der oberen Welt!" seufzte er inbrünstig, „zu meiner alten, ach, so tief-
gekränkten Heimat!" — Und sein Wunsch ward erfüllt, denn noch trug er
den Sternengürtel, der die Elemente zwang zu Willen seines Trägers.

Die Fluten der Tiefe öffneten sich gleich dem Kelch einer Lilie und
bauten sich aufwärts zu krystallenen Wogenstufen.

Jauchzend setzte Antonio den Fuß darauf, und wieder wußte er nicht,
ob er auf ihnen hinansteige, oder ob sie selber ihn höben von Staffel zu
Staffel. Er sah wie die flutende See heller und heller schimmerte und
immer durchsichtiger ward — nun trat er auf die letzte Stufe, sein Haupt
hob sich über die Wogen und er athmete noch einmal irdische Luft.

Mit leuchtendem Auge und hochathmender Brust blickte Antonio einen
Augenblick hinüber nach Westen, wo die goldstrahlende Sonnenkugel auf
einem Lager von Purpurwolken ruhte, während ihr Widerschein rosenroth
und bernsteinfarben das ganze Firmament überflog und die ferne See gleich
einem violetten Königsmantel wogte. Die Wellen aber, auf denen Antonio
jetzt dem Strande zuschritt, versprühten wieder in goldfunkelndem Schaume,
gerade wie an jenem Sommerabend, als er hinabgestiegen war in das
Zauberreich des Ozeans.

Dort lag auch noch der rothe Felsen, an dem er damals die Meerfai erblickt, und mit einem leisen Seufzer lenkte er seine Schritte jenem
Steine zu.

Saß dort nicht an derselben Stelle wiederum Jemand? Antonio legte
die Hand über die Augen, vor denen immer noch zitternde Sonnenkreise
schwebten, dann aber schaute er von Neuem hin. — Nein, es war keine
Täuschung! Dort auf dem einstigen Sitze der Meerfai saß auch heute eine
Gestalt, doch alt und schmerzgebeugt schien sie, und statt der goldenen Locken
wallten silberweiße Haare ihr um die Schläfe.

„Menschen!" war Antonio's erster, entzückter Gedanke, und hastig
eilte er die wenigen Schritte zum Strande hinauf.

„Grüß Gott, Herr!" rief er freudig.

Der Greis hob das müde Haupt und die schmerzgetrübten Augen
ruhten ernst und fremd auf dem Jüngling; diesen aber hatten die letzten
Stunden gewandelt. Von Aug' und Herzen war ihm der Schleier gesunken, und er sah wieder mit dem scharfen, treuen Auge der Kinderzeit.

Wol war das Haar dort auf dem Haupte vor ihm im Lauf der Jahre
erbleicht, und in die hohe Stirn hatte der Kummer seine unvergänglichen
Runen gegraben, aber es war noch derselbe kühn geschwungene Mund,
dessen Worten Antonio einst voll glühender Begeisterung gelauscht, und
in den dunkeln Augen flammte noch der Strahl des einstigen Geistes —
sein alter Lehrer war's, der Vater des schönen, bleichen Mägdleins unten
in der Meerestiefe.

„Kennt Ihr mich nicht mehr, würdiger Herr?" fragte Antonio mit
leis bebender Stimme und neigte sich hinab zu dem Greise.

Noch einmal schaute dieser auf.

„Nein," sagte er langsam, „ich sah Euch nicht unter der Mannschaft,
aber wenn Ihr mir auch fremd seid, so freut es mich doch, daß Ihr gerettet seid. Wähnte ich doch schon, ich sei der Einzige, den das Schicksal
übrig gelassen."

„So meint ich's nicht, Herr," sagte Antonio und mühte sich, mit
festerer Stimme zu reden; „schaut mich noch einmal an, und dann blättert
einige Seiten zurück in dem Buche Eures Lebens! — Denkt an einen kleinen Garten und an einen Lindenbaum darin, unter dessen Blätterdach Ihr
oftmals lauschend gesessen, wenn leiser Orgelklang durch die Lüfte zog."

Des Greises Augen leuchteten heller und um die feinen Lippen
zuckte es.

„Antonio!" sagte er leise, „Antonio!" — und sein weißes Haupt
sank auf die Schulter des einstigen Lieblingsschülers, der jetzt vor ihm

niedergekniet war und seinen Arm zärtlich wie ein Sohn um den kinderlosen Greis geschlungen hatte.

„O, Antonio, ich habe mein Kind verloren, heut, an diesem Tage! — Sie wollte mich nicht allein gehen lassen nach dem fernen Norden, zu dem's mich so verderblich noch in meinen alten Tagen zog, und so begleitete sie mich auf der beschwerlichen Reise; hier scheiterten wir an verborgenem Riff, und dieselbe Welle, die sie auf den dunkeln Felsen warf, trieb mich trotz meines Ringens hierher an diesen öden Strand, obgleich ich viel lieber mit meinem Kinde zusammen auf dem Meeresgrunde läge."

Der Greis senkte sein Antlitz wieder in seine Hände und schwieg, und Antonio wagte kein einziges Trosteswort.

„Könnte ich nur ihre Leiche wieder erhalten!" sagte endlich der arme Vater, „um sie in der Heimat zu begraben; aber auch der Trost, ihr Grab besuchen zu können, ist mir genommen."

„Sie hat eine schönere Ruhestätte gefunden, als Ihr sie ihr geben konntet!" sagte Antonio; „sie schlummert auf goldglänzendem Grunde, ein Purpurhain umhegt den Friedhof, die Verwesung darf nicht ihren holden Zügen nahen und kein ekles Gewürm sie berühren. Im Kreise edler Gefährten schlummert sie, während die Sonnenstrahlen ihre geschlossenen Augen küssen und die warmen Wellen des Golfstroms über sie dahinziehen."

„Woher weißt Du das Alles, Antonio?" forschte der Greis staunend.

Und Antonio erzählte ihm von jenem Abend, an welchem er die schöne Meerfai hier getroffen und mit ihr hinabgestiegen in ihr Zauberreich, um dort der alten Heimat zu vergessen; bis durch Alles, was er heute geschaut und empfunden, die Rechte der alten Zeit wieder erwacht seien, lebendiger und mahnender als je zuvor.

„Und was willst Du nun thun, mein Sohn?" fragte der Greis.

„Mit Euch ziehen in die Heimat!" sagte Antonio entschlossen, „um als Euer treuer und gehorsamer Sohn fortan um Euch zu sein, so Ihr dies gestatten wollt!"

Und der Greis schaute ihn an mit leuchtenden Augen.

„So laß uns gehen," sagte er, sich erhebend, „denn jetzt verlangt es mich, diese Stätte des Grauens zu verlassen. — In wenig Stunden können wir den kleinen Hafen erreichen, in dem wir gestern zum letzten Mal Anker warfen, und dort wollen wir uns unverzüglich nach der Heimat einschiffen."

„So soll es geschehen, mein Vater," entgegnete Antonio; „aber eine Pflicht bleibt mir noch zu erfüllen. Hätte mich die Meerfai durch List oder Gewalt in ihr Reich geführt, so wäre Flucht kein Unrecht — aber

ich kam freiwillig, gelobte ihr Gehorsam und ewige Treue und genoß ihrer
Güte und Wohlthaten. — Feig und undankbar scheint es mir, heimlich zu
gehen ohne Abschied und Dank, und solches Thun würde mir selbst den
Frieden der Heimat stören. — Heute noch kehrt sie zurück, wie sie verheißen;
da will ich zu ihr treten, ihr künden, was den Zauber ihres Reiches
brach, und will sie bitten, mich ziehen zu lassen in Frieden und Huld. —
Wartet daher meiner hier nur noch eine kurze Zeit, warm bleibt die Luft
und hell der Abendhimmel dieser Zone; — ehe der lichte Abend in den
lichteren Morgen übergeht, kehre ich zu Euch zurück, um Euch nie mehr zu
verlassen!"

Er küßte die Hand des Greises, erhob sich und schritt den Wellen zu.

Die Meerfai war unterdeß zurückgekehrt. Das offene Korallenpförtchen
und die leeren Räume ihres Palastes kündeten ihr, daß sie Antonio ver=
loren — da zuckte es in Zorn und Schmerz durch ihre Seele.

Wol entstammte er jenem treulosen Geschlecht, das sie kannte und
haßte, aber sein Auge und Herz hatten doch jenen Götterstrahl bewahrt,
den sie vergeblich bei den stummen, kalten Geschöpfen der Tiefe gesucht und
den aller Klang und Glanz ihres Zauberreichs ihr nimmer ersetzen konnte.

Er war ihr lieb und theuer geworden, sie hatte an seine Treue zu
glauben begonnen — nur, um sich wiederum getäuscht zu sehen.

Aber wie sie einst gesagt, so war es: Das schwächliche Mitleid der
Sterblichen hatte nicht Raum in ihrer Brust; sie klagte nicht und kein Laut
des Zornes entschlüpfte den schönen, festgeschlossenen Lippen — sie wollte
hinauf zur Oberwelt, den Treulosen, wenn er noch im Bereich ihrer Macht
sei, zu strafen, wie sie es ihm einst angedroht.

So schritt sie wieder hinaus zum Korallenpförtchen der Stelle zu,
von welcher der schwindelnde Pfad hinaufführte zur Oberwelt.

Sie winkte mit der Hand, und die schwankende Treppe baute sich
wiederum aufwärts.

In demselben Augenblick, als sie ihren weißen Fuß auf die erste
Staffel setzte, schritt auch Antonio oben über den Flutenpfad.

So stieg er niederwärts, und die Meerfai stieg hinauf — in der
Mitte des Ozeans trafen sie zusammen.

Antonio erzitterte leicht, als sie vor ihm stand in dem vollen Zauber
ihrer Schönheit und in dem vernichtenden Glanze ihrer Hoheit und Macht,
während seine Seele sich von ihr gewandt, und er sehnsuchtsvoll verlangte
ihrem Banne zu entfliehen.

„Woher kommst Du?" fragte sie ernst, obgleich ihr zauberkundiges
Auge die Geschichte der letzten Stunden bei dem lauteren Klopfen seines

Herzens las. „Woher kommst Du?" — Und er faßte Muth und sagte ihr Alles und bat sie, ihn ziehen zu lassen in Huld und Frieden.

„Denkst Du jenes Sommerabends, als Du trotz meiner Warnung mit mir hinabsteigen wolltest?" fragte sie ernst.

„Ja!" sagte Antonio leise.

„Und denkst Du auch meiner Drohung und Deiner Forderung, Dich zu strafen, wenn Du je Treue brächest?"

„Ich weiß es!" entgegnete Antonio wiederum leise.

„Und Angesichts dieser unabwendbaren Zukunft beharrst Du darauf, mich zu verlassen?" fragte die Meerfai noch ernster.

„Ich kann nicht anders!" entgegnete er leidenschaftlich; „das Reich der Tiefe ist mir verleidet, seit ich die Kluft geschaut, die es in unsühnbarer Feindschaft von meinem Geschlechte trennt; seit es geraubt, was meinem Herzen einst das Theuerste war. Nein, hehre Frau, laß mich ziehen, ich würde fortan doch nur ein trauriger Gast Dir sein!"

Ihre Augen blickten wieder dunkel und unergründlich wie die tiefe See unter ihnen.

„So gehe hin!" sprach sie langsam; „doch vorher löse den Gürtel!"

Er athmete auf in Hoffnung und Entzücken, nahm den sternbesetzten Gürtel von seiner Brust und reichte ihn der Meerfai.

Sie nahm ihn, schaute noch einmal in sein Antlitz und schwebte dann hinab über die verrinnenden Stufen.

Antonio aber wandte sich, um auf die Oberwelt zurückzukehren — da waren die Stufen über ihm gleichfalls zerronnen, und jetzt glitt auch die letzte unter seinem Fuße fort, und er schwamm in der Tiefe des Ozeans.

Aber nicht leicht und frei wie Frühlingsluft flossen ihm jetzt die Wogen um Haupt und Brust — mit dem Gürtel hatte er auch die Macht über sie verloren und war jetzt nur noch der schwache Mensch im Kampf mit den wüthenden Elementen.

Brausend drangen die Wasser jetzt auf ihn ein und schleuderten ihn umher gleich einem Ball, während er vergeblich Athem zu schöpfen strebte.

Er schaute nach oben, die Entfernung zu messen, und dann rang er mit aller Kraft der Sehnsucht und Verzweiflung mit den Wogen. Sein kühner Arm und seine Jugendkraft trugen ihn aufwärts — noch einmal hob er das Haupt über die Flut und athmete Erdenluft.

Sein Auge flog hinüber zu dem rothen Gestein, an dem sein alter Lehrer stand, die Arme angstvoll seinem Liebling entgegenstreckend, dessen verzweifeltem Ringen er machtlos zuschauen mußte.

„Ich komme, ich komme, mein Vater!" rief er zuversichtlich — da wälzte sich ein neuer Wasserberg heran, stürzte über dem Jüngling zusammen und riß ihn brüllend hinab in die Tiefe . . . . . .

Noch strahlte der Abendhimmel sanft verglühend über dem Ozean, noch saß der Greis am rothen Gestein und starrte mit verschlungenen Händen auf die jetzt leise wiegende Flut — da schwamm ein dunkler Gegenstand von Westen her und trieb gegen den flachen Strand, bis fast vor die Füße des alten Mannes.

Er hob die dunkeln Augen und schaute lange darauf hin, dann stand er auf, ging die wenigen Schritte hinab zum Strande und beugte sich nieder —, da lag Antonio vor ihm, bleich, kalt und todt. — Er hatte sein Wort gelöst: Ehe der lichte Abend in den lichteren Morgen überging, war er zurückgekehrt — anders nur, als er geträumt und gehofft. —

Die zitternden Hände des Greises gruben ihm sein Grab am Fuße des rothen Felsens, wo er zum ersten Mal die Meerfai gesehen, und dann lenkte der alte Mann seine Schritte der fernen, einsamen Heimat zu. —

Als es aber wieder Abend ward, da stieg die Meerfai noch einmal aus der Flut empor, schritt auf den Felsen zu und setzte sich neben dem flachen Hügel nieder, unter dem Antonio ruhte. Sie saß dort ohne Laut und ohne Bewegung, ihre weißen Hände lagen wieder in ihrem Schoß und die Augen starrten traumversunken hinaus auf die Wogen; aber über ihr schönes Angesicht rannen große Thränen, leuchtend im Schein des Abendlichts und kündeten den Schmerz des stolzen und einsamen Herzens.

Als dann das Abendroth zur Morgenröthe ward, stand sie auf und kehrte in ihr Flutenreich zurück, um es nie wieder zu verlassen. — —

Nimmer ward sie mehr von sterblichem Auge gesehen und die Sage von der schönen Meerfai am Strande Norwegens verhallte und verklang im Laufe der Zeiten.

Einsam blieb fortan Antonio's Ruhestätte — einsam und verlassen, nur Norwegens Himmel kannte sie und blickte heiter und sonnig auf sie herab, und die kleinen Wellen rollten zuweilen über sie hin, hellfunkelnd wie die Thränen der Meerfai.

———⋗⋈⋖———

Die Nixe übergiebt der Edelfrau den
Becher.

Der Becher der Elfe.

uf einer der stattlichen Felsenhöhen
Alt-Englands erhob sich vor Jahr-
hunderten ein hohes, festes Schloß. Von ihm aus herrschte über weite,
fruchtbare Länderstrecken, über zahlreiche Dorfschaften mit fleißigen und
glücklichen Bewohnern das edle Geschlecht der Grafen von Edenhall.

Es war Abend. In dem hohen Wohngemach lag auf seinem Schmer-
zenslager der Erbe des erlauchten Namens, der einzige, fünfjährige Sohn
des Grafen von Edenhall.

Tödliches Fieber brannte in seinen Adern, wild irrten die sonst so
milden, blauen Augen im Gemach umher, krampfhaft zuckten die kleinen

Hände, und um den kleinen, bleichen Mund zog sich schon jene geheimnißvolle Linie, die dem Auge des erfahrenen Arztes das Nahen des Todes-
engels ankündigt.

Der Prior des benachbarten Franziskanerklosters, wohlerfahren in
der Heilkunde, stand an dem Bette des Kindes und forschte nach dem
Pulsschlag, während der Graf in dem Fenstersims lehnte, und die Gräfin,
mit dem Ausdruck der Todesangst in dem edeln Antlitz, auf ihren Liebling niedersah, und dann wieder mit einem so flehenden Ausdruck auf die
Lippen des heilkundigen Mönches blickte, als müßte sie ihnen ein Wort
der Hoffnung abringen.

Der ehrwürdige Geistliche schüttelte sanft das Haupt. „Edle Frau,"
sprach er, „zwar ist bei Gott kein Ding unmöglich, doch da Ihr unumwun-
dene Wahrheit fordert, so kann ich Euch nur sagen, daß nach menschlicher
Ansicht Euer Kindlein, bevor die Sonne ihren Lauf von Neuem beginnt,
ein selig Englein sein wird."

Da zuckten die bleichen Lippen der Gräfin, und die bisher gewaltsam
zurückgedrängten Thränen wollten sich nicht länger gebieten lassen.

Den Prior riefen andere Pflichten und der Graf begab sich auf seiner
Gemahlin Bitten zur Ruhe.

So blieb die Gräfin allein im weiten Gemach, ganz allein, denn
auch der letzte, tröstende Engel, der dem armen Menschenherz bleibt —
die Hoffnung — war nach des Priors Ausspruch schier gänzlich von ihr
gewichen.

Mit angstvoll verhaltenen Thränen sich über das bleiche, liebe Antlitz
neigend, saß die Gräfin am Lager ihres Kindes, aus jedem kräftigeren
Athemzuge eine zitternde Hoffnung schöpfend, die das Stöhnen des nächsten
Augenblicks wieder in Qual und Zweifel wandelte. Langsam, mit bleier-
nem Flügelschlag zogen die Minuten vorüber — so langsam ziehen sie nur
in einer Sterbestunde! Gespenstisch rauschte der Nachtwind im hohen Kamin, und klarer, immer klarer drückte der Tod sein Siegel auf die bleiche
Stirn des Kindes.

Endlich, endlich wich die Nacht.

Die Gräfin trat an das hohe Bogenfenster und öffnete es. Kühlend
strich der Morgenwind über ihre heiße Stirn und die verweinten Augen.

Im Osten tauchten kleine, rothe Wolken über dem Walde auf, sie
färbten purpurn seine Spitzen und das Kreuz auf der Kapelle in seiner
Mitte, deren Glocken jetzt sanft zu der gebeugten Mutter herüberklangen.

Ein plötzlicher Gedanke durchzog ihre Seele. Sie überließ dem eben

eintretenden Grafen ihren Platz am Lager des Kindes, drückte noch einen
Kuß auf die kleine Hand und verließ eilig das Gemach.

Alles schlief noch in der Burg. Unbemerkt gelangte sie in den Garten
und über die Brücke des Burggrabens in den Wald.

Ein schmaler Fußpfad führte unter herrlichen Eichen und Buchen bis
zur kleinen Waldkapelle, die dem Schutzpatron der Gegend, dem heiligen
Cuthbert, geweiht war. Der Thau blitzte im frischen Grase, die Wald=
vöglein begannen ihr Morgenlied, und durch die ganze Natur zog ein Auf=
erstehungshauch.

Aber die arme Mutter hatte kein Auge für die Schönheiten um sie
her; eilig strebte sie nur, das Gotteshaus zu erreichen, dessen Glocken schon
längst verklungen waren. Vor dem kleinen Altar sank sie nieder und die
gerungenen Hände zu dem Bilde des Heiligen erhebend, flehte sie mit der
ganzen Verzweiflung ihres Schmerzes, mit der ganzen Gewalt ihrer Liebe
um das Leben ihres einzigen, theuern Kindes.

Da zitterte der erste Sonnenstrahl durch die gemalten Scheiben und
gemahnte die Betende an die Worte des Priors.

Von Angst gejagt sprang sie auf und betrat nach kurzem, eiligem Laufe
wieder den Burggarten.

Ihr Weg führte sie an dem großen Marmorbecken vorüber, welches den
Quell aufnahm, der einige Schritte weiter silberhell aus dem Fuß des
Schloßfelsens hervorsprudelte.

Die Gräfin beugte sich über den Marmorrand, die von Weinen und
Nachtwachen schmerzenden Augen mit der klaren Flut zu kühlen, da erblickte
sie auf der entgegengesetzten Seite des Beckens den leblos ausgestreckten
Körper eines jungen Mädchens. Um die weißen Füße spielten die klaren
Wellen, während der Oberkörper, nur von dem langen, wundervollen
Goldhaar umhüllt, auf dem Marmorrande lag.

Die Gräfin eilte zu ihr, und ihr die Locken zurückstreichend, schaute
sie in ein fremdes, aber mit so zauberischem Liebreiz geschmücktes Antlitz,
daß ihr Herz von tiefem Mitleid erfüllt ward. Die Augen waren ge=
schlossen und in der weißen Stirn zeigte sich eine tiefe Wunde, aus welcher
das Blut langsam hervorquoll.

Die edle Frau drängte den eigenen Schmerz zurück, um der Unglück=
lichen beizustehen. Sie besprengte das bleiche Antlitz mit Wasser und ver=
band schnell und kunstgerecht die Wunde mit ihrem Tuche. Gleich darauf
kehrte Leben in den schönen Körper zurück, und die Verwundete schlug die
Augen auf, deren tiefes Blau einen Himmel voll Reinheit und Unschuld
wiederspiegelte.

„Wie kommt Ihr hierher, liebes Kind?" forschte die Gräfin.

Das schöne Wesen richtete sich aus ihren Armen auf, und schnell das Geschehene in ihr Gedächtniß zurückrufend, entgegnete sie mit süßer Stimme:

„Ihr kennt mich nicht, edle Frau, und doch bin ich seit vielen, vielen Jahren schon die Nachbarin Eures edeln Hauses ... Ich bin die Elfe dieses Berges; aus seiner Quelle schöpfe ich täglich meinen Trunk und bade mich oft vor Sonnenaufgang in ihren Fluten. Noch nie hat zu dieser frühen Stunde sich Jemand dem Quell genaht. Heut trieb ein Zufall Euerer Diener einen hierher, der im Schreck oder frevlem Muth einen Stein nach mir warf. Der Wurf traf mich mit aller Macht an die Stirn, und der Schmerz und Blutverlust machte mich bewußtlos. Eurer Huld verdanke ich meine Rettung; sagt mir nun, wie ich Euch vergelten kann."

Die Gräfin schüttelte mit traurigem Ausdruck das Haupt und wandte sich zum eiligen Fortgehen.

„So sagt mir wenigstens," bat die Elfe, „was Euer Herz bedrückt! Vermag ich nicht zu helfen, so kann ich doch vielleicht Euch rathen."

„Mein Kind liegt im Sterben," entgegnete die Gräfin, deren Angst jetzt verstärkt wiederkehrte; „ich treffe es nach des kundigen Priors Aus- spruch wahrscheinlich nicht mehr lebend. Es freut mich, Euch genützt zu haben, lebt wohl!" Mit diesen Worten wollte sie dem Schlosse zueilen.

„Weilt noch einen Augenblick, edle Frau!" bat die Elfe, die dem Bade entstiegen war und jetzt im wallenden Gewande, glänzend wie das Sonnenlicht, durchsichtig wie die Flut, die blonden Locken gefesselt von gold- nem Stirnband, im himmlischen Liebreiz vor der Gräfin stand; „ich möchte Euch gern dankbar sein, Euch, die Ihr selbst im tiefsten Leide noch fremde Schmerzen zu lindern strebt."

Mit diesen Worten bog sie sich zum Marmorrande nieder und ergriff einen wundersam aus leuchtendem Krystall geformten Becher, mit dem sie ihren Trank hier aus dem Quell zu schöpfen pflegte.

Sie reichte ihn der Gräfin mit holdem Lächeln und sprach: „Nehmt als Gabe meiner Dankbarkeit diesen Becher und hütet ihn wohl vor Bruch und Fall, mit ihm bricht das Glück von Edenhall."

Die Gräfin nahm ihn mit flüchtigem Dankeswort, aber ihre Angst war wieder so mächtig geworden, daß sie kaum der Abschiedsmah- nung achtete.

Mit unaufhaltsamer Eile klomm sie jetzt den steilen Burgfelsen hinan und trat mit heftig klopfendem Herzen an das Bett des Kindes.

Da lag es noch, wie sie es vor einer Stunde verlassen — bleich. regungslos, ohne ein sichtbares Zeichen des Lebens.

Sie beugte sich nieder, um nach dem Athem zu lauschen; da war es ihr, als wenn der Kleine die Lippen rege. „Trinken!" zitterte es leise über des Kindes Lippen, so leise, daß nur eine Mutter es verstehen konnte.

Die Gräfin eilte an den Tisch. Dort stand ein Gefäß mit frischem Wasser, und dicht daneben der fremde Becher, die Gabe der Elfe.

Da er ihrer Hand zunächst stand, so füllte sie ihn, richtete den Knaben sanft in ihrem Arme auf und führte den Becher an seinen Mund.

Kaum aber hatten die Lippen des Kindes denselben berührt, als es mit zitternden Händchen selbst nach dem Becher griff und nicht eher zu trinken nachließ, als bis er völlig geleert war.

Dann öffnete der Kleine seit vielen Tagen zum ersten Mal die Augen, lächelte müde, aber wie zu neuem Leben erwacht, die erstaunte Mutter an und fragte leise:

„Was war das für ein köstlicher Trunk, liebe Mutter, und warum gabst Du mir nicht schon früher davon? Sieh, jetzt werde ich wieder gesund werden und bei Dir bleiben."

Er schloß die Augen wieder und schlummerte ein, aber nicht zum ewigen Schlafe, sondern zur Genesung. Das bezeugten die regelmäßigen Athemzüge, der warme Schweiß, der die erkalteten Glieder allmählich bedeckte, und die sanfte Röthe, die nach und nach die Todesblässe von Stirn und Wangen verdrängte.

Und abermals zog die Nacht über dem Schlosse und seinen Bewohnern herauf. Wieder schlummerten Alle, wieder wachte nur das Mutterherz und das Mutterauge.

Unaufhalsam rannen auch diesmal ihre Thränen, aber es waren helle, selige Thränen, in denen der Hoffnung glänzender Strahl sich widerspiegelte. Sie saß wie in der vergangenen Nacht am Bette des wiedergeschenkten Lieblings, lauschte mit Entzücken den kräftigen Athemzügen, und hauchte leise Küsse auf die kleinen, rosigen Händchen.

Dann trat sie ans Fenster und ihr Auge suchte den gestirnten Himmel und die stille Waldkapelle, deren Kreuz im Mondlicht zu ihr herüberglänzte, und ruhte mit dankbarer Rührung auf dem Marmorkranz der Quelle, deren kleine Wellen glitzerten und tanzten, als theilten sie die Freude der glücklichen Mutter.

Und es erstarkte wieder in Gesundheit und Frische, das geliebte Kind, und ihm und dem blühenden Kranz der Söhne und Töchter, die dem edeln Elternpaare noch geschenkt wurden, erzählte die Mutter oft noch von jener Morgenstunde am Quell und von der Gabe der dankbaren Elfe.

Der Becher ward seit jener Stunde als das kostbarste Kleinod des

21*

Hauses betrachtet. Im Ahnensaal, im kunstreichen Schränklein von Eben=
holz, ward er aufbewahrt, und der Burgkaplan trug, zu Nutz und Frommen
kommender Geschlechter, die Geschichte in die Chronik des Hauses ein.

Als der Graf und die Gräfin zur ewigen Ruhe eingingen, umstand
ihr Sterbebett ein Kreis edler Söhne und Töchter, blühender hoffnungs=
voller Enkel; in Aller Herzen lebte die Liebe zum Guten, die sicherste
Bürgschaft irdischen und ewigen Glücks.

Das Geschlecht der Grafen von Edenhall grünte und blühte. Sie
waren geliebt von ihren Unterthanen, geachtet von den Guten, gefürchtet
von den Bösen.

Kein feindlicher Nachbar beunruhigte sie. I h r e Saaten grünten am
üppigsten, i h r e Wälder rauschten am kräftigsten.

Die Tugenden ihrer Ahnen pflanzten sich fort von Geschlecht zu Ge=
schlecht und mit ihnen die dankbare Verehrung für die gütige Elfe und ihre
heilbringende Gabe.

Noch immer wurde der Becher sorgfältig im kostbaren Schrein ver=
wahrt, und nur an den Ehrentagen des Hauses glänzte er auf der Tafel
und wurde, gefüllt mit edlem Tranke, vom Mundschenk jedem der Familien=
glieder dargereicht, um sich damit gleichsam von Neuem seiner glückbringen=
den Gaben zu versichern.

*   *   *

Jahrhunderte waren über Alt=England's Fluren dahingezogen.

Blühende Geschlechter waren dahingesunken, ausgelöscht bis auf den
Namen. Neue Geschlechter waren an ihre Stelle getreten und wieder von
der Erde vertilgt. Aber hoch auf dem Felsen glänzte noch immer die Burg
von Edenhall, und weit über das Land hin schallte der Ruhm ihrer Besitzer.

Viel Gutes hatte die neue Zeit gebracht und manches Gute auch ge=
nommen.

Aus den Herzen der Menschen war der fromme Glaube allmählich
geschwunden und kein besserer an seine Stelle getreten, und was den Vor=
fahren verehrungswürdig schien, däuchte dem neuen Geschlechte ein Spott.

So war auch der jetzige Gebieter von Edenhall ein Kind seiner Zeit.
Schönen Körpers, tapfern Herzens und stolzen Geistes war er geehrt und
gefürchtet von Allen neben und unter ihm. Aber nicht wie die einstigen
Grafen von Edenhall suchte er durch Herzensgüte und Milde die weniger
Begünstigten mit seinem ständigen Glücke auszusöhnen und sich auf solche
Weise Neid und Feindschaft fern zu halten.

Der Graf vernichtet das Glück von Edenhall.

Er nahm sein Glück vielmehr hin wie einen Tribut, der seinen Vor=
zügen gebühre, und verzog spottend die stolze Lippe, so oft ein Klang aus
vergangenen Zeiten sein Ohr traf und ihn mahnen wollte an die wunder=
bare Quelle dieses Glücks.

Heute wurde ein großes Fest in dem Schlosse gefeiert, und Alles was
Macht und Reichthum vermochte, war aufgeboten worden, den festlichen Tag
zu verherrlichen, denn die wunderliebliche Tochter eines benachbarten Rit=
ters war des Grafen Braut geworden, und die Hochzeit wurde heute gefeiert.

Zwar flüsterte man sich zu, die Braut folge nur dem Gebot des
Vaters, ihr eigen Herz sei in treuer Liebe einem jungen Ritter zugethan,
der aber nicht den Reichthum und den altberühmten Namen der Edenhall's
besitze und darum vom stolzen Vater kränkend zurückgewiesen worden sei.

Der Graf von Edenhall, der von dieser Werbung gehört hatte, war
kurz darauf dem jungen Ritter begegnet, und in übermüthigem Hohne hatte
er ihn zu seiner Vermählung eingeladen.

Das ernste Gesicht des jungen Ritters war erblaßt bei dieser Be=
leidigung.

„Ich nehme Eure Einladung an, Herr Graf!" hatte er mit finstrem
Tone erwiedert, „und werde mich als Gast zu Eurer Hochzeit einstellen." —

Durch die Räume des hohen Ahnensaales wogte ein Meer von Glanz
und Duft. Ein Kranz schöner Frauen und edler Ritter reihte sich um die
Tafel, an deren oberem Ende, unter einem Baldachin von Purpursammt,
das Brautpaar saß. Des Grafen Auge leuchtete in Stolz und Glück, und
er sah nicht, wie über das edle Antlitz seiner Braut, die soeben durch
des Priesters Segen Gräfin von Edenhall geworden, zuweilen ein tiefer
Schmerz zuckte.

Es sah es auch keiner der Gäste. Die Frauen blickten nur auf das
silbergestickte Kleid von weißem Sammt, das in reichen Falten ihre Ge=
stalt umwogte, auf die Diamanten, mit denen der Spitzenschleier und die
Grafenkrone über ihrer weißen Stirn geschmückt waren, und sie beneideten
die glückliche Braut.

Die Männer schauten auf die Pracht und den Reichthum, den man
um die junge Gräfin ausgebreitet sah, und auch sie priesen sie glücklich.
Nur der Schenk des Hauses, der älteste, treuste Diener desselben, der sein
Amt von Vater und Großvater überkommen, dessen Familie seit Jahrhun=
derten mit dem Hause Edenhall und dessen Glück verwachsen war, blickte
wehmüthig in das edle Antlitz seiner neuen Herrin, denn ihm entging nicht
das schmerzliche Beben ihrer Lippen und die Thräne, die verstohlen über
ihre Wange rann.

Jetzt ergriff er das Heiligthum des Hauses, den Becher der Elfe, und ihn mit köstlichem Burgunder füllend, setzte er ihn auf einen goldnen Teller und nahte sich damit dem Brautpaare.

„Herr Graf," sprach der Greis mit ehrerbietigem Tone, „Ihr seid der Dritte Eures edeln Geschlechts, dem ich an seinem Hochzeitstage den altberühmten Becher reichen darf. Euer Großvater nahm ihn aus der Hand des Jünglings, dem Enkel reicht ihn die zitternde Hand des Greises. Trinkt aus diesem Becher Euch und den kommenden Geschlechtern Glück, Ehre und Ruhm, wie es Eure edeln Vorfahren gethan."

Der Graf ergriff mit kräftiger Hand den Becher und ihn hoch gegen die Kerzen des Kronleuchters erhebend, daß die purpurne Flut darin leuchtete, sprach er mit tönender Stimme:

„Glück, Ehre und Ruhm sind seit Jahrhunderten an das Haus von Edenhall geknüpft; aber nicht dem zerbrechlichen Krystall, wie frommer Wahn vergangener Zeiten meinte, verdankt dies mein Geschlecht, sondern dem tapfern Arm und Herzen, welche die Männer desselben auszeichneten, und der Tugend und Liebenswürdigkeit seiner edeln Frauen. Auf diesem Grunde soll es auch ferner blühen! Ein tapferer Ritter aber verachtet alle andern zerbrechlichen Stützen."

Und mit kräftigem Wurfe schleuderte er den Kelch gegen den Kronen= leuchter.

In seltsamem Schwunge ergoß sich die purpurne Flut des Weins durch die hellleuchtenden Kerzen, daß sie zischend verlöschten, der Becher stürzte herab auf den Fußboden und zersprang in unzählige Stücke. Ein Ton, wie der Seufzer eines Sterbenden, zitterte durch das hohe Gemach; die Braut stieß einen lauten Schreckensschrei aus, der alte Schenk schlug entsetzt die Hände vor die Augen und die Schar der eben noch fröhlichen Gäste erbleichte und verstummte, wie berührt von der Hand des Todes.

Da klang Waffengeräusch draußen auf dem Gange, die hohen Flügel= thüren sprangen auf, und herein stürzte eine Schar Bewaffneter, an ihrer Spitze der junge Ritter, den der Graf in übermüthigem Spott zur Hoch= zeit geladen.

„Hier bin ich, Herr Graf," sprach er mit festem Tone, „um zu holen, was von Gottes und Rechts wegen mir gehört." Damit zeigte er auf die erblaßte Braut; „da Ihr aber als tapferer Ritter Eure Braut mir nicht gutwillig abtreten werdet, so zieht Euer Schwert!"

Der Graf riß sein Schwert aus der Scheide, dies Schwert, das ihn nie verlassen, das er geschwungen in unzähligen Turnieren und dessen unüber= troffene Führung ihm den Namen des „Unüberwinblichen" erworben hatte.

Die zahlreichen Mannen des Grafen zechten und jubelten in fernen Gemächern, nichts ahnend von der Nähe des Feindes, der lautlos an einer unbewachten Stelle die Burg erstiegen, und die unbewaffneten Gäste, bewacht von den Mannen des Ritters, starrten regungslos von ihren Sitzen dem Zweikampf zu, der jetzt hinter dem Stuhl der Braut begann.

Die Schwerter kreuzten sich.

Bei dem ersten Streich von des Grafen Hand klang es wie ein Klageton von der Schneide des Schwertes, und beim zweiten Hiebe sprang die Klinge wie sprödes Glas, und das Schwert seines Gegners fuhr mit tödlichem Streiche in die stolze Brust des Grafen von Edenhall.

Er sank röchelnd zu Boden und seine Hand ergriff sterbend eine von den Scherben des zertrümmerten Krystalls.

Der Ritter aber trat zu der ohnmächtigen Braut, nahm sie in seinen Arm und schritt, ohne daß es ihm einer der Gäste zu wehren wagte, mit ihr hinaus aus dem Saal.

Nachdem der letzte Knappe ihm gefolgt war, sprangen die entsetzten Gäste auf, und ohne einen Abschiedsblick auf die Leiche des Grafen zu werfen, eilten sie fort von der Stätte des Unglücks und des Todes.

> Es kam der Becher zu Bruch und Fall,
> Mit ihm brach das Glück von Edenhall.

Die Burg ist zerfallen und der Adler, der jetzt über den Felsen hinstreicht, findet nicht mehr Einen Stein, darauf auszuruhen. Die Quelle des Burggartens ist vertrocknet und die beleidigte Elfe geflohen.

Das mächtige Geschlecht der Grafen von Edenhall ist erloschen, der glänzende Name verklungen.

Nur in Sage und Gedicht tönt er noch zu uns herüber, ein Klang vergangener Größe und geschwundener Herrlichkeit.

Das Venedigermännlein kehrt nach
der Heimat zurück.

Das Venedigermännlein.

Ein milder Frühlingsabend
senkte sich auf die Berge und Fluren
Tirols. Auf den letzten Sonnen=
strahlen, die vom hohen Ferner her=
niederflossen, zogen die Klänge der Abendglocke durch die stille Dorfstraße,
schwebten hin über den Bach und hinein in die offenen Fenster eines stattlichen
Bauernhofes, der einst hier am Ende des kleinen Thales stand.

Ein glänzend gebohnter Söller lief rings um das Haus, die Fenster=

scheiben blinkten wie Spiegel und die stattliche Ordnung des Hofes ließ
auf den Reichthum des Besitzers schließen. Am Tisch, in dem eichengetäfel=
ten Wohnzimmer, saß er selbst, der begüterte Hofbauer, aber wenn auch
reich, schien er doch nicht zufrieden und glücklich, denn zwischen den Brauen
zog sich eine düstere Falte und die Augen blickten finster vor sich hin.

Ihm gegenüber saß seine schöne, junge Frau und ihre sanften Augen
schauten sorgenvoll in das Antlitz des Gatten. Auf ihrem Schoß hielt sie
ihr einzig Kind, ein lieblich Mägdlein mit Augen blau wie die Flachsblüte
und goldschimmerndem Lockenhaar; sie faltete gleich der Mutter die Händ=
chen, solange die Abendglocke zum Gebet mahnte, aber ihre Aeuglein schauten
sehnsüchtig bald auf die Eierspeise, die auf der blanken Zinnplatte zitterte,
bald wieder freundlich nickend hinüber zu dem Büblein, das am untersten
Ende des Tisches saß und andächtig die Hände gefaltet hielt.

Es war Hans, der Sohn einer armen Verwandten, dem der reiche
Hofbauer in seltenem Erbarmen einen Platz in seinem Hause und an seinem
Tische gegönnt, und der dafür alltäglich die Geißen hinauftreiben mußte
auf die höchsten Weiden der Alp, die dem Rinde nicht mehr erreichbar sind.

Soeben war er mit seinen leichtfüßigen Pflegebefohlenen heimgekehrt
und hatte dem Anneli auf der Mutter Schoß, zu dem er eine zärtliche Liebe
hegte, einen Strauß Alpenrosen und Edelweiß mitgebracht.

Die Glocke hatte ausgeklungen, die Hände lösten sich und die Mutter
ergriff den Löffel und vertheilte sorglich die feine Eierspeise; da klopfte es
leise an die Thür und auf die Schwelle trat ein Männlein in dunklem,
abgetragenem Gewande. Der Rücken war niedergebeugt — war's von der
Last der Jahre oder von dem Zwerchsack, den es auf den Schultern trug
— die Locken schimmerten grau, und nur die dunkel leuchtenden Augen
kündeten, daß in dieser morschen Hülle ein kräftiger, ungebrochener Geist lebe.

„Grüß Gott, Herr!" sagte das Männlein demüthig; „ich möcht' Euch
bitten um einen Imbiß — verschmacht' ich doch schier vor Hunger — und
um ein Nachtlager auf Eurem Heustock, denn ich bin todmüde."

„Traun," sagte der Bauer zornig, „seht Ihr mein Haus für eine
Bettlerherberge an, dann thut mir's leid um Eure Augen! Geht weiter mit
Gott, denn hier findet Ihr nicht, was Ihr suchet!"

Das Männlein blickte erstaunt den Hausherrn an, der so, die gast=
freundliche Sitte des Landes mißachtend, die Armuth ungespeist von seiner
Thür wies; aber der Bauer achtete nicht darauf und nicht auf die bittenden
Blicke seines Weibes.

„Nein, Frau," sagte er barsch, „diesmal sollst Du Deinen Willen nicht

haben. Alles Bettelvolk lade ich mir nicht auf; haſt Du nicht Deinen Willen
bei dem Buben dort gehabt? — damit gieb Dich zufrieden!"

Der arme Hans wurde dunkelroth bei dieſem Hinweis auf ſeine Ar=
muth, als aber das Männlein mit einem Seufzer ſich umwandte und die
ungaſtliche Schwelle verließ, da überwand das Mitleid mit dem armen
Greiſe die Furcht vor ſeinem Brodherrn; er ergriff den Teller mit der Eier=
ſpeiſe und das große Stück Brot, das die Bäuerin ihm ſoeben gereicht, und
ſprang damit zur Thür hinaus. — „Was treibt der Bub, was fällt ihm
ein?" fragte zornig der Hofbauer.

„Er thut, was wir thun müßten," entgegnete die Frau mit leiſem
Vorwurf in ihrer ſanften Stimme; „er theilt mit dem Armen ſeine Mahlzeit!"

„Ja, ja!" brummte der Mann, „Art läßt nicht von Art!"

Der Greis ſchlich unterdeß mit müden Schritten über den Hof und
hatte eben das Gatterthor erreicht, als Hans ihn bei der Hand ergriff.

„Hier, gutes Mannle," ſagte er zwiſchen Mitleid und Scheu, „hier
iſt mein Abendbrot! Kommt, ſetzt Euch dort auf den Brunnenrand und eßt!"

Die dunkeln Augen des Greiſes ruhten freundlich auf dem Knaben:
„Und was haſt Du dann, Kind, wenn Du das Deine fortgiebſt?"

„O, das thut nichts!" ſagte Hans jetzt ganz unbekümmert, indem er
das Männlein zu der ſteinernen Einfaſſung des Brunnens geleitete, „ich
bin nicht ſehr hungerig und die gute Bäuerin würde mir von Neuem geben,
wenn ich ſie darum bäte."

Der Greis ſetzte ſich und begann zu eſſen, während Hans vergnügt
zuſchaute, wie gut es dem Alten ſchmeckte.

Nun war der Teller leer und das Männlein erhob ſich dankend, um
weiter zu wandern und für die Nacht ein gaſtlicher Dach zu ſuchen.

Hans ging mit ihm bis zum Hofthor und flüſterte dabei haſtig:

„Grollet dem Bauer nicht, daß er Euch abwies; er iſt nicht immer
ſo unwirſch, aber heute hat er einen gar großen Verdruß gehabt — er iſt
heuer nicht wieder zum Bergmeiſter gewählt worden, ſondern ſein ärgſter
Feind im Dorfe; das wurmt ihn, und dann muß es Jeder empfinden, der
ihm in den Weg läuft. — Aber hört, Mannle, da rechts am Felſen, über
den der Weg zur Alp hinaufführt, ſteht der Heuſtall und ſein Dach lehnt
ſich an das Geſtein. Dort ſchlaf' ich und wenn Ihr ein Weniges den Felſen
hinaufklettert und dort warten wollt, bis ich zur Ruhe geh', dann öffne ich
Euch die Luke und Ihr kriecht zu mir ins Heu."

„Du biſt ein braves Büblein," ſagte der Greis; „ich werde thun, wie
Du ſagſt, und dort auf dem Felſen Deiner harren." —

Es war ſchon Nacht, als Hans endlich ſein Lager ſuchen durfte.

Flinker als sonst sprang er die schmale Leiter empor, die zum Heuboden führte und öffnete dann eilig den Laden, der nach dem Dache hinausging.

Der Vollmond stand groß und klar über der Alp und seine bleichen Strahlen kreisten um die zackige Stirn des Gletschers und woben einen Silberschleier um die Buchenwälder an den Berggeländen.

Das Männlein saß schweigend auf einem Felsvorsprung; seine Hände lagen gefaltet auf seinen Knieen, sein Haupt war entblößt und leise zog der Nachtwind durch die grauen Locken.

Doch der Greis achtete deß nicht. Unverwandt schauten seine Augen hinauf zum Nachthimmel, als vermöchten sie, gleich den Sehern der Vorzeit, die Sprache der Gestirne zu entziffern, und über seine Züge war dabei eine solche Hoheit ausgegossen, daß der Knabe erstaunt auf ihn blickte und ihn nicht zu stören wagte. Endlich sprach er leise: „Zürnt nicht, Herr, daß ich Euch störe, aber die Nacht wird kühl und der Thau beginnt zu fallen. Wollt Ihr nicht lieber das warme Lager wählen?"

Da seufzte der Greis, als wenn seine Gedanken nur ungern von ihrem Fluge zurückkehrten, dann aber nickte er freundlich dem Knaben zu, trat zur Luke und schwang sich hinein auf den Heuboden. Schweigend legte er sich in die duftenden Kräuter und wollte eben die müden Augen schließen, als er noch einmal die warme Hand des Knaben über sich fühlte.

Der Kleine hatte sein Wams ausgezogen und deckte es nun sorglich über den Greis, daß ihm die kühle Nachtluft nicht schade. Mit schweigendem Lächeln nahm dieser den Liebesdienst hin und bald kündeten tiefe Athemzüge, daß der Schlummer sich auf die Augen Beider gesenkt. —

Mehrere Stunden mochten vergangen sein, als ein blitzartiges Leuchten über des Knaben geschlossene Augen flog und ihn erweckte.

Leise richtete er sich empor — die Luke war geöffnet und er bemerkte das Männlein, das emsig in seinem Zwerchsacke hantirte; so eben hatte es einen hellglänzenden Handspiegel herausgenommen, und das Licht des Mondes, das blitzend aus dem Krystall wiederstrahlte, hatte den Knaben erweckt. Das Männlein warf nun den Sack über die Schulter, ergriff den Spiegel und schickte sich an, aus der Luke auf den Felsen zu treten.

Jetzt litt es den Knaben nicht länger.

„O, Herr," sprach er bittend „nehmt mich mit ins Gebirge; denn daß Ihr dahin geht, sagt mir der Spiegel in Eurer Hand. Hat mir die liebe Mutter doch so oft erzählt von dem Bergspiegel, womit man in die Tiefe der Berge zu schauen vermöge und das Erz in seinen Gängen schimmern und gleißen sehe. Und ob Ihr mir's auch nicht gesagt, so weiß ich jetzt doch, daß Ihr einer der geheimnißvollen Fremdlinge seid, die aus weiter Ferne kommen, das Gold unserer Berge zu suchen, das unseren blöden Augen verborgen ist — o, nehmt mich mit Euch!"

Der Alte wandte sein Antlitz dem Knaben zu.

„Das ist müßiger Fürwitz, mein Sohn!" sprach er ernst; „bleib Du daheim und warte Deiner Herde, wie es einem braven Knaben frommt!"

„O nein, Herr," bat Hans zutraulich, „es hat mich immer verlangt, die Wunder der Berge zu schauen, und ich will still und schweigsam sein, wie es solche Kunde erfordert, und Euch helfen und dienen nach besten Kräften — nehmt mich mit Euch!"

Der Greis sann einen Augenblick nach, warf noch einen forschenden Blick in die frommen Augen des Knaben, der ihm bittend nahe getreten war, und sprach dann: „Nun so komm und gedenke Deines Versprechens!"

Beide traten hinaus auf den Fels, drückten den Laden hinter sich zu und klimmten hinan zur Spitze des Gesteines, von wo der breite Fußpfad aufwärts führte zu den Schluchten und Höhen der Alp.

Der Mond strahlte in wundervoller Klarheit hernieder von dem tief= blauen Nachthimmel und das junge Laub des Buchenwaldes glänzte wie Silber und neigte sich leise in dem sanften Licht. Kein Fußtritt hallte wieder von dem moosigen Boden, nur ihr Schatten glitt neben den einsamen Wan= derern dahin, die schweigend und eilig tiefer ins Gebirg hineinschritten.

Der Wald lag hinter ihnen und der Weg führte zu einer Schlucht, in deren tiefem Grunde ein Eisstrom toste; sie standen jetzt am Rande derselben.

Nur Tirols kühnste Alpensteiger kennen diesen Weg und betreten seine abschüssige Bahn trotz Stachelschuh und Eisstock mit zagendem Herzen. Aber das Männlein schien keine Gefahr zu achten, furchtlos setzte es den Fuß auf die oberste Staffel und sicher, als ginge es auf ebenem Pfade, stieg es abwärts in die Tiefe, wo ein Fehltritt sicherer Tod war.

Der Knabe folgte ihm mit pochendem Herzen. Das Mondlicht brach durch das überhängende Gebüsch und die himmelanstrebenden Felsen über ihm und drang hinab in die Tiefe.

Jetzt standen Beide unten am Rande des tosenden Wildbaches und schritten dann an ihm entlang, dem hohen Felsen zu, über den der Glet= scherstrom hinabstürzte, und der im Schleier der Nacht zu ihnen herschaute, wie einer der zu Stein erstarrten Riesen der Urzeit.

Schon aus der Ferne sahen sie die wogende Dunstwolke über seinem Haupte, die im Lichte des Vollmondes, einem Riesenadler gleich, über den stürzenden Wassern schwebte. Die milchweißen Wogen des herabstürzenden Stromes röllten im Mondlicht wie Silbergelock hernieder an dem dunkeln Riesenhaupt des Felsens.

Der Greis schritt ruhig durch Gebraus und Schaumgeflock um den Fuß des Felsens herum und in eine schmale Felsenspalte hinein, die tief ins Herz der Berge führte; hier legte er seinen Zwerchsack auf den Boden.

Jetzt — jetzt! — Des Knaben Herz klopfte fast noch stärker als vorhin bei den Gefahren des Abgrundes, als nun der Alte ihm schweigend winkte.

Er hielt den Bergspiegel in der Hand — Hans trat scheu an seine Seite und blickte forschend in das Zauberglas.

Nebel wallten über die krystallene Fläche, undurchdringlich wie der Vorhang, mit dem die Gegenwart von der Zukunft geschieden ist — doch sie wurden lichter, immer lichter und nun lag das Innere der Berge ent-hüllt vor dem Auge des entzückten Kindes.

Durch weitoffene Felsenthore flog sein Blick in ein Wunderland, wie man es auf Erden nimmer findet. In die blaue Luft ragten die Zinnen eines krystallenen Königsschlosses; das goldene Dach und die Fenster von Edelstein leuchteten im Glanze einer andern Sonne und in der hohen, sterngeschmück-ten Halle saß auf smaragdenem Throne Laurin, der greise Zwergenkönig.

Um ihn her standen seine Unterthanen, die weisen, uralten Zwerglein, die längst schon die böse Welt verlassen hatten, um hier in ihrem Zauber-reiche, ungestört von der Sterblichen Bosheit und Neugier, ein thätiges, aber friedvolles Leben zu führen. Sie lauschten geneigten Hauptes den Worten ihres Herrschers und dann zerstreuten sie sich, seine Befehle zu vollziehen; Laurin aber stieg herab von seinem Königsstuhl, legte Krone und Scepter nieder und schritt dann die goldenen Stufen hinunter, dem zauberhaften Rosengarten zu, den seine geliebte Tochter — die Einzige, die ihm damals noch lebte von dem Kreise blühender Kinder — mit kundiger Hand wartete und pflegte.

In den Gängen des Gartens wandelte das schöne Mägdlein, band die jungen Rosen fest und netzte ihre Wurzeln aus der goldenen Schale in ihrer Hand; da sah sie ihren königlichen Vater nahen. Sie eilte ihm ent-gegen, faßte ehrfurchtsvoll die mächtige Hand und leitete ihn mit heiterem Antlitz durch die blühenden Gänge.

Die kleinen Zwerge waren unterdeß an ihre Arbeit geeilt: Einige führten ihre schneeweiße Gemsenherde durch einen verborgenen Ausgang hinaus auf die Berge der Oberwelt, daß sie irdische Luft und Sonnenlicht athmen möchte; Andre eilten zu den silberklaren Quellen, die diese Gefilde durchströmten, ihre segenbringenden Wasser hinaufzuleiten zu den Fluren und Wäldern der Menschenkinder, daß sie das Wachsthum ihrer Früchte mehrten. Wieder Andere ergriffen Hacken, Schlägel und Blendlaternen — Alles aus kostbarem Metall geformt — und gingen hinein in den Schoß

der umliegenden Berge, ihren Reichthum zu Tage zu fördern und die
Schätze ihres Königs fürder zu mehren, so unermeßlich sie auch schon waren.

Glitzernde Goldadern zogen sich durch das Gestein und aus dem dunkeln
Felsen rieselten Quellen, in deren klaren Wassern es blitzte und funkelte, wie
wenn sie viel Körnlein des edeln, viel begehrten Metalles mit sich führten.

In einer dunkeln Grotte lag es, weiß und unbeweglich wie ein
schlummernder Königsaar; aber bei dem Blitzen der Laterne regte es sich
und langsam erhob die weiße Schlangenkönigin das Haupt mit der funkelnden Krone.

Die rinnenden Tropfen an den Wänden der Grotte schimmerten wie
Edelsteine im Strahl des Karfunkeldiadems, aber die Schlange neigte wieder das Haupt und ringelte sich zurück zu fernerem Schlummer; denn sie
wußte wohl, daß die kleinen Zwerge nicht, wie die räuberischen Menschenkinder, ihre Hände nach dem Kleinod auf ihrem Haupte ausstrecken würden.

Und dort an jener Quelle kniete eine dunkle Gestalt, emsig beschäftigt,
den blinkenden Goldsand von dem Grunde des Wassers zu schöpfen und in
den daneben liegenden Zwerchsack zu fassen; aber die Gestalt war in der hier
herrschenden Dämmerung nicht klar zu erkennen. Da nahten einige von den
fleißigen Zwergen mit ihren blinkenden Laternchen; der Mann an der Quelle
wandte das Haupt und nickte den Kommenden freundlich zu, und diese er-
wiederten den Gruß, als gälte er einem alten, lieben Bekannten.

Da erkannte der Knabe an den grauen Locken und den dunkeln Augen
voll Ernst und Weisheit den Greis, der eben noch den Bergspiegel ihm
vorgehalten. — Erstaunt erhob er die Augen von dem zauberischen Glase
— jetzt erst gewahrte er, daß er selbst den Spiegel in der Hand hielt, der
Greis aber nicht mehr an seiner Seite stand.

„Ach ich Leichtsinniger, ich versprach ihm zu helfen, und nun müßt
sich der gütige Greis allein mit seiner schweren Arbeit!" sprach Hans zu
sich selbst in leisem Vorwurf, und damit barg er den Zauberspiegel in
seinem Busen und wandte sich der kleinen Höhle zu, die einige Schritte
weiter hin den Eingang zu den Schätzen der Berge bildete.

Aber indem er sich bückte, um hineinzuschlüpfen, trat der Greis selbst
heraus und trug auf seiner Schulter den unscheinbaren Sack mit dem kostbaren Inhalt. „O vergebt mir, Herr," bat Hans in aufrichtiger Reue,
„daß ich mein Versprechen so schlecht erfüllte, aber meine Sinne wurden
gefangen gehalten von den erschauten Wundern."

„Es thut nichts, mein Sohn," entgegnete mild der Alte; „ich habe
stets allein und ohne Hülfe wirken müssen und will es noch ferner thun.
— Alles, was ich von Dir heische, ist ein Nachtlager auf dem Heuboden

und ein Stücklein Brotes, wenn Du das vermagst. Aber nun komm! —
Siehst Du, wie dort die Dunstwolke des Wassersturzes über dem hohen
Felsen rosig schimmert? Es ist der Wiederschein der Morgenröthe. Ich
möchte nicht, daß Deine kleine Herde auf Dich wartete und Dein strenger
Herr Dich säumig fände — darum laß uns eilen!"

Und zurück eilten sie den gefahrvollen Weg, den sie gekommen; das
Laub des Buchenwaldes schimmerte rosenroth, als sie jetzt wieder durch ihn
hinschritten, und die Drossel begann eben ihr Morgenlied.

Nun standen sie auf der Felsenspitze und nach wenigen Minuten vor
der Dachluke; der Greis schlüpfte hinein, die versäumte Nachtruhe nachzuholen, aber der Knabe mochte nach all dem erschauten Glanze nicht mehr
auf das dunkle Lager zurück, sondern ging nach dem Geißenstall und ließ
die muntere Herde hinaus, mit ihr den Weg zur Alp einschlagend.

Aber heute litt es ihn nicht wie sonst in der engen Sennhütte, wo er den
Sennen kleine Handreichung that, während die Geißen allein an den steilsten
Felsenwänden umherkletterten, den saftreichen Kräutern nach, und ohne
Hirtenruf zurückkehrten, wenn die Abendglocke aus dem Thal zu ihnen
hinaufklang; heute stieg er mit hinan, zu den höchsten Alpenfirsten; denn
er hoffte, irgendwo einen Einblick zu finden in das Zauberreich, das ihm
der Wunderspiegel gezeigt.

Wol lag um ihn her ein Zauberland ausgebreitet in weiter, duftiger
Schöne — es war sein Heimatland, wie er es in solchem Glanze nie geschaut. Rings umher blitzte aus der Ferne manch' krystallheller Bergsee
und die schneebedeckten Alpenspitzen erglühten im Strahl der Morgensonne
rosenroth und mahnten ihn an König Laurin's zauberhaften Rosengarten
— freilich fehlte das krystallene Königsschloß, es fehlte das liebliche Mägdlein unter den Blumen und die uralten und doch so flinken Zwerglein.

Aber dort, ganz fern, seinem scharfen Auge kaum noch wahrnehmbar,
bewegte sich ein kleiner, schwarzer Punkt auf verschlungenem Gebirgspfade,
und ein blitzender Strahl, der zuweilen aufleuchtete und herüber bis zum
Felsenhorste flog, verrieth, daß es der Greis mit dem Zauberspiegel sei.

„O, wäre es doch schon wieder Abend!" seufzte der Knabe und sein
Auge flog mit ungeduldiger Sehnsucht hinauf zur Sonne, die noch kaum
ein Viertheil der ihr zugemessenen Bahn durchlaufen hatte. —

Endlich ward es Abend und Hirt und Herde eilten heim.

Heute säumte sich der Knabe nicht so lange im Hause; ein großes
Stück Brot und Fleisch in der Hand sprang er die steile Leiter zum Heuboden hinauf und fand zu seiner Freude dort schon den Greis, der mit
freundlichem Danke seine Gabe in Empfang nahm.

Hans erschaut in dem Zauberspiegel das Reich König Laurin's.

Geschwind schloß er die Augen zum Schlummer, damit die ersehnte Stunde der nächtigen Wanderung schneller komme, und als nun abermals ein leuchtender Blitz über seine Augen flog, da öffnete er sie fröhlich und richtete sich empor.

Aber nicht der Glanz des Zauberspiegels hatte ihn geweckt, sondern der Strahl der Morgensonne. Erstaunt schaute er sich um — er hatte unweckbar fest geschlafen, denn es war heller Morgen und draußen ertönten die Stimmen der kleinen Herde lauter als je und mahnten den jungen Hirten an seine Pflicht.

Eilig warf er einen Blick auf seinen Gefährten, der noch in tiefem Schlummer lag — ob seit gestern Abend, oder infolge der nächtlichen Mühen — er hatte nicht Zeit es zu erforschen. Schnell sprang er die Leiter hinab, denn im Hofe war ja schon Alles lebendig; dann warf er seine Hirten= tasche um, die schon gefüllt mit dem täglichen Mundvorrath an dem Thür= riegel hing, und eilte der davonspringenden Herde nach, der Alpe zu.

Wol schaute er auch heute wieder von hohem Felsensitz sehnsüchtig forschend hinab in die blühenden Gefilde, erkannte das Männlein mit dem Zauberspiegel in weiter Ferne und nahm sich fest vor, diesmal die Augen offen zu halten; aber kaum lag er Abends auf seinem Lager, so senkte sich tiefer Schlaf auf seine Augenlider und schwand wiederum erst mit dem Strahl der Morgensonne. Eile und fromme Scheu hinderten ihn stets daran, den Greis in seinem Schlummer zu stören und die heißen Wünsche seines Herzens noch einmal vor ihm auszusprechen, und so trug er sie allmorgendlich un= erfüllt mit sich hinauf in die Berge. —

So schwand der Sommer und als eines Morgens das erste, rauhe Lüftchen über die Stirn des Knaben strich, rauschte es hinter dem Felsen= vorsprung, auf dem er saß, und der Greis, der seit Monaten sein schwei= gender Schlafgenoß gewesen, stand vor ihm. Das Säcklein auf seiner Schulter war gefüllt und in der Hand hielt er einen Stab.

„Ich komme, mein Sohn,“ sprach das Männlein mit demselben freundlichen Ernst, „Dir zu danken für Obdach und Nahrung und Dich zu fragen, ob Du noch einen Wunsch hast, den ich Dir erfüllen könnte?“

Hans jauchzte auf — da hob das Männlein ernst den Finger — es schien in der Seele des Knaben zu lesen.

„Versäume nicht ob müßiger Neugier heilige Pflichten!“ warnte er; da schwieg der Knabe erröthend, denn er gedachte der guten Mutter unten im Thale, an deren Hüttlein er Morgens und Abends vorüberging, während sie am Fenster seiner harrte.

Heute früh nun hatte über den treuen Augen ein trüber Schleier gelegen und als er gefragt und geforscht, was ihr fehle, da hatte sie seufzend geantwortet:

„Nichts, mein gutes Kind, was Du zu ändern vermöchtest; ich gedenke nur des nahenden Winters und wie dann der kalte Wind durch meine löcherige Hütte pfeifen wird, und wie ich kein warmes Gewand habe, mich vor der Kälte zu schützen!" — Das flog jetzt wie ein Blitz durch seine Seele; schüchtern faltete er die Hände und die Bitte um Hülfe glitt über seine Lippen.

„Das ist brav, mein Sohn!" sagte der Greis freundlich und dabei reichte er dem Knaben eine kleine Münze; „verachte sie nicht wegen ihres unscheinbaren Aeußeren und benutze ihren Segen nie zu thörichtem Thun; und wenn ich im nächsten Jahre wiederkehre, so laß mich Deine Hand eben so offen und Dein Herz eben so rein finden — lebe wohl."

Er nickte dem Knaben freundlich zu, nahm den Mantel von seiner Schulter, breitete ihn auf den Felsenboden und stellte sich mit dem Stab in der Hand darauf.

Allsogleich erhob sich der Mantel und vor des Knaben erstaunten Augen schwebte er mit dem Männlein empor in die Lüfte.

Noch einmal grüßte der Greis herab aus seiner blauen Höhe, dann winkte er mit seinem Stabe nach Süden und pfeilgeschwind flog der Zaubermantel mit ihm der heimischen Richtung zu.

Der Knabe schaute mit andächtig gefalteten Händen dem wundersamen Fahrzeuge nach. Wie der Flügelschlag des königlichen Aars rauschte das dunkle Gewand durch die weißen Wölkchen hin und das Männlein stand ohne zu wanken darauf, lenkte mit dem Zauberstab in seiner Linken den Flug, während der Spiegel in seiner Rechten im Strahl der Morgensonne leuchtete gleich dem Karfunkeldiadem der Schlangenkönigin.

Jetzt strahlte der letzte Blitz zu ihm herab — und wieder saß der Knabe allein auf seinem Felsensitz und senkte träumerisch die Augen auf das Geldstück in seiner Rechten.

Es mochte schon durch manche Hand gegangen sein, denn nur ein scharfes Auge vermochte noch das einstige Gepräge zu erkennen: Auf der einen Seite reckte der Löwe von San Marco seine königlichen Glieder, um mit emporgehobenem Haupte Wache zu halten über sein Benedig, die Königin der Meere, um deren Füße die Wogen der Adria schmeichelnd rauschten, alljährlich von Neuem ihr vermählt durch den Ring des Dogen. Die andere Seite trug den Namen eines der Beherrscher jener stolzen Republik — kaum noch lesbar und schon längst verdrängt und überstrahlt von einem jüngeren Ruhme.

Wol fehlte dem Knaben der Schlüssel zum Verständniß für Bild und
Inschrift, aber gläubig fühlte er, daß die Gabe aus einer Hand, die sich
die Elemente unterthan zu machen wisse, Segen bringen würde troß ihrer
unscheinbaren Form; und so verwahrte er die Münze sorglich in der Tasche
seines Gewandes. Heute sprang er freudig auf beim Ton der Abendglocke,
sprach andächtiger als seit langer Zeit sein Abendgebet und eilte geflügelten
Fußes seiner Herde nach.

„Schaut nur, liebe Mutter, was ich Euch bringe!" rief er fröhlich
zum Fenster des Hüttleins hinein, und damit hielt er ihr das Geschenk des
Greises hin.

„O, verachtet es nicht!" bat er bringend, als er das zweifelnde
Lächeln der Mutter sah; „er trug mir's auf, der gütige, machtvolle Greis,
der es mir gab. Legt es zu Eurem Sparpfennig und seht zu, was dann
geschehen wird!" —

Zehn Lenze waren seitdem über Tirols Bergen und Thälern dahingezogen und Manches hatte sich im Flug der Jahre gewandelt. Aus den
Bäumchen waren Bäume, aus den Kindern große Leute geworden. Hans
hatte sich aus einem Geisbuben herangebildet zu einem tüchtigen Senner
und nun war ihm die Herde des Hofbauers anvertraut worden zu alleiniger
Sorge und Wartung auf den Matten der Alp, zu denen er sie heute in der
Frühe hinaufgeleitet hatte.

Jetzt glühte die scheidende Sonne auf dem hohen Gletscher vor ihm
und ihr Widerschein floß hinab bis zur Nachtweide und hing wie ein goldener Schleier in den Fichtenbäumen, unter deren tiefen Aesten die Herde
zur Nachtruhe gelagert war. Hans aber stand vor seiner Hütte, die er
heute zum ersten Male als Senner bezogen hatte, und hielt fröhliche Umschau über das ihm anvertraute Gebiet.

Die Thäler schlummerten schon in den Abendschatten, aber die Spitze
des Ferners erglühte jetzt purpurn und mahnte den Jüngling an ein Bild,
das er Jahre lang in stummer Sehnsucht in seiner Seele getragen; er
gedachte, seit langer Zeit zum ersten Male wieder, des Rosengartens vor
dem krystallenen Königsschloß und dabei auch des Männleins, das ihm alljährlich ein schweigsamer, aber dennoch lieber Genosse gewesen auf dem
Heustadl des Hofbauern, und das im Herbst jedesmal zu ihm hinaufgestiegen
war in die Berge, ihm Lebewohl zu sagen und dann, mit goldgefülltem
Zwerchsack, auf den Schwingen seines Zaubermantels zurückgekehrt war zur
fernen Heimat.

Er hatte nie mehr den Greis um einen Blick in den Wunderspiegel
gebeten, seitdem dieser so ernst ihn vor „müßiger Neugier" gewarnt, und
allmählich war die Erinnerung an die Wunder der Berge erblaßt, aber
die Verehrung für den seltsamen Greis war dieselbe geblieben und alltäg=
lich hatte er sein Abendbrot mit ihm getheilt aus Dankbarkeit für jene
Abschiedsgabe, die er damals seiner Mutter gebracht.

Er hatte nicht zu viel gehofft und nicht zu viel verheißen. Mit der
unscheinbaren Münze des Greises war der Segen eingekehrt in die Hütte
der Armuth, und gleich dem Oelkrug und dem Mehlvorrath jener Wittwe
des Alten Bundes minderte sich das Geld in ihrer Truhe nicht; es blieb
immer noch übrig, ob sie auch an Stelle des bröckelnden Hüttleins ein
festes Häuschen errichten ließ und dann manch Stück fehlenden Hausraths
und warme Kleider für den Winter beschaffte.

Sie brauchte nicht mehr verstohlen in der Abendstunde herbeizu=
schleichen, um, hinter dem Rücken des kargen Hofbauern, die milde Gabe
aus der Hand seiner weichherzigen Gattin zu empfangen.

Nein, nein! erst ein Kühlein konnte sie sich halten und dann zwei
und jetzt — Hansens Blick flog fröhlich hinüber zu der schlummernden
Herde — jetzt ruhten dort vier stattliche Kühe, die seiner Mutter gehörten,
und die er hatte mit hinaufnehmen dürfen, daß sie mit seines Herrn Herde
grase auf dessen Matten. Freilich, der mürrische Hofbauer hätte das nie ge=
stattet, aber dessen finstere Augen hatten sich schon im vergangenen Herbst
geschlossen, und die Augen, die jetzt in dem stattlichen Hause glänzten, waren
so mild und lieblich, daß es eine Lust war, ihnen zu dienen.

Wem glichen diese Augen nur? — Hans sann nach und seine Blicke
flogen wieder hinüber zur Gletscherspitze, deren Purpur zu lichtem Rosenroth
verglüht war — — — ja, ja, nun wußte er's:

Die Augen Anneli's, die er seit seiner Kindheit geliebt, wie sein
eigenes, leibliches Schwesterlein, sie glichen ganz den Augen jener schönen
Mädchengestalt, die an der Seite des greisen Zwergenkönigs damals durch
den Rosengarten im Berge gewandelt war, und damit war er wieder zum
Anfang seiner Träumereien zurückgekehrt.

Nun sann er darüber nach, ob das Männlein, wenn es heuer wieder=
käme, wol im Heustall des Hofbauern nächtigen, oder aus alter Anhäng=
lichkeit hinaufsteigen werde zur Alp, ihn hier aufzusuchen?

Da tönte es, nicht gar fern, wie der Seufzer eines Wegmüden.
Hansens scharfes Ohr lauschte gespannt den Pfad hinab, der vom Thal
zur Sennhütte hinaufführte und jetzt in die zwiefachen Schatten der Büsche
und des Abenddunkels gehüllt war.

Ja — aus dieser Richtung tönte es her und allsogleich war Hans zur Hülfe bereit. Er nahm die Berglaterne zur Hand, ergriff seinen Alpenstock und eilte pfadabwärts zwischen Felsen und thaufeuchtem Gebüsch hin.

Weit brauchte er nicht zu suchen, da saß auf einem Felsblock am Wege ein Männlein in dunklem, abgetragenem Gewande und ein wohlbekannter Zwerchsack hing über die gebeugten Schultern.

Der Jüngling warf einen schnellen Blick auf die Gestalt und dann jauchzte er auf in lautem Entzücken. Es war der Greis, dessen er so eben gedacht, und mit dankbarer Rührung gewahrte er, daß auch dieser sein nicht vergessen, sondern trotz Dunkelheit und alternder Kräfte den mühsamen Weg hinan zur Alp nicht gescheut hatte.

„Gott grüß Euch, Herr!" sagte er fröhlich und neigte dabei seine Lippen so ehrfurchtsvoll auf die welke Hand des Männleins, als wenn es der „hochwürdige Herr" selber sei. „Gelt, Ihr seid müde geworden? Aber lehnt Euch auf meinen Arm und laßt mich Euern Ranzen tragen! So, Herr, — so geht es! Und nun noch hundert Schritt weit Muth uud Ihr seid am Ziel." — Und mit einer Sorgfalt und Ehrerbietung, wie wenn es nicht ein armes Männlein, sondern ein mächtiger Fürst gewesen wäre, leitete Hans den Greis über die letzten Mühen des Alpenpfades und dann sorglich über die Schwelle seiner Hütte.

Eilig nahm er dort die Decke von seinem Mooslager und breitete sie über die niedere hölzerne Bank vor dem Herd, daß des Greises müde Glieder weicher ruhten, zündete dann das Herdfeuer an und bereitete ein Rahmmus, wie er es dem Senner abgelernt, der vor ihm hier oben gewaltet. Noch vermochte der Keller nebenan nichts zu liefern als die fette, weiße Milch vom heutigen Tage; aber Anneli's freundliche Hand hatte reichlich gesorgt für die Bedürfnisse des neuen Senners, und das Wandschränklein in der Ecke war gefüllt aus den Vorräthen des reichen Hauses.

Fröhlich hantirte der Jüngling jetzt darin und rührte sich in der ungewohnten und doch so lieben Arbeit: Ein weißes Tuch ward über den groben, eichenen Tisch gebreitet und mit dem wohlgelungenen Rahmmus besetzt und daneben duftete eine Platte frischer Eier auf Scheiben bräunlichen Specks; aber auch des Schränkleins kostbarster Schatz mußte herbei — das Fläschlein Kirschgeist — dem müden Gaste Stärkung zu bringen und mit leisem Stolze führte nun der Jüngling den Alten zu dem wohlbesetzten Tisch und Beide genossen seine Gaben in schweigendem Behagen.

Und darauf leitete Hans den Greis, zärtlich wie ein Kind den geliebten Vater, zu seinem eigenen Mooslager, und als der Alte mit einem freundlichen Dankesblick sich darauf niedergelassen, breitete der Jüngling

die Decke über ihn, sorglich wie damals vor Jahren auf dem Heustall sein
Wams; dann setzte er sich vor das Herdfeuer, daß die flackernde Flamme
den Alten nicht störe, und als endlich seine tiefen Athemzüge kündeten, daß
er eingeschlafen sei, erhob sich der Jüngling und trat hinaus ins Freie.

Das Mooslager in der Sennhütte war nicht breit, — er mochte die
Bequemlichkeit des Greises nicht schmälern — darum wandte er sich der
Nachtweide zu, wo die Herde schlummerte, und bettete sich in das weiche
Moos unter einen der hundertjährigen Fichtenbäume. Sie senkten ihre
ewig grünen Zweige nieder auf sein Haupt und ihr lang herabwallendes
Moos umhüllte ihn wie schützende Decken, während der Eisstrom in den
Klüften des Ferners ihm ein tönendes Schlummerlied sang.

Schöner und genußreicher, als der Traum seiner Knabenzeit ihm diese
Tage gemalt, zogen sie nun über ihm und seiner Herde dahin.

Sonnenhelle Stunden waren es, trotz der Doppellast der Arbeit, die
er — gegen die Gewohnheit der früheren Senner — allein übernommen
im Bewußtsein seiner Kräfte und seiner Treue. War der Tag so im raschen
Reihentanz von Lust und Mühen verflossen, dann nahte die Abendstunde
am eichenen Tisch und beim Schein des Herdfeuers saß sein trauter Gast
— von den Wanderungen ins Gebirge heimgekehrt — und die bisher so
stummen Lippen öffneten sich zu Worten voll Ernst und Weisheit. —

Dann folgte die Nachtruhe. — Dem Männlein winkte sie auf dem
weichen Mooslager unter dem Dach der Sennhütte; Hans aber schlich,
wenn die Flamme verlöscht war, wieder hinaus unter die uralten Fichtenbäume und schlummerte in ihrem Schutz, umklungen von dem Lied des
Gletscherstromes.

In einer warmen Lenzesnacht aber, als die zackige Eiskrone des
Gletschers im Licht des Vollmonds bläulich glänzte, wandte er sich nicht
der weichen Schlummerstätte zu, sondern eilte daran vorbei dem nächsten
Fichtenhag zu, der drüben an einer jähen Felswand sich hinaufzog.

Vor wenigen Tagen war Anneli mit ihrer Mutter hinaufgekommen zu
seiner Sennhütte, um, wie es Brauch ist, wenn die Herden einige Zeit auf
der Alp weilen, nach dem beginnenden Alpennutzen zu sehen; und während
die Mutter im Milchkeller sich umschaute, die Güte der Käse prüfte und die
Ballen der Schmalzstöcke zählte, stand Anneli draußen an der Felsenwand
bei Hans und der weidenden Herde, und plauderte mit ihm vertraulich
wie in den vergangenen Tagen.

„Und denkst Du auch dran, guter Hans, welcher Tag uns naht?“
fragte sie und ihre Augen leuchteten schelmisch, als Hans nach vergeblichem
Sinnen den Kopf schüttelte.

„Das weißt Du nicht?" lachte sie; „ei Hans, den ersten Mai haben
wir ja nächstens und ich bin neugierig, ob ich diesmal auch einen Baum
gesetzt bekomme."

„Du, Anneli!" rief Hans und schaute bewundernd in ihr schönes Angesicht, „Du wirst manchen Baum bekommen; sie nennen Dich ja jetzt schon
„die Perle des Thales" — und die reichen Bauernsöhne werden sich darum
drängen!" fügte er in leiser Trauer hinzu.

Dieser Ton drang zu Anneli's Herzen; sie neigte sich zu ihm voll
unschuldigen Vertrauens und sprach innig: „Laß sie, Hans, Du weißt doch,
daß ich mich nur über einen Maibaum freuen werde!"

Diese Worte waren es, die Hansen jetzt in stiller Nacht durch die
schaurige Schlucht und den reißenden Bergstrom, und nun wieder den steilen Felsenhang hinauf zum Fichtenwalde trieben. Hier hieb er den dazu
ausersehenen stattlichen Baum um, löste mit flinker Hand die Rinde von
dem glatten Stamm und trug diesen dann sorgsam auf der Schulter durch
Gebüsch und Felsenengen hinab ins Thal.

Mühselig und lichtlos war sein Weg und die überhängenden Felsen
hemmten oftmals seinen Schritt, aber die Liebe zu Anneli ließ ihn nicht
ermatten und der Gedanke an ihre Freude gab ihm immer wieder frische
Kräfte. So langte er nach stundenlangen Mühen endlich im Dorfe und
vor Anneli's Thür an.

Behutsam nahm er ein Päcklein aus der Tasche und mit den schönsten
Bändern, die sein Mütterlein im nahen Städtchen hatte auffinden können,
schmückte er den Baum, und damit Anneli's Herz ja nicht irren könne, band
er oben an die Spitze ein Sträußlein Edelweiß und Alpenrosen, wie er es
als Geisbub dem Kinde allabendlich heimgebracht. Dann grub er den
Baum ein ins Erdreich, dicht vor Anneli's Kammerfenster, schaute noch
einmal vergnügt aufwärts, wie die farbigen Bänder im Nachtwind flatterten,
gleich den Wimpeln der Schifflein, und eilte dann fröhlich zurück zur Alp
und seiner schlummernden Herde. —

———————

Abend war es und das scheidende Sonnengold floß über die Berg-
matten und des Senners dunkles Lockenhaar, als derselbe mit Eimer und
Melkstuhl in den Hag trat, die von der Trift herabziehende Herde zu melken.
— Wol liebte er die Alp und die Herde und die Abende voll Sonnenglanz und Frieden. Aber heute hatte er kein Auge für die Pracht rings um
ihn her; er gedachte des Thals und Anneli's, die heute zum ersten Male in die
Reihen der Jugend treten und sich schwingen würde an einer reicheren Hand.

Anneli erblickt Hansen's Maienbaum.

Bisher hatte er sich überreich gedünkt — heute zum ersten Mal seufzte er über seine Armuth. Er setzte sich zu seinem Liebling, der braunen „Schecke", und begann sein abendliches Geschäft; aber mitten drinnen sanken ihm die Hände und er sann darüber nach, wer wol Anneli außer ihm noch einen Baum gesetzt und ob sie den seinen auch erkannt haben werde. — Ja sicherlich! Schon der Strauß auf seiner Spitze mußte es ihr künden, und er lächelte leise vor sich hin und begann weiter zu melken.

Da tönte es hinter ihm von der Sennhütte her in hastigen, aber bekannten Lauten:

„He, Hans, geschwind, wo steckst Du denn? Ich habe schon die ganze Hütte nach Dir durchkrochen!"

Und auf Hansens lauten Gegenruf erschien alsbald am Gehege des Melkplatzes das Gesicht Seppi's, des Einzigen unter dem Gesinde der Hofbäuerin, der Hans nicht um die Gunst Anneli's und ihrer Mutter beneidete, sondern stets treu zu ihm gehalten hatte.

„Ei, Seppi, was bringst Du Gutes?" forschte Hans ahnungsvoll; „was treibt Dich noch so spät herauf zur Alp?"

„Nun, das Anneli, das eigensinnige Ding," entgegnete Seppi lachend, „das nicht ohne Dich zum Tanzplatz gehen will! Flink, flink, leg' Deinen besten Staat an; die Geiger machen sich schon fertig, die Mädchen abzu= holen — ich soll diese Nacht hier oben bleiben." — Wie ein Pfeil flog Hans empor und eilte in die Hütte, während Seppi seinen Platz bei der Herde einnahm und die begonnene Arbeit fortsetzte.

Schon nach wenigen Minuten trat Hans im Festkleide wieder heraus und trug an seinem Hute Strauß und Band, gleich jenem an Anneli's Maibaum. „Nun, Seppi, versorg' mir gut die Herde," sagte er, noch ein= mal an den Hag tretend; „Dir sind die Thiere ja noch bekannt von den früheren Jahren her, wo Du als Weisenner hier oben waltetest, und nun — behüt' Dich Gott!" — Damit eilte er fort.

Plötzlich aber gedachte er des Greises und daß er dem Seppi nichts von diesem werthen Gast gesagt — trotz Anneli und Festeslust kehrte er noch einmal fliegenden Schrittes zurück und empfahl das Männlein dem erstaunten Freunde zu bester Sorge und Pflege.

Dann aber hielt ihn nichts mehr. Flüchtig wie eine Gemse vor dem Jäger, flog er den steilen Pfad hinab und gelangte fast athemlos am Thor des Gehöftes an, gerade als sich der Festzug die Dorfstraße heraufbewegte, um die „Perle des Thals" zum ersten Mal zum Tanzplatz zu geleiten.

Sie harrte seiner schon am Gatter und schaute fast ungeduldig ihm entgegen. „Gott Lob, daß Du endlich da bist," sagte sie, ihm beide Hände entgegenstreckend; „Du sollst mein Tänzer sein! Ich habe Dich gewählt unter all den Burschen, die mir den Maibaum setzten; schau nur, wie Deine Tanne so vornehm niederblickt auf die andern winzigen Dinger! — Der Seppi, der gute Bursch, ist hinaufgestiegen, mir Strauß und Band herab= zuholen, daß ich's trage Dir zu Ehren."

Sie deutete lächelnd auf ihre blonden Zöpfe, die im Schmucke eines himmelblauen Bandes prangten, und auf den Strauß Alpenrosen an ihrem Mieder. Hans schaute sie glückselig an und faßte dann die liebe Hand fester, denn der Zug war nun am Gehöft angelangt, und die Burschen, die dem schönen Anneli Bäume gesetzt, traten aus dem Zug und schritten auf sie zu, daß sie Einen aus ihrer Reihe zum Tänzer für diesen Abend wähle.

Aber groß war bei Allen Verwunderung und Neid, als sie sahen, daß der ehemalige Geißbub ihnen vorgezogen worden sei, und obgleich sie sich fügen mußten, so zählte doch der arme Hans von diesem Augenblick an eine Anzahl Feinde mehr. Doch er selbst dachte nicht daran und fürchtete sie auch nicht; er führte die „Perle", die ihm zugefallen, mit strahlendem Angesicht aus dem Hofthor, schloß sich mit ihr dem Zuge an, und fort ging es der Linde des Dorfes zu, wo der Maientanz begann.

Bisher hatte sich Hans für einen glücklichen Burschen gehalten, aber als er nun das schöne, gute Anneli im Arm hielt, und sie beim Klang der Geigen um den grünenden Lindenbaum schwang — da dünkte es ihm, als wisse er jetzt erst, was Glück sei, und sein ganzes bisheriges Leben schien ihm nichtig dagegen.

Anneli schaute zu ihm auf in unbewußter Zärtlichkeit und flüsterte ihm zu, daß er, nur er ihr Tänzer sein solle.

Aber des Mägdleins leises Wort fiel in das Ohr des Nazerl, des reichen Nachbarsohnes, und Groll und Neid flammten lichterloh in ihm.

„Anneli, tanz' auch einmal mit mir!" sagte er zu ihr tretend, aber seine Bitte klang mehr wie trotzige Forderung.

„Du weißt ja, Nazerl," entgegnete das Mägdlein, „daß Hans mein Tänzer ist; so mußt Du Dich an ihn wenden!" Dieser kam eben mit einem Glase, um Anneli eine Erfrischung zu bieten.

„Hör', Geißbub," sagte der reiche Bauersohn übermüthig zu dem armen Senner, „daß Du's weißt — ich will jetzt mit dem Anneli tanzen!"

Und damit ergriff er ihre Hand.

Hans war ein frommes Gemüth und sein junges Glück hatte ihn nicht stolz gemacht, aber dieser rohe Hochmuth empörte ihn.

„Laß ihre Hand los, Nazerl," sagte er ruhig, obgleich ihm die Stimme bebte, „sie darf nicht mit Dir tanzen!"

„Nicht, Du Bettelbub?" schrie der Nazerl; „so nimm dies als Dank!" und er schlug ihn mit geballter Faust ins Gesicht.

Anneli schrie laut auf und auch Hansens Ruhe war dahin; ohne sich zu bedenken, schleuderte er dem Gegner das Glas an die Stirn — und laut aufstöhnend, bleich und blutig sank Nazerl zu Boden. Abermals flog ein Schreckensschrei über Anneli's Lippen, aber er galt nicht dem gefallenen Nazerl, sondern Hansen, über den nun das Unheil hereinbrechen würde.

Die Klänge der Musik verstummten, Alles eilte zu dem leblos Da=liegenden, ihm zu helfen; die Frauen schrieen, die Freunde des Verwun=deten drohten und wütheten, während Hans dastand in sprachlosem Erstarren über seine rasche That.

Da fühlte er leise seine Hand gefaßt und Anneli's süße Stimme flü=
sterte ihm zu:

„Fliehe, o fliehe, lieber Hans, fliehe sogleich, denn in der nächsten
Minute ist es vielleicht schon zu spät!"

Als aber Hans dennoch zögerte, ergriff sie seinen Arm und unbemerkt
von den Andern zog sie ihn mit sich fort, bis sie aus dem nächsten Um=
kreis der Linde waren. Hier, ungesehen von den Uebrigen, stand sie still
— Hans blickte noch immer starr und stumm.

„Hans," sagte sie jetzt eindringlicher noch als vorher, indem sie ihre
kleine Hand fest auf seinen Arm legte, „Hans, höre mich an und folge
mir! — Fliehe so schnell Du kannst, denn Du hast Alle, Alle gegen Dich,
weil ich Dich ihnen vorzog. Fliehe und verbirg Dich irgendwo, bis der
Lärm vorbei und der Nazerl wieder hergestellt ist."

„Ach, Anneli," entgegnete Hans zusammenschaudernd, „er ist todt!
Sahst Du nicht, wie er bleich und leblos dalag?"

„Dann mußt Du erst recht fliehen!" sagte das Mägdlein entschlossen,
— „horch, sie kommen! Fort also, fort!" drängte sie ängstlich.

„O Gott — so lebe wohl, Anneli! zürne mir nicht und vergiß den
armen Hans nicht!" Er blickte schmerzbewegt zu ihr nieder.

„Nie, nie, Hans!" sagte sie fest, denn die Erfahrungen der letzten
Minuten hatten sie gereift in Erkenntniß und Willen — „aber Du wirst
dereinst wiederkehren, straflos und glücklich — ich weiß es, aber nun fort,
fort! da kommen sie schon Dich zu suchen!"

Er beugte sich zu ihr nieder und überwältigt vom Leid des Abschieds
zog er sie in seine Arme und küßte ihre reinen Lippen.

„Leb' wohl, leb' wohl, mein Anneli!" flüsterte er noch einmal leise
und dahin flog er abermals wie eine flüchtige Gemse.

Dunkel war es auf dem Pfade, den er hinaneilte, aber dunkler noch
in seinem Innern. Das kurze Glück, dem er so fröhlich seine Seele ge=
öffnet, war entflohen, vielleicht auf Nimmerwiederkehr; selbst der Gedanke
an Anneli's Liebe, die sie ihm so unverhohlen offenbart, vermochte nicht
die finsteren Schatten zu verscheuchen.

Wenn der Nazerl todt war, dann war er ein Mörder und blieb
es, trotz Reue und Buße, sein Leben lang — er schauderte zusammen und
floh geängstigt weiter, denselben Pfad aufwärts, den er vor wenigen Stun=
den hinabgeeilt war, das Herz voll unbestimmter, aber seliger Ahnungen.

Wie hatte sich Alles, Alles in so kurzer Zeit verändert!

Der Mond, der vorhin gestrahlt, goldig wie die Sonne, schien jetzt
bleich wie Nazerl's Antlitz, und der Nachtwind rauschte im Gebüsch wie

Dort erhob der Gletscher seine tausendjährige Stirn und das Mondlicht zog leuchtende Furchen darüber hin. Er eilte seitwärts an ihm vorüber durch Tannendunkel auf verschlungenen Pfaden, bald jäh aufwärts
steigend, bald hinab in eine Schlucht zum tosenden Gletscherstrom — Wege,
die nur Aug' und Fuß des berggewohnten Aelplers kennt und findet.

Endlich stand er auf dem Bergjoch, von dem der Weg hinabführte in
ein fremdes Thal und zu unbekannten Gauen.

Noch einen Blick warf er auf die heimatliche Alp; dann eilte er, ohne
ferner umzuschauen, abwärts.

Wieder lag der goldene Abendsonnenschein auf Thälern und Bergen
und wiegte sich auf den Wellen des lieblichen Innstromes — da schritt ein
junger Bursch zögernden Fußes den Berg hinab, den letzten, der ihn von
der großen, volkreichen Stadt unten im Thale trennte. Sein blaues Auge
blickte matt und eingesunken, die lockigen Haare hingen wirr und sein einst
stattliches Kleid trug die Spuren eiliger und mühseliger Wanderung.

Beklommen schaute der Sohn der stillen Berge auf das Gewühl unter
sich und ein tiefer Seufzer schlich über seine Lippen. Aber er raffte sich auf
und stieg den letzten Abhang hinab zum Ufer des Stromes, auf dessen Brücke
ein festes Wachthaus stand, wol nöthig in jenen unruhigen Zeiten, um ein
scharfes Auge zu haben auf Freund und Feind.

Zwei Landsknechte saßen vor der Thür, hielten ihre Piken im Arm
und ließen dabei die Würfel über den eichenen Tisch rollen, der zwischen
ihnen stand. Der Jüngling schritt auf das Gebäude zu und blieb einige
Schritte von den Beiden schüchtern stehen.

Endlich hob der Aeltere das Haupt.

„Schau, Franzerl," sagte er nach einem raschen Blick auf den jungen
Wanderer, zu seinem jüngeren Gefährten, „da kommt Einer aus Deinen
Bergen; aber er schaut nicht so lustig drein wie Du damals!"

Franz schaute auf, aber kaum hatte er dem Wanderer in die Augen geblickt, als er aufsprang und mit einem hellen Freudenruf ihn in die
Arme schloß. „Hans, lieber Hans, wo kommst Du her?" rief er dabei,
„kennst Du mich nicht mehr? Kennst nicht den Franzerl, mit dem Du
und Anneli so oft gespielt und mit dem Ihr so manchmal Euer Brot und
Käs getheilt, wenn die arme Mutter nichts hatte, den hungerigen Franzerl
satt zu machen?"

Hans — denn er war es — blickte mit freudigem Staunen in das
muntre Jünglingsantlitz und erkannte alsbald den alten Gefährten, der vor

Jahren sein heimatliches Thal verlassen, draußen in der Welt sein Glück zu suchen. Alle hatten längst ihn todt geglaubt, und nun war er ein Kriegsmann geworden; doch trotz des rauhen Handwerks war sein Herz warm und treu geblieben.

Er zog den Jugendfreund zu dem Tische, wo der ältere Kamerad saß, und bot ihm freundlich von dem feurigen Trunk im Becher, der dort stand.

„Trink, mein guter Bursch," drängte er; „trink! Du scheinst einen Labetrunk nöthig zu haben, und dann erzähle, was Dich hierher trieb!"

Es war das erste bekannte Gesicht, das Hans seit vielen Tagen gesehen, die erste freundliche Erinnerung an die Vergangenheit, und so wurde ihm das Herz weich und er erzählte dem Jugendfreunde, welche Schuld ihn weggetrieben aus der Heimat und wie lange er nun schon umherirre von Alp zu Alp, von freundlichen Hirten einen Bissen Brot und einen Trunk Milch heischend, da er nicht gewagt habe, hinab zu steigen in die Dörfer, wohin die Kunde des Geschehenen ihm gewiß längst vorausgeeilt sei. Und wie er nun weiter wolle, weit, weit hinaus in die Fremde, wo man nichts vom Nazerl und nichts von Hans wisse, selbst nichts vom schönen Land Tirol.

„Narr, Du," lachte der Franzerl, „weißt Du denn überhaupt, ob der Nazerl todt ist? Der hatte stets einen harten Schädel, wie ich gar wohl noch weiß! Sei kein Thor, sondern bleibe bei uns und werde ein braver Landsknecht, wie wir. Glaub' mir, es ist ein lustiges Leben und brav kannst Du auch in unserm Rocke bleiben."

Hans zögerte einen Augenblick; an diesen Ausweg hatte er noch nie gedacht, aber der Franzerl redete ihm immer ernstlicher zu.

„Schau nur, Hans, morgen oder übermorgen geht's fort nach Italien, wo's noch viel schöner sein soll, als bei uns. Es ist ein gar fröhliches Leben und kommst Du dann nach ein paar Jahren zurück, dann ist Gras über die Geschichte gewachsen und sie wagen's nicht, Dir Etwas anzuhaben; hast ja des Kaisers Rock getragen."

„Aber Anneli!" seufzte Hans.

„Anneli kannst Du so wie so nicht sehen und ist sie Dir wirklich gut, so bleibt sie Dir auch treu!"

Ja, da hatte der Franzerl wieder Recht, der Hans erkannte es wohl, und so schlug er ein und ging mit seinem Freund zum Hauptmann, der den schönen Burschen gern in seine Reihen aufnahm. —

Nun war es wieder Herbst. Der Morgenwind flog über das Adria-
tische Meer, kräuselte seine tiefblauen Wellen und spielte mit dem dunkeln
Lockenhaar eines Jünglings, der an dem Bogengang des Platzes von San
Marco lehnte und traumverloren in die Strömung des großen Kanals
blickte, der, Venedig in mächtigen Bogen durchschneidend, hier seine Wasser
mit den Wogen der Adria mischt.

Es war Hans. Die Berge und Thäler seines Landes lagen ferne,
längst schon hatte sich die letzte Felsenklause Tirols hinter ihm geschlossen,
aber die Liebe zu seiner Heimat hatte er nicht auf der Grenze zurücklassen
können — sie begleitete ihn als tiefes Heimweh in das wundervolle, aber
fremde Land. Was frommte ihm all die fremde Pracht, was kümmerten
ihn die hohen Paläste und kunstvollen Bauten dieser Wunderstadt, was
der süße Wohllaut der fremden Sprache?

Konnte einer dieser klingenden Laute sich der Stimme Anneli's ver-
gleichen, wenn sie zu ihm gesprochen hatte: „Grüß Dich Gott, lieber Hans!"
— Konnte einer dieser Marmorthürme sich mit der zackigen Gletscherspitze
messen, wenn sie im Purpur des Alpglühens leuchtete?

Und wenn das Alphorn beim Sonnenuntergang durch die Berge tönte,
hundertfach wiederhallend aus Klüften und Schluchten und sanft hinsterbend
im Schatten der Thäler — was waren dagegen die Töne der Musik, welche
Tag und Nacht auf den Wassern der Kanäle durch Venedigs Straßen
schwebten?

Hans hob das thränenschwere Auge aufwärts — der Himmel mußte
wenigstens derselbe sein, der sich über Tirols Thäler spannte — da gewahrte er über sich auf schlanker Säule ein Bild — ein Bild, wie er es
schon einmal vor Jahren geschaut haben mußte.

Ein erzener Löwe mit stolz wallender Mähne hob das Haupt hoch
empor, als halte er Wacht über die Stadt zu seinen Füßen und über das
heranrauschende Meer. Der Jüngling wischte die hervorquellende Thräne
aus den Augen und blickte sinnend hinan zu dem königlichen Thiere. Ja,
wahrlich! das war derselbe Löwe, den er einst, auf einer Münze geprägt,
von dem wunderbaren Greise erhalten, und der daheim in verschwiegener
Truhe Wache gehalten über den kleinen Schatz seiner Mutter.

Ein Lächeln flog, gleich einem Sonnenstrahl, über sein kummervolles
Gesicht, als er jenes sonnigen Herbstmorgens gedachte, wo ihm das Männlein Lebewohl gesagt und wo er von seinem Felsensitz ihm nachgeschaut, wie
er auf dem Zaubermantel durch die Lüfte dahineilte.

„O, hätte ich solch ein Schifflein!" seufzte er leise. Da klang es an
sein Ohr in den trauten Tönen der Heimat: „Grüß Dich Gott, Hans!"

Hans im Palaſt des Benedigermännleins.

Hans fuhr zuſammen — Niemand war in ſeiner Nähe. Hatte ein Traum ihn genedt? — Aber nein, da klang es noch einmal: „Schau auf, Hans, hierher!" — Und Hans ſchaute auf.

Ueber ihm, aus dem hohen Bogenfenſter eines jener ſtolzen Paläſte, neigte ſich ein wohlbekanntes Haupt mit weißen Locken und die dunkeln, ernſten Augen lächelten jetzt freundlich zu dem armen Hans hernieder.

Er ſtieß einen Freudenruf aus — den erſten im fremden Lande — und pfeilſchnell durcheilte er den Bogengang und trat in das Portal des Palaſtes. Ueber Marmortreppen und ſammtne Decken flog ſein Fuß; aber er hatte kein Auge dafür, ſondern ſtrebte athemlos aufwärts, wo, über das goldene Gitter des Vorplatzes gelehnt, ein edles, wohlbekanntes Geſicht ſich

ihm entgegenbog. Nun stand er vor dem Greise, der ihm liebevoll die Hand
entgegenstreckte. Nicht mehr ein abgetragenes Röcklein, sondern ein Gewand
von schwarzem Sammt bedeckte seine Gestalt und die welke, aber zauber-
kundige Hand blitzte im Schmuck kostbarer Diamanten. Aber Hansens Verehrung durchbrach die Schranke dieser vornehmen Wandlung und zärtlich,
wie an jenem Lenzabend auf der Alp, als er den Greis in seine Sennhütte
geführt, neigte er seine Lippen auf die gütige Hand und sprach dann aus
der Fülle seines Herzens: „Grüß Euch Gott, Herr; treffe ich Euch hier
in fremdem Lande?"

„Nicht in der Fremde, in der Heimat bin ich!" entgegnete der edle
Venetianer und führte den Jüngling durch die Reihen prächtiger Gemächer,
deren kunstvoll gearbeitete Wände geschmückt waren mit den Meisterwerken
jener unsterblichen Künstler, deren Heimat das schöne Italien ist. Dann
saßen die Beiden mitsammen im hohen Fensterbogen des Erkers und Hans
schaute freudig in das ehrwürdige Antlitz des Greises.

„So vergaßet Ihr des armen Hirten nicht in Eurer stolzen Heimat,
edler Herr?" forschte er.

„Dein vergessen, Hans?" entgegnete der edle Venetianer; „Dein vergessen, während Du mein gedachtest in Lieb und Lust und selbst noch auf
der Flucht, in der Todesangst Deines Herzens? Nein, wahrlich nicht! ich
sehne mich danach, Deine Jahre lange Treue zu vergelten — und vielleicht
kommt jetzt die Gelegenheit!"

„O Herr," rief Hans mit leuchtenden Augen, „so sagt mir, wie es
in der Heimat steht, die Ihr ja später erst verlassen als ich: ob der Nazerl
genesen, ob mein Mütterlein sich nicht mehr grämt und ob das Anneli
noch mein gedenkt?"

„Der Nazerl ist todt, aber nicht durch Deine Schuld!" beruhigte der
Greis den Erschrockenen, „denn er erholte sich schnell von der kleinen Wunde,
die Du ihm beigebracht; aber seine Tollkühnheit trieb ihn bald darauf hinauf auf die höchsten Felsenspitzen, einer flüchtigen Gemse nach, und ein un-
vorsichtiger Tritt stürzte ihn in die Tiefe. Erst lange nachher fand man
seinen zerschmetterten Leichnam. Dein Mütterlein aber und Anneli — wie
es denen geht? Nun, das magst Du selber schauen!"

Damit erhob er sich, trat an einen kunstvoll gearbeiteten Schrank und
nahm aus einem verborgenen Fach ein blitzendes Kleinod. Der Jüngling
kannte es wohl: es war der wunderbare Bergspiegel und jetzt hielt er ihn
wieder in der Hand und schaute forschend auf seine leuchtende Fläche.

Leise Nebel wallten wieder darüber hin; sie wurden lichter und lichter
und dann lag im Glanz der Morgensonne vor ihm sein geliebtes Heimats-

thal, und dort an seinem Ende das helle, stattliche Gehöft — Anneli's
Vaterhaus. — Er achtete nicht des fröhlichen Treibens in Scheuer und
Ställen, welche die Knechte ordneten für die heimkehrenden Herden —
nein, eilig strebte sein Auge durch die hellen Fensterscheiben in ein wohl=
bekanntes Gemach.

Still und traulich war es dort, wie in vergangenen Tagen; am Fen=
ster saß Anneli, hold und schön wie immer, aber auf ihrem Angesicht lag
es wie leise Trauer. In ihren Händen ruhte der silberglänzende Faden
und ihre Lippen bewegten sich in eifriger Rede gegen die beiden Frauen
am andern Fenster — es war die Hofbäuerin und Hansens alte Mutter.

Hans war es, als gälte die Rede ihm und als gleite mitunter sein
Name über die rosigen Lippen, und dann richteten sich die freundlichen
blauen Augen jedesmal nach einem Punkt der gegenüber liegenden Wand,
und als sein Blick dieser Richtung folgte, sah er — sorgfältig von Glas
und Rahmen umspannt — ein wohlbekanntes, blaues Band und einen
Strauß verwelkter Alpenblumen.

Bei diesem Zeichen treuen Gedenkens stürzten dem guten Hans die
Thränen aus den Augen und als er sie getrocknet hatte und wieder auf
den Zauberspiegel schaute, war das liebe Bild daraus verschwunden und
das Glas blitzte wieder im Glanz der venetianischen Sonne.

„Höre jetzt, mein Sohn, welchen Wunsch mein Herz für Dich hegt!"
sagte der Greis, indem er den Wunderspiegel wieder sorgfältig im Schreine
barg, „allein und einsam bin ich, der letzte Träger eines altberühmten Namens.

„Als ich jung und kräftig war, erfüllte mich der Drang nach geheimer
Wissenschaft. Ich spürte dem Golde der Berge nach in Nähe und Ferne
— Du weißt es ja — und häufte Schätze auf Schätze; darüber merkte
ich nicht, daß ich alt wurde und einsam blieb im Leben. Bleibe Du bei mir!
Ich will Deinen Geist bereichern mit den Schätzen meines Wissens, Dein
Herz soll rein bleiben. Du sollst mein Sohn, der Erbe meiner Reichthümer
sein und Dein Name soll eingezeichnet werden unter den edelsten Namen
in dem „goldnen Buche" Venedigs."

Der Jüngling faltete ernst die Hände und neigte sich vor.

„Verzeiht mir, edler Herr," bat er demüthig, „wenn ich Eurem
Wunsche nicht folgen kann; aber was sollen einem Herzen, das fast an
Heimweh stirbt, Reichthum und Ehren? Das Bild, das ich eben wieder
geschaut habe — das Bild Anneli's und meiner Heimat — hat mir gezeigt,
wo allein mein Glück zu finden ist. Wollt Ihr mir aber eine Gunst er=
zeigen — o so löst das Band, das mich hier fesselt, und laßt mich, laßt
mich so schnell als Ihr vermögt, nach Tirol zurückkehren!"

Der Greis sann einen Augenblick nach. „Wol hätte ich Dich gern bei mir behalten," sagte er endlich, „denn Dein Herz ist treu und rein, aber Dein Glück geht meinen Wünschen vor!"

Damit erhob er sich und trat noch einmal zu dem Schrein, der seine Zauberschätze barg. Aus seinem geheimsten Fache zog er einen dunkeln Gegenstand und als er ihn entrollte, war es der Zaubermantel, das Luftschiff, dessen Hans vor Kurzem noch so sehnsuchtsvoll gedacht. Der Greis breitete ihn auf die Brüstung des Fensters.

„Nun stelle Dich darauf," sagte er, „nimm diesen Stab, um Deinen Flug zu lenken, und so ziehe dahin und gedenke mein in Liebe!"

Hans folgte wie träumend. Jetzt winkte der Greis mit der Hand — allsogleich erhob sich der Mantel und schwebte mit dem Jüngling empor in die Lüfte.

Als der Strahl der Sonne seine Augen traf und der frische Wind in die Falten des Mantels blies, da erst erwachte er zur Wirklichkeit.

Er schaute wehmüthig zurück nach seinem edeln Freunde — noch stand er in dem Fensterbogen, blickte ihm lächelnd nach und winkte grüßend mit der Hand. — Hans breitete die Arme nach ihm zurück und rief laut und innig: „Lebt wohl, lebt wohl, edler Herr!" — und dahin trug ihn der Mantel, brausend wie der Sturmwind.

Einen Augenblick noch schimmerte „die Königin des Meeres" tief unter ihm im Glanz ihrer Thürme und Paläste, die Sonne brach sich in den hohen Fenstern ihrer Kirchen und die schwarzen Gondeln glitten auf den gewundenen Kanälen dahin, düster und unhörbar wie die Seufzer der Eingekerkerten. Aber dann schimmerte Alles ferner und ferner, und nur noch das Meer dehnte sich in leuchtender Bläue am Horizont.

Hans wandte das Antlitz der Heimat zu und lenkte nordwärts seinen Flug. Pfeilgeschwind flog er dahin, brausend wie Adlerfittiche umrauschte ihn die Luft, in dämmernder Weite lagen die Bergspitzen seiner Heimat; aber lichter und lichter traten sie hervor aus dem Nebel der Ferne — jetzt schwebte er hoch über jener Felsenklause Tirols, die er vor langen Wochen, Sterbensweh im Herzen, überschritten, und nun athmete er Heimatsluft.

Leuchtenden Auges beugte er sich hinab über den Zauberaar, dessen dunkle Schwinge ihn weiter und weiter trug. Tief unter ihm lagen die Berge mit den weidenden Herden; von seiner Wolkenhöhe schienen sie ihm nicht größer als die Marienkäferlein, mit denen er als Knabe gespielt, und die Sennhütten wie die runden Kiesel des Dorfbaches. Nach den Gletscherspitzen hätte er die Hand ausstrecken mögen, so dicht flimmerten sie unter ihm im Strahl der Mittagssonne.

Er schaute hinein in ihre dunkeln Eisklüfte und sah den Gletscherstrom tief unten in milchweißen Wogen dahinziehen — doch weiter, weiter eilte der Zaubernachen.

Jetzt spähte Hans noch schärfer aus, lenkte dann westwärts seinen Flug und nun stieß er einen Freudenruf aus, denn einer wohlbekannten Alp flogen sie jetzt zu, und der Mantel schwebte nun sanft abwärts und ließ Hans auf einem Felsenvorsprung nieder.

Es war derselbe, von dem er als Geißbub so oft sehnsüchtig hinab= geschaut in die lachenden Gefilde, um den Eingang in des Zwergenkönigs Zauberreich zu finden, derselbe, von dem aus der Greis an jenem Herbst= morgen Abschied genommen und durch die Lüfte in die eigene Heimat zu= rückgeeilt war.

Jauchzend sprang jetzt Hans von seinem Fahrzeug nieder und legte mit leisem Dankeswort den Stab darauf, und allsobald erhob sich der Mantel und stieg pfeilgeschwind wieder empor in die Wolken.

Noch einen Augenblick schaute Hans ihm nach, dann aber eilte er auf oft erklimmtem Pfade abwärts. Ein Weniges tiefer weidete die Herde — seine Herde — und Seppi hütete ihrer und stand jodelnd an einer Felswand.

Hans warf aus der Ferne einen freudigen Blick auf das traute Bild und eilte weiter.

Dort war die Nachtweide und nun nahte er der Sennhütte; aber er nahm sich nicht Zeit, einen Blick hineinzuwerfen, sondern flog daran vorüber den Felsenpfad hinab, den er vor Monaten mit Todesqual im Herzen hinaufgeeilt war.

Heute aber, heute war es ganz anders. Freude und Glück pochte heute in jedem Pulsschlag, heute dünkte ihm der steinige Pfad weicher als Wiesen= matten und das Rauschen des Felsbaches süßer noch als Harfenlaut.

Jetzt war er im Thal — da klang das Abendglöcklein. Bei diesem langentbehrten Tone hielt er an, nahm seinen Hut ab und kniete nieder; als aber der letzte Ton verhallt war, erhob er sich und eilte die Dorfstraße hinauf, sprang über den Bach und stand nun an dem Gatter des stattlichen Gehöftes.

Der Hof war leer — das Gesinde saß in seiner Kammer bei der Abendsuppe. Eilig und geräuschlos schlüpfte Hans über den Hof und stand gleich darauf mit laut pochendem Herzen an der Thüre des Wohngemachs.

Es rührte sich nichts darin. Hans legte sein Ohr an die Thürspalte und lauschte. Drinnen ertönte Anneli's süße Stimme: „Komm, Herr Jesu, sei unser Gast und segne, was du uns bescheret hast. Amen!“

Und als das „Amen" verklungen war, öffnete Hans die Thür und trat auf die Schwelle.

„Der Herr Jesus kann heute nicht kommen," sagte er leise, „da sendet er mich, ob Ihr mich wollt als Gast an Eurem Tische beherbergen."

„Hans, lieber Hans!" klang es da in hellem Jubelton, denn trotz der Dämmerung und des fremden Rockes hatte ihn Anneli gleich erkannt und lag nun fröhlich weinend in seinen Armen.

———

Am nächsten Maitag aber prangte wiederum ein stattlicher Maibaum vor Anneli's Kammerfenster, reich geschmückt mit wehenden blauen Bän=dern und mit dem Sträußlein von Alpenrosen und Edelweiß an seiner hochragenden Spitze und wieder schritt Anneli an Hansens Arm zum Tanz=platz unter der Linde.

Diesmal aber durften die reichen Bauernsöhne nicht scheel sehen, denn Anneli war seit Kurzem Hansens schöne und glückliche Braut.

Dem braven Franzerl aber hatte das lustige Soldatenleben nicht mehr behagen wollen, seit sein Freund, der Hans, gegangen war; darum hatte er des Kaisers Rock ausgezogen und war zurückgekehrt in seine Heimat.

Und während Hans unten im Thale die Fluren bestellte, hütete Fran=zerl mit dem treuen Seppi zusammen die Herden der Hofbäuerin und waltete als Senner oben auf der schönen grünen Alp.

Breneli in König Laurin's Rosengarten.

König Laurin.

n Tirol, im rechten Heimatland
des guten, kleinen Zwergenvolkes,
stand vor alten Zeiten in einem
fruchtbaren Thale ein stattlicher
Bauernhof, dessen Besitzer aus dem
benachbarten Thale herübergekom-
men waren.

Die Dienstleute jener Zeit und
jenes Thals waren noch brav und
treu und hingen an ihrem Brotherrn
und seinem Hause; „aber in der früheren Heimat sind sie doch noch braver,"
meinte der alte Hofbauer, und so holte er sein Gesinde stets von jenseit des
hohen Berges.

Der Frühling war wiedergekehrt, die Alpentriften grünten und die Herden sollten auffahren; da erkrankte die treue, sorgliche Sennin, die Jahre lang die Herde dort oben gehütet und gewissenhaft des „Alpnutzens" wahrgenommen, und wenige Tage darauf begrub man sie.

Der Hofbauer und die Seinen waren in großer Sorge, denn schon rüstete Alles ringsumher zur Auffahrt.

„Geh hinüber, Toni, in unser Heimatsthal," sagte der alte Hofbauer zu seinem einzigen Sohn und Erben, „dort wohnt noch eine alte Base aus unserer Freundschaft; ihre Tochter soll ein braves Mägdlein sein, wie ich bei meiner letzten Anwesenheit dort gehört. Sieh, ob Du sie bereden kannst, als Sennin zu uns zu ziehen."

So machte sich in der Frühe des nächsten Tages der Jüngling auf den Weg.

Die Schatten der Dämmerung huschten noch in den Felsenklüften gleich vermummten Riesen, aber die Spitzen der Gletscher glühten schon im Morgenlicht; doch der Bursch, der Schönheiten seiner heimatlichen Natur gewöhnt, hatte keinen Blick für die wiedererwachte Alpenpracht, sondern strebte eilig vorwärts, Herz und Kopf voll Sorgen um seine verlassene, hirtenlose Herde.

Jetzt hatte er den schmalen Bergrücken zwischen den zwei hohen Alpengletschern erreicht, von dem der Weg jenseits hinabführte in das alte Heimatsthal.

Hier stand ein hohes, weithin sichtbares Kreuz, mit den dunkeln Armen hinüberdeutend nach den beiden Fernern, als wolle es erzählen von den Gefahren, die von dort her über jenen Wanderer gekommen waren, der es als Dank für seine glückliche Rettung hier auf dieser einsamen Höhe hatte errichten lassen.

Toni kniete nieder und betete, wie es üblich war in jenen Zeiten und Gegenden. Er hatte den Kopf tief hinabgeneigt und sah nicht die ernste Gestalt, die hoch oben von dem einen Ferner auf ihn niederschaute.

War sie auf Adlersflügeln dort hinaufgetragen worden — denn dorthin auf jene spiegelglatte Höhe, dem Himmel fast näher als der Erde, vermochte eines Sterblichen Fuß nicht zu gelangen. Sie stand da klar, kräftig und hochaufgerichtet. Lange, silberweiße Locken flossen über ihre Schultern, um das Haupt blitzte es wie Sonnenstrahlen oder wie geheimnißvolles Karfunkelgeschmeide, und der Blick der Augen drang strahlend hinab durch die weite Entfernung und ruhte auf dem Knieenden mit jenem Ernste, der die Außenhülle durchdringt und geraden Weges ins Herz sinkt, dort nach dem geheimsten Pulsschlag unseres Empfindens zu forschen.

Der Jüngling erhob sich wieder und schritt thalwärts; aber die Erscheinung auf der Spitze des Ferners blickte ihm noch lange nach und dann, umwogt von den Sonnenstrahlen, schritt sie, ohne zu gleiten, hinab über den schimmernden Gletscher. —

In später Nachmittagsstunde saß Toni wieder am Fuße des Kreuzes und neben ihm eine liebliche Mädchengestalt. Sie hatte ihr Bündlein auf den Boden gelegt, die Hände über den Knieen gefaltet und mit einem lieblichen Gemisch von Trauer und neu beginnender Lebenshoffnung schaute sie in das Gesicht ihres Begleiters.

Ihre Mutter war vor wenigen Tagen gestorben und die Armuth war auch in jener „guten, alten Zeit" ein lästig Ding — das erfuhr die arme Waise schmerzlich, als der Vorsteher des Dorfes ihr rund heraus erklärte, daß die Hütte, in der sie bisher mit der guten Mutter gelebt, als Gemeinbeeigenthum nun einer andern Wittwe zugesprochen werde, und sie für ihr Fortkommen jetzt allein sorgen müsse.

Zwar wäre manche Bäuerin bereit gewesen, das schöne, brave Breneli*) als Magd zu dingen, aber die rauhe Art des Dorfältesten hatte sie so verschüchtert, daß sie nicht in dem ungastlichen Thale bleiben wollte, und gerade, als sie ihr Bündlein geschnürt, war der Toni gekommen, der einzige wenn auch entfernte Anverwandte, und hatte ihr ein Unterkommen im reichen Hause seines Vaters angeboten.

Freudig hatte sie eingeschlagen, sich mit ihm auf den Weg gemacht und jetzt ruhten sie mitsammen hier unter dem Kreuz und plauderten fröhlich.

Die Schönheit und Unschuld Breneli's hatten Toni's Herz im Sturm gewonnen und er sagte ihr, daß er sie lieb habe und daß sie, sie allein sein Weib werden solle. Breneli hielt die Hände über dem Knie gefaltet und horchte mit ganzer Seele dieser neuen Sprache. Ach, wie so süß klangen diese Worte gegen die rauhen, die sie heute morgen noch hatte anhören müssen!

Voll Dankbarkeit und Liebe neigte sich ihr reines, unschuldsvolles Herz dem stattlichen Jüngling zu, welcher der armen, ausgestoßenen Waise so uneigennützig Herz und Heimat bot.

„Aber, Toni, ich bin arm, und wie schlimm das ist, habe ich erst heut morgen erfahren!" sagte sie endlich.

„Was schadet das, Breneli!" entgegnete Toni fröhlich; „habe ich doch genug. Und die reiche Braut, die mir der Vater ausgesucht, mag ich nicht,

---

*) Diminutiv von Veronika.

sie ist häßlich und wüsten Sinnes. Wenn sie Dich sehen werden, Breneli, müssen sie Dich lieb haben, so schön und gut wie Du bist! Und hast Du dann den Sommer über als treue Sennin auf der Alp gewirthschaftet und kehrst zu Martini heim mit der sorglich gehüteten Herde, so wirst Du mein Weib — ich werd's bei den Eltern schon durchsetzen."

„Ach wie herrlich wird das werden!" lächelte Breneli unschuldsvoll; „wie will ich Dich lieb haben und Deine alten Eltern pflegen. Gelt, Du täuschest mich nicht, Toni?"

Der Jüngling legte den Arm um die holde Gestalt.

„Wie magst Du nur so reden, Breneli? Hab' ich Dich doch so lieb wie Niemanden auf der weiten Welt, und wenn's Dich beruhigt, will ich Dir Lieb' und Treue zuschwören hier unter diesem Kreuz, und daß keine Andere mein Weib werden soll."

Er legte seine Rechte in die ihre und leistete den Schwur. Ganz still war's um sie her, schweigend lauschten die Geister der Berge, lautlos schwebten die Strahlen der Abendsonne über dem Kreuz und senkten sich wie segnend auf Breneli's blonde Flechten, und droben auf der Spitze des Ferners — ungesehen von dem Paar — stand wieder die ernste Gestalt der heutigen Morgenstunde, und auf den Sonnenstrahlen, die von Breneli's blondem Scheitel wieder aufwärts stiegen zum eisigen Ferner, drangen die Eidesworte Toni's hinan zum Ohr jener einsamen Erscheinung.

Wieder schaute sie mit forschendem Auge hernieder auf den Jüngling, aber als sie dann auf der süßen Mädchengestalt an seiner Seite ruhten, schmolz der strenge Ausdruck und es zog wie wehmuthsvolles Erinnern durch die ernsten Züge.

Milde neigte sich das Haupt vor, daß die Locken silberglänzend weit herab wallten, und die Augen folgten mit fast sehnsüchtigem Ausdruck den wieder fröhlich Weiterwandelnden, bis die Schatten der Abenddämmerung sich über Thal und Höhen legten. —

Der reiche Hofbauer hatte eine eigene Alp und Breneli sollte als seine Sennin allein dort oben die Herde hüten, während auf einer benachbarten Alp, unter der Aufsicht mehrerer Sennleute, die Herden der übrigen Dorfbewohner weideten.

„Nun, Breneli," sagte der alte Hofbauer am andern Morgen, als die Kühe aus den Ställen gelassen waren und schon unter dem fröhlichen Geläute ihrer Alpenschellen den bekannten Weg bergan zogen, „nun, Breneli, sei treu und brav und warte mir sorglich der Herde, und wenn der Alpnutzen reichlich ausfällt, reichlicher als der der andern Senninnen, so will ich mit dem Lohn nicht kargen."

Breneli erröthete und schaute verstohlen nach dem Toni, der hinter seinem Vater stand; mußte sie doch dabei des Lohnes gedenken, den er ihr verheißen. Sie versprach dem Hofbauer, ihre Pflicht zu thun, reichte zum Abschied die Hand im Kreise herum und ging dann der Herde nach.

Toni begleitete sie; er wollte ihr Alles in der Sennhütte zeigen und die kräftigsten Weiden der Alp, auf denen Reih' um — jeden Tag auf einer andern — die Herde weiden sollte, bis sie wieder zur ersten Trift zurückkehrte, die unterdeß sich mit neuem Graswuchs bedeckt.

Es war ein schöner Frühlingsmorgen. In der Ferne strahlte der Gletscher im Frühlicht, leise klangen die Glocken der voranziehenden Herde und Edelweiß und Alpenrosen blühten am Rande des Wildbachs, der neben ihnen rauschend über die moosigen Felsabhänge stürzte. — Aber was war alle Pracht hier außen gegen die blühende Welt im eigenen Herzen?

Sie tauschten Blicke und Worte und seliges Lächeln, und erst als es Abend ward, die Herde in den Hag eilte, um gemolken zu werden und dann auf die Nachtweide zurückzukehren, um im Schutz der tiefastigen Bäume zu ruhen — da erst nahm Toni Abschied und Breneli schaute unter der Thür der Sennhütte ihm nach mit gefalteten Händen, bis eine Krümmung des Weges ihn ihren Blicken entzog.

Drinnen in der traulichen Hütte beim flackernden Herdfeuer und bei dem Füllen und Ordnen der Milchgefäße war es ihr, als höre sie immer noch seine Schmeichelworte und als schauten seine braunen Augen aus jeder Ecke zu ihr hin. Liebe und Hoffnung beflügelten ihre Hände und die Arbeit dünkte ihr nur ein Spiel. Als dann Alles gethan und das Herdfeuer verlöscht war, trat sie noch einmal hinaus vor die Hütte.

Wie's einer treuen Sennin ziemt, glitt ihr Blick zuerst hinüber zu der nicht fernen Nachtweide. Die Herde lag dort in friedlicher Ruhe, mitunter hob eins der schönen Thiere den Kopf und dann erklang die Glocke an seinem Hals in leisem Ton; sanft strich der Nachtwind durch die hohen Bäume und das lange Moos der Stämme wehte empor wie dunkle Schleier.

Nun glitt Breneli's Blick hinunter zum Thal, und auf den Mondstrahlen, die glitzernd den Felsenpfad hinabzueilen schienen, schwebten die Grüße ihrer Liebe. Dann kehrte sie in die Hütte zurück, kniete nieder an ihrem Mooslager zur Seite des Herdes, und in ihr tägliches Abendgebet mischte sich frommer Dank; und ihr letzter Gedanke, bevor sie einschlief, war der — daß sie die glücklichste Sennin und ihr Toni der schönste und treueste Bursch des ganzen Tirolerlandes sei. —

Sonnige Tage folgten den Nächten voll goldener Träume: Wenn der erste Sonnenstrahl auf die ferne Gletscherspitze fiel, klangen die Glöcklein

der Geißen vom Thal herauf, die allmorgenblich von dem Geißbuben auf
die Alp getrieben werden, dort die saftreichen Alpenkräuter abzuweiden, die
dem weniger leichtfüßigen Rinde unerreichbar sind.

Dann flog ihm Breneli fröhlichen Angesichts entgegen, denn stets
brachte er für sie einen Gruß vom Toni, oder sonst ein Zeichen seiner Liebe.
Mit freudebeflügelten Händen ging sie dann an ihr tägliches, mühevolles
Werk. Die Kühe erhoben sich von der Nachtweide und eilten in den Hag
zum Melken und dann führte Breneli die Herde auf eine neue Trift.

Und während die Thiere hier weideten, stand sie an eine Felsenwand
gelehnt und hütete sorglich Tritt und Schritt der ihr anvertrauten Thiere,
daß keines sich einem Abgrunde nähere, oder, durch die Kräuter verlockt, die
am schönsten am Rande des Wildbachs wachsen, in seine wilden Strudel
hineingerissen werde. Und senkte sich dann der letzte Abendstrahl auf die
Spitze des Ferners und umwogte das Alpglühen in purpurnem und vio-
lettem Schimmer die tausendjährigen Eiskolosse, dann trieb der Geißbube
seine schnellfüßige Herde thalwärts und empfing allabendlich aus Breneli's
Hand einen Strauß von Alpenveilchen für den geliebten Toni.

Dann zog auch sie mit der Herde wieder in den umhegten Melkplatz,
und die Arbeit des Morgens kehrte wieder. Aber damit war das Werk
des Tages noch nicht beendet, sondern währte noch Stunden lang fort in der
Hütte am traulichen Herdfeuer, und Mond und Sterne strahlten schon
lange hernieder auf die schlummernde Alp, ehe Breneli das letzte Milch-
gefäß geordnet im angrenzenden Milchkeller oder den neubereiteten Käse
aufgestellt zum Trocknen und weitergebaut an den goldgelben Butterstöcken.

Dann erst, nach frommem Nachtgebet, ruhte sie auf ihrem Mooslager;
und während in der Ferne der Donner der stürzenden Lawinen hallte und
dicht hinter ihrem Hüttlein der Wildbach in brausenden Wirbeln herab-
stürzte, schlummerte Breneli sanft wie ein Kind und um ihr Lager schwangen Träume von „Liebe und Heimat" ihre goldglänzenden Flügel. —

So zogen Wochen dahin und es kam der Tag, an welchem zum ersten
Mal der indeß gewonnene „Alpnutzen" vom Hofbauer heimgeholt werden
sollte. Toni wollte ihn begleiten, wie ihr gestern der Geißbube gemeldet,
und Freude und Erwartung raubten ihren sonst so flinken Händen fast die
Sicherheit, die sie heute gerade am nöthigsten brauchte, um dem Herden-
besitzer zu zeigen, daß er sein Eigenthum guten Händen anvertraut.

Endlich — wie oft hatte sie sehnsüchtig schon den Pfad entlang geblickt — kam der alte Hofbauer und hinter ihm — nicht Toni, wie sie erwartet — sondern zwei Knechte mit hohen Tragkörben.

Breneli's Hoffnung war bitter getäuscht, aber sie bezwang sich und trat hellen Auges dem reichen Brotherrn entgegen. Trotz des sonnigen Morgens lag es wie dunkle Wolken auf seiner Stirn, die selbst nicht wichen, als ihn Breneli in den sauber gehaltenen Keller führte und ihm die Reihen der großen, fetten Käse und die Butterstöcke zeigte. Schweigend wurden sie in die Körbe gelegt und die Knechte traten hochbepackt den Rückweg an.

Dann führte Breneli den Hofbauer auf die Trift zu der weidenden Herde und sein Auge flog prüfend über die wohlgenährten Thiere. Es war eine treue Hand, der er sein Eigenthum anvertraut — das mußte er anerkennen, wie ungern er's auch that. — „Es ist gut, Breneli, fahr' so fort!" sagte er kurz. Es klang recht herbe gegen die freundlichen Worte, mit denen er sie damals auf die Alp entließen; dann wandte er sich zum Heimweg, und ob sie ihn auch noch so freundlich bat, nach üblichem Brauch das Rahmmus zu kosten, das sie für ihn bereitet, — er lehnte es ab und sah dabei so finster aus, daß Breneli nicht wagte, nach dem Toni zu fragen, so laut ihr Herz auch in Angst und Sehnsucht nach dem Geliebten pochte. So ging er und Breneli schaute ihm voll Wehmuth nach.

Abend war es und das Herdfeuer beleuchtete hell wie immer Breneli's liebliches Angesicht, aber die Fröhlichkeit und den heitern Ausdruck der sonstigen Abende zeigte es nicht. Müde waren heut ihre Bewegungen und hie und da stahl sich eine Thräne über die Wange.

Warum war Toni nicht mitgekommen, wie er doch gewollt? warum war der alte Hofbauer so finsteren Sinnes gewesen? warum hatte der Geißbub sich geweigert, das tägliche Veilchensträußchen anzunehmen, um es nebst einer Botschaft dem Toni zu überbringen? — Alles Fragen, an denen ihr Lebensglück hing, und doch war Niemand da, sie ihr zu beantworten.

Sie seufzte laut. Da öffnete sich nach leisem, unbeachtet gebliebenem Klopfen die Thür und eine Gestalt, umflossen vom Zauber des Wunderbaren, stand auf der Schwelle. Lange, silberweiße Locken wallten weit hinab über die Schultern und aus den ernsten und doch so milden Augen sprach eine Majestät, wie sie Diadem und Purpurmantel allein nie verleihen können. — Breneli's Händen entglitt in leisem Schreck der Griff des Milchkübels und sie neigte sich vor dem Greise so tief, wie sonst nur vor dem hochwürdigen Bischof; dann wischte sie sauber die niedere Bank vor dem Herde, — der einzige Sitz, den die einfache Sennhütte bot — und lud den seltsamen Gast zum Sitzen ein.

Mit freundlichem Kopfnicken setzte der Greis sich zum Feuer, stützte den Kopf in beide Hände und während nun die Silberlocken fast bis zum Boden wallten, richtete er die ernsten Augen so forschend auf Breneli, daß es ihr war, als bringe ihr der Strahl gerade bis ins Herz hinein.

„Warum bist Du heute so traurig, Breneli?" fragte er endlich sanft.

Breneli schrak zusammen. Woher kannte der Fremdling, der einem andern Lande zu entstammen schien, woher kannte er ihren Namen? Sie schaute auf ihn, halb in Ehrfurcht, halb in Scheu.

„Nun, Breneli, magst Du's mir nicht sagen?" forschte der Greis noch einmal und seine Augen weilten fast liebevoll auf ihrem Angesicht.

„Ich bin eine Waise," flüsterte sie endlich, „und da kommt das Gefühl des Verlassenseins mitunter gar schmerzlich über Einen."

„Und ist das Alles, Breneli?" forschte der Alte; „magst Du nicht Vertrauen zu Jemand fassen, der's gut mit Dir meint und wohl Macht und Willen hat Dir zu helfen! Meinst Du, Du wärest mir fremd? Sah ich Dich nicht dort schon auf dem Bergrücken unter dem Kreuz, hörte ich nicht die Schwüre des Jünglings und sah, wie Liebe und Hoffnung die Trauer aus Deinem Herzen verdrängten! — Seit jener Stunde bin ich Dein Freund gewesen. Meinst Du denn, daß Deine Sorgfalt und Wach= samkeit hingereicht hätten, die Gefahren der Berge fern zu halten von Dei= nem Dach und Deiner Herde? ... Wenn Du ahnungslos schlummertest auf Deinem Mooslager und der Traum Deine Seele auf goldene Auen führte, dann saß ich wachend dort oben auf dem Felsen und gebot den Ele= menten, daß sie schadlos an Dir vorüberbrausten; ich lenkte den Lauf der Lawinen und den Flug des Schneesturms, daß sie seitwärts wichen, und nur Sommerlüfte und Sternenschein Deine Stirn berühren durften — zweifelst Du noch an mir, Breneli?"

Breneli hatte die Hände gefaltet und war näher getreten.

„Ich danke Dir für Deinen Schutz," sagte sie, sich noch einmal vor dem Greise neigend; „wer Du auch seist — mir warst Du ein Wohlthäter und einem solchen schuldet man Vertrauen. Aber sagtest Du mir nicht, daß Du in meinem Herzen gelesen und meine Liebe zum Toni erkannt? — dann weißt Du ja auch, was es jetzt bedrückt. Ich traure um Alles, was mir heute begegnet und was ich nicht enträthseln kann; vor Allem aber schmerzt es mich, daß ich den Toni nicht gesehen, und ich hatte mich doch so sehr darauf gefreut!"

Der Greis schaute prüfend in ihr liebliches Gesicht, wie sie so, vom Wiederschein des Feuers angestrahlt, vor ihm stand und die schönen blauen Augen voll Trauer und innigen Vertrauens auf ihn geheftet hielt.

„Und möchtest Du ihn jetzt sehen?" fragte er ernst.

Sie nickte mit leuchtendem Auge.

„Aber, Breneli, die Erfüllung unsrer Wünsche bringt oft ganz Anderes, als wir uns ersehnt; man geht aus, Treue zu suchen, und findet Verrath."

König Laurin in Breneli's Sennhütte.

„Ach," sagte sie, „das wird mein Los nicht sein. Toni ist brav und treuer als Gold — und habe ich nicht seinen Schwur?"

„Du gutes Kind!" erwiederte der Greis und es zuckte Etwas wie schmerzvolle Erinnerung durch seine ernsten Züge, „wenn jeder gebrochene Schwur eine Stufe bilden könnte, so würde man wol leicht hinaufgelangen können zur Mondessichel."

„Fremdling," sagte Breneli theilnahmsvoll, „Du magst Täuschungen genug erfahren haben in Deinem langen Leben, um den Menschen nicht mehr zu trauen, aber den Toni — meinen Toni, kennst Du nicht!"

„So komm denn, Breneli," sagte der Greis, sich erhebend, „Du willst es, obgleich ich Dir den Schmerz gern erspart hätte."

Und sie schritten hinaus in die Nacht.

An der Hand des Greises stieg Breneli hinauf auf jene Felsenspitze, wo er allnächtlich Wache gehalten über sie und ihre Herde. Sie traten vor bis zum Rande der Kluft. Tief unten im Schleier der Nacht ruhte Toni's Heimatsthal. Hohe Felsenwände und weite Triften trennten sie von jener Stätte und verwehrten dem sterblichen Auge den Blick dort hinab.

Aber der Greis bog einen Zweig des hohen Fichtenbaums über ihnen herab bis zu Breneli's Scheitel und befahl ihr, durch das Astloch in demselben zu blicken. Sie that es: Da sanken die Gesetze des Raumes und über die trennende Ferne hinweg flog ihr forschender Blick. Sie schaute durch die erhellten Fenster in die Prunkgemächer des stattlichen Gehöftes.

Was an köstlichem Geräth und werthvollen Schaustücken sonst sorglich verwahrt wurde in Truhen und Schränken, das prunkte heute auf der festlich geschmückten Tafel, welche lachend und plaudernd die angesehensten Bewohner des Dorfes umgaben. Neben den Eltern, an der Seite eines reichgeschmückten Mädchens, saß Toni; seine Augen glänzten und sein Mund lächelte und flüsterte, gerade wie in jener Abendstunde, als er Breneli Liebe und Treue geschworen unter dem Kreuz auf der Bergeshöhe.

Die Drohworte des Vaters und der Reichthum der ihm schon längst bestimmten Braut hatten Toni's wankelmüthigen Sinn schnell zum Schwanken gebracht und während das schöne, holde Breneli oben auf der Alp in heißer Sehnsucht nach ihm bangte, brach er leichtsinnig Schwur und Treue und verlobte sich der ungeliebten, aber reichen Braut.

Lange schaute Breneli thränenlos und schweigend hinab; dann, als sie nicht mehr zweifeln konnte an der Schuld des Geliebten, ließ sie den Zweig los und wandte die Augen ab — und allsogleich deckten Nacht und Ferne wiederum die Stätte eines schmachvoll zerstörten Glückes. — Breneli schritt schweigend den Felsen wieder hinab, aber nicht in die trauliche Sennhütte trat sie ein, sondern an derselben vorüber eilte sie, planlos, ohne Weg und Steg — war's doch fast, als wolle sie hinan zu den Eisklüften des Ferners.

„Breneli," tönte die Stimme des Greises neben ihr; „Breneli, wo willst Du hin?" — Sie wandte ihr Antlitz wie im Traum. Tödlicher Schmerz lag auf den holden Zügen und die sonst so glänzenden Augen blickten kalt und starr. „Wohin?" fragte sie tonlos, „wohin? Am liebsten in den Tod, aber da das nicht sein darf, wenigstens weit fort, so weit mich meine Füße tragen."

„Willst Du mit mir kommen, Breneli," sagte der Greis, „so soll meine Heimat auch die Deine sein, und was Du hier verloren an Liebe und Treue, das sollst Du dort finden tausendfach.

Breneli schaute in seine milden Augen.

„Und wer bist Du, gütiger Greis?" frägte sie weich.

„Ich bin König Laurin, der Herrscher des mächtigen Zwergenvolkes, das Jahrhunderte hindurch den Menschen verbunden war in Liebe und Treue. Das Siegel der Gottähnlichkeit, das auch wir Geister anerkennen und vor dem wir uns in Demuth beugen, zog uns zu Euch; aber von Geschlecht zu Geschlecht verlort ihr es mehr, und getäuscht und verhöhnt, zum Dank für unsere Güte und Hülfe, zogen wir uns zurück ins Innere unserer Berge. Dort, im Herzen jenes Felsens, dessen Scheitel den schim= mernden Gletscher trägt, dort steht mein Palast und mein Volk hat ihn ge= schmückt mit allem Glanz edler Gesteine, die — verborgen dem Auge der Sterblichen — tief unten im Schoß der Erde blühen. Dort lebe ich, aber allein, allein seit Jahrhunderten, denn meine einzige Tochter, die letzte Blume eines blütenreichen Kranzes, ist mir gestorben, lange, lange schon. Ihr Rosengarten, den sie gepflegt als ihre liebste Freude, blüht noch in unvergänglicher Schöne, aber so oft mein Auge auf seine Wunderblumen fällt, gedenke ich mit Trauer meines verlorenen Kindes. Du, Breneli, gleichst ihr, Du bist wie sie reinen Herzens, und seit ich Dich gesehen und hineingeschaut habe in Dein Herz, ist's mir gewesen, als hätte ich mein Kind wiedergefunden. Wie ein solches habe ich Dich gehütet und wie ein solches will ich Dich lieben fortan."

„Armer, einsamer König!" sagte Breneli leise, während die erste Thräne wieder über ihre Wange rann, „ich will zu Dir kommen in Deinen Bergpalast; ich will Dich lieben und ehren, wie Dein Kind es that, und ihren Rosengarten pflegen und warten, denn ich habe keine Heimat mehr und kein Herz, das mir angehört; aber Eins gestatte mir noch, ehe ich das Licht der Sonne meiden muß,"

„Fordere, Du kannst nur Gutes wollen und es ist Dir gewährt!"

„Sieh," sagte Breneli, und ihre Thränen flossen stärker, „sieh, König Laurin, ich bin noch jung, es ist die erste Täuschung, die mein Herz erfährt, und ob es auch fast dabei gebrochen ist, so lebt doch noch eine leise Hoffnung, ein schwacher Glaube an Toni fort darin."

König Laurin blickte ernster als vorhin auf das weinende Mädchen.

„Nein, zürne mir nicht!" bat sie, ihre Hände in Herzensangst zu ihm erhebend, „nenne es nicht thörichte Schwachheit; denke, daß es Jahrhunderte der Täuschungen bedurfte, um Dein edles Herz dem Glau= ben an unser Geschlecht zu verschließen. Ich weiß es, Toni ist gezwungen worden, überredet von den Seinen, aber er liebt mich noch, und es würde ihn schmerzen, wenn ich ginge ohne Abschied. Laß mich morgen, wenn er mit seiner Braut zum Aufgebot hinüber ins andere Thal geht und hier an meiner Hütte vorüberkommt, laß mich dann ihm Lebewohl sagen und in Frieden von ihm scheiden!"

„Thue, wie Du sagst, mein Kind," entgegnete mild König Laurin, „aber Du wirst dann nur um einen tieferen Schmerz reicher sein; und nun, Breneli, es ist spät geworden! Geh in Deine Hütte und lege Dich nieder, um im Schlaf auf einige Stunden Deines Schmerzes zu vergessen."

„Ach nein," sagte Breneli bittend, „laß mich hier bei Dir bleiben unter den Sternen, denn ich fürchte mich vor der einsamen Hütte. Schlafen kann ich ohnehin nicht und die Geister der Vergangenheit würden noch einmal Macht gewinnen über meine Seele. Nein, laß mich hier bleiben und Deine Wacht theilen." — Sie schritten wieder hinauf auf den Felsen; König Laurin setzte sich nieder unter der hohen Fichte und Breneli nahm neben ihm Platz. Sie faltete fromm die Hände und während ihre Augen hinaufblickten zu den Sternen, stieg ihr Gebet um Frieden und Trost noch höher hinauf, zu dem, der über den Sternen thront.

Sie sprachen kein Wort. König Laurin schaute schweigend hinüber zum Gletscher, sein Geist durcheilte das Jahrtausend seiner Erinnerungen und über Breneli's Stirn zog ihr junges Leid in tiefen Schatten.

Allmählich ward ihr Haupt schwer und endlich sank es leise an die Schulter des greisen Königs. Sanft legte er seinen Arm um die Schlummernde und streckte die Rechte gebietend aus nach dem hohen Gletscher.

Da verhallte das Sturmlied in seinen eisigen Klüften und nur die Mondstrahlen spielten weiter um die Spitzen des Ferners; wie blitzende Schlangen wanden sie sich über die spiegelglatte Fläche und flossen dann langsam in breitem, glänzendem Strom hinab auf der krystallenen Bahn. Der Wildbach hemmte seinen donnerartigen Sturz und eilte leiser abwärts.

Milde, dämmerige Nacht schwebte auf der Alp und nur wie ein Traum klang hin und wieder ein Glöcklein von der Nachtweide her — Friede und Ruhe überall! Nur ein warmes Sommerlüftchen und goldener Sternenschein wagten sich herbei und küßten die müdgeweinten Augen des Mägdleins, das schmerzvergessen im Arm des greisen Königs schlummerte. —

Und nun war es wieder Morgen und Breneli harrte bleichen Angesichts der schmerzbringenden Stunde. Bis zum letzten Augenblick wollte sie ihre Pflicht erfüllen und so hatte sie ihre Herde noch einmal hinaufgeleitet zu der Trift, an deren Rand der Weg vorüberführte, den Toni heute mit der reichen Braut wandeln mußte.

Die Sonne stieg höher und höher und die Minuten peinlichen Wartens dehnten sich dem armen Kinde zu Stunden — da schlugen Stimmen und lautes Gelächter an ihr Ohr und dann bogen sie um eine Felsenecke. Zum ersten Mal, seit jenem Morgen der Auffahrt, stand Toni der armen Waise gegenüber, deren Lebensglück er zertrümmert, und er schrak zusammen, als er in das schöne aber todbleiche Antlitz schaute. Einen Augenblick gedachte er seines Schwurs, da rief die reiche Braut an seiner Seite mit höhnendem Ton: „Das ist wol die Dirne, von der Dein Vater sprach, die sich einbildete, die reiche, junge Hofbäuerin zu werden? Nun wahrlich, wie kann eine Bettlerin solche Gedanken hegen!"

Schneidend drang dieser Hohn in Breneli's so tief gebeugtes Herz.

„Ich selbst hätte nie danach getrachtet," sagte sie traurig; „der Toni wollte es, weil er mich liebte und meine Armuth ihm kein Hinderniß dünkte."

„Wahrlich, Toni," sagte die Braut hochmüthig, „das klingt ja anders als Deine Worte von gestern Abend. Sagtest Du mir nicht, Du hättest Dich nie um sie gekümmert und stets nur nach mir gestrebt? Sage der Dirne, daß sie lügt, oder kannst Du das nicht, so steht es Dir noch immer frei, die Bettlerin zu wählen — ich habe der Freier noch genug!"

Toni erröthete in Scham und Aerger, aber nicht die hochmüthige Braut traf sein Zorn, sondern das arme, unschuldige Breneli. „Du lügst, Mädchen," rief er, „ich habe Dir nie Etwas versprochen, Dich nie geliebt!"

„Toni," entgegnete Breneli sanft, „versündige Dich nicht! — Hast Du den Schwur unter dem einsamen Kreuz auf der Bergeshöhe vergessen? Sieh, ich zürne Dir nicht, daß Du mich aufgiebst — vielleicht haben Dich Deine Eltern überredet, aber es trieb mich, Dir Lebewohl zu sagen und Dir einen Segenswunsch für Deine Zukunft mitzugeben."

„Behalte Dein Lebewohl und Deinen Segenswunsch für Dich," schrie Toni, bleich vor Zorn und Scham; „Du warst eine Thörin, wenn Du jene Worte für Ernst nahmst — ich und eine Bettlerin wie Du!"

Mit lautem Hohngelächter wandte er sich von ihr, reichte seiner Braut die Hand und Beide schritten weiter.

Breneli schaute wortlos ihnen nach. — Wieder hatte der weise König Recht gehabt, sie war um einen tiefen Schmerz reicher, und dieser brannte glühender noch als der erste — Sie wandte sich um. Hinter ihr stand König Laurin, der unsichtbar Zeuge von Toni's ehrlosem Verrath gewesen war; seine Augen glühten, aber er sprach kein Wort. Breneli beugte sich nieder auf seine Hände und drückte sie an ihre zitternden Lippen. „Ich bin bereit, Dir zu folgen!" sagte sie mit leiser Stimme.

Da öffnete sich der Fels vor ihnen; noch einmal schaute Breneli hinauf zur Sonne und dann schritt sie an König Laurin's Hand hinein in das Zauberland der Zwerge.

24*

In demselben Augenblick löste sich von den schneebedeckten Abhängen des Gletschers eine Lawine, rollte donnernd hernieder und an dem Kreuz, wo einst das arme Breneli den Schwur Toni's empfangen, ereilte sie den Treulosen und die hartherzige Braut, und begrub Beide so tief, daß selbst ihre Leichen nicht wiedergefunden wurden — so rächte König Laurin seine Schützlinge. — Breneli aber hatte nun wieder eine Heimat und statt des einen treulosen Herzens, das sie verloren, schlugen ihr hier die Herzen von Tausenden entgegen in unwandelbarer Treue.

König Laurin liebte sie wie sein eigenes, verlorenes Kind und sie vergalt es ihm mit der ganzen Innigkeit ihres reinen Herzens, und die kleinen, freundlichen Zwerge dienten ihr und gehorchten dem leisesten ihrer Winke, wie sie es einst der verlorenen Königstochter gethan.

Sie pflegte sorgsam des Rosengartens am Fuße des krystallenen Königsschlosses, daß er blühte und grünte wie zu jener Zeit, als die zaubermächtige Hand der Prinzessin sein gewartet, und der Duft seiner Rosen drang heilend in ihr Gemüth und tilgte die letzte Spur des Grames.

Sie vermißte nicht den Strahl der Sonne in diesem Zauberreich, in dem das milde Licht unsichtbarer Gestirne nie erlosch; sie sehnte sich nicht zurück nach der Erde; denn hier hörte der Frühling nimmer auf, warme Lüfte küßten ihre Stirn und das Wild der Berge, die furchtsamen Gemsen, kamen zutraulich herbei und ließen sich streicheln von ihrer weißen Hand.

Manchmal, in sternenklaren Nächten, entstieg sie an König Laurin's Seite ihrem Zauberreich und schwebte an seiner Hand hinauf auf die Spitzen des Ferners, Umschau zu halten über das schlummernde Land.

Ihr Auge, gestärkt im Reiche der Geister, flog dann durch Nacht und Ferne und schaute, auch ohne Zauberring, weit hinaus über die Grenzen, die dem sterblichen Auge gesetzt sind. Und was einst sie fortgetrieben aus dem Land der Sonne, das schaute sie immer und immer wieder in tausendfacher Wiederholung: Schmerz, Ungerechtigkeit und Untreue.

Und wenn sie hineingeblickt in manche freudlose Hütte und in manch kummervolles Herz, dann wandte sie sich zu dem königlichen Greise neben ihr, küßte ehrfurchtsvoll seine Hand und sprach lächelnd: „Komm, König Laurin, laß uns wieder zurückkehren in unsere Heimat, in unser Friedensreich, wo man Thränen, Schuld und Reue nimmer kennt."

Friedrich's Abschied von Gela.

Barbarossa's Jugend-
traum.

Weit über ein halbes Jahrtausend ist nun vergangen, da schaute
von einer Höhe der fränkischen Gauen
eine Burg fröhlich hernieder in
das flußdurchströmte Kinzigthal mit
seinen freundlichen Dörfern und
Städten.

Sie gehörte dem mächtigen Schwabenherzog Friedrich von Hohen-
staufen, dessen junger, ritterlicher Sohn sie von all den stolzen Burgen seines Vaters am meisten liebte und oft das glänzende Hoflager des Oheims
verließ, um in ihren wildreichen Forsten einsam zu jagen oder von ihrem

hohen Erker hinabzublicken auf die blühende Ebene zu seinen Füßen. — Wol entbehrten ihn Vater und Oheim sehr ungern. Sein offenes blaues Auge, der heitere Ausdruck seines männlich schönen Antlitzes, anzuschauen wie ein ewig glückliches Lächeln, dünkte den beiden lebensernsten, kampfesmüden Männern so herzerquickend, daß sie ihn nur ungern von sich ließen. Aber der junge Friedrich konnte so herzig bitten, ihm nur einmal noch die Waldesfreiheit zu gönnen, daß Vater und Oheim ihm Gewährung zunickten, obgleich dieses „nur einmal noch" häufig wiederkehrte.

So geschah es auch im Herbste jenes Jahres, als Bernhard von Clairvaux mit zündender Rede das Deutsche Reich durchzog, Fürsten und Völker aufzurufen zur Befreiung des heiligen Grabes.

„Nur einmal noch!" hatte der junge Friedrich wieder gesagt, und König Konrad und Herzog Friedrich hatten ihm Gewährung zugesagt.

Als er nun aber Abschied nehmend sich auf die Rechte seines königlichen Oheims neigte, hatte dieser ihm zugeflüstert: „Aber sei bereit, mein Friedrich, zurückzukehren, sowie mein Bote Dich ruft. Es bereiten sich große Dinge vor, bei denen ich Deines tapferen Armes nicht entrathen kann!" — Und der junge Friedrich hatte mit seinem herzerfrischenden Lächeln zu dem verehrten Oheim aufgeschaut und leise erwiedert: „Ich komme, sowie mein Herr und König ruft!"

Dann aber jagte er dahin, als gälte es, heute noch die Welt zu umreiten. Sein Berberroß trug ihn wie auf Flügeln durch die düstern Forsten des Spessart, und als der letzte Sonnenstrahl auf die Wellen der Kinzig sank, sprengte er den steilen Burgpfad hinan und ritt über die niedergelassene Zugbrücke in den Burghof ein.

Waren es wirklich die Hirsche und Eber der weitgedehnten Wälder, oder die kostbaren Schätze alter, seltener Handschriften im Burgarchiv, die — wie es Oheim und Vater und selbst das Hofgesinde wähnten — den jungen Fürsten immer und immer wieder nach der kleinen, einsamen Burg hinzogen?

Nein — es war die heiße, tiefe, unbezwingbare Liebe, die den Jüngling ergriffen hatte, als er einst, von der Jagd dort im Walde des Kinzigthales rastend, die wunderholde Gela, die Tochter eines einfachen Burgmannes, erschaut hatte. Er liebte sie so innig, daß er bereit war, allen Träumen künftiger Macht und Größe zu entsagen, um mit der Geliebten, die er nicht zu sich erheben konnte, in still verborgener Glückseligkeit zu leben.

Aber strenge wahren mußten Beide ihr Geheimniß, keinem Vertrauten durften sie es künden, wenn nicht ihr Paradies verwüstet werden sollte, ehe es ihnen seine Pforten ganz erschlossen — und so hüteten sie es sorglich.

Fremd und kalt ging der Fürst an Gela vorüber, wenn er sie im Burghof oder dienend in den Gemächern traf, und Gela neigte sich dann vor dem, der sie seine holde Herrin nannte, tief, gleich der geringsten seiner Mägde.

Aber in später Nachmittagsstunde, wenn Friedrich, die Armbrust über der Schulter und die treuen Bracken zur Seite, früh Morgens schon in den Wald gezogen war, dann schritt die schöne Gela, mit einem Körbchen am Arm, oder frisch gesponnene Garnstränge auf der Schulter, die Landstraße entlang, als wandle sie zum Krämer des nächsten Städtchens. Im Walde aber bog sie ab vom breiten Pfade und eilte durch Gestrüpp und Unterholz einer Anhöhe zu, auf welcher unter den tief niederhängenden Zweigen einer mächtigen Eiche sie der junge Fürst erwartete.

Dort kosten und plauderten sie fromm und unschuldig, bis der letzte Sonnenstrahl in den Wellen der Kinzig erlosch und das Abendglöcklein des Nonnenklosters aus dem Waldgrund zu ihnen heraufscholl; dann schlangen sie zu frommem Gebet die Hände in einander und trennten sich darauf bis zum Wiedersehn des nächsten Tages.

So war es schon manches Jahr gewesen. Ihre Liebe war nicht verrathen worden, ihre Hoffnung nicht erloschen, ihre Treue nicht verblaßt. In den Prunkgemächern der Königsburg, unter den stolzen und herrlichen Frauengestalten, die den jungen Fürsten schmeichelnd umgaben, verstummte in ihm nie die Sehnsucht nach der Einsamkeit jenes Waldes im Kinzigthal und nach der schönen und sanften Geliebten.

So grüßten sie sich auch diesmal wieder mit der alten, ewig jungen Zärtlichkeit. Friedrich lehnte Gela's blondes Köpfchen an seine Brust und redete mit ihr von der nahen, schönen Zukunft, die ihnen gehören würde, sobald er in wenig Wochen mündig geworden sei, und wie er sie dann frank und frei als sein trautes Gemahl auf seine Burg im schönen Bayernland führen wolle, in das Erbtheil seiner verstorbenen Mutter — der stolzen Welfentochter. —

Und der Eichbaum über ihnen rauschte und streute goldgelbe Blätter in Gela's schönes Haar — denn es war tief im Herbst.

Als dann das Abendglöckchen des Waldklosters zu ihnen herausklang, war es schon dunkel; der Mondstrahl blitzte auf dem Waldpfad und Gela schritt, von Friedrich's Arm umschlungen, mit ihm der Landstraße zu — dort aber schien der Mond so hell, daß sie sich trennen mußten, aus Furcht vor spähendem Auge.

„Auf morgen denn, Trauteste!" sagte der junge Fürst, noch einmal zärtlich ihre schönen Augen küssend; dann schritt Gela leichten Fußes die

Straße thalwärts, während Friedrich ihr nachschaute, bis sie seinen Blicken entschwand; darauf rief er seinen Bracken, um auf anderem Wege zur Burg zurückzukehren.

Dort aber war die sonstige Stille und Einsamkeit einer regen Geschäftigkeit und hastigem Durcheinander gewichen. Des jungen Fürsten greiser Erzieher, zugleich Beichtvater und Vertrauter seines Vaters sowie des königlichen Oheims, war, begleitet von einer Schar Reisigen, vor etlichen Stunden in der Burg angelangt, und die Frage nach dem jungen Fürsten ging ungeduldig von Mund zu Mund; denn es galt eine Botschaft, die Eile heischte — da kam er endlich über die Zugbrücke geschritten und sein schönes Antlitz strahlte wie verklärt — schwebte doch sein Waldtraum noch über ihm.

Der alte Burgkaplan des hohenstaufischen Brüderpaares hatte längst schon sehnsüchtig seines Zöglings geharrt, nun eilte er ihm entgegen, so schnell es sein Greisenalter zuließ, und grüßte seinen Liebling, der vor wenig Tagen erst von ihm geschieden, als habe er ein Jahrzehnt seines Anblicks entbehrt. Darauf schritten sie hinauf zu dem Erkergemach, in welchem der junge Fürst am liebsten weilte, weil es den Ausblick nach Gela's Fensterlein gewährte, und saßen dort beisammen in trauter Zwiesprache. Der Lichtschein aber, der noch lange, als Alles in der Burg schon schlief, von dort her auf die Steine des Burghofs fiel, kündete der an ihrem Fensterlein stehenden Gela, daß ernste, inhaltschwere Berathungen zwischen ihrem Geliebten und seinem greisen Lehrer gepflogen würden.

Am andern Morgen strömte das Volk aus der Burgkapelle, in welcher der alte Priester, der gestern Abend angelangt war, in begeisterter Rede zu ihnen gesprochen und Herz und Arm von Jung und Alt gefordert hatte zu der bevorstehenden Kreuzfahrt ins Heilige Land — und nicht vergebens.

Männer und Jünglinge waren bereit, Gut und Blut daran zu setzen, und nur mit Mühe ließen sich die Greise zurückhalten und bereden, daheim zu bleiben zur Bestellung des Ackers sowie zum Schutz für Weib und Kind.

Alle kehrten in ihre Hütten zurück, in Eile ihr Hauswesen zu beschicken und sich zu rüsten — nur Eine weilte noch in dem heiligen Raum — es war Gela, die, als Alles die Kapelle verlassen, von ihrem Betbänkchen sich erhoben und sich vor dem Altar niedergeworfen hatte, um Alles, was ihr Herz jetzt quälte an zerstörten Hoffnungen, Trennungsweh und einsam zu tragendem Leid, vor dem Gekreuzigten niederzulegen.

Sie hielt die Hände gefaltet und in nicht zu bewältigender Seelenqual richtete sie ihr schönes Antlitz aufwärts zu dem Bilde des Erlösers, welcher, der tiefsten Schmerzen kundig, mild auf sie herabzublicken schien.

Da klang es leiſe hinter ihr; doch Gela, verloren in Schmerz und Andacht, achtete deß nicht. Nun legte ſich eine Hand auf ihre Schulter — ſie ſchaute auf und über ſie neigte ſich das Angeſicht deſſen, um den ſie eben Leide trug.

„Gela," ſprach der junge Fürſt zärtlich aber leiſe, wie in heiliger Scheu vor dem geweihten Orte, „Gela, wir müſſen uns trennen! Auf die Erfüllung unſeres geſtrigen ſchönen Traumes ſollen wir noch länger warten! Ich kann es kaum ertragen und doch darf ich mich nicht weigern, weder als Fürſt und Ritter, noch als Sohn und Unterthan!"

„Nein," ſagte Gela ebenſo leiſe, „Du mußt gehorchen, mein Friedrich, was auch unſer Herz dabei empfindet!"

„Und Du willſt mir treu bleiben, Gela, geduldig harren, bis ich wiederkehre, und wirſt Dein Herz nicht von mir wenden?" fragte der Fürſt und es klang Etwas wie Angſt und Qual in ſeiner Stimme.

„Friedrich," ſagte Gela, ihre Hand auf ſeine Schulter legend, „heiße mich in die Hölle gehen — wenn es gälte Dein Glück dort zu holen — ich würde es mit Freuden thun. Dein werde ich bleiben unter aller Pein und Noth, die über mich kommen könnte, und wenn ich ſtürbe, würde meine Seele beim Rufe Deiner Stimme den Himmel verlaſſen, um bei Dir zu ſein."

Friedrich zog ſie feſt an ſich. „So gehe ich getroſt, meine Gela; Gefahr und Tod können mir nichts anhaben, denn ich ziehe unter dem Schutze Deiner Liebe! Lebe wohl bis zu freudigem Wiederſehen!"

Er eilte ſchnell von dannen, um ſie nicht die Thräne ſehen zu laſſen, die ſich ihm ins Auge drängte, und Gela ſank noch einmal auf die Stufen des Altars, ihr Haupt in ſtillem, wortloſem Herzensgebet neigend.

So achtete ſie auch nicht des abermaligen Geräuſches hinter ihr und ſchaute erſt auf, als ſich zum zweiten Mal eine Hand auf ihre Schulter ſenkte; aber nicht in Friedrich's jugendſchönes Antlitz blickte ſie diesmal, ſondern in die tiefernſten Züge des greiſen Prieſters, der gekommen war, ihren Geliebten und das Volk der umwohnenden Gauen zur Kreuzfahrt aufzurufen. — Sie ſchrak zuſammen, als ſie bedachte, daß er Zeuge ihres Geſpräches geweſen, und daß nun das ſo ſorglich gehütete Geheimniß verrathen ſei.

„Erſchrick nicht, meine Tochter," ſagte der Greis mit milder Stimme; „unfreiwillig wurde ich Zeuge Eures Geſpräches, aber es iſt in Ohr und Herz eines Mannes geſunken, deſſen Beruf ihn zu dem Hüter manch tiefen Geheimniſſes macht."

Gela athmete erleichtert auf.

„Du bist reinen Herzens, meine Tochter," fuhr der Greis milde fort; „wer könnte Dich schelten, daß Du Deine Seele dem Jüngling geweiht, dem der Allmächtige einen Zauber verliehen, welcher ihm fast jedes Herz in Liebe neigt. Aber, meine Tochter, eben weil Du ihn liebst, mußt Du ihm entsagen!"

Gela schaute erschrocken zu dem Mönche auf. „Ja, entsagen!" wieder=holte er ernst und nickte dazu mit dem weißen Haupte.

„Ich kann nicht, ehrwürdiger Vater!" flüsterte das Mägdlein mit zitternder Lippe.

„Kannst Du nicht?" fragte der Greis noch ernster; „kannst Du nicht Deinem Glück entsagen um des seinen willen, und vermaßest Dich eben noch, in die Hölle zu gehen, wenn es sein Glück fordere . . ."

„O, ehrwürdiger Vater," flüsterte Gela, die Hände bittend zu ihm emporgehoben, „blicket nicht so streng! Ihr wisset nicht, was es heißt, ihm entsagen und damit Allem, was man Glück genannt. Wenn es aber sein Wohl erheischt, so soll mein Herz ohne Widerrede brechen!"

Ein sanfterer Strahl erglänzte in den Augen des Mönches.

„Wohl gesprochen, meine Tochter," sagte er milder; „Friedrich liebt Dich jetzt mit der ganzen Kraft eines unentweihten Herzens und ist bereit, Rang und Zukunft Dir zu opfern — aber er ist Mann und Fürst und vor Allem ein Hohenstaufe, dem der Drang nach großem, preiswürdigem Thun in der Seele ruht, jetzt nur eingeschläfert durch die Liebe zu Dir. Aber wenn er in die Mannesjahre kommt, wird er unglücklich sein, daß Du ihn geschieden von der Aufgabe seines edeln Hauses. Und dann, meine Tochter, wird nicht er allein — ganz Deutschland wird Dir zürnen; denn jedes scharfblickende Auge erkennt schon jetzt in diesem Heldenjüngling den einstigen Herrscher, berufen, das zerrissene Reich zu Einheit und Macht hinanzuführen! — Kannst Du Angesichts dieser seiner und unserer Aller Zukunft noch an Dein kleines Glück denken?"

Gela richtete sich auf wie aus einem Traum.

„Nein, mein Vater," sagte sie mit leiser Stimme, während ihre Augen wie erloschen in das Angesicht des Mönches blickten, „nein, ich entsage ihm! — Aber wenn er je mit Bitterkeit Gela's gedenkt, so fordere ich von Euch, daß Ihr ihm von dieser Stunde redet und ihm kündet, wes=halb ich ihm entsagte: weil ich sein Glück mehr geliebt als mich selbst. — Möge dies Opfer kein vergebliches sein!"

Der Mönch legte seine Hand gerührt auf ihr schönes Haupt: „Friede sei mit Dir, meine Tochter!"

An einem thaufrischen Maimorgen — zwei Jahre nach jenem Ab=
schiedsmorgen in der Burgkapelle — ritt der junge Friedrich wiederum über
die Zugbrücke der Burg auf der Höhe ob dem Kinzigthal.

Kleinasiens Sonne hatte seine weiße Haut dunkler gefärbt, die
Mühen des Kampfes und der Schmerz über manch' erlebten Trug hatten
eine leichte Furche in die glatte Stirn gezeichnet, aber über dem wallenden
Bart= und Lockenhaar lag noch derselbe goldene Schimmer und seine blauen
Augen strahlten noch in dem alten Glanze.

Das Burggesinde strömte herbei, den geliebten, jungen Helden zu be=
grüßen, der inzwischen durch seines Vater Tod Herzog von Schwaben und
ihr Schutzherr geworden. Sein fürstlicher Mund spendete ihnen manch
huldvolles Wort und sein herzgewinnendes Lächeln schwebte über ihnen wie
ein Sonnenstrahl.

Rasch überflog sein Auge die Reihen und ruhte dann einen Augenblick
wie fragend auf den Zügen eines alten, gebeugten Mannes — es war Gela's
Vater; darauf schwang er sich vom Rosse und schritt die Stiegen hinan zu
seinem Lieblingsgemach.

Der Kellermeister setzte einen Humpen des edelsten Weins auf die
Tafel, ein Ehrenträuklein, das er zu höchster Festfeier sorglich bewahrt
im trockensten Winkel des Gewölbes, und Frau Barbara, die Beschließerin,
trug stolz die wohlgelungene Pastete herbei, die sie vorbereitet auf diesen
Ehrentag — aber der junge Herzog gewahrte nichts von Alledem.

Er stand im Erkerbogen und schaute hinab auf ein kleines Fensterlein
in den Gebäuden, die den Burghof umgaben, vor dem, auf grünem
Schwebebret, sonst Levkojen, Rosmarin und Goldveiglein geblüht, und
hinter welchem, sittig auf die Spindel geneigt, er oft ein Antlitz erschaut,
wie er es schöner und herzbestrickender selbst nicht unter den „Blumen des
Morgenlandes" gefunden.

Jetzt aber war Alles anders. Kein Blümlein duftete dort, das Blumen=
bret schwankte leer und halb zerbrochen, die klaren Scheiben waren erblindet
und kein liebes Menschenantlitz grüßte hinter ihnen.

Durch Friedrich's Brust zog es in unbestimmter, quälender Ahnung.

„Wer mag dort hausen in jener Kemnate mit dem erblindeten Fen=
sterlein?" fragte er so ruhig als möglich Frau Barbara, die leicht mit den
Schlüsseln klirrte, um ihres jungen Herrn Aufmerksamkeit auf sich und ihr
Kunstwerk zu lenken.

Die Alte trat näher und schaute hinab zu dem veröbeten Fenster, auf
das des Herzogs Finger deutete,

„Ei, Herr Herzog," sagte sie geschwätzig, „da wohnte vormals ja die

Gela, das gute Kind, das Nonne geworden iſt bei den Clariſſinnen im
Waldgrund — im Herbſt waren es ſchon zwei Jahre."

Friedrich ſtand regungslos, dann winkte er ſtumm nach der Thür —
ſprechen konnte er nicht, denn ſein erſter Laut wäre ein Schmerzensſchrei
geweſen!

Barbara ging, er aber ſank in den hochlehnigen Seſſel des Fenſter-
bogens, und ſein Auge ſtarrte unverwandt auf das erblindete Fenſterlein.

Es klopfte leiſe, doch der Herzog hörte es nicht vor dem ſchmerzhaf-
ten Pochen ſeines Herzens — da ward die Thür geöffnet und auf die
Schwelle trat der alte Mann, auf dem vorher des Fürſten Blick ſo fragend
geruht. Er näherte ſich ehrerbietig der Erkerniſche und wartete geduldig,
bis ſein junger Herr das Haupt erheben würde. Nun that er es — aber
der Alte ſchrak zuſammen, als er jetzt in das geliebte Antlitz blickte, das
vorhin noch wie Sonnenlicht geglänzt und nun wie von Todesſchatten bedeckt erſchien.

„Herr Herzog", ſagte der Greis, als Friedrich ihm zu ſprechen winkte,
„ich hatte ein einzig Kind — ich weiß nicht, ob Euer Gnaden je ihrer
geachtet. Als die Mannen aus allen Gauen gen Jeruſalem zogen, da iſt
ſie hinab in das Waldkloſter gegangen, weil ſie meinte, dort Gott und ſeine
Heiligen ungeſtörter anrufen zu können um Heil und Sieg für unſere
Kämpfer. Ehe ſie aber fortging, ließ ſie mich ſchwören, Euch dies Brieflein
in die Hände zu geben, ſowie Ihr wieder zu uns kämet."

Damit zog er aus ſeinem Wams einen Pergamentſtreifen, ſorglich
in Purpurſeide eingenäht, und reichte ihn dem Herzog.

Und wieder bewegte dieſer nur ſtumm die Hand, denn ſein Herz war
übervoll.

Der Greis entfernte ſich ſchweigend. Da, als Friedrich ſich allein ſah,
ſchnitt er mit dem Jagdmeſſer die ſeidene Hülle auf und zog ein Perga-
mentblatt heraus, und als es entfaltet war, da blickten die kindlichen Schrift-
züge ihm entgegen, die er einſt in den glücklichen Waldſtunden ſelbſt die
Geliebte gelehrt, und mit denen ſie ihm nun das letzte Lebewohl ſagte, denn
der alte Mönch hatte ſein Wort nicht löſen können.

Während Friedrich vor Jahren in das Hoflager ſeines Oheims eilte,
war er weiter gezogen, den Ruf zum heiligen Zuge auch in den andern
Gauen erſchallen zu laſſen; dort hatte ihn der Tod von hinnen gerafft. —

Die Sonne war ſchon weit über die Mittagshöhe — aber noch hatte
ſich kein Laut in dem Erkerzimmer geregt. Der Ehrentrunk des Keller-
meiſters war ungekoſtet, und das Kunſtwerk der Frau Barbara unberührt
geblieben.

Endlich erhob ſich der junge Herzog, verließ das Gemach und ſtieg die Wendeltreppe hinab in den Hof; als ihm aber dort ſein Roß zugeführt ward, dünkte es dem dienenden Knappen, als könne das nicht derſelbe jugendliche, freubeglänzende Fürſt ſein, der vor wenigen Stunden hier eingezogen ſei.

Er ſchwang ſich in den Sattel, warf noch einen letzten Blick auf das verwaiſte Fenſterlein und ſprengte dann ohne Lebewohl davon, den Weg zurück, den er vor Kurzem mit hoffnungsreichem Herzen einhergezogen war.

Es war dieſelbe Straße, die Gela ſo manchmal zu ihm auf die kleine Waldhöhe geführt, und als er an jenen engen Waldpfad kam, lenkte er ſein folgſames Roß ſeitab, ſchlang den Zügel um einen Baumſtamm und ſchritt langſam den mooſigen Pfad entlang.

Nun ſtand er unter der Eiche. Ihr Blätterdach und das Moos zu ihren Füßen war grün und friſch wie ehemals, er ſelbſt war auch noch derſelbe in Lieben und Hoffen, und doch war Alles anders geworden! Er ſetzte ſich am Fuß der Eiche nieder und bei ihrem Rauſchen träumte er den Traum ſeiner jetzt entſchwundenen Jugend.

Da ſcholl plötzlich Glockenton aus der Waldestiefe zu ihm empor. Aber nicht, wie in vergangenen Tagen, vermochte er jetzt fromm die Hände zu falten und all ſeine Schmerzen in ein gläubig Gebet zuſammen zu faſſen — nein, bei dieſen Glockentönen, die Gela — ſeine Gela jetzt zur Andacht riefen, war es ihm, als müſſe er zur Kloſterpforte ſtürmen, mit ſeines Schwertes Knauf daran pochen und rufen: „Kehre wieder, Gela, kehre wieder, denn Dein Opfer wird vergeblich ſein!"

Er eilte den Hügel hinab zu ſeinem Roß und ſchwang behende ſich in den Bügel.

„Fort, du mein treues Roß!" rief er laut, „zeig' mir den Weg, denn Lieb' und Schmerz umdüſtern mir den klaren Sinn. Bringe du mich hin, wohin mich Ritterpflicht und Fürſtenehre rufen — denn ich verfehle ſchier den Weg."

Und das treue Thier, als wenn es ſeinen Herrn verſtanden habe, ſtürmte mit ihm davon, unaufhaltſam ſüdwärts, beim verglimmenden Abendlicht, wie beim Glanz des Vollmonds. Ohne zu ermatten, ohne zu raſten trug es ihn dahin, und als die Sonne des nächſten Tages in voller Mittagshöhe ſtand, war es am Ziel — es hatte ſeinen Herrn vor die Thore ſeiner „Staufenburg" getragen.

Gela's Opfer war nicht vergeblich gebracht! Des greiſen Mönches Wort an jenem Morgen in der Burgkapelle erfüllte ſich. Nach ſeines Oheims Tode ward der junge Friedrich von Schwaben auf den deutſchen Thron erhoben, und was des Reiches Fürſten und Volk von ihm erhofft, das erfüllte ſich überreich.

Seine kräftige Hand führte das zerriſſene Reich zu Einigkeit, Macht und Anſehen, wie es nach ihm nie mehr ein Herrſcher vermocht, und als er dann auch Rom's Kaiſerkrone auf ſein Haupt geſetzt, da beugte ſich ſelbſt Italiens ſtolzes Volk vor Friedrich Barbaroſſa, huldigte ihm und erkannte ſeine Macht.

Des Kaiſers Stirn umkränzte der Lorber mannichfacher Siege; ſein Haus war glücklich, ſein Stamm erblühte, ſein Name lag wie ein Segens= ſpruch auf jeder Lippe und als Gela, noch in vollſter Jugendblüte, ihr Auge ſchloß, da mußte ſie, daß ſie nicht vergeblich ihm und ihrem Glück entſagt hatte. —

Am Fuße ſeiner einſtigen Lieblingsburg gründete der Kaiſer eine Stadt und nannte ſie nach der unvergeſſenen Jugendgeliebten „Gelas= hauſen"; und wenn er auf ſeinen Zügen durch die Forſten des Kinzigthales kam, lenkte er ſchweigend ſein Roß ſeitab, ſchlang den Zügel um einen Baum= zweig und ſtieg die Anhöhe hinan zu der majeſtätiſchen Eiche.

Dort, das Haupt, durch deſſen Goldgelock ſich ſchon mancher Silber= faden ſchlang, an den Stamm gelehnt, ſchloß er die Augen und träumte noch einmal den einſtigen, wonneſamen Jugendtraum.

Das Volk aber nannte jenen Baum fortan „die Kaiſereiche".

Die Sonne Kleinaſiens ſandte ihre glühenden Strahlen wiederum auf das Haupt des Heldenkaiſers, deſſen blonder Lockenſchmuck inzwiſchen ſilberweiß geworden.

Noch einmal hatte der Nothſchrei aus dem Gelobten Lande den könig= lichen Greis ſeiner deutſchen Heimat entriſſen; er hatte ſich an die Spitze ſeiner Heere geſtellt und führte ſie mit Umſicht, Kraft und Kriegskunſt glücklich durch die Glut der morgenländiſchen Sonne, trotz Verrath und Tücke der Feinde, trotz der Qualen des Hungers und Durſtes.

An einem heißen Sommerabend gelangte das Heer an die ſteilen Ufer eines reißenden Bergſtroms. Drüben an der andern Seite zog ſich der Weg hin, dem ſie folgen mußten.

Barbarossa's Sohn Friedrich, diese „Blume der Ritterschaft", sprengte mit einer auserlesenen Schar vom hohen Felsenufer in den Strom und erreichte glücklich den jenseitigen Strand.

Da wollte der Kaiser dem Sohne folgen. Ohne auf den Rath seines Gefolges zu achten, spornte der greise Held, der nie Furcht oder Besorgniß gekannt, sein Roß und setzte mit ihm hinab in die Fluten des Seleph.

Barbarossa im Heiligen Lande.

Aber der reißende Bergstrom erfaßte wirbelnd Reiter und Pferd, und führte sie mit brausender Schnelle stromabwärts.

Noch einige Minuten schimmerte die goldene Rüstung durch die Wellen, noch einige Male tauchte das ehrwürdige, weiße Lockenhaupt über den strudelnden Wassern empor — dann rissen die Fluten Roß und Reiter in die

Tiefe und der geliebte Held entſchwand den Augen des jammernden Heeres.
Wol ſtürzten ſich ſeine Lieblingsritter und treueſten Freunde ihm nach
in die Flut, den theuern Fürſten zu retten oder mit ihm zu ſterben, doch
der wilde Bergſtrom riß ſie Alle mit ſich hinab. Wehklagend wogte das
Heer Strom auf und ab, die theure Leiche wenigſtens den Fluten wieder
abzuringen, bis die Nacht hereinbrach und ihren dunkeln Schleier über
dieſes Tages Jammer und Leid deckte. +

Sie ſchlummerten Alle rings umher — tiefer noch als ſonſt. Der
Mond ſtand hoch am Himmel und unter ſeinen Strahlen glitten die Fluten des Seleph geſänftigt dahin, wie fließendes Silber. Da rauſchten ſie
auf einmal ſtärker und aus ihrer Mitte tauchte geiſterſtill ein weißes Lockenhaupt empor, dann ſchimmerte eine goldblinkende Rüſtung über den
Wellen und nun ſtieg Barbaroſſa auf ſeinem treuen Roß langſam aus den
Fluten empor.

Unhörbaren Hufes ſchritt es auf den Wellen dahin und nach ihm,
aus der Tiefe aufwärts, ſtiegen die Scharen der Treuen, die ihrem Kaiſer
gefolgt waren in Gefahr und Tod. Die Waſſertropfen rannen, im Mond-
ſtrahl wie Demanten blitzend, ihnen von Haupt und Rüſtung und fielen
leiſe klingend zurück in den Strom.

Stumm zog die Schar auf den Wellen dahin, kein Laut, kein Huf-
ſchlag tönte; ſo lenkten ſie zum Ufer und die Roſſe klimmten die ſteilen
Felſenränder hinan.

Oben auf der Höhe hielt Barbaroſſa und ſeine ſtumme Schar. Einen
Augenblick ſchweifte des Kaiſers Auge über die ſchlummernden Heere, er
ſtreckte die Hand aus, als ſegne er ſie zu ewigem Abſchied, dann zog er
den Zügel an — und Roß und Reiter, den Geſetzen der irdiſchen Schwere
entrückt, ſtiegen empor in die Lüfte.

Wie ein Nebelſtreif glitten ſie über den Ländern dahin; kein Lüftchen
wehte, keine Welle rauſchte, nur das Mondlicht lag wie Silberthau auf
den Fluren des Gelobten Landes, über deſſen Grenzen Barbaroſſa's Schar
jetzt dahinſchwebte, dem geliebten Heimatlande zu.

Sie zogen dahin über den Bosporus. Tief unter ihnen erglänzten
die Thürme Konſtantinopels mit dem goldenen Kreuze auf ihren Spitzen —
aber Barbaroſſa achtete ihrer nicht. Das Haupt vorwärts geneigt, deſſen
weiße Locken in der Nachtluft flatterten, war ſein Auge allein der Heimat
zugekehrt, welcher die Roſſe mit Sturmesſchnelle auf ihrer Wolkenbahn
entgegeneilten.

Nun rauſchten unter ihnen ſchon deutſche Wälder und um die Lippen
des Kaiſers ſchwebte es wie ein Abglanz des alten, ſonnenhellen Lächelns.

Südwärts dehnten sich die italischen Gauen, die seines Lebens beste
Zeit und frischeste Kraft gefordert, aber der Kaiser wandte das Haupt ab.
Schaute er vielleicht schon das Geschick seines stolzen Hauses, das sich einst
in jenen duftgetränkten Auen vollziehen sollte?

Jetzt umwehte sie Heimatluft. Der Tannenduft des Schwarzwaldes
stieg zu ihnen empor, die Wellen des Neckars glitzerten unter ihnen und,
umwoben vom Silberlicht des Vollmonds, ruhte zu ihren Füßen die Staufen=
burg, die Wiege des hehren Kaisergeschlechts.

Barbarossa streckte die Hand segnend über ihre Erker und Zinnen,
aber sein Zug ging unaufhaltsam weiter nordwärts.

Nun rauschten die Spessartwälder unter ihnen in nächtiger Finsterniß,
kein Mondstrahl drang durch ihre dichten Wipfel — dort aber schimmerten
die Wellen der Kinzig und in ihren leise ziehenden Wassern spiegelten sich
die Mauern von Gelashausen und darüber, auf der Bergeshöhe, glänzte
des alten Kaisers Lieblingsburg mit dem hohen Erker und Gela's ver=
ödetem Fensterlein.

Barbarossa neigte sich über sein Roß und blickte grüßend hinab auf
die Heimstätte seines Jugendglücks.

Jetzt schwebten sie über der Landstraße und dann über dem oft durch=
strichenen Forst mit seiner weitragenden „Kaisereiche." Noch immer war des
Kaisers Haupt vorgebeugt, als wolle sein Auge die flüsternden Waldkronen
durchdringen — da klang es in hellem Glockenton zu ihm herauf: unter
ihm im Kloster rief es zur mitternächtigen Hora, und dieser Ton, der einst
ihm fast das Herz gebrochen, zauberte jetzt alte, traute Bilder wieder wach.
In Lust und Weh hob sich wieder seine Brust und „Gela, meine Gela!"
klang es von seinen Lippen hinab zum Kloster, in dessen Gewölbe die
Geliebte schlummerte.

Aber unaufhaltsam weiter, über Thüringens goldene Aue, schwebten
sie dem Kyffhäuserberge zu, in dessen Innerem Friedrich Barbarossa mit den
Getreuen Wache halten wollte über Deutschlands Volk und seine Zukunft.

Die Burg, die in vergangenen Zeiten ihm und seinem Hofstaat so
oft die gastlichen Thore geöffnet, in deren Mauern manch' fröhlich Fest
gefeiert worden, von dessen Pracht und Glanz uns alte Chroniken berichten,
sie strahlte noch mit ungebrochenen Zinnen hinab ins Land — aber an
ihre Pforten klopfte Barbarossa nicht.

Sanft senkten sich die Rosse erdenwärts und an verborgener Felsen=
thür hielten sie an.

Der Kaiser pochte mit seinem Schwert an das Gestein, daß es tönend
drinnen wiederhallte.

Da öffnete sich die Felsenpforte und Barbaroffa mit seinen Getreuen zog ein in die weithalligen Gewölbe des Kyffhäuserberges. Nicht lange aber hatte sich der Felsen wieder hinter ihnen geschlossen, da klopfte es noch einmal mit leisem Finger daran, die Zauberpforte that sich auf und herein schwebte, in bräutlichem Schmuck, wie das Grab sie aufgenommen, die holde Gela.

Die Hand des Todes hatte ihr Herz berührt, aber nicht ihre Hold= seligkeit. Als Barbaroffa's Ruf zu ihr gedrungen war, da hatte sie die Augen aufgeschlagen wie aus tiefem Schlummer, war aus dem Gewölbe emporgestiegen und mit geisterschnellem Fuße dem Geliebten nachgeeilt. Nun stand sie vor ihm in unberührter Lieblichkeit und Schöne.

Barbaroffa's Jugendtraum war erfüllt: Gela, die Jugendgeliebte, war nun bei ihm immerdar, ihm zu dienen und ihn zu erfreuen, wie sie es auf Erden nimmer gedurft.

Sie war es fortan, die Getreue, die in des Kyffhäusers Zauberreich waltete und sorgte für den geliebten Helden und seine getreue Schar. Sie war's, die es wußte, wann Barbaroffa's Herz verlangte nach den Erinne= rungen seiner ruhmvollen Vergangenheit. Dann führte sie die Ritter — die treuen Gefährten des heiligen Kampfes — in sein Gemach. Sie reih= ten sich um die Marmortafel, an welcher Barbaroffa saß — von langem, weißem Bart umwallt, gleichwie von kaiserlichem Hermelin — und bei den goldenen Humpen, gefüllt aus den nie sich leerenden Fässern der unter= irdischen Weinkeller, redeten sie mit dem Helden von den großen Tagen, die sie unter ihm erlebt hatten, von dem „goldenen Zeitalter" des heiligen Deutschen Reiches.

Und die Sänger, die damals mit ihm gezogen in das Gelobte Land und nun mit ihm eingegangen waren in den Zauberberg der „goldenen Aue", die griffen dann in ihre Harfen, und das Lied der Zukunft, das ungesungen noch in ihrer Seele schlummerte, das trat auf ihre Lippen, erschallte zum Klang der Harfen und hallte brausend wider von den unterirdischen Ge= wölben des Kyffhäusers.

Und wenn Barbaroffa's Herz nach Kunde aus der Heimat verlangte, dann trat Gela in mitternächtiger Stunde aus der Felsenpforte, schritt hinab durch die „goldene Aue", lauschte an mancher Thür und schaute durch manches Fensterlein, und was sie dort erkundet an ernster Klage und an froher Hoffnung, das trug sie treulich zurück an das Ohr des Kaisers.

Und was Gela nicht zu erforschen vermochte in Nähe und Ferne — das erspähten andere Augen und erlauschten andere Ohren.

Barbaroſſa und ſeine Genoſſen im Kyffhäuſer.

25*

Wie einst Odin's Raben von hohem Göttersitz hinabgeschwebt zur Menschenwelt, dem Himmelsherrscher zu berichten von dem, was sich auf Erden ereigne, so schwirrten die Raben, die in den Felsenspalten des Kyffhäusers nisteten, hinab in das flache Land, erschauten Freud und Leid und trugen dann das Erlauschte still wieder hinauf zu ihrem Felsenhorst.

Aber in verschwiegener Mitternachtsstunde, wenn sich der Berg aufthat und die kleinen Zwerglein, die dort still und heimlich neben Barbarossa's Gewölben hausten, hinausschlüpften ins Mondlicht, dann öffneten die weisen Vögel ihren Mund und die kleinen Freunde, „vogelsprachenkund wie einst Salomo", erfuhren Alles, was die Raben erkundet.

Die Zwerglein aber brachten dies Alles wiederum an das Ohr des alten Kaisers, vor dem sie von Zeit zu Zeit erschienen, seine Truhen wieder zu füllen mit frischgemünztem Golde.

Mit freigebiger Hand vertheilte Barbarossa davon an fromme und redliche Sterbliche, die Gela hinabführte in des Kyffhäusers Zauberreich, daß der geliebte Fürst sich erfreue an dem Anblick des neuen Geschlechts, das — wie fremd es auch dem früheren sein mochte — doch gleich jenem festhielt in treuer Erinnerung an den edeln Barbarossa und der festen Hoffnung auf seine einstige Wiederkehr. — — —

Die Burg auf dem Berge zerfiel, Herden weideten, wo sonst der Fußtritt der Gewappneten erscholl, aber alle Jahrhunderte einmal erstanden in mitternächtiger Stunde die Mauern zu altem Glanze; die Zugbrücke rasselte, das Horn des Wächters erscholl, und über den Burghof, durch die wappengeschmückte Pforte hinauf zu den hellerleuchteten Prunkgemächern, schritt dann ein glänzender Zug.

Barbarossa war es, Gela an der Hand führend und gefolgt von seinen Rittern und Mannen, die es Alle verlangte, einmal wieder die lang entbehrte irdische Luft zu athmen.

Während aber die Ritter drinnen bei Paukenwirbel und Becherklang für flüchtige Stunden sich in der Luft der Vergangenheit berauschten, stieg der Kaiser mit Gela hinauf zu den höchsten Zinnen der Burg und schaute sehnsuchtsvoll hinab auf die Gauen der geliebten deutschen Lande.

Es schlummerte Alles ringsumher. Nacht und Friede lag über all den Sorgen, die im Sonnenlicht am Menschenherzen nagen, aber auch über all seinen Hoffnungen.

„Sie schlafen und träumen Alle," sprach dann der alte Kaiser; „aber einst wird der Morgen tagen, dann wird mein Volk erwachen, der Zwist, der ihre Herzen jetzt trennt, wird verstummen. Die Tapferen werden das Schwert ziehen und den Sieg erringen. Dann werden die Sänger in ihre

Harfen greifen und des großen, einigen Deutschlands Ruhm wird erschallen
vom Nordmeer bis hinab zu Italiens Zaubergärten. Dann ist unsere Wacht
zu Ende und wir gehen ein zu ewiger Ruhe!"

Also sprach der alte Kaiser und neigte sich über die Zinnen, die Hände
segnend zu breiten über sein einstiges Reich. — Wenn dann aber der erste
Morgenstreif im Osten dämmerte, stiegen Barbarossa und Gela wieder hinab,
die Klänge verstummten, die Ritter griffen nach den Schwertern und schwei=
gend schritt der glänzende Zug über Hof und Brücke zurück in das Innere
des Berges, während hinter ihnen die Zauberburg in Nebel zerrann.

Der große Morgen ist hereingebrochen, die Völker sind erwacht, ihr
Zwist ist verstummt! — Des Reiches Kleinodien, „Einigkeit und Macht",
liegen nicht mehr in den Wellen des Seleph begraben — das deutsche Volk
hat sie fortan in seiner Mitte.

Barbarossa darf seine Wacht beenden und zu seiner Ruhe eingehen;
denn vom Nordmeer bis zu Italiens Gauen erschallt der Ruhm des gro=
ßen, einigen Vaterlands.

So hat sich des alten Kaisers Wort erfüllt, war es doch auch der
Jugendtraum der Völker! —

Anhang.

Notizen zu den Märchen.

Ein Hauptzug in den Elfensagen ist die Hinneigung zu den Menschen, deren Liebe die Elfen zu gewinnen trachten, um sich mit ihnen ehelich zu verbinden, und durch diesen Bund die unsterbliche Seele zu gewinnen, die diesen Geistern versagt ist.

Dieses Zuges — fast allen gemeinsam — geschieht im Voraus Erwähnung, um nicht bei jedem einzelnen Märchen den Nachweis wiederholen zu müssen.

1. Schwesterliebe.

Dies Märchen schließt sich in freier Benutzung der schottischen Ballade von „Jung Tamlan" an, wie sich dieselbe fragmentarisch in J. W. Wolf's Beiträgen zur deutschen Mythologie II. S. 258 und 259 vorfindet.

Schmetterlingsgestalt der Elfe.

Schon dem Namen und noch mehr dem Begriff nach berühren sich die Elbe (Elfen) mit den geisterhaften, aus wiederholter Verwandlung ihrer Gestalt hervorgehenden Schmetterlingen.   J. Grimm's deutsche Mythologie I. S. 430.

Schleierschmuck.

Schleierweiß nennt sie das Volk, sie tragen also Schleier . . . . . .

Wenn die Elbin, welche die Pflanze bewohnt, dieselbe verläßt, tritt sie in ihrer göttlichen Klarheit, d. h. weiß auf, das Haupt mit goldenem Stirnband geschmückt, oder von weißen Schleiern umwallt.   J. W. Wolf's Beitr. z. d. M. II. S. 240. 241.

Grüne Kleidung der schottischen Elfen.

„The habits of both sexes of fairies are represented to have been generally green."

In der Geschichte der Anne Jefferies, now living in the county of Cornwall, heißt es: . . . . „persons of a small stature all clothed in green."   Ellis zu Brand's „Observations on popular antiquities" II. S. 478.

Doch ist ihre Kleidung auch häufig glänzend weiß.

„Ihre Kleidung ist schneeweiß, manchmal silberglänzend . . . ."   Grimm's irische Elfenmärchen S. X.

Größe der Elfen.

Die Größe der schottischen Elfen betreffend, sagt Grimm: „Erblickt man den Elfen in seiner wahren Gestalt, so sieht er aus wie ein schönes Kind von einigen Jahren, zart und wohlgegliedert."   Irische Elfenmärchen S. LXVIII.

Umzug der Elfen.

Der Umzug der Holba (der deutschen Elfenkönigin) mit den 11,000 Elben fällt auch in den Herbst, wo die Natur das Leben gleichsam verliert, wo dies sich zurückzieht und die Sonne immer matter scheint. So sammeln sich dann die Alles belebenden Elben und gehen in großem Zuge in ihre himmlischen Wohnungen zurück.   J. W. Wolf II. S. 259.

Sehnsucht nach der unsterblichen Seele.

„. . . . denn sie (die Geister) sind in allweg wie die Menschen, allein ohn
Seel . . . ."   Henricum Cormanum Mons Veneris S. 100.

„. . . . . und aber so sie mit dem Menschen in Bündnuß kommen, als
dann so giebt die Bündnuß die Seel . . . . . Daraus folget nun, daß sie umb
den Menschen buhlen, zu ihm sich fleißen und heimlich machen. Zu gleicher
Weise als ein Heyd, der um den Tauff bittet, auf daß er seine Seel erlange
und lebendig werde in Christo, also stellen sie nach solcher Liebe gegen den
Menschen, auff daß sie mit dem Menschen in derselbigen Bündnuß sein, denn
aller Verstandt und Weißheit ist bei ihnen, ausserhalb der Seelen Eigenschafft
und die Seele nicht, also empfangen sie die Seel und ihre Kinder auch in Kraft
der Adamischen Frucht, Freyheit und Macht, so sie gegen Gott hat und trägt."
                                    Henricum Cormanum S. 109—110.

Sternschnuppe.

Wenn man einen Wunsch hegt in demselben Augenblick, wo man eine
Sternschnuppe fallen sieht, so geht dieser Wunsch in Erfüllung.
                                    Wolf, hessische Sag. S. 137.

Zeit des Auszugs.

Die Zeit des Umzugs (der Elfen) ist „der Heiligen Tag", also omnium
sanctorum, das wäre der 1. November.   J. W. Wolf II. S. 259.

Wandlung der Elfenkönigin.

„. . . . . es stand ihnen das Vermögen zu, ihre Gestalt zu wandeln und
zu vergrößern oder zu verkleinern, wie das so viele Geister thun."
                                    Daselbst S. 232.

„. . . . . Wir sahen früher, daß den Elben die Macht beiwohnt, ihre Ge=
stalt größer und kleiner zu machen . . . . ."   Daselbst S. 267.

Zauberblick der Elfen.

Gleich dem Anhauch hat der bloße Blick der Elbe bezaubernde Kraft.
                                    Grimm's Mythol. I. S. 430.

Schönheit der Elfen.

Von diesem allen Elfen und Nixen gemeinsamen Vorzug sagt Grimm:
„An Schönheit kommt kein anderes überirdisches Wesen den Elfen gleich."
                                    Irische Elfenm. S. XX.

---

2. Die Rache des Bergmännleins.

Verkehr der Zwerge mit den Menschen.

In alter Zeit war der Verkehr der Zwerge mit den Menschen ein häufiger
und segenbringender. Sie halfen ihnen beim Heuen und in der Ernte; sie
thaten den Armen Gutes, wo und wie sie nur konnten; jedem Holzhacker im
Walde halfen sie seine Reiswellen zusammenlesen, den Mädchen, die Erdbeeren
suchten, pflückten sie die Körbe voll (siehe darüber Rochholz, Aargau=Sagen
S. 267 und 273). Später aber drängten sich die Sterblichen vorwitzig in die
Geheimnisse der Zwerge, und so brachen dieselben ihren segenbringenden Ver=
kehr ab und zogen trauernd hinauf in die Berge.
So berichten mehrere Sagen aus der Schweiz und Tirol.
Z. B. Bo de Härdmännlene uf der Ramsflue.
                                    Rochholz, Sagen des Aargau I. S. 267 und
                                    Zingerle, Tiroler Sagen S. 272. 274. 276. 277.

Sprache der Zwerge.

Ihre Sprache selbst soll ein leises Gesumme sein.   J. W. Wolf II. S. 324.

Kleidung.

Obgleich „ihre unterirdischen Höhlen sollen voll wundervoller Edelsteine, Gold und Silber sein" (J. W. Wolf II. S. 311), so ist doch ihre Kleidung meist dürftig und schlecht, wie das viele Sagen erzählen.   Z. B. Zingerle S. 40. 41. 42. 43, Alpenburg's Sagen Tirols S. 115 und viele andere.

Das Alter der Zwerge.

Die Bergmännlein der deutschen Sage sind immer alt und greis,
Grimm's irische Elfenmärchen S. LXXI.
und wenn man die Sage von ihrem Ursprung in Betracht zieht, so zählt ihr Alter nach Jahrtausenden.

Ursprung der Zwerge.

Nicht alle Engel, welche dem Lucifer anhingen und vom Himmel gestürzt wurden, kamen in die Hölle. Viele, die sich nur hatten aufreden lassen und nicht böse waren, blieben im Sturze an Bergen und Bäumen hangen und wohnen noch jetzt in hohlen Bäumen und anderen Löchern. Sie müssen bis zum jüngsten Tage auf der Erde bleiben.

Zingerle S. 39.
Fast dasselbe sagt Alpenburg, Tiroler Sagen S. 144,
Vonbun in den Sagen Vorarlbergs S. 50 und
Grimm in den irischen Elfenmärchen S. XIII.

Zauberschneller Schritt der Geister.

„. . . . . Indem der Bub diese wenigen Worte sprach, war die Perchtl (Perchta), die so langsam zu schreiten schien, schon weit über Alpbach hinaus und schritt übers Höbl, am Thierberg hinauf zum Uebergang nach Thierbach. Der Bub wischte sich die Augen und konnte kaum glauben, was er sah, es war aber doch so. Und von der Higna bis zum Höbl sind nahe an drei Stunden Weges, die war die Perchtl während der zwei Worte gegangen."
Alpenburg S. 65.

„Aber ob Einer vermeine, die Perchtl und ihr Heerzug schreite langsam, so ist es doch nicht an dem, sondern es ist nur Täuschung; ihr Schritt hat die Schnelle des Wolkenschatten, der über die Wiesen fliegt."   Daselbst S. 46.

Zwerg erzählt Geschichten.

„. . . . . Der kleine Wicht setzte sich dann an ihre Seite und plauderte dem Mädchen allerlei seltsame Geschichten vor . . . ."   Zingerle S. 59.

Alpnutzen.

So nennt der Tiroler den Gewinn an Käse und Butter — dort Schmalz genannt — den der Senner oben auf der Alp, den Sommer über, aus der Milch seiner Herden bereitet, und der einmal während der Sommerzeit und dann wieder bei der Heimfahrt unter die Besitzer der Herden, je nach ihren Ansprüchen, getheilt wird. — Ein sehr anschauliches Bild von dem Leben und Treiben der Senner auf der Alp geben   A. J. Hammerle's Alpenbilder S. 3—35.

Besuch des Bergmännleins an den Winterabenden.

Viele Sagen erzählen, daß die Zwerge Abends im Winter aus ihren verschneiten Bergen herabkamen, um sich am Herdfeuer in den menschlichen Wohnungen zu wärmen; meist sind sie dabei wortlos, auch liegen sie wol Nachts auf dem Ofen, eilen aber am nächsten Morgen vor Tag wieder hinauf in ihre Berge.   Siehe Rochholz, Aargau-Sagen I. S. 268 und 277, und
Zingerle S. 40. 62. 63.

Gaben der Zwerge.

„. . . . Besonders gegen die Kinder thaten sie freundlich und schenkten ihnen manchen Edelstein, den man noch lange nachher bewahrt oder um hohes Geld verkauft hat." Rochholz I. S. 277.

Neigung der Zwerge zu menschlichen Jungfrauen.

Davon wissen manche Sagen zu erzählen, z. B. Das wilde Mannl und das verliebte Pechmannl. Zingerle S. 59. 60.

Nörggl-Rache. Alpenburg S. 105. 106.

Der Schatz im Nörggl-Loch. Daselbst S. 117—118.

Rache und Reue des Männleins.

Das Wichtl (auch ein Name der Zwerge in Tirol) vom Imsterberg liebte ein schönes Bauermädchen aus Pill, aber vergebens. Als der Weigerung noch Hohn hinzugefügt wurde, verwandelte sich des Zwerges Liebe in Haß; einst, als die Schöne allein zu Haus war, fuhr er auf einer Lawine zu Thal und zertrümmerte das Haus der Geliebten. Dann „kam dem Wichtl die Reue; er grub die Geliebte aus dem Schnee und sah die Entseelte lange mit Blicken voll tiefer Wehmuth an, dann trug er sie an ein Kruzifix, weinte laut und schwand für immer hinweg." Siehe Alpenburg S. 106—107.

---

3. Ein Königskind.

Zu Grunde liegt die Sage von „der verheiratheten Meermaid" in Keightley's Mythologie der Feen und Elfen I. S. 280 fg.

Sage von den Seehunden.

Die Isländer haben denselben Glauben von den Seehunden wie die Faroër und Shetländer. Es ist nämlich eine herrschende Meinung bei ihnen, daß Pharao und sein Heer in solche Thiere verwandelt wurden. Daselbst S. 268.

Unterseeisches Reich.

Was nun die See-Trows (Trows gleich Elfen) betrifft, so glauben die Shetländer, daß diese ein eigenes Land auf dem Grunde des Meeres bewohnen. Sie athmen hier eine besondere Luft ein und wohnen in Häusern, die aus den ausgesuchtesten unterseeischen Produkten erbaut sind. Daselbst S. 276.

Verlust des Seehundgewandes.

Ihr (der auf dem Meeresgrunde lebenden See-Trows) liebstes Fahrzeug ist aber die Haut des größeren Seehundes . . . . . denn da dieses Thier eine Amphibie ist, so können sie an Felsen landen, dort das Seegewand abwerfen, ihre eigenthümliche Gestalt annehmen und sich auf der Oberwelt ergötzen. Für ihre Häute müssen sie jedoch besondere Sorge tragen, da Jeder nur eine hat, und wenn diese verloren geht, nicht wieder zurück kann, sondern ein Bewohner der oberseeischen Welt werden muß. Keightley's Myth. S. 276.

---

4. Die weiße Alpenrose.

Weiße Alpenrosen.

Auf der Alpe sollen auch weiße Alpenrosen wachsen, die kein sündiger Mensch sehen kann, nur reine Seelen finden und sehen sie. Er muß dann seinen Hut darauf werfen und nachgraben; an der Stelle liegt ein Schatz. J. W. Wolf II. S. 279. 280.

Alte Gebräuche des schwäbischen und tiroler Volkes.

„...... so empfangen auch die wilden Fräulein oder Waldfräulein (Elfen) in Tirol Opfer und zwar einen Stein. An dem Steg der Burgeiser Alpe ist ein Steinhaufen, unter dem die wilden Fräulein wohnen. Wenn ein Kind das erste Mal die Alpe ersteigt, dann muß es einen Stein aufheben, ihn auf den Haufen werfen und dazu sprechen: „Ich opfere, ich opfere den wilden Fräulein." Ohne das darf keins vorbeigehen an der Stelle, denn die Wilden bestrafen jede Vernachlässigung dieser Sitte. Dann gehen die Kinder weiter und kommen zum Tunderbaum (Donnerbaum), dem Stumpf eines Baumes, den der Donner gespalten hat; davon müssen sie zwei Splitter mit den Zähnen wegbeißen, um vor dem Donner gesichert zu sein. Weiter gehend kommen sie zu den Platten, deren einer ein Kreuz eingehauen ist; auf diese müssen sie treten, sonst brechen sie beim Hinuntergehen den Fuß." J. W. Wolf II. S. 279.

Aehnliches ist in Bezug auf das Opfern von Steinen zu berichten.
E. Meyer's Sagen Schwabens S. 3 und 4.

Kleidung.

Die Lichtelfen von reiner Farbe erscheinen fast durchsichtig, ganz ätherisch, mit weißen, silberschimmernden Kleidern. Grimm's irische Elfenmärchen S. LXIII.

Sehnsucht der Geister nach christlicher Erkenntniß.

In irischen, schottischen und dänischen Ueberlieferungen weist Grimm (irische Elfenmärchen Nr. 4, S. 200, und Mythologie S. 462) die rührende Sehnsucht nach, mit der sich die verwaisten Geister des Heidenthums einen Antheil an christlicher Erkenntniß erwünschen. Rochholz I. S. 352.

Unsterbliche Seele.

„..... Sie selbst (die Elfen), die mit Menschen also sich vereinigen, werden dadurch verbündet, so daß ihnen dies Bündniß eine Seele giebt. Also werden sie geseelet wie die Menschen." Kuriositäten 1815, Band IV. S. 267.

Mangel an Lebenswärme.

Die Steine wachsen, die Pflanzen wachsen, die Wasser ziehen rauschend dahin, aber wenn wir sie berühren, sind sie kalt, so auch die in ihnen wohnenden Wesen. J. W. Wolf II. S. 323.

Auch die Hand des Nixen ist „ganz weich und eiskalt" ....
Grimm's Sagen I. S. 58.

Ehebündnisse zwischen Elfinnen und Menschen.

Ueber solche berichten Zingerle's Tiroler Sagen S. 27 und 29; desgleichen die Sage von der Jaufenfai. Alpenburg S. 96 und 97, auch norwegische Sagen kennen solche Ehen. Siehe „Asbjörnsen Huldreeventyr" S. 88 fg.

---

5. Die Kette der Nixe.

Diesem Märchen zu Grunde liegt die Sage Nr. 1 aus dem Paderborner Lande von J. Seiler, wie sich dieselbe fragmentarisch in J. W. Wolf's Beitr. II. S. 234 befindet.

Die Nixe geht zum Tanz.

„Einmal war im Dorfe Dönges Kirmes und dazu kamen auch zwei fremde, unbekannte, aber schöne Jungfrauen, die mit den Bauersburschen tanzten und sich lustig machten, aber Nachts 12 Uhr verschwunden waren ....."
Grimm, deutsche Sagen I. S. 63.

Da öffnete sich die Felsenpforte und Barbarossa mit seinen Getreuen zog ein in die weithalligen Gewölbe des Kyffhäuserberges. Nicht lange aber hatte sich der Felsen wieder hinter ihnen geschlossen, da klopfte es noch einmal mit leisem Finger daran, die Zauberpforte that sich auf und herein schwebte, in bräutlichem Schmuck, wie das Grab sie aufgenommen, die holde Gela.

Die Hand des Todes hatte ihr Herz berührt, aber nicht ihre Holdseligkeit. Als Barbarossa's Ruf zu ihr gedrungen war, da hatte sie die Augen aufgeschlagen wie aus tiefem Schlummer, war aus dem Gewölbe emporgestiegen und mit geisterschnellem Fuße dem Geliebten nachgeeilt. Nun stand sie vor ihm in unberührter Lieblichkeit und Schöne.

Barbarossa's Jugendtraum war erfüllt: Gela, die Jugendgeliebte, war nun bei ihm immerdar, ihm zu dienen und ihn zu erfreuen, wie sie es auf Erden nimmer gedurft.

Sie war es fortan, die Getreue, die in des Kyffhäusers Zauberreich waltete und sorgte für den geliebten Helden und seine getreue Schar. Sie war's, die es wußte, wann Barbarossa's Herz verlangte nach den Erinnerungen seiner ruhmvollen Vergangenheit. Dann führte sie die Ritter — die treuen Gefährten des heiligen Kampfes — in sein Gemach. Sie reihten sich um die Marmortafel, an welcher Barbarossa saß — von langem, weißem Bart umwallt, gleichwie von kaiserlichem Hermelin — und bei den goldenen Humpen, gefüllt aus den nie sich leerenden Fässern der unterirdischen Weinkeller, redeten sie mit dem Helden von den großen Tagen, die sie unter ihm erlebt hatten, von dem „goldenen Zeitalter" des heiligen Deutschen Reiches.

Und die Sänger, die damals mit ihm gezogen in das Gelobte Land und nun mit ihm eingegangen waren in den Zauberberg der „goldenen Aue", die griffen dann in ihre Harfen, und das Lied der Zukunft, das ungesungen noch in ihrer Seele schlummerte, das trat auf ihre Lippen, erschallte zum Klang der Harfen und hallte brausend wider von den unterirdischen Gewölben des Kyffhäusers.

Und wenn Barbarossa's Herz nach Kunde aus der Heimat verlangte, dann trat Gela in mitternächtiger Stunde aus der Felsenpforte, schritt hinab durch die „goldene Aue", lauschte an mancher Thür und schaute durch manches Fensterlein, und was sie dort erkundet an ernster Klage und an froher Hoffnung, das trug sie treulich zurück an das Ohr des Kaisers.

Und was Gela nicht zu erforschen vermochte in Nähe und Ferne — das erspähten andere Augen und erlauschten andere Ohren.

Barbaroffa und feine Genoffen im Kyffhäufer.

25*

Wie einſt Odin's Raben von hohem Götterſitz hinabgeſchwebt zur
Menſchenwelt, dem Himmelsherrſcher zu berichten von dem, was ſich auf
Erden ereigne, ſo ſchwirrten die Raben, die in den Felſenſpalten des Kyff=
häuſers niſteten, hinab in das flache Land, erſchauten Freud und Leid und
trugen dann das Erlauſchte ſtill wieder hinauf zu ihrem Felſenhorſt.

Aber in verſchwiegener Mitternachtsſtunde, wenn ſich der Berg auf=
that und die kleinen Zwerglein, die dort ſtill und heimlich neben Barba=
roſſa's Gewölben hauſten, hinausſchlüpften ins Mondlicht, dann öffneten
die weiſen Vögel ihren Mund und die kleinen Freunde, „vogelſprachenkund
wie einſt Salomo", erfuhren Alles, was die Raben erkundet.

Die Zwerglein aber brachten dies Alles wiederum an das Ohr des
alten Kaiſers, vor dem ſie von Zeit zu Zeit erſchienen, ſeine Truhen wie=
der zu füllen mit friſchgemünztem Golde.

Mit freigebiger Hand vertheilte Barbaroſſa davon an fromme und
redliche Sterbliche, die Gela hinabführte in des Kyffhäuſers Zauberreich,
daß der geliebte Fürſt ſich erfreue an dem Anblick des neuen Geſchlechts,
das — wie fremd es auch dem früheren ſein mochte — doch gleich jenem
feſthielt in treuer Erinnerung an den edeln Barbaroſſa und der feſten Hoff=
nung auf ſeine einſtige Wiederkehr. — — —

Die Burg auf dem Berge zerfiel, Herden weideten, wo ſonſt der Fuß=
tritt der Gewappneten erſcholl, aber alle Jahrhunderte einmal erſtanden in
mitternächtiger Stunde die Mauern zu altem Glanze; die Zugbrücke raſſelte,
das Horn des Wächters erſcholl, und über den Burghof, durch die wappen=
geſchmückte Pforte hinauf zu den hellerleuchteten Prunkgemächern, ſchritt
dann ein glänzender Zug.

Barbaroſſa war es, Gela an der Hand führend und gefolgt von ſeinen
Rittern und Mannen, die es Alle verlangte, einmal wieder die lang ent=
behrte irdiſche Luft zu athmen.

Während aber die Ritter drinnen bei Paukenwirbel und Becherklang
für flüchtige Stunden ſich in der Luſt der Vergangenheit berauſchten, ſtieg
der Kaiſer mit Gela hinauf zu den höchſten Zinnen der Burg und ſchaute
ſehnſuchtsvoll hinab auf die Gauen der geliebten deutſchen Lande.

Es ſchlummerte Alles ringsumher. Nacht und Friede lag über all
den Sorgen, die im Sonnenlicht am Menſchenherzen nagen, aber auch über
all ſeinen Hoffnungen.

„Sie ſchlafen und träumen Alle," ſprach dann der alte Kaiſer; „aber
einſt wird der Morgen tagen, dann wird mein Volk erwachen, der Zwiſt,
der ihre Herzen jetzt trennt, wird verſtummen. Die Tapferen werden das
Schwert ziehen und den Sieg erringen. Dann werden die Sänger in ihre

Harfen greifen und des großen, einigen Deutschlands Ruhm wird erschallen vom Nordmeer bis hinab zu Italiens Zaubergärten. Dann ist unsere Wacht zu Ende und wir gehen ein zu ewiger Ruhe!"

Also sprach der alte Kaiser und neigte sich über die Zinnen, die Hände segnend zu breiten über sein einstiges Reich. — Wenn dann aber der erste Morgenstreif im Osten dämmerte, stiegen Barbarossa und Gela wieder hinab, die Klänge verstummten, die Ritter griffen nach den Schwertern und schweigend schritt der glänzende Zug über Hof und Brücke zurück in das Innere des Berges, während hinter ihnen die Zauberburg in Nebel zerrann.

Der große Morgen ist hereingebrochen, die Völker sind erwacht, ihr Zwist ist verstummt! — Des Reiches Kleinodien, „Einigkeit und Macht", liegen nicht mehr in den Wellen des Seleph begraben — das deutsche Volk hat sie fortan in seiner Mitte.

Barbarossa darf seine Wacht beenden und zu seiner Ruhe eingehen; denn vom Nordmeer bis zu Italiens Gauen erschallt der Ruhm des großen, einigen Vaterlands.

So hat sich des alten Kaisers Wort erfüllt, war es doch auch der Jugendtraum der Völker! —

Anhang.

Notizen zu den Märchen.

Ein Hauptzug in den Elfensagen ist die Hinneigung zu den Menschen, deren Liebe die Elfen zu gewinnen trachten, um sich mit ihnen ehelich zu verbinden, und durch diesen Bund die unsterbliche Seele zu gewinnen, die diesen Geistern versagt ist.

Dieses Zuges — fast allen gemeinsam — geschieht im Voraus Erwähnung, um nicht bei jedem einzelnen Märchen den Nachweis wiederholen zu müssen.

1. Schwesterliebe.

Dies Märchen schließt sich in freier Benutzung der schottischen Ballade von „Jung Tamlan" an, wie sich dieselbe fragmentarisch in J. W. Wolf's Beiträgen zur deutschen Mythologie II. S. 258 und 259 vorfindet.

Schmetterlingsgestalt der Elfe.

Schon dem Namen und noch mehr dem Begriff nach berühren sich die Elbe (Elfen) mit den geisterhaften, aus wiederholter Verwandlung ihrer Gestalt hervorgehenden Schmetterlingen. J. Grimm's deutsche Mythologie I. S. 430.

Schleierschmuck.

Schleierweiß nennt sie das Volk, sie tragen also Schleier . . . . . . Wenn die Elbin, welche die Pflanze bewohnt, dieselbe verläßt, tritt sie in ihrer göttlichen Klarheit, d. h. weiß auf, das Haupt mit goldenem Stirnband geschmückt, oder von weißen Schleiern umwallt. J. W. Wolf's Beitr. z. d. M. II. S. 240. 241.

Grüne Kleidung der schottischen Elfen.

„The habits of both sexes of fairies are represented to have been generally green."

In der Geschichte der Anne Jefferies, now living in the county of Cornwall, heißt es: . . . . „persons of a small stature all clothed in green." Ellis zu Brand's „Observations on popular antiquities" II. S. 478.

Doch ist ihre Kleidung auch häufig glänzend weiß.

„Ihre Kleidung ist schneeweiß, manchmal silberglänzend . . . ." Grimm's irische Elfenmärchen S. X.

Größe der Elfen.

Die Größe der schottischen Elfen betreffend, sagt Grimm: „Erblickt man den Elfen in seiner wahren Gestalt, so sieht er aus wie ein schönes Kind von einigen Jahren, zart und wohlgegliedert." Irische Elfenmärchen S. LXVIII.

Umzug der Elfen.

Der Umzug der Holda (der deutschen Elfenkönigin) mit den 11,000 Elben fällt auch in den Herbst, wo die Natur das Leben gleichsam verliert, wo dies sich zurückzieht und die Sonne immer matter scheint. So sammeln sich dann die Alles belebenden Elben und gehen in großem Zuge in ihre himmlischen Wohnungen zurück. J. W. Wolf II. S. 259.

Sehnsucht nach der unsterblichen Seele.

„. . . . denn sie (die Geister) sind in allweg wie die Menschen, allein ohn Seel . . . .“ Henricum Cormanum Mons Veneris S. 100.

„. . . . . und aber so sie mit dem Menschen in Bündnuß kommen, als dann so giebt die Bündnuß die Seel . . . . . Daraus folget nun, daß sie umb den Menschen buhlen, zu ihm sich fleißen und heimlich machen. Zu gleicher Weise als ein Heyd, der um den Tauff bittet, auf daß er seine Seel erlange und lebendig werde in Christo, also stellen sie nach solcher Liebe gegen den Menschen, auff daß sie mit dem Menschen in derselbigen Bündnuß sein, denn aller Verstandt und Weißheit ist bei ihnen, ausserhalb der Seelen Eigenschafft und die Seele nicht, also empfangen sie die Seel und ihre Kinder auch in Kraft der Adamischen Frucht, Freyheit und Macht, so sie gegen Gott hat und trägt.“ Henricum Cormanum S. 109—110.

Sternschnuppe.

Wenn man einen Wunsch hegt in demselben Augenblick, wo man eine Sternschnuppe fallen sieht, so geht dieser Wunsch in Erfüllung. Wolf, hessische Sag. S. 137.

Zeit des Auszugs.

Die Zeit des Umzugs (der Elfen) ist „der Heiligen Tag“, also omnium sanctorum, das wäre der 1. November. J. W. Wolf II. S. 259.

Wandlung der Elfenkönigin.

„. . . . . es stand ihnen das Vermögen zu, ihre Gestalt zu wandeln und zu vergrößern oder zu verkleinern, wie das so viele Geister thun.“ Daselbst S. 232.

„. . . . . Wir sahen früher, daß den Elben die Macht beiwohnt, ihre Gestalt größer und kleiner zu machen . . . . .“ Daselbst S. 267.

Zauberblick der Elfen.

Gleich dem Anhauch hat der bloße Blick der Elbe bezaubernde Kraft. Grimm's Mythol. I. S. 430.

Schönheit der Elfen.

Von diesem allen Elfen und Nixen gemeinsamen Vorzug sagt Grimm: „An Schönheit kommt kein anderes überirdisches Wesen den Elfen gleich.“ Irische Elfenm. S. XX.

---

2. Die Rache des Bergmännleins.

Verkehr der Zwerge mit den Menschen.

In alter Zeit war der Verkehr der Zwerge mit den Menschen ein häufiger und segenbringender. Sie halfen ihnen beim Heuen und in der Ernte; sie thaten den Armen Gutes, wo und wie sie nur konnten; jedem Holzhacker im Walde halfen sie seine Reiswellen zusammenlesen, den Mädchen, die Erdbeeren suchten, pflückten sie die Körbe voll (siehe darüber Rochholz, Aargau-Sagen S. 267 und 273). Später aber drängten sich die Sterblichen vorwitzig in die Geheimnisse der Zwerge, und so brachen dieselben ihren segenbringenden Verkehr ab und zogen trauernd hinauf in die Berge.

So berichten mehrere Sagen aus der Schweiz und Tirol.

Z. B. Vo de Härdmännlene uf der Ramsflue. Rochholz, Sagen des Aargau I. S. 267 und Zingerle, Tiroler Sagen S. 272. 274. 276. 277.

Sprache der Zwerge.

Ihre Sprache selbst soll ein leises Gesumme sein.   J. W. Wolf II. S. 324.

Kleidung.

Obgleich „ihre unterirdischen Höhlen sollen voll wundervoller Edelsteine, Gold und Silber sein" (J. W. Wolf II. S. 311), so ist doch ihre Kleidung meist dürftig und schlecht, wie das viele Sagen erzählen. Z. B. Zingerle S. 40. 41. 42. 43, Alpenburg's Sagen Tirols S. 115 und viele andere.

Das Alter der Zwerge.

Die Bergmännlein der deutschen Sage sind immer alt und greis,
Grimm's irische Elfenmärchen S. LXXI.
und wenn man die Sage von ihrem Ursprung in Betracht zieht, so zählt ihr Alter nach Jahrtausenden.

Ursprung der Zwerge.

Nicht alle Engel, welche dem Lucifer anhingen und vom Himmel gestürzt wurden, kamen in die Hölle. Viele, die sich nur hatten aufreden lassen und nicht böse waren, blieben im Sturze an Bergen und Bäumen hangen und wohnen noch jetzt in hohlen Bäumen und anderen Löchern. Sie müssen bis zum jüngsten Tage auf der Erde bleiben.
Zingerle S. 39.
Fast dasselbe sagt Alpenburg, Tiroler Sagen S. 144,
Vonbun in den Sagen Vorarlbergs S. 50 und
Grimm in den irischen Elfenmärchen S. XIII.

Zauberschneller Schritt der Geister.

„. . . . . Indem der Bub diese wenigen Worte sprach, war die Perchtl (Perchta), die so langsam zu schreiten schien, schon weit über Alpbach hinaus und schritt übers Höbl, am Thierberg hinauf zum Uebergang nach Thierbach. Der Bub wischte sich die Augen und konnte kaum glauben, was er sah, es war aber doch so. Und von der Higna bis zum Höbl sind nahe an drei Stunden Weges, die war die Perchtl während der zwei Worte gegangen."
Alpenburg S. 65.
„Aber ob Einer vermeine, die Perchtl und ihr Heerzug schreite langsam, so ist es doch nicht an dem, sondern es ist nur Täuschung; ihr Schritt hat die Schnelle des Wolkenschatten, der über die Wiesen fliegt."   Daselbst S. 46.

Zwerg erzählt Geschichten.

„. . . . Der kleine Wicht setzte sich dann an ihre Seite und plauderte dem Mädchen allerlei seltsame Geschichten vor . . . ."   Zingerle S. 59.

Alpnutzen.

So nennt der Tiroler den Gewinn an Käse und Butter — dort Schmalz genannt — den der Senner oben auf der Alp, den Sommer über, aus der Milch seiner Herden bereitet, und der einmal während der Sommerzeit und dann wieder bei der Heimfahrt unter die Besitzer der Herden, je nach ihren Ansprüchen, getheilt wird. — Ein sehr anschauliches Bild von dem Leben und Treiben der Senner auf der Alp geben   A. J. Hammerle's Alpenbilder S. 3—35.

Besuch des Bergmännleins an den Winterabenden.

Viele Sagen erzählen, daß die Zwerge Abends im Winter aus ihren verschneiten Bergen herabkamen, um sich am Herdfeuer in den menschlichen Wohnungen zu wärmen; meist sind sie dabei wortlos, auch liegen sie wol Nachts auf dem Ofen, eilen aber am nächsten Morgen vor Tag wieder hinauf in ihre Berge.
Siehe Rochholz, Aargau-Sagen I. S. 268 und 277, und
Zingerle S. 40. 62. 63.

Gaben der Zwerge.

„. . . . Besonders gegen die Kinder thaten sie freundlich und schenkten ihnen manchen Edelstein, den man noch lange nachher bewahrt oder um hohes Geld verkauft hat."

Rochholz I. S. 277.

Neigung der Zwerge zu menschlichen Jungfrauen.

Davon wissen manche Sagen zu erzählen, z. B. Das wilde Mannl und das verliebte Pechmannl.

Zingerle S. 59. 60.

Nörggl=Rache.

Alpenburg S. 105. 106.

Der Schatz im Nörggl=Loch.

Daselbst S. 117—118.

Rache und Reue des Männleins.

Das Wichtl (auch ein Name der Zwerge in Tirol) vom Imsterberg liebte ein schönes Bauermädchen aus Pill, aber vergebens. Als der Weigerung noch Hohn hinzugefügt wurde, verwandelte sich des Zwerges Liebe in Haß; einst, als die Schöne allein zu Haus war, fuhr er auf einer Lawine zu Thal und zertrümmerte das Haus der Geliebten. Dann „kam dem Wichtl die Reue; er grub die Geliebte aus dem Schnee und sah die Entseelte lange mit Blicken voll tiefer Wehmuth an, dann trug er sie an ein Kruzifix, weinte laut und schwand für immer hinweg."

Siehe Alpenburg S. 106—107.

---

3. Ein Königskind.

Zu Grunde liegt die Sage von „der verheiratheten Meermaid" in Keighth= ley's Mythologie der Feen und Elfen I. S. 280 fg.

Sage von den Seehunden.

Die Isländer haben denselben Glauben von den Seehunden wie die Faroër und Shetländer. Es ist nämlich eine herrschende Meinung bei ihnen, daß Pharao und sein Heer in solche Thiere verwandelt wurden.

Daselbst S. 268.

Unterseeisches Reich.

Was nun die See=Trows (Trows gleich Elfen) betrifft, so glauben die Shetländer, daß diese ein eigenes Land auf dem Grunde des Meeres bewohnen. Sie athmen hier eine besondere Luft ein und wohnen in Häusern, die aus den ausgesuchtesten unterseeischen Produkten erbaut sind.

Daselbst S. 276.

Verlust des Seehundgewandes.

Ihr (der auf dem Meeresgrunde lebenden See=Trows) liebstes Fahrzeug ist aber die Haut des größeren Seehundes . . . . . denn da dieses Thier eine Amphibie ist, so können sie an Felsen landen, dort das Seegewand abwerfen, ihre eigenthümliche Gestalt annehmen und sich auf der Oberwelt ergötzen. Für ihre Häute müssen sie jedoch besondere Sorge tragen, da Jeder nur eine hat, und wenn diese verloren geht, nicht wieder zurück kann, sondern ein Bewohner der oberseeischen Welt werden muß.

Keightley's Myth. S. 276.

---

4. Die weiße Alpenrose.

Weiße Alpenrosen.

Auf der Alpe sollen auch weiße Alpenrosen wachsen, die kein sündiger Mensch sehen kann, nur reine Seelen finden und sehen sie. Er muß dann seinen Hut darauf werfen und nachgraben; an der Stelle liegt ein Schatz.

J. W. Wolf II. S. 279. 280.

Alte Gebräuche des schwäbischen und tiroler Volkes.

„. . . . . . so empfangen auch die wilden Fräulein oder Waldfräulein (Elfen) in Tirol Opfer und zwar einen Stein. An dem Steg der Burgeiser Alpe ist ein Steinhaufen, unter dem die wilden Fräulein wohnen. Wenn ein Kind das erste Mal die Alpe ersteigt, dann muß es einen Stein aufheben, ihn auf den Haufen werfen und dazu sprechen: „Ich opfere, ich opfere den wilden Fräulein.“ Ohne das darf keins vorbeigehen an der Stelle, denn die Wilden bestrafen jede Vernachlässigung dieser Sitte. Dann gehen die Kinder weiter und kommen zum Tunderbaum (Donnerbaum), dem Stumpf eines Baumes, den der Donner gespalten hat; davon müssen sie zwei Splitter mit den Zähnen wegbeißen, um vor dem Donner gesichert zu sein. Weiter gehend kommen sie zu den Platten, deren einer ein Kreuz eingehauen ist; auf diese müssen sie treten, sonst brechen sie beim Hinuntergehen den Fuß.“ J. W. Wolf II. S. 279.

Aehnliches ist in Bezug auf das Opfern von Steinen zu berichten.
E. Meyer's Sagen Schwabens S. 3 und 4.

Kleidung.

Die Lichtelfen von reiner Farbe erscheinen fast durchsichtig, ganz ätherisch, mit weißen, silberschimmernden Kleidern. Grimm's irische Elfenmärchen S. LXIII.

Sehnsucht der Geister nach christlicher Erkenntniß.

In irischen, schottischen und dänischen Ueberlieferungen weist Grimm (irische Elfenmärchen Nr. 4, S. 200, und Mythologie S. 462) die rührende Sehnsucht nach, mit der sich die verwaisten Geister des Heidenthums einen Antheil an christlicher Erkenntniß erwünschen. Rochholz I. S. 352.

Unsterbliche Seele.

„. . . . . Sie selbst (die Elfen), die mit Menschen also sich vereinigen, werden dadurch verbündet, so daß ihnen dies Bündniß eine Seele giebt. Also werden sie geseelet wie die Menschen.“ Kuriositäten 1815, Band IV. S. 267.

Mangel an Lebenswärme.

Die Steine wachsen, die Pflanzen wachsen, die Waffer ziehen rauschend dahin, aber wenn wir sie berühren, sind sie kalt, so auch die in ihnen wohnenden Wesen. J. W. Wolf II. S. 323.

Auch die Hand des Nixen ist „ganz weich und eiskalt“ . . . .
Grimm's Sagen I. S. 58.

Ehebündnisse zwischen Elfinnen und Menschen.

Ueber solche berichten Zingerle's Tiroler Sagen S. 27 und 29; desgleichen die Sage von der Jaufenfai. Alpenburg S. 96 und 97, auch norwegische Sagen kennen solche Ehen. Siehe „Asbjörnsen Huldreeventyr“ S. 88 fg.

---

5. Die Kette der Nixe.

Diesem Märchen zu Grunde liegt die Sage Nr. 1 aus dem Paderborner Lande von J. Seiler, wie sich dieselbe fragmentarisch in J. W. Wolf's Beitr. II. S. 234 befindet.

Die Nixe geht zum Tanz.

„Einmal war im Dorfe Dönges Kirmes und dazu kamen auch zwei fremde, unbekannte, aber schöne Jungfrauen, die mit den Bauersburschen tanzten und sich lustig machten, aber Nachts 12 Uhr verschwunden waren . . . . .“
Grimm, deutsche Sagen I. S. 63.

Die Nixen aus dem Hutzenbacher See kamen gewöhnlich .nur einmal im Jahre, wenn Kirchweih war, nach Hutzenbach zum Tanze . . . . Um zwölf Uhr aber mußten sie immer wieder daheim sein, weshalb sie stets bald nach Elf fortgingen.   E. Meier's schwäbische Sagen S. 67.

Desgleichen die Seeweiblein aus dem Mummelsee und die Seefräulein aus dem wilden See.   Meier S. 71 und 73.

Handschuh der Nixe.

„ . . . . . ein Bursche, dem es lieb gewesen, wenn sie immer geblieben wären, nahm einer von ihnen während des Tanzes die Handschuhe weg . . . . . ."

An den zurückgebliebenen Handschuhen waren oben kleine Kronen zu sehen.   Grimm, Sagen I. S. 63 und 64.

Die Ruthe theilt das Wasser.

Das Seemännle holte einst eine Hebamme aus Hutzenbach und führte sie an den See und schlug mit einer Ruthe hinein, worauf das Wasser sich theilte und eine Treppe erschien . . . . ."   Meier S. 68.

„ . . . . wie sie an die Saale kamen, schlug der Nix mit einer Ruthe auf das Wasser. Alsbald thaten sich die Wellen auf, und beide schritten eine schöne, breite Treppe hinab in das Nixhaus, welches ein hoher königlicher Palast war und von Gold und Edelsteinen strahlte."

E. Sommer, Sagen aus Sachsen und Thüringen S 41 und 42.

Nixenschloß und Wiese.

Ein Bauer besucht einst einen Nixen in seinem „Gehäus" . . . . . „Da war unten im Wasser Alles wie in einem prächtigen Palast auf Erden, Zimmer, Säle und Kammern voll mancherlei Reichthum und Zierrath." Grimm D. Sag. I. S. 59.

„An der Saale nun that sich das Wasser auf . . . . sie stiegen all= mählig hinab, da war ein schöner Palast . . . . ."   Daselbst S. 71.

„ . . . . . vor welchen andere Sagen eine Wiese verlegen."

J. W. Wolf II. S. 290.

Gesang der Nixe.

Die Meerfräulein „sangen sehr schön" . . .   Meier S. 75.

„ . . . dazu erschallt ihr wunderlieblicher Gesang . . . . der das Herz be= thört und zu ihnen hinreißt."   J. W. Wolf II. S. 283.

Kette der Nixe.

Eine solche, die zaubergefeit seine Liebe an sie band, gab die schöne Nixe dem Grafen von Pyrmont, als er am Tage seiner oberweltlichen Freiheit auf die Erde hinaufstieg.   Siehe Wolf II. S. 234.

Tod des Grafen.

Im Turnier ward die Kette zerhauen, und der Graf sollte die Königs= tochter freien; vor dem Altar, als er das Jawort sprach, umschlang ihn die Nixe mit kalten Armen und er sank leblos zusammen.   Siehe ebendaselbst.

6. Holda's Paradies.

Diesem Märchen liegt folgende Sage zu Grunde:

Ein armes Mädchen spielte sehr gern im Walde mit Marienkäfern. Einst kam ein Wagen, mit Marienkäfern bespannt und trug es in die Luft zu Frau Holle, die vor einem kleinen Häuschen beim Spinnrade saß. Fünf Jahre blieb das Mägdlein bei der mütterlichen Frau, die es zu sich hatte holen lassen, weil auf Erden ein furchtbarer Krieg wüthete. Nach Ablauf dieser Zeit schickte die Göttin ihr Pflegekind mit einem reichen Brautschatz an Linnen in das heimatliche Dorf zurück. W. Mannhardt's „Götter der deutschen und nordischen Völker." S. 287 u. 288.

Holda's Herkunft.

Holda oder Hulba, die Königin der Elfen, welche in manchen Gegenden Tirols „die seligen Fräulein" genannt werden, wird von den Alterthumsforschern auf Frija zurückgeführt, „der älteste Name der hehren Himmelsgöttin, welche des Götterkönigs Thron und Herrschaft theilte" . . . . . . „In anderen Landschaften aber tritt dasselbe Wesen unter anderen Namen, ehemaligen Beinamen der Götter hervor" . . . . in Thüringen, Hessen und einem Theil von Tirol Holda . . . . Siehe Mannhardt S. 273.

„. . . . Diese (Frau Hulda oder Holda) aber kommt in den heiligen Bergen neben Wuotan vor, sie wird also seine Gemahlin sein und der nordischen Frigga gleichstehen, die auch Kuhn in ihr erkennt." J. W. Wolf II. S. 147.

„Wenn nun aber Frau Holle (Holda), wie allgemein angenommen ist, der nordischen Freyja gleichsteht . . . ." Kuhn, westfälische Sagen I. S. 331.

Lied vom Marienkäfer.

Das Verslein lautet im Volksdialekt:

> Herrgottsmoggela, flieg' auf,
> Flieg' mir in den Himmel 'nauf,
> Bring a golbis Schlüssela runder
> Und a golbis Wickelkindla drunder. Mannhardt S. 283.

Holda, die Freundin des Landmanns.

Holda ist auch (in Tirol), wie im übrigen Deutschland, Schirmerin des Flachsbaues. Alpenburg's Sagen von Tirol S. 3.

Wie der Marienkäfer, Frau Holda's heiliges Thier, Kornreichthum oder Mangel verkündigt, so steht Frau Holda selbst mütterlich dem Gedeihen des Feldes vor. Mannhardt S. 286.

Der Marienkäfer.

Das Thierchen heißt auch Sonnenkalb, Mondkalb, Sonnenhühnchen, weil man in der Nähe der Sonne bei der Göttin seine Heimat dachte . . . . . Als im himmlischen Gewässer bei der Göttin Holda wohnend, wurde der Käfer angerufen, Sonnenschein zu bringen.

> Frauenkühle,
> Sitz' auf's Stühle,
> Flieg' über die Tannenbäum'
> Und bring uns schön warmen Sonnenschein. Daselbst S. 283.

Die Kinder glauben, wenn man eins dieser Käferchen tödte, scheine am andern Tage die Sonne nicht, entweder weil die Göttin zürnt, oder weil es nun nicht zu ihr fliegen und gutes Wetter herabbringen konnte. J. W. Wolf II. S. 449.

Holda's Schönheit.

„. . . . Holda ist eine Frau von wunderbarer Schönheit, mit langem, goldgelbem Haar . . . . Sie trägt ein langes, weißes Gewand . . ." Mannhardt's Götter S. 276.

„. . . . ihr Haupt schmückte ein Karfunkeldiadem." Alpenburg's Sagen S. 4.

Die seligen Fräulein, die Elfen Tirols.

Die Sagen schildern die seligen Fräulein (die Dienerinnen Holda's) in Silberzindel gekleidet, mit goldenen Spangen umgürtet, von Gestalt engelschön, blondlockig, braunäugig. Alpenburg S. 4.

Holda's Reich.

Ihre Wohnung war ein Kryftallschloß. Daselbst S. 4.

Holda's . . . Reich hat sich die Phantasie des Tiroler Landvolkes hoch=
poetisch ausgemalt; Saal an Saal voll blitzender Bergkrystallgewölbe, mit glü=
henden Granaten ausgeschmückt, die Decke durchsichtiges, glitzerndes Gletschereis,
in welchem sich das . . . . Sonnenlicht in tausend Regenbogenfarbenstrahlen
magisch brach. Rings um den Palast der Göttin ein fast unnahbares Land=
schaftsparadies, Gärten voll Wunderblumen, ewig grüne Hügel und Haine,
belebt von Gemswild und schillernden Schneehühnern. Wildbäche mit gold=
schuppigen Forellen, und über Allem säuselnd der Wonnehauch eines ewigen
Frühlings.   Alpenburg S. 4.

In ihrem Berge ist aller Pflanzenwachsthum vorgebildet. Man kann da
im Voraus die ganze Fülle des Frucht= und Kornreichthums im Jahre gewahren.
                                                         Mannhardt S. 286.

Vor ihrem Berge sonnt sie selbst auf blendend weißen Linnentüchern goldene
Flachsknoten, und fleißig dreht sie das goldene Spinnrad, den irdischen Frauen
ein leuchtendes Vorbild.   Daselbst S. 286. 287.

Holda's Festgewand.

An festlichen Tagen trug Holda ein Kleid, dessen Farbe so rosig war, wie
die Morgenröthe, und die „seligen Fräulein" kränzten dann ihre Häupter mit
Alpenrosen.   Alpenburg's Sagen S. 4.

Holda's Wanderungen.

Zur Zeit der Flachsblüte überwandelte Holda die Flachsfelder mit freude=
strahlendem Antlitz, richtete geknickte Stengel auf und segnete Kraut und Blüten.
                                                         Daselbst S. 3.

Besonders zu Weihnachten hält Frau Holda Umzüge durch das Land. Da
legen die Mägde ihren Spinnrocken aufs Neue an, winden viel Werg oder
Flachs darum und lassen ihn über Nacht stehen. Sieht das nun Frau Holda,
so freut sie sich und sagt: „So manches Haar — so manches gute Jahr."
                                                         Mannhardt S. 287.

---

7. Im Geisterheer.

Die heiligen Nächte oder die Zwölften.

„. . . . Das ist vom Weihnachtsabend bis zum Dreikönigsabend (6. Januar)."
                                                Alpenburg S. 5 und 6.

Wandlung des Wassers in Wein.

„. . . . daher der rheinische Glaube, in der Christnacht seien
                        „alle Wasser Wein",

daher überhaupt der Glaube, daß dann alles Wasser in den Brunnen und
Flüssen in Wein verwandelt werde. Wer unbefangen und absichtslos, nicht mit
frevelhaften Hintergedanken, in der heiligen Mitternachtsstunde von diesem
Wasser schöpft, dem behält es seine Weihe . . . .

Wer aber frevelhafter Weise in diese Wunder eindringen, den heiligen
Göttertrank kosten will, der erhält verdiente Strafe." J. W. Wolf II. S. 124. 125.

In den heiligen Nächten reden die Thiere.

Das Vieh auch nimmt seinerseits an der Freude Theil, es liegt in den
Ställen auf den Knieen und betet . . . . . . in der Neujahrsnacht sprechen die
Kühe und Pferde miteinander.   Daselbst S. 126 und
                                   Müllenhoff's Sagen von Schleswig S. 169.

Das Geisterheer.

Die Abhandlungen über die Sagen von der „wilden Jagd", ihren Ursprung und ihre Bedeutung, die dann in Sagen vom „wüthenden Heer", „Geisterheer", „Todtenheer", „Wutes= und Mutesheer" übergehen, lese man nach in Wolf's Beiträgen II. S. 123—164.

Es sind die Geister gefallener Krieger, die allnächtlich sich erheben und zum Kampf eilen. In deutschen wie normannischen Sagen ist das Ziel „Jerusalem und der Kampf mit den Sarazenen".

Zeit der Umfahrt des Geisterheers.

Es sind verschiedene Zeiten; vorzugsweise aber „die heiligen Nächte", Weihnachten.   J. W. Wolf II. S. 161.

Dieselbe Zeit nennt   Meier S. 131. 138. 139. 140.

Erlafried macht die Fahrt nach Jerusalem im Geisterheer mit.

Ein edler deutscher Ritter befand sich in einer Nacht mit mehreren seiner Knappen in einem Wald unweit des Rheins, als das Geisterheer vorüberzog. Nachdem es vorüber war, kommt noch ein Soldat auf seinem Roß, an der Hand noch ein lediges Pferd führend; der Ritter erkennt in ihm seinen vor wenigen Tagen verstorbenen Koch und erfährt von ihm, daß er mit den voranziehenden Rittern nach Jerusalem müsse; der Koch fordert seinen ehemaligen Herrn auf, die Fahrt mitzumachen. und verspricht ihn wohlbehalten wieder zurückzubringen, was dann auch geschieht.   Siehe Wolf's deutsche Sagen S. 242 u. fg.

Erlafried findet seinen Freund in der Kirche.

Richard 1., Herzog der Normandie, macht die Fahrt im Geisterheer — dort la mesgnie Hellequin, la mesgnie Charles-Quint genannt — mit, hört unter sich das Glöcklein in der Kirche der heiligen Katharina auf dem Berge Sinai und wünscht dort sein Gebet zu verrichten. Der König, der Anführer des Geisterzuges, gewährt die Bitte; der Herzog wird hinabgelassen und trifft in der Kirche einen seiner Ritter, der vor 7 Jahren in die Gefangenschaft der Sarazenen gerathen ist.

Diesem theilt er mit, daß seine Gemahlin in der Heimat binnen 3 Tagen wieder heirathen wolle, da giebt ihm der Ritter die Hälfte des Traurings zum Zeichen seines Lebens. Während sie noch sprechen, kommt das Geisterheer zurück und nimmt den Herzog wieder mit zurück in die Heimat, von wo jener den gefangenen Ritter gegen einen sarazenischen Admiral auswechseln läßt.

Siehe „La Normandie romanesque et merveilleuse"; Amélie Bosquet" p. 33 ff.

Aehnliche Sagen von König Karl und Heinrich dem Löwen, in Grimm's deutschen Sagen, wo die Helden auch noch rechtzeitig zurückgebracht werden, um ihre Frauen an der neuen Ehe zu hindern.

Liebe Fatime's zu dem Grafen Ottmar.

Der Ritter von Rodenstein wurde auch von den Türken gefangen und in den Kerker geworfen; lange Jahre schmachtete er daselbst, bis die Tochter des Kerkermeisters, die ihn liebte, ihm die Flucht vorschlug unter der Bedingung, sie zu seinem Weibe zu machen. Die Sehnsucht nach der Freiheit und der Heimat besiegte alle seine Bedenken; er floh mit seiner Retterin, erreichte glücklich die Heimat und erhielt die Erlaubniß des Großherzogs zu seiner Doppelehe, in welcher die beiden Frauen sich als treue Freundinnen benahmen.

Siehe Wolf's hessische Sagen S. 144. 145.

Desgleichen die Sage vom „Grafen von Gleichen".

Grimm's deutsche Sagen II. S. 326 u. fg.

Pädagogische Rücksichten diktiren mir den veränderten Schluß.

D. Verf.

8. Die Rose von Tirol.

Gestalt der Zwerge.

Die Senner schildern sie (Zwerge) als 2 Fuß hohe Männchen in grünen oder grauen Röcklein. Ihr Bart ist grau und wallend, ihre Locken fallen ihnen auf die Schultern.
Rochholz I. S. 326.

Augen.

Nach Stöber hätten sie hellglänzende Augen wie Sterne. Wolf II. S. 310.

König Laurin.

König Laurin herrscht der Volkssage nach als König der Zwerge im Innern des Berges.

„Wo sich, ob Plarsch, am Fuße des Berges riesige Felsblöcke abgelagert haben, soll der Rosengarten des Königs Laurin gestanden sein. Im Innern des Berges soll sich seine Kryftallburg befinden, in der er noch wohnt."
Zingerle S. 66.

Nebelkappe der Zwerge.

Jenes Mützchen ist die Nebelkappe der Zwerge; durch diese geschützt, wandeln sie unsichtbar unter den Menschen daher und können ihnen manche Streiche spielen. Am Zwergenberge spielten sie eines Tages, indem sie ihre Mützchen in die Höhe warfen. Ein Knabe schlich sich hinzu und fing eins auf. Da versprachen sie ihm reichen Schatz, wenn er es herausgäbe, und er erhielt ihn. Die mit dem Hut oder Mützchen verbundene Gabe der Unsichtbarkeit scheinen sie also nicht wieder erlangen zu können, wenn dasselbe verloren ist.
J. W. Wolf II. S. 311.

Die Zwerge wirthschaften in den verlassenen Sennhütten.

Die Senner ziehen schon früh mit ihren Herden herab nach Hause, da sie dieselben überwintern, aber dann sind die Berge nicht verlassen, denn die Zwerge ziehen in die verlassenen Sennhütten ein und wirthschaften daselbst.
Daselbst S. 330.

Die Zwerge haben Anneli verlockt.

Vom Stehlen der Kinder durch Zwerge existiren viele Sagen:
Die Zwerge haben einmal ein Mädchen geraubt und mit in ihre Höhle genommen, wo sie es lange festgehalten haben. Kuhn, westfälische Sagen I. S. 353.
Da die Wichtele und Nörgele in Tirol so viel Kinder stahlen, so fanden sich die Klosterherren des nahen Stifts Marienberg bewogen, die Wichteln zu bannen.
Siehe Alpenburg S. 110.

Genuß der Geisterspeisen.

Wer von den Leckerbissen, die ihm vorgesetzt werden, das Geringste genießt, verwirkt dadurch die Gesellschaft der Menschen und ist an die Elfen gebunden.
Grimm's irische Elfenmärchen S. XXV.

Besitz eines Pfandes macht die Geister unterthan.

Wer nämlich so klug oder so glücklich sey, die Mütze eines Unterirdischen zu finden oder zu erhaschen, der könne sicher hinabsteigen, dem dürfen sie nichts thun noch befehlen, sondern müssen ihm dienen, wie er wolle, und derjenige Unterirdische, dem die Mütze gehöre, müsse sein Diener sein und ihm schaffen, was er wolle.
E. M. Arndt's Märchen und Jugend-Erinnerungen S. 138.

Schauen durch den Armring.

Ein Mann, welcher den Lärm hörte, ohne Etwas zu sehen, erblickte das gespenstische Kriegsvolk in Waffenübung, sobald er durch den Ring schaute, den er mit seinem in die Seite gebogenen Arm bildete. Mannhardt's Götter S. 138.

Erinnerung kehrt wieder.

„Mit dem Blick auf die Erde kehrt offenbar die Erinnerung zurück."
Siehe Kuhn's westfälische Sagen S. 125.

Eine Frau in Westfalen wurde von den „witten Wiwern" in ihren Berg geführt und durfte nie aus der Thür sehen. Nach 7 Jahren wagt sie es doch einmal und hört die Bochumer Glocken läuten. Da kehrt ihre Erinnerung zurück und sie kehrt in die Heimat zurück. Siehe daselbst S. 124.

9. Der treue Kobold.

Auf einem adeligen Schloß in Hessen lebte ein Heinzelmännchen, welches besonders zärtlich an der jüngsten Tochter des Schloßherrn hing und sie hütete wie seinen Augapfel.

„Es trug ein rothsammtnes Röckchen und Perlstiefeln."
Siehe Wolf's hessische Sagen S. 48.

Namen des Kobolds.

Er heißt in Deutschland außerdem auch Puck und Heinzelmännchen.
Grimm's deutsche Sagen S. 91. Müllenhoff's Sagen von Holstein S. 331.

Gestalt und Größe des Kobolds.

Wenn sich Kinder um das Haus Hudemühlen versammelten und mit einander spielten, fand er sich unter ihnen ein und spielte mit in der Gestalt eines kleinen schönen Kindes ..... Auch eine Magd hat ihn so als „ein unbekanntes Knäblein gesehen, von schönem Angesicht mit gelben, über die Schulter hängenden, krausen Haaren, in einen rothen Sammtrock gekleidet" ....

Auch von einem Narren, der sich dort aufhielt und Claus hieß, hat sich Heinzelmann sehen lassen und allerhand Kurzweil mit ihm getrieben. Wenn man den Narren nirgends finden konnte und hernach befragte, wo er so lange gewesen, antwortete er: „Ich war bei dem kleinen Männlein und habe mit ihm gespielt." Fragte man weiter, wie groß das Männlein gewesen, so zeigte er mit der Hand eine Größe, wie etwa eines Kindes von vier Jahren.
Grimm's deutsche Sagen I. S. 108.

Rothes Käppchen der Kobolde.

Das spitze Mützchen, der rothe Hut vertritt bei ihnen die Nebelkappe oder Tarnhaut der Zwerge; aufgesetzt macht es sie unsichtbar, abgenommen sichtbar.
J. W. Wolf's Beiträge II. S. 333.

Hut und Kappe hat er mit den Zwergen gemein, darum auch das Vermögen, sich unsichtbar zu machen. Grimm's Myth. I. S. 479.

Arbeit und Lohn des Kobolds.

Im Hause beweist er sich im höchsten Grade dienstfertig .... alle Arbeit wird von ihm verrichtet und ungleich mehr und besser, als viele Dienstboten es vermögen ..... dafür will er aber seinen Lohn auch regelmäßig haben, der meist in Milch oder Grütze mit Butter besteht. Milch scheint überhaupt mit Vorliebe von den Kobolden genossen zu werden. J. W. Wolf II. S. 336.

In den Hausgeschäften erzeigen sie sich freundlich und zuthätig, vorzüglich in Küche und Stall. Grimm's Myth. S. 476.

Heinzelmann, der berühmte Hausgeist auf Schloß Hudemühlen, übernahm auch alle Arbeit für die Köchin, die ihm „täglich eine Schüssel voll süßer Milch mit Brocken von Weißbrot zubereiten und auf sein Tischlein stellen" mußte.
Grimm's deutsche Sagen I. S. 94.

Kobold singt Mechtild in Schlummer.

Den Heinzelmann hat man oft singen hören, weltliche und geistliche Lieder, „wie eine Jungfrau oder ein junger Knabe mit sehr hoher und nicht unangenehmer Stimme" . . . .   Daselbst S. 99.

Ein anderer Kobold, „Klopfer" genannt, that allerlei Dienste, „wiegte die Kinder" . . . .   Daselbst S. 110.

Wohnung des Kobolds.

„. . . . . meistens finden wir ihn am Herd . . . . . der Kobold Eitel haust im Schornstein . . . . . ."   J. W. Wolf II. S. 334.

Der Kobold in Bischdorf saß auch den ganzen Tag auf dem Herd und holte Alles, was seine Herrin brauchte, durch den Schornstein.   Siehe Sommer S. 27.

Der Kobold im Dorfe Kloster Mansfeld kommt auch durch den Schornstein.
                                                        Siehe daselbst S. 32.

Gefeite Schuhe.

„. . . . . Durch den Stiefel werden, wie ich glaube, gefeite Schuhe der älteren Sage angedeutet, mit denen es möglich war, schneller auf der Erde und vielleicht durch die Lüfte zu wandeln."   Grimm's Myth. I. S. 471.

„. . . . sie (die Pantoffeln) sind auch gefeite Schuhe, mit denen er große Wege rasch machen kann."   J. W. Wolf II. S. 333.

Kobold erzählt.

Der Kobold in Bischdorf saß den ganzen Tag auf dem Herd in der Stube und unterhielt sich mit der Hausfrau.   Siehe Sommer S. 26 u. 27.

Auch das Heinzelmännchen auf Schloß Hudemühlen war gern in Gesellschaft und unter den Leuten.

„Auf Hudemühlen waren zwei Fräulein, Anna und Katharine, welchen er besonders zugethan war; ihnen klagte er sein Leid, wenn er war erzürnt worden, und führte sonst allerhand Gespräche mit ihnen." Grimm's deutsche Sagen I. S. 101.

Dauer des Aufenthalts der Hausgeister.

Aus den Koboldsagen der verschiedenen Länder geht hervor, daß der Hausgeist, wenn er seinen Wohnsitz in einem Hause aufgeschlagen, dort gewöhnlich bleibt, bis das Geschlecht ausgestorben ist.

Er — der Kobold, in Schottland Brownie genannt — hält sich zu besonderen Familien, bei denen er von Generation zu Generation, wie man weiß, geblieben ist.

Zu Lirthinhall in Dumfriesshire hatte ein Brownie, wie er selbst sagte, dreihundert Jahre lang gewohnt.   Keigthley's Myth. II. S. 199. 200.

Geräth des Kobolds.

Ein kleiner „Stuhl, Tisch und Bettstatt" waren die Gegenstände, die Heinzelmann verlangte, und die man ihm auf seine Kammer stellte.
                                            Siehe Grimm's deutsche Sagen I. S. 94.

Geistersichtig.

„. . . . . Dieser Mann war ein Frohnfastenkind und konnte somit alle Geister erblicken und zum Sprechen bringen."   Rochholz I. S. 305.

Desgleichen   Vonbun's Sagen des Vorarlbergs S. 38.

Streiche des Kobolds.

Ein Hauptzug im Wesen des Kobolds ist, daß er gerne neckt, und wenn er selbst geneckt oder erzürnt wird, böse Streiche macht.
                                                    J. W. Wolf II. S. 342.

Alle die Streiche, die der Kobold dem Pagen Gero spielt, erzählt
Müllenhoff S. 282 und
Keightley I. S. 288 und 240.

Elementargeist.

J. W. Wolf sieht in dem Kobold die Personifikation des Feuers.
Siehe die Beiträge zu der Myth. II. S. 332 und 333.

„.... da die Elben (zu denen auch die Kobolde gehören) aus einer Personifikation der elementarischen Kräfte entsprungen sind ......"
Sommer, Anmerkg. zu den Thüring. Sagen S. 170.

Das Heinzelmännchen verschwindet.

Als das hessische Heinzelmännchen die Vermählung des jüngsten Schloß-fräuleins nicht hindern konnte, schien es lebenssatt, und als sie stattfand und der Geistliche den Segen sprach, that es einen Schlag und das Röckchen und die Stiefelchen fielen vor den Altar nieder. Seitdem sah man das Männchen nicht wieder.
Siehe Wolf's hessische Sagen S. 49.

10. Eine Nacht in der Elfenwohnung.

Der Elf erscheint Gottfried im Walde.

Gottfried Macculloch ritt aus, als nahe bei seinem Hause ein kleiner alter Mann in Grün gekleidet auf einem weißen Klepper sich zu ihm gesellte. Sie grüßten sich und der Kleine gab ihm zu verstehen, daß er unter seinem Haus wohne und sehr über die Richtung eines Kanals zu klagen habe, der sich gerade in sein bestes Zimmer ausleere. Macculloch stutzte über diese seltsame Bitte, doch da er die Natur des Wesens errieth, mit dem er es zu thun hatte, so versicherte er dem alten Mann aufs Freundlichste, daß der Kanal eine andere Richtung erhalten solle, und traf auch sogleich die nöthigen Anstalten.
Grimm's irische Elfenmärchen S. XXXVII und XXXVIII.
Sie (die Elfen) reiten auf Pferden, deren Hufe nicht einmal den Thau einer englischen Hyacinthe abschlagen würden.
Keightley's Myth. II. S. 191. 192.

Namen der Elfen.

In England und Schottland werden sie „das stille Volk", „das gute Volk" genannt.
Siehe Grimm's irische Elfenmärchen S. IX.
„...... da sie zugegen sein und mit anhören könnten, was man spricht, so drückt man sich nur vorsichtig und mit Ehrerbietung über sie aus, und nennt sie nicht anders, als das gute Volk, die Freunde."
Daselbst S. X.

Lohn der Elfen.

Ein Pachter in Strathspey sang einer Elfin zu Gefallen ein altes gälisches Lied und gab ihr Korn aus seinem Sack. Von da an konnte er aus seinem Sack Acker auf Acker besäen, ohne daß es sich minderte. Als aber sein geschwätziges Weib davon plauderte, war der Sack sogleich leer.
Siehe daselbst S. XXXVII.

Rettung Gottfrieds.

Einige Jahre hernach hatte Macculloch das Unglück, einen benachbarten Edelmann im Streit zu tödten; er wurde ergriffen und gerichtet. Das Blut-gerüst, auf welchem ihm das Haupt sollte abgeschlagen werden, war schon auf Castlehill bei Edinburg aufgebaut, aber kaum hatte er es erreicht, als jener kleine, alte Mann auf seinem weißen Pferdchen wie ein Blitz durch das Gewühl der Menschen daherdrang. Macculloch sprang auf sein Geheiß hinten auf, „der gute Nachbar" (so werden die Elfen auch genannt) spornte sein Pferd den steilen Abhang hinunter und weder er noch der Verbrecher wurden je wieder gesehen.
Daselbst S. XVIII.

Zauberblick in die Ferne.

Eine Elfin benetzte das rechte Auge einer Frau mit einer grünen Flüssig-
keit, worauf dieselbe das vorher ihr Verborgene erblickte. Darauf fuhr die Elfin
mit der Hand wieder über die Augen der Frau und sie sah nichts mehr.
Siehe Keigthley's Myth. II. S. 195.

Elfenwaffe.

Sie haben ein Zaubergeschoß, gewöhnlich Elfenkeil (Elfbolt) genannt. „Der
Keil hat häufig die Form eines Herzens, dessen Ränder scharf gezahnt sind,
gleich einer Säge. Diese tödliche Waffe werfen die Elfen nach Menschen und
Thieren mit solcher Sicherheit, daß sie selten ihr Ziel verfehlen, und wen sie
einmal damit berühren, der ist verloren. So groß ist die Gewalt, womit er
trifft, daß, sowie er einen Gegenstand berührt, er auch augenblicklich ihm das
Herz durchbohrt."
Grimm's irische Elfenmärchen S. XLV.

Elfenwohnungen.

. . . . Diese Wohnungen (Tomhan oder Shian geheißen) befinden sich gewöhnlich in den Höhlen und Abgründen wilder und rauher Gegenden. Sie sind
aus Stein in der Gestalt unregelmäßiger Thürmchen gebaut, und so fest und
dauerhaft, daß sie Felsenstücken oder Erbhügeln ähnlich sehen. Thüren, Fenster
und Rauchfänge sind so künstlich verborgen, daß das bloße Auge bei Tage sie
nicht erblicken kann; doch in dunkler Nacht verräth sie das glänzende Licht, das
herausbricht.
Daselbst S. XXI.

Ihre Häuser aber haben sie in Steinklüften, Felsenhöhlen und alten Riesen-
hügeln. Innen ist Alles aufs Glänzendste und Prächtigste eingerichtet und die
liebliche Musik, die zuweilen nächtlich daraus hervorbringt, hat noch Jeden
entzückt, der so glücklich gewesen ist, sie zu hören.
Daselbst S. X.

Elfenmusik und Tanz.

Die Elfen lieben über Alles die Musik. Wer sie angehört hat, kann nicht
beschreiben, mit welcher Gewalt sie die Seele erfülle und entzücke . . . . .

In kunstreichem Tanz übertreffen sie weit Alles, was Menschen leisten
können, und ihre Lust daran ist unermüdlich.
Daselbst S. XI.

Goldbecher.

Wer von Speis oder Trank der Elfen das Geringste genießt, ist ihnen
verfallen. „Darum tragen sie Goldbecher in den Händen und bieten sie dar."
Daselbst S. CIII.

Eine Nacht bei den Elfen gleich 100 Jahren.

„. . . . Sterbliche haben Nächte bei ihnen (den Elfen) zugebracht, und am
nächsten Morgen gefunden, daß eine solche Nacht hundert Jahre lang gedauert
hatte."
Keigthley's Myth. II. S. 219.

Zwei Männer aus Strathspey, berühmt wegen ihres Geigenspieles, wurden
von einem alten Manne Nachts in eine Elfenversammlung geführt, wo es aufs
Prächtigste zuging; sie spielten dort zum Tanze und nach Beendigung des Festes
verließen sie den Tomhan (Elfenwohnung). Sie fanden draußen Alles fremd
und verändert in Tracht und Sitten. Endlich ergiebt es sich aus den Reden
eines alten Mannes, daß die beiden Fremdlinge jene beiden Geiger sein müßten,
die vor hundert Jahren von einem alten Manne (Elfen) in die Elfenwohnung
geführt und hundert Jahre darin behalten wurden, die ihnen nur wie eine
Nacht erschienen waren. Die beiden Männer gingen, da es gerade Sonntag
war, in die Kirche, saßen dort und hörten dem Geläut der Glocken zu, als aber
der Geistliche zu dem Altar trat, seiner Gemeinde das Evangelium zu ver-
kündigen, zerfielen sie bei dem ersten Wort, das aus seinem Munde kam, zu Staub.
Grimm's irische Elfenmärchen S. XXIV u. XXV.

Auch eine Frau in Böhmen, die Beeren suchend in den Forst kommt und von der Nacht überrascht in einem schönen Hause am Felsen um Obdach bittet, dasselbe erhält und die Nacht sanft schlafend verbringt, findet bei ihrem Erwachen, daß diese Nacht bei Hans Heiling, dem Zwergenfürsten, hundert Jahre gewährt hat.

Siehe Grimm's deutsche Sagen S. 196.

11. Die versunkene Glocke.

Ursprung des Nixen.

„. . . . Der aus dem Tempel geworfene Gott, dessen Bildsäule zerbrochen wurde, sinnt als Alb (Elfe) oder Nix auf Rache." Grimm's Myth. S. 467.

Jährliches Opfer.

„. . . Davon (von der Elster) wie von andern Flüssen ist gemeine Sage, daß sie alle Jahre einen Menschen haben müsse . . . ." Grimm's Sagen I. S. 68.

Am Johannistage fordern die Nixe der Elbe, Saale, Unstrut und Elster ihre Opfer; darum gehen viele Schiffer zu Johanni nicht aufs Wasser, wenn sie nicht müssen. Sommer S. 39.

Versunkene Glocken.

Die Glocken der Sage liegen meist in Teichen, Seen, Flüssen oder Mooren, sie wohnen also im Wasser . . . .

In den Niederlanden liegt die aus dem Thurm gerissene Glocke im Helleput oder Duivelskolk. Immer aber sind sie in solchen Wassern zu finden, die an der Stelle eines untergegangenen Dorfes, eines Klosters oder einer Stadt liegen. J. W. Wolf II. S. 294.

Gestalt des Nixen.

Der Nix zeigt sich in verschiedenen Gestalten, auch „als ein kleiner, freundlicher Knabe . . . . . . mit hellfunkelnden Augen. Bisweilen aber gleicht er einem erwachsenen Mann . . . . . . Er wohnt mit Frau und Kindern auf dem Grunde der Flüsse und Seen." Sommer S. 38. 39.

Auch erscheint er als gelblockiger Knabe mit rother Mütze auf dem Kopf. Siehe Grimm's Myth. S. 459.

„Auch trägt er grünen Hut . . ." Desgleichen S. 459.
Grimm's Sagen I. S. 59.
„. . . und grünen Rock . . ." Siehe Sommer S. 38.
Auch sein Bart soll graugrün sein. Bechstein Sagenbuch S. 551.

Schönheit der Wasserelfen.

Ihre (der Wasserelfen) Schönheit ist verlockend und übermenschlich . . . . sie strählen ihr goldenes Haar. J. W. Wolf II. S. 282.

Gesang der Wasserelfen.

„. . . . . sie (die Wasserelfen) schweben auf den Blättern der großen Wasserlilien über den Wellen, dazu ertönt ihr wunderbar lieblicher Gesang . . . ." Daselbst S. 283.

Der Schiffer zertrümmert die Scheibe des Nixenpalastes.

Ein Fischer stieß mit seiner Stange dem Nickelmann eine Scheibe ein, da war der im Augenblick oben und drohte den Fischer zu erwürgen, wenn in einer halben Stunde die Scheibe nicht heil sei. Siehe Schwarz und Kuhn S. 173.

Stahl bindet den Nixen.

Man glaubt, daß Metalle, besonders Stahl, den Nix binden. Keigthley's Myth. I. S. 247.

Zauberband.

In Böhmen zeigte sich ein Wassermann am Ufer eines Sees, grünes Band messend, welches er endlos aus der Flut herauszog und den jungen Mädchen zuwarf. Nahmen sie es, dann waren sie in seiner Gewalt, denn er zog sie daran ins Wasser.　　　　　　　　　　　　　J. W. Wolf II. S. 292.

Seele unter der Glocke.

Der Wassermann sprach: „Alle Jahre hole ich mir Einen in den See, seine Seele aber halte ich unter dem Topf eingesperrt."　　　Bechstein Sagenbuch S. 552.

Die Töpfe sind von Seelen bewohnt und die Seelen können nicht heraus, wenn der Topf nicht umgestülpt wird . . . .　　　　　　　J. W. Wolf II. S. 293.

Der Bann von Seelen in solche Gefäße kommt in der Sage aller Völker vor und überall finden wir, daß aus diesen Gefäßen eine Stimme tönt, die meistens um Befreiung bittet . . . . . Solche beseelte, redende Töpfe nun sind unsere Glocken, von denen wir so reiche und vielgestaltige Sagen haben.

Ebendaselbst S. 293 und 294.

Lichte Gestalt der Seele.

Die aus des Leibes Fessel gelöste Seele gleicht jenen luftigen, geisterhaften Wesen des XVII. Kap. (Elfen). Sie schwebt mit derselben Leichtigkeit, erscheint und verschwindet . . . .　　　　　　　　　　　Grimm's Myth. S. 786.

Der Nix zieht die Kinder ins Wasser.

Der Wassermann unter der Hamburger Brücke zieht die Kinder mit einem Haken ins Wasser, und damit ihre Seelen nicht entfliehen, läßt er sie unter die alten Häfen ducken, die von den Leuten als unbrauchbar ins Wasser geworfen werden. Nur am Samstag zwischen 12 und 1 Uhr Mittags dürfen sie hervor und mit einander spielen.　　　　　　Fries in Wolf's Zeitschrift I. S. 29.

Versunkene Glocken läuten.

„. . . . . sie (die versunkenen Glocken) läuten und sprechen . . . . . in Haddebye am Neujahrsmorgen, ... bei Neukirchen am Ostermorgen . . . . in Franken an Feiertagen u. s. w.", also überall nur und allein zu heiligen Zeiten.　　　　　　　　　　　　　Müllenhoff S. 118. 119.
Bechstein Sagenbuch S. 220.

Die Schifferfrau geht mit dem Nixen zu dessen kranker Gattin.

Sowol in Deutschland, wie im Norden, giebt es zahlreiche Sagen von Hebammen und selbst von vornehmen Frauen, die geholt wurden, um Nixen oder Zwerginnen hülfreiche Hand zu leisten.　　Keightley's Myth. II. S. 85.

Nixenring.

Um in die Wohnung des Nix zu kommen, bedarf man nach der niederländischen Sage eines Ringes.　　　　　　　　J. W. Wolf II. S. 293.

Rettung der Seele unter der Glocke.

Einem Fischer erschien am Vorabend vom St. Andreas=Tage ein bleicher Mann, gab ihm einen solchen Ring, und versprach ihm eine große Belohnung, wenn er den an den Finger stecken, ins Meer steigen und einen von drei Töpfen umstülpen wollte. Der Fischer ging darauf ein und kam auf eine grüne Wiese, auf welcher Jünglinge singend Gras mähten und ein Haus stand, daraus eine schöne Frau ihm mit offenen Armen entgegenstürzte. Er aber eilte weiter, wo die drei Töpfe standen, und hob den mittleren auf. Da eilten die Jünglinge auf ihn los, die Frau schrie, er aber wurde mit Blitzesschnelle nach oben gerissen . . .

Die befreite Seele riß den Retter mit sich fort und brachte ihn ans Land.
　　　　　　　　　　　　　　　　J. W. Wolf II. S. 293.

12. Die Blume von Island.

Todesschweigen der isländischen Natur.

„.... Es schlängelt sich keine Straße durch das Thal hinab, man vernimmt kein Wagengerassel, noch eilt ein Wanderer flüchtigen Schrittes einer nahen Stadt zu. Der Hirsch erscheint nicht am Waldessaume, um aus des Baches klarer Flut zu trinken. Aus dem Hollunderstrauch tönt kein süßes Locken der Nachtigall, noch Drosselschlag vom hohen Wipfel. Das isländische Gehöft, mehr einer Gruppe von Grabhügeln als menschlichen Wohnungen ähnlich, liegt schweigend da, nur von der Rauchsäule, welche in die Abendluft aufsteigt, verrathen.

„Vom Berge treibt der Hirt die dichtgedrängte Herde nieder, es glänzt das Vließ, die Euter strotzen, aber Hirt und Herde schweigen, nur die Steine rasseln. Dort am Pferche stehen noch lebende Wesen, zwei blondgelockte Mädchen, welche, die Augen mit den Händen vor der untergehenden Sonne verdeckend, zum Berg hinaufschauen und auch schweigen." Georg Winkler's Island S. 128 u. 129.

Elfkönig von Island.

Zwei Vizekönige beherrschen sie (die Elfen Islands).
Keigthley's Myth. I. S. 264.

Purpurgewand des Elfkönigs.

Auch der Elf, der die schöne Solveig auf ihrer Sennhütte besucht, ist so gekleidet, „er erschien ihr jedesmal in einem rothen Gewand" ....
Dr. Konrad Maurer's isländische Volkssagen S. 17.

Wohnung im Hügel.

Die Elben wohnen jederzeit in Steinen und Hügeln ....
An verschiedenen Orten im Lande wurden mir Elbenhügel gezeigt.
Maurer's isländische Sagen S. 2.

Unsterbliche Seele.

„..... überhaupt werden sie (die Elfen) durchaus menschenähnlich gedacht, nur daß sie keine Seele haben ...."
Ein isländisches Gedicht von Jon Gudmundsson lautet in der Uebersetzung:
„Sie haben sowol Gehör als Sprache,
Fleisch und Blut sammt Haut;
Es fehlt ihnen nichts als die einzige Seele." Daselbst S. 8.

Geistertreue.

Eine Riesin spricht zürnend zu einem Manne, der an ihrem Worte gezweifelt: „Wenn nicht bei Euch Leuten in den Niederungen mehr Untreue wäre, als bei uns Riesen in den Bergen, dann stünde es besser bei Euch, als es steht."
Maurer, S. 49 und 50.

Rechenschaftsbericht der isländischen Elfkönige.

Zwei Vizekönige beherrschen sie (die Elfen Islands), die abwechselnd, jedes zweite Jahr, von einigen Unterthanen begleitet, nach Norwegen segeln, um sich dem König des ganzen Stammes, der dort residirt, vorzustellen und ihm einen genauen Bericht über das Betragen, die Treue und den Gehorsam seines Volkes abzustatten
Keigthley's Myth. I. S. 264.
Desgleichen Maurer S. 4.

Blick in die Ferne.

Das dem natürlichen Auge Verborgene erblickt man auch, wenn man über die linke Schulter schaut.

„. . . Nun schau mir über die linke Schulter!" sprach der Schütz (zu seinem Kameraden). Jener sah hin — da sah er neben der Gemse den Teufel stehen, der sie an einer Kette festhielt." Alpenburg's deutsche Alpensagen S. 163.

Ausplaudern der Geheimnisse des Elfenreichs.

Es kommt auch wol vor, daß der Eine oder Andere Muth genug hat, solchenfalls in die Wohnung der Elben einzudringen, und in derselben gute Aufnahme findet, oder es führt selbst ein Elb den hülflosen Wanderer zu sich in den Berg, um ihn zu laben und zu behüten; aber ausplaudern darf man nicht, was man bei solcher Veranlassung gesehen, wenn man nicht der unversöhnlichen Rache der Geister verfallen will. Maurer S. 5.

Auch die Sagen anderer Völker erzählen, daß, wenn Menschen von ihrem Verkehr mit den Elfen geplaudert, sie den Eingang zu den Wohnungen jener Geister nicht mehr finden konnten. Z. B. Anton Tangl zu Strad, der den Eingang zum Reich der Tiroler Elfen („der seligen Fräulein") offen sah und von fern die Herrlichkeit desselben erblickte, erzählte davon seinen Bekannten und als er andern Tages die Stelle wieder suchte, fand er sie nicht mehr. Siehe Alpenburg's Sagen von Tirol S. 22 und 23.

Desgleichen der Bauer unfern des Luamacher Berges, den die Seligen ihres Rathes und ihrer Freundschaft werth hielten, verrieth seine Beziehungen zu jenen lieblichen Geistern seiner zürnenden Gattin — darauf, „als er zur Stelle kam, fand er den Grotteneingang nicht mehr, Alles war verändert —" . . . . Daselbst S. 28.

Versöhnung vor dem heiligen Abendmahl.

Von dieser schönen Sitte Islands giebt uns die Sage von der schönen Solveig Kunde. Solveig stirbt dann, gleich Schön Helga, mit dem von ihr verlassenen Elfen. Maurer S. 17. 18.

Elfische Verbindungen.

In Island glaubt man, solche Verbindungen (zwischen Elfen und Menschen) nähmen immer ein trauriges Ende, wenn sie auch anfänglich glücklich zu sein schienen. Grimm's irische Elfenmärchen S. XCVII.

13. Die Freundschaft der Zwerge.

I. Die sterbende Zwergenkönigin.

Ueber Alter und Gestalt der Zwerge sehe man die Anmerkungen zu den früheren Zwergenmärchen.

Kleidung.

Die Erdelfen (Zwerge) tragen auch dunkelfarbige Kleider. Grimm's irische Elfenmärchen S. LXIII.

Nach Harrys halten sie mit silbernen Gürteln oder Spänglein ihre Kittel zusammen und tragen kleine Mützchen auf dem Haupt, an denen silberne Glöcklein klingen. J. W. Wolf's Beiträge II. S. 310.

Sie tragen Laternen.

„. . . . einstmals sei die Großmutter des Hauses (Rantzau) von der Seite ihres Gemahls durch ein kleines Männlein, so ein Laternlein getragen, erweckt worden." Grimm's deutsche Sagen I. S. 45.

Zwergenwohnung.

Ihre Wohnungen liegen unter der Erde, in Höhlen, Schluchten, Hügeln und Bergen. J. W. Wolf II. S. 311.

Eigentlich hat dies unterirdische Geschlecht keine Gemeinschaft mit den Menschen und treibt inwendig sein Wesen, da hat es Stuben und Gemächer voll Gold und Edelgestein. Grimm's deutsche Sagen I. S. 33.

Name des Zwergenkönigs.

„Goldemar" ist nach Grimm, Myth. S. 422, der Name eines Zwergenkönigs.

Die Gräfin legt ihre Hand auf das Haupt der kranken Zwergen=königin.

Auch die Ahnfrau von Rantzau wurde in der Nacht durch einen Zwerg in einen hohlen Berg und zu einem kranken Zwergenweibchen geführt. „Selbiger legte sie auf Begehren die rechte Hand auf das Haupt, worauf das Weibchen alsbald genas." Grimm's deutsche Sagen I. S. 45.

Lohn der Zwerge.

Ueberall finden wir, daß den Hülfeleistenden Geschenke angeboten werden, meist in unscheinbarer Form, die erst später durch Verwandlung ihren wahren Werth bekunden. Z. B. Grimm's deutsche Sagen I. S. 45—47. Meier, schwäb. Sagen S. 60. 62. Müllenhoff S. 297. 298.

II. Die unterirdischen Freunde.
Zwerge scheuen das Sonnenlicht.

Die Zwerge aber wohnen in den Tiefen der dunkeln Berge, sie leben bei anderem Licht und sterben, wenn die Sonne sie bestrahlt. J. W. Wolf II. S. 309.

Sie (die Zwerge) treiben ihr Wesen in der Nacht und fliehen im Gegensatz zu den Lichtelfen die Sonne, ... überrascht sie der Tag, so werden sie von dem Strahl der Sonne in Stein verwandelt. Grimm's irische Elfenmärchen S. LXIII.

Weiser Zwerg.

„Das sind die ältesten Männer unter uns und einige von ihnen wol manches Jahrtausend alt und wissen vom Anfang der Welt und vom Ursprung der Dinge zu erzählen und werden die Weisen genannt. Sie leben sehr einsam für sich und kommen nur aus ihren Kammern, daß sie unsere Kinder und die Diener und Dienerinnen unterweisen ...." Märchen und Jugend-Erinnerungen von E. M. Arndt S. 162.

Festfeier in menschlichen Wohnungen.

Die Zwerge feiern gern ihre Feste in menschlichen Wohnungen. So beim Grafen von Hoya und beim Grafen von Eilenburg. Bei dem letzteren entdecken sie plötzlich das Gesicht der alten Gräfin an einer Oeffnung in der Saaldecke; die Musik stockt und die Gesellschaft entflieht, nachdem sie eine Strafe auf das Geschlecht der Eilenburg gelegt hat. Siehe Grimm's deutsche Sagen I. S. 35.

Strafe der Zwerge.

Die Frau Schellendorf schaut durch den Finger dem Tanz der Zwerge zu, obgleich es ihr verboten ist. Da ruft ein Zwerg: „Schließ' die Fenster!" Da blies ihr ein Männchen in die Augen, und sie war von Stund an blind. Siehe Bechstein, Sagenbuch S. 224.

Heilung.

Eine Spinnerin, welche den Zug der Perchta und der Heimchen (Kinder=seelen) auf einem Wagen daherziehen sah, wurde von der Göttin angehaucht und sie erblindete. Im nächsten Jahre, gerade an demselben Tage, kehrte die Göttin desselben Weges zurück. Die Blinde bettelt sie an. Da spricht die hohe, gütige Frau: „Im vorigen Jahr blies ich ein Paar Lichtlein aus, so will ich heuer sie wieder anblasen" und bei diesen Worten bläst sie der Magd in die Augen, die sogleich ihr Gesicht wieder erhält. Mannhardt S. 290.

14. Khriugold.

Nibelungenmärchen.
Versenkung des Nibelungenhorts.

Das neunzehnte Abenteuer des Nibelungenliedes erzählt, „wie der Nibe=
lungenhort nach Worms kam in die Hand der Königin Kriemhild und wie
Hagen, ihr unversöhnlicher Feind, den König Gunther zu bereden sucht, den
Schatz der Hand seiner Schwester zu entwenden. Gunther weist das Ansinnen
zurück, und Hagen beschließt, das Unternehmen auf seine eigene Verantwortung
auszuführen. Während einer Heerfahrt des Königs und seiner Brüder läßt
Hagen den Schatz versenken bei Lochheim am Rhein.

Siehe das Nibelungenlied, übersetzt von K. Simrock, S. 204 und fg.

Der Hort ruht am Loreley=Felsen.
„Der Nibelungenhort lit in dem Lurlenberg.“

Marner in v. d. Hagen's Minnesinger Bd. II. S. 241.

Schatzblühen.

Die Sagen von versunkenen Schätzen einen sich in allen Landen dahin, daß
die versunkenen Schätze langsam aufwärts bringen; wenn sie an der Oberfläche
sichtbar sind, sagt man „sie blühen“; sie versinken wieder, wenn die lösende
Hand nicht während der Stunde ihrer oberweltlichen Freiheit naht.

„Vor beiläufig 50 Jahren arbeiteten Leute im Weinberge, der zwischen dem
Ottmannshäuschen und dem Winklerhofe liegt, als sie plötzlich ein ganz absonder=
liches Geräusch hörten. Sie blickten alsogleich gegen das Haus hin, von dem
der Lärm herkam, und sahen dort den Schatz blühen. Goldene und silberne
Blüten, die denen der Akazien ähnlich sahen, flogen schimmernd in die Höhe
und sanken funkelnd nieder und verschwanden. Als die Leute herbeigeeilt kamen,
war der Schatz schon verblüht. Dieser Schatz soll, wie die meisten, zu je hundert
Jahren blühen.“

Zingerle S. 235.

J. Grimm schreibt in seiner Mythologie S. 922: „Man glaubt, daß der
Schatz von selbst rücke, d. h. sich langsam, aber fortschreitend, der Oberfläche zu
nähern suche; meistens heißt es, er komme alljährlich einen Hahnenschritt weiter
aufwärts . . . . . . Zu bestimmter Zeit steht der Schatz oben und ist seiner
Erlösung gewärtig; fehlt dann die geforderte Bedingung, so wird er von Neuem
in die Tiefe entrückt. Jene Annäherung aber drückt die Redensart aus: „Der
Schatz blühet“ . . . . . „er verblühet“, muß wieder versinken.

Zahlreiche Sagen von versenkten Schätzen, ihrem Blühen, ihrer nur selten
geglückten, desto öfter aber mißlungenen Hebung erzählen: Kuhn in den mär=
kischen Sagen, Zingerle in den Tiroler Sagen; desgleichen Alpenburg, Wolf
hessische Sagen, Baader und Andere mehr.

Erlösung des Geistes.

An die Hebung des Schatzes knüpft sich meist auch die Erlösung eines Geistes,
der durch eine begangene Schuld mit dem versenkten Schatz in Verbindung steht.

„Im Weiherburgerteich bei Innsbruck ruht ein goldener Schatz, welcher
vor mehr denn 500 Jahren dort vergraben wurde und zu gewissen Zeiten in
Form schöner Schlangen herumgeschwommen sein soll mit funkelndem Gold=
glanz. Dann wollte man einen Schatten, den ehemaligen Besitzer Langenmantel,
um Mitternacht ächzend herumwandeln gesehen haben, einen Erlöser suchend,
der ihm die langgehoffte Ruhe geben könnte.“

Alpenburg S. 330. 331.

Aehnliches sagt die Sage vom Kegelspiel der Margarethe Maultasch.

Daselbst S. 329.

Die Sage von Karl dem Großen.

Siehe die „Rheinsage" in E. Geibel's Gedichten.

Vers 4. Er ist heraufgestiegen
Zu Aachen aus der Gruft
Und segnet seine Reben
Und athmet Traubenduft.

Vers 6. Der Kaiser geht hinüber
Und schreitet langsam fort.
Und segnet längs dem Strome
Die Reben an jedem Ort.

Vers 7. Dann kehrt er heim nach Aachen
Und schläft in seiner Gruft,
Bis ihn im neuen Jahre
Erweckt der Trauben Duft.

Fastrada war die Geliebte (nach Andern die Gattin) Karl's des Großen, dem sie einen Zauberring schenkte, der selbst noch im Tode seine Liebe an sie fesselte.
Siehe Wolf II. S. 220.

Das Lied, das auch Karl's Leben „leidvoll durchklungen", bezieht sich auf die Sage von dem Verrath seines Bruders Taland an ihm selbst und an seiner Gattin Hildegard.
Siehe Grimm's deutsche Sagen II. S. 93 und fg.

Der versenkte Hort.

Da senkten ihn die Stolzen hinunter in die Flut:
Er ist wol gar geschmolzen, seitdem er da geruht.
Zerronnen in den Wellen des Stroms, der drüber rollt,
Läßt er die Trauben schwellen und glänzen gleich dem Gold.
Simrock's Rheinsagen S. 301.

Desgleichen siehe die letzten Verse des Gedichts „Der Nibelungenhort".
Simrock's Rheinsagen S. 302.

15. Das letzte Riesenheim.

Diesem Märchen liegt das norwegische Märchen „Der Schmaus der Zwerge" zu Grunde.
Keigthley's Myth. S. 217 u. fg.

Das Alter der Riesen.

Aus Guru's Erzählungen, die jeden Julabend ihrem Gatten zu Lieb ein Jahrhundert ihrer Lebensdauer opfert, erhellt, daß das Leben der Riesen nicht nur nach Jahrhunderten, sondern sogar nach Jahrtausenden zählt.

„Ich denk' diesen Wald
Neunmal jung und neunmal alt!"
sagt der Schwarzburger Riese.
Alpenburg S. 43.

Ihre Größe.

Eine große, menschliches Maß weit überragende Gestalt wird allen Riesen beigelegt, sie stehen gleich Bergen und hohen Bäumen . . . .
Grimm's Myth. S. 494.

Riesenkräfte.

Die Riesen schleudern Felsen, reiben Flammen aus Steinen, drücken Wasser aus Steinen, entwurzeln Bäume, flechten Tannen wie Weiden und stampfen mit dem Fuße bis ans Knie in die Erde.
Daselbst S. 497.

In den Riesen überhaupt waltet volle, ungebändigte Naturkraft . . . .
Sie stellen ein untergegangenes oder untergehendes Geschlecht dar, dem mit der Kraft auch die Unschuld und Weisheit des Alterthums . . . . beiwohnt.
Daselbst S. 495.

Guru's Schönheit.

Riesentöchter sind der höchsten Schönheit fähig, z. B. Gerdr, von deren glänzenden Armen, als sie die Hausthüre schließt, Luft und Wasser widerleuchten.
Daselbst S. 405.

Odin.

Der uralte Eroberer des Nordens, der, nach Guru's Erzählung, die Riesen aus Norwegen verjagte.

Wann die Zeit jenes sagenhaften Königs oder Helden gewesen, ist wol nicht mehr zu bestimmen.

„Wie es nun auch mit dem Odin sei, Odin, der wunderbar Verlarvte und Vielgestaltete, Odin der Held, der Hohepriester, der Gott, steht einmal da, in die Sagen und Orte, ja in die Herzen der Menschengeschlechter eingegraben ... — Aber die drei Odine, welche den nordischen Geschichtschreibern und Geschicht= forschern allenthalben begegnen .... was sollen wir mit ihnen an= fangen, wenn wir sie in bestimmte Zeiten und Völkerbewegungen und Welt= umkehrungen hineinstellen oder aus denselben herausfinden wollen?"

E. M. Arndt's Erinnerungen aus Schweden S. 373, 374.

Der heilige Olaff.

Er kam von Britannien, nahm am Mjösensee in einer Nacht fünf Könige von Norwegen gefangen, ward selbst Herrscher des Landes und führte das Christenthum ein. Mit Riesen und Riesinnen bestand er noch manches Aben= teuer und wandelte diejenigen in Stein, die ihm, wie Andfind, hindernd in den Weg treten wollten.

Siehe Grimm's Myth. S. 517, 518.

Das versteinerte Bild Andfind's, das in dem Wohnzimmer Aslog's und Orms stand — „blieb dort, bis ein heiliger Mann zu der Insel kam, der ihn mit einem einzigen Wort auf seine alte Stelle, wo er sich noch jetzt befindet, zurückbrachte." So sagt der Schluß des Märchens in Keigthley's Myth. S. 233.

16. Die Meerfai.

Daß wunderschöne Meerjungfrauen den Atlantischen Ozean bewohnen, er= zählen die Sagen all der Länder und Inseln, die von seinen Fluten bespült werden. Siehe Keigthley's Myth. I. S. 245—288.

Von der Meerjungfrau (Havfrue) an Norwegens Küste heißt es: „Die Meerjungfrau wird im Volksglauben oft als ein gutes, oft wieder als ein böses, verrätherisches Wesen geschildert. Sie ist, dem Anscheine nach, schön. Fischer sehen sie oft im hellen Sommersonnenschein, wenn ein dünner Nebel auf der Oberfläche der See liegt, wie sie auf dem Wasser sitzt und ihr langes goldenes Haar kämmt.

Keigthley's Myth. S. 251. 252.

Der Schönheit und wunderbaren Pracht der unterseeischen Wohnungen ist schon in den Anmerkungen zu früheren Märchen Erwähnung geschehen.

Harfenspiel der Meerfai.

Gerade der norwegische Nix ist berühmt wegen seines wundervollen Harfen= spiels. Gegen das Opfer eines schwarzen Lammes theilt er auch Sterblichen seine Kunst mit.

Keigthley S. 251.

Rache der Nixen.

Viele Sagen erzählen, daß die Geister jene Sterblichen, die einst in ihrem Reiche gelebt haben, mit dem Tode bestraften, wenn sie sich endlich entfernten. Besonders grausam sind darin die Wassergeister.

Siehe Wolf II. S. 306.

So tödtete das Brunnenweib den Grafen von Pyrmont, als er trotz seines Gelöbnisses sie und ihr Reich für immer lassen wollte.

Siehe Wolf II. S. 234.

Und die Nixe tödtete den von ihr geliebten Schäfer, als er, von Sehnsucht nach der Oberwelt getrieben, das Wasserreich verläßt und nicht wiederkehren will.

Siehe Sommer S. 44.

Auch die grünlockige Fee im Mittelländischen Meer tödtete ihren geliebten Brincan, als er nicht mehr zu ihr und ihrem Reich zurückkehren wollte.

Siehe Keigthley II. S. 325 und lg.

17. Der Becher der Elfe.

The Luck of Edenhall.

In this house (Edenhall) are some good oldfashioned apartments. An old painted drinking glass, called the Luck of Edenhall, is preserved with great care. In the garden near to the house is a well of excellent spring-water, called St. Cuthbert's Well (the church is dedicated to that saint); this glass is supposed to have been a sacred challice, but the legendary tale is, that the butler, going to draw water, surprised a company of fairies, who were amusing themselves upon the green, near the well, he seized the glass, which was standing upon its margin; they tried to re-cover it, but after an ineffectual struggle flew away, saying:

If that glass either break or fall,
Farewell the luck of Edenhall.

Hutchinson History of Cumberland I. S. 269.
Ellis zu Brand II. S. 487.

Elfen-Schönheit.

Jene (die Elfen) strahlen von zierlicher Schönheit . . . . . schön wie die Elbe . . . . . drückt den Gipfel weiblicher Schönheit aus.

Grimm's Myth. S. 418.

Goldhaar.

Von dem langen, wundervollen, meist blonden Haar der Elfen sprechen viele Sagen.

„ . . . . Das sind die goldenen Haare und Locken, welche der Jungfrauen Haupt umfließen und mitunter auf die Erde herabwallen." Wolf II. S. 250.

Die Elfen lieben das Bad.

„ . . . . . Die Elbenjungfrauen gehen gern zu einem nahen Brunnen, wo sie sich waschen . . . ."

Wolf II. S. 250.

Die weiße Jungfrau vom Hochberg wäscht sich im Bach.

Siehe Baader's badische Sagen S. 54.

Dies Waschen ist nichts als ein Bad . . . . und die Holden (Elben) haben die Vorliebe dafür mit Holda (der deutschen Elbenkönigin) gemein, oft ist auch das Bad gradezu genannt; so badet sich das Fräulein von Homburg in der Wutach . . . . Wolf II. S. 251.

Die Jungfer auf dem Schloßberg bei Ohrdruf badet sich im Herlings-brunnen. Siehe Sommer S. 19.

Elfe verwundet.

Die Elfen können verwundet und auch getödtet werden.

Ein roher Knecht schlug eine melkende Elbin mit seinem Bergstock, daß sie blutend zu Boden sank und starb. Siehe Schöppner's bayerische Sagen S. 27.

Kleidung und Hauptschmuck.

Die Lichtelfen von reiner Farbe erscheinen fast durchsichtig, mit weißen, silberschimmernden Kleidern. Grimm's irische Elfenmärchen S. LXIII.

Das Haupt mit goldenem Stirnband geschmückt. Wolf II. S. 241.

. . . . . Sie trägt um das weiße Gewand einen goldenen Gürtel.

Baader S. 204,

Schluß.

Siehe Uhland's Ballade „Das Glück von Edenhall".

18. Das Venedigermännlein.

Aus Venedig, der reichen Lagunenstadt, kamen vor Alters oft Goldsucher nach Tirol. Die Benedigermannle kamen im Frühjahr und arbeiteten während des Sommers in Bergen und Schluchten und zogen im Herbst goldbeladen wieder heim; sie waren meist in abgenützte Kleider gehüllt, deren Farbe stets dunkel war, und trugen ein Ränzlein auf dem Rücken. Sie übernachteten anspruchslos im Heustadl der Bauern.

Siehe über Benediger-Mannle Alpenburg S. 211 ff. u. S. 319—322 und Zingerle S. 70, 71.

Der Bergspiegel.

Die Benediger besaßen zwei Wunderinstrumente, um Goldbergwerke und Goldwasser zu finden. Erstens: Einen Spiegel, der ihnen die Gegend und die unterirdische Lage der Erzgänge sogar in Venedig vor Augen brachte. Alpenburg S. 274.

Die Wunder der Berge.

Von dem Zwergenreich des Königs Laurin im Innern der Berge, von seinem Kryftallpalast und von dem wunderschönen Rosengarten seiner Tochter siehe die Anmerkungen zum nächsten Märchen „König Laurin" und die früheren zu dem Märchen „Die Rose von Tirol".

Die Schlangenkönigin.

Von der schneeweißen Schlangenkönigin mit einem Krönlein auf dem Kopf erzählt   Zingerle S. 128.

Von der Schlangenkönigin und ihrer glänzenden Krone, nach der die Menschen verlangend die Hand ausstrecken, spricht   Wolf II. S. 441.

Der Zaubermantel der Benediger.

Auch besaßen die Benedigermannle die Kunst, pfeilschnell durch die Luft zu fliegen, wozu sie einen Mantel oder ein Tuch benützten.   Alpenburg S. 247.

Brutpfennige der Benedigermannle.

Diese gaben die Mannle denen, die ihnen Gutes erzeigten. „Solche Münzen waren kleine, unscheinbare Pfennige, mit dem Löwen von San Marco auf dem Gepräge, meist sehr abgegriffen, und die alten Dogennamen auf der andern Seite kaum noch lesbar. Wurde ein solcher Benedigerpfennig zu anderem Gelde gelegt, so nahm es niemals ab, wenn auch täglich Etwas davon verausgabt wurde."

Alpenburg S. 328.

Maibaum.

Geliebten Mädchen stecken die Burschen gern einen Maien vors Haus, eine Birke oder Tanne. Es geschieht in der Nacht des 1. Mai.   Meier S. 396.

Der Tiroler in Venedig.

Der Hirtenbub von Sonnenwendjoch rettete einem Benedigermännlein das Leben, welches der habgierige Senn sammt den Schätzen dem Greise rauben wollte. Später wurde der Hirtenbub Soldat, kam mit seinem Regiment nach Italien und nach Venedig. Nach einigen Tagen stand er am Canale grande, als er aus einem Fenster eines schönen Palastes bei Namen gerufen wurde.

Er geht hinauf und findet in dem edeln Venetianer jenes unscheinbare Benedigermännlein wieder, das vor Zeiten so oft in dem Heustall seines früheren Herrn übernachtet. Der edle Venetianer will ihm reichliche Belohnung bieten, aber der ehrliche Tiroler lehnt Alles ab und bittet nur, wenn es möglich wäre, ohne seine Soldatenpflicht zu verletzen, ihn heimzusenden nach Tirol, wo er eine liebe Braut habe. Da holt der Benediger seinen Zaubermantel hervor, hängt ihn dem Jüngling um, und sogleich trägt ihn dieser aus dem offenen Fenster hoch in die Luft und läßt ihn sanft und sicher unfern des Hauses seiner Geliebten nieder.

Siehe „Das Benedigermannbl auf dem Sonnenwendjoch", Alpenburg S. 319 und fg.

19. König Laurin.

Laurin war der Name eines Zwergenkönigs. Er war greise und weise, mild und gütig, und hatte eine Tochter, die war lieb und schön wie eine Faine oder eine Salige. Das Maidlein wünschte sich einen Garten, und bat ihren Vater um Land im Lichte der Sonne, denn der König wohnte in einer Kryställ= burg, die sich tief im Innern des Berges befand, der jetzt das alte Schloß Tirol krönt.

Der gütige Vater gewährte der Maid ihre Bitte, und sie reutete nun auf dem ihr geschenkten Felde Dornen und Disteln aus, und pflanzte allerorten Rosen an. Daraus wurde der Rosengarten also schön und also mit Zauber gefeit, daß sein Anblick noch heute den Wanderer beseligt, und all sein Weh, so er dessen mit sich trägt, vergessen macht.   Alpenburg S. 148.

Blick durch das Astloch.

Das Volk glaubt, daß wer hindurchschaue, erlange ihm sonst verborgene Dinge zu sehen.   Grimm's Myth. S. 430.

Die Strafe des treulosen Toni.

Der Sohn des Rosenbauers dingte im nahe gelegenen Heimatsthal seiner Familie ein armes, aber schönes Mädchen und gewann sie so lieb, daß er schon auf dem Heimweg sich ihr verlobte und ihr die Ehe versprach. Bald aber vergaß er Liebe und Versprechen und verlobte sich einer reichen, aber sitten= losen Dirne. Der Hochzeitszug begegnete der verlassenen, tiefbetrübten Maid, deren Vorwürfen der Bräutigam höhnisch entgegnete, es sei ihm nie mit der armen Heirath Ernst gewesen.

Da rächten die Eismannle die Treulosigkeit; ein Eisspalt öffnete sich vor den Füßen des Brautpaares und verschlang sie.   Siehe Zingerle S. 73 und
Alpenburg S. 103.

Laurin nimmt Breneli mit in sein Reich.

Von dem Verlangen der Geister nach menschlichen Kindern und Jungfrauen ist in den Anmerkungen schon öfter geredet, und schon mehrere Mägdlein sind mit den Zwergen in die Berge gegangen. So früher schon die schöne Similt mit König Laurin und eines Königs Tochter mit dem Zwergkönig Goldemar.
Siehe Grimm's Myth. S. 435.

20. Barbarossa's Jugendtraum.

Die Sage von dem alten Barbarossa, der im Kyffhäuser verzaubert sitzt, der Auferstehung Deutschlands wartend, herrscht so lebendig im Herzen des Volkes, daß es für sie wol keines besonderen Nachweises aus den gesammelten Volkssagen bedarf.

Gela.

Von dieser schönen Jungfrau, der Tochter eines Burgmanns der Burg auf der Höhe ob dem Kinzigthale, erzählt die Sage, daß der junge Friedrich von Schwaben sie so zärtlich geliebt, daß er entschlossen gewesen sei, dem Bunde mit ihr alle Hoffnungen zu opfern, die Deutschland damals in ihn legte.

Da kam der Kreuzzug, der eine Trennung der Liebenden bewirkte. Gela konnte jetzt klarer die Kluft überschauen, die sie von dem Geliebten trennte, und da er nie zurückgetreten wäre, so brachte sie das Opfer und nahm den Schleier.

Friedrich mußte sich bei der Rückkunft fügen, aber seine Liebe erlosch nicht, selbst nicht, als er Kaiser ward. Er gründete am Fuße seiner Lieblingsburg eine Stadt, die er Gelashausen nannte. Die Eiche im Forste des Kinzigthales, wo der Kaiser bei seinen Jagdzügen oft ruhte und auf die Stadt hinabblickte, dabei der Geliebten seiner Jugend gedenkend, nannte das Volk „die Kaiser=Eiche". — Siehe v. Herrlein's Spessart-Sagen S. 98, 99. — Desgleichen das Gedicht „Friedrich I. und Gela" von Franz Kugler. — Siehe Simrock's Rheinsagen S. 290.

Barbarossa und Gela im Kyffhäuser.

Die Sagenforscher erkennen in dem alten Kaiser Barbarossa im Kyffhäuser den einstigen Gott Odin, der nicht nur in himmlischen Wohnungen thront, sondern auch auf der Erde heilige Wohnstätten hat, die in der deutschen Sage meist in Brunnen und Bergen liegen. — Wie der nordische Odin mit Frigga seinen Göttersitz theilt, so finden wir die Göttin auch als Frau Holda in dem Berge, während der alte Gott längst in Barbarossa übergegangen ist.

Frau Holda ist des Kaisers bejahrte Wirthschafterin, mitunter erscheint sie auch als holdselige Jungfrau.   Siehe Wolf II. S. 69.

Aber wenige Sagen nur nennen die Haushälterin im Kyffhäuser „Frau Holle (Holda)"; andere erzählen von einer holdseligen Jungfrau, des Kaisers Töchter= lein, welche die Spielleute in den Berg führt und sie hernach mit grünen Zweigen begabt, die sich später in Gold wandeln. So hat das Volk in vielleicht un= bewußter Pietät, an Stelle der dem Kaiser ganz fremden Holda, eine Gestalt gesetzt, die seinem Herzen einst theuer war und ihm im Leben nahe stand.

Dasselbe Recht hat auch der Märchendichter und so darf „Gela" zu dem einstigen Jugendgeliebten in den Kyffhäuser gehen, um dort in Liebe und Treue um ihn zu sein, wie sie es auf Erden nimmer gedurft.

Versunkene Burgen erstehen wieder.

Viele Sagen erzählen von versunkenen Burgen, die in bestimmten Nächten auf kurze Zeit zu altem Glanz erstehen, in denen sich dann das Leben und Treiben früherer Tage wiederholt, bis nach kurzer Geisterstunde, oder beim Nahen des neuen Tages, oder vor dem heiligen Kreuzeszeichen, der Zauber schwindet und die gespenstische Burg in Nebel zerrinnt.

So war es mit der Burg auf dem Schnellert.
                        Siehe Wolf's hessische Sagen S. 17 und fg.

Desgleichen mit dem zerfallenen Kloster auf dem Rädersberg.
                        Siehe Grimm's deutsche Sagen S. 324 und fg.

Weil versunkene Schätze gewöhnlich alle hundert Jahre blühen, so kann auch die verfallene Burg des Kyffhäusers alle hundert Jahre zu altem Glanz erstehen.

Die Raben des Kyffhäusers.

Jene Raben, die den Berg noch immer umkreisen, stammen wol noch von der ältesten Sage her, die Odin noch an Stelle des späteren Barbarossa setzten. „Es sind Hugin und Munin, die beiden Raben des Göttervaters, gemeint, die, vom Fluge um die Welt heimkehrend, sich auf seine Schultern setzten."
                        Wolf II. S. 69.

Mittels des Fluges überschauen die neugierigen Vögel alles Irdische, ist ihnen nichts unerreichbar, sind sie leicht und plötzlich an jedem Orte gegen= wärtig, darum sind sie auch die Wissenden, der geheimsten Dinge Kundigen . . . . . . Da ihnen aber auch mannichfache Stimme gegeben ist, so können sie sagen und melden, was sie Neues und Heimliches erkundet haben . . . . .
                        Uhland's Abhandlungen über das Volkslied S. 120.

Ende des Buches.

Verlag von **Otto Spamer** in Leipzig.

Haushalt- und Küchenbrevier.

Winke und Mittheilungen über Komfort und Kunst des Hauswesens; über Tafeleinrichtung sowie über **Praxis in Küche u. Keller.** Nebst einem Speisezettel auf ein Jahr sowol für größere als auch für mittlere Haushaltungen. Von Dr. **Adolf Schwarz.** Mit 50 Text-Illustrationen. Gebunden 6 *M*, gebunden mit Goldschnitt 7½ *M*.

Inhalt:

I. **Briefe und Winke über Komfort im Hause.** In sechs Unterhaltungen. Winke und Gemeinnütziges. Zimmereinrichtungen. Gemeinnützige Mittheilungen. Fleckenreinigung. Verschiedene Reinigungsmittel. II. **Gastronomische Briefe und gastronomische Monatsumschau. In zwölf Unterhaltungen. III. Küchenzettel auf ein Jahr:** 1. bei höheren Ansprüchen; 2. bei mäßigeren Ansprüchen. Winke, Vorschriften und auserlesene Rezepte. IV. **Haus-Agenda.** Unterhaltungen über die Tafel. Unterhaltungen über die Vorrathskammer. Unterhaltungen über den Keller und dessen Einrichtungen. Winke und Vorschriften. Gemeinnütziges und Erprobtes.

Gar oft möchte sich eine junge Hausfrau guten Rath holen, denn nicht immer war es ihr vergönnt, schon im elterlichen Hause eine Schule durchzumachen, nicht immer steht ihr eine erfahrene Mutter oder eine ältere Freundin zur Seite, und noch öfter scheut sie sich, an ihre neue Umgebung eine Frage zu richten. In solchen und auch in günstigen Fällen wird dieses Brevier der jungen Herrin als Rathgeber und verschwiegener Vertrauter zur Seite stehen. Wie aus der Vogelperspektive kann sie das Gesammtbild ihrer Thätigkeit als Hausfrau und Wirthin übersehen und überall mit besserem Verständniß ihrer schweren Aufgabe näher treten und nöthige Anordnungen treffen. Die den verschiedenen Lebensstellungen angepaßten und von kundiger Hand zusammengestellten Speisezettel werden ihr dabei gewiß ersprießliche Dienste leisten. Die brillante Ausstattung sowie die von Meisterhand gezeichneten Illustrationen machen das Buch besonders als Festgeschenk empfehlenswerth.

Malerische Botanik.

Schilderungen aus dem Leben der Gewächse. Populäre Vorträge über physiologische und angewandte Pflanzenkunde. Von **Hermann Wagner.** Zweite Auflage. Zwei Bände. Mit 590 Text-Abbildungen und 8 Tonbildern. Geheftet 8 *M*, eleg. gebunden 10 *M*.

Inhalt:

Die heiligen Bäume. — Aus der Geschichte der Pflanzenkunde. — Das Leben der Wurzeln. — Die Luftwurzeln. — Die nahrungliefernden Knollen. — Frühlingskräuter, Alpenblumen und Lilien. — Die Pflanzenzelle und die Zellenpflanzen. — Der Pflanzen Stamm und Mark. — Baumriesen und Baumgreise. — Das Nutzholz. — Des Holzes Untergang. — Dornen und Stacheln. — Schlingen und Ranken. — Pflanzenfasern und Faserpflanzen. — Pflanzenmilch, Gummi und Harze. — Das Blatt und sein Leben. — Das Blatt als Ernährer. — Färbepflanzen und Gerbepflanzen. — Der Blumen Bau und Pflege. — Honig, Zucker und Wachs. — Oel- und Seifenlieferanten. — Frucht und Samen. — Obst und Getreide. — Zuckerkräuter, Arznei und Gewürze.

Im vorliegenden Buche ist es versucht worden, den Leser auf dem gleichen Wege in das Reich der Gewächse einzuführen, welchen die Geschichte der Pflanzenkunde selbst gewandelt ist, und den, wenigstens annähernd, jeder Strebende fast mehr oder weniger selbst einschlägt. Die Verlagshandlung hat ihrerseits keine Mühe gespart, das Verständniß der Abhandlungen und die Gesammterscheinung des Buches durch eine reiche Auswahl trefflicher Abbildungen zu erhöhen und dadurch mit die Bezeichnung des Werkes als „malerisch" zu rechtfertigen.

Zu beziehen durch alle Buchhandlungen des In- und Auslandes.

Verlag von **Otto Spamer** in **Leipzig.**

Das Buch denkwürdiger Frauen.

In Lebens- und Zeitbildern. Festgabe für Mütter und Töchter. **Von Ida von Düringsfeld.** Zweite verbesserte und vermehrte Auflage. Mit über 100 Text-Abbildungen, acht Tonbildern sowie einem Titelbilde. Geheftet 6 *M.*, in Prachtband gebunden 8 *M.*

Inhalt:

Elisabeth von Thüringen.	Philippine Welser.	Charlotte Corday.
Ignez de Castro.	Elisabeth Tudor und	Marie Antoinette.
Jakobäa von Holland.	Maria Stuart.	Luise von Preußen.
Vittoria Colonna.	Lady Rachael Russel.	Lady Hester Stanhope.
Barbara Uttmann.	Maria Theresia.	Amalie Sieveking.
Lady Jane Gray.	Angelika Kauffmann.	Maria Felicitas Garcia.

Die Gegenwart weist vor Allem der Frau eine bedeutsame Aufgabe zu. Die Frau soll in der aufwachsenden Jugend die großen Ideen unsrer Zeit pflegen, die jungen Herzen empfänglich machen für duldsame Frömmigkeit, für Achtung vor Gesetz und Autorität; sie soll den opferfreudigen Sinn für Vaterland und Menschenthum dort wecken, wo er träge schläft und nicht die Augen öffnen will. Die Frau, als die Vermittlerin des Schönen und Bleibenden im Leben, in ihrem Fortbildungsgang durch Jahrhunderte zu verfolgen, ihre Freuden und ihr Dulden in ihrer Stellung zum häuslichen und öffentlichen Leben während verschiedener Perioden zu veranschaulichen, in ihr den Wechsel der Zeiten zu schildern: das ist der Gedanke, welcher diesen Band Frauenbilder ins Leben gerufen hat.

Edle Frauen der Reformation

und der Zeit der Glaubenskämpfe. In Lebens- und Zeitbildern. **Von Ernestine Diethoff.** Mit 130 Text-Abbildungen, fünf Tonbildern zc. Geheftet 7 *M.*, elegant gebunden 9 *M.*

Inhalt:

I. **Frauen der Reformatoren.** Ursula Cotta, Luther's Pflegerin. — Katharina von Bora, Luther's Frau. — Anna Reinhard, Zwingli's Frau. — Idelette von Bures, Frau Calvin's. — Marjoria und Elisabeth, Frau und Tochter J. Knox's. — II. **Fürstinnen und Heldinnen.** Elisabeth von Dänemark. — Elisabeth von Braunschweig. — Sybilla von Cleve. — Margarethe von Valois und Johanna d'Albret. — Renata von Frankreich. — Katharina von Schwarzburg. — Mutter Anna von Sachsen. — Charlotte von Bourbon. — Louise von Coligny. — Louise Juliane von Nassau-Oranien und Elisabeth Stuart, Königin von Böhmen. — Charlotte von der Pfalz. — III. **Dulderinnen und Denkerinnen.** Argula von Grumbach. — Olympia Fulvia Morata. — Anna Askew. — Jane Gray. — Anna Lady Bacon. — Charlotte Arbaleste. Spanische Märtyrerinnen. — Maria Reigersberg. — Anna v. Schürmann.

Sowol im Hinblick auf die Auswahl der geschichtlichen Persönlichkeiten, welche sie nach Leben, Wirken und Charakter eingehend schildert, als auch hinsichtlich der Art und Weise, wie sie den Leser in die Verhältnisse der vielbewegten Reformationszeit einführt, darf die Verfasserin auf Anerkennung rechnen. Jeder einzelne Abschnitt bildet eigentlich auch ein Blatt aus der Reformationsgeschichte. So sind Zwingli's, Calvin's und Knox' Wirken und Charakter, der Schmalkaldische Krieg, die Pariser Bluthochzeit, die Reformation in den Niederlanden, der Anfang des großen deutschen Krieges, das Schicksal der Protestanten in Frankreich, England und Schottland etc. in lebendiger Weise geschildert. Das Werk verdient daher nicht allein den evangelischen Frauen und Jungfrauen, sondern auch allen Freunden der evangelischen Kirche warm empfohlen zu werden.

Zu beziehen durch alle Buchhandlungen des In- und Auslandes.

Das Buch
der
schönsten Kinder- und Volksmärchen,

Sagen und Schwänke. Herausgegeben von **Ernst Lausch.** Neunte verbesserte und vermehrte Auflage. Mit 60 Text-Abbildungen, 6 Tonbildern und 4 Buntbildern. Nach Zeichnungen von L. Bechstein, H. Essenberger, H. Frotscher, W. Heine, L. Hofmann, M. Meurer, B. Mörlins, C. Reinhardt, F. Waibler u. A. Preis geheftet 2 *M.*, elegant cartonnirt 2½ *M.*

Von diesem brillant ausgestatteten Buche wurden in kaum vier Jahren 53,000 Exemplare verkauft — möge demselben trotz aller Nachahmungen das Wohlwollen der deutschen Familien auf lange hinaus erhalten bleiben und die Freude unserer Kinder an dem dargebotenen Genusse mit jeder Auflage sich steigern.

Der Jugend Lieblings-Märchenschatz.

Familienbuch der schönsten Haus- und Volksmärchen, Sagen und Schwänke aus aller Herren Ländern. In Verbindung mit C. Diethoff, H. Jäger, E. Lausch, H. E. Stötzner, Elise und Dorothea Baldner herausgegeben von **Franz Otto.** Ein starker, reich illustrirter Band von 512 Seiten. Dritte vermehrte Auflage. Mit über 110 Text-Abbildungen, 8 Tonbildern und buntem Titelbild nach Zeichnungen von L. Bechstein, W. Heine, R. Kretschmer, B. Mörlins, L. Schell, A. Toller, Fritz Waibler u. A. Preis in eleg. Buntumschlage cartonnirt 6 *M.*

Diese Sammlung bietet für Jugend und Volk die anmuthigsten deutschen, elsässischen, englischen, französischen, dänischen, böhmischen, mährischen, magyarischen, estnischen, orientalischen, russischen, slovakischen und walachischen Märchen, Sagen und Phantasiegebilde im mannichfaltigsten Wechsel, zu einem wahren Familienbuche gruppirt. Es hat der Herausgeber jene Sprache getroffen, welche Herz und Gemüth der Leser ergreift.

Die hier vorliegende Sammlung von Märchen und Sagen durchweht der ganze Duft jener „Erinnerungen aus ferner Zeit, die jenseit aller Geschichte liegen und von Geschlecht zu Geschlecht unsere eigene Kindheit umschweben, indem sie fast jeden Fels, fast jede eigenthümliche Schöpfung der Natur im weiten Vaterlande mit dem Zauberschmucke der Poesie umweben."

Weihnachtsmärchen und Christfestgeschichten.

Die schönste Festzeit in Dichtung und Wahrheit. Herausgegeben von **Heinrich Pfeil.** Mit 40 Text-Abbildungen und einem Titelbilde. Preis geheftet 3 *M.*, elegant gebunden 4 *M.*

Zu beziehen durch alle Buchhandlungen des In- und Auslandes.

Lightning Source UK Ltd.
Milton Keynes UK
UKHW020920081221
395215UK00003B/317